D1922292

Behind Her Smile

Not Every Smile Is True

By AYOEZ

WINSLOW

Drei Geschichten.
Drei Brüder.

tredition

© 2025 AYOEZ

Illustrationen, Cover: Canva

Druck und Distribution im Auftrag der Autorin:
tredition GmbH, Heinz-Beusen-Stieg 5, 22926 Ahrensburg, Deutschland

Das Werk, einschließlich seiner Teile, ist urheberrechtlich geschützt. Für die Inhalte ist die Autorin verantwortlich. Jede Verwertung ist ohne ihre Zustimmung unzulässig. Die Publikation und Verbreitung erfolgen im Auftrag der Autorin, zu erreichen unter: tredition GmbH, Abteilung "Impressumservice", Heinz-Beusen-Stieg 5, 22926 Ahrensburg, Deutschland.

Kontaktadresse nach EU-Produktsicherheitsverordnung:
impressumservice@tredition.com

Triggerwarnung

Dieses Buch behandelt sensible und potenziell belastende Themen, darunter Suizid, sexueller Missbrauch, Drogen, Gewalt und Depressionen. Diese Inhalte können starke emotionale Reaktionen hervorrufen. Falls du mit einem dieser Themen persönliche Erfahrungen gemacht hast oder dich unwohl fühlst, nimm dir die Zeit, auf dich selbst zu achten. Es ist vollkommen in Ordnung, eine Pause einzulegen oder Unterstützung zu suchen.

Falls du Hilfe benötigst, wende dich bitte an Vertrauenspersonen oder professionelle Beratungsstellen.

Pass gut auf dich auf.

Disclaimer!

Dieses Buch erhebt keinen Anspruch auf wissenschaftliche Genauigkeit oder psychologische Vollständigkeit. Die behandelten Themen und Konzepte aus der Psychologie und Trauma Forschung sind nicht fachlich fundiert oder wissenschaftlich präzise dargestellt, sondern dienen der dramaturgischen Gestaltung und Unterhaltung.

Bitte beachte, dass dieses Werk kein Ersatz für professionelle psychologische Beratung oder Therapie ist. Es ist als fiktive Darstellung konzipiert und soll unterhalten sowie zum Nachdenken anregen – nicht als verlässliche Informationsquelle dienen.

Falls du selbst oder jemand in deinem Umfeld mit psychischen Herausforderungen zu kämpfen hat, empfehle ich dringend, qualifizierte professionelle Hilfe in Anspruch zu nehmen.

Sprachlicher Hinweis

Um den Lesefluss möglichst einfach und natürlich zu halten, verzichte ich in diesem Buch weitgehend auf gendergerechte Schreibweisen. Dies dient der besseren Lesbarkeit und ist keine Missachtung der Vielfalt unserer Gesellschaft.

Selbstverständlich sind immer alle Menschen gleichermaßen gemeint. Wo es sich anbietet, nutze ich neutrale Formulierungen, doch der Fokus liegt auf einer flüssigen und zugänglichen Sprache.

Viel Spaß

Anerkennung ist die Nahrung unserer Seele.

Kapitel Eins

Sinville ist eine Stadt, die Bildung nicht nur schätzt, sondern regelrecht zelebriert. Sie ist weltweit für ihre akademischen Glanzleistungen bekannt, ein Zentrum des Wissens, wo kluge Köpfe aus aller Welt zusammenkommen, um zu forschen, zu lehren und zu lernen.

Für mich bedeutet das, dass ich regelmäßig von Dillimore, meinem Wohnort, nach Sinville pendle. Eine Routine, die ich liebgewonnen habe. Hier in Sinville unterrichte ich an verschiedenen Einrichtungen. Es sind manchmal kleine Universitäten, dann renommierten Hochschulen, bei staatlich geförderten Seminaren oder in privaten Bildungszentren. Überall dort, wo es möglich ist, mein Wissen weiterzugeben. Ich habe es mir als Lebensaufgabe genommen, Menschen zu fördern, sie aufzuklären, ihnen neue Perspektiven zu eröffnen. Genau deshalb brenne für meinen Beruf, für die Psychologie, für die Möglichkeit, andere zu inspirieren und sie auf ihrem Weg zu begleiten. Und ich bin gut darin. *Die Beste, um genau zu sein.*

Obwohl Sinville eine riesige Stadt ist, spricht sich Qualität schnell herum. Mein Name ist in akademischen Kreisen kein unbekannter mehr, und genau das erfüllt mich mit Stolz. Ich habe hart dafür gearbeitet, mir diesen Platz zu verdienen. Vom Waisenkind zur erfolgreichen Psychologin: Mein Weg war steinig, doch gerade deshalb ist er heute umso wertvoller für mich.

Heute stehe ich erneut in einem der imposanten Hörsäle der Universität von Sinville. Die hohen Fenster lassen das Sonnenlicht in sanften Strahlen auf die langen Tischreihen fallen, an denen etwa dreißig Studenten sitzen. Notizbücher und Laptops sind aufgeschlagen, Stifte in den Händen, Blicke erwartungsvoll auf mich gerichtet. Ein vertrautes Bild, eines, das mich jedes Mal aufs Neue mit Freude erfüllt.

Ich trete an die große, dunkelgrüne Tafel, auf der bereits

ein paar Begriffe aus der letzten Vorlesung stehen, und nehme meine Brille ab, um sie sanft mit meinem Ärmel zu reinigen. Dann setze ich sie wieder auf und fahre mir mit einer geübten Bewegung durch das Haar, bevor ich mich den Studenten zuwende.

»Unsere Reihe wird heute fortgeführt«, beginne ich mit fester Stimme. »Es müsste die sechste Lektion sein, wenn ich mich nicht irre.« Während ich spreche, greife ich nach einem Stück Kreide und notiere die neue Überschrift in schwungvoller Schrift an die Tafel. Leises Kratzen begleitet meine Bewegungen, gefolgt vom rhythmischen Klicken der Tastaturen und dem Kratzen von Stiften auf Papier. Lächelnd setze ich mich schließlich auf das Pult, überschlage die Beine und lasse meinen Blick durch den Raum schweifen. Es ist immer wieder faszinierend zu beobachten, wie unterschiedlich meine Studenten lernen. Einige tippen eifrig, andere kritzeln kleine Notizen in den Rand ihrer Blätter, wieder andere lehnen sich zurück und hören einfach nur zu.

Mein Blick bleibt an einer bestimmten Ecke des Raumes hängen. Dort, wo sich Herr Georgery befindet. *Oder genauer gesagt, wo er sich gerade mit seiner Sitznachbarin unterhält.* »Herr Georgery, kommen Sie bitte nach vorne«, sage ich mit einer Mischung aus Geduld und Strenge in der Stimme. »Ich spreche und Sie notieren die wichtigsten Punkte.« Sofort schießt sein Kopf hoch, als wäre er gerade aus einem Tagtraum gerissen worden. Seine Gesprächspartnerin unterdrückt ein Kichern, während er mich kurz mustert, dann jedoch aufspringt. Mit einem schiefen Grinsen joggt er nach vorne ans Pult und stellt sich neben mich. »Natürlich, Frau Laurel«, sagt er mit übertriebener Begeisterung. »Sie können direkt anfangen.« Ich kann nicht anders, als zu schmunzeln. Seine charmante Art hat mich schon öfter amüsiert, auch wenn ich ihm das nicht allzu oft durchblicken lasse. Kopfschüttelnd lache ich leise, dann lehne ich mich etwas bequemer zurück. *Die Vorlesung kann starten.*

»Warum streben wir so sehr nach Anerkennung? Weshalb sind wir oft auf die Bestätigung unserer Mitmenschen angewiesen?

Und vor allem: Wie können wir uns von dieser Abhängigkeit befreien? Genau diesen Fragen wollen wir heute auf den Grund gehen.« Meine Stimme hallt durch den Hörsaal, während ich meinen Blick über die Reihen meiner Studenten schweifen lasse. Es ist ein komplexes, aber faszinierendes Thema, eines, das tief in unsere Psyche eingreift. Die meisten hier kennen das Gefühl nur zu gut, dieses Verlangen nach Bestätigung, nach Lob, nach dem Gefühl, gesehen und geschätzt zu werden. Ich trete einen Schritt vor, schiebe meine Brille ein Stück höher auf die Nase und lehne mich leicht gegen das Pult.

»Schauen wir uns zuerst die Ursache an. Als soziale Wesen suchen wir nach Gemeinschaft, Zuneigung und einem ausgeglichenen Miteinander. Doch was passiert, wenn dieses natürliche Bedürfnis in eine Abhängigkeit umschlägt? Wenn unser Selbstwertgefühl nicht mehr aus unserem Inneren kommt, sondern ausschließlich von der Meinung anderer bestimmt wird?« Ich lasse eine kleine Pause entstehen, um die Wirkung meiner Worte zu verstärken. »Die Wurzeln dieser Sehnsucht nach Anerkennung reichen oft bis in unsere Kindheit zurück. In dieser prägenden Zeit waren wir vollkommen von unseren Eltern oder Erziehungsberechtigten abhängig, eine natürliche Bindung, die uns Schutz und Sicherheit bot. Doch diese Zuwendung war meist an bestimmte Erwartungen geknüpft. «

Ich gehe langsam durch den Raum und beginne, einige Beispiele aufzulisten, die viele hier vermutlich aus ihrer eigenen Kindheit kennen. »Vor dem Essen mussten die Hände gewaschen werden. In der Schule galt es, gute Noten zu erzielen. Im Beisein von Erwachsenen wurde Höflichkeit verlangt. Und Widerworte gegenüber Älteren waren undenkbar.« Ein leises Murmeln geht durch den Raum. Einige nicken, andere tauschen vielsagende Blicke aus. Ich kann an ihren Gesichtern ablesen, dass diese Situationen ihnen vertraut vorkommen. Ich halte kurz inne, um ihnen Zeit zu geben, ihre Notizen zu vervollständigen. Währenddessen wandert mein Blick über meine eigenen Unterlagen. Ich vergewissere mich, dass ich meinen Faden nicht verliere, und als ich merke, dass die meisten wieder aufblicken, setze ich fort.

»Warum streben wir so sehr nach Anerkennung? Die Antwort liegt auf der Hand: Schon in jungen Jahren lernen wir, dass unser Verhalten bewertet wird. Wer Erwartungen erfüllt, wird gelobt. Wer sie nicht erfüllt, erfährt Kritik, sei es durch Ermahnungen, emotionale Distanz oder das schmerzhafte Gefühl, nicht gut genug zu sein. Dieser Mechanismus prägt uns ein Leben lang. Er treibt uns dazu an, uns ständig zu verbessern, uns mit anderen zu messen und immer wieder die Frage zu stellen: Bin ich gut genug? Kann ich noch besser sein?«

Ich lasse meinen Blick wieder über die Studenten schweifen und senke dann leicht die Stimme, um meine nächsten Worte eindringlicher wirken zu lassen. »Jeder von uns hat wohl schon einmal schlaflos im Bett gelegen und über sich selbst nachgedacht. Was kann ich anders machen? Wie kann ich es schaffen, mehr Anerkennung, mehr Zuneigung oder mehr Aufmerksamkeit von meinen Eltern, Freunden, Kollegen oder meinem Umfeld zu erhalten?« Einige meiner Zuhörer verschränken nachdenklich die Arme, andere kritzeln langsam mit ihren Stiften über ihre Blöcke, tief in Gedanken versunken. »Besonders in Momenten der Einsamkeit sind diese Gedanken allgegenwärtig. Genau dann spüren wir, dass uns etwas fehlt.«, fahre ich fort. »Und in dem Augenblick, in dem wir beginnen, uns mit anderen zu vergleichen, wird der Grundstein für die Abhängigkeit von Anerkennung gelegt.« Ich atme tief durch und trete wieder näher ans Pult.

»Nun eine Bitte an Sie: Nennen Sie mir bitte fünf Beispiele, wie sich Kinder untereinander vergleichen. Arbeiten Sie zusammen, nehmen Sie sich gegenseitig dran.« Während sich die Studenten in kleine Diskussionen vertiefen, greife ich nach meiner Wasserflasche und trinke einen Schluck. Die langen Vorträge sind anstrengend, aber es ist meine Aufgabe, mein Wissen weiterzugeben. Also rede ich weiter, für sie, für ihr Verständnis, für ihre Entwicklung.

Die Diskussionen werden lauter. Ich beobachte, wie einige sich gestikulierend austauschen, andere in Gedanken versunken an ihren Stiften kauen. Ein leises Lächeln umspielt meine Lippen. Sie denken nach. Genau das ist es, was ich erreichen wollte. »Leon kann bereits mit vier Jahren flüssig lesen.«, beginnt einer. »Thomas kann sich schon mit fünf Jahren selbst die Schuhe binden.«, führen sie fort. »Nadja kann schon mit vier Jahren schwimmen.« Super. »Sven fährt mit drei Jahren bereits sicher Fahrrad.« Richtig. »Lisa beteiligt sich immer fleißig am Unterricht.«

Langsam stelle ich meine Wasserflasche zurück auf das Pult und lasse meinen Blick über die Gesichter meiner Studenten wandern. Sie sehen interessiert aus. »Sehr gut«, sage ich schließlich und verschränke die Arme vor der Brust. »Seien Sie bitte ehrlich: Wer von Ihnen hatte solche oder ähnliche Gedanken in der Kindheit? Wer hat sich schon einmal mit anderen Kindern verglichen und sich dabei gefragt, ob er selbst gut genug ist?« Ich hebe herausfordernd die Augenbrauen und lasse den Moment wirken.

Erst zögernd, dann fast synchron heben sich alle Hände im Raum. Ein leises Lachen geht durch die Reihen, einige tauschen schmunzelnde Blicke aus. Ich kann mir gut vorstellen, dass viele von ihnen genau solche Situationen kennen, in denen Eltern, Lehrer oder Verwandte voller Stolz von den Leistungen anderer Kinder erzählt haben, während man selbst daneben saß und sich unbewusst fragte, ob man nicht auch besser sein müsste.

»Ich danke Ihnen für Ihre Ehrlichkeit«, sage ich und winke amüsiert ab. »Sie können die Hände wieder herunternehmen.« Es beruhigt mich, dass sie so offen mitmachen. Ehrlichkeit, vor allem mit sich selbst, ist eine der wichtigsten Voraussetzungen, um sich persönlich weiterzuentwickeln. Und sie wird ihnen in der Zukunft viele Türen öffnen. Ich gehe ein paar Schritte durch den Raum, dann bleibe ich vor der Tafel stehen und klopfe nachdenklich mit den Fingern gegen das Holz des Pultes. »Der Vergleich mit anderen Menschen führt oft dazu, dass unser Selbstwertgefühl leidet«, erkläre ich und sehe in die Runde.

»Je stärker wir uns an den Leistungen anderer messen, desto größer wird das Gefühl, nicht genug zu sein. Und was passiert dann?« Ich mache eine bedeutungsvolle Pause und senke leicht die Stimme. »Das Bedürfnis nach Anerkennung wächst. Es wird ein fester Bestandteil unseres Lebens, oft ohne, dass wir es bewusst wahrnehmen.« Mein Blick fällt auf den Studenten, der mit dem Schreiben an der Tafel nicht hinterherkommt. Seine Schrift ist auch nicht leserlich. »Setzen Sie sich, Herr Gregory«, sage ich in freundlichem Ton. »Ich lade meine Notizen und Folien später für Sie alle hoch. So ist es, glaube ich, für jeden einfacher.« Er sieht mich für einen Moment überrascht an, dann atmet er erleichtert aus und lässt sich auf seinen Stuhl zurücksinken.

Einige seiner Kommilitonen werfen ihm grinsende Blicke zu, doch ich bin mir sicher, dass viele von ihnen insgeheim froh über diese Erleichterung sind. »Kommen wir zu einem weiteren wichtigen Punkt.« Mit fließenden Bewegungen zeichne ich eine große Tabelle, achte darauf, dass die Linien sauber und gleichmäßig sind. »Welche Strategien nutzen Menschen, um ihr Bedürfnis nach Anerkennung zu befriedigen? Wie versuchen sie, die Aufmerksamkeit ihrer Mitmenschen auf sich zu ziehen?« Ich lasse die Kreide in meiner Hand kreisen und drehe mich zu den anderen um. »Denken Sie kurz nach. Sie kennen sicherlich viele Beispiele aus dem Alltag, vielleicht sogar aus eigener Erfahrung.« Während die ersten sich melden und die Diskussion in Gang kommt, glätte ich unbewusst meinen Rock und trete einen Schritt zur Seite, um den Blick zur Tafel freizugeben.

»Übrigens«, füge ich hinzu, als mir ein Gedanke kommt. »Mir wurde zugetragen, dass sich viele von Ihnen in diesem Kurs auf Kinder- und Jugendpsychologie spezialisieren wollen. Deshalb beziehe ich mich in meinen Beispielen häufig auf jüngere Menschen. Wundern Sie sich also nicht, wenn ich besonders auf die Entwicklung im Kindesalter eingehe, sie ist schließlich die Grundlage für unser Verhalten im späteren Leben.« Einige nicken verständnisvoll, andere lächeln leicht. Ich drehe mich zurück zur

Tafel und beginne, die ersten Begriffe in die Spalten einzutragen. *Die Diskussion kann beginnen.*

Ein leichtes Ziehen in meinem Kopf lässt mich innehalten. Zunächst ist es nur ein dumpfer Druck hinter meiner Stirn, doch ich weiß genau, was das bedeutet. Die ersten Anzeichen sind unverkennbar. *Migräne.* Schnell laufe ich zu meiner Tasche, die neben dem Pult auf dem Boden steht, und wühle hastig darin herum. Meine Finger tasten zwischen Notizbüchern, Stiften und meinem Handy, bis ich endlich die kleine, vertraute Medikamentenpackung finde. Mein Herz schlägt etwas schneller, vermutlich vor Anspannung. Ich habe noch so viel vor heute, da kann ich es mir nicht leisten, mit pochenden Schmerzen und verschwommenem Blick durch den Tag zu stolpern. Mit geübten Handgriffen öffne ich die Packung und breche eine Tablette in zwei Hälften. Eine lege ich mir vorsichtig auf die Zunge, doch ich muss mich beeilen, bevor sie sich dort auflöst und diesen widerlichen, bitteren Geschmack hinterlässt.

Hastig greife ich nach meiner Wasserflasche, setze sie an die Lippen und spüle die Tablette mit großen Schlucken hinunter. Ich atme tief durch. *Hoffentlich wirkt sie schnell.* »Tut mir leid«, sage ich verlegen, während ich meine Brille wieder zurechtrücke und mich aufrichte. Mein Blick wandert über die Studenten, die mich aufmerksam beobachten. Einige wirken besorgt, andere warten geduldig darauf, dass ich fortfahre. »Diese Migräne macht mich irgendwann noch verrückt.« Ich zwinge mich zu einem kurzen Lächeln, dann drehe ich mich wieder zur Tafel. Ich klopfe zweimal mit der Kreide gegen die Tafel, um die Aufmerksamkeit zurück auf den Unterricht zu lenken. »Also, wo waren wir? Ah, genau.« Mit schwungvollen Bewegungen schreibe ich den nächsten Begriff an die Tafel.

»Der Klassenclown«, beginne ich, während ich mich zur Klasse umdrehe, »ist jene Person, die mit ihren Späßen und Kommentaren die Lehrer an den Rand der Verzweiflung bringt. Er unterbricht den Unterricht, macht Witze auf Kosten anderer und sorgt für Heiterkeit. Genau das verschafft ihm die Sympathie seiner Mitschüler. Warum? Weil gemeinsames Lachen verbindet. Wer andere zum Lachen bringt, wird automatisch als angenehm empfunden. Doch hinter diesem Verhalten steckt mehr als bloßer Spaß oder kindliche Unbeschwertheit, es ist eine bewusste Strategie. Der Klassenclown nimmt eine bestimmte Rolle ein, um sich Anerkennung und Zugehörigkeit in der Gruppe zu sichern.« Ich lasse den Satz wirken, dann schreibe ich den nächsten Begriff an die Tafel.

»Der Rebell«, sage ich mit einem leichten Schmunzeln, »ist eine faszinierende Persönlichkeit. Er ist derjenige, der sich bewusst gegen Regeln stellt und aus festgelegten Mustern ausbricht. Stellen wir uns eine Szene vor: Ein Teenager kommt nach Hause, und präsentiert sich mit knallrotem Haaren, Lederjacke und bunten Stiefeln. Der überraschte Ausdruck in den Gesichtern der Eltern wäre wohl unbezahlbar.« Ein paar Studenten lachen leise. »Der Rebell sucht gezielt die Provokation. Doch warum tut er das? Weil er auf diese Weise Aufmerksamkeit erregt. Sein Selbstbild entsteht im Gegensatz zu den Erwartungen, die an ihn gestellt werden. Seine Botschaft ist unmissverständlich: *Ich entspreche nicht euren Vorstellungen. Ich gehe meinen eigenen Weg.* Und genau durch diese Abgrenzung gewinnt er Anerkennung.« Ich wende mich erneut der Tafel zu und schreibe den letzten Typen auf.

»Zu guter Letzt haben wir den Opportunisten«, fahre ich fort. »Der Opportunist verfolgt eine völlig andere Strategie als der Rebell oder der Klassenclown. Er sucht weder die Aufmerksamkeit durch Witze noch durch Widerstand. Stattdessen geht er den entgegengesetzten Weg: Er passt sich an. Statt seine eigene Meinung offen zu äußern, richtet er sich nach den Erwartungen seines Umfelds, sei es die Familie, die Lehrer oder später der Arbeitgeber. Er vermeidet es, aufzufallen, und scheut Konflikte. Doch warum? Weil er erkannt hat, dass ihm Anpassung die größte Anerkennung sichert.« Ich lege die Kreide beiseite und streife mir eine lose Haarsträhne aus dem Gesicht.

»Drei völlig unterschiedliche Typen, doch sie haben eine entscheidende Gemeinsamkeit: ihre Sucht nach Anerkennung.« Ich lasse meinen Blick durch den Raum schweifen. Es ist still geworden. Viele der Studenten scheinen über meine Worte nachzudenken. *Das ist gut.* »Doch hier kommt das Problem: Diese Verhaltensweisen machen uns unfrei«, sage ich mit ernster Stimme. »Wir sind dann nicht mehr wir selbst, sondern nur noch die Version, von der wir glauben, dass sie am meisten Anerkennung erhält. Doch wer sind wir eigentlich, wenn wir uns nicht mehr nach der Bestätigung anderer sehnen? Wer sind Sie, wenn Sie sich nicht mehr fragen: *Gefällt das den anderen?* oder *werde ich dafür geliebt?*« Ich verschränke die Arme. »Und genau das ist Ihre Hausaufgabe.«

Ein paar Köpfe heben sich, einige Stifte werden zur Seite gelegt. Die meisten ahnen vermutlich schon, dass das keine einfache Aufgabe wird. »Ich möchte, dass Sie sich mit sich selbst auseinandersetzen«, erkläre ich ruhig. »Wer sind Sie, wenn Sie keine Anerkennung mehr brauchen? Wer sind Sie wirklich?« *Eine sehr tiefgründige Frage, die sich jeder stellen sollte.* »Sie haben mindestens zehn und maximal zwanzig Seiten Zeit, um das herauszufinden. Schreiben Sie ehrlich, schreiben Sie reflektiert. Es gibt kein richtig oder falsch. Aber ich verspreche Ihnen eines: Diese Aufgabe kann Ihnen mehr über sich selbst beibringen als jede Theorie, die wir hier besprechen werden.« Langsam mustere die Klasse und sehe, wie einige bereits nachdenken, andere sich Notizen machen.

Vielleicht sehen einige von Ihnen diese Hausaufgabe als Last, als eine Qual, die ihnen zusätzliche Arbeit aufbürdet. Dabei ist genau das Gegenteil der Fall. Ich will Ihnen helfen, nicht mit Fakten, nicht mit bloßen Theorien, sondern mit einer Frage, die Sie sich selbst viel zu selten stellen: *Wer bin ich wirklich?* Sie werden es vielleicht erst später begreifen, vielleicht erst beim Schreiben, wenn sie die ersten Zeilen aufs Papier bringen und merken, wie schwer es ist, sich selbst in Worte zu fassen. Doch spätestens dann wird ihnen klar werden, warum diese Aufgabe so wichtig ist.

Ich lasse meinen Blick durch den Raum schweifen. Die meisten Studenten sind noch in Gedanken versunken, einige kritzeln gedankenverloren in ihre Notizbücher. Dann hebt sich langsam eine Hand aus der letzten Reihe. Ich nicke der Studentin aufmunternd zu. »Ja, bitte?« Sie nickt mir kurz dankbar zu. »Wie kann man die Sucht nach Anerkennung besiegen?«, fragt sie mit ruhiger, aber ernster Stimme. Eine gute Frage. Eine, die sich viele stellen, bewusst oder unbewusst.

»Bevor wir unsere Sucht nach Anerkennung überhaupt bekämpfen können, müssen wir sie zuerst erkennen«, beginne ich. »Alles beginnt mit der Selbsterkenntnis. Wir müssen uns bewusst machen, wie sehr wir auf die Bestätigung durch andere angewiesen sind, sei es von Eltern, Freunden, Kollegen oder der Gesellschaft. Diese Einsicht ist entscheidend, denn ohne sie verharren wir in einem endlosen Kreislauf aus Anpassung und Unsicherheit.«, erkläre ich den Studenten gestikulierend.

»Sobald wir unsere eigene Abhängigkeit von Anerkennung erkennen, legen wir den Grundstein dafür, unser wahres Potenzial zu entfalten. Doch genau an diesem Punkt stößt uns ein Hindernis entgegen: die Angst. Sie ist es, die uns bremst, die Angst vor Zurückweisung, die Furcht, nicht auszureichen, die Sorge, nicht mehr geliebt oder geschätzt zu werden, wenn wir aufhören, uns den Erwartungen anderer anzupassen.« Ich blicke in die Runde. Einige Studenten nicken nachdenklich, andere starren auf ihre Blätter, als würden sie versuchen, meine Worte direkt auf ihr eigenes Leben zu übertragen.

»Wir alle tragen diese Angst in uns«, fahre ich fort. »Unsere größte Angst ist es, kritisiert oder zurückgewiesen zu werden. Diese Angst hält uns oft davon ab, unseren eigenen Weg zu gehen und zu uns selbst zu stehen. Wir passen uns an, um Konflikte zu vermeiden, um geliebt und akzeptiert zu werden. Doch genau darin liegt das Problem: Je mehr wir uns verbiegen, desto weiter entfernen wir uns von unserem wahren Selbst. Wenn Sie echte Freiheit erfahren möchten, müssen Sie lernen, Ihre eigene Wahrheit zu leben, kompromisslos und ohne ständige Angst vor Ablehnung. Das bedeutet, sich nicht länger nach den Erwartungen anderer zu richten, sondern nach eigenen Werten und Überzeugungen zu handeln. Das ist nicht immer leicht. Es erfordert Mut, besonders in Momenten, in denen Widerstand oder Unverständnis auf Sie zukommen. Doch genau in diesen schwierigen Situationen zeigt sich, wie stark Sie wirklich sind. Denn wahre Freiheit beginnt dort, wo Sie aufhören, Bestätigung im Außen zu suchen und Sie anfangen, Ihnen selbst genug zu sein.« Ich richte mich wieder auf, trete einen Schritt nach vorne und sehe jeden Einzelnen nacheinander an.

»Legen Sie Ihren Fokus auf Ihre Stärken«, sage ich eindringlich. »Definieren Sie sich nicht über Ihre Schwächen. Schwächen hat jeder. Ohne Ausnahme. Doch wenn Sie sich darauf konzentrieren, was Sie stark macht, was Sie einzigartig macht, dann brauchen Sie keine äußere Bestätigung mehr. Dann reicht es, dass Sie sich selbst genügen.« Ich lasse diese letzten Worte bewusst im Raum stehen. Es ist still. Keine Stifte kratzen mehr über Papier, keine geflüsterten Gespräche stören den Moment.

Ich werfe einen kurzen Blick auf die Uhr. »Damit beenden wir den Unterricht für heute«, sage ich schließlich und greife nach meinen Unterlagen. Die Stühle rücken, es entsteht ein leises Gemurmel, während die Studenten ihre Sachen zusammenpacken. Doch anders als sonst wirkt die Stimmung heute nachdenklicher. Einige scheinen noch mit sich selbst zu ringen, andere tauschen leise Blicke aus. Zufrieden trete ich einen Schritt zurück. Manchmal sind es nicht die Antworten, die uns weiterbringen, sondern die richtigen Fragen.

*

Nachdem ich meine Unterlagen zusammengepackt habe, werfe ich noch einen letzten Blick durch den Vorlesungssaal. Die Stühle stehen nicht mehr in perfekter Ordnung, einige Tische sind mit Notizblättern übersät, und das leise Murmeln der letzten Studenten hallt noch zwischen den Wänden wider. Ein Lächeln huscht über meine Lippen, ein Zeichen für einen erfolgreichen Unterricht. Ich schiebe meine Brille zurecht, schlinge meinen Schal enger um meinen Hals und trete durch die große Flügeltür hinaus auf den Gang. Das gedämpfte Geräusch meiner Absätze auf dem glänzenden Boden begleitet mich, als ich zielstrebig Richtung Ausgang laufe.

Plötzlich spüre ich eine sanfte Bewegung neben mir, gefolgt von einer warmen Stimme, die mir leise ins Ohr flüstert: »Der Rock steht Ihnen aber sehr gut, Frau Laurel.« Ein wohliges Kribbeln breitet sich in mir aus, als ich die vertraute Stimme erkenne. Ich drehe mich leicht zur Seite und treffe auf Joels verschmitztes Lächeln. Seine Augen funkeln verspielt, während er mich mit diesem typischen Ausdruck ansieht, einem Ausdruck, den ich nur zu gut kenne.

»Danke schön«, erwidere ich und fahre mit der Hand sanft über den weichen Stoff meines Rocks. »Dieser Rock war ein Geschenk von jemand ganz Besonderem.« Joel legt seinen Kopf leicht schief und hebt amüsiert eine Augenbraue. »Ich würde gern wissen, wer dieser tolle Kerl ist«, sagt er grinsend. Ich lache leise und schenke ihm einen schnellen Kuss auf die Lippen. Trotz der Monate, die wir bereits miteinander verbringen, fühlt sich jede Berührung zwischen uns noch immer wie ein sanfter Stromstoß an. »Komm, wir gehen«, sage ich schließlich, und wir setzen uns gemeinsam in Bewegung.

Draußen erwartet uns die frische Abendluft. Die Sonne geht langsam unter und taucht den Himmel in ein warmes orange, während die kühle Brise durch die Straßen von Sinville weht. Als wir Joels Auto erreichen, hält er plötzlich inne. »Ich habe eine Überraschung für dich«, beginnt er geheimnisvoll und öffnet die Autotür für mich. »Eher gesagt für Tiara.« Überrascht bleibe ich stehen und sehe ihn fragend an. »Was für eine Überraschung?«, erkundige ich mich neugierig. Er legt sanft seine Hände an meine Wangen und sieht mich mit einer Zärtlichkeit an, die mein Herz zum Schmelzen bringt. Dann drückt er mir einen liebevollen Kuss auf die Stirn.

»Am Wochenende fahren wir zusammen in den Zoo«, sagt er mit sanfter Stimme. »Tiara liebt Tiere, und da sie gerade Behandlungspause hat, können wir zu dritt dorthin gehen.« Seine Worte treffen mich unerwartet tief. Ein Schauer läuft mir über den Rücken, und für einen Moment bleibt mir die Luft weg. »Du hast es dir gemerkt?«, frage ich mit leicht zittriger Stimme. Verwundert runzelt Joel die Stirn. »Liyana, natürlich habe ich das«, sagt er und nimmt meine Hände in seine. »Tiara ist mir längst ans Herz gewachsen. Schließlich ist sie deine Tochter. Ich wollte schon länger etwas mit euch unternehmen. Und jetzt, wo sie keine Behandlung bekommt, können wir das endlich tun.« Ich kann nicht anders, meine Augen brennen, und ich spüre, wie sich meine Kehle zuschnürt. Ohne ein weiteres Wort lege ich meine Sachen beiseite und schlinge meine Arme fest um ihn. Joel ist der erste Mann, der mich und Tiara so akzeptiert, wie wir sind.

Als alleinerziehende Mutter ist es ohnehin schon schwer, jemanden zu finden, der sich nicht von der Verantwortung abschrecken lässt. Doch wenn man dann noch so viel arbeitet wie ich, wird es fast unmöglich. Männer verlieren schnell das Interesse, sobald sie merken, dass ich nicht die Zeit und Energie für ein *normales* Leben habe. Die meisten wollen eine unkomplizierte, sorgenfreie Beziehung, eine Frau ohne Verpflichtungen. Aber Joel … Joel ist anders. Er hält mich nicht auf Abstand, sondern zieht mich näher zu sich. Er stellt keine Bedingungen, sondern gibt mir das Gefühl, dass ich so, wie ich bin, genug bin. »Danke«, flüstere ich an seiner Brust. Er streicht mir beruhigend über den Rücken.

»Da gibt es nichts zu danken«, erwidert er sanft. »Sag du mir lieber, was es heute zu essen gibt.« Ich lache leise und löse mich von ihm. »Was willst du denn gern essen?«, frage ich mit hochgezogener Augenbraue. Er grinst schelmisch. »Da fällt mir so einiges ein«, sagt er bedeutungsvoll und legt seine Hände spielerisch um meine Taille. Gerade als ich eine freche Antwort darauf geben will, ertönt plötzlich eine laute Stimme aus der Nähe: »Frau

Laurel, ich will ungern sehen, wie Sie miteinander rummachen!« Ich drehe mich abrupt um und entdecke einen meiner Studenten, der mit verschränkten Armen ein amüsiertes Grinsen auf den Lippen hat. Einige seiner Freunde stehen hinter ihm und versuchen, ihr Kichern zu unterdrücken.

Bevor ich darauf reagieren kann, übernimmt Joel für mich das Wort. »Das sagst du nur, weil du niemanden hast, mit dem du rummachen kannst«, kontert er trocken. Lautes Gelächter bricht aus. Der Freund meines Studenten klopft ihm schadenfroh auf die Schulter. »Der war gut, Herr Faxon!« Ich schüttle lachend den Kopf und greife nach meiner Tasche. »Komm«, sage ich an Joel gewandt, »wir müssen noch einkaufen, bevor wir Tiara von der Schule abholen.« Er nickt grinsend, schließt die Beifahrertür für mich und geht zur Fahrerseite.

Während wir losfahren, gleiten meine Gedanken immer wieder zu Tiara. Ich kann es kaum erwarten, ihr von unserem Plan zu erzählen. Ihr strahlendes Lächeln zu sehen, wenn sie erfährt, dass wir zusammen in den Zoo fahren. Und vor allem zu sehen, wie sehr sie Joel bereits in ihr Herz geschlossen hat.

Ein Narzisst sucht Bewunderung,
keine Liebe.

Kapitel Zwei

Während ich in der Küche stehe und mit geübten Handgriffen das Gemüse schneide, nehme ich Tiara aus dem Augenwinkel wahr. Sie sitzt auf der Küchentheke, die Beine baumeln über der Kante, und sie beobachtet mich mit einem nachdenklichen Ausdruck.

Joel hat uns vor ein paar Minuten abgesetzt und ist kurz zu sich nach Hause gefahren. Jetzt ist es nur noch Tiara und ich, wie so oft. »Wie war es heute in der Schule, Tiara?«, frage ich sie mit einem sanften Lächeln, während ich die Zwiebeln in der Pfanne anbrate. Der vertraute Duft breitet sich sofort in der Küche aus. Sie zuckt mit den Schultern. »Es war gut.« Automatisch halte ich inne und ziehe meine Augenbrauen zusammen. Ich lege das Messer, was ich nun in der Hand halte, beiseite und drehe mich zu ihr um. »Tiara, lüg mich nicht an. Du weißt, ich merke so etwas sofort.« Nervös blickt sie von ihrem baumelnden Fuß zu mir hoch. Ihr Blick verrät alles, was sie mit ihren Worten nicht sagt. Sie zögert einen Moment, dann seufzt sie leise.

»Sie hat mich geärgert.« Ihre Stimme klingt leise, fast schüchtern. »Sie macht sich darüber lustig, dass ich letztens einen epileptischen Anfall in der Schule hatte.« Mein Herz zieht sich schmerzhaft zusammen. Ich schließe kurz die Augen und atme tief durch. Wut flammt in mir auf, diese rohe, unkontrollierte Wut, die nur dann in mir aufsteigt, wenn es um Tiara geht. Doch ich unterdrücke sie. *Jetzt ist nicht der richtige Moment.*

Also setze ich das Lächeln auf, das ich mir über die Jahre angewöhnt habe, das Lächeln, das auch dann bleibt, wenn es mir schwerfällt. Ich trete näher an Tiara heran und lege sanft meine Hände auf ihre kleinen Schultern. »Schatz, du weißt, was ich dir immer sage: Nicht jeder ist nett. Es wird immer Menschen geben, die gemein sind, einfach weil sie es können. Aber das bedeutet nicht, dass ihre Worte wahr sind. Ignoriere sie. Falls sie wieder etwas sagt, geh zu den Lehrern.« Tiara nickt, doch ich sehe an ihrem Gesichtsausdruck, dass es ihr nicht leichtfällt. Ich schlucke schwer. *Meine Tochter ist mein Ein und Alles.* Mein Herz, mein Leben. Alles, was ich tue, tue ich für sie. Zu wissen, dass sie wegen ihrer Krankheit ausgegrenzt oder verspottet wird, lässt eine Welle aus Hilflosigkeit in mir hochsteigen. Ich wünschte, ich könnte sie vor all dem bewahren. Doch ich kann nicht jede Hürde für sie aus dem Weg räumen. Ich kann nur an ihrer Seite stehen und ihr zeigen, wie wertvoll sie ist.

Seufzend drehe ich mich wieder zum Herd um und rühre gedankenverloren in der Pfanne. Hinter mir höre ich, wie sich Tiara ein wenig aufrichtet. »Kommt Joel heute?« Sofort verbessert sich meine Laune. Ich kann nicht anders, als zu lächeln. »Ja«, sage ich und drehe mich kurz zu ihr um. »Er hat auch eine Überraschung für dich.« Augenblicklich leuchten ihre Augen auf. Sie setzt sich aufrechter hin und schwingt erwartungsvoll ihre Beine. »Wirklich?«, fragt sie aufgeregt. Ich nicke schmunzelnd. »Was für eine Überraschung?« Ich schüttele den Kopf und drehe mich wieder zum Herd. »Das ist Joels Überraschung. Frag ihn gleich selbst.«

Ein kleines, unzufriedenes Schnauben entweicht ihr. Sie verschränkt die Arme vor der Brust und schaut schmollend auf den Boden. Ich grinse leise in mich hinein, als mein Handy plötzlich auf der Arbeitsplatte aufleuchtet. »Tiara, kannst du mir bitte mein Handy geben?« Sie greift danach und reicht es mir mit einem neugierigen Blick. Es ist eine E-Mail. *Um diese Uhrzeit?* Mit gerunzelter Stirn tippe ich auf den Bildschirm, öffne mein Postfach und überfliege die Nachricht schnell.

19:27 Uhr

Von: albrecht.cognitiouniversität@gmail.com

An: dr.liyana.laurel-kontakt@hotmail.de

Betreff: Einladung als Gastdozentin

Guten Abend, Frau Dr. Laurel,

Mein Name ist Gert Albrecht. Ich schreibe Ihnen im Auftrag der Cognitio Universität in Sinville. Wir benötigen für morgen eine qualifizierte Dozentin für einen unserer Kurse. Wir haben uns gründlich informiert und auch Ihre Bücher zur Kenntnis genommen. Es wäre uns eine Ehre, wenn Sie unsere Studenten mit Ihrem Wissen bereichern könnten. Nähere Informationen erhalten Sie morgen früh. Das Thema wird *Narzissmus und Narzissten* sein, damit das aktuelle Thema fortgeführt werden kann.

Wir würden uns über eine Rückmeldung freuen und entschuldigen uns für die kurzfristige Anfrage.

Viele Grüße
G. Albrecht

Antworten Weiterleiten Löschen

Ich starre auf den Bildschirm, als hätte sich dort gerade eine völlig absurde Nachricht aufgetan. Mein Herzschlag beschleunigt sich, und ich muss mir die Mail ein zweites Mal durchlesen. *Die Cognitio Universität in Sinville.* Ich blinzle. Ein Angebot von *der* Cognitio Universität. Die Elite. Die beste Universität des Landes für Psychologie.

Ich lasse das Handy langsam sinken und spüre, wie mein Atem flacher wird. Ein Teil von mir kann es nicht glauben. Ich hatte mich nie darum bemüht, dort eine Stelle zu bekommen. Wozu auch? Sie nehmen nur die Besten der Besten. Man kommt da nur durch Kontakte hinein, die ich offensichtlich nicht besitze. Und ich? Ich bin eine unabhängige Dozentin, eine Autorin, die sich lieber ihre Arbeitszeit und Themen selbst einteilt. Die meisten Universitäten schätzen das nicht. Sie bevorzugen festangestellte Professoren, Menschen, die sich vertraglich an sie binden und über Jahre hinweg dort lehren. Doch ich hatte mich bewusst für meine Freiheit entschieden. Ich wollte Vorträge halten, Seminare geben, aber immer dort, wo es mir passt. *Und trotzdem ... haben sie mich angefragt!*

Meine Finger tappen leicht gegen das Display meines Handys. Warum ausgerechnet ich? Und warum so kurzfristig? *Hm.* Das Thema ist mir natürlich nicht fremd. Ich habe unzählige Vorträge darüber gehalten und das Verhalten narzisstischer Persönlichkeiten bis ins kleinste Detail analysiert. Aber morgen? Einfach so? Ein sanftes Ziehen in meiner Brust verrät mir, dass ich aufgeregt bin, auf eine Weise, die ich schon lange nicht mehr gespürt habe. Es ist eine Herausforderung, eine Chance, aber auch ein Risiko.

»Mama? Was ist los?«, fragt Tiara, die mich aufmerksam beobachtet. Ich reiße mich aus meinen Gedanken und schüttle schnell den Kopf, um mein Lächeln wiederzufinden. »Alles gut, Schatz. Ich habe nur eine wichtige E-Mail bekommen.« Tiara mustert mich neugierig. »Von Joel?« Ich schmunzle. »Nein, von einer besonderen Universität. Sie möchten, dass ich morgen dort unterrichte.« Ihre Augen weiten sich. »Wow! Heißt das, du bist jetzt eine richtige Professorin?« Ich lache leise und streiche ihr liebevoll eine Haarsträhne aus dem Gesicht. »Nein, Schatz. Es ist nur für einen Tag. Aber es ist eine große Ehre.« Doch mir fällt etwas ein. *Ich kann nicht.* Meine Gedanken drehen sich um Tiara. Sie ist meine größte Verantwortung, mein wichtigster Schatz, und obwohl ich wusste, dass sie inzwischen älter war und sich mehr und mehr selbst helfen konnte, gibt es immer noch die Sorge, dass sie einen Anfall bekommen könnte, und das nicht nur in der Schule. *Was wäre, wenn sie zu Hause einen Anfall bekommt? Was, wenn ich nicht da bin, um ihr zu helfen?* Diese Gedanken lassen sich nicht so leicht abschütteln, auch wenn ich es noch so sehr versuchte.

Plötzlich reißt mich ein Klopfen an der Tür aus meinen Grübeleien. Tiara springt sofort runter und dabei leuchten ihre Augen auf. »Er ist da! Joel ist da!« ruft sie mit einem breiten Lächeln. Für einen Moment verfliegen all meine Sorgen und ein Gefühl der Wärme breitet sich in mir aus. Sie ist so voller Leben und Freude. Ich kann nicht anders, als bei ihrem strahlenden Gesicht mitzulächeln. Schnell legte ich die Teller auf den Tisch und versuchte, die Gedanken an die E-Mail zu vertreiben.

»Ich habe dich auch ganz dolle vermisst. Wo ist denn deine Mutter?« hörte ich Joels Stimme aus dem Flur. »Sie macht gerade Essen. Weißt du was? Morgen wird sie in einer coolen Universität unterrichten«, erzählte Tiara mit einer Mischung aus Stolz und Begeisterung. Sie war so ein lebendiger Wirbelwind, der immer wieder überraschende Momente in den Alltag brachte.

Beide kommen ins Wohnzimmer und Joel sieht mich mit einem charmanten Grinsen an. »Was meint Tiara?« fragte er, die Augenbrauen ein wenig hochgezogen, als hätte er ein Geheimnis entdeckt. Ich zuckte nur mit den Schultern. »Ach nichts«, antwortete ich knapp, aber irgendwie kann ich ihm die Sache nicht wirklich verbergen. Er tritt näher, stellt sich hinter mich und legt seine Hände zärtlich auf meine Schultern. Langsam spüre ich, wie seine

Lippen sanft meinen Hals küssten. Ein seufzendes Lächeln legt sich auf mein Gesicht, während ich mich in seinen Armen ein wenig entspannte. Doch ich wusste, dass das Thema, das mich quälte, nicht aus dem Weg zu räumen war.

»Du vergisst, glaube ich, dass ich auch Psychologe bin und dich außerdem gut kenne«, sagte er in einem fast verschwörerischen Ton. »Jetzt erzähl es mir.« Ich schloss für einen Moment die Augen, atmete tief durch und ließ den Kopf hängen. Ich wusste, dass ich ihm alles erzählen konnte, aber gleichzeitig wollte ich die Sache nicht unnötig aufblasen. »Ich habe gerade eine Mail von der Cognitio Universität in Sinville bekommen. Sie wollen mich als Vertretung für einen Kurs haben. Aber ich werde nicht zusagen«, erzählte ich ihm und öffnete langsam wieder die Augen, die auf seine Reaktion warteten. Joel sah mich überrascht an und stellte die Frage, die mir in dem Moment fast schon wie ein unausgesprochenes Mantra in meinem Kopf schwebte. »Die Cognitio? Dich? Das ist doch eine große Chance. Warum willst du nicht gehen?«

Ich spürte die Hitze aufsteigen, als ich meine Gedanken ordnete, um ihm meine Bedenken zu erklären. »Ich muss mich um Tiara kümmern. Außerdem war es niemals mein Plan gewesen, dauerhaft an einer Universität zu unterrichten. In der letzten Zeit hatte es sich einfach so ergeben. Ich bin sowieso nicht geeignet für diese Universität. Blamieren will ich mich auch nicht.« Die Worte kamen mit einer Leichtigkeit, die jedoch tief in mir ein ständiges Zögern widerspiegelte.

Joel dreht mich langsam zu sich und sieht mir tief in die Augen. Es war dieser ruhige, aber bestimmte Blick, den er immer hatte, wenn er versuchte, mich zu verstehen. »Das ist ein Geschenk, was man dir gerade anbietet. Davon kann ich nur träumen! Ich werde mich um Tiara kümmern. Außerdem zählt dein zweiter Punkt nicht. Du liebst es doch momentan an Universitäten zu unterrichten. Zweifel nicht an deiner Kompetenz, weil du, wie jeder sagt, die Beste bist.« Seine Worte trafen mich mitten ins Herz. Ich schüttelte den Kopf, während ein bitterer Geschmack in meinem

Mund aufstieg. »Du musst dich nicht um Tiara kümmern. Außerdem kann immer etwas passieren, wenn ich nicht da bin«, antwortete ich, der inneren Unsicherheit weiterhin nicht entkommen.

Er sieht mich einen Moment lang schweigend an, als würde er darüber nachdenken, wie er mich noch erreichen kann. Dann legt er seine Hände beruhigend auf meine Schultern. Ein warmes Lächeln huschte über sein Gesicht. »Liyana, du brauchst auch mal eine Pause. Ich kümmere mich um Tiara. Ich mag sie, und sie mag mich. Wenn etwas passieren sollte, weiß ich, was zu tun ist. Ihre Notfalltasche hat sie auch immer bei sich. Du fährst morgen dahin. Dein Auto habe ich auch gerade von der Werkstatt abgeholt. Das heißt, es steht dir nichts mehr im Weg.«

Diese Worte trafen mich wie ein Schlag, aber im besten Sinne. Plötzlich spürte ich ein Gefühl von Erleichterung, aber auch von tiefem Dank. Ich bin so froh darüber, ihn an meiner Seite zu haben. »Ich bin so dankbar, dich zu haben«, flüsterte ich ihm zu und ließ mich in seine Arme sinken. Die Tränen, die mir in den Augen standen, waren ein Zeichen der Erleichterung und der Liebe, die ich für ihn empfand. In diesem Moment wusste ich, dass ich diese Chance nutzen musste. Joel war da, er würde auf Tiara aufpassen, und es war an der Zeit, an mich selbst zu denken.

Bald ist es genau ein Jahr her, dass wir uns kennengelernt haben. Ein ganzes Jahr voller Erinnerungen, voller Momente, die mein Leben verändert haben. Ich erinnere mich noch genau an diesen Tag. Ich war neu an der Universität, an der ich heute gearbeitet habe, und hatte mich hoffnungslos verirrt. Die großen Gänge, die vielen Räume, es fühlte sich an, als würde ich in einem Labyrinth feststecken. Ich wusste nicht, wohin ich gehen musste, und langsam machte sich in mir Panik breit. *Und dann kam Joel.* Er tauchte wie aus dem Nichts vor mir auf, sein freundliches Lächeln sofort beruhigend. Er half mir, zeigte mir den Weg und von da an kreuzten sich unsere Wege immer wieder. Erst waren es nur kurze Begegnungen, ein flüchtiger Blick hier, ein kurzes Gespräch dort. Doch mit der Zeit wurden aus diesen Begegnungen längere Gespräche, aus den Gesprächen wurde Freundschaft und schließlich Liebe.

Nun sind wir seit ein paar Monaten zusammen. Auch wenn er noch seine eigene Wohnung hat, verbringt er die meiste Zeit bei uns. Es fühlt sich längst nicht mehr so an, als wäre er nur zu Besuch. Wir sind eine kleine Familie geworden, auch wenn wir das nicht offiziell ausgesprochen haben. Für Tiara ist er ein guter Vater. Sie liebt ihn und er behandelt sie, als wäre sie sein eigenes Kind. *Manchmal frage ich mich, wie wir es verdient haben, ihn in unserem Leben zu haben.* »Über was denkst du gerade nach?« Seine Stimme holt mich aus meinen Gedanken, sanft und neugierig. Ich blicke zu ihm und lächle leicht. »Darüber, wie wir uns kennengelernt haben«, antworte ich ihm leise, fast schon schüchtern. Sanft nimmt er mein Gesicht in seine Hände und gibt mir einen zärtlichen Kuss. »Zum Glück hattest du dich verlaufen«, murmelt er mit einem schelmischen Grinsen. »Aber selbst, wenn nicht, wäre mir deine Schönheit direkt aufgefallen.«

Ich schüttele lächelnd den Kopf und löse mich sanft aus seiner Umarmung. Er weiß genau, wie er mich mit seinen Worten verlegen macht. Um mich abzulenken, nehme ich die Teller von der Theke und rufe Tiara. »Tiara, komm, es gibt Essen.« Kaum habe ich die Worte ausgesprochen, kommt sie schon angerannt, ihre Augen voller Vorfreude. »Du hast eine Überraschung für mich?«, fragt sie ungeduldig und schaut Joel erwartungsvoll an. Er hebt eine Augenbraue und wirft mir einen spielerischen Blick zu. »Du hast ihr schon erzählt, dass es eine Überraschung gibt?« Ich grinse leicht, greife nach meinem Handy und tippe schnell eine Nachricht ein. Dann reiche ich ihm das Display, damit er es lesen kann.

Ich musste es ihr sagen, weil sie traurig war. Und du weißt, ich kann es nicht ertragen, wenn sie traurig ist.

Als er die Nachricht liest, sehe ich, wie sein Blick weicher wird. Er versteht es. *Natürlich tut er das.* Verstehend nickt er und dreht sich dann wieder zu Tiara, während er insgeheim seinen kleinen Überraschungsplan weiter im Kopf schmiedet. Doch während die beiden miteinander sprechen, kehren meine Gedanken zu etwas anderem zurück. War es wirklich richtig, das Thema mit Alessia vorhin einfach so abzuhaken? Ich versuche mir einzureden, dass sich das Problem von allein lösen wird. Vielleicht wird das Mädchen irgendwann das Interesse daran verlieren, Tiara zu ärgern. Vielleicht wird ein Lehrer es mitbekommen und sie zur Rechenschaft ziehen. *Aber was, wenn nicht?* Was, wenn es schlimmer wird? Ein unangenehmes Gefühl breitet sich in mir aus. Ich weiß, dass ich es nicht ignorieren darf. Mein Kind wird nicht gemobbt! Erst recht nicht wegen etwas, wofür sie nichts kann. Falls es noch einmal passiert, werde ich handeln. Ich werde mit den Lehrern sprechen und wenn es sein muss, auch mit den Eltern dieses Mädchens. *Niemand verletzt meine Tochter.*

»Am Wochenende fahren du, deine Mutter und ich in den Zoo.« Kaum hat Joel diese Worte ausgesprochen, weiß ich, dass die nächsten Tage anstrengend werden. Tiara wird mich so lange mit Fragen bombardieren, bis wir endlich dort sind. Doch anstatt genervt zu sein, muss ich schmunzeln. Ihre Begeisterung ist ansteckend. »Wir gehen in den Zoo! Wir gehen in den Zoo!« Sie springt auf und ab, klatscht in die Hände und imitiert laut verschiedene Tiergeräusche. Erst brüllt sie wie ein Löwe, dann trompetet sie wie ein Elefant und schließlich beginnt sie, wie ein Äffchen herumzuhüpfen. Lachend schütteln Joel und ich mit dem Kopf.

»Komm, setz dich wieder hin. Dein Essen wird sonst kalt«, ermahne ich sie sanft. Joel zwinkert ihr zu. »Du brauchst viel Kraft, damit du genauso stark wirst wie die Tiere im Zoo. Also wird jetzt alles aufgegessen!« Sofort setzt sie sich hin, nimmt ihre Gabel und beginnt mit neuer Energie zu essen. Zufrieden beobachte ich die Szene. Diese Momente sind es, die mein Herz wärmen, die kleinen Augenblicke des Glücks, in denen nichts anderes zählt als das Lachen meiner Tochter und das Gefühl, dass wir eine Familie sind.

Später, als Tiara im Bett liegt, nutzt Joel die Gelegenheit, um ihr eine Geschichte vorzulesen. Seine Stimme ist ruhig und sanft, und ich höre aus dem Flur, wie Tiara leise gähnt. Währenddessen setze ich mich an meinen Schreibtisch und beginne mit den Vorbereitungen für morgen. Ich blättere durch meine Bücher, markiere wichtige Stellen und erstelle Notizen für meine Präsentation. Das Thema ist komplex und vielschichtig, daher will ich es den Studenten so spannend wie möglich vermitteln. Nebenbei suche ich einige Fachbücher aus meinem Regal heraus. *Vielleicht hat jemand aus dem Kurs Interesse daran, sich intensiver mit dem Thema zu beschäftigen.* Mit jeder Seite, die ich durchgehe, wächst meine Vorfreude auf morgen. Trotz meiner anfänglichen Zweifel spüre ich nun eine gewisse Aufregung. Es ist eine Chance, eine Gelegenheit, meine Leidenschaft für Psychologie zu teilen und vielleicht sogar jemanden mit meiner Begeisterung anzustecken.

*

Am nächsten Morgen stehe ich mit Tiara im Flur. Ich knie mich vor sie und ziehe ihr sorgfältig die Schuhe an. »Du wirst auf Joel hören, okay? Mama ist heute Abend wieder da. Wenn irgendetwas ist, kannst du mich jederzeit anrufen.« Meine Stimme ist ruhig, aber bestimmt. Ich will, dass sie sich sicher fühlt. Tiara nickt eifrig. »Ja, mach ich! Bis heute Abend!« Ich betrachte sie noch einen Moment, bevor ich mich erhebe. Dann wende ich mich Joel zu. »Danke, Joel. Es ist nicht selbstverständlich, dass du dich so gut um uns kümmerst.« Meine Stimme ist leise, voller Dankbarkeit. Ich stelle mich auf die Zehenspitzen und drücke ihm einen sanften Kuss auf die Lippen. Er lächelt mich schief an. »Liyana, wir müssen nicht immer wieder über dasselbe reden. Natürlich kümmere ich mich um euch. Jetzt geh und hau die Studenten aus den Socken. Erzähl mir später jedes kleinste Detail! Ich will alles wissen.« Grinsend schüttele ich den Kopf und schließe hinter mir die Tür.

Mit einem tiefen Atemzug mache ich mich auf den Weg zu meinem Wagen. Heute wird ein besonderer Tag, doch ich bin bereit.

*

Nach vielem Verfahren und etwas Stau komme ich schließlich an der berühmten Cognitio Universität in Sinville an. Schon von außen beeindruckt das Gebäude mit seiner modernen Architektur, einer Mischung aus Glas, Stahl und dunkelgrauem Beton, die in der Morgensonne reflektiert. Die Universität ist nicht nur eine der renommiertesten Institutionen des Landes, sondern auch ein Ort, an dem die klügsten Köpfe der Psychologie zusammenkommen. Als ich durch die großen, schweren Türen trete, umfängt mich sofort eine Atmosphäre der Konzentration und Intellektualität. Die breiten Gänge sind mit Kunstwerken geschmückt, abstrakte Gemälde und skulpturale Installationen, die sich mit psychologischen Phänomenen beschäftigen. Ich bemerke Studenten, die in kleinen Gruppen angeregt über Forschungsthemen diskutieren oder sich mit konzentriertem Blick über ihre Laptops beugen. Die Luft riecht nach Papier, frisch gebrühtem Kaffee und einem Hauch von Holzpolitur, das den antiken Bücherregalen in der Bibliothek entströmt.

Die Cognitio Universität ist die Kaderschmiede für zukünftige Spitzenforscher, renommierte Therapeuten und angesehene Professoren. Hier zu unterrichten, auch wenn es nur eine Vertretung ist, bedeutet, in einer Liga zu spielen, in die nur wenige Zutritt haben. Genau deshalb bin ich heute viel aufgeregter, als ich es sonst gewohnt bin.

Ich folge den ausgeschilderten Wegen, die mich zum großen Hörsaal führen. Das Gebäude ist mit modernster Technik ausgestattet. Smarte Tafeln ersetzen klassische Kreidetafeln, in den Wänden sind diskrete Mikrofone verbaut, die auch das leiseste Flüstern eines Studenten aufnehmen können. In den Pausenräumen gibt es interaktive Bildschirme, an denen Studenten ihre eigenen Forschungsideen virtuell präsentieren können. Es fühlt sich fast futuristisch an, als wäre Wissen hier nicht nur zum Lehren da, sondern zum Erleben.

Als ich die Tür öffne, fällt mein Blick auf die große, halbkreisförmige Anordnung der Sitzreihen, die in Stufen aufsteigen. Hier haben mindestens einhundert Studenten Platz, und der Raum ist fast vollständig gefüllt. Auf der großen Leinwand hinter dem Rednerpult ist bereits das Thema des heutigen Vortrags eingeblendet: *Narzissmus und Narzissten – zwischen Faszination und Gefahr.* Ich trete ein, stelle meine Tasche neben das Pult und drücke meine Brille nach oben. Der Raum ist erfüllt von einer gespannten Erwartung. Die Studenten sehen mich neugierig an. *Hier bin ich nun und es liegt an mir, ihnen diesen Stoff so lebendig und bedeutend wie möglich zu vermitteln.*

»Guten Tag, mein Name ist Frau Dr. Liyana Laurel.« Mein Blick schweift durch den großen Hörsaal, in dem sich viele Studenten versammelt haben. Manche sitzen mit verschränkten Armen da, andere lehnen sich interessiert nach vorne, einige haben bereits ihre Notizbücher oder Laptops aufgeschlagen. »Heute werde ich diesen Kurs übernehmen. Mir wurde mitgeteilt, dass unser heutiges Thema Narzissmus ist, oder genauer gesagt Narzissten.« Ich mache eine kurze Pause, um die Aufmerksamkeit der Zuhörer auf mich zu lenken. »Bevor wir jedoch tiefer in die Thematik eintauchen, sollten wir erst einmal klären, was Narzissmus überhaupt bedeutet. Wie definiert man Narzissmus? Welche Merkmale sind typisch für narzisstisches Verhalten?«, beginne ich.

»Narzissmus beschreibt im Kern eine übersteigerte Selbstverliebtheit und Bewunderung der eigenen Person. Narzissten richten ihren Fokus übermäßig auf sich selbst und halten dabei ein unrealistisch positives Selbstbild aufrecht. Diese verzerrte Selbstwahrnehmung macht sie nahezu unempfänglich für Kritik. Entweder ignorieren sie negative Rückmeldungen vollständig oder deuten sie als ungerechtfertigten Angriff. Menschen mit narzisstischen Zügen überschätzen sich oft maßlos. Sie halten sich für außergewöhnlich talentiert, intelligenter oder attraktiver als andere.

Gleichzeitig zeigen sie wenig bis gar kein Interesse an den Gefühlen oder Bedürfnissen ihrer Mitmenschen. Empathie ist für sie kein echtes Mittel zur Verbindung, sondern vielmehr ein Werkzeug zur Manipulation. Ihre zwischenmenschlichen Beziehungen sind meist von Kalkül geprägt, alles muss ihrem eigenen Vorteil dienen. In ihrer Selbstzentriertheit agieren sie oft kalt, rücksichtslos und verletzend, ohne Reue zu empfinden. Doch Narzissmus ist mehr als bloße Arroganz oder Egozentrik, er ist Ausdruck eines tiefen Widerspruchs zwischen äußerem Selbstbild und innerer Gefühlswelt. Viele Narzissten wirken auf den ersten Blick enorm selbstbewusst, doch hinter dieser Fassade verbirgt sich oft eine tiefe Unsicherheit. Ihr Selbstwertgefühl ist paradoxerweise instabil und hängt stark von externer Bestätigung ab.

Typischerweise lassen sich *fünf* zentrale Merkmale des Narzissmus identifizieren: *Überhöhtes Selbstbewusstsein.* Ein Selbstbild, das ständig durch Anerkennung von außen gestützt werden muss. Ohne Bestätigung fühlen sich Narzissten schnell wertlos oder übersehen. *Streben nach Dominanz und Kontrolle.* Sei es in Beziehungen, im Beruf oder im sozialen Umfeld, Narzissten wollen stets das letzte Wort haben und lassen sich ungern etwas vorschreiben. *Mangelnde Empathie.* Die Gefühle anderer spielen für sie kaum eine Rolle. Sie betrachten ihre eigene Perspektive als die einzig relevante und berücksichtigen selten die Bedürfnisse ihres Gegenübers. *Empfindlichkeit gegenüber Kritik.* Sie reagieren auf Kritik mit Wut, Abwehr oder sogar Vergeltung. Fehler einzugestehen ist für sie nahezu unmöglich. *Verborgene Unsicherheit.* Obwohl sie nach außen hin selbstbewusst und überlegen erscheinen, verbirgt sich hinter dieser Fassade oft eine tiefe Angst vor Unzulänglichkeit und Zurückweisung.

Letztendlich ist Narzissmus nicht nur ein Ausdruck von Selbstverliebtheit, sondern auch ein Schutzmechanismus. Die übertriebene Selbstdarstellung dient dazu, innere Unsicherheiten zu verbergen und das fragile Selbstwertgefühl künstlich zu stabilisieren.« Ich lege eine Pause ein, da sich eine Hand gehoben hat.

»Bitte«, fordere ich die Person auf zu reden. »Ich hatte mal gehört, dass der Begriff etwas mit der griechischen Mythologie zu tun hat. Können Sie es vielleicht etwas mehr ausführen?«

»Natürlich! Die Legende von Narziss erzählt die Geschichte eines jungen Mannes von außergewöhnlicher Schönheit, Sohn des Flussgottes Kephissos und der Wassernymphe Leiriope. Seine Ausstrahlung war so beeindruckend, dass sich zahlreiche Menschen in ihn verliebten. Doch Narziss, erfüllt von Stolz und Überheblichkeit, wies alle zurück. Diese Arroganz wurde ihm schließlich zum Verhängnis, denn als Strafe verfiel er einer grenzenlosen Selbstliebe. Eines Tages ließ er sich an einer klaren Wasserquelle nieder, um seinen Durst zu stillen. Als er sein eigenes Spiegelbild im Wasser sah, war er von seiner eigenen Schönheit so fasziniert, dass er sich unsterblich in sich selbst verliebte. Doch das, was er begehrte, konnte er niemals besitzen. Wie seine Geschichte endet, wird in verschiedenen Versionen überliefert.

Die erste Version lautet, dass Narziss erkennt, dass er sein Spiegelbild niemals erreichen kann. Von unerfüllter Sehnsucht verzehrt, stirbt er an Ort und Stelle, und an seiner Stelle wächst eine Narzisse. Die zweite Version besagt, dass während Narziss sein Ebenbild bewundert, ein Blatt ins Wasser fällt und die Reflektion verändert. Als er sich selbst plötzlich als hässlich wahrnimmt, erträgt er diesen Anblick nicht und stirbt aus Entsetzen. Und die letzte Version sagt, dass Narziss, ohne zu begreifen, dass es sich nur um sein eigenes Spiegelbild handelt, versucht, das geliebte Gesicht zu berühren. In dem Moment, als er sich zu weit nach vorne beugt, fällt er ins Wasser und ertrinkt.

Diese mythische Erzählung dient als Sinnbild für übersteigerte Selbstverliebtheit und die Gefahr, sich zu sehr in der eigenen Welt zu verlieren, eine Botschaft, die bis heute nachhallt. Reicht Ihnen meine Antwort?«, frage ich lächelnd. Sie nickt, also fahre ich fort. »Übersteigerte Selbstverliebtheit kann sich bis zu einer ernsthaften Persönlichkeitsstörung entwickeln. Doch im Alltag begegnet man eher Menschen mit einem ausgeprägten Bedürfnis nach Bewunderung als extremen Narzissten. Oft wird dabei übersehen, dass nicht nur ihr Umfeld unter ihrem Verhalten leidet, sondern sie selbst ebenfalls. Besonders Kritik und Zurückweisung treffen sie hart. Obwohl sie nach außen hin selbstsicher wirken, können negative Rückmeldungen starke Selbstzweifel, tiefe Lebenskrisen oder sogar Depressionen auslösen. Ihr Selbstwertgefühl ist paradoxerweise instabil, sie brauchen ständig Bestätigung von außen, um sich wertvoll zu fühlen.

Narzissten zeichnen sich vor allem dadurch aus, dass sie weniger echte zwischenmenschliche Beziehungen suchen, sondern vielmehr Bewunderer um sich scharen wollen. Für sie zählt nicht der ehrliche Austausch, sondern die Anerkennung, die sie von anderen erhalten. Aufmerksamkeit ist für sie essenziell, weshalb sie oft auffälliges Verhalten zeigen, sei es durch übermäßiges Selbstlob, beruflichen Ehrgeiz oder gezielte Inszenierung in sozialen Medien. Sie präsentieren sich gerne als Alleskönner und erwecken den Eindruck, stets die Kontrolle zu haben, doch in Wahrheit vermeiden sie es oft, sich mit mühsamen Details oder praktischen Herausforderungen auseinanderzusetzen.

Ihr Fokus liegt meist auf dem schnellen Erfolg. Langfristige Beziehungen oder nachhaltige Projekte interessieren sie weniger, wichtiger ist für sie der Moment im Rampenlicht. Dabei sind sie wahre Meister der Selbstdarstellung. Sie verstehen es, einen brillanten ersten Eindruck zu hinterlassen, wirken charmant, charismatisch und geben anderen genau das Gefühl, das sie brauchen. Doch hinter dieser glänzenden Fassade verbirgt sich oft Unsicherheit. Der ständige Drang nach Bestätigung ist letztlich ein Schutzmechanismus, um die tiefsitzende Angst vor Ablehnung und Wertlosigkeit zu verbergen.« Kurz blättere ich durch meine Notizen, um den Faden nicht zu verlieren.

»Studien zeigen, dass Narzissten oft mit einem starken ersten Eindruck überzeugen. Sie sind kontaktfreudig, charismatisch und knüpfen schnell Beziehungen, was ihnen in sozialen und beruflichen Kontexten viele Türen öffnet. Ihre Selbstinszenierung verleiht ihnen eine gewisse Popularität, sodass sie häufig in Führungspositionen aufsteigen, trotz ihrer oft anstrengenden Art. Ihr übersteigerter Wunsch nach Bewunderung ist dabei ein treibender Faktor. Da ihr Selbstwertgefühl instabil ist, sind sie ständig auf Bestätigung angewiesen. Sie nutzen jede Gelegenheit, um sich zu profilieren und ins Zentrum der Aufmerksamkeit zu rücken.

Ein weiteres markantes Merkmal von Narzissten ist ihre geringe Kritikfähigkeit. Sie empfinden selbst wohlmeinende Rückmeldungen als Angriff und reagieren oft mit Abwehr, Wut oder Trotz. Ihr Bedürfnis nach Kontrolle und Dominanz führt dazu, dass sie wenig Empathie für andere zeigen. Tatsächlich gibt es sogar neurologische Hinweise darauf, dass Narzissten Schwierigkeiten mit Mitgefühl haben. Studien ergaben, dass ihre Großhirnrinde, insbesondere die sogenannte Inselrinde, die für Empathie verantwortlich ist, dünner ausgeprägt ist als bei anderen Menschen. Interessanterweise lassen sich Narzissten relativ leicht entlarven, indem man sie direkt fragt. Eine simple Frage reicht aus: Auf einer Skala von eins bis zehn, wie sehr stimmen Sie der Aussage *Ich bin ein Narzisst* zu. Diese Frage ist weder besonders raffiniert noch psychologisch ausgeklügelt, doch gerade deshalb funktioniert sie. Narzissten haben in der Regel kein Problem damit, sich als solche zu identifizieren, denn sie empfinden ihre Selbstverliebtheit nicht als Schwäche. Im Gegenteil! Sie sehen ihren Narzissmus als Ausdruck von Stärke und Überlegenheit und stehen dazu, schließlich halten sie sich selbst für außergewöhnlich großartig.«

Ich hole einmal tief Luft. »Fragen?« Ich sehe durch den Raum und sehe einen Studenten, der sich meldet. Ich nicke ihm zu. »Kann man sich zu einem Narzissten hingezogen fühlen?« *Das nenne ich mal eine interessante Frage.* Ich lasse die Frage einen Moment lang in der Luft hängen, während ich selbst kurz nachdenke. Dann antworte ich mit einem ruhigen Ton.

»Ja, das ist nicht nur wahrscheinlich, sondern passiert weit häufiger, als man denkt. Narzissten besitzen eine Fähigkeit, sich selbst in Szene zu setzen und eine charismatische Ausstrahlung zu entwickeln, die viele Menschen in ihren Bann zieht. Es ist fast so, als hätten sie eine magnetische Anziehungskraft, die sie besonders faszinierend erscheinen lässt.« Ich mache eine kurze Pause und binde meine Antwort an das vorangegangene Thema. »Gerade zu Beginn kann diese Wirkung überwältigend sein. Ihr scheinbares Selbstbewusstsein, ihre Entschlossenheit und ihr Charme wirken beeindruckend und lassen sie oft besonders attraktiv erscheinen. Sie wissen genau, wie sie ihre Gesprächspartner fesseln, wie sie Interesse wecken und Begeisterung auslösen. Sie können sich als charismatische Redner, aufmerksame Zuhörer oder inspirierende Persönlichkeiten präsentieren, immer angepasst an die Situation und die Erwartungen ihres Gegenübers.«

Ich gehe ein paar Schritte nach vorne, blicke in die Gesichter der Studenten und lasse die Antwort weiterwirken. »Doch genau hier liegt die Gefahr! Was anfangs wie echte Stärke und Selbstsicherheit wirkt, ist in Wahrheit eine perfekt konstruierte Fassade. Narzissten sind Meister darin, Emotionen gezielt zu steuern und andere Menschen für ihre eigenen Zwecke zu manipulieren. Ihre Aufmerksamkeit und ihr Interesse sind oft nur Mittel zum Zweck, sie nutzen die Bewunderung und Zuneigung ihrer Mitmenschen, um ihr eigenes Selbstbild zu nähren und sich bestätigt zu fühlen. Sobald sie keinen Nutzen mehr aus einer Beziehung ziehen können, verlieren sie rasch das Interesse oder wenden sich sogar ab. Was bleibt, ist oft Verwirrung und Enttäuschung bei denjenigen, die sich von der anfänglichen Anziehungskraft haben mitreißen lassen. Denn während der Narzisst weiterhin auf der Suche nach neuer Bewunderung ist, bleiben seine ehemaligen Bewunderer mit dem Gefühl zurück, ausgenutzt oder emotional leer gesogen worden zu sein. « Verstehend nickt er mir zu.

»Ein Rat, den ich Ihnen unbedingt mitgeben möchte: Verletzen Sie niemals das Ego eines Narzissten. Wer ihre Fassade aus Überlegenheit und Selbstbewusstsein infrage stellt, wird schnell zur Zielscheibe ihres Zorns. Besonders gefährlich wird es, wenn

Sie in einem bestimmten Bereich mehr Wissen oder Kompetenz besitzen als sie. In solchen Momenten fühlen sich Narzissten bedroht, nicht, weil sie wirklich schwächer sind, sondern weil ihr Selbstbild auf wackeligen Beinen steht. Ein Narzisst kann es kaum ertragen, nicht als der Beste oder Klügste wahrgenommen zu werden. Jede Form von Überlegenheit, sei es in einer Diskussion, am Arbeitsplatz oder im sozialen Umfeld, kratzt an seinem Selbstverständnis. Doch anstatt diese Herausforderung anzunehmen oder von anderen zu lernen, reagieren sie oft mit Abwehr, Angriff oder Manipulation. Sie versuchen, ihre vermeintliche Niederlage zu kaschieren, indem sie das Gegenüber herabsetzen, kritisieren oder sogar öffentlich bloßstellen.

Dieser Mechanismus dient einem einzigen Zweck: den eigenen Selbstwert zu schützen. Narzissten brauchen das Gefühl der Überlegenheit wie die Luft zum Atmen. Wird dieses Bild ins Wanken gebracht, geraten sie in eine innere Krise, die sie um jeden Preis vermeiden wollen. Deshalb greifen sie auf Taktiken zurück, um sich selbst wieder an die Spitze zu setzen, sei es durch herablassende Bemerkungen, subtile Manipulation oder offene Aggression. Wer also mit einem Narzissten interagiert, sollte sich dieser Dynamik bewusst sein. Kritik oder Widerspruch wird selten rational aufgenommen, sondern als persönlicher Angriff gewertet. Wenn Sie sich auf eine Auseinandersetzung mit einem Narzissten einlassen, sollten Sie stets bedenken, dass es dabei nicht um eine sachliche Diskussion geht sondern um ihr verletzliches Ego, das sich um jeden Preis verteidigt.«

Ich blättere in meiner Mappe, während ich mich auf den nächsten Punkt vorbereite. Die Stille im Raum macht die Spannung beinahe greifbar. Schnell finde ich die Folie, nach der ich gesucht habe, und stelle mich aufrecht hin. Langsam hebe ich sie hoch, die Aufmerksamkeit der Studenten auf mich gerichtet. »Gleich erhalten Sie ein Quiz mit dreiundzwanzig Fragen. Es wird Ihnen helfen, herauszufinden, ob Sie ein heimlicher Narzisst sind. Beantworten Sie die Fragen ehrlich und reflektieren Sie über sich selbst. Die Antworten werden Sie selbst überraschen. Es ist ein interessanter Blick in die eigene Persönlichkeit.« Ich lasse die Worte sacken und schaue in die Reihen der Studenten, die gespannt lauschen.

»Bevor wir tiefer in das Thema einsteigen, möchte ich Ihnen *sieben* klare Anzeichen nennen, an denen Sie erkennen können, dass Sie kein Narzisst sind. Falls Sie sich in diesen Punkten wiederfinden, dürfen Sie beruhigt sein. Ihr Selbstbild bewegt sich in einem gesunden Rahmen. *Erstens*: Sie empfinden aufrichtige Freude, wenn andere erfolgreich sind. Es fällt Ihnen leicht, die Erfolg Ihrer Mitmenschen anzuerkennen, ohne sich selbst dadurch bedroht zu fühlen. *Zweitens*: Sie können Hilfe annehmen, ohne dies als Zeichen von Schwäche oder Minderwertigkeit zu sehen. Sie wissen, dass niemand alles allein bewältigen muss und dass es eine Stärke ist, Unterstützung zuzulassen. *Drittens*: Sie sind ein aufmerksamer Zuhörer. Wenn jemand mit Ihnen spricht, schenken Sie dieser Person Ihre volle Aufmerksamkeit und interessieren sich wirklich für ihre Gedanken, Gefühle und Meinungen.

Viertens: Sie haben stabile, echte Freundschaften. Menschen schätzen Sie nicht wegen Ihres Status oder Ihrer Selbstdarstellung, sondern weil sie Ihre Gesellschaft als bereichernd und angenehm empfinden. *Fünftens*: Sie können Fehler eingestehen, ohne dass Ihr Selbstwertgefühl darunter leidet. Sie sehen es als natürliche Lernmöglichkeit an und empfinden es nicht als persönliche Niederlage. *Sechstens*: Sie haben kein Problem damit, Verantwortung zu teilen oder abzugeben. Ihnen ist bewusst, dass Zusammenarbeit und Teamgeist oft zu besseren Ergebnissen führen, als wenn eine Person allein versucht, alles zu kontrollieren. *Siebtens*: Sie fühlen sich wohl damit, einfach Sie selbst zu sein. Sie brauchen keine künstliche Fassade oder übertriebene Selbstdarstellung, um sich akzeptiert zu fühlen, weil Sie wissen, dass Sie genau so, wie Sie sind, wertvoll sind.

Falls Sie sich in diesen Punkten wiedererkennen, haben Sie eine gesunde Selbstwahrnehmung und müssen sich keine

Sorgen machen, in narzisstische Muster zu verfallen. Ein gesundes Selbstbild bedeutet nicht, sich selbst perfekt zu finden, sondern sich selbst mit all seinen Stärken und Schwächen anzunehmen, ohne ständig nach externer Bestätigung zu suchen.«

Ich scanne den Raum, sehe, wie die Studenten nachdenklich nicken und ihre Stifte bereithalten. »Nun, scannen Sie bitte diesen QR-Code. Damit kommen Sie direkt zu den Fragen. Nachdem Sie das Quiz abgeschlossen haben, erhalten Sie Ihre Auswertung per E-Mail. Aber ich möchte, dass Sie darüber hinaus auch noch eine eigene Beurteilung zu sich selbst schreiben. Mindestens zwei, aber nicht mehr als zehn Seiten. Denken Sie intensiv darüber nach, ob Sie sich in irgendeiner Form in das Profil eines Narzissten einordnen könnten, oder ob Ihre Selbstwahrnehmung gesünder ist. Diese kleine Hausaufgabe ist ein wichtiger Schritt, um das Thema wirklich zu begreifen.«

Ich halte inne, lasse meine Worte nachhallen und schließe dann mit einem beruhigenden Lächeln. »Sie haben eine Woche Zeit, um diese Aufgabe zu erledigen.« Eigentlich bin ich es gewohnt, dass meine Studenten jammern oder genervt sind, wenn ich ihnen Hausaufgaben gebe. *Dieser Kurs ist aber nicht so.* Ich sehe sogar ein paar Studenten lächeln. Während die Studenten anfangen zu arbeiten, sitze ich hier und warte auf Fragen, falls welche auftauchen. Die Hausaufgabe kann die eigentliche Professorin oder Professor korrigieren und vielleicht auch mit in die Noten einbeziehen. *Leider ist das momentan nur eine Vertretung.* Innerlich seufze ich auf.

*

Als der Unterricht zu Ende ist, spüre ich eine Mischung aus Erschöpfung und Zufriedenheit. Die letzten Stunden haben mich voller Energie gehalten, doch nun bin ich froh, endlich meine Sachen zusammenpacken zu können. Gerade als ich meine Tasche schließe, höre ich hinter mir eine Stimme, die sich anerkennend äußert: »Ich bin wahrlich beeindruckt.« Verwundert drehe ich mich um und entdecke einen älteren Mann, der mich mit einem freundlichen Lächeln anblickt. »Die Art und Weise, wie Sie Dinge erklären, ist lobenswert«, fährt er fort. »Sie gestalten den Kurs interaktiv und anders, nicht trocken wie die üblichen Professoren. Ich hätte Sie viel früher einladen sollen.« Er schüttelt mir die Hand und stellt sich vor: »Mein Name ist Gert Albrecht, ich hatte Sie gestern kontaktiert.« Es dauert einen Moment, bis es Klick macht. *Er ist der, der mir diese großartige Gelegenheit ermöglicht hat!* Ich strecke ihm die Hand aus und erwidere sein Lächeln. »Es freut mich, Sie kennenzulernen«, sage ich mit einem Hauch von Stolz. »Es war eine großartige Chance für mich, heute hier zu sein.«

Er schüttelt meine Hand mit fester, doch freundlicher Geste, seine Augen scheinen mich sorgfältig zu mustern. »Ich würde Sie gerne öfter hier haben«, sagt er nachdenklich. »Unsere Universität nimmt an verschiedenen Projekten teil. Ich würde Sie gerne einladen, daran teilzunehmen, wenn Sie natürlich Interesse haben.« In diesem Moment steigt eine Welle der Aufregung in mir auf. Ich versuche, ruhig und gelassen zu bleiben, aber meine Gedanken überschlagen sich. »Natürlich«, sage ich und versuche, meine Begeisterung in den Griff zu bekommen.

»Das würde mich sehr freuen.«, füge ich noch gelassen hinzu. Doch innerlich geht es in mir vor wie ein Sturm. Ich kann es kaum fassen, dass sich hier gerade eine Tür öffnet, die mir neue Möglichkeiten bietet! »Ich werde weiterhin mit Ihnen in Kontakt bleiben«, fährt Herr Albrecht fort, ohne von mir abzulassen. »Rechnen Sie mit einer baldigen Rückmeldung. Schicken Sie mir bitte auch Ihre Bankdaten. Schließlich zahlt sich die Miete nicht von allein.« Ich nicke etwas verlegen, meine Hände zittern leicht. So viel ist gerade auf einmal passiert, und es ist schwer, all das zu begreifen. »Selbstverständlich«, antworte ich und lächle ihn an. »Ich wünsche Ihnen noch einen schönen Abend, Frau Dr. Laurel«, sagt er abschließend, bevor er sich umdreht und den Hörsaal verlässt. Als die Tür hinter ihm zufällt, lasse ich tief und erleichtert die Luft aus meinen Lungen entweichen. Was für ein Tag! Ich kann kaum glauben, wie reibungslos alles verlaufen ist. Ich liebe es, mein Wissen zu teilen und den Studenten etwas beizubringen. Es fühlt sich richtig an, als ob ich endlich genau dort bin, wo ich hingehöre. Das ist mein Traumberuf, und ich habe hart dafür gearbeitet, diesen Moment zu erleben. Es war nicht immer einfach, aber heute weiß ich, dass es sich gelohnt hat. Ich blicke noch einmal in die leeren Reihen des Hörsaals und lasse die Freude in mir aufsteigen.

Schnell greife ich nach meiner Tasche und mache mich auf den Weg zum Ausgang, als eine leise Stimme mich zurückhält. »Entschuldigung, Frau Laurel.« Ich bleibe abrupt stehen und drehe mich in die Richtung der Stimme. Ein junges Mädchen, das sich offensichtlich noch in den frühen Jahren ihres Studiums befindet, steht unsicher vor mir. »Ich wollte nur sagen, dass mir Ihr Unterricht sehr gefallen hat. Sie sind wirklich gut im Erklären, was die meisten Professoren hier leider nicht sind«, spricht sie schüchtern, aber mit einem Hauch von Bewunderung in ihrer Stimme.

Ich lächle und fühle mich sofort geehrt. »Das freut mich wirklich zu hören«, antworte ich ihr dankbar und kann kaum fassen, wie erfüllend es ist, solche Worte zu hören. Es tut gut zu wissen, dass meine Art zu unterrichten etwas bewirken kann. Sie zögert einen Moment und schaut dann etwas unsicher auf den Boden. »Wie sind Sie so gut geworden? Sie haben solch ein Wissen, es ist überragend!« Ihre Frage überrascht mich und rührt mich zugleich. Ich merke, wie sie sich selbst unsicher fühlt, als ob sie glaubt, niemals einen solchen Weg gehen zu können.

Sofort fange ich an zu lächeln und lege ihr sanft meine Hand auf den Arm. »Ich wusste lange Zeit nicht, was ich werden wollte, bis ich begann, Psychologie zu studieren. Anfangs war alles so überwältigend. Aber irgendwie haben mich diese ganzen Themen rund um die Psychologie so fasziniert, dass ich mich immer tiefer hineingearbeitet habe.« Ich lasse einen Moment der Stille einfließen und fahre dann fort. »Ich habe viel gelesen, mich fortgebildet und auch viel praktisch gearbeitet. Eigene Erfahrungen zu sammeln, gehört definitiv dazu. Und es ist wichtig, sich immer wieder weiterzuentwickeln. Nun habe ich sogar Bücher veröffentlicht und einen Doktortitel, aber der Weg dorthin war lang und keineswegs einfach.«

Sie hört mir aufmerksam zu, während sie ihre Gedanken sortiert. »Wenn Sie wirklich für die Psychologie brennen, werden Sie sogar erfolgreicher sein als ich«, sage ich schließlich, in der Hoffnung, sie zu motivieren. Ihre Augen leuchten ein wenig auf, als sie mein Vertrauen in sie spürt. Es tut mir gut, ihr diese Worte mitzugeben. In der Vergangenheit hätte ich mir gewünscht, einen Mentor zu haben, der mich genauso ermutigt und motiviert hätte. Jemanden, der mir den Weg gewiesen hätte. Aber vielleicht ist es genau das, was mich jetzt so leidenschaftlich über Psychologie sprechen lässt, der Wunsch, anderen zu helfen, ihre eigenen Möglichkeiten zu erkennen. Sie bedankt sich und ich sehe, wie sie mit neuer Entschlossenheit und einem Hauch von Zuversicht unser Gespräch verlässt. Es ist ein schönes Gefühl, etwas Positives hinterlassen zu haben.

*

»Wir haben Kuchen gebacken!«, ruft Tiara mir voller Begeisterung zu, als ich gerade die Tür öffne und ins Haus trete. Ihr Gesicht strahlt förmlich, während sie mir mit großen Augen entgegenblickt. »Das ist großartig! Ist das etwa ein Schokoladenkuchen?«, frage ich lachend und drehe mich neugierig zu dem Kuchen um. Joel steht daneben, sein Blick richtet sich fast besorgt auf das Backwerk, das eindeutig zu den unordentlichen Kreationen gehört. Der Kuchen sieht aus wie ein brauner Haufen, der kurz davor ist, sich selbst aufzulösen. Ich schmunzle bei diesem Anblick. »Ich weiß selbst nicht, wie es dazu kommen konnte. In dem Video sah es viel einfacher aus als in echt«, spricht Joel mit einem Hauch von Frustration, seine Hände fast hilflos in die Luft werfend. Ich kann mir ein Kichern nicht verkneifen.

»Der Kuchen sieht großartig aus«, sage ich und stelle mich

vor ihn, um ihm einen Kuss auf die Wange zu geben. »Danke, dass du dich um sie gekümmert hast. Es ist wirklich lieb von dir.« Joel schaut mich mit einem Lächeln an, das etwas erleichtert wirkt, und gibt mir auch einen Kuss zurück. Da dreht sich Tiara plötzlich zu uns um und schaut mit einer Mischung aus Ungeduld und leichtem Genervtsein auf. »Ich will jetzt Kuchen haben. Schneidet den Kuchen endlich!«, fordert sie uns mit einem leicht frechen Ton auf. *Offensichtlich hat sie vergessen, dass ich die Erwachsene hier bin.* »Neuer Versuch«, sage ich mit hochgezogener Augenbraue und einem Schmunzeln auf den Lippen.

»Kannst du bitte den Kuchen schneiden? Ich will Kuchen haben«, fragt sie dann, diesmal viel sanfter, während sie mit ihren Wimpern klimpert. Ich nicke, gehe zum Tisch und hole das Messer, um den Kuchen in Stücke zu schneiden. Hinter mir höre ich Joel leise lachen, und ich kann mich nicht dagegen wehren, ebenfalls zu lachen.

»Wie war es heute?«, fragt Joel, als wir uns schließlich alle mit einem Stück des missglückten, aber dennoch köstlichen Kuchens an den Tisch setzen. Ich nehme einen Bissen, der überraschend gut schmeckt. Sein Blick ist ernster. »Es war unglaublich!«, antworte ich mit einem breiten Lächeln. »Die Universität an sich, und die Räume erst. Es hat einfach alles gepasst! Wahrscheinlich werde ich nun auch mit ihnen kooperieren. So hat es mir Herr Albrecht nämlich angeboten.« Joel ist still und schaut auf seinen Kuchen. *Bestimmt ist er auch so überwältigt wie ich.* Meine Gedanken fliegen für einen Moment zu den aufregenden Möglichkeiten, die mir bevorstehen. Aber dann fange ich mich wieder und lenke die Unterhaltung zurück. »Aber jetzt konzentrieren wir uns auf das Wochenende. Schließlich haben wir noch ein bisschen Spaß zu haben, oder?« Tiara springt aufgeregt auf ihrem Stuhl herum, freut sich über den Kurswechsel. »Komm, lass uns sofort planen, was wir am Samstag machen!« Ich lehne mich zurück, lasse mich von diesem Moment einhüllen, den Duft des Kuchens, das Lachen von Tiara, die Anwesenheit von Joel, und das Gefühl, dass ich hier und jetzt genau das Richtige tue.

Nur wer Einsamkeit kennt, schätzt
den Wert echter Nähe.

Kapitel Drei

Der Ausflug war wundervoll, fast magisch. Ich kann mich nicht erinnern, wann ich Tiara das letzte Mal so unbeschwert und glücklich gesehen habe. Ihr Lachen klang hell, perlend, wie eine frische Brise an einem warmen Sommertag. Ihre Augen funkelten vor Begeisterung, als sie zwischen den Tieren umherlief, ihre kleinen Hände vorsichtig über weiches Fell und glatte Schnauzen gleiten ließ. Joel hatte wirklich an alles gedacht. Jede Kleinigkeit war perfekt geplant, von den sanften, zutraulichen Tieren, die sie streicheln durfte, bis hin zum Picknick im Grünen, wo sie mit vollen Backen lachte und sich vor Freude kaum noch halten konnte. Mein Herz wurde warm, als ich sie so sah, frei von Sorgen, erfüllt von reiner, kindlicher Freude. In Momenten wie diesen wurde mir bewusst, wie selten sie diese Unbeschwertheit erleben durfte. Und wie sehr ich mir wünschte, dass sie es häufiger könnte.

Doch nun ist der Ausflug vorbei und die Realität hat mich wieder eingeholt. Ich sitze in der Cognitio Universität in Sinville, in einem der gedämpft beleuchteten Warteräume. Die hohen Bücherregale ringsum sind bis zur Decke gefüllt, der Geruch von Papier und Tinte liegt in der Luft. Vor mir steht eine dampfende Tasse Tee, deren Aroma sich sanft ausbreitet, doch ich rühre sie nicht an. Herr Albrecht hatte mir eine dringende Nachricht geschickt. Er müsse mit mir sprechen. Worüber, weiß ich nicht, aber die Ungewissheit lässt meine Nerven flattern. Ich trommele mit den Fingerspitzen auf die Tischplatte, mein Blick schweift gedankenverloren durch den Raum.

Plötzlich durchbricht eine Stimme meine Gedanken. »Frau Laurel?« Ich blinzele, reiße meinen Blick hoch und sehe direkt in das ernste Gesicht von Herrn Albrecht. Einen Moment brauche ich, um mich zu fassen, dann springe ich hastig auf, während ich unbewusst meinen Rock glattstreiche. »Guten Tag, Herr

Albrecht«, begrüße ich ihn mit einem höflichen Lächeln, doch meine Stimme klingt einen Hauch zu eilig. Er nickt knapp. »Kommen Sie doch in mein Büro.« Ohne ein weiteres Wort wendet er sich um und schreitet den Gang entlang. Ich schnappe mir meine Tasche, werfe noch einen letzten Blick auf meine unberührte Teetasse und folge ihm mit klopfendem Herzen. Meine Schritte hallen leise auf dem glatten Boden wider, während mein Kopf sich mit Fragen füllt. *Was ist so dringend? Habe ich etwas falsch gemacht? Oder geht es um etwas völlig anderes?*

Als wir sein Büro betreten, bleibt kaum Zeit zum Durchatmen. Kaum ist die Tür hinter mir ins Schloss gefallen, spricht er auch schon. »Diese Universität hat sich ein großes Projekt überlegt«, beginnt er mit einer Mischung aus Entschlossenheit und Geschäftsmäßigkeit in der Stimme. Er steht hinter seinem massiven Schreibtisch, seine Finger ruhen auf einigen Dokumenten. »Es wird eine Fernsehsendung geben. Jede Woche erscheint eine neue Folge. Zuschauer können anrufen und Themen oder Anliegen vorschlagen. Und Sie, Frau Laurel, werden dort auftreten und Ihr Wissen mit der Welt teilen.« Seine Worte treffen mich wie ein Donnerschlag. *Eine Fernsehsendung?*

Mein Atem stockt. Noch bevor mein Verstand richtig begreifen kann, was er da gerade gesagt hat, spricht er unbeirrt weiter. »Diese Show bietet viele Vorteile: Erstens ist sie eine hervorragende Werbung für unsere Universität. Zweitens generiert sie zusätzliche Einnahmen, sowohl für uns als auch für Sie. Und drittens können unsere Studenten direkt von Ihren Aussagen profitieren.« Er macht eine kurze Pause, mustert mich mit seinem nachdrücklichen Blick. »Natürlich können Sie weiterhin hier oder an anderen Institutionen unterrichten.« Er lehnt sich leicht nach vorne, verschränkt die Arme und wartet auf meine Antwort.

Mein Kopf rauscht. Mein Herz klopft schneller. Die Vorstellung ist überwältigend. Bilder tauchen in meinem Kopf auf, ein hell erleuchtetes Studio, Kameras, meine Stimme, die in Mikrofone gesprochen wird, unzählige Zuschauer, die zuhören. Es ist ein

Sprung ins Unbekannte, ein Schritt hinaus aus meiner gewohnten Umgebung. Zweifel flackern in mir auf. *Was, wenn ich mich blamiere? Was, wenn ich nicht gut genug bin?* Doch dann spüre ich eine ganz andere Emotion aufsteigen. Begeisterung. Meine Hände zittern leicht, und meine Augen brennen, während sich Tränen der Aufregung darin sammeln. »Ja, natürlich! Das ist großartig!« Meine Stimme zittert vor Emotionen, während ich versuche, die Wucht dieser Möglichkeit zu begreifen.

Herr Albrecht nickt zufrieden, seine Augen mustern mich mit einer Mischung aus Wohlwollen und geschäftsmäßiger Entschlossenheit. Doch in mir selbst tobt ein Sturm, ein Chaos aus Hoffnung, Nervosität und dieser elektrisierenden Erkenntnis, dass mein Leben sich vielleicht für immer verändern wird. *Ich kann es kaum fassen!* Diese Möglichkeit kam so plötzlich, dass mein Verstand kaum hinterherkommt. Mein Herz schlägt schneller, als ich mir schließlich ein Herz fasse und meine Unsicherheit in Worte kleide. »Aber … ich verstehe trotzdem nicht so ganz, wieso Sie ausgerechnet mich ausgewählt haben?« Meine Stimme ist ruhig, doch ich spüre, wie meine Finger sich unbewusst ineinander verschränken. Natürlich freue ich mich, mehr als das! Doch gleichzeitig ist es surreal. *Warum ich?* Herr Albrecht lehnt sich leicht zurück, sein Blick durchdringend, aber nicht unfreundlich. Dann beginnt er zu erklären.

»Ich hatte schon lange nach dem perfekten Gesicht für unser Projekt gesucht.« Seine Worte sind bedacht, als wolle er sicherstellen, dass ich jedes einzelne richtig verstehe. »Vor einiger Zeit erzählte mir einer unserer Studenten etwas über Ihr Buch.« Ich spüre, wie sich meine Lippen leicht öffnen, doch ich sage nichts. Ich lasse ihn weitersprechen. »Ich wurde neugierig und las mir ein paar Seiten durch.« Ein anerkennendes Lächeln umspielt seine Züge. »Ihre Erzählweise hat mich beeindruckt. Sie besitzen eine Art, Emotionen greifbar zu machen. Etwas Authentisches, das man nicht lernen kann.« Seine Worte treffen mich unerwartet tief. Ich wusste nicht, dass meine Worte eine solche Wirkung haben können. »Schließlich entschied ich mich, Sie einzuladen, um mir selbst ein Bild zu machen.« Er verschränkt die Arme vor der Brust und nickt. »Und alles passte. Ihre Art, Ihr Ausdruck, Ihre Präsenz. Die Entscheidung fiel mir also leicht.« Ich schlucke. *Interessant.* Dann war die Vertretung also nur eine Art letzter Test. Ein Test, den ich, ohne es gewusst zu haben, bestanden habe.

»Den Vertrag erhalten Sie noch heute per Mail. Ich habe großes Vertrauen in Sie, enttäuschen Sie uns nicht.« Herr Albrecht sieht mich mit einem nachdrücklichen Blick an, und obwohl ich immer noch überwältigt bin, nicke ich eifrig. Mein Herz hämmert, während ich mich hastig bedanke. Meine Hände sind leicht feucht, als ich die Türklinke berühre und den Raum verlasse. Kaum schließt sich die Tür hinter mir, lehne ich mich kurz dagegen und atme tief durch. *Habe ich das gerade richtig gehört?*

Eine eigene Fernsehsendung. Eine Plattform, um mein Wissen mit dem Land zu teilen. Der Gedanke schwirrt in meinem Kopf wie ein Schwarm aufgeregter Vögel. Ich spüre, wie mein Körper vor Aufregung kribbelt, eine Mischung aus purer Euphorie und ungläubigem Staunen. *Joel wird mir das niemals glauben!* Mit einem breiten Lächeln und pochendem Herzen sprinte ich zum Parkplatz, mein Tempo immer schneller werdend, bis ich fast renne. Ein Teil von mir möchte sofort anrufen und ihm alles erzählen, doch ein Blick auf die Uhr belehrt mich eines Besseren. Ich habe noch einen Kurs zu halten.

*

Als ich die Universität erreiche, ist es bereits sechzehn Uhr. Die kühle Nachmittagssonne wirft lange Schatten über das Campusgelände. Leicht fröstelnd ziehe meine Jacke enger um mich. Während ich durch die Flure eile, spüre ich eine angenehme Erschöpfung in meinen Beinen, vielleicht von der Aufregung, vielleicht vom schnellen Gehen. Ich komme gerade rechtzeitig am Hörsaal an. Als ich die Tür öffne, halte ich überrascht inne. Es sind deutlich mehr Studenten da als sonst. Normalerweise sind die Reihen nur mäßig gefüllt, doch heute … heute sieht es anders aus. Die Bänke sind beinahe voll, Stimmen summen erwartungsvoll durch den Raum. Einige Studenten lächeln mir zu, andere beobachten mich neugierig Ich hebe eine Augenbraue und schmunzle. »Heute habe ich viele Studenten hier. Wissen Sie, woran das liegt?« Noch bevor ich die Frage ganz ausgesprochen habe, ertönt eine Antwort von links: »Dass Sie in der Cognitio Universität in Sinville waren, hat sich herumgesprochen. Den Studenten hat es gefallen, deshalb sind mehr gekommen als sonst.« Meine Augen weiten sich leicht, als mir die Tragweite dieser Worte bewusstwird. Meine Arbeit spricht sich herum? Menschen kommen gezielt, weil sie mich hören wollen? Ein sanfter Stolz regt sich in mir, begleitet von einer leisen Demut.

Gerade als ich mich sammeln will, spüre ich eine Präsenz an der Tür. Ich drehe mich um und sehe Joel. Lässig lehnt er am Türrahmen, die Arme vor der Brust verschränkt, ein wissendes Lächeln auf den Lippen. Seine braunen Augen mustern mich amüsiert, als hätte er genau gewusst, dass ich ihn bemerken würde. »Ist das so?«, frage ich schmunzelnd in die Runde. Die Studenten nicken grinsend. Ich wende mich zu Joel, verschränke spielerisch die Arme und setze eine ernste Miene auf. »Sie stören meinen Unterricht, Herr Faxon.« Er hebt entschuldigend die Hände. »Ich muss auch zu meinem Kurs. Wir sehen uns später, Frau Laurel.« Sein Tonfall ist sanft, und als er sich abwendet und die Tür hinter sich schließt, bleibt ein Lächeln auf meinen Lippen zurück.

Ein kurzer Moment des Innehaltens, dann richte ich meine Aufmerksamkeit wieder zum Kurs. »Heute behandeln wir das Thema Einsamkeit«, kündige ich an und lasse meinen Blick über die Gesichter der Studenten gleiten. Einige zücken bereits ihre Stifte, andere sehen mich neugierig an. »Es wird eine längere Sitzung, also entspannen Sie sich und machen Sie sich fleißig Notizen. Vielleicht gibt es dann keine Hausaufgaben.« Vereinzeltes Kichern geht durch den Raum, während ich meine Unterlagen auf dem Tisch ausbreite. Ich schiebe meine Brille zurecht, atme einmal tief durch und beginne mit der Vorlesung. »Einsamkeit beschreibt das belastende Gefühl, von anderen Menschen getrennt zu sein, unabhängig davon, ob man tatsächlich allein ist oder sich lediglich emotional isoliert fühlt. Es ist ein subjektives Empfinden, das nicht zwangsläufig mit physischer Abwesenheit von Gesellschaft einhergeht. Ein Mensch kann sich inmitten einer Menschenmenge einsam fühlen, während ein anderer allein lebt und dennoch keine Einsamkeit verspürt. Die Auswirkungen von Einsamkeit gehen weit über das emotionale Empfinden hinaus, sie kann auch körperliche Folgen haben.

Studien zeigen, dass anhaltende soziale Isolation das Risiko für zahlreiche gesundheitliche Probleme erhöht, darunter Herz-Kreislauf-Erkrankungen, ein geschwächtes Immunsystem und psychische Störungen wie Depressionen oder Angstzustände. Einige Wissenschaftler sehen Einsamkeit mittlerweile als eine Art *Trenddiagnose* – ein Begriff, der beschreibt, wie zunehmend mehr Menschen dieses Gefühl als prägend für ihr Leben empfinden. Doch wann wird Einsamkeit tatsächlich problematisch? Die Grenzen zwischen dem Bedürfnis nach Zeit für sich selbst und einer krankhaften sozialen Isolation sind fließend. Während einige Menschen bewusst die Einsamkeit suchen und darin Kraft finden, leiden andere unter dem Fehlen zwischenmenschlicher Nähe. Entscheidend ist daher nicht das äußere Maß an sozialer Interaktion, sondern die individuelle Wahrnehmung und das persönliche Wohlbefinden.«

Ich merke, wie trocken mein Hals wird, und greife nach meiner Wasserflasche. Während die Studenten ihre Notizen vervollständigen, setze ich mich auf die Tischkante und fahre fort.

»Einsamkeit ist per Definition keine eigenständige Krankheit, da sie keine direkte körperliche Beeinträchtigung eines Organsystems verursacht und keine eindeutigen diagnostischen Kriterien erfüllt, die eine klare Abgrenzung zwischen Betroffenen und gesunden Menschen ermöglichen. Vielmehr handelt es sich um ein subjektives Empfinden, das individuell wahrgenommen wird und von Mensch zu Mensch unterschiedlich ausgeprägt sein kann. Dennoch kann Einsamkeit tiefgreifende psychische und körperliche Auswirkungen haben. Sie kann ein Begleitsymptom psychischer Erkrankungen wie Depressionen oder Angststörungen sein und langfristig sogar das Risiko für gesundheitliche Probleme erhöhen. Studien zeigen, dass anhaltende Einsamkeit mit chronischem Stress, einem geschwächten Immunsystem und einem erhöhten Risiko für Herz-Kreislauf-Erkrankungen in Verbindung stehen kann. Somit ist Einsamkeit zwar keine Krankheit im klassischen medizinischen Sinne, doch ihre Auswirkungen auf die körperliche und geistige Gesundheit sind nicht zu unterschätzen. Der Umgang mit Einsamkeit erfordert daher nicht nur individuelle Bewältigungsstrategien, sondern oft auch soziale Unterstützung und ein Bewusstsein für die Bedeutung zwischenmenschlicher Verbindungen.«

Ich laufe zur Tafel, nehme mir ein Stück Kreide zur Hand und schreibe auf: *Emotionale Einsamkeit – Soziale Einsamkeit – Kollektive Einsamkeit*

»Einsamkeit lässt sich in verschiedene Formen unterteilen, je nachdem, welche Art von sozialen Verbindungen fehlt. *Emotionale Einsamkeit*, auch als intime Einsamkeit bezeichnet, entsteht, wenn eine enge und tiefgehende Beziehung fehlt, wie sie etwa in einer Partnerschaft oder einer sehr vertrauten Freundschaft existiert. Menschen, die unter emotionaler Einsamkeit leiden, empfinden oft ein starkes Bedürfnis nach Nähe und Zuneigung, die sie in ihrem Umfeld nicht ausreichend finden. *Soziale Einsamkeit*, auch als relationale Einsamkeit bekannt, beschreibt hingegen das Fehlen eines stabilen sozialen Netzwerks. Wer keine engen Freundschaften oder regelmäßigen sozialen Kontakte pflegt, kann sich trotz gelegentlicher Bekanntschaften oder beruflicher Interaktionen isoliert fühlen. Diese Form der Einsamkeit tritt häufig bei Menschen auf, die durch Umzüge, veränderte Lebensumstände oder soziale Unsicherheiten den Anschluss an ein stabiles soziales Umfeld verloren haben. Schließlich gibt es die *kollektive*

Einsamkeit, die sich auf das Gefühl bezieht, nicht Teil einer größeren Gemeinschaft oder Gesellschaft zu sein. Sie betrifft häufig Menschen, die sich von kulturellen, gesellschaftlichen oder politischen Gruppen ausgeschlossen fühlen. Dieses Gefühl kann entstehen, wenn jemand das Empfinden hat, nicht in eine Gesellschaft zu passen, sei es aufgrund von individuellen Werten, Lebensweisen oder anderen Faktoren, die eine Zugehörigkeit erschweren. Jede dieser Einsamkeitsformen kann sich unterschiedlich auf die Psyche und das Wohlbefinden auswirken. Während emotionale Einsamkeit oft mit Traurigkeit oder Depressionen verbunden ist, kann soziale Einsamkeit zu Isolation und Angst führen. Kollektive Einsamkeit wiederum kann das Gefühl der Entfremdung und Unverständnis verstärken. Umso wichtiger ist es, sich bewusst mit diesen Formen auseinanderzusetzen und Wege zu finden, um Einsamkeit zu überwinden oder ihr präventiv entgegenzuwirken.«

Die Studenten notieren fleißig, und ich lasse ihnen einen Moment Zeit, bevor ich fortfahre.

»Eine Studie untersuchte die Auswirkungen sozialer Isolation auf Ameisen und lieferte erstaunliche Ergebnisse. Die isolierten Ameisen zeigten nicht nur ein verändertes Sozial- und Hygieneverhalten, sondern auch deutliche biologische Reaktionen. Ihre Immun- und Stressgene wurden herunterreguliert, was sie anfälliger für Krankheiten machte. Bemerkenswert ist, dass diese Reaktionen, denen von Menschen und anderen sozialen Säugetieren ähneln. Auch beim Menschen führt anhaltende Einsamkeit zu einer geschwächten Immunabwehr, erhöhter Stressanfälligkeit und sogar zu einer verkürzten Lebenserwartung. Die Parallelen zwischen den Ameisen und dem menschlichen Organismus legen nahe, dass soziale Verbundenheit eine tief verwurzelte biologische Notwendigkeit ist, nicht nur für höhere Lebewesen, sondern auch für scheinbar einfache Organismen wie Insekten.«

Ich teile die Klasse in Gruppen ein und gebe ihnen die Aufgabe, das Experiment zu analysieren. An der Tafel schreibe ich dazu noch unterstützende Fragen auf.

Eine halbe Stunde später endet der Kurs. Mit einem zufriedenen, aber müden Lächeln verabschiede ich mich von den letzten Studenten, die mit ihren Notizbüchern unter dem Arm aus dem Hörsaal strömen. Ich bleibe noch einen Moment stehen, atme tief durch und reibe mir die Schläfen, ein leichter Kopfschmerz pocht in meinem Kopf. Die Anspannung des Tages beginnt sich bemerkbar zu machen. Der Adrenalinschub der letzten Stunden ebbt langsam ab, und Erschöpfung breitet sich in meinen Gliedern aus. *Ich sollte wirklich mehr darauf achten, regelmäßig zu essen und zu trinken.*

*

Später erreiche ich endlich mein Zuhause. Die vertraute Wärme umfängt mich, als ich die Tür hinter mir schließe. »Ich bin da!«, rufe ich laut durch den Flur. Noch bevor ich meine Tasche richtig abstellen kann, höre ich das eilige Trappeln kleiner Füße auf der Treppe. »Hallo, Mama!« Tiara rennt mit strahlenden Augen auf mich zu, ihr langes, blondes Haar schwingt mit jeder Bewegung. Ich knie mich hinunter, schließe sie fest in meine Arme und drücke einen Kuss auf ihre weiche Wange. Der Duft nach Seife und etwas Süßem steigt mir in die Nase.

»Ich habe großartige Neuigkeiten!« Meine Stimme ist vor Aufregung ein wenig höher als sonst. »Ist Joel hier?« Tiara nickt eifrig und greift nach meiner Hand. »Er schläft auf dem Sofa!« Schmunzelnd lasse ich mich von ihr ins Wohnzimmer ziehen. Und tatsächlich liegt da Joel, ausgestreckt auf dem Sofa, ein Arm über die Stirn gelegt, sein Atem ruhig und gleichmäßig. Sein Haar fällt ihm ein wenig ins Gesicht, seine Brust hebt und senkt sich in einem langsamen Rhythmus. Mein Grinsen wird breiter bei diesem Anblick. Sanft nehme ich Tiara auf den Arm und trage sie Richtung Küche. »Hast du auf etwas Bestimmtes Lust?«, frage ich sie. »Pommes!«, ruft sie begeistert, ihre kleinen Hände in die Luft werfend. Ich lache und stelle sie vorsichtig auf den Boden. »Pommes also. Na gut!« Mein Magen knurrt zustimmend. Bis auf einen hastig gegessenen Apfel hatte ich heute nichts zu mir genommen. Der Stress des Tages hatte mich einfach zu sehr in Anspruch genommen.

Während ich mich daran mache, das Abendessen vorzubereiten, lehnt sich Tiara neugierig an die Arbeitsplatte und beobachtet mich mit leuchtenden Augen. »Und, wie war es heute in der Schule, Schatz?« Sie strahlt über das ganze Gesicht. »Wir haben mit Farbe gemalt! Meine ganzen Hände waren voller blauer Farbe!« Ihre Begeisterung ist wie immer ansteckend. Ich stelle die Tiefkühlpommes auf die Arbeitsfläche und werfe ihr einen schelmischen Blick zu. »Blau, ja? Hast du vielleicht versucht, dich selbst in ein kleines Kunstwerk zu verwandeln?« Tiara kichert und nickt heftig. »Ja! Frau Meier musste mir die Hände dreimal waschen! Aber es hat so viel Spaß gemacht!« Ich kann nicht anders, als mit ihr zu lachen, während ich den Ofen vorheize. Der Tag war anstrengend, aber genau diese Momente, die Unbeschwertheit, das Lachen, das Gefühl von Zuhause, lassen mich wieder entspannt werden.

»Du bist endlich zuhause. Wie lief es heute?« Joels tiefe, vertraute Stimme erklingt hinter mir, warm und neugierig zugleich. Ich drehe mich sofort zu ihm um, mein Herz macht einen kleinen Sprung, nicht nur wegen seiner Stimme, sondern wegen der Neuigkeiten, die ich ihm gleich erzählen werde. »Joel!« Ein breites Lächeln breitet sich auf meinem Gesicht aus. »Ich habe großartige Neuigkeiten! Setz dich mit Tiara schon mal an den Esstisch.« Er runzelt kurz die Stirn, als wolle er erraten, was mich so aufgeregt hat, doch dann zuckt er mit den Schultern und folgt Tiara, die bereits fröhlich zum Tisch hüpft. Ich hole die letzten goldbraunen Pommes aus dem heißen Öl, lasse sie kurz auf Küchenpapier abtropfen und richte sie dann auf den Tellern an. Mein Magen knurrt leise. Der Duft von warmen, knusprigen Pommes mit einer Prise Salz lässt mir das Wasser im Mund zusammenlaufen.

Als ich endlich mit den Tellern an den Tisch komme, sitzen Tiara und Joel bereits da, beide erwartungsvoll zu mir aufblickend. Ihre Gesichter spiegeln Neugier wider. Dieselbe Euphorie, die mich bereits in Herrn Albrechts Büro erfasst hatte, prickelt erneut durch meine Adern. Ich atme tief durch, dann platzt es aus mir heraus. »Heute war ich wieder an der Cognitio Universität in Sinville. Herr Albrecht hat mich zu einem Gespräch gerufen. Es wird bald eine Show im Fernsehen laufen. Meine eigene! Ich werde mein Wissen mit dem ganzen Land teilen. Jeden Freitag wird es eine Folge geben. Heute Abend bekomme ich sogar schon den Vertrag!« Die Worte sprudeln nur so aus mir heraus, als hätte ich Angst, sie könnten mir entgleiten, wenn ich sie nicht schnell genug ausspreche. *Ich kann es selbst kaum glauben.* Dass dieser Moment wirklich passiert. Dass ich eines Tages so erfolgreich sein würde, hätte ich mir nie vorstellen können.

Einen Sekundenbruchteil lang herrscht Stille. Dann kreischt Tiara plötzlich auf, ihre Stimme überschlägt sich vor Begeisterung. »Mama wird ein Star!« Ihre kleinen Hände fliegen in die Luft, bevor sie aufspringt und mir in die Arme fällt. Ihr Körper ist warm, ihr Lachen ansteckend. Ich schlinge meine Arme um sie und drücke sie an mich, spüre, wie ihr Herz vor Aufregung hämmert.

Lachend blicke ich zu Joel, doch in dem Moment erstarren meine Züge. Da ist etwas in seinen Augen. Ein kurzes, flüchtiges Funkeln. Ein Ausdruck, der nicht zu dem Joel passt, den ich kenne. Mein Herz zieht sich unwillkürlich zusammen. Es ist nicht einfach nur Überraschung oder Freude, es ist etwas anderes. *Etwas Dunkleres.* Ein Schatten, der nur für den Bruchteil einer Sekunde auftaucht, bevor er es schafft, sein Lächeln aufzusetzen. Ich lasse Tiara vorsichtig herunter, mein Blick bleibt auf ihm haften. Joel steht auf, streicht sich mit einer beiläufigen Bewegung über den Nacken und sagt mit einem Lächeln: »Das ist großartig, Liyana!« Seine Worte sind warm, fast enthusiastisch, doch ich höre es. *Dieses leichte Zögern.* Gänsehaut breitet sich auf meinen Armen aus, während mein Körper unbewusst eine Anspannung aufbaut. Joel war der einzige Mann, dem ich ansatzweise vertraute.

Und jetzt? Jetzt schleicht sich ein mulmiges Gefühl in meine Brust, setzt sich wie ein Schatten in meine Gedanken. Was genau habe ich da gerade in seinen Augen gesehen? Neid? *Nein.* Es war schlimmer als das. Dieses Funkeln in Joels Augen wird noch für Ärger sorgen, da bin ich mir sicher …

Ein eiskalter Stich fährt mir durch die Brust, doch ich zwinge mich, ruhig zu bleiben. In Gedanken erwidere ich seine Umarmung, lasse ihn für diesen Moment gewähren, auch wenn sich meine Haut plötzlich seltsam empfindlich anfühlt. Joel ist ein wunderbarer Mensch. Ein toller Freund. Ein liebevoller Stiefvater. Tiara braucht einen Vater. Jemanden, der sie beschützt, der ihr die Liebe gibt, die ihr zusteht. Sie darf nicht so werden wie ich. Sie darf diesen Schmerz niemals erleben müssen. Und ich? Ich brauche Joel auch. Zum ersten Mal in meinem Leben habe ich jemanden, der mir Liebe schenkt, ohne dass ich darum kämpfen muss. Jemanden, der mich ansieht, als wäre ich wertvoll. Doch wenn er sich jetzt auch noch verändert, wenn er auch einer von denen wird, dann bleibt mir niemand mehr.

Ein brennendes Gefühl sticht in meine Augen. Bevor die Träne meine Wange hinunterrollen kann, wische ich sie hastig weg. »Ich muss noch etwas arbeiten. Esst ihr in Ruhe zu Ende«, sage ich leise. Meine Stimme klingt brüchig, als hätte sie Risse, durch die all meine Ängste und Zweifel sickern könnten. Ohne auf eine Antwort zu warten, drehe ich mich um und verlasse den Raum. Jeder Schritt fühlt sich schwer an, als würde mich eine unsichtbare Last nach unten ziehen.

Kaum habe ich mein Arbeitszimmer erreicht, schließe ich die Tür ab und lehne mich kurz mit geschlossenen Augen dagegen. Mein Herz hämmert in meiner Brust, lauter als es sollte. Ich zwinge mich weiterzugehen. Mein Blick wandert zur großen Regalwand. Mit aller Kraft stemme ich mich dagegen und schiebe sie Stück für Stück zur Seite. Staub tanzt in der Luft, aufgewirbelt von der plötzlichen Bewegung. Dahinter kommt eine kleine, unscheinbare Box zum Vorschein. Mein Atem stockt. Lange habe ich sie nicht mehr geöffnet. Lange hatte ich es nicht nötig. Glück hatte sich wie eine warme Decke um mich gelegt, hatte mich vergessen lassen, dass diese Box existiert. Dass sie all die Dinge birgt, die ich tief in mir begraben wollte. Aber jetzt … jetzt ist dieses Gefühl wieder da.

Das dunkle Ziehen. Mit zitternden Fingern hebe ich den Deckel. Kaum ist die Box offen, schlagen die Erinnerungen mit voller Wucht über mir zusammen. Ganz oben liegt es. *Das Foto.* Das Foto meines letzten gemeinsamen Geburtstags mit meiner Familie. Meine Mutter, Vater, Schwester und ich. Wir sitzen alle auf dem alten Sofa im Wohnzimmer, das warme Licht der Stehlampe taucht alles in sanfte Gelbtöne. Meine Mutter hält meinen Arm, mein Vater lacht in die Kamera, und meine Schwester hat ihren Kopf auf meine Schulter gelegt. Dieses Bild wurde nur wenige Stunden vor dem Unglück aufgenommen. Nur wenige Stunden, bevor sich alles änderte. Ich fahre mit den Fingerspitzen über das abgenutzte Papier, als könnte ich so die Vergangenheit wieder zum Leben erwecken. Doch alles, was bleibt, ist die Kälte, die sich langsam in meine Knochen frisst. Und die Erkenntnis, dass ich vielleicht niemals wirklich entkommen werde.

Nach unserer kleinen Feier ging mein Vater hinaus *»Ich muss noch kurz weg«*, sagte er beiläufig, während er sich seine Jacke überzog. Ich achtete nicht weiter darauf. Ich war glücklich, es war ein schöner Abend gewesen. Wir hatten gelacht, gesungen, Kuchen gegessen. Ich fühlte mich geborgen in der Wärme meiner Familie. Wie immer wollte ich in dieser Nacht bei meiner Mutter schlafen. Ihr Bett war groß, ihre Arme sicher, und ich liebte es, mich an sie zu kuscheln. Doch als ich mich unter die Decke schob, spürte ich etwas Hartes unter meinem Arm. Ein Umschlag. Er lag dort, wo mein Vater sonst immer schlief. Ich blinzelte verwirrt. Mit meinen kleinen Fingern griff ich nach dem Brief und betrachtete ihn. Mein Name stand nicht darauf, also wusste ich nicht, ob ich ihn öffnen durfte. Also stand ich wieder auf, ging zu meiner Mutter und hielt ihn ihr hin. *»Mama, was ist das?«* Sie nahm ihn, ohne etwas zu sagen. Ihre Stirn legte sich in Falten, als sie den Umschlag mit zittrigen Fingern öffnete.

In dem Moment, in dem ihre Augen über die ersten Zeilen glitten, erstarrte sie. Dann kamen die Tränen. Zunächst waren es nur ein paar, die lautlos über ihre Wangen rollten. Doch dann wurde ihr Atem hektischer, ihr Gesicht verzog sich vor Schmerz. Meine ältere Schwester, die bis eben noch am Fenster gestanden hatte, sah sie erschrocken an. *»Mama? Was ist los?«* Keine Antwort. Nur ein ersticktes Schluchzen, während ihre Hände den Brief so festhielten, dass das Papier sich zerknitterte. Dann schrie sie es heraus. Ein Schrei, der mich mitten ins Herz traf. *»Er ist weg! Er hat uns verlassen!«* Ich verstand es nicht. *Wohin war er gegangen? Kommt er nicht wieder?* Meine Schwester stürzte zu ihr, riss ihr den Brief aus den Händen. Ihre Augen flogen über die Zeilen, und ich beobachtete, wie ihre Finger sich zu Fäusten ballten.

Ein Beben durchlief ihren ganzen Körper. Dann, mit einem wütenden Aufschrei, schleuderte sie die Vase mit den Blumen, die er mir gekauft hatte, gegen die Wand. Das Porzellan zersprang in tausend Stücke. Wassertropfen verteilten sich auf dem Boden. Die Blütenblätter lagen verstreut, als hätte jemand sie achtlos weggeworfen. Ich stand da, unfähig, mich zu rühren. Die Tränen meiner Mutter. Die Wut meiner Schwester. Ich war zu jung, um zu begreifen, was es bedeutete, wenn ein Vater seine Familie verlässt. Zu jung, um zu verstehen, dass Liebe nicht immer bleibt. Doch in dieser Nacht lernte ich, was Schmerz war.

Schluchzend lege ich das Bild zurück in die Box und greife nach dem Brief. Das letzte Stück meines Vaters, das mir geblieben ist.

Meine geliebte Familie,

ich weiß, wie sehr euch das, was ich euch jetzt schreibe, verletzen wird. Und trotzdem muss ich ehrlich sein. Ich werde gehen. Für immer. Nicht, weil ich euch nicht liebe. Im Gegenteil, ich liebe euch von ganzem Herzen. Aber ich liebe auch eine andere Frau. Ich habe sie auf einer meiner Geschäftsreisen kennengelernt. Sie hat mich tief berührt, auf eine Weise, die ich mir selbst nicht erklären kann. In ihrer Nähe habe ich das Gefühl, wieder atmen zu können.

Ich weiß, das ist schwer zu verstehen. Vielleicht wirkt es egoistisch, aber ich halte es nicht mehr aus, zwischen zwei Welten zu leben. Wenn ich bei euch war, habe ich sie vermisst. Wenn ich bei ihr war, hatte ich ein schlechtes Gewissen. Deshalb gehe ich jetzt. Wohin genau, weiß ich noch nicht. Ich lasse mich treiben und schaue, wohin uns das Leben führt.

Liyana, mein kleiner Engel,
es tut mir leid. Ich war nicht der Vater, den du verdient hast. Du bist so ein warmherziger, liebevoller Mensch. Ich hoffe, du wirst eines Tages jemanden finden, für den du mit ganzem Herzen da sein möchtest. Ich liebe dich, so wie du bist. Bleib dir treu, verliere nie dein Strahlen.

Jessica, meine starke Tochter,
auch wenn wir oft gestritten haben, weißt du hoffentlich, dass ich dich liebe. Du hast deinen eigenen Kopf, deinen eigenen Weg, und das ist gut so. Du erinnerst mich oft an deine Mutter. Bitte pass auf deine kleine Schwester auf. Beende die Schule, finde deinen Platz im Leben und geh deinen Weg. Ich glaube an dich.

Fiona, meine Frau,
du hast die Scheidungspapiere längst unterschrieben, und trotzdem fällt mir dieser Abschied schwer. Ich hätte offener sein sollen, aber ich konnte es nicht. Bald wird die Scheidung rechtskräftig sein, und dann wirst du frei sein für ein neues Leben. Ich danke dir von Herzen

für die gemeinsame Zeit und für unsere beiden wundervollen Kinder. Auch wenn es nicht leicht war zwischen uns, werde ich dich nie vergessen.

An euch alle,
ihr werdet mich nicht wiedersehen. Nicht, weil ich euch egal bin, sondern weil ich glaube, dass es besser so ist. Für euch, für mich und für die Frau, mit der ich jetzt einen neuen Weg gehe. Es tut mir leid, dass ich euch so viel Schmerz hinterlasse.
Unter dem Bett habe ich 50.000 Euro zurückgelassen. Ich hoffe, sie helfen euch, ein neues Kapitel zu beginnen.

In Liebe
Dexter Lotz

Die Tränen haben mein Oberteil völlig durchnässt. Ich zittere. Nicht vor Kälte, sondern vor der Welle der Gefühle, die mich überrollt. Wie konnte er uns einfach allein lassen? Wie konnte er uns austauschen, als wären wir bedeutungslos? Seine Familie, seine Frau, seine Kinder, für eine Frau, die er gerade erst kennengelernt hatte! Hatte all die Jahre, die wir zusammen verbracht hatten, wirklich nichts bedeutet? Waren wir für ihn nur ein Kapitel in seinem Leben gewesen, die er irgendwann vergessen wollte?

Mein Atem geht unregelmäßig, meine Finger krallen sich um den Brief. *Er hätte niemals gehen dürfen.* Wenn er gewusst hätte, was nach seinem Verschwinden alles passieren wird … Aber darüber will ich heute nicht nachdenken. Ich kann es nicht. Nicht jetzt, nicht mit Joel und Tiara im Haus. Ich presse die Lippen zusammen, zwinge mich, ruhiger zu atmen. Dann lege ich den Brief mit zitternden Fingern zurück in die Box. Mein Herz hämmert gegen meine Rippen, doch ich ignoriere es.

Langsam, beinahe mechanisch, hebe ich die Box auf, stelle sie zurück an ihren Platz hinter dem Regal. Mit beiden Händen stemme ich mich dagegen und schiebe es in seine ursprüngliche Position. Es ist, als würde ich all diese Erinnerungen wieder hinter einer Wand einsperren. Sie gehören dorthin. *Weit weg von meinem Leben.* Ich drehe mich um, werfe einen Blick auf meinen Laptop. Noch immer ist der Bildschirm schwarz. Eine Erinnerung daran, dass ich eigentlich noch arbeiten muss. Mit einem tiefen Atemzug gehe ich zum Schreibtisch und klappe den Laptop auf. Das Summen des startenden Geräts wirkt beruhigend, bringt mich zurück in die Gegenwart. Ich streiche mir mit einer fahrigen Bewegung die Haare aus dem Gesicht, binde sie zu einem festen Zopf. Meine Brille setze ich auch auf. Zeit, mich zusammenzureißen. Zeit, mich auf das Hier und Jetzt zu konzentrieren. Die Vergangenheit kann warten. *Zumindest für heute.*

Wie immer überprüfe ich zuerst meinen Plan für morgen. Mein Blick wandert über die Einträge in meinem digitalen Kalender. Ein Aufklärungsseminar an einer Hochschule. Das Thema lautet Toxische Beziehungen. Ich lehne mich in meinem Stuhl zurück und atme tief durch. Das wird ein intensiver Tag. Dieses Thema ist mir besonders wichtig. Zu oft habe ich erlebt, wie Menschen in schädlichen Beziehungen gefangen waren, unfähig, sich daraus zu befreien. *Vielleicht kann ich mit meinen Worten jemandem helfen.* Ich streiche mit den Fingern über das Touchpad meines Laptops und öffne meine E-Mails. Sofort sehe ich die Flut an ungelesenen Nachrichten. Mein Postfach explodiert mal wieder.

Meist sind es Anfragen von Unternehmen, Schulen oder Universitäten, die mich für Vorträge buchen wollen. Oder Nachrichten über neue Rezensionen meiner Bücher. Ich bin nicht fest angestellt, meine Arbeit basiert auf Angeboten, die direkt an mich herangetragen werden. Früher war das nicht so. Noch vor ein paar Jahren habe ich mich fast ausschließlich auf meine Bücher konzentriert. Ich hatte keine andere Wahl. Tiara war noch klein und sie brauchte mich. Ich konnte mir nicht erlauben, ständig unterwegs zu sein. Aber jetzt ist sie älter. *Selbstständiger.* Ich kann wieder mehr reisen, mehr Vorträge halten, mehr Menschen erreichen. Ein kleines Lächeln huscht über meine Lippen. Es fühlt sich gut an, wieder mittendrin zu sein.

Mein Blick huscht über die Absender der neuen Nachrichten, bis ein Name meine Aufmerksamkeit fesselt. Herr Albrecht! Mein Herz setzt für einen Moment aus. Wie in Trance klicke ich auf die E-Mail. Ein Anhang. Eine PDF-Datei. Mit den Worten: *Anbei Ihr Arbeitsvertrag. Wir freuen uns über die Zusammenarbeit.* Ich starre auf den Bildschirm. Die Worte verschwimmen für einen Moment vor meinen Augen. Mein Herzschlag beschleunigt sich. Das ist es! Der offizielle Vertrag! Der letzte Schritt, der alles besiegelt. Ein Zittern durchläuft meine Finger, als ich die Datei öffne. Das ist kein Traum. *Es passiert wirklich.*

Ich beginne, meinen Vertrag durchzulesen. Jedes Wort, jede Bedingung, jede Klausel. Ich will alles verstehen, jedes Detail erfassen. Mit jeder Seite wächst das Staunen in mir. Die Zahlen sind surreal. Die Bezahlung für jede Folge ist weit höher, als ich es mir je hätte erträumen können. Ich lehne mich in meinem Stuhl zurück, mein Herz hämmert vor Aufregung. Ich schließe für einen Moment die Augen und lasse es auf mich wirken. Morgen werde ich mich um alles kümmern, unterschreiben, zurücksenden und die ersten Planungen besprechen. Ich will keine Zeit verlieren. Je schneller wir starten, desto besser.

Ein plötzliches Klopfen an der Tür reißt mich aus meiner Träumerei. »Liyana, ich muss heute gehen.« Joels Stimme. Sofort versteife ich mich. *Warum will er jetzt gehen?* Er liebt es, hier zu sein! Schnell stehe ich auf, schiebe den Stuhl zurück und öffne die Tür. Sein Blick trifft meinen, aber irgendetwas ist anders. Es ist nicht mehr dieses sanfte, warme Funkeln, das ich so gut kenne. Da ist etwas anderes, eine Spur von Unruhe, vielleicht sogar Unbehagen. Ich runzle die Stirn. »Warum gehst du?«, frage ich leise. Er weicht meinem Blick für einen Sekundenbruchteil aus, bevor er sich am Nacken kratzt, eine Geste, die er immer macht, wenn er nervös ist. »Naja, ich muss noch viel erledigen. Und bei mir ist es ruhiger, daher werde ich die Tage nicht da sein.« *Lüge.*

Ich weiß es in dem Moment, in dem er die Worte ausspricht. Hier ist es ruhig. *Immer.* Tiara war schon immer ein stilles

Kind, nicht nur wegen ihres Wesens, sondern auch wegen ihrer Krankheit. Es wäre nicht gut für sie, wenn sie ständig herumtoben würde. Deshalb war unser Zuhause nie laut. Seine Worte ergeben also keinen Sinn, doch ich sage nichts. Mein Herz zieht sich zusammen, während ich ihn weiter mustere. Ich sehe es in seinen Augen, ein Zögern, ein Schatten, der vorher nicht da war. Er verschweigt etwas. *Er ist nicht ehrlich.* Und doch zwinge ich mich zu einem Lächeln, als wäre alles in Ordnung. »Okay.« Ein einziges Wort, das über meine Lippen kommt, obwohl alles in mir sich dagegen sträubt. Er nickt, erwidert mein Lächeln, aber es erreicht seine Augen nicht. Ich sehe ihm nach, als er sich umdreht und den Flur hinuntergeht. Mein Herz fühlt sich schwer an. Etwas ist anders. Etwas fühlt sich falsch an. Und dieses Gefühl lässt mich nicht los.

Ohne ein weiteres Wort geht er zu Tiara, die ihm mit großen Augen entgegenblickt. »Wir sehen uns, Kleines«, sagt er sanft, während er sich zu ihr hinunterbeugt. Seine Stimme ist warm, aber ich kann nicht sagen, ob sie ehrlich ist. Tiara schlingt ihre kleinen Arme um seinen Hals und drückt ihn fest. »Komm schnell wieder«, ruft sie mit einem Lächeln, während er sich aufrichtet. Er nickt ihr zu. Doch als er sich umdreht und zur Tür geht, fällt mein Blick auf seine Schultern. Sie sind angespannt. Warum fühlt sich dieser Abschied ernster an, als er sein sollte? Ich weiß nicht, warum ich so empfinde, aber als die Tür hinter ihm ins Schloss fällt, rutscht mir ein leises, enttäuschtes »Tschüss« über die Lippen. Doch er hört es nicht mehr.

Für einen Moment bleibe ich einfach stehen und starre auf die Tür, als könnte ich mit bloßer Willenskraft die Wahrheit aus ihr herauspressen. Doch die Kälte in meiner Brust bleibt. Ein leises Räuspern reißt mich aus meinen Gedanken. Ich drehe mich um und entdecke Tiara, die unauffällig zum Fernseher schielt. Sie tut so, als wäre es nur ein flüchtiger Blick, aber ich kenne mein Kind. Ich kenne jede kleine Regung in ihrem Gesicht, jedes Zucken ihrer Finger, jedes Blitzen in ihren Augen. »Du darfst fünfzehn Minuten fernsehen, dann bist du aber sofort im Bett«, sage ich mit gespieltem Ernst. Kaum sind die Worte ausgesprochen, rennt sie aufgeregt ins Wohnzimmer, als hätte sie nur darauf gewartet. »Okay, gute Nacht!«, ruft sie glücklich, während sie sich auf das Sofa plumpsen lässt. Ich schmunzle müde. »Gute Nacht, mein Schatz.« Doch meine Stimme ist leise, gedämpft. Mein Körper fühlt sich plötzlich schwer an, als wäre all die Anspannung des Tages auf einmal über mich hereingebrochen.

Mit einem langen Seufzen drehe ich mich um und gehe ins Badezimmer. Ich lasse das Wasser in den Händen laufen, betrachte mein eigenes Spiegelbild. Meine Augen sind müde. Ich schüttle den Kopf, als könnte ich die Gedanken einfach abschütteln, die sich in mir ansammeln. Dann greife ich nach der Zahnbürste und mache mich bettfertig. Vielleicht sieht die Welt morgen schon wieder anders aus. *Vielleicht.* Doch ein leises Gefühl des Unbehagens bleibt. Und ich weiß nicht, warum.

Du verdienst mehr als nur Schmerz und Zweifel.

Kapitel Vier

Mit klopfendem Herzen eile ich in Tiaras Zimmer, mein Puls beschleunigt von der Hektik des Morgens. Als ich die Tür aufstoße, bleibt mein Blick sofort an ihr hängen. Sie sitzt auf dem weichen Teppichboden, umgeben von ihren Puppen, die sie sorgfältig aufgereiht hat, als wären sie Teil eines geheimen Plans. Ihre kleinen Finger lassen eine der Puppen elegant durch die Luft gleiten, während sie leise mit sich selbst spricht. *Doch sie ist nicht angezogen.* Mein Herz rutscht mir in die Hose. »Schatz, warum bist du noch nicht angezogen?«, frage ich, bemüht, die aufsteigende Ungeduld aus meiner Stimme zu verbannen.

Tiara hebt nicht einmal den Kopf. Ihre Stirn ist gerunzelt, ihre Lippen schmollen. Ich will nicht in die Schule!«, murmelt sie trotzig, während sie ihre Puppen enger zusammensetzt, als könnte sie sich in ihrer eigenen kleinen Welt vor meiner Realität verstecken. Ein tiefer Seufzer entfährt mir. Ich spüre, wie meine Anspannung wächst, doch ich zwinge mich zur Ruhe. *Wie hat Joel es nur immer geschafft, sie morgens zu bändigen?* Ich gehe zum Kleiderschrank, öffne ihn mit einem Ruck und greife nach einem weichen Kleid und einer warmen Strumpfhose. »Zieh deinen Pyjama aus. Wenn ich wiederkomme, hast du das hier an«, sage ich mit ruhiger, aber bestimmter Stimme, während ich die Kleidung ordentlich auf ihr Bett lege.

Tiara wirft mir einen kurzen, missmutigen Blick zu, ihre großen Augen funkeln vor stiller Rebellion. Doch anstatt zu protestieren, dreht sie sich einfach wieder zu ihren Puppen um und ignoriert mich. Mein Kopf pocht. Ich beiße mir auf die Lippe, schlucke ein weiteres Seufzen herunter und verlasse das Zimmer. Hoffentlich hat sie sich umgezogen, wenn ich wiederkomme. Für eine Diskussion fehlt mir gerade die Kraft.

Mit schnellen, fast hastigen Schritten betrete ich mein Arbeitszimmer. Mein Blick fällt sofort auf den chaotischen Stapel Unterlagen auf meinem Schreibtisch. Notizen, Konzepte und Ausdrucke, die ich gestern Nacht noch durchgesehen habe. Mein Herz rast vor Stress. Ich schiebe ein paar Blätter zur Seite, greife nach meiner Tasche und stopfe alles hinein. Der Schlafmangel macht sich bemerkbar, ein dumpfes Pochen in meinem Kopf, das mit jeder Bewegung stärker zu werden scheint. Ich presse meine Lippen aufeinander und schließe für einen Moment die Augen. Die Nacht war eine einzige Zerreißprobe zwischen Gedanken, Plänen und der Unruhe, die mich nicht losließ. *Jetzt rächt sich mein Körper dafür.*

Ein tiefer Seufzer entweicht mir, während ich zur Küche eile. Ohne nachzudenken, ziehe ich die Schublade mit den Medikamenten auf und wühle hektisch darin. Verpackungen rascheln, Plastikdosen klappern gegeneinander. *Wo sind diese verdammten Schmerztabletten?* Meine Finger finden endlich die vertraute Schachtel. Mit zitternder Hand schüttle ich eine Tablette heraus und werfe sie mir schnell in den Mund. Das kühle Wasser, mit dem ich sie herunterspüle, brennt in meiner trockenen Kehle. *Bitte, lass es schnell wirken.* Ich atme tief durch, stelle das leere Glas ins Spülbecken und reiße mich zusammen.

Schnell greife ich meine Tasche und stelle sie im Flur ab. Noch ein letzter Blick auf die Uhr zeigt, dass wir bereits spät dran sind. Ich drehe mich um und gehe zurück ins Kinderzimmer. Tiara sitzt nun im Schneidesitz auf ihrem Bett, ihr kleiner Körper zusammengesunken, ihr Blick müde, ein wenig verloren. Das Kleid und die Strumpfhose hat sie angezogen, aber ihre Augen wirken glanzlos, als wäre ihr Licht für den Moment erloschen. »Wir sind spät dran«, sage ich sanft, bemüht, meine Eile nicht allzu offensichtlich zu machen. »Frühstücken kannst du in der Schule, okay?« Meine Stimme klingt fast entschuldigend. Tiara nickt stumm. Ihre Bewegungen sind langsam, als sie sich erhebt und nach ihrer kleinen Tasche greift. Ich spüre, wie ein Gewicht auf meiner Brust lastet. Während wir zum Auto gehen, halte ich kurz inne. Meine Hand fährt über ihr weiches Haar, streicht eine lose Strähne hinter ihr Ohr. Für den Bruchteil einer Sekunde sehe ich es, dieses leise Lächeln, das mich trifft wie ein Sonnenstrahl an einem grauen Tag. Es ist klein, zaghaft, aber es ist da. Direkt scheint der Stress von mir abzufallen. Ich atme tief ein und versuche, mich daran festzuhalten. Noch eine Stunde bleibt mir, um püntklich auf der Arbeit zu erscheinen. *Das schaffe ich.*

*

An der Schule von Tiara angekommen, schalte ich den Motor aus und atme kurz durch. Die frische Morgenluft dringt durch den kleinen Spalt, den ich am Fenster gelassen habe, und trägt den Duft von feuchtem Gras und entfernten Abgasen mit sich. Es ist eine dieser kühlen, klaren Morgenstunden, die einen Hauch von Neubeginn in sich tragen. Doch in meinem Kopf schwirren bereits die Gedanken an den bevorstehenden Tag, das Seminar, die vielen Gesichter, die mich heute erwarten.

Ich öffne die Autotür und steige aus, dann gehe ich zur Beifahrerseite, um Tiara die Tür aufzuhalten. Sie bleibt kurz sitzen, als würde sie sich innerlich auf den Tag vorbereiten, bevor sie schließlich aus dem Auto klettert. Ihre kleine Hand greift nach meiner, ihre Finger kalt von der frischen Morgenluft. Ich drücke sie sanft und führe sie dann Richtung Schuleingang. An der Tür steht eine Lehrerin, die mit einem freundlichen Lächeln die Kinder begrüßt. Sie mustert mich kurz, bevor sie mich anspricht.

»Guten Morgen«, sage ich höflich, während ich Tiara sanft näher zu ihr führe. »Guten Morgen«, erwidert sie mit einem aufmerksamen Blick. Erkennbar neigt sie den Kopf leicht zur Seite. »Sind Sie die Mutter von Tiara? Sonst bringt sie immer ein junger, gut aussehender Mann hierher.« Ich zwinge mir ein Lächeln auf, auch wenn mir die Bemerkung unangenehm ist. »Ja, ich bin ihre Mutter«, sage ich mit betont ruhiger Stimme. »Mein Freund hat momentan leider nicht so viel Zeit, daher übernehme ich das für die nächste Zeit.« Die Lehrerin nickt langsam, ihre Miene bleibt undefinierbar. Ich spüre die Ungeduld in mir aufsteigen. *Für solche belanglosen Kommentare habe ich morgens wirklich keine Nerven.* Ich hocke mich vor Tiara und streiche ihr eine lose Strähne aus dem Gesicht. Ihre Augen wirken heute müde, aber sie lächelt mich trotzdem an.

»Viel Spaß heute, mein Schatz«, sage ich sanft und gebe ihr einen Kuss auf die Stirn. Sie nickt, dann schlingt sie kurz ihre Arme um mich. »Bis später, Mama«, flüstert sie. Mein Herz zieht sich kurz zusammen, als ich sie loslasse. Sie läuft zur Tür, hält aber noch einmal inne, dreht sich um und winkt mir zu. Ich winke zurück, mein Lächeln bleibt, bis sie endgültig im Schulgebäude verschwindet. Ohne die Lehrerin weiter zu beachten, drehe ich mich um und steige ins Auto. Schnell gebe ich die Adresse der Hochschule ins Navigationssystem ein. Fünfunddreißig Minuten Fahrt. *Das sollte machbar sein.*

Die Fahrt vergeht in einem merkwürdigen Nebel aus Gedanken, Konzentration und Radiogesprächen, die ich kaum bewusst wahrnehme. Erst als ich die lange Einfahrt der Hochschule erreiche, kehre ich in die Realität zurück. Das Gebäude erhebt sich vor mir, modern, mit großen Glasfronten und breiten Treppen, auf denen bereits Gruppen von Studenten sitzen. Ich parke mein Auto, schnappe mir meine Tasche und gehe schnellen Schrittes zum Eingang. Die Nervosität steigt langsam in mir auf, aber ich zwinge mich zur Ruhe. Drinnen erwartet mich die gewohnte Atmosphäre einer Hochschule, der leichte Geruch von Papier und Kaffee, das Stimmengewirr der Studenten, die sich in kleinen Gruppen unterhalten oder mit gesenkten Köpfen über ihre Laptops gebeugt sitzen.

Ich begebe mich zum Informationsschalter. Hinter dem Tresen sitzt eine Dame mittleren Alters, deren Aufmerksamkeit mehr auf ihren Computerbildschirm gerichtet ist als auf die Umgebung. »Guten Tag«, sage ich mit einem freundlichen, aber bestimmten Ton. »Ich bin Frau Dr. Liyana Laurel. Spezialisiert auf

Psychologie. Heute habe ich einen Kurs hier.« Die Frau wirft mir einen flüchtigen Blick zu, als hätte ich sie aus einer wichtigen Aufgabe herausgerissen. Ihre Finger tippen mechanisch über die Tastatur, während sie kaum merklich mit dem Kopf nickt. Ich atme tief durch. *Heute wird ein langer Tag.*

»Dritte Etage, einfach den Flur entlang und dann nach rechts«, sagt die Frau hinter dem Informationsschalter knapp, ohne den Blick von ihrem Bildschirm zu heben. Ich presse die Lippen aufeinander, zwinge mir aber ein freundliches Lächeln ab. »Vielen Dank«, murmele ich und mache mich auf den Weg zum Aufzug. Während ich warte, werfe ich einen kurzen Blick auf mein Spiegelbild in der glänzenden Metallwand. Meine Haare sind leicht zerzaust, einzelne Strähnen haben sich aus meinem Zopf gelöst. Mit schnellen Bewegungen streiche ich sie glatt und richte meinen Blazer. Ein paar tiefe Atemzüge helfen mir, die Nervosität zu dämpfen.

Der Aufzug gleitet lautlos nach oben, meine Finger umklammern den Griff meiner Tasche. Ein leises *Ding* verkündet, dass ich in der dritten Etage angekommen bin. Ich trete in den Flur, folge der Wegbeschreibung und erreiche schließlich in kurzer Zeit den Vorlesungssaal. Als ich eintrete, halte ich kurz inne. Der Raum ist groß, die Reihen an Sitzen füllen sich allmählich. Mein erster Eindruck ist überraschend, die meisten Teilnehmer sitzen in Paaren nebeneinander. Männer und Frauen lehnen sich vertraut aneinander, einige halten sich sogar an den Händen. Ein ungutes Gefühl kriecht in meine Brust. *Das hier ist doch hoffentlich keine Therapiestunde für Paare?*

Ich unterdrücke den Impuls, die Stirn zu runzeln, und gehe mit schnellen, sicheren Schritten nach vorne. Meine Absätze hallen leicht auf dem Boden wider, ein Geräusch, das mir für einen Moment das Gefühl von Kontrolle gibt. Als ich am Pult ankomme, lege ich meine Tasche ab, räuspere mich kurz und blicke in die erwartungsvollen Gesichter. »Guten Morgen«, beginne ich mit fester Stimme. Mein Blick wandert durch den Raum, bleibt kurz an den einzelnen Personen hängen. Einige kritzeln bereits Notizen in ihre Blöcke, andere mustern mich neugierig. »Mein Name ist Frau Dr. Liyana Laurel. Ich werde heute diese Vorlesung leiten.« Ich mache eine kurze Pause, lasse meine Worte wirken. »Wenn Sie gut zuhören und sich Notizen machen, werden Sie schnell Experten im heutigen Thema sein.« Einige der Studenten richten sich ein wenig auf, Stifte werden gezückt. Ich atme tief durch und spreche dann weiter, dieses Mal etwas langsamer, mit mehr Nachdruck: »Es geht heute um toxische Beziehungen.«

Ein leichtes Raunen geht durch den Raum. Ich bemerke, wie sich einige Blicke treffen, wie manche Körper sich unmerklich anspannen. *Perfekt.* Jetzt habe ich ihre volle Aufmerksamkeit. Die Teilnehmer hören aufmerksam zu und ich beginne mit einer Einführung. »Eine toxische Beziehung beschreibt eine ungesunde Partnerschaft, in der einer oder beide Beteiligten übermäßig viel emotionales Leid erfahren. Oft sind es Muster wie Abhängigkeit, Manipulation oder sogar Gewalt, die dafür sorgen, dass eine Trennung, obwohl sie naheliegend wäre, nicht erfolgt. Warum das so ist und welche Mechanismen dahinterstecken, wollen wir uns heute genauer ansehen.« Ich erkläre die Grundlagen, führe durch Definitionen und mögliche Auswirkungen. Währenddessen mache ich Notizen an der Tafel, gebe Beispiele und beziehe die Gruppe mit ein.

»Nun haben Sie ungefähr fünf Minuten, um sich Fragen zu überlegen. Sie können sich natürlich auch mit Ihren Sitznachbarn austauschen und gemeinsam Fragen formulieren« Ich nutze die Gelegenheit, mein Wasser aus der Tasche zu holen und einen Schluck zu trinken. Mein Blick wandert kurz zu meinem Handy. *Keine Nachricht von Joel.* Ein kleiner Stich durchfährt mich. Sonst war er immer der Erste, der mir morgens schrieb. Gestern hatte er mich angelogen, dessen bin ich sicher. Seine Körpersprache verrät ihn jedes Mal, wenn er lügt. Seufzend wende ich meinen Blick ab. *Dies ist nicht der richtige Moment für private Gedanken.*

Ich richte mich auf und wende mich an den jungen Mann mit dem roten Shirt, der sich als Erster meldet: »Was sind die Warnsignale einer toxischen Beziehung?« Eine sehr schöne Frage. Ich lächle kurz und wende mich dem jungen Mann zu. »Letztlich zählt, ob mein Partner oder meine Partnerin mich als Individuum respektiert und wertschätzt. Eine gesunde Beziehung basiert für mich vor allem auf zwei zentralen Prinzipien: Gewaltfreiheit und Gleichberechtigung. Gewaltfreiheit bedeutet, dass weder verbale, emotionale noch körperliche Übergriffe Platz in der Beziehung haben. Gleichberechtigung heißt, dass beide Partner denselben Wert haben, dieselben Rechte genießen und gleichermaßen Verantwortung tragen. Eine echte und gesunde Partnerschaft beruht auf einem respektvollen Miteinander auf Augenhöhe. Sollten jedoch wiederholt Ungleichheiten auftreten, die Zweifel an der Beziehung wecken, ist es essenziell, genau zu hinterfragen, ob eine positive Veränderung überhaupt realistisch ist.« Ich atme kurz durch, bevor ich fortfahre.

»Ein weiteres wichtiges Warnzeichen sind die Reaktionen von außen. Wenn enge Freunde oder Familienmitglieder das Gespräch suchen, nachfragen, wie es einem in der Beziehung tatsächlich geht, oder sogar ihre Besorgnis ausdrücken, sollte man diese Hinweise nicht einfach ignorieren. Solche Rückmeldungen verdienen Aufmerksamkeit, denn oft nehmen Außenstehende problematische Dynamiken deutlicher wahr, Dinge, die man selbst möglicherweise verdrängt oder nicht wahrhaben möchte. Es kann sich definitiv lohnen, diese Perspektiven ernsthaft zu überdenken.« Zufrieden mit meiner Antwort nickt der junge Mann. Ich lasse meinen Blick kurz durch den Raum schweifen, bevor ich ihn bitte, jemanden auszuwählen, der die nächste Frage stellt.

Eine andere Teilnehmerin meldet sich, eine junge Frau mit fragendem Blick. »Kann grundsätzlich jeder in eine toxische Beziehung geraten, oder gibt es Menschen, die dafür anfälliger sind?« Ich denke kurz nach, drücke meine Brille nach oben und trete einen Schritt näher an das Pult. »Eine sehr gute Frage«, beginne ich, meine Stimme bewusst ruhig und einladend.

»Grundsätzlich kann sich jeder in eine Person verlieben, die das Potenzial für eine ungesunde Beziehung mitbringt. Denn entscheidend ist nicht nur der Einzelne, sondern vor allem die Dynamik zwischen beiden Partnern, das Zusammenspiel, das die Beziehung prägt und in eine bestimmte Richtung lenkt. Jeder trägt dazu bei, wie sich die Partnerschaft entwickelt. Wer ein gefestigtes Selbstwertgefühl hat, Verantwortung für sich und andere übernehmen kann und klare Grenzen setzt, wird in der Regel eine Beziehung auf Augenhöhe anstreben. Doch wer sich in einer persönlichen Krise befindet, unter Einsamkeit leidet oder mit Unsicherheiten kämpft, ist möglicherweise stärker auf Nähe und Zugehörigkeit angewiesen. In dieser Sehnsucht kann es passieren, dass Warnsignale übersehen oder bewusst ignoriert werden, und dass man sich auf eine Beziehung einlässt, die schädliche Muster enthält.« Die Teilnehmerin nickt nachdenklich, dann wählt sie ein Pärchen aus, das in der Mitte des Raumes sitzt und sich an den Händen hält. Der junge Mann, der offensichtlich ermutigt ist, meldet sich zu Wort.

»Gibt es die Möglichkeit, eine toxische Beziehung in gesunde Bahnen zu lenken?« Ein sanftes Lächeln breitet sich auf meinem Gesicht aus, als ich die beiden anschaue. Ihre Blicke spiegeln Hoffnung wider, und ich möchte ihnen eine ehrliche, aber motivierende Antwort geben. »Das ist eine sehr wichtige Frage«, beginne ich und richte mich auf.

»Wenn beide Partner offen dafür sind, sich selbst zu hinterfragen und aktiv an ihrer persönlichen Weiterentwicklung zu arbeiten, besteht definitiv eine Chance auf eine positive Veränderung. Entscheidend ist dabei die Bereitschaft von beiden, Verantwortung für das eigene Verhalten zu übernehmen. Doch wenn einer der beiden in einer tiefen persönlichen Krise steckt oder mit einer psychischen Belastung kämpft, kann es sinnvoll sein, sich zunächst individuell zu stabilisieren. Erst wenn man innerlich gefestigt ist, hat man die nötige Kraft und Klarheit, um sich bewusst der Partnerschaft zu widmen und an gemeinsamen Herausforderungen zu arbeiten. Ich hoffe, ich konnte Ihre Frage beantworten?« Das Paar nickt beinahe synchron, ihre Blicke sind nun etwas klarer. Ich lächle aufmunternd. »Gut. Zwei Fragen noch.« Das Paar gibt ab, an einen älteren Mann in der hinteren Reihe. Seine tiefe Stimme bricht die Stille. »Was kann man tun, wenn man in einer toxischen Beziehung steckt?« Ich neige den Kopf leicht zur Seite, während ich meine Antwort formuliere.

»Wie man vorgeht, hängt stark davon ab, in welchem Zustand sich die Beziehung befindet und welche Ängste damit verbunden sind, sei es die Sorge vor einer direkten Konfrontation mit dem Partner oder die Unsicherheit über eine mögliche Trennung. In manchen Fällen kann ein offenes Gespräch der erste Schritt sein, um ehrlich zu kommunizieren, dass man sich unwohl fühlt und eine Veränderung wünscht. Doch nicht immer ist ein direkter Dialog möglich oder sicher. In solchen Situationen kann es ratsam sein, sich Unterstützung von außen zu holen, sei es durch enge Freunde, die Familie oder professionelle Beratungsstellen. Wenn die Situation eskaliert, kann es entscheidend sein, sich selbst zu schützen. Das kann bedeuten, das gemeinsame Zuhause zu verlassen, vorübergehend bei einer nahen Vertrauensperson unterzukommen oder in eine sichere Umgebung zu flüchten, wie etwa ein Frauenhaus. Sollte selbst das nicht realisierbar sein, sollte man nicht zögern, sich an die Polizei zu wenden.«

Sein dankbares Nicken signalisiert, dass er die Antwort verstanden hat. Schließlich wird ein letztes Mädchen dran genommen. Ihre Augen spiegeln Sorge und Mitgefühl wider. »Wie kann man Freunden helfen, wenn man das Gefühl hat, sie stecken in einer toxischen Beziehung?«

»Das ist eine herausfordernde Situation«, antworte ich behutsam. »Wenn Sie den Eindruck haben, dass jemand in einer Beziehung leidet, ist es wichtig, das Thema mit Feingefühl und Klarheit anzusprechen. Anstatt Vorwürfe oder Kritik zu äußern, die oft dazu führen, dass sich die betroffene Person zurückzieht oder die Beziehung verteidigt, sollten Sie Verständnis zeigen und Unterstützung anbieten. Dabei ist es sehr entscheidend, nicht bevormundend zu wirken oder Druck auszuüben. Stattdessen können Sie signalisieren, dass Sie da sind und helfen möchten, falls die Person das wünscht. Falls sich die Situation ernsthaft zuspitzt, kann es notwendig sein, sich an professionelle Beratungsstellen oder Unterstützungsnetzwerke zu wenden. Und wenn akute Gefahr besteht, sollte man nicht zögern, die Polizei einzuschalten.«

Ich lasse meinen Blick durch den Raum schweifen und bemerke, dass viele Pärchen zustimmend nicken. »Ich vermute, hier sind viele Paare unter Ihnen, richtig?« Zahlreiche Köpfe nicken und ich lächle. »Gut. Dann lassen Sie uns jetzt praktisch werden. Schreiben Sie sich die Probleme innerhalb Ihrer Beziehung auf, Dinge, die Sie beide stören. Sprechen Sie dann gemeinsam darüber und suchen nach sinnvollen Lösungen. Wenn Sie Singles sind, bilden Sie Paare und denken Sie sich eine Problemstellung aus. Sie habt zwanzig Minuten Zeit. Am Ende hören wir uns freiwillige Ergebnisse an.« Ich klatsche in die Hände und der Raum füllt sich mit Gesprächen.

Nach dem Unterricht hole ich tief Luft und versuche mich zu ornden. Ich laufe zum Pult und schreibe mit Herrn Albrecht. Heute wird alles final fertiggestellt, damit wir die Show direkt starten können. Es wird eine Liveübertragung sein. Das macht mich sehr nervös. *Was, wenn ich etwas falsches sage oder mich blamiere?* Trotzdem bin ich fest entschlossen, diese Chance zu nutzen.

*

Mit Vollgas rase ich durch die dunklen Straßen, meine Finger umklammern das Lenkrad so fest, dass meine Knöchel weiß hervortreten. Mein Herz schlägt heftig gegen meine Rippen, während mein Blick immer wieder zwischen der Straße und der Uhr auf dem Armaturenbrett hin- und herwandert. *Ich habe Tiara vergessen!* Wie konnte mir das passieren?! Nach dem Unterricht hatte ich mit Herrn Albrecht alles geklärt, voller Euphorie über unsere zukünftige Zusammenarbeit. Die Gespräche zogen sich in die Länge, die Minuten verstrichen unbemerkt, bis mich plötzlich die Erkenntnis wie ein Schlag traf. *Tiara!* Mein Atem geht schneller, während ich das Gaspedal weiter durchdrücke. *Bitte, bitte, lass die Lehrerin noch dort sein ...*

Endlich erreiche ich die Schule und springe förmlich aus dem Auto. Doch mein Magen zieht sich schmerzhaft zusammen, als ich die geschlossene Tür sehe. Alle Lichter sind aus. Der Schulhof liegt still und verlassen vor mir. Mein Herz rast. »Tiara?!« Meine Stimme hallt durch die kühle Nachtluft, doch die einzige Antwort ist das Echo, das von den leeren Gebäuden zurückgeworfen wird. Panik breitet sich wie eine eiskalte Welle in mir aus. Ich renne zur Tür, hämmere dagegen, klingele immer wieder, aber nichts tut sich. *Wo ist sie? Wo ist meine Tochter?!*

Mit zitternden Fingern greife ich nach meinem Handy und wähle Joels Nummer. Es dauert nur wenige Sekunden, bis er abnimmt, aber es fühlt sich an wie eine Ewigkeit. »Joel! Die Schule ist geschlossen! Ich weiß nicht, wo Tiara ist!« Meine Stimme überschlägt sich vor Angst. Mein Herz rast so schnell, dass mir schwindelig wird. Für einen Moment ist es still am anderen Ende der Leitung. Dann höre ich seine ruhige, kontrollierte Stimme. »Liyana, sie ist bei mir. Die Lehrerin hat mich angerufen.« Meine Knie werden weich, und ein Zittern geht durch meinen Körper. Erleichterung durchflutet mich wie eine warme Welle, aber sofort folgt darauf der Scham. Ich atme tief durch, versuche, meine Gedanken zu ordnen. »Okay«, flüstere ich, meine Stimme bricht. »Danke. Ich komme sofort.«

*

Wenige Minuten später stehe ich vor Joels Wohnungstür. Mein Atem geht noch immer unruhig, und mein Herzschlag hat sich kaum beruhigt. Ich hebe die Hand, klopfe energisch an. »Ich bin es, Liyana.« Ein leises Geräusch, dann öffnet sich die Tür, und da steht sie, mein kleiner Engel, strahlend wie immer. »Mama! Wo warst du denn?« Ihre Stimme klingt neugierig, nicht vorwurfsvoll. Sie versteht nicht, wie sehr mein Herz sich gerade vor Schuld zusammenzieht. Ich sinke vor ihr auf die Knie, nehme ihre kleinen, warmen Hände in meine und sehe sie an, meine Augen brennen vor aufgestauten Tränen.

»Es tut mir so leid, Kleines.« Meine Stimme ist sanft, aber gebrochen. »Ich hatte so viel zu tun und habe die Zeit vergessen. Es wird nie wieder passieren! Versprochen.« Sie blinzelt mich an, dann nickt sie langsam, mit diesem unerschütterlichen Vertrauen, das Kinder so leicht in sich tragen. »Okay, Mama.« Ein Kloß sitzt mir im Hals, während ich ihr über das Haar streiche. Sie dreht sich um, zieht ihre Schuhe an, bereit zu gehen. Langsam erhebe ich mich, meine Schultern schwer. Mein Blick trifft Joels.

Die Anspannung zwischen uns ist beinahe greifbar, wie eine unsichtbare Mauer. »Das kommt nicht mehr vor«, murmele ich, und meine Stimme ist kaum mehr als ein Flüstern. »Es tut mir leid.« Sein Gesicht bleibt ausdruckslos, seine Augen beobachten mich genau. Ob er mir glaubt? Ich weiß es nicht. »Alles gut. Du weißt, wie wichtig mir Tiara ist.« Seine Worte klingen richtig, aber sein Ton trifft mich wie ein kalter Windstoß. *Wo ist die Wärme hin, die er früher immer ausgestrahlt hat?* Ich mustere sein Gesicht, suche nach einem Zeichen, nach dem Mann, der mir einst Geborgenheit gab. »Konntest du deine Aufgaben erledigen?«, frage ich sachlich. Mein Versuch, die Spannung zwischen uns zu durchbrechen, klingt fast mechanisch. »Du meintest ja, dass du viel zu tun hast.« Er nickt. »Ja, alles ist geklärt. In ein paar Tagen bin ich wieder bei euch.« Er lügt. Seine kühle Art schnürt mir die Kehle zu. *Das hier ist nicht der Joel, den ich kenne.*

Ich schlucke den Kloß in meinem Hals hinunter und drehe mich zu Tiara. Ihr fröhliches Lächeln ist ein Lichtblick in dieser düsteren Atmosphäre. Ich streiche ihr sanft über die Haare und drücke ihr die Autoschlüssel in die Hand. »Schatz, geh schon mal zum Auto und hör ein bisschen Radio, ja? Ich komme gleich.«

»Okay!« Sie nimmt die Schlüssel entgegen und flitzt mit leichten Schritten die Treppe hinunter. Ich atme tief durch, versuche meine Gedanken zu sortieren. Doch als ich mich wieder zu Joel umdrehe und in seine distanzierte Miene sehe, kann ich nicht länger schweigen. »Joel, was ist dein Problem?« Meine Stimme ist ruhig, aber bestimmt. »Alles lief doch gut. Warum bist du so kalt und distanziert?« Er verzieht genervt das Gesicht, weicht meinem Blick aus.

»Es ist nichts. Mach jetzt kein Drama.« Seine Gleichgültigkeit trifft mich wie eine Ohrfeige. Wut flackert in mir auf, mischt sich mit der Enttäuschung, die sich seit Tagen in meiner Brust aufstaut. »Warum verdammt lügst du mich an?«, fahre ich ihn an. »Sag, was los ist!« Seine Augen verdunkeln sich, seine Kiefermuskeln spannen sich an. Er versucht still zu bleiben, doch ich lasse nicht locker. »Sag mir, was los mit dir ist!« Dann, ganz plötzlich, bricht es aus ihm heraus, laut, ungefiltert, wie ein Blitz, der durch die Nacht schneidet: »Weißt du eigentlich, wie scheiße es ist, als Mann nicht so erfolgreich zu sein wie eine Frau?!«

Ich reiße die Augen auf. *Was zum Teufel redet er da?* Seine Worte treffen mich unerwartet, wie ein Schlag in die Magengrube. »Ist das dein Ernst?«, flüstere ich fassungslos. Er lacht bitter, fährt sich mit einer fahrigen Bewegung durch die Haare. »Natürlich! Schau dich doch an!« Seine Stimme bebt vor Frust. Er wendet sich kurz ab und scheint gehen zu wollen, doch er hält inne und dreht sich wieder zu mir um. »Du bekommst Angebote von den besten Unternehmen. Eine der angesehensten Universitäten bietet dir eine eigene Show an! Du hast Bücher veröffentlicht! Und ich? Ich arbeite hart an einer Uni und bin Professor. Du bist mir beruflich meilenweit voraus. Du hast sogar deinen Doktortitel abgeschlossen! Weißt du, wie unwichtig ich mich manchmal fühle?« *Ich kann es kaum glauben ...* Ich schüttle langsam den Kopf, versuche seine Worte zu begreifen.

»Weil ich beruflich erfolgreicher bin, willst du nicht mehr mit mir zusammen sein?« Mein Herz hämmert in meiner Brust, meine Stimme bricht am Ende fast. »Es geht nicht nur darum!«, schreit er. Seine Augen lodern vor aufgestautem Groll. »Von deiner Vergangenheit erzählst du mir nichts. Ich weiß nicht einmal, wer der Vater von Tiara ist! Du vertraust mir nicht!« Sein Atem geht schwer. Meiner auch. Zwischen uns breitet sich eine beklemmende Stille aus, ein dunkler Abgrund, über den wir nicht mehr hinwegsehen können.

Seine Worte reißen die letzte Mauer meiner Fassung nieder. Die Wut, die sich in mir angestaut hat, bricht wie ein Sturm aus mir heraus. »Das stimmt nicht!« schreie ich zurück, meine Stimme zittert vor Zorn und Schmerz. »Ich habe mit meiner Vergangenheit abgeschlossen. Das hat nichts mit dir zu tun! Außerdem ist es für mich nicht einfach, darüber zu sprechen!« Meine Atmung ist laut in meinen Ohren, während ich mich gegen die aufsteigende Panik kämpfe. »Und zweitens!«, fahre ich fort, die Worte aus mir schießend, »Ich kann nichts dafür, dass du dich weniger erfolgreich fühlst! Vielleicht solltest du aufhören, dich mit mir zu vergleichen, und einfach deinen eigenen Weg gehen! Du bist doch auch erfolgreich, Joel! Schreib ein Buch, wenn du willst! Sorge dafür, dass du auch ein Doktortitel erhältst … aber gib mir nicht die Schuld für deine Unsicherheiten!«

Ich kann kaum fassen, was er da von sich gegeben hat. Wie ein Teenager, der sich in seiner Eitelkeit verletzt fühlt, statt Verantwortung für sein eigenes Leben zu übernehmen. Er sieht mich an, seine Augen flackern vor Wut, und ich spüre, wie sein Blick mich durchbohrt. Das macht mich noch wütender. Ich nehme einen tiefen Atemzug und zwinge mich, ruhig zu bleiben, aber dann platzt es trotzdem aus mir heraus: »Ganz ehrlich, du tust nichts, um die Situation zu lösen! Stattdessen ziehst du dich zurück und machst alles schlimmer. Vielleicht bin ich die Einzige, die überhaupt noch an dieser Beziehung festhält.«

Mit einem letzten, schweren Blick auf ihn, drehe ich mich abrupt um und stürme aus der Wohnung. Als die Tür hinter mir ins Schloss fällt, entgleitet mir alles, die Fassung, der Glaube, dass wir noch eine Chance haben könnten. Erst draußen spüre ich die

Tränen, die mir über die Wangen laufen und mein Herz, das wie wild gegen meinen Brustkorb hämmert. Das kann nur ein schlechter Scherz sein. *Wie konnte es nur so weit kommen?* Gerade jetzt, wo ich ihn so sehr brauche, fühlt es sich an, als würden wir beide einander immer weiter verlieren. Schnell wische ich mir die Tränen weg, versuche, mir ein Lächeln aufzusetzen, das nicht aus Verzweiflung, sondern aus der Liebe zu Tiara kommen soll. *Sie soll mich nicht so sehen.*

Als ich ins Auto steige, ist Tiara schon voller Vorfreude auf den Tag. »Ich habe Hunger«, sagt sie fröhlich, ihre Stimme ein kleines, unschuldiges Lied inmitten meines Chaos. »Heute essen wir auswärts, als Entschuldigung, dass ich zu spät war«, sage ich mit einem sanften Lächeln, obwohl mein Herz vor Kummer fast zerbricht. Sie quietscht vor Freude, ihre Augen leuchten. Ich kann nicht anders, als zu lachen, obwohl es schmerzt.

Doch als ich im Rückspiegel Joels Haustür sehe, verschwindet mein Lächeln wie Nebel im Wind. Ein Seufzen entgleitet mir. Es fühlt sich an, als würde der Schmerz in meiner Brust zunehmen, je weiter ich von ihm weggehe. Die Wunden, die er mir geschlagen hat, heilen nicht. *Ich weiß, dass sie bleiben werden.* Mit einem letzten, schweren Blick in den Rückspiegel fahre ich weiter und versuche auf andere Gedanken zu kommen.

Hinter jeder Maske steckt eine Geschichte.

Kapitel Fünf

Der Tag ist heute ungewöhnlich schnell vergangen. Vormittags war die Arbeit anstrengend, jeder Moment von Meetings, Telefonaten und Mails gefüllt. Doch sobald ich nach Hause kam, rückte all das in den Hintergrund, denn Tiara stand im Mittelpunkt meiner Aufmerksamkeit.

Heute ging es ihr nicht gut. Schon als ich sie von der Schule abholte, war ihr Gesicht blasser als sonst, ihre Bewegungen langsamer, ihr Blick müder. Ich wusste sofort, dass etwas nicht stimmte. Also wich ich ihr den restlichen Tag nicht von der Seite. Ich bereitete ihr ihr Lieblingsessen zu, las ihr Geschichten vor und kuschelte mich mit ihr auf dem Sofa, in der Hoffnung, dass meine Nähe ihr etwas von ihrem Unwohlsein nehmen könnte. Wenn es Tiara schlecht geht, fühle ich mich automatisch genauso. Es ist, als würde ihr Leid direkt auf mich übergehen, als wäre es ein Teil von mir. Und diese Hilflosigkeit, dieses Gefühl, nichts tun zu können, ist das Schlimmste.

Jetzt sitzen wir gemeinsam auf dem Sofa, unter eine weiche Decke gekuschelt. Eine bunte Kinderserie flimmert über den Bildschirm, ihre fröhlichen Stimmen und schnellen Bewegungen bilden einen Kontrast zu der Müdigkeit, die in mir wächst. Tiara lehnt sich an mich, ihre kleinen Füße wippen unbewusst im Takt einer Melodie aus der Serie. Aber ich merke, dass sie noch nicht vollständig zur Ruhe gekommen ist. Ihr Atem geht unregelmäßig, ihre Finger spielen nervös mit dem Saum ihres Pullovers. Ich streiche ihr sanft über die Haare, drücke einen Kuss auf ihren Kopf. »Geht es dir ein bisschen besser, mein Schatz?« Sie nickt leicht, doch ihre Augen verraten, dass sie sich nicht ganz wohlfühlt.

Die Wärme des Raumes, das Summen des Fernsehers und die sanfte Bewegung ihres Brustkorbs gegen meinen Arm machen mich schläfrig. Meine Lider werden schwer, mein Körper sinkt tiefer in das Sofa, bis meine Gedanken verschwimmen und meine Atmung langsamer wird. Gerade als ich fast eingedöst bin, reißt mich plötzlich ein lautes Klingeln aus dem Halbschlaf. Mein Herz springt alarmiert in die Höhe. Tiara blinzelt mich erschrocken an. »Schau du weiter, Schatz«, sage ich sanft, während ich mich aufrichte. Langsam schlüpfe ich in meine Hausschuhe und laufe zur Tür. Noch bevor ich richtig öffnen kann, werde ich von einer lautstarken Begrüßung überrumpelt.

»Die Party kann beginnen, Bitch!« Zoeys laute, energiegeladene Stimme durchbricht die nächtliche Stille wie ein Donnerschlag. Mein Herz setzt einen Schlag aus und für einen Moment bin ich wie erstarrt. Habe ich gerade wirklich ihre Stimme gehört? *Ist sie wirklich hier?* Dann schießt die Realität durch mich hindurch wie ein Blitz. »Zoey! Du bist wirklich da!« Meine Stimme überschlägt sich fast vor Aufregung, während ich die Tür vollständig aufreiße. Ohne zu zögern, werfe ich mich in ihre Arme. Sie riecht noch genauso wie früher, ein Mix aus ihrem süßen Parfum und diesem Hauch von Abenteuer, der sie immer umgeben hat. Ich spüre, wie sich ihre Arme fest um mich legen, während sie lacht. »Natürlich bin ich hier! Denkst du wirklich, ich lasse dich weiterhin allein in deinem langweiligen Mom-Leben versauern?« Ihre Worte sind neckend, aber ihr Tonfall verrät, dass sie mich wirklich vermisst hat.

Ich lache, aber gleichzeitig brennt da etwas in meiner Brust, ein unerwartetes Gefühl von Nostalgie, gemischt mit Erleichterung. Zoey ist nicht nur meine beste Freundin, sie ist mein sicherer Hafen. Und verdammt, wie sehr habe ich sie gebraucht! »Du bist unmöglich«, murmle ich grinsend und ziehe sie in die Wohnung. Zoey streift sich die Jacke von den Schultern und lässt ihren prüfenden Blick durch das Wohnzimmer wandern. Ihre dunklen Augen mustern jedes Detail mit der Vertrautheit von jemandem, der diesen Ort schon tausendmal gesehen hat.

»Krass, die Bude hat sich echt nicht verändert.« Sie pfeift leise und lehnt sich gegen das Sofa. »Immer noch genauso ordentlich wie früher – typisch Liyana.« Ich verdrehe spielerisch die Augen. »Manche Menschen haben eben gerne Ordnung.« Sie grinst. »Und manche Menschen stehen auf Chaos.« Ich schüttle lachend den Kopf, doch bevor ich etwas entgegnen kann, fragt sie neugierig: »Wo ist Tiara?« Meine Brust wärmt sich bei der Erwähnung meiner Tochter. Ich deute mit dem Finger Richtung Wohnzimmer. »Dort, auf dem Sofa. Sie ist ein bisschen müde, aber sie freut sich bestimmt, dich nicht nur über das Telefon zu sehen.«

Zoey braucht keine weitere Aufforderung. Mit schnellen Schritten läuft sie los, voller Energie und Vorfreude. Ich folge ihr, während mein Herz vor Glück hämmert. *Zoey ist zurück.* Und mit ihr fühlt sich das Haus gleich ein Stück lebendiger an. Zoey bleibt abrupt stehen, als ihr Blick auf Tiara fällt. Für einen Moment scheint sie die Luft anzuhalten, als würde sie nicht glauben können, dass das kleine Mädchen vor ihr wirklich existiert. Dann huscht ein breites Lächeln über ihr Gesicht und ihre Augen beginnen zu glänzen. »Oh mein Gott«, flüstert sie, bevor ihre Stimme lauter wird. »Da ist sie ja endlich! Meine kleine Videochat-Prinzessin. Sie sieht in echt noch viel süßer aus!« Tiara, die inzwischen aufmerksam geworden ist, richtet sich auf. Ihre großen Augen mustern Zoey mit einer Mischung aus Neugierde und Zurückhaltung. Es ist offensichtlich, dass sie Zoeys Stimme erkennt, aber die physische Nähe scheint sie für einen Moment zu verunsichern.

»Mama, das ist Zoey, oder?«, fragt sie leise, während sie mich ansieht, als wolle sie sich vergewissern. Ich nicke und lächle ermutigend. »Ja, mein Schatz. Das ist Zoey. Aber das weißt du doch, ihr habt so oft miteinander gesprochen.« Zoey macht eine theatralische Geste, so wie sie es immer tut, wenn sie die Aufmerksamkeit auf sich ziehen will. »Liebes, ich bin nicht nur Zoey! Ich bin deine coole Tante, deine beste Freundin, deine zweite Mama oder wie auch immer du mich nennen möchtest! Also, was sagst du? Bekomme ich jetzt endlich eine richtige Umarmung?« Tiara zögert nur kurz, bevor sich ihr Gesicht erhellt.

Sie spring vom Sofa und läuft mit einem strahlenden Lächeln in Zoeys ausgestreckte Arme. »Ich wusste, dass du in echt genauso nett bist wie am Handy!«, ruft sie glücklich, während sie sich an Zoey klammert. Ich kann mir ein Schmunzeln nicht verkneifen, als ich die Szene beobachte. Zoey hält Tiara fest und streicht ihr sanft über die Haare.

»Ich kann es immer noch nicht glauben«, murmelt sie schließlich, während sie sich auf das Sofa setzt und Tiara mit sich zieht. »Ich sehe sie zum ersten Mal vor mir. Nicht nur über das Telefon. Es ist unfassbar.« Ich werfe ihr einen warnenden Blick. »Zoey ...« Sie winkt ab und verdreht grinsend die Augen. »Schon gut, ich werde nicht sentimental. Noch nicht.« Dann dreht sie sich zu Tiara. »Aber weißt du was? Es ist schon spät. Morgen lernen wir uns noch besser kennen. Also ab ins Bett mit dir, kleine Prinzessin.« Tiara hüpft aufgeregt auf, reckt die Arme in die Luft und ruft: »Okay! Bis morgen, Mama. Und bis morgen, Tante Zoey!« Zoey kichert gerührt, während Tiara winkend die Treppe hinaufläuft. Als die kleine Gestalt verschwunden ist, lehnt sich Zoey mit einem tiefen Seufzen zurück.

»Sie ist perfekt, Liyana. Absolut perfekt.« Ich lächle, spüre jedoch, wie sich ein Kloß in meinem Hals bildet. »Ich weiß.« Zoey grinst und stupst mich mit dem Ellenbogen an. »Und du hast mir wirklich geglaubt, als ich gesagt habe, ich könnte noch länger wegbleiben? Niemals. Ich musste sie endlich sehen.« Zoey holt tief Luft, als würde sie sich innerlich sammeln müssen, bevor sie spricht. Ihre Augen sind glasig, ihre Stimme bebt leicht, als sie sagt: »Liyana, ich muss das endlich loswerden. Du weißt nicht, wie sehr ich es bereue, gegangen zu sein, und das ausgerechnet in einer Zeit, in der du mich am meisten gebraucht hast. Aber ich hatte keine Wahl. Ich musste mir endlich ein stabiles Leben aufbauen. Du erinnerst dich doch, wie ich früher war, immer pleite, ständig am Rande des Abgrunds, kurz davor, auf der Straße zu landen. Ich konnte so nicht weitermachen. Ich wollte mehr für mich. Mehr für dich. Für uns.«

Ihre Stimme bricht, und ich spüre, wie viel diese Worte sie kosten. Ihre sonst so unerschütterliche Fassade bekommt Risse. Für einen Moment sehe ich nicht die selbstbewusste Frau vor mir, die die Welt mit ihrem Charme erobert, sondern meine beste Freundin, verletzlich und voller Schuldgefühle. Ich lege sanft eine Hand auf ihre. »Zoey, das ist alles Vergangenheit. Du musst dich nicht entschuldigen. Ich war es doch, die dich praktisch dazu gedrängt hat, diesen Schritt zu gehen. Es war das Beste für dich. Und schau dich an, du hast es geschafft.«

Sie erwidert meinen Blick mit einem schwachen Lächeln, doch die Tränen stehen ihr noch immer in den Augen. Dann, plötzlich, umklammert sie meine Hand fester, als wolle sie sicherstellen, dass ich nicht verschwinde. »Ab heute trennt uns nichts mehr, hörst du? Ich habe jetzt genug Geld, um uns drei zu versorgen. Egal, was kommt.« Ich schüttle lachend den Kopf. »Zoey, ich brauche dein Geld nicht. Aber ich brauche dich. Die Jahre ohne dich waren hart, auch wenn wir geschrieben und telefoniert haben. Du bist die Einzige, die wirklich alles über mich weiß. Die Einzige, die mich durch und durch kennt.«

Zoey nickt, während ein Hauch von Erleichterung über ihr Gesicht huscht. »Und das wird sich niemals ändern.« Sie lehnt sich zurück, zieht ihre Beine auf das Sofa und mustert mich mit diesem schelmischen Funkeln in den Augen, das mir so vertraut ist. »Wir haben so viele Geschichten zu erzählen, Liy. Aber weißt du was? Heute Abend rollen wir das nicht alles wieder auf. Heute will ich nur eins wissen: Was habe ich verpasst?« Zum ersten Mal seit langer Zeit spüre ich, wie eine unsichtbare Last von meinen Schultern fällt. Die Jahre des Vermissens, der Einsamkeit und der unausgesprochenen Worte, all das scheint in diesem Moment nicht mehr so schwer zu wiegen. Zoey ist zurück. Und mit ihr fühlt es sich an, als würde auch ein Teil von mir selbst wieder an seinen Platz rücken.

*

Drei Stunden sind vergangen. Drei intensive, aufwühlende Stunden voller Tränen, Lachen und Erinnerungen, die wir so lange in uns vergraben hatten. Es fühlt sich an, als hätte sich ein Knoten in meiner Brust gelöst, als wäre all die unausgesprochene Sehnsucht endlich in Worte geflossen. Wir haben uns alles erzählt, ohne Zurückhaltung, ohne Angst, und ich spüre, dass uns diese Ehrlichkeit enger zusammengebracht hat als je zuvor. Zoey schnieft und wischt sich mit dem Ärmel über die feuchten Wangen. Ihre Augen funkeln vor Wut, als sie aus vollem Herzen sagt:

»Joel soll in der Hölle schmoren! Ganz ehrlich, Liyana, so eine verdammte Pussy ist es doch sowieso nicht wert. Ich kann nicht glauben, dass du dich mit diesem Ego-Kasper abgegeben hast!« Ich schnaube, halb weinend, halb lachend, und schüttle den Kopf. Sie hat recht. Wenn ich alles laut ausspreche, hört es sich so absurd an. »Und du bist jetzt also die stolze Besitzerin einer Sockenfirma? Eine verdammte Sockenfirma, Zoey?! Du bist doch nicht ganz dicht!« Zoey zieht gespielt empört die Augenbrauen hoch, legt die Hand theatralisch auf ihre Brust, als hätte ich sie zutiefst beleidigt. »Spotte nicht über mein Lebenswerk, Liy! Weißt du eigentlich, wie verdammt profitabel Socken sind?« Sie lehnt sich zurück, verschränkt die Arme und grinst siegessicher. »Schau dir erst mal die Millionen auf meinem Konto an, bevor du weiterlachst.« Ich starre sie ungläubig an, versuche ernst zu bleiben, doch ihr triumphierender Blick macht es unmöglich. »Du willst mir ernsthaft erzählen, dass du stinkreich mit ... Socken geworden bist?«

Zoey nickt stolz. »Aber sowas von! Denk doch mal nach: Jeder Mensch auf dieser Welt braucht Socken. Und weißt du, wer die teuersten Luxusmarken mit ihren edlen, lächerlich überteuerten Designer-Socken beliefert? Ich!« Sie deutet auf sich selbst und funkelt mich herausfordernd an. »Ich lasse sie in bester Qualität herstellen, verkaufe sie an die Marken und die verkaufen sie dann für Unsummen weiter. Und ich? Ich bekomme meinen fetten Anteil, ohne dass mein Name irgendwo auftaucht. Das, meine Liebe, nennt man Geschäftssinn.« Ich kann nicht anders und breche in schallendes Gelächter aus. »Du bist echt nicht zu fassen, Zoey. Während ich hier mit meinen akademischen Erfolgen kämpfe, hast du dir heimlich ein Socken-Imperium aufgebaut. Ich weiß nicht, ob ich dich dafür auslachen oder bewundern soll.«

Zoey grinst, zieht ihr Handy aus der Tasche und hält mir triumphierend ihr Kontostand hin. Mein Mund bleibt offen stehen. »Heilige Scheiße ...« Sie lacht laut. »Tja, Baby, wenn schon Kapitalismus, dann wenigstens mit Stil.« Ich schüttle grinsend den Kopf und lehne mich zurück. Es war klar, dass sie keinen normaeln Beruf ausüben wird. Damit habe ich aber nicht gerechnet. Es ist absurd, verrückt und gleichzeitig so typisch Zoey. *Und genau das hatte mir all die Jahre gefehlt.* Ihr selbstbewusstes Auftreten bringt mich zum Lachen, und plötzlich lachen wir beide so laut, dass uns die Tränen erneut über die Wangen laufen. Es fühlt sich an wie früher, unbeschwert, ehrlich, voller Leben. Sie hat sich wirklich nicht verändert. Dieselbe Zoey. Unerschütterlich, voller Energie und mit dieser ansteckenden Leichtigkeit, die jeden Raum füllt.

Als unser Lachen allmählich abklingt, kehrt eine angenehme Ruhe zwischen uns ein. Ich lehne mich in die Kissen zurück, während mein Herz sich seltsam leicht anfühlt, als hätte sich eine Last gelöst, die ich all die Jahre mit mir herumgetragen habe. Doch eine Frage schwirrt mir noch durch den Kopf. »Und was haben wir jetzt vor?«, frage ich schließlich, meine Stimme leise, fast vorsichtig. Ihr Blick funkelt vor Tatendrang. »Ganz einfach: Wir suchen uns ein schönes neues Haus und ziehen zusammen ein!«, erklärt sie mit einer Begeisterung, als wäre es die naheliegendste Lösung überhaupt. »Dieses hier ist ja ganz gemütlich, keine Frage. Aber stell dir mal ein größeres Haus vor. Mit einem Pool? Und einem riesigen Spielplatz für Tiara? Sie wird begeistert sein! Und hör mir gut zu: Die Möbel, das Haus, das alles geht auf mich.«

Ich sitze abrupt auf und schüttle heftig den Kopf. »Zoey! Du hast den Verstand verloren! Du wirst doch nicht alles bezahlen! Ich habe selbst genug Geld und durch die Show wird es noch mehr. Wir teilen uns das.« Zoey seufzt, setzt sich aufrechter hin und fixiert mich mit diesem entschlossenen Blick, der mir verrät, dass jede Diskussion zwecklos ist. »Liyana, du kannst mit mir nicht diskutieren. Ich schulde dir das.« Ihre Stimme ist ruhig, aber in ihren Augen liegt ein Schmerz, den ich nur zu gut kenne. Sie hält meinen Blick fest, während sie weiterspricht.

»Vergiss nicht, wer damals für dieses Haus hier gezahlt hat. Du hast fast alles übernommen, als ich mal wieder keinen Cent in der Tasche hatte. Und ich werde mir nie verzeihen, dass ich dich damals während deiner Schwangerschaft allein gelassen habe. Ich weiß, Geld kann das das alles nicht wiedergutmachen, aber ich will es zumindest versuchen. Und mal ehrlich, was ist, wenn mein Unternehmen eines Tages Pleite geht? Spar dein Geld für Notfälle. Für Tiara. Ich habe genug, das hier ist nicht nur ein Geschenk. Es ist ein Dankeschön. Für alles, was du für mich getan hast.«

Ich öffne den Mund, will etwas erwidern, doch sie hebt die Hand und fährt entschlossen fort. »Wenn du damals nicht bei mir gewesen wärst …« Ihre Stimme bricht kurz, sie senkt den Blick und fährt sich mit den Fingern durch die Haare. »Du weißt, wie ich war, als wir uns kennengelernt haben. Ich war ein Wrack. Ich war kurz davor, alles zu verlieren, doch dann kamst du. Ohne dich hätte ich die Drogen nie aufgegeben. Ohne dich …« Sie schluckt schwer. »Vielleicht wäre ich gar nicht mehr hier.« Meine Kehle zieht sich zusammen und für einen Moment weiß ich nicht, was ich sagen soll. Also verschränke ich trotzig die Arme vor der Brust, so wie früher, wenn ich wusste, dass eine Diskussion mit Zoey absolut sinnlos war. Sie ist ein Wirbelsturm, wenn sie sich etwas in den Kopf gesetzt hat, gibt es kein Zurück. Ich seufze tief und lasse meine Schultern sinken. *Ich gebe auf.*

Nach einer Weile der Stille spricht sie leise weiter. Ihre Stimme ist kaum mehr als ein Hauch. »Immer, wenn ich Tiara anschaue, denke ich an diese Nacht.« Ein kalter Schauer läuft mir über den Rücken. Mein Körper versteift sich, als hätte mich jemand in einen dunklen Raum gestoßen, den ich nie wieder betreten wollte. Langsam drehe ich den Kopf zu ihr, mein Blick ernst und eindringlich. »Das ist Vergangenheit.« Meine Stimme klingt härter, als ich es beabsichtigt hatte, schneidend wie Glas. Zoey zuckt kaum merklich zusammen, aber sie weicht meinem Blick nicht aus. In ihren Augen liegt dieser tiefe Schmerz, dieses unausgesprochene Mitgefühl, das ich nicht ertragen kann.

»Sie sieht aus wie du«, sagt sie, und ihre Stimme ist jetzt noch leiser. Sie zögert, fast so, als wüsste sie, dass ihre nächsten Worte eine Grenze überschreiten. Doch dann spricht sie sie trotzdem aus. »Aber ihre Augen« Sie hält inne, ihre Kehle arbeitet, als müsste sie ihre eigene Angst hinunterschlucken. »Ihre Augen sind nicht deine.« Ich weiß genau, was sie sagen will. Ich weiß es seit dem Moment, in dem ich Tiara das erste Mal in meinen Armen hielt. »Sie sind seine.« Die Worte treffen mich wie ein Schlag in die Magengrube. Mein Atem stockt, und für einen Moment scheint es, als würde sich die Luft um mich herum verdichten. Die Erinnerung an jene Nacht drängt sich in mein Bewusstsein, kalt, unbarmherzig und ungebeten. Ich kann nicht darüber sprechen. Nicht jetzt. *Vielleicht nie.*

Langsam stehe ich auf. Mein Herz hämmert, aber ich zwinge meine Stimme zur Ruhe. »Ich bin müde.« Es ist das Einzige, was ich herausbekomme. Zoey betrachtet mich schweigend, als würde sie all die Worte hören, die ich nicht ausspreche. Ihr Blick ist weich, aber auch voller Fragen. Sie könnte insistieren, sie könnte mich zum Bleiben und Reden drängen, aber sie tut es nicht. Stattdessen nickt sie langsam. »Dein altes Zimmer ist noch genauso, wie du es verlassen hast.« Ich schaffe es nicht, sie noch einmal anzusehen. Ohne ein weiteres Wort verlasse ich das Wohnzimmer und gehe in mein Schlafzimmer. Als ich mich hinlege, umfängt mich die Dunkelheit wie eine alte, vertraute Bekannte. Die Anspannung des Tages fällt langsam von mir ab, aber in meinem Kopf ist es noch laut. Und doch fühlt es sich anders an. Anders als all die Nächte zuvor. Es fühlt sich gut an, jemanden hier zu haben. Nicht nur Tiara. Und auch nicht Joel. Sondern Zoey. Sie ist zurück. *Nach all den Jahren.* Und mit ihr ein Stück meiner Vergangenheit, meiner Stärke und vielleicht, ganz vielleicht, auch meiner Zukunft.

*

Am nächsten Morgen werde ich unsanft aus dem Schlaf gerissen, nicht von einem Wecker, nicht von einem sanften Sonnenstrahl, sondern von einem Kissen, das mit voller Wucht auf mein Gesicht knallt. »Was zur Hölle …?«, murmele ich verschlafen und ziehe die Bettdecke über meinen Kopf, in der Hoffnung, dass die Welt mich einfach weiterschlafen lässt. Doch dann höre ich eine Stimme, die mich schlagartig wachrüttelt.

»Aufstehen, Bitch!« Sofort reiße ich die Augen auf und setze mich ruckartig auf. Mein Herz rast. Habe ich mich gerade verhört? *Das kann nicht sein.* Langsam blinzelnd lasse ich meinen Blick durchs Zimmer schweifen – und da stehen sie. Zoey und Tiara. Beide im Piyama, mit verschmierten Gesichtern voller Schokocreme, beide grinsend wie zwei Komplizen, die gerade einen perfekt durchgeplanten Streich ausgeführt haben. Ich starre sie fassungslos an. »Was … zur … Hölle?!« Mein Blick gleitet von Tiara zu Zoey und wieder zurück. »Hab ich das gerade richtig gehört? Tiara, was hast du gesagt?!« Sie beißt sich auf die Unterlippe, während Zoey unschuldig mit den Schultern zuckt. »Na ja, sie lernt eben von den Besten.« Tiara lacht und schlägt triumphierend bei Zoey ein.

Ich fahre mir durch die Haare und seufze auf. »Ihr seid doch beide verrückt! Und was ist das für ein Schokocreme-Massaker? Ihr seht aus, als hättet ihr versucht, euch gegenseitig damit einzureiben!« Ich mustere beide mit gerunzelter Stirn. »Tja, wir hatten Hunger«, erklärt Zoey, als sei das die logischste Erklärung der Welt. »Tiara meinte, sie braucht Hilfe beim

Anziehen. Und als ich ihr helfen wollte, haben wir beide plötzlich Lust auf Schokocreme bekommen. Was soll ich sagen? Sie ist eben ganz wie ihre Tante.« Ich öffne den Mund, um etwas zu entgegnen, doch bevor ich es tun kann, kommt Tiara mir zuvor. »Mama, lass mich heute zu Hause bleiben! Bitte! Ich will mit Tante Zoey sein!« Ihre großen Augen funkeln mich bittend an und sie hält meine Hand fest, als wolle sie mich so bestechen.

Zoey nutzt die Gelegenheit sofort. Sie legt einen Arm um Tiara und nickt zustimmend zu. »Ja, genau! Ich hab festgestellt, dass der Inhalt ihres Kleiderschranks dringend ein Upgrade braucht. Also nehmen wir uns heute einen Mädels-Shopping-Tag! Sie braucht mehr Stil und ich bin die perfekte Mentorin.« Ich schließe kurz die Augen und massiere meine Schläfen. »Ich habe später noch Unterricht und muss mich auf morgen vorbereiten«, murmele ich, doch das interessiert hier scheinbar niemanden. Tiara und Zoey starren mich mit breitem Grinsen an, als hätten sie bereits gewonnen. Und na ja, was soll ich sagen? Ich habe keine Chance gegen die beiden. »Macht, was ihr wollt«, gebe ich seufzend nach. »Aber das ist eine Ausnahme. Ich rufe gleich in der Schule an, um Tiara zu entschuldigen.«

Bevor ich überhaupt den Satz beenden kann, bricht ein ohrenbetäubendes Kreischen aus. Tiara und Zoey springen wie zwei verrückte Flummis durch mein Schlafzimmer, schlagen ein, lachen, tanzen, als hätten sie gerade die Lotterie gewonnen. »Schnell, Kleines! Wir müssen die Ersten in den Läden sein!«, ruft Zoey aufgeregt und zieht Tiara an der Hand mit sich. Noch ehe ich eine weitere Bemerkung loswerden kann, sind sie schon aus dem Zimmer verschwunden.

Ich bleibe zurück, schüttele lachend den Kopf und lasse mich wieder in die Kissen fallen. *Das wird ein langer Tag.* Seufzend raffe ich mich auf, strecke mich ausgiebig und schlurfe Richtung Badezimmer, während ich mir schon jetzt schwöre, dass ich Zoey spätestens heute Abend für diesen Chaos-Morgen bestrafen werde. Aber ganz ehrlich? Ein kleines Lächeln kann ich mir trotzdem nicht verkneifen.

Heute steht etwas ganz Besonderes an, und deshalb nehme ich mir besonders viel Zeit, um mich vorzubereiten. Es geht nicht um ein einfaches Meeting oder eine gewöhnliche Arbeitssitzung, heute werde ich eine Justizvollzugsanstalt besuchen. Der Leiter der Einrichtung hat mich eingeladen, um die Beamten in einem sehr wichtigen Thema zu schulen: Persönlichkeitsstörungen. Es gibt dort offenbar eine größere Anzahl von Insassen, die damit zu kämpfen haben. Der Leiter möchte sicherstellen, dass sein Team besser auf sie eingehen kann. Es ist eine Einladung, die ich sofort angenommen habe.

Nach einer langen und nervenaufreibenden Anfahrt komme ich endlich an. Während der Fahrt hatte ich mich mit der Schule in Verbindung gesetzt, um Tiara für den heutigen Tag zu entschuldigen. Nun bin ich hier, vor den Toren einer Institution, die eine ganz andere Welt darstellt. Am Eingang werde ich von einem Wachmann empfangen, der mich mit einem steifen, fast misstrauischen Blick mustert. Es scheint, als ob hier niemand so recht mit meinem Besuch gerechnet hat. Ich spüre, wie eine unbestimmte Anspannung in der Luft liegt. Der Wachmann scheint diese genauso zu spüren. Er grunzt nur: »Bitte warten.« Dann wendet er sich ab und beginnt zu telefonieren, was die ohnehin unangenehme Situation noch länger in die Länge zieht. Eine Ewigkeit vergeht, während ich da stehe und geduldig warte, meine Gedanken wandern immer wieder zurück zu Tiara. *Was wird sie heute machen? Verbringen beide eine gute Zeit zusammen?*

Endlich wird mir der Zugang gewährt und ich werde in das Gebäude geführt. Doch das Gefühl der Unbehaglichkeit bleibt. In einem kleinen Raum werde ich von einem Beamten gründlich durchsucht. Es ist alles andere als angenehm. Die Anweisung kommt direkt und bestimmt: »Die Tasche bitte ablegen.« Ich zögere einen Moment, dann lege ich sie ab und unterwerfe mich der Prozedur. »Arme hoch und die Beine breit machen«, fordert mich ein weiterer Beamter in einem Ton an, der keinerlei

Widerspruch duldet. Ich versuche, mich zu sammeln, während ich den kalten Raum betrachte, in dem diese Prozedur stattfindet. Die Minuten dehnen sich quälend lang, jede Sekunde scheint mehr von meiner Geduld zu fordern. Die Berührungen sind unaufhaltsam, jedes Mal, wenn ich mich bewege, spüre ich die Augen der Beamten auf mir. Doch endlich, nach einer gefühlten Ewigkeit, bin ich durch. Mit einem Lächeln, das meine innerliche Anspannung kaum verbirgt, frage ich höflich: »Darf ich meine Notizen aus meiner Tasche holen?« Mein Versuch, ruhig zu bleiben, wird von der knappen Geste des Beamten beantwortet, der mir ein kaum wahrnehmbares Nicken schenkt.

Ohne ein weiteres Wort öffne ich meine Tasche und nehme die sorgfältig vorbereiteten Unterlagen heraus. Die Seiten rascheln laut in der ansonsten stillen Atmosphäre. Mit einem schnellen Blick auf die Notizen folge ich einem Beamten durch die engen, grauen Gänge der Anstalt. Als wir eine schwere, stählerne Tür erreichen, öffnet er sie für mich. Ein kurzer Blick über die Schulter, und ich betrete den Raum. »Danke schön«, murmele ich höflich, auch wenn die Worte sich fremd anfühlen in dieser unbehaglichen Stille. Kaum habe ich den Raum betreten, spüre ich die ständigen Blicke auf mir ruhen. Sie sind wie ein unsichtbares Gewicht, das auf meine Schultern drückt, das Gefühl der Beobachtung macht mich unwohl. Im Raum befinden sich nur Männer. Ihre Augen mustern mich still. Ihre Blicke sind schwer und unerbittlich.

Ein nervöses Schlucken steigt in meiner Kehle auf. Mein Herz schlägt schneller als gewöhnlich, ein schnellerer Takt, der mich in meiner Brust pochen lässt. Doch ich zwinge mich, ruhig zu bleiben, meine Schultern straff und mein Blick klar. *Es darf keine Unsicherheit in meiner Haltung stecken.* Jedes Detail wird beäugt, jeder Schritt, den ich mache, wird genau beobachtet. Ich atme tief durch und gehe mit festen, entschlossenen Schritten nach vorne. Die Stille im Raum scheint alles zu verstärken, und doch richte ich meine Haare unauffällig und lege meine Notizen mit ruhiger Hand auf den Tisch. Jetzt geht es nicht mehr nur darum, die Aufmerksamkeit zu spüren, sondern sie auch zu gewinnen. Sie müssen mir zuhören, verstehen, was ich zu sagen habe.

»Mein Name ist Frau Dr. Liyana Laurel. Ich freue mich, heute hier bei Ihnen zu sein und Sie genaustens über das Thema Persönlichkeitsstörungen aufzuklären.« Nach einer kurzen Pause, um die Aufmerksamkeit der Zuhörer zu gewinnen, fahre ich fort: »Persönlichkeitsstörungen gehen oft mit Herausforderungen im zwischenmenschlichen Bereich und in der Kommunikation einher. Wenn wir Menschen mit solchen Störungen als schwierig empfinden, greifen wir damit jedoch zu kurz: Es ist nicht nur ihr Verhalten, das als herausfordernd wahrgenommen wird, auch wir selbst haben oft Schwierigkeiten, angemessen und verständlich mit ihnen umzugehen.«

Ich lasse meinen Blick durch den Raum schweifen, bevor ich weiterrede: »Persönlichkeitsstörungen sind immer eine Frage der Interaktion und nicht ausschließlich das Problem der Betroffenen selbst. Menschen mit solchen Störungen kämpfen oft über lange Zeiträume hinweg, manchmal über Jahrzehnte, mit wiederkehrenden Schwierigkeiten. Sie erleben immer wieder ähnliche Konflikte, fühlen sich enttäuscht, beenden Beziehungen oder stoßen in ihrem Berufsleben an Grenzen.« Ich mache eine kurze Pause, um die Aufmerksamkeit der Zuhörer zu halten. »Für Außenstehende wirkt es oft glasklar, welche Veränderungen nötig wären, damit die betroffene Person ihre Schwierigkeiten überwindet. Doch genau hier liegt das eigentliche Problem: Die Betroffenen selbst sind sich ihrer Muster nicht bewusst. Sie erkennen nicht, dass ihr eigenes Verhalten immer wieder zu denselben Konflikten führt, und halten stattdessen an genau diesen Verhaltensweisen fest, auch wenn sie ihnen schaden.«

Ich setze meine Notizen ab und erkläre weiter: »Dafür gibt es zwei zentrale Ursachen. Erstens sind Persönlichkeitsstörungen oft das Ergebnis von Überlebensstrategien. Die Betroffenen haben ihr Verhalten in schwierigen Situationen als Lösung entwickelt, und weil es damals funktioniert hat, halten sie daran fest, auch wenn es heute nicht mehr angemessen ist. Zweitens erleben sie ihr Verhalten als einen festen Bestandteil ihrer Persönlichkeit, als etwas, das zu ihnen gehört. Diese sogenannte Ich-Syntonie führt dazu, dass sie keinen Grund sehen, etwas zu verändern, da sie ihr eigenes Verhalten nicht als problematisch wahrnehmen.« Einige Zuhörer nicken langsam, während ich den nächsten Abschnitt vorbereite. »Es gibt zahlreiche Persönlichkeitsstörungen, die sich oft nicht eindeutig voneinander trennen lassen können. Häufig überschneiden sich ihre Merkmale, sodass Betroffene gleichzeitig Kriterien mehrerer Störungen erfüllen können.« Ich wechsele den Fokus und beginne, die unterschiedlichen Störungen zu erklären.

»Paranoide Persönlichkeiten neigen meist dazu, selten therapeutische Hilfe in Anspruch zu nehmen, da sie die Ursachen ihrer Probleme überwiegend in ihrer Umwelt sehen. Erst wenn sie in eine tiefgreifende emotionale Krise geraten, die sie nicht mehr allein bewältigen können, erwägen sie eine Therapie. Der zentrale Fokus der Behandlung liegt stark darauf, ihr tief verwurzeltes Misstrauen gegenüber anderen abzubauen und ihre sozialen Fähigkeiten zu stärken. Ein wichtiger Bestandteil ist dabei, ihre inneren Überzeugungen und Annahmen bewusst zu machen und sie kritisch mit der Realität zu vergleichen. So kann ihnen nach und nach verdeutlicht werden, dass ihre Mitmenschen in den meisten Fällen keine Bedrohung darstellen, sondern häufig wohlwollend und unterstützend sind.«

»Schizoide Persönlichkeiten empfinden sich selbst meist nicht als behandlungsbedürftig. Da sie in der Regel nicht unter ihrem mangelnden Sozialkontakt leiden, fehlt ihnen oft die Motivation, etwas an ihrer Situation zu ändern. Dennoch gibt es bestimmte Umstände, die sie dazu veranlassen können, Hilfe zu suchen. Dazu gehören zum Bespiel berufliche Anforderungen, die Teamarbeit erfordern, oder das Auftreten von Begleiterkrankungen wie Depressionen oder Angststörungen. In solchen Fällen kann eine Therapie wertvolle Unterstützung bieten, um die zugrunde liegenden Herausforderungen zu bewältigen und die eigene Lebensqualität nachhaltig zu verbessern.«

»Für narzisstische Persönlichkeiten wiederum ist eine stabile therapeutische Beziehung von zentraler Bedeutung. Diese Patienten suchen oft erst dann Hilfe, wenn sie sich in einer tiefen Krise befinden oder nach einem Suizidversuch. Da Menschen mit narzisstischen Persönlichkeitszügen äußerst empfindlich auf Kritik reagieren, muss der Therapeut eine sorgfältige Balance zwischen Wertschätzung und kritischer Rückmeldung finden, sonst können Gespräche ohne gewünschte Ziele verlaufen. Die wichtigsten Hauptziele der Therapie bestehen darin, das überhöhte Selbstbild schrittweise abzubauen, die Fähigkeit zur Selbstreflexion und Kritikfähigkeit immer mehr zu fördern sowie Empathie zu entwickeln. Besonders hilfreich kann eine Gruppentherapie sein, da sie den Betroffenen direkt ermöglicht, in Rollenspielen die Perspektive anderer einzunehmen und ihr Einfühlungsvermögen gezielt zu stärken.«

»Dann haben wir noch die dissoziale Persönlichkeitsstörung. Die erfolgreiche Behandlung dieser Art erfordert eine Kombination verschiedener psychotherapeutischer Ansätze. Ein bewährtes Beispiel ist das *Reasoning Rehabilitation* Programm, das darauf abzielt, die Selbstkontrolle, soziale Kompetenzen, Problemlösefähigkeiten sowie das Wertebewusstsein und die Übernahme von Verantwortung für das eigene Handeln zu stärken. Diese Fähigkeiten stehen in direktem Zusammenhang mit dem impulsiven und oft kriminellen Verhalten der Betroffenen. Menschen mit dissozialen Persönlichkeitsstörungen suchen in der Regel nicht aus eigenem Antrieb eine Therapie auf. Meistens sind es äußere Zwänge wie gerichtliche Auflagen, Anforderungen des Jugendamtes oder der Druck von Partnern und Familie, die sie dazu bewegen. Liegen zusätzlich Begleiterkrankungen wie Depressionen oder Angststörungen vor, müssen diese ebenfalls in die Behandlung einbezogen werden. In einigen Fällen kann der gezielte Einsatz von aggressionsmindernden Medikamenten helfen, um die Therapie effektiver zu gestalten.«

»Die Behandlung der selbstunsicheren Persönlichkeitsstörung erfolgt durch Psychotherapie. Für schüchterne und sensible Menschen ist eine vertrauensvolle Beziehung zu einem Therapeuten, der Sicherheit und Stabilität vermittelt, besonders wichtig. Im Mittelpunkt der Therapie steht der Abbau sozialer Ängste. Zunächst wird der Patient über seinen Persönlichkeits- und Verhaltensstil aufgeklärt. Gemeinsam mit dem Therapeuten erarbeitet er, wie dieser entstanden ist und wie Gedanken, Gefühle und Verhaltensweisen miteinander verknüpft sind. Im weiteren Verlauf der Behandlung werden die aktuellen Verhaltensmuster des Patienten mit seiner Lebensgeschichte in Zusammenhang gebracht. Dadurch gewinnt er ein tieferes Verständnis dafür, warum sich bestimmte Denk- und Verhaltensweisen entwickelt haben. Ziel ist es, negative Gedankenschleifen, die ihn gefangen halten, zu durchbrechen und in förderliche, positive Denkmuster umzuwandeln. Da Menschen mit selbstunsicherer Persönlichkeitsstörung unangenehme soziale Situationen oft meiden, wird versucht, sie schrittweise mit ähnlichen, zuvor analysierten Situationen zu konfrontieren. Besonders effektiv ist hierbei die Gruppentherapie, da sie bereits durch das gemeinsame Setting eine Konfrontation mit sozialen Ängsten darstellt. In der Gruppe lernt der Patient, dass er nicht minderwertig ist, sondern über Fähigkeiten und Ressourcen verfügt, auf die er stolz sein kann.«

»Die Behandlung der dependenten Persönlichkeitsstörung erfolgt ebenfalls durch Psychotherapie. Das Hauptziel der Therapie ist es, die Unabhängigkeit und Autonomie des Patienten zu fördern. Zunächst lernt der Patient, seine eigenen Wünsche und Bedürfnisse zu erkennen und diese aktiv nach außen hin zu vertreten. Da Menschen mit dieser Störung häufig eine hohe Anpassungsbereitschaft zeigen, muss der Therapeut besonders darauf achten, dass Fortschritte nicht nur als Anpassungsprozesse wahrgenommen werden, sondern tatsächlich eine innere Entwicklung darstellen. In ausführlichen Gesprächen wird untersucht, wie das aktuelle Verhalten des Patienten seine privaten und beruflichen Beziehungen beeinflusst und welche Reaktionen seine Mitmenschen darauf haben. Besonders hilfreich ist hier die Gruppentherapie, da der Patient in einem geschützten Umfeld neue Verhaltensweisen ausprobieren und mehr Selbstbewusstsein entwickeln kann. Positive Erfahrungen in der Gruppe stärken das Vertrauen in die eigene Fähigkeit und den Glauben an den eigenen Weg.« Kurz hole ich Luft und lege eine kurze Pause ein.

»Viele Menschen mit einer zwanghaften Persönlichkeitsstörung kommen im Alltag gut zurecht. Eine Therapie wird jedoch oft erst dann notwendig, wenn sie durch Veränderungen im Umfeld aus dem Gleichgewicht geraten, da ihnen die nötige Flexibilität zur Anpassung fehlt. Solche Veränderungen können zu Folgeerkrankungen wie Depressionen oder Angststörungen führen. Das vorrangige Ziel der Therapie besteht darin, die Gefühlsorientierung, Spontaneität und Risikobereitschaft der Betroffenen zu fördern. In der Psychotherapie reflektieren die Patienten die positiven und negativen Aspekte ihrer extremen Gewissenhaftigkeit und entwickeln gemeinsam neue Perspektiven. Zusammen mit dem Therapeuten wird dann erarbeitet, wie zwischenmenschliche Probleme auch ohne das strikte Festhalten an Regeln und Normen gelöst werden können. Ein weiterer wichtiger Aspekt der Behandlung ist die Förderung der Genussfähigkeit. Hierbei kommt die Euthymen-Therapie zum Einsatz, die darauf abzielt, positive und erfüllende Erfahrungen in den Alltag der Patienten zu integrieren.«

Ich lasse eine kurze Pause, blicke in meine Notizen und bemerke die intensiven Blicke der Männer. Sie sind so eindringlich, dass ich für einen Moment Schwierigkeiten habe, mich zu konzentrieren.

»Es gibt keine eindeutige oder alleinige Ursache für Persönlichkeitsstörungen. Die Vielfalt der verschiedenen Arten der Störung zeigt, dass sie nicht auf denselben Ursprung zurückgeführt werden können. Stattdessen geht man davon aus, dass Persönlichkeitsstörungen durch eine Kombination mehrerer Faktoren entstehen. Psychosoziale Faktoren spielen dabei eine große Rolle, wie etwa ungünstige Bindungsstile der Eltern, psychische Probleme der Eltern, nachteilige Erziehungsstile, ein ängstliches oder leicht erregbares Temperament des Kindes, fehlender sozialer Rückhalt sowie kritische und traumatische Ereignisse. Diese Faktoren erhöhen die Vulnerabilität des Einzelnen und begünstigen die Entwicklung einer Persönlichkeitsstörung.

Darüber hinaus können genetische und somatische Ursachen ebenfalls eine Rolle spielen, insbesondere bei spezifischen Störungen wie zm Beispiel der dissozialen Persönlichkeitsstörung. Im Allgemeinen entsteht eine Persönlich-keitsstörung durch das Zusammenspiel ungünstiger Umwelt-bedingungen und einer individuellen Labilität. Warum jedoch bestimmte Faktoren im Einzelfall zu einer Persönlichkeitsstörung und nicht zu anderen psychischen Erkrankungen führen, ist bislang nicht abschließend geklärt.«

»Persönlichkeitsstörungen treten häufiger auf, als man vielleicht vermuten würde. Schätzungen zufolge sind etwa zehn Prozent der Bevölkerung in diesem Land jährlich davon betroffen. Männer und Frauen erkranken dabei etwa gleich häufig. Persönlichkeitsstörungen treten oft nicht isoliert auf, sondern gehen häufig mit anderen psychischen Erkrankungen einher. Zum Beispiel sind in fünfzig Prozent der Fälle bei Menschen mit schizophrenen Psychosen gleichzeitig auch Persönlichkeitsstörungen vorhanden. Auch Depressionen, Angststörungen, Suchterkrankungen und Essstörungen treten oft gemeinsam mit Persönlichkeitsstörungen auf. Es ist jedoch wichtig zu betonen, dass Persönlichkeitsstörungen keine unveränderlichen Diagnosen sind. Mit zunehmendem Alter und Lebenserfahrung können sich viele Symptome verbessern. Auffällige Verhaltensweisen und Persönlichkeitszüge können im Laufe der Zeit abschwächen, sodass die Betroffenen zunehmend besser mit ihren

Herausforderungen umgehen können.«

»Die Probleme von Menschen mit Persönlichkeitsstörungen beginnen oft schon in der Kindheit und Jugend. Häufig sind es Verhaltensweisen, die sich im Laufe der Entwicklung herausbilden und sich dann in der Erwachsenenzeit weiter manifestieren. Die Diagnose einer Persönlichkeitsstörung wird jedoch oft erst im Erwachsenenalter gestellt, da die Persönlichkeit in der Jugend noch in einem fortlaufenden Entwicklungsprozess steckt. Während dieser Phase können sich Persönlichkeitsmerkmale noch weiter ausbilden, und es ist schwieriger, zwischen einem ausgeprägten persönlichen Stil und einer tatsächlichen Störung zu unterscheiden. Die Übergänge zwischen einem akzentuierten Persönlichkeitsstil und einer Persönlichkeitsstörung sind oft fließend. Verhaltensweisen, die als ungewöhnlich oder auffällig gelten, müssen nicht zwangsläufig pathologisch sein. Es kommt darauf an, inwiefern diese Merkmale das Leben der Betroffenen negativ beeinflussen und zu erheblichen Schwierigkeiten in sozialen, beruflichen oder anderen wichtigen Lebensbereichen führen. Die entscheidende Frage für eine Diagnose ist also, ob die Persönlichkeitsmerkmale zu langfristigen und signifikanten Problemen im Alltag führen und die Lebensqualität der Person beeinträchtigen.«

»Eine Persönlichkeitsstörung wird diagnostiziert, wenn bestimmte Kriterien erfüllt sind: Abweichung von kulturellen Normen, unangepasstes Verhalten, Leidensdruck und Stabilität der Muster. Lange Zeit galt es als schwierig, Menschen mit Persönlichkeitsstörungen zu therapieren, da sie oft keine Einsicht in ihre Problematik hatten. Heute weiß man, dass ein anderer Ansatz notwendig ist, um effektiv mit diesen Menschen zu arbeiten. Dabei stehen Verstehen und Wertschätzen, der Aufbau einer tragfähigen Beziehung sowie Konfliktbewältigung mit passender Problemlösung im Mittelpunkt. Menschen mit Persönlichkeitsstörungen suchen häufig Hilfe aufgrund von Schwierigkeiten in sozialen Beziehungen oder der Bewältigung von Veränderungen, etwa am Arbeitsplatz, nach einem Umzug oder in neuen Rollen. Sie kommen jedoch oft nicht mit dem Wunsch, sich selbst zu verändern, sondern erwarten, dass ihr Umfeld sich anpasst. Es ist wichtig, diesen Wunsch ernst zu nehmen, um Vertrauen aufzubauen und einen Zugang zu schaffen, der langfristig Veränderungen ermöglicht.

Ein entscheidender Schritt im Umgang mit Menschen, die an Persönlichkeitsstörungen leiden, besteht darin, sich empathisch in ihre Motive einzufühlen und diese als sinnvoll zu würdigen. Dieser Ansatz ermöglicht es, einen Zugang zu schaffen, der für die Betroffenen oft eine große Erleichterung darstellt. Viele erleben es zum ersten Mal, dass jemand ihre Verhaltensweisen nicht nur kritisch bewertet, sondern den zugrunde liegenden Sinn erkennt. Natürlich ist dies bei langjährig eingeübten Verhaltensmustern keine einfache Aufgabe. Doch selbst wenn das Verhalten selbst problematisch erscheint, hilft es, das dahinterliegende Motiv zu verstehen und wertzuschätzen. Es ist wichtig zu betonen, dass das Akzeptieren der Motive nicht bedeutet, die angewandten Methoden und Strategien zu billigen. Diese können durchaus kritisch hinterfragt und diskutiert werden. Das Ziel besteht darin, die Motive zu belassen, aber sozial verträglichere und effektivere Wege zu finden, um diese zu befriedigen.

Ein weiterer wichtiger Ansatz ist, sich als verlässlicher und emotional greifbarer Interaktionspartner zu präsentieren. Diese Konstanz schafft Vertrauen und ermöglicht eine konstruktive Zusammenarbeit. Statt von den Betroffenen zu erwarten, dass sie sich umfassend an bestehende Strukturen anpassen, kann es sinnvoller sein, das Umfeld so zu gestalten, dass sie darin besser zurechtkommen. Hierbei sollte auch berücksichtigt werden, dass viele Betroffene ihre Verhaltensweisen über Jahre hinweg perfektioniert haben. Diese Muster gelten für sie als bewährte Überlebensstrategien, die nicht einfach aufgegeben werden. Zudem fehlt ihnen häufig die Übung in alternativen Verhaltensweisen. Um dieses Defizit zu überwinden, ist es notwendig, alternative Verhaltensweisen gezielt zu trainieren. Gruppen zum Training sozialer Kompetenzen bieten hierbei wertvolle Unterstützung. Eine weitere effektive Methode ist das Modelllernen. Hierbei beobachten die Betroffenen Fachkräfte, lernen durch Nachahmung und erhalten gezielte Rückmeldungen. Durch das Lernen am Modell und durch Verstärkungsfeedback können sie ihr Handlungsrepertoire erweitern. Studien zeigen, dass sie eher bereit sind, problematisches Verhalten aufzugeben, wenn sie alternative Strategien kennen und sich in deren Anwendung sicher fühlen.

Neben diesen allgemeinen Ansätzen können spezifische Strategien, die auf die jeweilige Persönlichkeitsstörung abgestimmt sind, den Erfolg der Therapie weiter fördern. Fachkräfte sollten diese gezielt anwenden, um die individuellen Bedürfnisse und Herausforderungen der Betroffenen zu berücksichtigen.«

Ich hole tief Luft und versuche, die aufkommende Anspannung abklingen zu lassen. *So viel habe ich noch nie hintereinander geredet.* Während ich in die Runde schaue, erkenne ich die nachdenklichen Gesichter der Anwesenden und merke, dass ich sie wohl nicht gelangweilt habe. Ein warmes Gefühl der Erleichterung breitet sich in mir aus, als plötzlich alle im Raum in Applaus ausbrechen. Ein Lächeln schleicht sich auf mein Gesicht, erst vorsichtig, dann immer selbstbewusster.

»Falls heute jemand gefehlt hat oder einer von Ihnen etwas nachlesen möchte, habe ich alles noch einmal aufgeschrieben. Die Blätter lasse ich hier liegen.«, sage ich und lege meine Notizen sorgfältig auf den Tisch hinter mir. »Ich begleite Sie wieder nach draußen,« sagt einer der Beamten mit ruhiger Stimme. Ich nicke dankbar und laufe vor. Meine Schritte hallen leise in dem Raum wider und ich spüre die letzte Anspannung des Tages von mir abfallen. Doch es war eine interessanteste Erfahrung hier gewesen zu sein.

*

Draußen angekommen, umfängt mich die frische Luft wie eine sanfte Umarmung, die den Stress des Tages sofort von mir nimmt. Ich atme tief ein, genieße die klare, kühle Brise, die meine Sinne weckt und meinen Kopf frei macht. Der Moment fühlt sich so erfrischend an, fast wie ein Neubeginn. Am Auto greife ich nach meinem Telefon und wähle Zoeys Nummer. Nach wenigen Sekunden höre ich ihre vertraute, fröhliche Stimme am anderen Ende. »Ja?«

»Was macht ihr?«, frage ich neugierig, mit einem Lächeln, das sich schon fast automatisch auf mein Gesicht schleicht. »Wir kaufen gerade Schuhe«, antwortet sie lachend. Ihre Freude ist so ansteckend, dass ich kurz selbst zu schmunzeln beginne. »Wir werden erst spät zu Hause sein, damit du Bescheid weißt.«, informiert mich Zoey. »Okay, euch noch viel Spaß«, erwidere ich, noch und lege dann auf.

Mit einem leisen Seufzen stecke ich mein Telefon zurück in meine Tasche und starte den Motor. Ein flimmerndes Gefühl von Vorfreude und Nervosität mischt sich in meiner Brust. Mein Kopf ist voll von Gedanken, Erinnerungen und Erwartungen, doch mein Herz ist leicht, fast befreit. Die ganze Fahrt über geht mir noch einmal alles durch den Kopf: morgen wird der große Tag sein. *Meine eigene Show.* Ein Traum, den ich nie für möglich gehalten hätte, und doch ist er jetzt greifbar. Die Vorstellung von all dem, was kommen wird, lässt ein prickelndes Kribbeln in meinem Bauch aufsteigen, das ich kaum unterdrücken kann.

Ich schalte die Musik an, drehe die Lautstärke auf und lasse die Melodien durch den Wagen hallen, als würden sie all die Sorgen des Tages fortspülen. Es fühlt sich an, als könnte der Moment nicht perfekter sein. Mit einem zufriedenen Lächeln auf den Lippen lenke ich das Auto in Richtung des nächsten Lebensmittelgeschäfts. Es wird ein schneller Halt, und dann kann ich mich endlich ganz in Ruhe auf den morgigen Tag vorbereiten. Der Gedanke an all das, was mir bevorsteht, lässt mich innerlich aufblühen, während ich den Rest des Abends ruhig und entspannt ausklingen lassen werde.

Die einzige Person, die dir wirklich im Weg steht, bist du selbst.

Kapitel Sechs

Summend hole ich die Einkaufstüten aus dem Auto, die vertraute Melodie in meinem Kopf ist wie ein ruhiger Begleiter, der mir die Schritte versüßt. Doch plötzlich höre ich eine Stimme hinter mir, die mich jäh aus meinen Gedanken reißt. »Hallo.« Der Schreck fährt durch meinen Körper und für einen Moment spüre ich, wie mein Herz einen Schlag aussetzt. Ich drehe mich abrupt um, und dort steht er. *Joel.* Ein Anblick, der in mir eine Flut an Gefühlen auslöst, doch die Freude über sein Erscheinen weicht schnell einer unerklärlichen Kälte.

»Hallo.«, erwidere ich, meine Stimme klingt flach und kühl, wie ein Riegel, der sich vor all dem aufgestauten Ärger und Enttäuschung schiebt. Mein Blick gleitet bewusst an ihm vorbei, als könnte ich ihn so aus meinen Gedanken verbannen, und ich hebe den Kopf, um nicht die Kontrolle zu verlieren. Mit festen, entschlossenen Schritten gehe ich auf die Tür zu, als wäre es das Normalste der Welt, ihn nicht einmal anzusehen. Doch ich höre seine Schritte hinter mir, nah und hartnäckig, ein ständiges Nachdrängen, das sich in meine Haut gräbt. »Ich brauche ein paar Sachen, die ich noch hier gelassen habe.«, sagt er, und in seiner Stimme liegt etwas, das wie ein alter, verborgener Vorwurf klingt. Die Worte erreichen mich wie eine Welle aus Verwirrung und Wut. In mir brodelt es, ein Meer aus widersprüchlichen Gefühlen.

Ich spüre, wie sich mein Herz nach ihm sehnt, wie die Wunden in mir aufreißen und ich ihn am liebsten in die Arme schließen würde. Doch ich weiß, dass ich es nicht darf. *Nicht mehr.* Eine Beziehung, die nur in eine Richtung geht, kann nicht heilen, nicht wachsen. Also zwinge ich mich, die Enttäuschung hinunterzuschlucken, sie in die tiefste Ecke meines Inneren zu verbannen, und antworte ihm mit einer Nüchternheit, die mich selbst erschreckt. »Gut, nimm alles mit. Ich werde bald nicht mehr hier wohnen.« Meine Worte sind ruhig, aber der Schmerz in meiner

Stimme ist unausweichlich. Während ich spreche, greife ich nach den Schlüsseln in meiner Tasche und halte sie fest in der Hand, ein kleines Symbol der Kontrolle, das mir gerade so wichtig ist. »Wie bitte?« Seine Stimme wird schärfer, ein fauchendes Echo in der plötzlichen Stille zwischen uns. Die Reaktion schmerzt, wie ein ungewolltes Verlangen, das mit aller Gewalt wieder hervorkommt.

Ich ignoriere ihn, drehe mich wortlos um und schließe die Tür auf, ohne noch einen Blick auf ihn zu werfen. *Ab jetzt geht er mich nichts mehr an.* Mit schnellen, fast hastigen Schritten gehe ich in die Küche, lasse die Tüten auf die Arbeitsplatte fallen und beginne, sie ausgeräumt zu ordnen, als wolle ich die Scherben meines Lebens in geordnete Bahnen lenken, um die Last der letzten Jahre endlich abzuwerfen. »Was meinst du damit? Warum ziehst du um?« Seine Stimme erreicht mich erneut, verfolgt mich, dringt unaufhaltsam in meinen Raum ein. Der fordernde Ton in seiner Frage reibt an meinen Nerven, als wollte er alles noch einmal aufreißen, was wir längst begraben glaubten. Doch ich weiß, dass es keine Antwort mehr braucht. Seufzend drehe ich mich zu ihm um, meine Geduld längst aufgebraucht.

»Wir sind getrennt, Joel. Es geht dich nichts mehr an. Nimm deine Sachen und geh bitte«, sage ich mit einem Hauch von Entschlossenheit, der sich trotz meiner inneren Erschöpfung durch meine Worte kämpft. Gestern hatte ich ihm eine klare Nachricht geschickt:

Es gibt keine Rettung mehr für uns, oder?

Und daraufhin kam, wie erwartet, ein klares *Nein.*

Nein, Liyana.

Die Antwort war mir schon vorher klar gewesen, doch ich wollte es von ihm hören, als letzten, endgültigen Schnitt. Er bleibt stehen, kämpft mit sich selbst, während sich die Minuten wie Stunden anfühlen. Dann, mit einem Zischen, das mir den Atem raubt, drängt er sich näher und spricht in einem Ton, der mehr einem Befehl gleicht als einer Bitte: »Liyana, ich schwöre dir, hör auf damit. Antworte mir!« Ein flaues Gefühl breitet sich in meinem Magen aus, als würde sich eine eisige Hand um mein Herz legen. Ich will nur noch, dass er verschwindet. *Sofort.*

»Mit meiner besten Freundin werde ich zusammenziehen. Und nein, keine Angst, es hat nichts mit dir zu tun. Wir suchen einfach etwas Größeres«, sage ich mit einem gezwungenen Lächeln, das sich wie eine Maske anfühlt, die mir unangenehm drückt. Seine Reaktion lässt nicht lange auf sich warten. Für einen Moment ist Verwirrung in seinen Augen zu sehen, bevor sich seine Stirn erneut in Falten legt. Er schüttelt den Kopf, als könnte er sich einfach nicht mit der Realität abfinden. »Das stimmt nicht. Du hast keine Freundin, mit der du zusammenziehen würdest«, entgegnet er mit einem Hauch von Wut in der Stimme. Ich spüre, wie sich meine Nerven anspannen, und muss tief durchatmen, um nicht die Kontrolle zu verlieren.

Sein hartnäckiges Misstrauen schmerzt, doch ich lasse es nicht zu, dass er das sieht. Tief in mir brennt die Enttäuschung, aber meine Stimme bleibt fest. »Joel, du kennst mich nicht. Das Thema ist abgeschlossen. Ich habe noch zu tun. Nimm deine Sachen und geh endlich.« Er starrt mich an, sein Blick dunkel und unergründlich. Dann murmelt er leise, fast trotzig: »Das Thema ist noch nicht beendet!« Ohne ein weiteres Wort dreht er sich um und verschwindet ins Schlafzimmer. Ein Zittern läuft über meinen Körper, doch ich halte mich aufrecht. Erst als er außer Sicht ist, entweicht mir ein leiser, bebender Atemzug. Ich zwinge mich, mich wieder meinen Einkäufen zu widmen, die Hände fahrig, als könnte ich mich so ablenken. Doch es hilft nichts. Die Tränen kommen trotzdem. *Wie konnte unsere Beziehung nur so enden?*

Ich war glücklich und fühlte mich mit ihm wohl. Ich hatte geglaubt, wir würden heiraten, vielleicht eine Familie gründen. Zukunftsträume, die mir einmal so greifbar erschienen waren, lösen sich nun auf wie Rauch in der Luft. Nichts weiter als verblassende Illusionen. Vielleicht hat sich seine Frustration über die letzten Wochen hinweg in ihm aufgestaut, bis er es nicht mehr ausgehalten hat. Vielleicht war das gerade sein verzweifelter Versuch, mich noch einmal zu erreichen. *Doch es ist zu spät.*

Plötzlich reißt mich ein lauter Knall aus meinen Gedanken. Die Tür schlägt hinter ihm ins Schloss. Ein Ruck geht durch mich und in dem Moment brechen meine Tränen hemmungslos hervor. *Ich will nicht weinen.* Ich will stark sein. Aber die Fassade bröckelt. Mit einem Schluchzen reiße ich mich los, laufe ins Arbeitszimmer, weg von all dem, was mich zu erdrücken droht. Dort schiebe ich mit zitternden Händen das Regal beiseite und ziehe eine alte, abgenutzte Kiste hervor. Mein Herz rast, als ich hektisch durch ihren Inhalt wühle. Und dann finde ich es – das Familienfoto. Ich halte es fest, meine Finger umklammern den Rahmen, als könnte ich so die Menschen darauf zurückholen. Die vertrauten Gesichter lächeln mir entgegen, doch sie fühlen sich so fern an, als gehörten sie einem anderen Leben.

»Warum musstet ihr mich alle verlassen?« Meine Stimme ist kaum mehr als ein heiseres Flüstern. Tränen tropfen auf das Glas des Bildes. »Außer Zoey und Tiara habe ich niemanden mehr. Warum immer ich? Erklärt es mir bitte!« Meine Finger gleiten weiter durch die Kiste, bis sie auf kaltes Metall stoßen. *Die goldene Kette meiner Mutter.* Vorsichtig hebe ich sie heraus, betrachte das kleine Herz, das im Licht schimmert. Sie hatte diese Kette jeden Tag getragen. Auf jedem Foto ist sie zu sehen, als Symbol ihrer Stärke. *Oder vielleicht ihrer Verletzlichkeit.* Ich schließe die Augen und presse das Schmuckstück an meine Brust. Für einen Moment wünsche ich mir nichts sehnlicher, als all die verlorenen Menschen zurückzuholen. Doch das Leben geht weiter. Egal, wie schmerzhaft es ist.

Meine Gedanken treiben zurück in die Vergangenheit, und ein kalter Schauer läuft mir über den Rücken. Die Erinnerungen sind wie Schatten, die mich nie wirklich loslassen. Nach dem Weggang meines Vaters war nichts mehr, wie es einmal gewesen war. Unser Leben hatte sich von einem Moment auf den anderen in ein Chaos verwandelt. Meine Mutter, einst voller Wärme und Leben, war nur noch ein Schatten ihrer selbst. Der Schmerz hatte sie von uns fortgerissen, als wäre sie physisch an einem anderen Ort, unerreichbar hinter einer unsichtbaren Mauer. Tagelang saß sie regungslos da, weinte, sprach kaum, aß fast nichts. Und während ich zu jung war, um zu verstehen, war es an meiner Schwester Jessica, uns beide irgendwie zusammenzuhalten.

Ich erinnere mich an jenen einen Tag, der für immer in mein Gedächtnis gebrannt ist. Jessica hatte mich, wie immer, von der Schule abgeholt. Wir waren nach Hause gekommen und sie hatte angefangen Nudeln zu kochen. Das war ihre Art, Normalität zu bewahren. Kleine Rituale, die uns ein Gefühl von Beständigkeit geben sollten. Wie so oft versuchte sie, unsere Mutter dazu zu bringen, wenigstens ein paar Bissen zu sich zu nehmen.

Dann kam dieser Schrei. Ein Schrei, der durch die Wände gellte, sich in jede Ritze der Erinnerung fraß, bis er ein Teil von mir wurde. Jessica war ins Schlafzimmer gestürmt. Unsere Mutter lag leblos auf dem Bett. *Sie hatte sich selbst das Leben genommen.* Mit einer zerbrochenen Glasflasche ritzte sie sich ihre Handgelenke auf. Ich sehe Jessicas Gesicht noch vor mir, wie es erstarrte, wie sie mit zitternden Händen versuchte, sie zu wecken, obwohl wir beide wussten, dass es zu spät war. Ich erinnere mich an das Gefühl der Ohnmacht, an die brennenden Tränen, an die Angst, die mich wie eine eiskalte Hand umklammerte.

Plötzlich bricht alles wieder auf. All die unterdrückten Gefühle, die ich jahrelang tief in mir vergraben hatte, reißen mich mit sich. Die unzähligen Nächte, in denen ich weinend im Bett lag, mit nur einem einzigen Gedanken im Kopf: *Wen verliere ich als Nächstes?* Mit einem Schluchzen lege ich das Bild und die Kette zurück in die Kiste. Meine Hände zittern, mein Körper fühlt sich schwer an, als würde mich die Vergangenheit erdrücken. Sie hatten uns einfach verlassen. *Unsere Mutter. Unser Vater.* Wie konnten sie uns so zurücklassen? Wie konnten sie einfach gehen?

Plötzlich höre ich das leise Quietschen der Tür. Sofort erstarren meine Tränen, als hätte jemand einen Schalter umgelegt. Hastig wische ich mir über das Gesicht, verdränge den Schmerz zurück in die Tiefen meines Herzens. *Tiara darf mich nicht so sehen.* Sie soll mich glücklich sehen, sorglos. Schnell schiebe ich die Kiste zurück an ihren Platz, atme tief durch und gehe ins Wohnzimmer. »Mama, schau mal!« Tiara steht mitten im Raum, ihre Augen strahlen vor Begeisterung, während sie ein pinkes Kleid aus der Einkaufstüte zieht. Ihre Freude ist ansteckend, und ich zwinge mich zu einem Lächeln. Sanft ziehe ich sie in meine Arme. »Wow, das ist wirklich ein wunderschönes Kleid«, sage ich sanf. »Du kannst es morgen gleich anziehen.« Tiara hüpft aufgeregt auf und ab, während Zoey gerade mit den letzten Tüten durch die Tür kommt.

»Deine Tochter hat echt Durchhaltevermögen«, bemerkt sie lachend und schüttelt amüsiert den Kopf. »Sie hat bis zum Schluss tapfer durchgehalten und sich an den Kassen immer vorgedrängelt. Deshalb sind wir jetzt auch schon fertig.« Ich kann mir ein Schmunzeln nicht verkneifen. *Tiara eben.* Während ich mich in die Küche begebe, rufe ich über die Schulter: »Was wollt ihr essen?« Zoey setzt sich zu Tiara an den Esstisch und grinst. »Ich habe uns auf dem Weg schon Pizza bestellt. Heute schauen wir uns Häuser an.« Überrascht bleibe ich stehen. Für einen Moment halte ich inne, ihre Worte hallen in mir nach.

»Du willst also wirklich ein Haus kaufen?«, frage ich leise. Irgendetwas an dieser Vorstellung berührt mich tief, lässt mich für einen Moment von einem neuen Anfang träumen. Zoey nickt entschlossen. »Natürlich! Ich war nicht umsonst all die Jahre weg gewesen.« Ihre Augen leuchten, als sie weiterspricht. »Ich will eine schöne Villa für uns kaufen. Ich hole kurz meinen

Laptop, bin gleich wieder da.« Mit diesen Worten verschwindet sie, während ich noch immer nachdenklich dastehe.

»Mama?« Tiaras leise Stimme reißt mich aus meinen Gedanken. Als ich mich zu ihr umdrehe, sehe ich, dass sie mich mit großen, fragenden Augen ansieht. »Wo ist eigentlich Joel? Ich habe ihn vermisst.« Mein Herz zieht sich schmerzhaft zusammen. Ich spüre, wie sich eine unsichtbare Faust um meine Brust legt, doch ich zwinge mich zur Ruhe. »Er muss jetzt sehr viel arbeiten, Tiara«, sage ich schließlich mit einem lächeln, bemüht um eine sanfte, verständnisvolle Stimme. Ich will ihr noch nichts von der Trennung erzählen. Vielleicht ist es auch gar nicht nötig.

»Außerdem hat er auch noch sein eigenes Leben. Er kann nicht immer bei uns sein. Du hast doch jetzt auch Zoey.« Für einen Moment mustert Tiara mich mit ernstem Blick, als könnte sie spüren, dass mehr hinter meinen Worten steckt, als ich zugeben will. Doch dann, zu meiner Erleichterung, huscht ein Lächeln über ihr Gesicht. »Ja, stimmt«, sagt sie fröhlich und strahlt mich an. Ich erwidere ihr Lächeln, auch wenn mein Herz sich schwer anfühlt. *Manche Dinge muss sie noch nicht verstehen.*

»Ich liebe Tante Zoey, Mama. Sie ist wie du und auch super lustig.« Tiara kichert fröhlich, ihre großen, leuchtenden Augen strahlen vor Glück. Ihre Unbekümmertheit ist wie ein Sonnenstrahl in all dem Chaos meiner Gedanken. Ich atme tief ein, lasse den Moment auf mich wirken und ziehe sie fest in meine Arme. In diesem Augenblick spüre ich, wie Tiara mir die Kraft gibt, die ich so dringend brauche. Egal, wie oft ich in meine Erinnerungen abtauche, egal, wie schwer mich die Vergangenheit manchmal niederdrückt, sie und Zoey sind mein Halt. Mein Anker. Ohne Joel fühlt sich unser Zuhause anders an, leerer vielleicht, aber nicht hoffnungslos.

»So, ich habe es gefunden! Macht Platz, Ladys!« Zoey betritt joggend mit ihrem Laptop das Wohnzimmer, ihre Stimme überschlägt sich fast vor Aufregung. Ich muss schmunzeln, während ich mich auf dem Sofa zurechtrücke und Tiara sich gespannt neben mich setzt.

*

Mittlerweile haben wir uns an diesem Abend bestimmt das dreißigste Haus angeschaut. Es fühlt sich an, als hätten wir uns durch ganz unzählige Wohnträume geklickt, große Villen mit bodentiefen Fenstern, kleine gemütliche Häuser mit wunderschönen Gärten und vereinzelt Mansionetten Wohnungen, die dann aber doch nicht infrage kamen.

Ich beiße in mein Pizzastück und betrachte den Bildschirm. »Ich mag dieses Haus.« Zoey nickt, während sie konzentriert weiter durch die Bilder scrollt. Dann leuchtet ein breites Lächeln auf ihrem Gesicht auf. »Ich liebe es. Schau dir diese wunderschönen Türen an! Und die Küche – sie ist perfekt!« Ohne zu zögern öffnet sie eine E-Mail, tippt schnell ein paar Worte und seufzt zufrieden. »Ich schicke das meinem Assistenten, der kümmert sich um den Rest.« Euphorisch beginnt sie zu klatschen, als wäre dies der aufregendste Moment ihres Lebens. Ich lache leise und wische Tiara die Tomatensoße vom Mund.

»Es ist so komisch, wenn du so erwachsen redest.« Zoey wirft mir einen verspielten Blick zu und grinst. »Ich bin immer noch die Gleiche.« Dann lehnt sie sich zurück und streckt sich genüsslich. »Aber du hast recht, manchmal komme ich mir vor wie eine alte Dame.« Kurz muss ich lachen bei ihren Worten.

»Mein Schatz, putz dir jetzt bitte die Zähne.« Tiara nickt gehorsam und läuft los. »Tiara und ich sind schon gespannt auf morgen. Ich schlafe heute bei ihr. Sie hat ein gemütlich großes Bett, und ich liebe ihre Marienkäfer-Lampe.« Dann hebt sie spielerisch den Mittelfinger, lacht und verschwindet die Treppe hinauf. Ich schmunzle und beginne, den Tisch abzuräumen. Doch je ruhiger es wird, desto mehr macht sich ein mulmiges Gefühl in mir breit. Morgen ist der große Tag, und ich fühle mich alles andere als vorbereitet. *Wie auch?* Ich atme tief ein, versuche, die aufkommende Nervosität zu verdrängen. *Das ist machbar. Das schaffe ich.*

Nachdem ich alles sauber gemacht habe, ziehe ich mich zurück und lege mich ins Bett. Der morgige Tag wird herausfordernd, genau deshalb benötige ich langen und erhol-samen Schlaf.

*

Ein lauter Ruf zerreißt die Stille des Morgens und dringt wie ein Alarmsignal in meinen Schlaf. »Steh auf!« Ich stöhne leise, drehe mich auf die Seite und ziehe die Decke fester um mich. Vielleicht, wenn ich mich ganz still verhalte, geht sie wieder. »In ein paar Stunden müssen wir los. Du musst noch gestylt werden, steh endlich auf!« Die Worte treffen mich mit voller Wucht. Ein Ruck geht durch meinen Körper, als mein Verstand endlich die Bedeutung der drängenden Stimme erfasst. Meine Augen reißen sich auf. »Oh nein, heute ist ja der Tag!« Wie von der Tarantel gestochen springe ich aus dem Bett, mein Herz hämmert wild gegen meine Rippen. Ein Gedanke schießt mir panisch durch den Kopf. »Scheiße, Tiara muss noch in die Schule!«

Ich drehe mich ruckartig um und entdecke Zoey, die seelenruhig vor dem Spiegel steht und sich betrachtet. Ihre braunen Haare glänzen, perfekt gestylt, als hätte sie bereits Stunden damit verbracht. Ich wünschte, ich hätte auch nur einen Bruchteil dieser Energie und Disziplin. »Ich habe sie schon hingebracht«, sagt sie schließlich mit einem Anflug von Zorn in ihrer Stimme. Sie legt ihren Lippenstift weg und sieht mich mit zusammengekniffenen Augen an. »Ich mag ihre Lehrerin nicht. Sie hat mich so billig angesehen. Die soll froh sein, dass Kinder da waren.«

Ich kann mir ein Lachen nicht verkneifen. »Du liebst es immer noch, dich zu prügeln, oder?« frage ich amüsiert. Zoey fährt herum, ihr Blick durchbohrt mich. »Natürlich. Tu bloß nicht auf scheinheilig. Ich kenne dich, seitdem du klein bist. Und die Geschichten aus deiner Schulzeit habe ich nicht vergessen.« Mein

Lächeln erstarrt. Die Schulzeit war … nicht gerade meine beste Zeit. Vieles davon habe ich tief in mir vergraben, irgendwo zwischen Schmerz und Verdrängung.

»Ich habe diese Geschichten längst vergessen. Du solltest das vielleicht auch tun.« Ich versuche, meine Stimme fest klingen zu lassen, aber in mir zieht sich etwas zusammen. Dann schüttle ich den Kopf, will die Stimmung wieder auflockern. »Und jetzt hilf mir, mich fertig zu machen. Ich muss perfekt aussehen!« Schnell schnappe ich mir meine Kleidung und eile ins Badezimmer.

»Das tut weh! Mach mir keinen Zopf!« jammere ich und zucke zusammen, als Zoey mir grob an den Haaren herumzerrt. Seit einer gefühlten Ewigkeit sind wir nun damit beschäftigt, mich herzurichten, zu schminken, zu frisieren, und langsam verliere ich die Geduld. Zoey seufzt schließlich und betrachtet mich im Spiegel. »Ich habe keine Lust mehr. Offene Haare stehen dir sowieso besser.« Ich atme erleichtert auf, streiche mir die Haare aus dem Gesicht und mustere mich im Spiegel. Mein weißer Blazer sitzt perfekt, das rote Top darunter bringt meine Haut zum Strahlen. Der Lippenstift verleiht meinem Look den letzten Schliff. Ich atme tief durch. *Jetzt kann mich nichts mehr aufhalten.*

*

»Wir sind da. Hier müsste es sein«, sage ich leise, während mein Blick über das große, moderne Gebäude gleitet. Das Studio liegt am Rande der Stadt, umgeben von hohen Glasfassaden und belebten Straßen. Als ich auf den Parkplatz fahre, bemerke ich, dass bereits viele Autos dort stehen. Mein Magen zieht sich vor Aufregung zusammen. Panik steigt in mir auf. Meine Finger umklammern das Lenkrad, meine Hände beginnen zu schwitzen. Ein unangenehmes Pochen breitet sich in meinem Kopf aus, Migräne, wie immer, wenn die Anspannung mich überrollt.

»Du schaffst das, Mama! Wir sind bei dir«, sagt Tiara mit einem Lächeln, ihre Stimme voller Vertrauen. Ich atme tief durch. Allein ihre Worte reichen, um mein Herzschlag zu beruhigen, meine Nerven wieder unter Kontrolle zu bringen. »Ja, komm runter«, fügt Zoey hinzu, als sie mich von der Seite mustert. »Es passiert nichts. Du bist der Profi, nicht die.« Ich zwinge mich zu einem Nicken und öffne entschlossen die Autotür. Der kalte Februarwind schlägt mir ins Gesicht, aber es tut gut, er kühlt meine Gedanken.

Als wir uns dem Eingangsbereich des Studios nähern, fällt mein Blick auf die Menschengruppe, die dort wartet. Ein Gewirr aus aufgeregten Stimmen erfüllt die Luft. Einige unterhalten sich angeregt, andere tippen auf ihren Handys oder werfen neugierige Blicke in unsere Richtung. Plötzlich höre ich eine vertraute Stimme meinen Namen rufen. »Guten Tag, Frau Laurel!« Ich drehe mich um und entdecke Herrn Albrecht. Er steht einige Schritte entfernt und streckt mir freundlich die Hand entgegen. Sein schwarzer Anzug sitzt makellos, und sein Lächeln ist höflich, aber geschäftsmäßig.

»Guten Tag, Herr Albrecht«, erwidere ich und erwidere den Händedruck. »Ihre Begleitpersonen haben ganz vorne reservierte Plätze«, erklärt er sachlich. »Sie müssen jetzt jedoch in den VIP-Bereich kommen, um sich vorzubereiten.« Ich nicke. Es gibt keinen Grund, länger zu zögern. Schnell drehe ich mich zu Zoey und Tiara um und ziehe beide in eine feste Umarmung. »Wir sehen uns gleich«, flüstere ich und küsse Tiara sanft auf die Stirn. »Ich liebe dich, Mama!«, ruft sie mir nach, als Zoey sie mit einem breiten Lächeln auf den Arm nimmt. Mein Herz zieht sich zusammen, aber ich schicke ihr zwei Luftküsse, bevor ich mich umdrehe und dem Security-Mitarbeiter folge, der mich in den Hintereingang des Studios führt. Mit jedem Schritt, den ich setze, wächst die Anspannung in mir. Heute ist der große Tag. Und es gibt kein Zurück mehr.

»Hier müssen Sie rein«, informiert mich der Security-Mitarbeiter mit professioneller Stimme und einem kurzen Nicken. Ein letztes Mal atme ich tief durch, spüre das leichte Zittern meiner Finger, bevor ich den kalten Türgriff umschließe. »Okay, danke.«

Langsam drücke ich die Tür auf und betrete den Raum. Kaum habe ich einen Schritt hineingesetzt, fällt mein Blick auf einen Mann, der mitten im Raum steht, als hätte er nur auf mich gewartet.

Sein Lächeln ist strahlend und einladend, als er mir entgegenkommt. »Liyana, schön, dich kennenzulernen!« Seine Energie ist mitreißend, doch ich kann nicht verhindern, dass sich ein Knoten in meinem Magen zusammenzieht. Mit einem nervösen Lächeln schließe ich die Tür hinter mir. »Es freut mich auch, dich kennenzulernen …?« Er lacht herzlich, tritt näher und umarmt mich kurzerhand. »Ich bin Finn, der Moderator deiner Show. Ich bin ein riesiger Fan von dir und deiner Arbeit!«

Einen Moment lang bin ich überrumpelt, erwidere seine Umarmung dann aber vorsichtig. Die Mischung aus Freude und Nervosität prickelt auf meiner Haut. Mein Herzschlag ist noch immer etwas schneller als sonst, doch Finns ehrliche Begeisterung steckt an. »Danke dir, das bedeutet mir wirklich viel«, sage ich schließlich mit einem leichten Lächeln. Langsam lösen wir uns voneinander. Finn bleibt entspannt, seine Augen mustern mich neugierig, aber freundlich. »Kannst du mir mehr über die Show erzählen?«, frage ich schließlich, bemüht, meine Unsicherheit hinter einer professionellen Fassade zu verbergen. »Komm, setz dich erst einmal.« Er deutet auf ein gemütliches Sofa, das mitten im Raum steht. Ich folge seiner Einladung, und kaum sitze ich, nimmt auch er Platz, lehnt sich entspannt zurück und beginnt zu sprechen.

»Also, wie du vielleicht schon gemerkt hast, wird es heute Abend ein Livepublikum geben. Wir wissen nicht genau, wie es laufen wird, es ist schließlich die erste Sendung. Aber hier ist der Plan: Wir werden Anrufe aus dem ganzen Land entgegennehmen. Menschen mit verschiedenen Problemen oder Fragen werden dich um Rat bitten. Deine Aufgabe ist es, ihre Anliegen zu beantworten und gleichzeitig den Zuschauern Wissen zu vermitteln. Denk immer daran: Es ist deine Show. Ich bin nur hier, um die Stimmung ein wenig aufzulockern und dich zu unterstützen.«

Ich höre ihm aufmerksam zu, lasse jedes Wort in meinem Kopf kreisen. *Es klingt so simpel.* Doch ich weiß, dass es das nicht ist. »Danke, Finn«, sage ich schließlich. »Ich muss ehrlich zugeben, dass ich aufgeregt bin. Es ist etwas völlig anderes, vor Studenten zu sprechen als vor einem ganzen Land. Ich hoffe wirklich, dass ich dem gewachsen bin.« Finns Blick wird weich, fast ein wenig ernst. Er lehnt sich vor, stützt die Ellbogen auf seine Knie und sieht mich direkt an. »Liyana, du bist eine Expertin in deinem Fach. Und du bist genau aus diesem Grund hier. So viele Menschen sind heute gekommen, um dir zuzuhören. Und noch viel mehr werden dich von Zuhause aus sehen. Du bist der Star hier! Glaub an dich.« Seine Worte treffen mich tiefer, als ich erwartet hätte. Zum ersten Mal an diesem Tag spüre ich, wie meine Angst ein wenig nachlässt. Ein Funken Zuversicht flackert in mir auf. *Ich kann das. Ich bin bereit.* »Danke, Finn«, sage ich und dieses Mal meine ich es wirklich.

»Macht euch bereit, die Show beginnt gleich!«, ruft eine energische Stimme, die den Raum durchbricht. Eine Frau läuft schnell in den Raum. Ihre Augen huschen unruhig umher, während sie auf uns zutritt. Sofort springen Finn und ich auf, die Aufregung greift auch mich und meine Hände fangen an zu zittern. »Es ist Showtime!«, sagt Finn mit einer selbstsicheren Stimme und zwinkert mir dabei aufmunternd zu. Ich versuche, mich zu beruhigen, indem ich mir die Haare glatt streiche, doch mein Herz schlägt immer schneller. Ein leises, nervöses Lächeln huscht über mein Gesicht, während ich mich zur Tür wende. In meinen Gedanken wiederhole ich wie ein Mantra: *Du schaffst das.* Ich atme tief durch und versuche, meine Unsicherheit abzulegen.

Doch kaum bin ich zur Tür geschritten, ertönt erneut die Stimme der Frau, diesmal etwas drängender. »Finn, du musst jetzt auf die Bühne. Los!« Er zwinkert mir ein letztes Mal zu, bevor er sich von mir abwendet und mit schnellen, entschlossenen Schritten die Bühne betritt. Ich bleibe einen Moment lang stehen, blicke ihm nach und spüre, wie mein Magen sich zusammenzieht. Aber dann muss ich mich sammeln. *Ich muss stark sein.*

Von hier aus kann ich alles sehen. Die Bühne erstrahlt in einem blendenden Licht, das den Raum in eine atemberaubende Szenerie verwandelt. Die Lichter tanzen über den Boden, die Wände und das Publikum. Es fühlt sich an, als würde die ganze Welt in diesem Moment auf mich warten. Die Bühne wirkt wie ein luxuriöses Wohnzimmer, das von der perfekten Beleuchtung und der durchdachten Einrichtung nur noch unterstrichen wird. Zwei große, elegante Sofas sind mittig arrangiert, und ein Tisch rundet das Ensemble ab. Die Atmosphäre ist durchdacht, stilvoll und doch so nahbar. Im Hintergrund hängt ein gigantisches Bild von mir, das ich extra für diesen Tag habe anfertigen lassen. Mein eigenes Gesicht, in überlebensgroßer Größe. Ein Moment, in dem ich plötzlich realisiere, wie weit ich schon gekommen bin, und wie surreal dieser Augenblick nun wirklich ist.

Doch was mich am meisten einnimmt, ist das riesige Publikum, das gespannt auf ihren Plätzen sitzt, die Augen auf mich gerichtet. Ihre Blicke sind erwartungsvoll, neugierig, und viele von ihnen filmen bereits, ihre Handys in der Luft, um jeden Moment für sich festzuhalten. Gerade vor mir steht die Paparazzi-Linie, die mit ihren Kameras alles ablichten, was sie kriegen können. Das Klicken der Kameras mischt sich mit der Geräuschkulisse des Publikums, das ebenfalls bereit ist. Die Scheinwerfer setzen alles in grelles Licht, und ich spüre, wie die Schwere des Moments mir immer näherkommt. Doch inmitten des Chaos weiß ich eines: *Ich bin bereit.*

»Guten Abend, meine Damen und Herren. Mein Name ist Finn Whinston, der Moderator dieser Show. Sicherlich wissen Sie bereits, wer der Star dieser Show ist. Aber bevor wir starten, möchte ich die Cognitio Universität vorstellen, die dieses Event hier organisiert hat. Die Cognitio Universität in Sinville hat zusammen mit ihren Studenten und Herrn Gert Albrecht alles geplant, organisiert und finanziert. Nicht nur Sie, sondern auch die Studenten haben die Möglichkeit, von Frau Dr. Liyana Laurel zu lernen. Meine Damen und Herren, begrüßen Sie die Heilerin der Seelen, die Lehrerin der Psychologie, die wunderschöne Frau Dr. Liyana Laurel!« Sobald Finn die letzten Worte spricht, überkommt mich ein Schauer.

Das Publikum explodiert förmlich in Applaus. Der Klang des Beifalls ist überwältigend und füllt den Raum mit einer Energie, die mir den Atem raubt. Ich kann den Herzschlag in meiner Brust förmlich hören, während ich spüre, wie eine warme Freudenträne meine Wange hinunterläuft. Es ist nicht nur die Freude, es ist auch die Erleichterung, dass der Moment endlich gekommen ist. »Das ist das Mikrofon. Versuchen Sie, es nicht zu berühren, sonst wird Ihre Stimme nicht richtig übertragen.« Eine Stimme aus dem Hintergrund holt mich aus meinen Gedanken. Es klingt fast wie aus der Ferne. Wie in Trance folge ich den Anweisungen und lasse mich ein Stück weiter nach vorne schieben. Alles wirkt surreal. Mein Körper bewegt sich fast schwerelos, als wäre er nicht mehr wirklich Teil von mir.

Der Applaus brandet weiter, immer lauter, und plötzlich nehme ich auch Pfiffe aus dem Publikum wahr. Reflexartig ziehe ich ein Lächeln auf, winke mit einer Geste, die ich nicht wirklich bewusst mache, aber die für das Publikum authentisch wirkt. Ich kann spüren, wie mein Magen sich dreht und ein Knoten in meiner Kehle sich bildet, aber ich zwinge mich, ruhig zu bleiben. Nach einer halben Minute lässt das Klatschen langsam nach, doch die Energie bleibt. »Komm, setz dich zu mir, Liyana«, fordert Finn mich auf, und ich folge ihm auf die Bühne. Ich setze mich ein wenig seitlich zu ihm, damit das Publikum mich besser sehen kann.

»Ich bin überwältigt vom Publikum. Es ist mir eine Ehre, die Möglichkeit zu haben, heute hier zu sein. Ich bin so unfassbar aufgeregt gerade!« Meine Stimme ist mehr als nur ein bisschen zittrig, doch ich versuche, sie ruhig zu halten, während ich versuche, meine Nervosität hinter einem freundlichen Lächeln zu verstecken. Das Publikum reagiert sofort mit lautem Lachen, und ich kann förmlich spüren, wie sich die Luft im Raum lockert. Die

Anspannung fällt von mir ab, es ist, als ob ihre Reaktion mir erlaubte, wirklich zu fühlen, dass alles in Ordnung ist. »Es wäre vielleicht eine gute Idee, die ersten Anrufe entgegenzunehmen. Viele Leute warten schon gespannt und rufen fleißig an.« Ich nicke ihm zu und merke, wie eine neue Welle von Zuversicht in mir aufsteigt. Es fühlt sich an, als würde der Moment jetzt wirklich beginnen. Im nächsten Augenblick höre ich das vertraute Geräusch eines eingehenden Anrufs aus den Lautsprechern, die geschickt auf der Bühne versteckt sind. Das Geräusch ist klar und deutlich, fast wie ein Signal, dass jetzt alles real wird.

»Hallo?«, ertönt eine männliche Stimme aus den Lautsprechern. »Guten Abend, kann ich fragen, wie du heißt?«, frage ich neugierig. »Klar, ich bin Roberto. Ich wollte erstmal sagen, wie toll ich Sie finde. Ihre Bücher haben mir so viel beigebracht und ich fühle mich durch Ihre Worte wirklich verstanden. Ich warte sehnsüchtig auf ein weiteres, kommen noch welche?« Sofort muss ich kichern. »Du kannst mich ruhig duzen. Es freut mich wirklich zu hören, dass dir meine Bücher geholfen haben. Ich habe tatsächlich ein weiteres Buch angefangen, aber vor ein paar Wochen musste ich es leider unterbrechen. Privat ist gerade viel los und ich kam einfach nicht dazu, weiterzuschreiben. Aber ich werde mein Bestes geben, mir mehr Zeit zu nehmen und endlich daran weiterzuarbeiten.« Ein erleichtertes Seufzen ist zu hören. »Das freut mich zu hören. Aber ich möchte lieber darauf zurückkommen, warum ich wirklich angerufen habe. Es fällt mir schwer, Hilfe von anderen anzunehmen. Ich kann mich einfach nicht auf Menschen verlassen, woran liegt das?«

Ich denke kurz nach und schaue dann zu Finn, der mich mit einem neugierigen Blick mustert. »Du hast dein Anliegen etwas grob umrissen, aber ich glaube, ich verstehe, was du meinst. Sich zu weigern, um Hilfe zu bitten, wenn man sie braucht, ist häufig eine Reaktion auf ein Trauma. Du findest es schwer, Hilfe anzunehmen, weil du dein ganzes Leben lang ein unausgewogenes Geben und Nehmen erlebt hast. Dein Instinkt sagt dir dann *Ich muss meine Probleme selbst lösen.* Selbstgenügsamkeit war das Einzige, was du jemals gekannt hast. Ist das in irgendeiner Weise auch bei dir so, Roberto?« Ein kurzer Moment der Stille folgt. »Du hast es genau auf den Punkt gebracht.«, antwortet Roberto, seine Stimme leicht verwirrt.

Mit einem sanften Lächeln lehne ich mich zurück. »Ich kenne viele Menschen, die mit diesem Problem kämpfen. Ich selbst gehöre auch dazu. Es gibt nur ein oder zwei Personen, denen ich wirklich vertraue und deren Hilfe ich als echte Hilfe annehme. Glaub mir, Roberto, es ist nicht wert, all deinen Ballast allein zu tragen. Du schadest dir damit nur selbst. Es gibt viele gute Menschen auf dieser Welt, versuche, die richtigen zu finden. Du wirst schnell merken, wie schön dieses Gefühl der Verlässlichkeit sein kann, wenn du es zulässt. Natürlich gibt es auch Rückschläge, aber das gehört zum Leben dazu. Wir lernen aus unseren Fehlern. Dieser Rat gilt nicht nur für dich, sondern für uns alle. Wir alle isolieren uns im Laufe der Zeit oft zu sehr von unseren Mitmenschen, aber das ist gegen unsere Natur. Menschen sind von Natur aus soziale Wesen und das aus gutem Grund.«

Wieder herrscht einen kurzen Moment der Stille, bis das Publikum langsam zu klatschen beginnt. Das Klatschen erfüllt mich mit einem warmen Gefühl der Bestätigung, ich habe das Richtige gesagt. *Der Abend macht mir tatsächlich mehr Spaß, als ich erwartet hatte.* »Danke für das Gespräch. Schönen Abend noch«, höre ich Roberto sagen. »Danke, dir auch«, rufe ich ihm noch hinterher, doch er hat bereits aufgelegt.

Finn nickt mir zu. »Gut, wir machen weiter«, sagt er mit einem Lächeln, das von Aufregung zeugt. Bis die nächste Person dran ist, schaue ich mich kurz um. Ein Schauer der Freude durchzuckt mich. Vor Jahren hätte ich mir all das hier nicht einmal vorstellen können, doch hier sitze ich nun. Meine Gedanken werden abrupt unterbrochen, als ich eine weinende Frauenstimme höre.

Sofort gehen bei mir die Alarmglocken an. »H-Hallo?«, hört man sie fragend sagen. Anspannung erfasst mich worauf ich mich aufrecht hinsetze. »Guten Abend, dürfte ich fragen, wie du heißt?«, versuche ich, ein Gespräch aufzubauen. Leicht nervös blickt Finn zu mir herüber. Das Publikum ist nun vollkommen still. »Ich heiße Sandra«, flüstert sie in das Telefon. »Sandra, es freut mich, dass du angerufen hast. Warum weinst du?« Doch sie antwortet nicht sofort. Stattdessen höre ich nur Schluchzen. »Sandra, bist du noch da?« Nach einer langen Pause höre ich ihre Stimme wieder, brüchig und verzweifelt: »Ich will mir mein Leben nehmen.« Sofort springe ich auf, mein Herz hämmert in meiner Brust. »Stopp, mach das bloß nicht!«, rufe ich aufgebracht, meine Stimme überschlägt sich fast. Einige im Publikum schauen schockiert und beginnen zu tuscheln.

»Wo ist die Kamera?«, frage ich Finn mit zittriger Stimme. Er zeigt auf eine der Kameras ganz in der Mitte. Ich stelle mich davor und blicke direkt in die Linse, als ob ich Sandra in diesem Moment durch den Bildschirm erreichen könnte. »Sandra, hör mir zu. Du wirst dich nicht umbringen. Wenn du etwas wie ein Messer oder irgendetwas anderes bei dir hast, leg es sofort weg«, sage ich mit einer Schärfe, die ich selbst kaum erkenne.

In diesem Moment fällt mir ein, dass auch Tiara hier ist. Ich suche die erste Reihe ab und entdecke sie mit Zoey. Mit einem Blick signalisiere ich meiner Freundin, dass sie mit Tiara sofort rausgehen sollen. Zoey schüttelt jedoch nur den Kopf und zeigt mir den Vogel. *Sie findet es anscheinend viel zu spannend.* Mit einem Finger deutet sie auf Tiara, die in ihrer Welt vertieft ist, mit Kopfhörern ausgestattet ist und am Handy spielt. Erleichtert konzentriere ich mich wieder auf das Telefonat.

»Sandra, bitte erzähl mir, warum du dir das antun willst«, frage ich, bemüht, ruhig zu bleiben. Mein Herz schlägt viel zu schnell. Solche Fälle hatte ich nie behandelt, es waren meist andere Probleme, wie Depressionen oder Alpträume, mit denen meine Patienten kämpften, als ich in der Praxis gearbeitet habe. »Meine

Vergangenheit macht mir jeden Tag zu schaffen. Ich halte es nicht mehr aus«, sagt sie weinend. Ich kann nicht anders, als mich an meine eigenen dunklen Zeiten zu erinnern, an die Momente, in denen ich mich genauso verloren gefühlt habe. »Sandra«, beginne ich sanft, »ich kenne dich nicht, aber ich weiß, dass du stark bist. Du lebst jeden Tag mit deiner Last und das ist bewundernswert. Aber wenn deine Vergangenheit dich niederdrücken will, erinnere dich an alles, was es gebraucht hat, um bis hierher zu kommen. Entferne dich von allem, was dich von deinem Ziel und deinen Träumen ablenkt. Lass dich nicht von den Schatten vergangener Zeiten beeinflussen. Sie gehören nicht mehr zu deinem Leben. Schätze, was du jetzt hast, und freue dich auf das, was kommt. Die Akzeptanz deiner Gegenwart ist der Schlüssel für deine Zukunft. Niemand kann dich aufhalten, solange du an dich selbst glaubst. Steh auf und geh vorwärts.«

Ich halte einen Moment inne und frage dann: »Bist du noch da?« »Ja«, antwortet sie nach einer Weile, »aber das ist für dich einfach zu sagen. Du hast ein perfektes Leben, aber ich nicht. Ich bin so unglücklich!« Ihre Stimme bricht in lautes Schluchzen aus. »Das stimmt nicht«, sage ich ruhig, aber bestimmt. »Jeder Mensch, auch ich, hat seine eigenen Kämpfe. Mein Leben war nie perfekt, und es scheint vielleicht so, aber das ist nicht die ganze Wahrheit. Wenn du es nicht allein schaffst, glücklich zu werden, dann such dir bitte Hilfe. Ein Therapeut kann dir helfen und dich unterstützen. Selbstmord ist niemals eine Lösung. Du denkst vielleicht, dass du dann keinen Schmerz mehr fühlst, aber deine Familie und Freunde würden dadurch für immer verletzt werden. Du bist nicht allein. Jeder geht durch schwere Zeiten. Sprechen hilft, und mit der richtigen Unterstützung kannst du lernen, das Vergangene loszulassen und wieder zu leben.«

Finn räuspert sich leise. »Sie hat wohl aufgelegt«, sagt er schließlich, und ich kann in seiner Stimme erkennen, wie sehr er selbst betroffen ist. Leicht schockiert und mit einem mulmigen Gefühl im Magen nicke ich und setze mich wieder neben ihn. Ich hätte gerne noch mehr mit ihr gesprochen. *Sie muss sich dringend Hilfe holen.* Ich hoffe nur, dass sie nicht in Verzweiflung aufgibt. Über das Telefon ist es unglaublich schwer, jemandem wirklich zu helfen. Aber ich kann nur hoffen, dass meine Worte sie erreicht haben. »Gut. Jetzt haben wir noch ein wenig Zeit, um Fragen aus dem Publikum zu beantworten. Da es heute die erste Folge ist, wären persönliche Fragen interessant. So können wir Frau Laurel richtig kennenlernen.«

Leicht nervös schaue ich wieder nach vorne. Ich bin es nicht gewohnt, über mein persönliches Leben zu sprechen. »Wie alt bist du?«, fragt ein jüngerer Mann aus der ersten Reihe. »Ich bin 28 Jahre alt«, antworte ich ihm. »Wirklich? Du bist mit so jungen Jahren schon so erfolgreich geworden?«, fragt er erstaunt. Ich lache leicht und nicke. »Das Leben war nie wirklich nett zu mir, aber in meiner Karriere hatte ich wirklich viel Glück. Mit viel Unterstützung von anderen stehe ich heute hier. Natürlich habe ich auch viel selbst erreicht. Während meines Studiums war ich voll und ganz auf das Lernen fokussiert, obwohl ich privat viel anderes zu tun hatte. Aber alles hat sich gelohnt und ich bin mehr als glücklich mit meiner Berufswahl.«

Das Mikrofon wird weitergereicht, und ich sehe, wie eine ältere Dame mich neugierig anblickt. »Hast du einen Partner?«, fragt sie mich grinsend. Sofort sinkt meine Laune, aber ich versuche, meine Emotionen zu verbergen. »Nein. Ich habe keinen Partner.«, antworte ich neutral. »Das ist schade. Aber du brauchst keinen Mann. Meiner sitzt den ganzen Tag zu Hause und schläft. Würde er wenigstens seine Socken nicht überall liegen lassen …«, meckert sie, sichtlich genervt. Ich muss lachen und das Publikum stimmt mit ein. »Das stimmt. Vielleicht ergibt sich eines Tages etwas, aber momentan bin ich glücklich.« Das Mikrofon wird weitergereicht.

»Wie war deine Schulzeit oder generall deine Kindheit so?«, fragt ein Mädchen aus der hinteren Reihe. Kurz muss ich nachdenken, bevor ich antworte. »Ich war nie wirklich gut in der

Schule. Probleme zu Hause haben mich oft abgelenkt, was sich natürlich auch auf meine Noten auswirkte. Aber ich hatte eine beste Freundin, die übrigens auch heute hier ist. Wir haben zusammen viel Blödsinn gemacht. Ich glaube, jeder hat diese Jahre, in denen man einfach nur Unfug treibt. Mit vierzehn Jahren zog ich zu meiner besten Freundin und lebte dort bis wir beide achtzehn wurden. Danach zogen wir gemeinsam aus und machten unser Abitur. Wir haben uns gegenseitig motiviert und zusammen haben wir das geschafft, was nicht immer einfach war.

Während des letzten Schuljahres, das wichtigste Jahr, wurde ich schwanger, was es doppelt so schwer machte, das Abitur mit guten Noten abzuschließen. Aber ich schaffte es und von da an ging alles bergauf, obwohl es anstrengend war. Ich hatte also eine aufregende Schulzeit.« Ein leichtes Gefühl der Nervosität breitet sich in mir aus. Ich habe soeben viel mehr von mir preisgegeben, als ich geplant hatte. Mit offenem Mund starren mich alle an, selbst Finn. »Das hätte ich jetzt nicht erwartet«, sagt Finn laut, seine Stimme fast ungläubig. Leicht nervös rutsche ich auf meinem Stuhl hin und her. »Du hast ein Kind?«, fragt er fassungslos. *Oh nein, warum habe ich das nur gesagt?* Ich hätte meinen Mund halten sollen! »Ja. Ich vermute mal, dass niemand wusste, dass ich eine Tochter habe.« Finns Augen weiten sich noch mehr. »Es ist ein Mädchen?« Ich schlage mir mit der Hand gegen die Stirn. *Warum höre ich nicht einfach auf zu reden?*

»Gibt es noch weitere Fragen?«, versuche ich schnell abzulenken, meine Stimme klingt etwas panisch. Finn steht plötzlich auf. »So, meine Damen und Herren. Die Zeit ist nun vorbei. Es war heute eine Achterbahn der Gefühle. Wir freuen uns auf die nächste Folge, die am Freitag ausgestrahlt wird. Schönen Abend noch!« Das Publikum applaudiert und ich atme erleichtert auf.

*

»Zoey, komm.«, rufe ich ihr zwischen den Massen zu. Nach der Show gab ich ein paar Autogramme und verabschiedete mich von den Gästen. Es ist Zeit zu gehen, da die nächste Show bereits beginnt. »Ich komme, Superstar!«, ruft Zoey mit Tiara auf dem Arm. Am Auto angekommen, lasse ich mich tief in den Sitz sinken und atme einmal laut aus. Das war der schönste und gleichzeitig aufregendste Tag meines Lebens. »Ich hätte nie gedacht, dass es so aufregend sein würde. Ab jetzt komme ich jeden Freitag!«, sagt Zoey mit einem breiten Grinsen. Ich seufze auf und schaue sie an. »Danke. Aber ich hoffe, Sandra tut sich nichts an. Sie hat einfach aufgelegt. Ich hätte gern noch weiter mit ihr gesprochen.« *Es ist immer noch in meinen Gedanken.*

Zoey schaut mich mitfühlend an. »Mama ist ein Superstar!«, kreischt Tiara plötzlich. Ich muss schmunzeln. »Mama ist kein Superstar, Tiara.« Sofort schüttelt sie ihren Kopf. »Doch, du bist ein Superstar, oder Tante?«, fragt sie Zoey. »Ja, deine Mama ist ein Superstar«, sagt Zoey, die ihre Hand hebt. Tiara klatscht ein. Lachend rolle ich mit den Augen. Langsam bemerke ich, wie mein Magen knurrt. »Zeit für Essen! Ich lade euch ein«, sage ich und laufe zum Auto, ohne auf eine Antwort zu warten.

Ein schlechter Tag bedeutet nicht gleich
ein schlechtes Leben.

Kapitel Sieben

Das Wochenende verging ruhig. Zu dritt streiften wir durch die Stadt, ließen uns treiben, gönnten uns kleine Freuden, gutes Essen, warme Getränke, lange Gespräche. Zwei Tage voller Leichtigkeit, fernab von Verpflichtungen. Doch kaum sind wir wieder zu Hause, spüre ich, wie die Erschöpfung mich überkommt. Ohne zu zögern, lasse ich mich ins Bett sinken.

Zoey und Tiara schlafen bereits tief und fest. Meine Gedanken sind unruhig, ratllos. Ich weiß, dass ich schlafen muss, morgen steht ein freiwilliges Seminar an, und ich will wach, konzentriert und präsent sein. Doch der Freitag lässt mich nicht los. Der Applaus, die Stimmen, das Licht, all das hallt noch in mir nach. *Ein weiterer Meilenstein in meiner Karriere.* Plötzlich reißt mich ein schrilles Klingeln aus meinen Gedanken. Mein Handy.

Komm raus.

Mein Herz setzt einen Schlag aus. Dann rast es. Ich starre eine Weile auf die Nachricht. *Wer könnte das sein?* Es muss Joel sein, wer sonst? Ein ungutes Gefühl breitet sich in meiner Brust aus, warm und bedrückend zugleich. Ich spüre, wie meine Finger leicht zittern, doch trotzdem stehe ich auf. Leise schlüpfe ich in meine Hausschuhe, ziehe mir eine warme Strickjacke über. Meine Bewegungen sind bedacht, fast mechanisch. Ich will niemanden wecken. So unauffällig wie möglich schleiche ich mich aus dem Zimmer und setze einen Fuß auf die Treppe. *Knarren.* Ich halte den Atem an. War das laut? Ich hoffe niemand hat es gehört …

Langsam, vorsichtig setze ich den nächsten Schritt. *Knarren.* Die alten Holzstufen scheinen mich verraten zu wollen, als wollten sie mich zurückhalten. Doch es gibt kein Zurück mehr.

Ich muss wissen, warum er hier ist.

»Wo bist du, Joel?« Meine Stimme ist kaum mehr als ein Flüstern, als ich die Haustür leise hinter mir ins Schloss ziehe. Die Nacht ist kühl, feuchte Luft liegt schwer auf meiner Haut. »Hier.« Seine Stimme kommt von links. Ich drehe mich um und sehe ihn im schwachen Licht der Straßenlaternen stehen. Die Schatten tanzen auf seinem Gesicht, lassen ihn für einen Moment fremd wirken. Erst jetzt bemerke ich die Blumen in seiner Hand. Meine Stirn legt sich in Falten. »Was willst du?« Meine Worte sind direkt, ohne Umweg, ohne Höflichkeit. Er zögert daraufhin sichtlich. Seine Finger umklammern den Strauß fester, als könnte er sich daran festhalten. Dann hebt er langsam den Blick.

»Es tut mir leid. Einfach alles.« Überrascht mustere ich ihn. Seine Stimme ist leise, sein Tonfall ungewohnt ernst. In seinen Augen liegt etwas, das ich dort lange nicht gesehen habe. *Ehrlichkeit.* »Mein Verhalten war falsch.« Er spricht fast tonlos, als wäre es eine Bürde, diese Worte auszusprechen. »Du weißt, dass ich dich liebe. Und natürlich auch Tiara. Meine Wutausbrüche … sie hätten nicht passieren dürfen. Bitte, Liyana, gib mir noch eine Chance.« Ich spüre, wie sich mein Körper anspannt. Instinktiv mache ich einen Schritt zurück, als könnte ich so Distanz zwischen uns schaffen, nicht nur körperlich, sondern auch emotional. »Du meinst das ernst?«, frage ich ihn. Joel nickt hastig. Hoffnung blitzt in seinen Augen auf, als wäre meine Frage bereits ein Zugeständnis. »Ich liebe dich und Tiara«, wiederholt er mit Nachdruck. Doch in der nächsten Sekunde verfinstert sich sein Gesicht, seine Stimme wird schärfer, fester.

»Und ich lasse es nicht zu, dass du mit einer Fremden zusammenziehst.« Seine Worte treffen mich wie ein Schlag in die Magengrube. »Joel, wie kannst du so etwas sagen?« Meine Stimme ist nun lauter, mein Atem beschleunigt. »Zoey ist keine Fremde. Sie ist meine beste Freundin, nein, meine Schwester. Du bist derjenige, der fremd geworden ist, nicht sie!« Ich zwinge mich, ruhig zu atmen, auch wenn mein Herz rast. »Es wäre schön, wenn du Tiara ab und zu besuchen würdest, sie mag dich sehr. Aber das war es auch schon. Unsere Beziehung ist vorbei. Und das liegt allein an dir.«

Einen Moment lang sieht er mich an, als hätte ich ihm die Luft aus den Lungen geschlagen. Dann, mit einer plötzlichen Bewegung, schleudert er die Blumen zu Boden. Das laute Knallen der Stiele auf dem Asphalt lässt mich unwillkürlich zusammenzucken. »Ich habe mich entschuldigt!«, brüllt er. »Was willst du noch?!« Mein ganzer Körper schreit nach Flucht, nach Abstand. Doch ich bleibe stehen, zwinge mich zur Ruhe. »Geh jetzt bitte«, sage ich so ruhig wie möglich, auch wenn meine Kehle sich trocken anfühlt. Doch Joel rührt sich nicht. Stattdessen tritt er langsam einen Schritt näher. Seine Schultern spannen sich, sein Kiefer mahlt. In seinen Augen liegt etwas Dunkles, Unheilvolles. »Ich gehe nicht, bevor wir das geklärt haben«, zischt er. Mein Atem stockt. Joel kommt näher, langsam, bedrohlich. Mein Körper ist wie erstarrt, mein Herz schlägt schmerzhaft gegen meine Rippen. Jede Faser meines Seins schreit nach Flucht, doch meine Beine gehorchen mir nicht.

Panik kriecht in mir hoch, legt sich um meine Kehle wie eine unsichtbare Schlinge. Dann ertönt eine Stimme, eiskalt und scharf wie eine Klinge: »Keinen Schritt näher!« Die Worte schneiden durch die Dunkelheit wie ein Blitz. Joel und ich wirbeln gleichzeitig herum. *Zoey.* Sie steht nur wenige Meter entfernt, das blasse Licht der Straßenlaterne spiegelt sich auf der Klinge in ihrer Hand. Ihr Griff ist fest, ihre Haltung ruhig, doch in ihren Augen lodert ein Feuer, pure, ungebändigte Wut. Joel blinzelt irritiert, bevor er knurrt: »Wer bist du überhaupt?!«

Zoey zieht eine Augenbraue hoch, ein spöttisches Lächeln umspielt ihre Lippen. »Dein Vater! Was denkst du denn? Denk mal nach, Idiot!« Ihre Stimme tropft vor Sarkasmus, doch ihr Blick bleibt tödlich ernst. »Ich bin ihre Freundin. Und jetzt verpiss dich, bevor ich dir zeige, wie ernst ich es meine.« Stille. Mein Atem geht stoßweise, meine Beine fühlen sich wie Gummi an.

Joel blickt zwischen ihr und mir hin und her, seine Hände ballen sich zu Fäusten. Ein Moment lang glaube ich, er würde etwas Dummes tun, dann zischt er abfällig, spuckt auf den Boden und dreht sich abrupt um. Seine Schritte hallen durch die Nacht, werden schwächer, bis er schließlich in der Dunkelheit verschwindet. Erst jetzt spüre ich meine versteife Haltung. Die Anspannung fällt mit brutaler Wucht von mir ab. Tränen schießen mir in die Augen, heiß und unaufhaltsam. Mein Körper zittert so stark, dass meine Knie beinahe nachgeben. Ein ersticktes Schluchzen bricht aus mir heraus, während die Erschütterung mich überrollt. Zoey senkt das Messer und eilt sofort zu mir. »Hey, alles gut.« Ihre Stimme ist sanft, aber bestimmt. »Er ist weg. Er wird dir nichts tun.« Ich schüttle den Kopf, unfähig, Worte zu formen.

Wie konnte ich mich nur so in einem Menschen täuschen? Wie konnte ich glauben, dass es jemals eine Chance für uns gäbe? »Oh nein, du weinst jetzt nicht.« Zoey kommt näher, ohne zu zögern, und schließt mich in eine feste, warme Umarmung. Ihre Arme halten mich, als würde sie mich vor der Welt abschirmen. »Ich hab dich, okay?«, murmelt sie. Und in diesem Moment weiß ich, ohne sie hätte ich das nicht durchgestanden. Ohne sie hätte es vielleicht eine andere Nacht gegeben, eine schlimmere. Mein Griff um sie verstärkt sich. Ich bin unendlich dankbar, dass sie hier ist.

»Wir packen jetzt unsere Sachen und schlafen ein paar Tage in einem Hotel. Ich kläre alles für das neue Haus. Wir müssen nur noch ein paar Möbel besorgen, die wichtigsten sind ja schon drin.« Zoeys Stimme ist fest, entschlossen. Sie gibt mir keine Wahl, und genau das brauche ich jetzt. Einen klaren Plan, eine Richtung. Etwas, das mich davon abhält, in diesem Moment zu versinken. Ein ersticktes Schluchzen entweicht mir, während ich heftig nicke. Hastig wische ich mir mit dem Ärmel über die Augen, als könnte ich damit nicht nur die Tränen, sondern auch die Erschöpfung und Angst fortwischen. Dann drehe ich mich um und gehe langsam zurück ins Haus.

Mein Blick fällt auf das Messer, das Zoey immer noch

umklammert hält. Die Klinge blitzt im fahlen Licht. »Wie bist du eigentlich darauf gekommen, ein Messer mitzunehmen?«, frage ich mit einem schiefen Grinsen, bemüht, die Anspannung irgendwie aufzulockern. Zoey zuckt nur mit den Schultern, als wäre es die selbstverständlichste Sache der Welt. »Das war das Erste, was ich gefunden habe. Und jetzt pack deine Sachen.« Ein leises, trockenes Lachen entfährt mir. Es fühlt sich fremd an, aber auch erleichternd, als hätte ich vergessen, wie sich Lachen überhaupt anfühlt. Ich drehe mich um und laufe die Treppe hinauf. Oben angekommen, hole ich Taschen und Koffer hervor und beginne, Kleidung, Schminke und all die anderen Dinge, die ich brauche, hastig einzupacken. Doch während meine Hände mechanisch arbeiten, wandern meine Gedanken unaufhörlich zurück zu Joel. Und zu diesem Haus.

Jede Ecke, jede Wand trägt Erinnerungen. Manche schön. Viele schmerzhaft. Selbst in den besten Momenten lag ein Schatten über uns, ein unausgesprochenes Unbehagen, das ich damals nicht deuten konnte, oder nicht wollte. Jetzt sehe ich es klarer als je zuvor. Es gibt nichts mehr, das mich hier hält. Dieses Kapitel meines Lebens muss endgültig enden. Ein tiefer Seufzer entweicht mir, als ich mich kurz auf die Bettkante sinken lasse. Meine Augen schließen sich für einen Moment, und eine noch viel schwerere Frage drängt sich in meinen Kopf: *Was soll ich Tiara sagen?*

Sie verdient einen Vater. Einen, auf den sie sich verlassen kann. Einen, der sie liebt, ohne Bedingungen, ohne Ausraster, ohne Angst. Aber das kann Joel nicht sein. Mein Magen zieht sich zusammen, als die Wut auf mich selbst mich mit voller Wucht trifft. Hätte ich mich damals für einen anderen Weg entschieden, hätte sie dann einen besseren Vater gehabt? Doch das ist eine sinnlose Frage. Es ist, wie es ist. Und ich muss jetzt die Mutter sein, die sie braucht.

Mit Mühe schleppe ich meine vollgepackten Taschen und Koffer die Treppe hinunter. Jeder Schritt fühlt sich schwer an, als würde das Gewicht nicht nur von meinen Sachen, sondern auch von den Erinnerungen an diesem Ort kommen.

Unten sehe ich Zoey, die ebenfalls beladen zur Tür kommt. Ihr Blick trifft meinen, und für einen Moment spüre ich ihre stille Unterstützung. »Ich muss nur noch ins Arbeitszimmer, um ein paar Sachen zu holen«, sage ich leise, als hätte meine Stimme Angst, die Schatten der Vergangenheit zu wecken. »Dem Makler habe ich schon Bescheid gegeben. Er bringt uns die wichtigsten Dinge und leert den Kühlschrank, damit das Haus direkt verkauft werden kann. Kannst du Tiara aufwecken?« Zoey nickt sofort und schenkt mir ein aufmunterndes Lächeln. »Okay, mach ich.«

Ich atme tief durch und laufe ins Arbeitszimmer. Der vertraute Geruch von Papier und Tinte umfängt mich, als ich beginne, meine Laptops, Bücher und wichtigen Unterlagen in eine Tasche zu packen. Doch als mein Blick über den Raum wandert, bleibt er an dem großen Regal hängen, das an der Wand steht. Mein Herzschlag verlangsamt sich. Für einen Moment bleibe ich reglos stehen. Dann seufze ich leise, trete vor und lege meine Hände an das schwere Holz. Mit aller Kraft schiebe ich es beiseite. Ein dünner Film aus Staub liegt auf dem Boden dahinter, und genau dort steht sie, die Kiste. *Diese Kiste enthält meine Vergangenheit.*

Wie oft habe ich überlegt, sie einfach wegzuwerfen? Die Erinnerungen auszulöschen, um endlich frei zu sein? Aber ich konnte es nie tun. Denn damit würde ich einen Teil von mir selbst aufgeben, den Teil, der mich geformt hat, der mich zu der Frau gemacht hat, die ich heute bin. Langsam knie ich mich hin und streiche mit den Fingerspitzen über den Deckel. Die Oberfläche ist rau, das Holz hat Kratzer und Dellen, als hätte es all die Jahre mit mir zusammen gelitten. Ich öffne sie vorsichtig. Darin liegen die Sterbeurkunden meiner Mutter und meiner Schwester, vergilbt, doch unvergessen. Der Abschiedsbrief meines Vaters, dessen Worte mir immer noch die Luft rauben. Die Adoptionspapiere, die besiegelten, dass ich nie wieder zu meiner eigentlichen Familie zurückkehren würde. Jedes Dokument ist ein stummes Echo der

Vergangenheit. Ein Teil von mir will weinen. Ein anderer Teil will die Kiste einfach schließen und weitergehen. Aber ich tue nichts davon. Ich lege die Kiste behutsam in eine Tasche, als wäre sie ein verletztes Herz, das vorsichtig getragen werden muss. Dann richte ich mich auf, schnappe mir den Rest meiner Sachen und gehe zur Tür. *Draußen wartet die Zukunft.*

Dort steht Tiara. Ihr kleines Gesicht ist müde, ihre Wangen gerötet vom Schlaf. Strähnen ihres zerzausten Haares fallen ihr in die Stirn, während sie sich mit einer winzigen Faust die Augen reibt und gähnt. Mein Herz zieht sich schmerzhaft zusammen. »Es tut mir leid, dass wir dich wecken mussten, mein Schatz«, sage ich sanft und zwinge mich zu einem Lächeln. »Aber wir fahren jetzt in ein Hotel, okay?« Tiara sieht mich einen Moment lang an, mit diesen großen, noch halb verschlafenen Augen, die so viel mehr verstehen, als sie sollten. Dann sagt sie nichts. *Kein Wort.* Sie hebt einfach nur die Arme. Ich blinzele, überrascht über ihre wortlose Bitte. Doch ohne zu zögern, beuge ich mich zu ihr und nehme sie auf den Arm.

Sofort kuschelt sie sich an mich, ihr kleines Gesicht an meiner Schulter, und ich spüre ihren warmen Atem an meinem Hals. Sie schließt wieder die Augen, als wäre nichts gewesen, als hätte sich die Welt nicht verändert. »Sie schläft einfach weiter«, murmelt Zoey hinter mir und ich höre ihr leises Schmunzeln. Ich drehe mich um und sehe, wie sie mit verschränkten Armen in der Tür steht. Ihr Lächeln ist müde, aber voller Wärme. »Ich fahre schon mal los. Setz dich mit ihr ins Auto.« Dankbar nicke ich, drücke Tiara noch etwas fester an mich und gehe hinaus in die kühle Nacht. Die Stille draußen ist fast unnatürlich, als hätte die Welt für einen Moment den Atem angehalten. Vorsichtig setze ich mich auf den Beifahrersitz, halte Tiara sanft auf meinem Schoß. Ihre kleine Hand liegt schlaff auf meiner Brust, ihr Herz schlägt ruhig und gleichmäßig. *Meine kleine Tiara.*

Ich lehne meinen Kopf kurz zurück, atme tief durch. Mein Blick wandert nach draußen, wo die Dunkelheit der Nacht nur von den flackernden Straßenlaternen durchbrochen wird. Kurz bleibt mein Blick auf dem Blumenstrauß hängen, was Joel auf den Boden geschmissen hatte. Scheiß drauf. *Scheiß auf ihn.*

*

Wir haben uns in einem Hotel eingemietet, etwa eine halbe Stunde von meinem alten Haus entfernt. Erst einmal für zwei Tage. Zoey bestand darauf, das beste und größte Zimmer zu nehmen. *Typisch für sie.* Dieses Mädchen muss wirklich lernen, mit Geld umzugehen. »Schlaf doch, Liyana. Tiara schläft auch schon«, höre ich ihre verschlafene Stimme aus dem Hintergrund. Ich drehe den Kopf leicht zu ihr. Sie liegt auf dem Bett, eingekuschelt in eine Decke, die sie sich bis zur Nasenspitze hochgezogen hat. Ihre Augen sind schwer vor Müdigkeit, ihre Stimme weich und vertraut, so vertraut, dass ich für einen Moment innehaltet. »Ich muss noch ein paar Dinge für das Seminar vorbereiten. Schlaf du«, erwidere ich leise. Doch in der nächsten Sekunde hat sie schon die Augen geschlossen. Ihr Atem wird ruhig und gleichmäßig. Die Nacht ist still. Und zum ersten Mal seit Langem spüre ich, wie eine leise, fast vergessene Wärme sich in mir ausbreitet, die Gewissheit, dass ich nicht allein bin.

Ich kann es nicht oft genug sagen: Es fühlt sich seltsam an, sie wieder hier zu haben. Als wäre die Zeit zurückgedreht worden. Als wäre nichts dazwischen passiert. Zoey und ich, wir haben so viel zusammen durchgestanden. Wir kannten keine andere Realität als unsere eigene, in der wir uns gegenseitig Halt gaben. Doch irgendwann entfernten sich unsere Wege. Und für eine Weile dachte ich, sie würde nicht mehr zurückkehren. Ihre Reisen führten sie durch die halbe Welt. Immer getrieben von einer unermüdlichen Rastlosigkeit, immer auf der Suche nach neuen Möglichkeiten, um Sponsoren zu finden und ihre Ideen zu verwirklichen. Sie hat überall gearbeitet, in winzigen Cafés, in gläsernen Hochhäusern großer Konzerne. Sie hat geschuftet, geschwitzt, gezweifelt.

Und dann, eines Tages, traf sie ihn. Gemeinsam mit diesem Mann, einem Geschäftspartner, einem Vertrauten, baute sie eine Marke auf. Keine glamouröse Fashion-Brand, kein Technologie-Start-up, sondern etwas völlig anderes. *Socken.* Ein unscheinbares, alltägliches Produkt. Doch der Markt war da, und sie erkannten ihn. Es klingt so einfach. Aber ich weiß, wie hart der Weg war. Ich sehe es in ihren Augen, die Müdigkeit, die Kämpfe, die Opfer. Zoey hat es immer gehasst zu arbeiten. Vor allem, wenn es um oberflächlichen Luxus ging. Reiche Menschen waren früher das Ziel ihres Spotts. Sie hätte nie gedacht, selbst einmal dazu zu gehören. Doch jetzt tut sie es. Und ich könnte nicht stolzer auf sie sein. Ohne Zoey wäre ich heute nicht die, die ich bin. Sie hat mir den Halt gegeben, den ich nie hatte. Ohne sie wäre ich in einem Heim großgeworden, eingepfercht mit Dutzenden anderen Kindern, ohne echte Chance auf ein eigenes Leben. Stattdessen wurden wir eine Familie. Eine, die aus dem Nichts heraus entstand. Und stärker war, als wir je hätten glauben können. Aber es war nicht immer einfach.

Zoeys Eltern waren nicht für uns da. Das Geld, das eigentlich für mich gedacht war, verschwand in dunklen Ecken. Es wurde in kleine, durchsichtige Tütchen getauscht, in bittere Pulver und weiße Linien. Während sie abstürzten, kämpften wir darum, nicht mit in den Abgrund gezogen zu werden. Doch Zoey … sie geriet selbst in diese Spirale. Ich werde diese Zeit niemals vergessen. Die Nächte, in denen ich sie suchte. Die Lügen, die sie mir ins Gesicht sagte, während ihre Hände zitterten. Die Verzweiflung, das Gefühl der Ohnmacht. Aber sie war stark. So unglaublich stark. Und wie immer haben wir es zusammen geschafft. Genau das macht uns auch so besonders.

Ein leises Lächeln huscht über mein Gesicht, als ich an all das zurückdenke. Erinnerungen, die sich wie alte Narben anfühlen, verblasst, aber nie wirklich verschwunden. Dann erhebe ich mich langsam vom Bett und setze mich an den Schreibtisch. Mein Blick schweift kurz durch das fremde Hotelzimmer. Es fühlt sich immer noch ungewohnt an, hier zu sein, eine Zwischenstation, ein Ort ohne Geschichte, ohne Vertrautheit. Doch für den Moment ist es unser sicherer Hafen. Ich schließe für einen Moment die Augen, atme tief durch. Die letzten Wochen waren so turbulent, dass ich kaum Zeit hatte, mich auf das Seminar vorzubereiten, das in ein paar Stunden beginnt. Das ist sonst nicht meine Art.

Mit einem Klicken öffne ich die E-Mail, die ich vor drei Tagen erhalten habe, und lasse meinen Blick über die Details gleiten. *Suizid: Prävention, Bewältigung und Aufklärung*

Ein einziger Begriff reicht aus, um mein Herz schmerzhaft zusammenzuziehen. Ich bleibe an dem Wort hängen. *Suizid.* Es ist nicht nur ein Thema, es ist eine Wunde, die tief in mir verankert ist. Eine Realität, die ich aus erster Hand kenne. Langsam atme ich aus und zwinge mich, weiterzulesen. Das Seminar ist ein staatlich organisiertes, freiwilliges Programm, das sich an Betroffene, Angehörige und Interessierte richtet, die sich mit diesem schwierigen Thema auseinandersetzen wollen.
Ich lege die Hände auf den Schreibtisch und versuche, meine Gedanken wieder zu ordnen. *Es wird eine lange Nacht werden.* Doch dieses Thema verdient meine volle Aufmerksamkeit, und ich werde bereit sein.

*

Der Morgen ist grau und kühl, als ich mich schließlich von Zoey und Tiara verabschiede. Tiara ist noch müde, ihre kleinen Arme umklammern mich kurz, bevor sie sich an Zoey kuschelt. Ich drücke einen Kuss auf ihre Stirn, rieche den vertrauten Duft von Babyshampoo in ihren Locken. »Pass auf dich auf, okay?«, murmelt Zoey, während sie mir die Autoschlüssel hinhält. Ich schüttele den Kopf. »Behalte das Auto, dann kannst du Tiara von der Schule abholen. Ich nehme ein Taxi.« Sie sieht mich prüfend an, als wolle sie sicherstellen, dass ich wirklich zurechnungsfähig genug bin, um allein loszuziehen. »Hast du überhaupt geschlafen?« Ich presse die Lippen zusammen und ziehe an meinem

Kaffeebecher. *Mein zweiter Becher.* »Genug, um heute nicht umzukippen.« Zoey verengt die Augen. »Liyana …«

»Es ist okay, wirklich.« Ich zwinge mich zu einem Lächeln. »Ich muss das machen.« Sie seufzt, doch schließlich nickt sie. »Dann geh und rock das Ding.« Mit einem letzten Blick auf die beiden trete ich hinaus in die kühle Morgenluft.

Die Stadt ist bereits wach. Menschen eilen an mir vorbei, Taxis rauschen über die Straßen, irgendwo hupt jemand genervt. Ich steige in das bestellte Taxi und lehne meinen Kopf gegen die Fensterscheibe. Irgendwie fühlt sich alles merkwürdig an. Mich in einem fremden Hotelzimmer fertig zu machen, anstatt in den vertrauten Wänden meines eigenen Hauses. Mit gepackten Koffern aufzuwachen, als würde ich auf der Flucht sein. Ich schließe die Augen für einen Moment, lasse das Rauschen der Stadt an mir vorbeiziehen.

*

Am Rathaus angekommen, steige ich aus dem Taxi. Der graue Himmel über mir scheint meine innere Anspannung widerzuspiegeln, schwer und trüb, als ob auch die Wolken den Schmerz in mir spüren könnten. Das Seminar findet tatsächlich hier statt, in einem der prunkvollen Gebäude, das der Staat großzügig für soziale Projekte zur Verfügung stellt. Ein Ort, an dem Menschen zusammenkommen, um über die schwierigsten Themen des Lebens zu sprechen. Sinville scheint in solchen Momenten stets etwas Hoffnung zu bieten, selbst wenn die Dunkelheit der Welt nicht ganz verbannt werden kann. Es ist eine noble Geste, die ich aus tiefstem Herzen schätze.

Für meinen heutigen Beitrag habe ich bewusst auf eine Bezahlung verzichtet. Ich wollte es aus freien Stücken tun, nicht des Geldes wegen. Es geht nicht darum, Anerkennung zu bekommen, sondern darum, etwas zu verändern. Etwas Gutes zu tun, so wie es mir immer vor Augen geführt wurde, als ich selbst keine andere Wahl hatte, als stark zu sein. Zum Glück befinde ich mich nun in der komfortablen Lage, mir um meine Finanzen keine großen Sorgen machen zu müssen.

»Sind Sie Frau Dr. Liyana Laurel?«, höre ich eine sanfte Stimme hinter mir. Ich drehe mich um und blicke in das Gesicht einer Frau. Ihre schwarzen Haare fallen sanft über die Schultern, und ihre Augen strahlen eine Mischung aus Professionalität und Wärme aus, die mich unweigerlich beruhigt. »Hallo, ja, die bin ich. Und Sie sind?«, antworte ich höflich, doch meine Stimme klingt irgendwie fern, als ob ich selbst nicht ganz bei der Sache wäre. Sie streckt mir die Hand entgegen und ich ergreife sie. »Daniela. Ich bin die Planerin der heutigen Veranstaltung und auch diejenige, die Sie kontaktiert hat. Vielen Dank, dass Sie sich ohne Bezahlung für dieses Projekt zur Verfügung gestellt haben. Das hätte ich ehrlich gesagt nicht erwartet, daher freut es mich umso mehr.«

Verlegen nicke ich und merke, wie mir die Worte schwerfallen. »Es ist mir eine Herzensangelegenheit.« Es ist mehr, als ich zeigen möchte, mehr, als ich zugeben kann. Dieses Thema hat mich immer bewegt, seit ich es das erste Mal auf eine Weise erlebte, die mich für immer prägen sollte. »Folgen Sie mir«, sagt Daniela und deutet auf den Eingang des Gebäudes. Gemeinsam treten wir in den Nieselregen, der uns fast sofort durchdringt. Der Wind bläst kalt gegen meine Haut und treibt uns weiter, als wollten er uns zwingen, uns der Aufgabe zu stellen, die vor uns liegt. Doch als wir den Raum betreten, stockt mein Schritt. Die Menge, die uns erwartet, ist unerwartet groß, und ich bleibe kurz stehen. Der Raum ist schon gut gefüllt, mehr Menschen, als ich angenommen hatte. Zu viele junge Gesichter. Ihre Augen sind leer, müde, als hätten sie schon zu viel gesehen, als könnten sie kaum noch an sich selbst glauben. Ihre Körper wirken angespannt, als ob sie jeden Moment in sich zusammenfallen könnten.

Ich spüre, wie sich mein Magen zusammenzieht. Ein schmerzhaftes Ziehen in der Brust, das ich nicht abstellen kann. So viele von ihnen könnten noch Kinder sein, und doch sitzen sie hier, als hätten sie schon mehr durchgemacht, als jeder Mensch in ihrem

Alter sollte. Ich will mich umdrehen, fliehen, nicht aus Feigheit, sondern aus einem tiefen Gefühl der Ohnmacht. Doch stattdessen atme ich tief ein und zwinge mich, weiterzugehen. Der Raum wird still, als ich mich den ersten Reihen nähere, und das Gewicht des Moments lastet noch schwerer auf meinen Schultern.

»Das sind aber viele«, sage ich leise. Daniela nickt, bleibt für einen Moment stehen und lässt den Blick über den Raum gleiten. Ihre Stimme ist ruhig, aber es schwingt etwas Schmerzhaftes darin mit. »Das stimmt. In den letzten Jahren sind die Zahlen der Suizidversuche dramatisch gestiegen. Besonders erschreckend ist, dass viele der Betroffenen noch so jung sind. Sie sind heute hier, um zu lernen, wie sie damit umgehen sollen. Aber auch ihre Freunde und Familien brauchen Unterstützung. Sie fühlen sich hilflos und frustriert.«

Ihre Worte hallen in mir nach, und ich nicke stumm. Der Raum ist so still, dass ich fast das Pochen in meinen Ohren höre. Mein Blick wandert über die Reihen der jungen Gesichter, und plötzlich durchzuckt mich ein bekannter Schmerz. Ein Bild, das Gesicht meiner Schwester, schießt mir ungebeten durch den Kopf. Es ist viel präsenter, als der Suizid meiner Mutter. Bei meiner Schwester erinnere ich mich an alles.

Ich blinzele und versuche, es zu vertreiben, doch es bleibt. Sie war so jung, wie diese Menschen hier. Und auch sie war verloren, hatte keine Hoffnung mehr. Sie nahm eine Überdosis, weil sie glaubte, dass sie den Schmerz nur so betäuben konnte. Weil sie dachte, die Drogen könnten ihr die Freiheit von der Last ihres Lebens schenken. Der Gedanke trifft mich wie ein Schlag. Der Schmerz ist noch immer da, genauso stark wie damals, als ich endgültig alleingelassen wurde, von allem, was mir je etwas bedeutet hatte. Es war der Tag, an dem ich nichts mehr hatte, nichts, was mich noch festhielt.

Ich spüre, wie sich die Erinnerungen in mir aufbauen, und mein Herz zieht sich zusammen. Doch ich zwinge mich, diese Gedanken wegzuschieben. Jetzt bin ich hier, in diesem Raum. *Es ist nicht mehr meine Vergangenheit, die zählt.* Es geht jetzt um diese Menschen, um diese jungen Seelen, die genauso verloren sind wie meine Schwester es einmal war. Und um all jene, die sie lieben. Ich muss stark sein. *Für sie.*

»Ab hier übernehmen Sie. Bis später«, sagt Daniela schließlich und nickt mir aufmunternd zu, als ob sie spürt, wie schwer dieser Moment für mich ist. Mit einem kurzen Lächeln, das ich kaum spüre, erwidere ich ihre Geste, richte meinen Rücken auf und gehe in den Raum. »Guten Morgen an alle«, beginne ich, meine Stimme klingt fest, obwohl sich ein Knoten in meinem Magen bildet. »Mein Name ist Frau Dr. Liyana Laurel, und ich bin heute hier, um mit Ihnen über ein sehr sensibles, aber unglaublich wichtiges Thema zu sprechen: Suizid und Suizidalität.« Ich lasse meinen Blick über die Gesichter im Raum schweifen. Einige sehen aufmerksam zu mir, während andere den Blick eher in den Raum schweifen lassen oder sich so verhalten, als würden sie lieber woanders sein. Ich verstehe sie. Es ist ein Thema, das niemand leicht aufnimmt. Es ist schwer, und gerade deshalb sind wir alle hier.

»Alles, was ich Ihnen heute erkläre, habe ich auf diesen Blättern zusammengefasst«, fahre ich fort und halte die Papiere in meiner Hand. »Sie können die Inhalte nachlesen und mit nach Hause nehmen, damit Sie jederzeit darauf zurückgreifen können.« Ich reiche den Stapel an den Mann ganz links, der sich langsam zu mir dreht. Mit einem höflichen Nicken nimmt er das erste Blatt und reicht es weiter, sodass es von Hand zu Hand geht, bis der Stapel seinen Weg durch die ganze Reihe findet. Ich versuche, meinen Fokus auf den Raum zu richten, auf das, was ich sagen muss. Doch der Schmerz in meinem Inneren, die Erinnerung an das, was nie geheilt werden kann, bleibt immer in meinem Blick.

»Beginnen wir mit einer Definition. Der Begriff *Suizid* stammt aus dem Lateinischen und bedeutet wörtlich *das Töten seiner selbst*. Es handelt sich um die absichtliche Beendigung des eigenen Lebens. Umgangssprachlich werden oft Begriffe wie

Selbstmord oder *Freitod* verwendet, doch diese Begriffe tragen unterschiedliche emotionale Konnotationen. Eine Suizidhandlung, die nicht zum Tod führt, wird als Suizidversuch bezeichnet. Suizidalität hingegen ist ein umfassenderer Begriff. Er beschreibt alle Gedanken und Handlungen, die darauf abzielen, den eigenen Tod herbeizuführen oder zumindest in Kauf zu nehmen. Dazu gehören suizidale Gedanken, Suizidideen, Absichten, Ankündigungen, Versuche und schließlich vollendete Suizide.«

Ich lasse einen Moment Stille einkehren, um die Worte wirken zu lassen. Einige Zuhörer schreiben mit, andere sehen nachdenklich aus. Einige Köpfe heben sich, als ich weiterspreche. »Gedanken über das Leben und den Tod sind ein Teil unseres Menschseins. Viele Menschen haben mindestens einmal in ihrem Leben einen Wunsch nach Ruhe oder sogar den Gedanken an den Tod verspürt, ohne jedoch die Absicht zu haben, ihr Leben zu beenden. Doch wenn solche Gedanken konkreter werden, wenn sie sich zu Suizidideen oder gar zu einer Planung verdichten, wird es gefährlich. Es handelt sich dann oft um Vorboten eines möglichen Suizidversuchs.« Ich mache eine Pause und spüre die Anspannung im Raum. Meine Stimme wird etwas weicher: »Diese Gedanken können in ihrer Häufigkeit und Intensität variieren. Sie kommen nicht einfach aus dem Nichts, sondern sind das Ergebnis einer Vielzahl von Faktoren, die miteinander interagieren.«

Ich sehe in die Gesichter der Teilnehmer, einige wirken nachdenklich, während andere still in sich hineinzuhorchen scheinen. Ich fahre fort: »Die Ursachen für Suizidalität sind vielfältig. Es gibt genetische und biologische Faktoren, wie beispielsweise Stoffwechselveränderungen im Gehirn. Ebenso gibt es psychosoziale Belastungen, darunter das Gefühl, anderen eine Last zu sein, Frustration oder das Fehlen eines Zugehörigkeitsgefühls. Auch gesellschaftliche Einflüsse spielen eine Rolle, wie mangelnde Integration, die Darstellung von Suizid in den Medien oder belastende Lebensereignisse.«

Ich halte inne und sehe, wie einige Teilnehmer nicken,

während andere tief nachzudenken scheinen. »Diese Faktoren sind oft miteinander verknüpft, und das macht die Situation für Betroffene so komplex. Suizidalität ist kein Zeichen von Schwäche, sondern ein Hilferuf, ein Ausdruck von Schmerz, der auf vielen Ebenen spürbar ist. Deshalb ist es so wichtig, genau hinzusehen und einander ernst zu nehmen.«

Ein Blick in die Runde verrät mir, dass meine Worte auf fruchtbaren Boden gefallen sind. Der erste Schritt in diesem schwierigen Gespräch ist gemacht. »Es gibt Warnsignale für Suizidversuche. Vielleicht kann es einem helfen, einen Versuch zu verhindern und dem Menschen Hilfe zu suchen, bevor es zu spät ist.« Der letzte Teil fällt mir schwer auszusprechen. Hätte ich diese Dinge gewusst, hätte ich Jessica vielleicht helfen können, bevor es zu spät war …

»Zu den Warnsignalen gehören: die Äußerung von Todeswünschen, das Abwenden vom Freundeskreis und der Familie, mangelndes Interesse an Aktivitäten, die der Person zuvor Freude bereitet hatten, Hoffnungslosigkeit, neu auftretender Konsum von Alkohol oder Drogen, steigendes Risikoverhalten, verstärktes Beschäftigen mit dem Tod oder dem Sterben, das Abschließen mit dem Leben, Vernachlässigung der Körperpflege und vieles mehr.« Ich halte inne, um sicherzugehen, dass die Zuhörer meine Worte aufnehmen können, dann fahre ich fort: »Es ist wichtig, die betroffene Person darauf anzusprechen, selbst wenn die Anzeichen nur gering erscheinen.« Ein paar Augenpaare in der Menge sehen mich nachdenklich an.

»Bei der Suizidalität gibt es Behandlungsmöglichkeiten. Menschen, die einen Suizidversuch überlebt haben, sind im Nachhinein oft froh darüber, dass sie überlebt haben. Bei den Hilfsangeboten unterscheidet man zwischen akutem Krisenmanagement und einer längerfristigen Behandlung. Sollte die suizidale Krise im Rahmen einer psychischen Erkrankung auftreten, stehen neben psychotherapeutischen Verfahren auch medikamentöse Ansätze, wie etwa Lithium oder Antidepressiva, zur Verfügung.« Meine Stimme wird eindringlicher: »Wenn Sie jemanden kennen, der ein akutes Suizidrisiko aufweist, begleiten Sie diese Person entweder sofort in eine Klinik oder rufen Sie den Notarzt oder die Polizei. Es ist entscheidend, diese Person nicht allein zu lassen. Und wenn es Ihnen selbst zu viel wird, holen Sie sich einfach zusätzliche Unterstützung.«

Ich sehe einige Köpfe nicken. »Falls Sie selbst im Freundes- oder Familienkreis einen Suizid erlebt haben, suchen Sie sich Hilfe, sei es bei Selbsthilfegruppen oder indem Sie mit einer vertrauten Person darüber sprechen. Es ist wichtig, sich Hilfe zu holen, bevor die Last einen selbst zu erdrücken droht. Man muss dieses Thema wirklich ernst nehmen, denn nur so kann man viel Leid verhindern.« Ich lasse meine Worte einen Moment nachhallen, bevor ich den Raum schweigend mustere. Ich fahre fort und versuche mich vorsichtig an das Thema heranzutasten. Die Aufmerksamkeit der Teilnehmer zeigt mir, dass diese Botschaft angekommen ist. »Hier sind ein paar Karten von mir. Falls Interesse besteht, können Sie sich bei mir melden. Es ist natürlich kostenfrei.«

*

Im Hotel angekommen, lasse ich mich erschöpft auf das Bett sinken. Mein Körper fühlt sich schwer an, als hätte der Tag jede Kraft aus mir gesogen. Zoey hat Tiara bereits abgeholt, und die beiden sind unterwegs, um etwas zu essen zu besorgen. Die Stille im Zimmer ist beinahe erdrückend. Sie hinterlässt eine Leere, die sich in meinem Inneren ausbreitet, wie ein Schatten, der sich über meine Gedanken legt. Der heutige Tag war belastend, mehr als ich erwartet hatte. Die Atmosphäre im Seminarraum war bedrückend, die Blicke der jungen Menschen voller Schmerz, Müdigkeit und einer Hoffnungslosigkeit, die mich bis ins Mark getroffen hat. Es fiel mir schwer, mich zu konzentrieren, meine Gedanken klar zu halten. Ihre Geschichten hallen immer noch in meinem Kopf wider, als wären sie ein Echo meiner eigenen Vergangenheit.

Ich brauche eine Ablenkung. Etwas, das die Schwere in meiner Brust für einen Moment vertreibt. *Vielleicht ein Drink.* Mein Blick wandert zur Tür. Bei der Ankunft im Hotel hatte ich die Bar im Erdgeschoss bemerkt, warm beleuchtet, einladend, fast wie eine andere Welt, weit entfernt von der trüben Realität, die mich verfolgt. Ohne weiter darüber nachzudenken, greife ich nach meiner Handtasche, richte mich auf und laufe zum Aufzug.

Als sich die Türen hinter mir schließen und das sanfte Summen des Fahrstuhls die Stille durchbricht, ziehen meine Gedanken mich erneut in den Strudel der Erinnerungen. Ich sehe die Gesichter der Jugendlichen vor mir, ihre leeren Blicke, ihre blassen Hände, die in ihren Schoß gefaltet waren, als hielten sie sich selbst fest, um nicht auseinanderzubrechen. Wie konnten sie nur an diesen Punkt gelangen? Wie verzweifelt mussten sie gewesen sein, um keinen anderen Ausweg mehr zu sehen?

Meine Brust zieht sich zusammen. Ich versuche, den Gedanken beiseitezuschieben, aber die Bilder lassen mich nicht los. Und dann ist sie wieder da. *Jessica.* Ihr Gesicht taucht vor meinem inneren Auge auf, so lebendig, so vertraut. Ihre leuchtenden Augen, die immer ein wenig zu viel Welt in sich trugen. Ihr Lächeln, das so oft etwas Trauriges hatte, auch wenn sie es hinter frechen Sprüchen versteckte. Die Art, wie sie lachte, als wollte sie damit die Dunkelheit vertreiben, die tief in ihr lauerte. Und dann sehe ich sie an dem Tag, als alles endete. *Blass. Reglos.* Ihre Lippen leicht geöffnet, als hätte sie noch etwas sagen wollen.

Ein Schauer läuft über meinen Rücken. Instinktiv schlinge ich die Arme um mich, als könnte ich mich vor der Kälte dieser Erinnerung schützen. Die Zeit nach ihrem Tod war eine der schwersten meines Lebens. *Ich war allein.* Niemand von meiner Familie war da, um mich aufzufangen, um mir zu helfen, den Schmerz zu ertragen. Das Loch, das sie hinterlassen hat, schien bodenlos, ein schwarzer Abgrund, der mich zu verschlingen drohte. Und in Momenten wie diesen spüre ich, dass es immer noch da ist. Vielleicht nicht mehr so tief. Aber es ist da.

Der Aufzug hält, und ein leises Klingeln reißt mich aus meinen Gedanken. Ich atme tief ein, doch es fühlt sich an, als würde meine Lunge brennen. Die kalte Luft aus der Lobby schlägt mir entgegen, und für einen Moment bleibe ich einfach stehen. Vielleicht ist ein Drink nicht die Lösung. Aber heute Nacht brauche ich ihn.

»Sie ist tot. Die Überdosis war wirklich zu viel, wir hätten sie nicht mehr retten können.« Die Worte der Rettungskräfte hallen in meinem Kopf, und ich kann nicht anders, als den Blick zu heben. Sie ist weg. Sie hat mich verlassen, genauso wie alle anderen. »Hey, Kleine. Wo sind denn deine Eltern?« Eine Frau kniet sich vor mich und sieht mich mit einem traurigen Blick an. »Alle sollen gehen!«, schreit meine Seele, doch ich sage nichts. Ich will allein sein, aber sie lassen mich nicht. »Liyana!«

Ich drehe mich um und sehe Zoey. Sofort springe ich auf und renne auf sie zu, als ob ihre Nähe mich vor der kalten Realität schützen könnte. »Zoey, sie ist tot. Jessica hat sich umgebracht!«, flüstere ich weinend in ihre Arme. Sie drückt mich fest an sich, als wollte sie mich in diesem Moment vor der Welt und allem Schmerz bewahren. »Du bist nicht allein, Liyana. Ich bin bei dir und lasse dich niemals allein. Ich werde mit meinen Eltern reden. Wir überzeugen sie, dich aufzunehmen, dann werden wir immer zusammen sein! Wir finden eine Lösung, Liyana. So wie immer.« Ihre Worte sind wie ein schwacher Trost, doch sie erreichen mich nicht. Ich habe meine Schwester verloren. Sie war alles für mich. Als sie ihren letzten Atemzug tat, vergaß ich, wie man atmet. Als ihre Stimme verstummte, blieb auch ich still. Sie kann einfach nicht tot sein. Ich brauche sie, ich brauche meine Mutter, meinen Vater, aber anscheinend haben sie mich nicht gebraucht.

»Dann lass es uns versuchen.«, hauche ich erschöpft. Ich greife nach Zoeys Hand und drehe mich zur Frau um, die uns beobachtet. »Ich will zu meiner Freundin ziehen.«, spreche ich schniefend aus. Die Frau schaut mich mit Mitleid an. »Das geht aber leider nicht so einfach. Du musst in ein Heim gehen.« Ver-

zweiflung steigt in mir auf. Das will ich nicht! »Und wenn meine Eltern sie adoptieren? Dann würde das doch gehen und sie wäre meine Schwester! Außerdem würden meine Eltern doch Geld vom Staat bekommen, oder?«, fragt Zoey nachdenklich. Die Frau schaut sie verwirrt an, dann nickt sie. »Ja, das stimmt.« Zoey grinst mich an. »Wenn meine Eltern Geld bekommen, werden sie dich sicher adoptieren. Können wir dann jetzt gehen? Sie können ja mit meinen Eltern über alles reden.« Zoey nennt der Frau ihre Adresse, und gemeinsam laufen wir zum Auto, wo wir gemeinsam zu Zoeys Eltern fahren werden. Schweigend laufen wir, jeder in seinen Gedanken. Doch als wir ein paar Schritte gegangen sind, drehe ich mich noch einmal um. Eine Trage mit einem weißen Tuch wird hinausgetragen. Die Erinnerung an Jessica wird sich niemals aus meinem Herzen löschen lassen. Aber ich werde lernen, mit diesem Verlust zu leben. Vielleicht nicht heute, vielleicht nicht morgen, aber irgendwann. Und eines weiß ich: Ich werde niemals so enden wie sie. Niemals.

Eine letzte Träne rollt über meine Wange, dann schließe ich meine Augen. Doch ich verspreche mir: Bis zu meinem letzten Atemzug werde ich für dich leben, für uns beide. Und dann, irgendwann, werde ich wieder mit dir vereint sein.

Eine einzelne Träne rollt über meine Wange, bevor ich sie hastig wegwische. Niemand soll das sehen. Niemand soll wissen, dass ich schwach bin. Doch in mir tobt ein Sturm, den ich nicht länger ignorieren kann. Alles, was ich erlebt habe, fühlt sich manchmal so surreal an, als wäre es nicht mein eigenes Leben gewesen, sondern eine düstere Geschichte, die jemand anderes geschrieben hat. Aber der Schmerz ist echt.

Es sitzt tief in meinen Knochen, in meinem Herzen, in meiner Seele. Es ist ein ständiger Begleiter, ein Schatten, der mich niemals ganz verlässt. Und immer wieder frage ich mich: Wie soll ich jemals damit abschließen? Wie soll ich weitergehen, als wäre all das nicht passiert? Die Antwort ist ernüchternd. *Ich kann es nicht.* Meine Vergangenheit ist in mich eingraviert, sie hat Narben hinterlassen, sichtbar und unsichtbar. Sie hat mich geformt, in jeder erdenklichen Weise. Mein Charakter, meine Ängste, meine Berufswahl, sogar die Art, wie ich mich kleide und spreche, alles ist durch das geprägt, was ich durchlebt habe. Es gibt kein Entrinnen. Ich werde diese Last immer mit mir tragen.

»Wollen Sie nicht aussteigen?« Eine Stimme reißt mich aus meinen Gedanken. Ich zucke leicht zusammen, als mir bewusst wird, dass die Fahrstuhltüren sich bereits geöffnet haben und jemand vor mir ungeduldig wartet. Hastig trete ich hinaus. »Oh, tut mir leid«, murmle ich, ohne mich umzusehen, und laufe schnellen Schrittes in Richtung Bar. Ich muss mich mehr beherrschen. Dieses ständige Grübeln, dieses Versinken in alten Erinnerungen, es tut mir nicht gut. Ich weiß das. Und doch falle ich immer wieder in dieses Muster zurück, als würde mein Verstand sich weigern, mich in Frieden zu lassen.

Als ich die Bar betrete, umfängt mich sofort eine andere Welt. Gedämpftes Licht, sanfte Musik, das leise Klirren von Gläsern. Der warme, fast beruhigende Luftzug, der durch die großen Fenster strömt, lässt meine Schultern ein wenig entspannen. Hier, in dieser künstlichen, leicht verrauchten Atmosphäre, fühlt sich alles für einen Moment leichter an. Ich gehe zur Theke und lehne mich an. »Hallo«, sage ich leise und fahre mir kurz mit den Fingern durchs Haar. »Ich brauche Alkohol. Egal was.« Die Barkeeperin sieht mich kurz an, als wolle sie etwas fragen, doch dann nickt sie nur verständnisvoll und macht sich an die Arbeit. Ich lasse meinen Blick durch den Raum schweifen.

Bald ist wieder Freitag, und damit steht die nächste Show an. Ein Gedanke, der mich immer noch seltsam unberührt lässt. Es ist merkwürdig. Im Rampenlicht zu stehen, mit Fremden zu sprechen, während unzählige Menschen zuhören, es ist eine absurde Realität. Früher hätte ich nie gedacht, dass ich einmal so enden würde. Doch jetzt sitze ich hier und denke über meine Meilensteine im Leben nach. Hätte ich vor Jahren mit mir selbst gesprochen und erzählt, wo ich heute stehen werde, würde ich es nicht glauben. Doch es ist echt. Es ist verdammt nochmal echt.

»Bitte sehr.« Die Barkeeperin stellt mein Getränk vor mich. Ich danke ihr mit einem kurzen Nicken, umfasse das kalte Glas mit beiden Händen und nehme einen Schluck. Die leichte Schärfe des Alkohols breitet sich warm in mir aus. Ein tiefer Atemzug. Vielleicht wird es mich für eine Weile betäuben.

»Liyana, wir haben Pizza mitgebracht!« Die fröhliche Stimme hallt durch die Lobby, unüberhörbar, unübersehbar. Natürlich, Zoey. Sie konnte noch nie leise sein. Ich seufze leise, stelle mein halbvolles Glas ab und stehe auf. Der Drink hat mir nicht wirklich geholfen, aber vielleicht tut es das Wiedersehen mit den beiden. Hastig bezahle ich und drehe mich um, als ich schon die nächste Stimme höre. »Schneller, Mama!« Tiara strampelt ungeduldig mit ihren kleinen Beinen, ihr Gesicht strahlt vor Erwartung. Ihre grünen Augen, so voller Leben, so voller Unschuld, treffen meine, und mein Herz zieht sich kurz zusammen. »Ich komme ja schon, Schatz«, sage ich sanft und gehe auf sie zu. Zoey beobachtet uns mit einem breiten Grinsen.

»Du hättest auf mich warten können, dann hätten wir zusammen was trinken gehen können.« Ihre Stimme ist gespielt vorwurfsvoll, aber in ihren Augen liegt ein Hauch von echtem Bedauern. Ich hebe die Schultern und versuche zu lächeln. »Es tut mir leid. Ich habe es gebraucht. Wir holen das nach.« Meine Stimme klingt erschöpfter, als ich es beabsichtige. Sofort verengt Zoey die Augen. Ihr Lächeln schwindet ein wenig, weicht einer besorgten Miene. »Ist alles in Ordnung? Was ist heute passiert?« Ich zögere, senke den Blick für einen Moment. »Wir reden später«, sage ich leise. »Lass uns erst mal was essen.« Sie mustert mich noch einen Augenblick, dann nickt sie widerwillig. »Okay«, murmelt sie.

Zu dritt laufen wir zum Aufzug. Doch als wir uns der Aufzugtür nähern, spüre ich plötzlich eine seltsame Spannung in der Luft. Ein unbestimmtes Gefühl kriecht mir über den Rücken. Ich drehe mich langsam nach links um. Da steht er. Ein Mann, nicht weit vom Hoteleingang entfernt, lehnt fast beiläufig an einer der Säulen. Doch sein Blick ist alles andere als beiläufig. Er starrt. Nicht einfach nur in unsere Richtung, nein, er fixiert uns. Oder vielleicht nur mich? Mein Atem verlangsamt sich unwillkürlich. Wer ist das? Ein Journalist? Jemand, der mich erkannt hat? Oder ist es einfach nur ein Fremder, der zufällig in unsere Richtung schaut? *Nein.* Zufälle gibt es nicht.

Einen Moment lang stehen wir uns gegenüber, ein stummes Kräftemessen aus Blicken. Gerade als ich loslaufen will, um herauszufinden, was das zu bedeuten hat, passiert es. Er wendet den Blick ab. So, als hätte er genau in diesem Moment beschlossen, dass er genug gesehen hat. Er dreht sich um und geht. In Richtung der Bar. Mein Herz hämmert in meiner Brust. »Kommst du?« Zoeys Stimme reißt mich zurück in die Realität. Ich blinzele, schüttle den Kopf, als wollte ich die Unruhe damit abschütteln. Dann atme ich tief durch und zwinge mich zu einem ruhigen Tonfall. »Ja, ich komme schon.« Doch während sich die Aufzugtüren hinter uns schließen, bleibt das beklemmende Gefühl. Und der Schatten seiner Augen in meinen Gedanken.

Manchmal ist der größte Kampf der,
den niemand sehen kann.

Kapitel Acht

»Schlaf gut, meine Kleine«, flüstere ich, während ich Tiara sanft über die Wange streiche. Ihr Atem geht ruhig, ihr kleiner Körper ist in die Decke gekuschelt, als hätte sie in der ganzen Welt keinen einzigen Kummer. Ich wünschte, ich könnte das Gleiche von mir behaupten.

Nachdem wir zu dritt die Pizza gegessen hatten, blieben wir noch eine Weile zusammen, redeten über Belangloses, oder vielleicht versuchten wir einfach nur, die Schwere des Tages zu vertreiben. Doch Tiara hielt nicht lange durch. Sie ist schließlich noch ein Kind, unschuldig und voller Vertrauen in die Welt. »Sollen wir runter?«, reißt mich Zoeys Stimme aus meinen Gedanken. Sie steht im Türrahmen des Badezimmers, ihr Haar noch leicht feucht vom Duschen. Ich zögere einen Moment, doch dann nicke ich. Meine Müdigkeit ist wie weggeblasen, oder vielleicht war sie nie wirklich da. Vielleicht war sie nur eine Ausrede, um nicht nachzudenken.

Nach wenigen Minuten sitzen wir an der Bar, das gedämpfte Licht taucht den Raum in eine warme, beinahe tröstliche Atmosphäre. Die Luft riecht nach Holz, Alkohol und einem Hauch von Zitrus. Zoey hält ihr Handy ans Ohr, führt ein kurzes Gespräch und strahlt mich anschließend an. »Also, mit dem Haus ist alles geklärt. Wir können morgen Abend in unser neues Zuhause gehen. Die ganzen Möbel sind da, und unsere Sachen aus deinem Haus auch schon.« Ich kann mir ein Lächeln nicht verkneifen. »Das freut mich wirklich zu hören«, sage ich ehrlich. »Ich bin gespannt, wie es sein wird. Tiara gewöhnt sich bestimmt schnell ein.« *Da bin ich mir sicher.* Ich nehme einen Schluck von meinem Whisky, spüre die Wärme, die sich in meiner Kehle ausbreitet, und schließe für einen Moment dic Augcn. Doch die Ruhe hält nicht lange an.

»Es geht mir nicht so gut in letzter Zeit, Zoey«, sage ich

plötzlich, fast, als hätte ich die Worte gegen meinen Willen ausgesprochen. Zoey hebt überrascht die Augenbrauen. Sie kennt mich zu gut, sie weiß, wie schwer es mir fällt, mich zu öffnen. »Das ist mir aufgefallen. Ich dachte es liegt vielleicht an Joel, doch das kann es nicht allein sein«, sagt sie vorsichtig. »Was ist denn los?«

Ich presse die Lippen aufeinander. Der Kloß in meinem Hals wächst, doch ich zwinge mich, weiterzusprechen. »Ich denke viel an die Vergangenheit«, beginne ich stockend. »An meinen Vater, der uns allein gelassen hat. An meine Mutter, die sich das Leben genommen hat. An Jessica, die …« Meine Stimme bricht kurz. Ich schlucke hart. »… die mich auch allein gelassen hat.« Zoey schweigt, gibt mir Zeit. Ich blicke ins Leere, mein Blick verschwimmt. »Immer wenn ich Tiara ansehe, sehe ich mich. Sie hat außer mir niemanden. Dich hat sie jetzt, aber davor … davor war da niemand. Sie hat keinen Vater, keine Geschwister. Ich will das nicht für sie. Ich will nicht, dass sie sich je so einsam fühlt, wie ich es getan habe.« Die Worte sprudeln aus mir heraus, und mit jedem Satz fühle ich mich verletzlicher, nackter. Ich wische mir hastig über die Augen, doch die Tränen lassen sich nicht so einfach verbergen.

»Ich hasse mich selbst dafür«, flüstere ich gebrochen. »Dafür, dass ich ihr nicht mehr geben kann. Dass ich so eine schlechte Mutter bin.« Ich erwarte nichts. Kein Mitleid, keine leeren Worte. Doch Zoey bleibt nicht auf Abstand. Sie rückt mit ihrem Stuhl näher, nimmt meine Hand fest in ihre und sieht mich mit einer Ernsthaftigkeit an, die ich nur selten bei ihr sehe. »Liyana, stopp«, sagt sie bestimmt. »Du bist eine verdammt gute Mutter.« Ich schüttle schwach den Kopf, doch sie lässt mich nicht. »Hör mir zu«, fährt sie fort. »Du hattest das alles nicht geplant. Du weißt, unter welchen Umständen du schwanger wurdest.« Ihre Stimme wird sanfter, aber nicht weniger eindringlich. »Andere hätten das Kind vielleicht abgetrieben oder es weggegeben. Du nicht. Du hast Tiara behalten. Du hast für sie gekämpft. Du gibst ihr alles, was du kannst. Und glaub mir, das ist mehr, als viele

Kinder jemals bekommen.«

Ich schließe die Augen, während ihre Worte sich in mir festsetzen. »Manchmal vergisst du, wer du bist, Liyana«, sagt Zoey. »Du bist Dr. Liyana Laurel. Also fang an, dich auch so zu verhalten!« Ein amüsiertes Schnauben entweicht mir, trotz der Tränen. »Geh mit erhobenem Kopf durch die Straßen. Keiner kann dir das Wasser reichen. Du bist besonders.« Ich weiß nicht, wie sie es macht, aber mit jedem Satz fühlt sich die Last auf meinen Schultern ein kleines Stück leichter an.

»Und ja, deine Vergangenheit war hart«, fügt sie hinzu. »Aber sie hat dich zu der gemacht, die du heute bist. Ich weiß, dass du nicht gern darüber redest. Aber ich sehe doch, wie sehr es dich noch immer beschäftigt. Und deswegen sage ich dir jetzt, so klar und laut, wie ich nur kann: Du bist nicht allein.« Sie drückt meine Hand noch ein wenig fester. »Du hast mich. Und du hast Tiara. Vergiss das nie.« Ihre Worte treffen mich mitten ins Herz. Es ist genau das, was ich hören musste.

»Danke, Zoey.« Meine Stimme ist leise, aber voller aufrichtiger Dankbarkeit. »Und ja, du hast recht, ich rede nicht gern über die Vergangenheit. Sie zieht mich immer wieder in dieses dunkle Loch, das ich so verzweifelt versuche zu verschließen. Jedes Mal, wenn ich daran denke, fühlt es sich an, als würde ich darin versinken, Stück für Stück. Aber weißt du, was das Einzige ist, woran ich wirklich gern zurückdenke?« Ich hebe den Blick und sehe Zoey direkt an. Ein kleines, echtes Lächeln huscht über meine Lippen. »Unsere Zeit. Unsere verrückte, epische Zeit.« Zoey grinst breit, als hätte sie nur darauf gewartet, dass ich das sage. »Episch ist gar kein Ausdruck!«, ruft sie aus und hebt ihr Glas. Ich lache leise und schüttele den Kopf. Es stimmt. Egal, wie schwer alles war, sie war immer da. *Sie und ich gegen den Rest der Welt.*

»Hey, weißt du was?«, sagt sie plötzlich und ihre Augen funkeln gefährlich. »Lass uns feiern gehen!« Ich blinzle sie ungläubig an. »Niemals!« Zoey verdreht dramatisch die Augen und kippt den Rest ihres Getränks herunter. »Bla, bla, bla«, äfft sie spielerisch herum. »So hätte die Liyana von früher niemals geredet! Erinnerst du dich noch an den Abend, als meine Eltern uns mal wieder aus dem Haus geschmissen haben?« Sie lacht, ein echtes, lautes Lachen voller Nostalgie. Ich spüre, wie sich mein Herz für einen Moment leichter anfühlt. Ja, ich erinnere mich. Und ich weiß genau, worauf sie hinauswill.

»Mama! Du kannst uns nicht wieder aus dem Haus schmeißen!« Doch Zoey und ich werden weiter aus der Wohnung geschoben. Das kann doch echt nicht wahr sein! Irgendwie werden wir wöchentlich rausgeschmissen und kommen dann irgendwann zurück, wenn sich beide beruhigt haben. Mal werden wir wegen einer nicht sauber gemachten Küche rausgeschmissen oder wenn wir zu laut sind. »Können wir bitte heute Abend noch hier bleiben?«, versuche ich freundlich zu fragen, doch werde nur abgewiesen. »Verpisst euch! Ihr zwei Idioten seid zu nichts zu gebrauchen! Gleich kommt dein Vater, also geht lieber. Wenn ihr kein Geld nach Hause bringt, könnt ihr direkt die Biege machen.« Daraufhin werden unsere Sachen hinter uns hergeworfen.

»Diese Bitch«, schnaubt Zoey genervt. »Komm, lass uns irgendwo die Zeit vertreiben.« Ich sammele unsere Sachen auf und laufe mit ihr zusammen durch die kalten Straßen von Wayfield. Nach ein paar Minuten bleibt Zoey stehen. »Mir ist kalt. Lass uns feiern gehen, dann sind wir wenigstens irgendwo drin.« Nickend laufen wir mit unseren Taschen zu einer Haltestelle und fahren um dreiundzwanzig Uhr durch die Stadt. »Mach dein Oberteil hoch und die Haare auf. Dann sehen wir älter aus.« Ich schaue zu Zoey, die ihre Haare von ihrem Zopf befreit und mache es ihr nach. Mit sechzehn Jahren dürften wir nicht einmal in einen Club gehen. Doch Zoey und ich sehen schon älter aus und schaffen es immer wieder, durchzukommen.

»Ich habe hier noch einen Lippenstift von meiner Mutter. Hier.« Sie hält mir den roten Lippenstift hin, doch ich lehne ab. »Ich hasse rot. Benutz du ihn.« Schulterzuckend schmiert sie sich

ihre Lippen voll und ich lehne mich an den Sitz. Meine Mutter hätte mit mir geschimpft, wenn sie wüsste, dass ich feiern gehe. Mein Vater hätte mir Hausarrest gegeben. Tja, beide sind nicht da, um mich zu bestrafen. Wegen ihnen hab ich kein Zuhause mehr, sondern muss mit Zoey zusammen immer auf der Straße leben, wenn ihre Eltern keine Lust auf uns haben. Also sind mir ihre Regeln nicht mehr wichtig. Ich kann frei entscheiden.

»Wir müssen eine Lösung finden. Auf der Straße zu leben ist scheiße. Wir brauchen einen Job, um uns irgendeine Wohnung zu mieten«, spreche ich seufzend aus. »Ich weiß. Aber wie sollen wir etwas finden? Uns würde auch keiner eine Wohnung vermieten.« Scheiße, das stimmt. Wir sind nicht volljährig. »Gut. Wir versuchen trotzdem, einen Job zu finden, um zu sparen. Dann können wir mit achtzehn Jahren direkt ausziehen.« Wir beide schlagen ein und steigen aus. »Mach dich bereit, Wayfield. Wir kommen!«

»Wir mussten echt viel durchmachen als Kinder. Du weißt, was danach alles passiert ist. Es hätte sehr schlimm enden können für uns. Zum Glück war ich schon früh vernünftiger, um uns aus diesen Situationen wieder herauszuholen.« Zoey nickt mir zustimmend zu. »Da begann alles richtig. Meine Drogensucht«, spricht sie mit bitterem Blick aus.

»Süße, komm mal her«, höre ich Stimmen hinter mir rufen. Seufzend drängele ich mich weiter durch die Menge mit den beiden Getränken in meiner Hand, die kurz davor sind, umzukippen. »Ich konnte die Getränke gratis bekommen. Musste nur den Barkeeper küssen.« Lachend komme ich an unseren Tisch an und öffne geschockt den Mund. Was zum- »Liyana, komm her. Es tut so gut«, lallt Zoey mich bekifft an. Sie zieht an einem Joint, den sie von einem Kerl bekommen hat. »Was soll das?! Lass das!«, keife ich sie angespannt an. »Ey! Lass sie doch. Sie hat Spaß.« Den schmierigen Kerl schubse ich zur Seite und nehme den Joint aus ihrer Hand. »Sowas machen wir nicht, Zoey.« Genervt nimmt sie mir den Joint wieder aus den Händen. »DU machst so etwas nicht.

Ich habe es schon öfter getan, bevor wir uns kannten. Jetzt setz dich zu mir und bemuttere mich nicht.« Ich will noch etwas sagen, doch lasse es einfach. Heute Abend will ich keinen Streit, daher lasse ich sie in Ruhe.

»Vermisst du Wayfield?«, fragt Zoey plötzlich, während sie ihr Glas dreht und mich aufmerksam mustert. Ich halte einen Moment inne. Diese Frage habe ich mir selbst schon oft gestellt, manchmal mitten in der Nacht, wenn mich die Erinnerungen heimsuchen. Doch die Antwort bleibt dieselbe. »Nein«, sage ich schließlich mit einem schwachen Lächeln. »Wayfield war nie wirklich mein Zuhause. Es ist eine Stadt, die nie schläft, eine endlose Party für all die jungen Leute, die nach Ablenkung suchen. Aber für mich? Es ist ein Ort voller Erinnerungen, die ich lieber ruhen lassen will. Hier in Dillimore ist es anders. Ruhiger. Und genau das brauche ich.«

Zoey mustert mich kurz, dann hebt sie ihr Glas. »Das reicht mir als Antwort. Also lass uns jetzt einfach trinken und den Abend genießen!« Ich schmunzle und nehme einen Schluck. Der Alkohol wärmt meinen Körper, aber meine Gedanken bleiben klar. »Hast du morgen etwas vor?«, fragt sie beiläufig. Ich nicke und stelle mein Glas ab. »Ja, ich halte ein Aufklärungsseminar an einer Hochschule. Ein wichtiges Thema.« Zoey hebt zustimmend die Augenbrauen. »Klingt nach einem anstrengenden Tag. Und danach?« Ich zucke mit meinen Schultern. »Vermutlich werde ich mich einfach nur ins Bett fallen lassen.« Sie lacht leise und lehnt sich zurück. »Ich habe morgen auch einige Termine. Und ich hole Tiara von der Schule ab, aber du musst sie bitte hinbringen.« Erleichtert atme ich aus. »Zum Glück habe ich dich. Ich hätte es sonst nicht geschafft.«

Zoey verdreht gespielt die Augen. »Dafür bedankst du dich nie wieder, klar? Natürlich unterstütze ich euch. Wir sind eine Familie, Liyana. So einfach ist das.« Ich will gerade etwas erwidern, als meine Augen plötzlich an jemandem hängen bleiben. Mein Herz setzt einen Schlag aus. *Er.* Mitten in der Bar, nur wenige Meter entfernt, sitzt er. Dieselbe Haltung, derselbe intensive Blick wie vorhin in der Hotellobby. Wer ist dieser Mann? Und warum beobachtet er uns?

Ich tippe Zoey auf ihr Knie und nicke mit meinem Kopf in die Richtung von dem Mann, den ich schon einmal gesehen habe. »Dieser Mann da. Der, der uns anstarrt, ich habe ihn schon einmal gesehen. Er hatte uns komisch angestarrt, wie jetzt gerade«, bemerke ich leicht besorgt. *Was will dieser Mann?* Die Augen von Zoey weiten sich plötzlich ein Stück. »Lass uns gehen.« *Was?* »Ich gehe nicht, bevor ich das geklärt habe. Warte hier.« Eigentlich wäre sie die erste, die sofort aufspringen würde, um ihn auszufragen. Doch irgendwie verhält sie sich gerade komisch. *Kennt sie ihn vielleicht?* Bevor Zoey mich zurückziehen kann, laufe ich entschlossen zu dem Mann hin, der dieses Mal nicht weggeht. »Wer sind Sie? Und warum starren Sie uns die ganze Zeit an?«, frage ich ihn aufgebracht. Er antwortet mir nicht sofort, sondern schaut mich genauestens an, bevor er sich erhebt.

»Wir sind nicht hinter dir her, Kleine. Aber du bist auch nicht ganz uninteressant. Ich behalte euch im Auge.« Verwirrt von seinen Worten, erstarre ich vor ihm. Mit einem letzten geheimnisvollen Blick läuft er an mir vorbei. Seine Worte … was haben sie zu bedeuten? »Alles okay? Was meinte er?«, fragt mich Zoey besorgt. »Keine Ahnung. Lass uns morgen einfach von hier verschwinden«, hauche ich in Gedanken und wir laufen zusammen zum Aufzug.

*

Am nächsten Morgen packe ich unsere gesamten Sachen zusammen. Tiara ist bereits fertig angezogen für die Schule, doch ihre Müdigkeit ist ihr deutlich anzusehen. »Mama, ich will schlafen«, murmelt sie mit halb geschlossenen Augen und lehnt sich gegen meinen Arm. Ein sanftes Schmunzeln huscht über mein Gesicht und ich drücke ihr einen Kuss auf die weiche Wange. *Sie ist einfach unfassbar süß.* »Gleich bist du wieder fit. Komm, lass uns gehen«, ermutige ich sie mit sanfter Stimme. Ihre kleine Hand verschwindet in meiner, während ich mit der anderen an Zoeys Schulter rüttele. »Wir gehen jetzt los. Bis später«, sage ich, doch die einzige Antwort ist ein unverständliches Murmeln, bevor sie sich einfach wieder in die Decke einkuschelt. Tiara kichert leise, während sie Zoey beobachtet. »Sie ist, glaube ich, noch müder als ich«, flüstert sie und versucht, ihr Lachen zu unterdrücken. Lachend streiche ich ihr zärtlich über den Kopf. »Das kann gut sein, mein Schatz«, sage ich, und gemeinsam verlassen wir das Hotel.

Draußen ist die Luft kühl und frisch. Wir steigen ins Auto, und nach einer Weile kommen wir an ihrer Schule an. Ich parke und löse meinen Sicherheitsgurt. »Warte, ich helfe dir, Schatz«, sage ich, während ich um das Auto laufe. Tiara hebt die Arme, und ich greife sie, um ihr herauszuhelfen. Sie schmiegt sich kurz an mich, bevor sie sich von mir löst. »Zoey holt dich später ab, okay?« frage ich und beuge mich zu ihr hinunter, um ihr in die Augen zu schauen. Sie nickt eifrig, ein kleiner Schatten von Aufregung in ihrem sonst verschlafenen Gesicht. »Bis später, Mama!« ruft sie und läuft schnellen Schrittes auf das Schulgebäude zu.

Ich warte einen Moment, bis sie sicher im Gebäude verschwunden ist. Gerade will ich mich umdrehen und zum Auto zurückkehren, als eine vertraute, unangenehme Stimme hinter mir erklingt. »Frau Laurel, bitte achten Sie auf die Zeiten. Sie können Ihre Tochter nicht einfach vergessen. Zum Glück hatte ich die Telefonnummer von Joel, sonst hätten wir ein Problem gehabt.« Ich halte inne. Meine Muskeln spannen sich an, und ein stechender Ärger steigt in mir auf. *Diese Frau hat wirklich Nerven!* Tief hole ich Luft, drehe mich langsam zu ihr um und bemühe mich um eine kontrollierte Stimme.

»Vielen Dank für den Hinweis. Allerdings hätten Sie mich anrufen sollen, nicht Joel. Das Sorgerecht liegt allein bei mir.« Meine Worte sind ruhig, aber jedes einzelne davon ist wie ein scharfer Dolch. »Ich könnte Sie dafür anzeigen, das wissen Sie hoffentlich? Es hätte sonst etwas passieren können mit meiner Tochter.« Ihre Miene wird blass, und ich kann sehen, wie sie verunsichert blinzelt. »Das war nur ein kleiner Hinweis«, versucht sie unsicher zu entgegnen. Ein boshaftes Lächeln legt sich auf meine Lippen. Ohne ein weiteres Wort drehe ich mich um und laufe zurück zum Auto, die Genugtuung kurz in meinem Inneren genießend. Doch sobald ich mich ins Auto setze und die Tür hinter mir schließe, fällt dieses Lächeln wie eine Maske. Zurück bleibt nur eine eisige Miene und ein Gedanke, der mich nicht loslässt. *Wieso zum Teufel hat sie die Nummer von Joel?*

*

Mit verdammt schlechter Laune parke ich mein Auto vor der Hochschule und betrete das Gebäude. Die Worte der Lehrerin und der Gedanke an Joel lasten schwer auf meiner Stimmung, doch ich reiße mich zusammen. Ich atme tief durch, richte meine Haltung und trete in den Vortragssaal. Sobald ich vorne angekommen bin, schalte ich den Laptop ein und projiziere die erste Folie auf die Leinwand.

»Angst ist eine der grundlegendsten Emotionen des Menschen.« Ich lasse meinen Blick über die Zuhörer schweifen und halte einen Moment inne, um ihre Aufmerksamkeit zu sichern. Dann fahre ich fort: »Sie erfüllt eine essenzielle Schutzfunktion. Angst versetzt unseren Körper in Alarmbereitschaft, bereit, auf potenzielle Gefahren zu reagieren. Unser Herz schlägt schneller, die Atmung beschleunigt sich, die Muskeln spannen sich an, Adrenalin wird ausgeschüttet, all das gehört zu dem, was wir den *Kampf-oder-Flucht-Modus* nennen. Evolutionär gesehen hat genau diese Reaktion unser Überleben gesichert.« Ich mache eine kurze Pause, beobachte, wie einige der Zuhörer nachdenklich nicken. Dann lehne ich mich leicht nach vorne und senke meine Stimme ein wenig, um die Spannung zu steigern. »Aber was passiert, wenn unser Körper Alarm schlägt, obwohl keine wirkliche Gefahr besteht? Wenn dieses uralte Schutzprogramm plötzlich gegen uns arbeitet? Genau hier beginnt das Problem von Angststörungen und Panikattacken.« Die nächste Folie erscheint auf der Leinwand, und ich lasse den Blick über den Raum schweifen.

»Eine Panikattacke ist wie ein Gewitter aus dem Nichts.« Ich lasse meine Worte kurz im Raum stehen, bevor ich weiterspreche: »Plötzlich und ohne Vorwarnung schlägt sie zu, ein intensives Gefühl der Angst, das sich innerhalb von Minuten ins Unermessliche steigert. Das Herz rast, der Körper beginnt zu zittern, die Luft scheint knapp zu werden. Manche haben das Gefühl, zu ersticken. Schwindel setzt ein, Übelkeit. Der eigene Körper fühlt sich fremd an, außer Kontrolle. Und dann dieser eine, überwältigende Gedanke: *Ich sterbe. Jetzt.*« Ich lasse meinen Blick durch den Raum schweifen, spüre die gespannte Aufmerksamkeit der Zuhörer.

»Doch so real und bedrohlich diese Symptome auch wirken, es gibt keine tatsächliche Gefahr. Kein Herzinfarkt. Kein Zusammenbruch. Der Körper reagiert auf einen *falschen Alarm*. Ein Notfallmodus, der völlig übertrieben anspringt, ohne dass eine echte Bedrohung besteht. Und genau das macht Panikattacken so furchteinflößend: Sie sind der ultimative Kontrollverlust, ein Kampf gegen einen unsichtbaren Gegner, der nur im eigenen Kopf existiert.« Ich zeige mit einem Laserpointer auf die Grafik auf der Folie, die den Teufelskreis der Panik darstellt.

»Warum geraten manche Menschen scheinbar grundlos in Panik?« Ich mache eine kurze Pause, lasse den Blick durch den Raum wandern. »Die Antwort liegt tief in unserem Gehirn verborgen, in einer mandelförmigen Struktur namens Amygdala. Sie ist unser persönliches Alarmsystem. Und bei Menschen, die unter Panikattacken leiden, ist dieses System oft überaktiv. Das bedeutet: Reize, die für andere völlig harmlos sind, lösen bei ihnen Alarm aus. Ein erhöhter Puls? Gefahr! Ein flaues Gefühl im Magen? Lebensbedrohlich! Die Amygdala zieht die Reißleine, bevor der Verstand überhaupt begreift, was los ist.« Ich trete einen

Schritt näher an das Pult.

»Doch das ist nicht alles. Auch unsere Neurochemie spielt eine entscheidende Rolle. Stoffe wie Serotonin und GABA wirken normalerweise wie eine Art natürliches Beruhigungsmittel für das Nervensystem. Ist ihr Gleichgewicht gestört, kann die innere Alarmbereitschaft ansteigen, wie eine Sicherheitssirene, die viel zu empfindlich eingestellt ist.« Ich lächle leicht. »Mit anderen Worten: Panikattacken sind kein Zeichen von Schwäche oder Einbildung. Sie sind das Ergebnis eines Nervensystems, das einfach zu oft falschen Alarm schlägt.« Die Studenten scheinen aufmerksam zu sein, einige machen sich Notizen.

»Warum trifft es manche Menschen und andere nicht?« Ich mache eine kurze Pause, lasse die Frage wirken. »Psychologisch betrachtet sind es oft drei Faktoren, die das Risiko für Panikattacken erhöhen: Erstens chronischer Stress, unser Körper bleibt dauerhaft im Alarmmodus, bis er irgendwann überreagiert. Zweitens traumatische Erlebnisse, unser Gehirn speichert sie ab wie eine gefährliche Landmine, die jederzeit hochgehen kann. Und drittens ein ausgeprägtes Bedürfnis nach Kontrolle.« Ich lasse meinen Blick durch den Raum schweifen.

»Menschen, die Kontrolle brauchen, geraten in Panik, wenn sie sie verlieren. Ihr eigenes Unwohlsein wird zur Bedrohung, und ihr Körper reagiert mit Alarm. Das Fatale daran? Um die Angst loszuwerden, fangen Betroffene an, bestimmte Orte oder Situationen zu meiden. Doch genau das verstärkt die Angst.« Ich lehne mich leicht nach vorne. »Stellen Sie sich Angst wie ein lautes Kind vor. Je mehr Sie es ignorieren oder ihm aus dem Weg gehen, desto lauter schreit es. Doch wenn Sie ihm Raum geben, es aushalten, dann, und nur dann, wird es irgendwann leiser.« Ich sehe, wie einige Studenten tief durchatmen. Das Thema scheint sie zu beschäftigen. Also richte ich meinen Ton hoffnungsvoller.

»Doch es gibt eine gute Nachricht.« Ich lasse meinen Blick über die Zuhörer schweifen, bevor ich weiterspreche. »Panikattacken sind behandelbar. Und sie sind nicht so mächtig, wie sie uns glauben machen wollen.« Ich klicke zur letzten Folie, auf der verschiedene Therapieansätze zusammengefasst sind.

»Eine der wirksamsten Methoden ist die kognitive Verhaltenstherapie. Betroffene lernen dabei, sich ihren Ängsten zu stellen, Schritt für Schritt. Sie erleben, dass das, was sie für eine Katastrophe halten, gar nicht eintritt. Dass ihr Herz wieder langsamer schlägt. Dass ihr Atem sich beruhigt. Dass sie nicht umfallen, nicht verrückt werden, sondern die Kontrolle behalten.« Ich trete einen Schritt zur Seite, lasse das Publikum die Folie kurz erfassen. »Aber es gibt noch mehr Werkzeuge: Atemtechniken und Entspannungsübungen, wie progressive Muskelentspannung oder bewusstes, langsames Atmen, helfen, die Intensität der Symptome zu reduzieren. Achtsamkeitstraining bringt den Fokus zurück in den gegenwärtigen Moment, ohne zu bewerten, ohne sich in Angstgedanken zu verlieren.« Ich halte einen Moment inne.

»Der erste Schritt ist, der Angst nicht mehr blind zu gehorchen. Sich ihr zu stellen, anstatt vor ihr wegzulaufen. Denn je mehr wir lernen, dass sie uns nichts anhaben kann, desto schwächer wird sie.« Ich mache eine kurze Pause, um den Studenten die Zeit zu geben, ihre Notizen zu vervollständigen. Der Raum ist erfüllt von konzentriertem Schreiben. Als ich sehe, dass die meisten fertig sind, schließe ich meinen Vortrag mit ruhiger Stimme: »Panikattacken mögen überwältigend sein, doch mit den richtigen Ansätzen und Unterstützung können sie überwunden werden. Niemand muss mit dieser Angst allein sein.« Ich trete zur Seite, nehme einen Schluck Wasser und warte auf Fragen, während ich meine eigenen Emotionen beruhige.

»Ein weiterer Schlüssel zur Heilung: Wissen.« Ich werfe einen kurzen Blick ins Publikum. »Angst verliert ihre Macht, wenn wir sie verstehen.« Auf der Folie erscheint das Wort *Psychoedukation.* »Betroffene lernen dabei, was in ihrem Körper passiert, warum Herzrasen, Schwindel oder Zittern nichts anderes sind als Fehlalarme eines überaktiven Nervensystems. Und allein dieses Wissen kann schon einen gewaltigen Unterschied machen.«

Ich mache eine Pause, um die Worte wirken zu lassen. »In schweren Fällen können Medikamente wie Antidepressiva oder Beruhigungsmittel unterstützen, aber immer als Ergänzung zur Therapie, niemals als alleinige Lösung. Denn der langfristige Weg aus der Angst führt nicht über Tabletten, sondern über die richtige Strategie.« Auf der nächsten Folie erscheinen drei Worte: *Bewegung. Schlaf. Soziale Unterstützung.*

»Klingt simpel? Ist aber essenziell. Regelmäßige Bewegung hilft, überschüssige Anspannung abzubauen. Guter Schlaf stabilisiert unser Nervensystem. Und ein unterstützendes Umfeld gibt Sicherheit. All das macht uns widerstandsfähiger gegen Stress und Angst.« Ich trete einen Schritt vor, senke leicht die Stimme. »Der Weg aus der Angst ist kein Sprint. Es ist ein Prozess. Er braucht Geduld. Unterstützung. Und vor allem eins: den Mut, sich der Angst zu stellen.« Ich lasse meinen Blick ein letztes Mal über die Zuhörer wandern. »Aber mit den richtigen Werkzeugen kann jeder lernen, Panik zu verstehen. Sie zu akzeptieren. Und schließlich sie zu besiegen.«

*

Als ich den Unterricht schließlich beende und mich auf den Weg zurück zum Hotel mache, sehne ich mich nach nichts mehr als nach Ruhe. Der Tag war lang, meine Gedanken schwer. Doch als ich auf den Parkplatz rolle, sehe ich bereits von Weitem Zoey und Tiara stehen. Beide haben ihre Sachen bei sich, Tiara wippt ungeduldig von einem Fuß auf den anderen, während Zoey sich mit ihrem Handy beschäftigt. Als sie mich bemerkt, hebt sie den Kopf und winkt mir energisch zu. »Komm, der Makler wartet schon auf uns!«, ruft sie mir zu, kaum dass ich aus dem Auto steige. Ich nicke stumm, greife nach meiner Handtasche und schließe die Autotür. Ein leiser Seufzer entweicht mir. Es fühlt sich gut an, diesen Ort hinter mir zu lassen.

Gemeinsam betreten wir die Hotellobby. Die Atmosphäre ist dieselbe wie immer, geschäftig, elegant, distanziert. An der

Rezeption regelt Zoey routiniert den Checkout, während Tiara mit ihren Kopfhörern in den Ohren leise zur Musik summt und sich in kleinen, träumerischen Bewegungen wiegt. Ich lasse meinen Blick durch den Raum schweifen, genieße für einen Moment die letzten Sekunden in dieser Umgebung, bis meine Augen plötzlich an einer bestimmten Stelle verharren. Mein Körper spannt sich an. *Er ist wieder da.* Der Fremde von gestern. Doch diesmal ist er nicht allein. Ein zweiter Mann steht neben ihm, ebenso schwarz gekleidet, ebenso aufmerksam.

Beide beobachten uns unver-hohlen, als wären wir eine Szene in einem Film, die sie interessiert, aber nicht überrascht. *Was zum Teufel ist nur los mit denen?* Ich spüre, wie mein Herz schneller schlägt. Für einen Moment drängt sich ein Bild der alten Liyana in meine Gedanken, die ungezähmte, ungestüme Version von mir. Die Frau, die keine Sekunde gezögert hätte, eine Glasflasche zu greifen und diesen Kerlen die unverschämten Blicke aus den Köpfen zu schlagen. Aber ich bin nicht mehr diese Frau. Ich bin Mutter. Ich bin eine Person des öffentlichen Lebens. *Ich habe Verantwortung.*

Mit einem leisen Schnauben reiße ich meinen Blick von ihnen los und zwinge mich, mich nicht weiter an ihnen aufzuhalten. Sie haben kein Recht, meine Aufmerksamkeit zu bekommen. »Wir danken Ihnen für Ihren Aufenthalt in unserem Hotel«, höre ich die Rezeptionistin noch sagen. »Liyana?«, murmelt Zoey und wirft mir einen prüfenden Blick zu. Ich zwinge mich zu einem kleinen, beruhigenden Lächeln. »Lass uns gehen«, sage ich schlicht. Zusammen verlassen wir das Hotel. Mit jedem Schritt, den wir uns vom Eingang entfernen, wächst das Gefühl der Erleichterung in mir. Als wir ins Auto steigen, werfe ich einen letzten Blick in den Rückspiegel. Die Männer sind nicht zu sehen. Schweigend starten wir den Motor und fahren los, in Richtung unseres neuen Zuhauses.

Das Haus liegt etwas außerhalb, eingebettet in einen ruhigen Wald, aber dennoch zentral genug, um alles Wichtige schnell zu erreichen. Die frische Luft ist erfüllt vom leichten Duft feuchter Erde und harziger Bäume, und die Stille wird nur vom fernen Zwitschern der Vögel durchbrochen. Als wir die Auffahrt hinauffahren, wird mir erst bewusst, wie real dieser Umzug ist. Das Haus vor uns ist wunderschön, modern, hell, mit großen Fenstern, die das Sonnenlicht einfangen. Die elegante Fassade aus Holz und Stein strahlt Wärme und Geborgenheit aus, während die Terrasse im hinteren Bereich bereits darauf wartet, mit Erinnerungen gefüllt zu werden. Von heute an wohnen wir offiziell in Sinville. Kein Dillimore mehr. *Es ist ein Neuanfang.* »Das Haus ist wirklich unfassbar schön!«, schwärmt Zoey, während sie sich umblickt, ihre Augen leuchten vor Begeisterung. Ich kann ihr nur zustimmen. Ein warmes Gefühl breitet sich in mir aus, als ich den Wagen vor der Garage parke und aussteige.

Tiara zögert kurz, bevor sie langsam aus dem Auto klettert. Ihre großen, neugierigen Augen gleiten über das Haus, über die Umgebung, als könnte sie kaum fassen, dass dies wirklich unser neues Zuhause ist. »Hier wohnen wir ab jetzt?«, fragt sie mit einer Mischung aus Staunen und Unsicherheit. Ich knie mich vor sie hin, lege sanft eine Hand auf ihre Wange und schenke ihr ein liebevolles Lächeln. »Ja, Schatz. Das hier ist unser neues Zuhause.« Noch bevor sie etwas erwidern kann, öffnet sich die Haustür, und ein Mann tritt heraus. *Der Makler.* Mit aufrechtem Gang kommt er auf uns zu, ein professionelles Lächeln auf den Lippen. »Guten Tag, Frau Vanelle und Frau Laurel«, begrüßt er uns freundlich und reicht uns nacheinander die Hand.

»Ich habe alles wie besprochen eingerichtet. Die Überwachungskameras sind aktiv, und Sie haben jederzeit Zugriff auf die Aufnahmen. Alle Türen sind gesichert. Sollte es Probleme mit wilden Tieren in der Umgebung geben, melden die Sensoren dies automatisch, und der örtliche Jäger wird benachrichtigt. Außerdem gibt es bereits Interessenten für Ihr altes Haus.« *Überwachungskameras. Sensoren. Jäger.* Für einen Moment runzle ich die Stirn. Die Sicherheitsvorkehrungen wirken beinahe übertrieben.

Ich blicke fragend zu Zoey, doch sie winkt nur beiläufig ab, als wäre das alles nicht weiter erwähnenswert. »Sie haben da weiterhin freie Hand«, sagt sie mit kühler Selbstverständlichkeit. »Überweisen Sie Liyana einfach das Geld, sobald der Verkauf abgeschlossen ist. Vielen Dank.« Der Makler zögert einen Moment, dann nickt er geschäftsmäßig. »Natürlich. Ich werde mich melden, sobald es Neuigkeiten gibt. Ihnen einen schönen Abend und alles Gute in Ihrem neuen Zuhause.«

Mit diesen Worten verabschiedet er sich, steigt in seinen Wagen und fährt davon. Zurück bleibt eine seltsame Stille. Wir stehen da, zu dritt, während die letzten Sonnenstrahlen den Himmel in ein sanftes Gold tauchen und das Haus vor uns in warmes Licht hüllen. Ab jetzt beginnt ein neues Kapitel. Ab jetzt ist dies unser Zuhause.

»Lass uns die Koffer reinbringen und uns umsehen«, sage ich und strecke mich kurz, während mein Blick über die beeindruckende Fassade des Hauses gleitet. Ein kühler Windhauch streicht über meine Arme, und für einen Moment verspüre ich eine Mischung aus Ehrfurcht und Unruhe. Zoey nickt zustimmend, öffnet den Kofferraum und hebt mit geübten Bewegungen unsere Gepäckstücke heraus. Ich greife nach meinem eigenen Koffer, während Tiara vor Aufregung kaum stillstehen kann. Bevor wir das Grundstück betreten, richtet Zoey noch schnell das Sicherheitssystem ein. Sie tippt ein paar Befehle in ein kleines Touchpad am eisernen Tor ein, bis eine mechanische Stimme ertönt: »Identifikation erforderlich. Bitte Fingerabdruck scannen.«

Ich ziehe verwundert eine Augenbraue hoch. Das hier ist nicht einfach nur ein luxuriöses Zuhause, es gleicht eher einer Hochsicherheitsanlage. Zoey legt zuerst ihren Finger auf den Scanner, und ein leises Piepen ertönt. Eine grüne LED leuchtet auf. Dann dreht sie sich zu mir um und bedeutet mir, es ihr gleichzutun. Ich zögere kurz, bevor ich langsam meinen Zeigefinger auf das kühle Glas lege. Einen Moment später ist ein mechanisches Klicken zu hören, und das massive Tor gleitet mit erstaunlicher

Leichtigkeit zur Seite. »Technologie ist wirklich erstaunlich«, murmele ich mehr zu mir selbst als zu Zoey. In diesem Moment rennt Tiara lachend los, ihre kleinen Beine tragen sie über den perfekt gepflasterten Weg direkt zur Haustür.

»Wieso hast du das hier eigentlich so … stark abgesichert?«, frage ich schließlich und werfe Zoey einen fragenden Blick zu, während ich mit meinem Koffer neben ihr herlaufe. »Diese ganzen Vorkehrungen, waren die wirklich nötig?« Zoey zuckt nur beiläufig mit den Schultern, als wäre es keine große Sache. »Es ist für unsere Sicherheit. Schaden tut es uns nicht. Wir wohnen hier im Wald, Liyana. Hier kann alles passieren!« Dramatisch, wie immer. Ich sage nichts weiter, doch ihr Verhalten wirkt seltsam. *Zu durchdacht. Zu vorbereitet.* Ich kenne Zoey, sie handelt meist impulsiv, aber das hier? Das war geplant.

Als wir die Haustür betreten, verschlägt es mir kurz die Sprache. Die Villa ist atemberaubend. Marmorböden erstrecken sich über den gesamten Eingangsbereich, die Wände schimmern in sanften Cremetönen. Überall stehen hochwertige, moderne Möbel, als hätte jemand mit größter Sorgfalt jedes einzelne Stück ausgewählt. Es sieht nicht nur luxuriös aus, es ist bereits vollständig eingerichtet. Ich lasse meinen Blick schweifen, nehme die kleinen Details wahr: Die bodentiefen Fenster, durch die das warme Licht der Nachmittagssonne fällt. Die perfekt abgestimmte Dekoration, als wäre das hier eine Designervilla aus einem Hochglanzmagazin. Das kann nicht in wenigen Tagen entstanden sein. Eine unangenehme Vermutung regt sich in mir.

»Zoey«, sage ich leise, mein Tonfall schneidend. »Wie viel Geld hast du für all das hier ausgegeben?« Sie erstarrt für den Bruchteil einer Sekunde, nur ganz leicht, doch mir entgeht es nicht. Dann hebt sie abwehrend die Hände. »Liyana, das verrate ich dir nicht.« Ich verenge die Augen. »Zoey …«, fange ich an, doch werde direkt unterbrochen. »Ich habe genug Geld, also mach dir keine Sorgen.« Ihre Stimme klingt beschwichtigend, fast zu sorglos. »Und durch meine Kontakte konnte ich alles schneller regeln lassen.« Ich glaube ihr kein Wort. Doch bevor ich weiter nachhaken kann, greift sie nach meiner Hand und zieht mich energisch die Treppe hoch. »Komm, wir schauen uns die Schlafzimmer an«, lenkt sie das Gespräch um. Ich lasse es fürs Erste dabei. Aber mein Bauchgefühl sagt mir, dass hier mehr dahintersteckt, als sie zugeben will.

Die zweite Etage der Villa ist genauso beeindruckend wie der Rest des Hauses. Alles wirkt durchdacht, als hätte jemand genau analysiert, was wir brauchen, und es perfekt auf uns zugeschnitten. Die Räume sind großzügig geschnitten, hell und luxuriös eingerichtet, beinahe zu perfekt, als wäre das hier ein exklusives Boutique-Hotel statt unser neues Zuhause. Ich trage Tiara auf dem Arm in ihr Zimmer, ihre kleinen Hände klammern sich schläfrig an mein Shirt. Sobald ich sie ins Bett lege und vorsichtig die Decke über sie ziehe, seufzt sie zufrieden und kuschelt sich in das weiche Kissen. Keine fünf Sekunden später sind ihre Atemzüge ruhig und gleichmäßig, sie ist sofort eingeschlafen.

Ich bleibe noch einen Moment neben ihr stehen und beobachte sie. Ihr Gesicht ist so friedlich, ihre langen Wimpern werfen sanfte Schatten auf ihre Wangen. Mein Herz zieht sich zusammen vor Liebe, aber auch vor der Verantwortung, die auf meinen Schultern lastet. Leise verlasse ich das Zimmer und schließe die Tür hinter mir. In meinem eigenen Schlafzimmer angekommen, öffne ich die Schränke und beginne, meine Sachen einzuräumen. Jedes Möbelstück strahlt schlichte Eleganz aus, dunkles Holz, cremefarbene Vorhänge, feine goldene Akzente. Es ist wunderschön. Und doch fühlt es sich ungewohnt an. Mein Leben war bisher eher minimalistisch. Die Angst, irgendwann ohne Geld dazustehen, saß mir immer im Nacken, besonders seitdem ich ein Kind habe. Ich habe gespart, mich eingeschränkt, mir kaum etwas gegönnt, weil ich immer an morgen dachte. Doch jetzt? Jetzt spüre ich zum ersten Mal, dass ich mir mehr leisten kann. Dass es okay ist, es mir schön zu machen. Vielleicht sollte ich anfangen, mir das auch zu erlauben.

Ein Gedanke, der mich schon länger beschäftigt, drängt sich wieder in den Vordergrund: *eine Haushaltshilfe*. Meine Arbeit, die Verantwortung für Tiara, der ständige Druck, alles zu stemmen, es ist einfach zu viel. Und auch wenn ich es mir lange nicht eingestehen wollte, brauche ich Unterstützung.

Entschlossen verlasse ich mein Zimmer und gehe zu Zoey, die gerade ihr eigenes Zimmer einrichtet. Sie steht vor dem offenen Kleiderschrank und hängt sorgfältig ihre Sachen auf, als ich mich auf ihr Bett setze. »Wir brauchen eine Haushaltshilfe«, sage ich direkt. Zoey hält kurz inne und dreht sich zu mir um, die Stirn gerunzelt. »Für was genau?« »Zum Kochen, Putzen … und vielleicht auch, um Tiara zu beschäftigen, wenn ich es gerade nicht schaffe«, erkläre ich und lehne mich gegen die weichen Kissen.

Ihre Miene wird weicher, und nach kurzem Überlegen nickt sie. »Das macht Sinn. Ich dachte mir auch schon, dass wir diese Villa unmöglich allein sauber halten können. Ich hasse es zu putzen!« Sie grinst schief und streicht sich eine Haarsträhne hinters Ohr. »Gib mir ein paar Tage, dann habe ich jemanden für uns.« Erleichterung durchströmt mich. Ich kenne niemanden, der für diese Aufgabe infrage käme, und Online-Anzeigen wären mir zu riskant. Zoey hat bessere Kontakte, sie weiß, wo sie suchen muss. Zum ersten Mal seit unserem Umzug spüre ich, wie eine Last von mir abfällt. *Vielleicht wird dieses neue Leben hier doch einfacher, als ich dachte.*

Zusammen setzen wir uns auf Zoeys Bett und richten die Sicherheits-Apps auf unseren Handys ein, die, die der Makler uns empfohlen hat. Vorhin hat er Zoey die Zugangsdaten und eine ausführliche Anleitung geschickt. Nach ein paar Minuten erscheinen tatsächlich die Live-Bilder der Kameras auf unseren Bildschirmen. »Es funktioniert wirklich«, murmele ich fasziniert, während ich die verschiedenen Ansichten durchscrolle. Das Tor, die Einfahrt, der Hinterhof, jede Ecke unseres neuen Grundstücks ist überwacht. Ein ungewohntes Gefühl der Kontrolle breitet sich in mir aus. Zoey gähnt herzhaft und legt ihr Handy zur Seite. »So, ich gehe schlafen. Bis morgen«, sagt sie mit einem müden Lächeln. »Gute Nacht«, erwidere ich, stehe auf und verlasse ihr Zimmer.

Zurück in meinem Schlafzimmer angekommen, lasse ich mich erschöpft auf das riesige Bett fallen. Der letzte Monat war ein einziges Chaos, zu viele Veränderungen, zu viele neue Herausforderungen. Manchmal fühlt es sich an, als wäre das nicht mein Leben. Als hätte jemand anderes es für mich geschrieben und mich einfach hineingeworfen. Seufzend ziehe ich mein Kissen an mich heran und schließe die Augen. Doch meine Gedanken wollen nicht zur Ruhe kommen. Ich denke an Tiara, an unser neues Zuhause und an die Männer im Hotel. Ich drehe mich auf die Seite. Atme tief durch. Versuche, den Sturm in meinem Kopf zum Schweigen zu bringen. Und irgendwann, zwischen einem Gedanken und dem nächsten, drifte ich in einen unruhigen Halbschlaf.

*

Plötzlich höre ich etwas vibrieren. Das Geräusch ist leise, kaum mehr als ein dumpfes Summen auf meinem Nachttisch. Aber es reicht, um mich sofort aus dem Schlaf zu reißen. Ich taste benommen nach meinem Handy und blinzle gegen das Licht des Bildschirms. *Eine neue Benachrichtigung.*

SicherLeben: Bewegung erkannt – Kamera vier 03:23

Sofort zieht sich mein Magen zusammen. Ich bin mit einem Schlag hellwach. Meine Finger zittern leicht, als ich die App öffne. Das Live-Bild der Kamera erscheint auf dem Display. Kamera vier zeigt das Tor. Mein Atem stockt. *Ein Schatten.* Jemand steht direkt vor unserem Grundstück. Regungslos. Einfach nur da.

Adrenalin schießt durch meinen Körper. Ich springe aus dem Bett, laufe zum Fenster, das zum Eingang zeigt, und ziehe den Vorhang ein Stück zur Seite. Die Nacht ist dunkel, aber das Licht der Straßenlaternen wirft lange, verzerrte Schatten über den Boden. *Und da ist er.* Eine Gestalt, kaum mehr als eine Silhouette, verborgen in der Dunkelheit. Mein Herz schlägt hart gegen meine Rippen. Wer ist das? Was will diese Person hier? Mein Kopf rast, malt sich die schlimmsten Szenarien aus. Ein Einbrecher? Jemand, der uns verfolgt hat? *Ich muss Tiara und Zoey beschützen.* Doch bevor ich weiter überlegen kann, bewegt sich die Gestalt plötzlich. Sie dreht sich um und läuft davon. Nicht hastig, nicht panisch. Sondern ruhig und kontrolliert. Fast so, als hätte sie genau das erreicht, was sie wollte. Ich starre noch einen Moment auf den nun leeren Weg. Fluchend trete ich einen Schritt zurück und fahre mir mit der Hand durchs Haar. Mein Puls rast, meine Haut kribbelt vor Nervosität. Was war das gerade? *Ich muss sichergehen, dass es Tiara und Zoey gut geht.*

Mit leisen Schritten öffne ich Tiaras Tür und spähe ins Zimmer. Das schwache Licht ihres Nachtlichts taucht den Raum in einen warmen Schimmer. Sie schläft tief und fest, ihre kleinen Hände um ihr Kuscheltier geschlossen. Ihre Atemzüge sind ruhig, gleichmäßig. Erleichterung durchströmt mich bei diesem Anblick. Ich schließe die Tür so leise wie möglich. Als Nächstes gehe ich zu Zoey. Auch sie schläft tief, die Decke bis zur Schulter hochgezogen, eine Hand unter ihrem Kopf. Ich sehe ihr Handy auf dem Nachttisch. Kurz zögere ich. Doch dann greife ich danach, entsperre es mit einem kurzen Blick auf den Bildschirm und lösche die Nachricht, die auch ich bekommen habe. Es bringt nichts, sie zu beunruhigen. Vielleicht war es nur jemand, der im Vorbeigehen einen Blick auf das Grundstück geworfen hat. Vielleicht war es harmlos. Aber mein Instinkt sagt mir etwas anderes. Und mein Instinkt hat selten Unrecht. Leise verlasse ich Zoeys Zimmer und gehe zurück in mein eigenes.

Das Handy halte ich immer noch fest in der Hand, während ich mich auf die Bettkante setze und den Blick auf das Display der App richte. Die Live-Bilder der Kameras flimmern vor mir auf, ein Rausch aus Momentaufnahmen unseres Grundstücks. Mein Blick wandert von einer Kamera zur nächsten, fokussiert auf jedes noch so kleine Wackeln, auf jeden Schatten, der über den Bildschirm zieht. Jeder Augenblick ist eine Warnung. Ich ziehe die Decke um mich, als würde sie mich vor der Dunkelheit der Gedanken schützen. Doch die Unruhe bleibt, und so verharre ich, immer wieder auf das Display starrend, die Augen brennend und der Schlaf so fern wie nie.

*

Eine Stimme reißt mich plötzlich aus dem Schlaf. »Liyana?« Meine Augen fliegen auf. Zoey steht in der Tür und schaut mich mit einem prüfenden Blick an. »Alles in Ordnung bei dir?«, fragt sie, ihre Stirn in Sorgenfalten gelegt. Ich blinzele verwirrt und erkenne, dass ich anscheinend doch eingeschlafen bin, tief genug, um die Realität um mich herum zu vergessen. Noch immer sitze ich, die Decke um mich gewickelt, auf meinem Bett, mein Rücken gegen die Lehne gepresst. »Ja, mir geht es gut«, antworte ich schnell, versuche, ruhig und überzeugt zu klingen. »Ich hatte nur Schwierigkeiten einzuschlafen. Die neue Umgebung ist noch ungewohnt für mich.« *Es ist eine Lüge.* Eine glatte. Aber Zoey scheint sie zu akzeptieren. Sie nickt, mustert mich noch einen Moment, als ob sie meine Worte abwägen würde, und dann sagt sie: »Dann leg dich hin. Tiara habe ich schon zur Schule gebracht.«

»Danke.« Meine Stimme klingt matt, wie aus weiter Ferne, aber ich bin ihr dennoch dankbar. Ohne ihre Hilfe hätte ich die letzten Tage kaum durchgestanden. Zoey verlässt das Zimmer, und ich lasse mich mit einem leisen Seufzen wieder ins Bett fallen. Die Decke ziehe ich fest um mich, als könnte sie mich vor all den wirbelnden Gedanken, vor der Beklemmung in meiner Brust schützen. Doch kaum habe ich die Augen geschlossen, überkommt mich sofort die gleiche Welle aus Sorgen und Ängsten.

*

Die nächsten Tage vergehen in einer Art Trance. Jede Nacht dasselbe Spiel: Ich sehe die Bewegungen auf den Kameras, beobachte die fremden Gestalten, die um unser Grundstück schleichen. Sie starren in Richtung unseres Hauses, ohne ein Wort, ohne eine Geste. Sie sind da, das ist alles. Ihre bloße Anwesenheit jagt mir einen kalten Schauer über den Rücken, und die Stille der Nacht wird erdrückend. Ich kann nicht schlafen. Ich kann es einfach nicht.

Ich wiederhole mein Ritual, die Decke um mich gewickelt, das Handy in der Hand, starrend auf das Display, die Kameras, die mich wie stumme Wächter beobachten. Meine Augen brennen, mein Kopf schwirrt, doch der Schlaf bleibt fern. Nur der ständige Blick auf das Display hält mich irgendwie bei Verstand, auch wenn ich tief in mir weiß, dass ich mir nichts vormachen sollte.

Schließlich, nach Stunden des Wachens, gibt es einen neuen Alarm. Das vertraute Rauschen der App durchbricht die Stille. Ich wische aufgeregt über das Display, öffne die Live-Bilder. *Die Männer sind wieder da.* Ich weiß es genau: Diese Männer werden Probleme machen. Das ist kein Zufall. Keine bloße Neugierde. Es ist eine Bedrohung. Und in meinem Inneren spüre ich es tief und unmissverständlich: *Es ist keine Frage, ob etwas passiert, sondern nur wann.*

Paranoia zeigt den Kampf zwischen Angst und Realität.

Kapitel Neun

Die Stunden vergehen quälend langsam. Der Wecker bleibt weiter ausgeschaltet. Schlaf ist ein ferner, fast spöttischer Traum. Jede Faser meines Körpers ist angespannt, erschöpft, jede Sekunde ein Kampf gegen die lähmende Unsicherheit, die sich in meinen Gedanken eingenistet hat. Mein Herz hämmert in einem unregelmäßigen Takt, und ich fixiere die Überwachungsbilder auf meinem Handy, als könnten sie mich vor dem drohenden Unheil retten. Ich habe die Männer längst analysiert, ihre Bewegungen studiert, so gut es mir die unscharfen Bilder und meine eigene Angst erlauben.

Sie sind regelmäßig, fast wie eine makabre Uhr. In zwei Minuten, ich spüre es tief in mir, wird ein Schatten wieder auftauchen. Diesmal wahrscheinlich in Begleitung.

Die Vorstellung, dass diese Männer, Fremde, Eindringlinge, vielleicht Gefährliche, uns so dreist beobachten, zerrt an meinem Verstand. Meine Gedanken sind ein Sturm aus Panik, Wut und dem verzweifelten Wunsch, Tiara und Zoey zu beschützen. *Doch ich bin müde, so müde.* Die Nächte ohne Schlaf haben meine Nerven zum Zerreißen gespannt, und die ständige Angst zerfrisst mich von innen heraus. *Aber jetzt ist genug!*

Ich kann nicht länger zögern. Zitternd greife ich nach dem Küchenmesser, dessen kalte Klinge ein tröstliches Gewicht in meiner Hand hat. Meine rechte Hand klammert sich an das Handy, das mir die Straße zeigt, während die linke das Messer umklammert, als hinge mein Leben daran. »Nur für den Notfall«, flüstere ich mir selbst zu. Mein Atem ist flach, meine Lungen fühlen sich an wie zugeschnürt. Ich höre das Pochen meines eigenen Pulses in den Ohren, ein unbarmherziges Echo meiner Angst. Ein Gebet formt sich auf meinen Lippen, aber es ist ohne Worte, ein stummer Schrei in die Dunkelheit. *Wenn sie mir keine Antworten geben, werde ich die Polizei rufen*, denke ich. Doch ein Teil von mir weiß, dass das nicht reicht. Diese Männer, wer auch immer sie sind, spielen nach eigenen Regeln.

Dann plötzlich sehe ich es. Die Kamera zuckt und mein Herz setzt aus. Zwei Schatten treten ins Bild, ihre Bewegungen bedächtig, fast genüsslich langsam, als hätten sie keine Eile. Sie stellen sich direkt vor unser Tor, reglos wie Wächter aus einem Albtraum. Mein Atem stockt, aber ich zwinge mich zu handeln. Mit bebender Stimme drücke ich die Lautsprechertaste und fauche in die Dunkelheit: »Verpisst euch von meinem Grundstück!« Die Männer zucken zusammen, fast unmerklich. Es ist ein kleiner Sieg, ein winziger Moment, in dem ich die Oberhand zu haben scheine. Aber sie antworten nicht. Sie bleiben reglos stehen, die Dunkelheit verschluckt ihre Gesichter.

»Wenn ich euch noch einmal hier sehe, rufe ich die Polizei!«, rufe ich. Meine Stimme wird lauter, schärfer, während sich meine Verzweiflung in blanke Wut verwandelt. »Und wenn ihr danach wieder auftaucht, werde ich euch verfolgen und töten!« Die Worte hallen durch die Nacht, klingen brutal und doch so wahr. Ich würde alles tun, um Tiara und Zoey zu schützen. *Alles.* Doch die Männer bleiben. Sie sagen nichts, bewegen sich nicht. Ihre Silhouetten sind wie Schatten eines Albtraums, der nicht endet. Meine Hände zittern, aber meine Wut gibt mir den Mut, den ich brauche. Ich reiße die Haustür auf, das Messer fest umklammert, und stürme nach draußen.

»Ich werde euch nicht noch einmal auffordern!«, brülle ich, meine Stimme ist rau, voller Angst und Entschlossenheit. »Verschwindet sofort!« Für einen Moment passiert nichts. Die Dunkelheit scheint still zu stehen. Dann beginnt einer der Männer, in seiner Tasche zu wühlen. Etwas Metallisches blitzt im schwachen Licht auf. Meine Augen weiten sich, mein Blick fliegt zum Handy in meiner rechten Hand. Mein Herz bleibt stehen. *Es ist eine Waffe.* Gott, es ist eine verdammte Waffe!

Mein Körper reagiert schneller als mein Verstand. Panik treibt mich zurück zur Tür, meine Beine wackeln, mein Atem kommt stoßweise. Mit einem lauten Knall schließe ich die Tür hinter mir und verriegele sie hastig. Mein Brustkorb hebt und senkt sich, als wäre ich gerade einem Raubtier entkommen. »Statt uns zu beobachten, schlaf lieber«, sagt plötzlich eine tiefe, raue Stimme. Sie klingt, als käme sie von überall und nirgends, durchdringt die Stille wie ein Messer. »Es ist unsere Aufgabe, euch zu beobachten. Nicht andersherum, Süße.« Mein Kopf fährt ruckartig zur Seite. Ich starre auf die Lautsprecheranlage, mein Atem ein Keuchen, mein Herzschlag ein Trommelwirbel. Mein Blick kehrt zurück zum Handy. Die Schatten ziehen sich langsam zurück, verschwinden in der Dunkelheit, als hätten sie ihre Mission erfüllt. Aber ich weiß, dass das nicht stimmt. *Sie sind noch da, irgendwo.* Ich spüre es wie eine eisige Hand um mein Herz.

Die Nacht verschlingt ihre Anwesenheit, aber sie hinterlässt etwas in mir. Ein kaltes, schweres Gefühl, das sich in meiner Brust festsetzt. Diese Männer haben mir etwas genommen, mein Gefühl der Sicherheit, meinen Frieden.

*

Völlig ausgelaugt sitze ich in der Küche, die Leere um mich herum wird nur durch das sanfte Klicken der Uhr an der Wand unterbrochen. Mehrere leere Tassen stehen vor mir, stumme Zeugen meiner schlaflosen Nächte. *Heute ist Freitag.* Der Tag, an dem die Show früher stattfinden wird. Ich muss in ein paar Stunden fertig sein. Doch meine Gedanken wirbeln wild durcheinander, wie ein Sturm, der keinen Halt findet. »Was mache ich nur?«, murmele ich, während ich meinen Kopf müde in meine Hände lege. Der Gedanke, alles allein zu stemmen, die Show, das Haus, Tiara, die Eindringlinge, lässt mein Herz schwer werden. *Vielleicht sollte ich Zoey alles erzählen.* Sie könnte eine Idee haben, könnte mir helfen, diese Schatten loszuwerden. Aber was, wenn ich sie nur unnötig beunruhige?

Seufzend lege ich meinen Kopf auf den Tisch und lasse die Augen langsam zufallen. Vielleicht, nur vielleicht, könnte ich mir eine Stunde Schlaf gönnen. Oder nur eine halbe Stunde, gerade so viel, um mich wieder halbwegs menschlich zu fühlen. Doch mein Wunsch nach Ruhe wird jäh unterbrochen. Ein lautes Klingeln durchschneidet die Stille und lässt mich panisch aufschrecken. Mein Herz rast und meine Gedanken schießen sofort zu den Männern von gestern Nacht. *Sind sie zurückgekommen?*

Meine Wut kocht hoch. Wegen ihnen habe ich seit Tagen kaum geschlafen, drehe mich im Kreis vor Angst und Unsicherheit. Ohne weiter nachzudenken, stürme ich zur Tür, die Panik mischt sich mit einer verzweifelten Entschlossenheit. Ich reiße sie auf und schaffe es gerade noch, den wütenden Fluch auf meinen Lippen zu unterdrücken. »Verdam-« Meine Stimme bleibt mir im Hals stecken. Vor mir stehen keine zwielichtigen Gestalten, sondern eine ältere Dame und ein gutaussehender Mann. Die Frau hat ein warmes Lächeln, das sofort die Spannung aus der Luft nimmt, während der Mann hinter ihr mit neutraler Miene wartet. »Guten Tag, Frau Laurel«, sagt die Dame mit einer ruhigen, freundlichen Stimme. »Ich heiße Marie und bin Ihre neue Haushaltshilfe. Der junge Mann hier ist Zayn, Ihr Fahrer.«

Einen Moment lang bin ich wie vor den Kopf gestoßen, unfähig zu reagieren. Marie scheint mein Schweigen zu bemerken und fährt mit einem Lächeln fort: »Frau Vanelle hat uns gebeten, ab heute vorbeizukommen.« *Oh, richtig!* Zoey hatte das arrangiert. Mit einem entschuldigendem Nicken trete ich zur Seite und lade die beiden ins Haus ein. »Kommen Sie doch herein.« Als wir die Küche betreten, fällt mein Blick auf die leeren Tassen, die ich nicht weggeräumt habe. Meine Wangen färben sich vor Scham rot, und ich greife hastig nach ihnen, um sie zur Spüle zu bringen.

»Möchten Sie einen Kaffee?«, frage ich schnell, um die peinliche Situation zu überspielen. Marie winkt mit einem sanften Lächeln ab und bewegt sich geschäftig durch die Küche. »Das ist nicht nötig, Frau Laurel. Es ist meine Aufgabe, nicht Ihre. Setzen Sie sich doch und lassen Sie mich das Frühstück vorbereiten.« Verblüfft sehe ich ihr nach, wie sie sich bereits mit beeindruckender Effizienz zurechtfindet. »Um wie viel Uhr müssen Sie im Studio sein?«, fragt Zayn mit ruhiger, professioneller Stimme. Mein Blick wandert zu ihm.

Der Mann ist älter als ich, vielleicht Mitte dreißig. Seine Haltung ist steif, der Anzug, den er trägt, lässt ihn fast unnahbar wirken. *Er scheint so übertrieben formell für einen Fahrer.* »In ungefähr zweieinhalb Stunden«, antworte ich. »Aber du kannst mich ruhig duzen. Und den Anzug brauchst du wirklich nicht.« Doch er schüttelt nur den Kopf, seine Stimme bleibt kühl. »Das sind Vorschriften.« Verstehend nicke ich, doch innerlich fühle ich mich unwohl. Zwei Mitarbeiter zu haben, eine Haushaltshilfe und einen Fahrer, fühlt sich für mich ungewohnt und unangenehm an. *Vielleicht war das alles doch eine schlechte Idee.*

Meine Gedanken werden von einer vertrauten Stimme unterbrochen. »Mama, wer sind die beiden?« Ich drehe mich um und sehe Tiara, die mit zerzaustem Haar und ihrem Lieblingspyjama in die Küche schlurft. Ich lächle, öffne die Arme und ziehe sie auf meinen Schoß. »Guten Morgen, Tiara«, sagt Marie mit einer warmen Stimme und streckt die Hand aus. »Ich bin Marie.« Zögernd greift Tiara nach ihrer Hand, ihre Augen mustern die ältere Frau neugierig. »Sie wird ab jetzt hier sein, um uns zu helfen«, erkläre ich. »Wenn Zoey und ich nicht da sind, ist sie für dich verantwortlich. Du wirst also immer auf sie hören, okay?« Grinsend nickt Tiara, bevor sie neugierig fragt: »Können wir beide spielen?« Marie lacht leise.

»Wenn du nach der Schule wiederkommst und deine Hausaufgaben gemacht hast, dann spielen wir. Versprochen.« Enttäuscht schmollt Tiara, doch sie sagt nichts und schmiegt sich kurz an mich. Dann wandern ihre Augen zu Zayn, der unauffällig an der Wand lehnt. »Und wer ist das?«, fragt sie neugierig und springt von meinem Schoß. Mit ausgestreckter Hand läuft sie auf ihn zu. »Ich bin Tiara.« Ich unterdrücke ein Lachen, als Zayn kurz zögert, bevor er ihre kleine Hand schüttelt. »Ich bin Zayn«, sagt er knapp. »Er ist unser Fahrer«, füge ich hinzu. Tiara nickt verständnisvoll, doch ihre Augen leuchten schelmisch. »Spielst du auch mit mir?« Bevor Zayn antworten kann, übernehme ich das Wort. »Nein, Schatz. Dafür ist er nicht zuständig.« Seufzend trottet Tiara davon, ihre Schritte hallen auf der Treppe wider. »Zieh dich an, Tiara!«, rufe ich ihr hinterher, bevor sie außer Sicht verschwindet. Marie lacht leise und setzt das Frühstück fort, während Zayn still in der Ecke bleibt. Für einen Moment fühle ich eine merkwürdige Ruhe, doch die Ereignisse der letzten Nächte nagen noch immer an mir. Dies hier mag ein neuer Tag sein, aber die Schatten, die uns beobachten, sind noch nicht verschwunden.

*

Nach einem ausgiebigen Frühstück, das von einem entspannten Gespräch begleitet wurde, scheinen wir endlich alle grundlegenden Details geklärt zu haben. Die neue Ordnung des Hauses steht: Zoey wird ab jetzt meinen Wagen nutzen und ich bekomme einen neuen, den ich gemeinsam mit Zayn benutzen werde. Marie hat ihren Rhythmus gefunden, sie beginnt früh morgens und geht am Abend nach Hause. Interessanterweise wohnt sie ganz in der Nähe, wie ich während unseres Gesprächs erfahren habe. Zayn hingegen wird dauerhaft hierbleiben. Sein Zimmer befindet sich im Keller, direkt neben der kleinen Waschküche. Zoey meinte, dass es besser sei, ihn stets in der Nähe zu haben, um flexibel auf jede Situation reagieren zu können. Ich halte das für übertrieben. *Ein Fahrer, der bei uns wohnt?* Das klingt fast lächerlich luxuriös und gleichzeitig übervorsichtig. Aber Zayn schien einverstanden zu sein, und als Zoey darauf bestand, blieb mir keine andere Wahl, als zuzustimmen.

Wenn ich ehrlich bin, ist die Idee nicht völlig unsinnig. Ein Mann im Haus zu haben, könnte eine gewisse Sicherheit bieten, besonders jetzt, wo diese unheimlichen Schatten uns seit Tagen heimsuchen. Falls sie wieder auftauchen sollten, wäre es hilfreich, jemanden wie Zayn im Haus zu haben.

Mein Kopf schwirrt von den Gedanken und gleichzeitig verspüre ich ein leises Unbehagen. Wenn die Männer weiterhin auftauchen sollten, muss ich Zoey in alles einweihen. Aber im Moment habe ich andere Dinge, die meine Aufmerksamkeit fordern. »Ich werde mich jetzt fertig machen«, sage ich abrupt und schiebe meinen Stuhl zurück. Gerade greife ich nach meinem Teller, um ihn in die Küche zu bringen, als Marie mir energisch in den Weg tritt. »Sie rühren ab jetzt keinen Finger mehr, Frau Laurel. Das ist meine Aufgabe.« Ihr Ton ist bestimmt, fast tadelnd, aber nicht unfreundlich. Ich halte inne, meine Hand verharrt kurz über dem Teller, bevor ich seufzend loslasse. »Verstanden«, sage ich mit einem kleinen, entschuldigenden Lächeln. Marie nickt zufrieden und schnappt sich den Teller, bevor sie sich wieder der Küche widmet. »Zayn, bring bitte Tiara zur Schule«, weist sie ihn an, ohne aufzusehen.

»Liyana. Komm, lass uns deine Haare machen.« Ich nicke Zoey zu, dankbar für ihre Unterstützung. Tiara schnappt sich ihren kleinen Rucksack und rennt noch einmal zurück, um mich fest zu umarmen. »Viel Spaß heute, Mama!«, ruft sie fröhlich, bevor sie zusammen mit Zayn das Haus verlässt. Ein wohliges Gefühl bleibt in meinem Herzen zurück, während ich die kleine, freudige Gestalt meiner Tochter durch die Tür verschwinden sehe.

Wenig später stehe ich oben im Badezimmer, während Zoey meine Haare frisiert. »Das solltest du wirklich öfter machen«, sagt sie mit einem Lächeln, während sie vorsichtig eine Locke in Form bringt. »Dir steht das so gut.« Ich beobachte sie durch den Spiegel. Zoey ist wie ein Fels in der Brandung, immer bereit, mich zu unterstützen, selbst wenn sie selbst unter Stress steht. »Danke«, sage ich leise. »Für alles.« Sie schnaubt gespielt. »Ach komm, ich mache das gern. Aber ich muss jetzt los. Der Job wartet.« Ihre Worte reißen mich aus meiner Schwärmerei. Ich nicke, und als sie ihre Tasche schnappt, fühle ich ein leises Bedauern, dass sie nicht länger bei mir bleiben kann. Doch ich weiß, dass ich ihre Zeit nicht immer beanspruchen kann. Sie hat ein eigenes Leben, ihre eigenen

Verpflichtungen.

»Ich schaffe das«, flüstere ich mir selbst zu, als ich die letzten Treppenstufen hinabgehe. Mein Herz pocht etwas schneller, als ich daran denke, was der Tag bringen wird, die Show, die Kameras, die Menschen. Es ist eine Herausforderung, aber eine, der ich mich stellen werde. Draußen höre ich das leise Brummen eines Motors, als Zayn zurückkehrt. Ein weiterer Tag beginnt, und obwohl ich mich erschöpft und überfordert fühle, bleibt mir keine andere Wahl, als weiterzumachen. Also stehe ich auf und verlasse das Haus.

*

Als wir ankommen parkt Zayn den Wagen vor dem Studio. Der Motor verstummt und für einen kurzen Moment herrscht Stille, bevor ich tief einatme und die Autotür öffne. Mit einem leisen Klicken schließe ich sie hinter mir. Zayn folgt mir, dicht auf den Fersen, wie ein Schatten, der nie verschwindet. »Frau Laurel!«, schallt plötzlich eine bekannte Stimme durch den Vorplatz. Ich drehe mich um und sehe Herrn Albrecht auf mich zukommen. »Schön, Sie zu sehen!« Er begrüßt mich herzlich mit einem Händedruck, doch seine Aufmerksamkeit wandert schnell zu Zayn, der mit kühler Miene hinter mir steht. Herr Albrecht mustert ihn kurz, dann streckt er ihm ebenfalls die Hand entgegen. »Und wer ist dieser Herr hier?«

Zayn reagiert prompt, bevor ich überhaupt Luft holen kann. »Ich bin für die Sicherheit von Frau Laurel zuständig.« Seine Stimme ist fest, fast ein wenig zu dominant, als ob er die ganze Situation kontrollieren müsste. Meine Augen weiten sich überrascht und ich drehe mich sofort zu ihm um. »Er ist mein Fahrer«, korrigiere ich ihn schnell, eine Spur Verwunderung in meiner Stimme. *Sicherheit?* Davon war nie die Rede gewesen.

Herr Albrecht hebt eine Augenbraue, seine Neugier geweckt, aber er nickt schließlich leicht irritiert. »Nun, bei Ihrer Bekanntheit ist eine Begleitung sicherlich nicht verkehrt.

Sie können schon hineingehen.« Ich verabschiede mich von ihm mit einem höflichen Nicken und laufe schnellen Schrittes in Richtung des Hintereingangs. Doch bevor ich die Tür erreiche, höre ich plötzlich Stimmen, laut und aufgeregt.

»Liyana! Liyana!« Hinter dem Zaun drängen sich Menschen, Fans, die mir zuwinken, Kameras hochhalten und unzählige Bilder machen. Ich bleibe kurz stehen, überfordert von der plötzlichen Aufmerksamkeit, und schaue in ihre Richtung. Ihre Rufe hallen in meinen Ohren, was mein Herz schlägt schneller. »Hallo!«, rufe ich schließlich lächelnd und winke zurück, doch meine Beine tragen mich fast automatisch durch die Tür. *Hoffentlich sehe ich auf diesen Bildern nicht schlecht aus*, denke ich flüchtig, während ich die Tür hinter mir schließe und das Geräusch der Menge abschwächt.

Drinnen angekommen, wende ich mich an Zayn. »Die Security bringt dich nach vorne. Es gibt reservierte Plätze für meine Begleitpersonen«, erkläre ich, während ich in die Richtung zeige, wo die Mitarbeiter des Studios stehen. Doch Zayn schüttelt entschlossen den Kopf. »Ich begleite Sie hinter die Bühne.« Seine Stimme klingt entschlossen und unnachgiebig. Einen Moment lang bin ich versucht, dagegen zu argumentieren, doch ich entscheide mich, nicht weiter darauf einzugehen. Es scheint ihm wichtig zu sein, also willige ich ein.

Zusammen betreten wir den Hinterraum, wo Finn, mein Moderator, bereits auf mich wartet. »Liyana! Es ist so schön, dich zu sehen!« Finns Augen leuchten, als er auf mich zuläuft und mich zur Begrüßung umarmen will. Doch bevor er mich erreichen kann, stellt sich Zayn ihm in den Weg, seine Haltung schützend. Ich blinzele überrascht. »Alles gut, Zayn. Es ist in Ordnung«, sage ich beruhigend, während ich mich an ihm vorbeischiebe und Finn kurz umarme. Finn wirkt leicht irritiert, seine Augen wandern zwischen mir und Zayn hin und her.

»Wer ist das?«, fragt er schließlich und mustert Zayn mit einem neugierigen Blick, der fast amüsant wirkt. Ich kann mir ein

Lachen nicht verkneifen. »Er begleitet mich anscheinend ab jetzt überallhin«, erkläre ich schmunzelnd, was Finns Augen nur noch mehr aufblitzen lässt. »Interessant«, murmelt er und wendet sich dann wieder mir zu. »Bist du bereit?« Ich nicke, auch wenn ich mir nicht sicher bin, ob ich es wirklich bin. »Ich bin aufgeregt«, gestehe ich mit einem verlegenen Lächeln. »Nicht so sehr wie beim ersten Mal, aber trotzdem noch aufgeregt. Ich hoffe, ich blamiere mich nicht wie letztes Mal.« Finn legt eine Hand auf meine Schulter. »Du schaffst das«, sagt er mit Nachdruck, seine Stimme voller Aufmunterung.

Zayn sagt nichts, doch sein Blick wandert aufmerksam durch den Raum, während er sich an die Wand lehnt. Plötzlich öffnet sich die Tür und eine Frau tritt herein. »Es ist soweit«, kündigt sie an, woraufhin Finn sich sofort aufmacht, um das Publikum zu begrüßen. Mein Atem beschleunigt sich, während ich mich mental auf den Moment vorbereite. Die Lichter, die Kameras, die erwartungsvollen Gesichter, all das wartet nur darauf, mich zu sehen. »Sie schaffen das«, höre ich plötzlich eine tiefe Stimme neben mir. Ich drehe mich um und sehe Zayn, der mir mit seinem festen, fast durchdringenden Blick Mut zuzusprechen scheint. »Danke«, flüstere ich zurück, meine Stimme kaum hörbar.

Als das Klatschen aus dem Publikum ertönt, setzen sich meine Beine wie von selbst in Bewegung. Mit jedem Schritt wird das Licht heller, und als ich die Bühne betrete, blenden mich die Scheinwerfer. Die Menge jubelt und ich winke lächelnd. »Guten Tag!«, begrüße ich das Publikum mit einer freudigen Stimme, die ich kaum wiedererkenne. *Es fühlt sich surreal an.* Ich setze mich auf das Sofa, schlage meine Beine übereinander und richte mich auf. »So, Sie können jetzt anrufen!«, erklärt Finn begeistert und klatscht in die Hände. Die Stille, die für einen Moment einkehrt, wird durch das erste Klingeln unterbrochen.

»Frau Laurel?«, höre ich eine zögerliche, weibliche Stimme durch die Leitung. Ich richte mich auf und lächle in die Kamera, auch wenn ich sie nicht sehen kann. »Hallo! Wie heißt du?« Für einen Moment bleibt es still, nur ihr unruhiger Atem ist zu hören. »Ich würde gern anonym bleiben«, sagt sie schließlich. Ihre Unsicherheit ist spürbar und ich nicke verständnisvoll. »Natürlich. Weshalb rufst du an?«, frage ich sanft. Ein schweres Ausatmen ist zu hören, als würde sie den Mut zusammensammeln, um ihre Gedanken zu ordnen. »Ich habe vor kurzem mein Kind entbunden. Alles ist so neu für mich. Die Verantwortung für ein menschliches Wesen zu tragen ist überwältigend.« Ihre Worte lassen meine eigenen Erinnerungen an Tiara wiederaufleben. Ich kenne dieses Gefühl nur zu gut. Damals hatte ich ähnliche Zweifel, ob ich genug für sie bin, ob ich dieser Rolle gewachsen bin. Bis heute kämpfe ich manchmal mit diesen Gedanken. »Mein Mann arbeitet den ganzen Tag«, fährt sie fort, ihre Stimme beginnt leicht zu zittern. »Er ist der Hauptverdiener in unserer Familie. Also verbringe ich den ganzen Tag allein mit meinem Kind.« Ein schwerer Kloß scheint sich in meiner Brust zu bilden. Ihre Worte sind so roh und ehrlich, dass ich fast ihre Erschöpfung spüren kann.

»Und, ich weiß nicht ...« Ihre Stimme bricht ab, als würde sie gegen Tränen ankämpfen. »Fast immer ... spüre ich keine Bindung zu meinem Kind. Insbesondere wenn es ununterbrochen weint, habe ich einfach nur das Bedürfnis, wegzulaufen und es allein zu lassen.« Ihre Stimme bricht vollständig und sie beginnt unauf-hörlich zu weinen. Ein leiser Schmerz durchzieht mein Herz. »Es tut mir so leid, dass du dich so fühlst«, sage ich vorsichtig, meine Stimme weich und mitfühlend.

»Darf ich dich etwas fragen? Ist dieses Gefühl, abhauen zu wollen, nur da, wenn dein Kind weint, oder empfindest du das auch in anderen Momenten?« Es dauert einen Moment, bis sie wieder sprechen kann. »Nur wenn sie weint. Es stresst mich so sehr. Ich habe das Gefühl, dass ich etwas falsch mache!« Die Verzweiflung in ihrer Stimme ist fast greifbar, und es fällt mir schwer, ruhig zu bleiben. Doch ich zwinge mich, klar und besonnen zu sprechen.

»Es ist so wichtig, dass du dir deiner Gefühle bewusst

bist«, beginne ich behutsam. »Viele Mütter empfinden in den ersten Monaten eine Distanz zu ihrem Kind. Sie wissen nicht, wie sie mit dieser völlig neuen Situation umgehen sollen. Aber ich kann dir versichern, dass das völlig normal ist!« Ein leises Schluchzen ist die einzige Antwort, aber ich nehme an, dass sie mir zuhört. »Wenn du merkst, dass es zu viel wird, ist es wichtig, dich für einen Moment aus der Situation zu lösen. Dein Mann arbeitet lange, das hast du gesagt. Aber vielleicht gibt es Freunde oder Familienmitglieder, die ab und zu einspringen können? Es ist absolut okay, um Hilfe zu bitten. Du brauchst Zeit, um dich auszuruhen und dich von der Geburt zu erholen.« Ich halte kurz inne, um ihr Zeit zu geben, meine Worte aufzunehmen.

»Falls das nicht möglich ist, gibt es auch öffentliche Stellen und Organisationen, die Unterstützung für Mütter in deiner Situation anbieten. Du bist nicht allein, und es gibt Menschen, die dir helfen können.« Ein tiefes Einatmen ist zu hören, und ich nutze die Pause, um fortzufahren. »Aber das Wichtigste, was du jetzt wissen musst: Du darfst dich selbst nicht verurteilen. Gefühle sind komplex. Die Liebe zu deinem Kind wächst oft mit der Zeit. Niemand erwartet, dass sie sofort da ist. Ihr habt ein ganzes Leben, um euch kennenzulernen und diese Bindung aufzubauen. Setz dich nicht unter Druck.« Ich hole tief Luft und richte meine Brille zurecht, während ich weiterspreche.

»Vielleicht helfen dir Gespräche mit anderen Müttern, oder du überlegst, mit einem Therapeuten zu sprechen. Doch für den Moment ist es wichtig, dass du dir selbst vergibst. Das Weinen deines Kindes ist nicht deine Schuld. Und die Gefühle, die du für dein Kind empfindest oder eben nicht empfindest, sind es auch nicht.« Die Leitung ist still, aber die Stille fühlt sich anders an, weniger von Tränen erstickt, mehr von Nachdenken erfüllt.

»Danke«, flüstert sie schließlich, und ihre Stimme klingt weicher, erleichtert. »Ich konnte mit niemandem in meinem Umfeld darüber sprechen. Ich hatte immer das Gefühl, eine grauenhafte Mutter zu sein, wenn ich über meine Probleme rede.

Vielen Dank!« Ein warmes Lächeln breitet sich auf meinem Gesicht aus. »Wie alt ist dein Kind denn?«, frage ich, in der Hoffnung, das Gespräch auf eine leichtere Note zu lenken. »Sie ist vier Monate alt«, antwortet sie, und ich höre ein leises Lachen in ihrer Stimme. »Jeden Tag wächst sie schneller.«, gibt sie zu. »Das tun sie«, antworte ich lachend. »Sie wachsen schneller, als es einem lieb ist.« Wir verabschieden uns nach einer Weile und sie legt auf. Ein Gefühl von Erleichterung erfüllt mich, nicht nur für sie, sondern auch für mich. Solche Gespräche erinnern mich daran, wie wichtig es ist, offen über unsere Kämpfe zu sprechen. Doch kaum ist der Hörer aufgelegt, ertönt das nächste Klingeln.

»Hallo! Mein Name ist Ben.« Eine tiefe, unsichere Männerstimme dringt durch die Leitung. »Hallo, Ben. Freut mich, dich kennenzulernen! Ich bin Liyana. Weshalb hast du angerufen?«, frage ich mit einem aufmunternden Lächeln. »Es ist mir peinlich, darüber zu sprechen«, beginnt er zögerlich. »Aber ich brauche deinen Rat.« Ich richte mich etwas auf. »Ich höre dir zu, Ben«, sage ich ermutigend. Er atmet tief ein, bevor er schnell und unüberlegt herausplatzt: »Es gibt da eine Frau, die mich kaum kennt. Wir sind Arbeitskollegen. Doch ich bin besessen von ihr!«

Seine Worte überraschen mich mit ihrer Direktheit. Meine Augenbrauen schießen in die Höhe. »Besessen?«, wiederhole ich sanft, um ihn zur Erklärung zu bringen. »Ja«, fährt er fort. »Wir haben nie miteinander geredet. Es ist absurd. Aber ich denke ständig an sie, schaue sie an und finde Ausreden, an ihrem Schreibtisch vorbeizugehen, nur um sie zu sehen. Ich habe Angst, etwas Dummes anzustellen.«

Mein Lächeln verblasst und ich lehne mich etwas zurück. »Ben«, beginne ich, meine Stimme wird etwas fester. »Bist du verheiratet?«, meine Stimme klingt scharf. Es folgt ein kurzes Schweigen. Schließlich antwortet er leise: »Ja, ich bin verheiratet. Wir haben Kinder.« Innerlich seufze ich, aber ich zwinge mich, professionell und mitfühlend zu bleiben.

»Es ist gut, dass du dir bewusst bist, dass dieses Verhalten problematisch ist, und dass du Hilfe suchst. Diese Obsession ist nicht normal, zumindest nicht im Kontext deiner Situation. Sie deutet darauf hin, dass in deinem Leben oder in deiner Beziehung ein emotionales Defizit besteht.« »Ein Defizit?«, fragt er leise, fast wie zu sich selbst. »Ja«, erkläre ich geduldig. »Es könnte ein unerfülltes Bedürfnis nach Nähe, Aufmerksamkeit oder sogar Kontrolle sein. Du musst versuchen, ehrlich mit dir selbst zu sein. Was fehlt dir? Was gibt dir diese Frau, auch nur durch ihre Anwesenheit, das du in deiner Beziehung oder in deinem Leben vermisst?« Er bleibt still, und ich fahre vorsichtig fort: »Der erste Schritt ist, dieses innere Gefühl der Leere zu identifizieren. Danach solltest du versuchen, deine Gedanken und Energie auf etwas anderes zu lenken, Dinge, die dich unabhängig von dieser Person glücklich machen.«

»Wie soll ich das schaffen?«, fragt er, seine Stimme voller Zweifel. »Ein Therapeut kann dir dabei helfen, diese Fragen zu klären. Du solltest auch ernsthaft darüber nachdenken, deinen Arbeitsplatz oder zumindest die Abteilung zu wechseln, damit du weniger Kontakt zu dieser Frau hast. Abstand ist in solchen Situationen oft der Schlüssel.« Ich halte kurz inne, bevor ich einen weiteren Punkt anspreche: »Und was deine Ehe betrifft, hast du das Gefühl, dass sie nicht so läuft, wie du es dir wünschst? Vielleicht könnte eine Paarberatung dir und deiner Frau helfen, besser zu kommunizieren und eure Beziehung zu stärken.«

Er atmet schwer durch. »Das klingt nach viel Arbeit. Aber ich glaube, du hast recht«, sagt er langsam. »Mein Freund hat mich einfach als verrückt abgestempelt, als ich ihm davon erzählt habe. Aber es gibt also Hoffnung, dass ich diese Besessenheit loswerden kann?« »Ja, die gibt es«, antworte ich mit Nachdruck. »Aber du musst dir selbst erlauben, daran zu arbeiten, und dich darauf einlassen. Es ist ein Prozess, aber er ist machbar.«, motiviere ich ihn weiter. »Vielen Dank, Liyana«, sagt er schließlich und seine Stimme klingt nun etwas leichter. »Ich werde mir Hilfe suchen.« »Das ist ein guter Schritt, Ben. Ich wünsche dir viel Erfolg dabei«, sage ich aufrichtig, bevor wir uns verabschieden.

Wer du wirst, hängt oft davon ab, wem du morgen begegnest.

Kapitel Zehn

Nach den Anrufen steigt Finn in die Fragerunden ein. Nach ein paar Fragen, meldet sich ein junges Mädchen. »Frau Laurel, kann ich eine Unterschrift von Ihnen haben?«, fragt sie sichtlich aufgeregt. Ich bin überrascht von der Frage. Es ist verwirrend, aber gleichzeitig auch schmeichelnd. »Ich halte nichts vom siezen. Alle können mich gern duzen, außer meine Studenten. Da bin ich noch altmodisch! Natürlich, komm gern nach vorn.« Das Publikum fängt an zu lachen und sie steht freudig auf und läuft nach vorne an die Bühne. Ich stehe auf und knie mich vor sie, damit wir ungefähr auf Augenhöhe sind. Sie hält mir mein Buch hin. »Ah! Du hast sogar mein Buch. Vielen lieben Dank. Das schätze ich sehr. Wo soll die Unterschrift hin?« Das Mädchen zeigt auf die erste Seite. Schnell unterschreibe ich das Buch und reiche es ihr wieder. »Danke! Du bist mein Idol.« Kichernd läuft sie zurück an ihren Platz.

Ein stolzes Grinsen schleicht sich auf meine Lippen. »Noch eine letzte Frage.« Finn nimmt die letzte Person dran, die sich meldet. Es ist jemand ganz hinten. Durch die ganzen Lichter erkenne ich die Person nicht genau. »Du bist vor kurzem in ein prächtiges, neues Haus gezogen. Mit deiner Tochter und deiner … neuen Freundin. Wie konntest du dir das leisten?«, spricht mir eine bekannte tiefe Stimme aus. Mein Puls steigt. *Es ist der Mann mit der Waffe!* Er sitzt hier, versteckt, damit ich ihn nicht erkennen kann. Finn räusßert sich, als ich steif dasitze und nicht antworte.

»Ehm. Ja, ich bin umgezogen.«, stottere ich überfordert. Meine Augen huschen nach hinten, blicken in die Augen von Zayn. *Ich will gerade nur noch verschwinden!* »Uh, erzähle uns mehr!«, spricht Finn begeistert aus. Meine Augen huschen wieder zu ihm. »Ich habc cincn Wcchscl gcbraucht. Mit mcincr Frcundin zusammen haben wir uns auf eine Immobilie geeignet und diese dann schnellstmöglicht gekauft. Auf den Kostenpunkt gehe ich nicht ein. Das ist ja nicht relevant.« Ein nervöses Lachen entweicht mir. »Herzlichen Glückwunsch!«, gratuliert mir Finn begeistert. Doch ich achte nicht auf ihn, auch nicht auf das schallende Klatschen, nur auf den Schatten, der hinten sitzt. Meine Hände fangen an zu schitzen und die Migräne fängt an, in meinem Kopf zu hämmern. *Wer sind diese Männer, die uns dauernd verfolgen? Was ist ihr Ziel?*

Kurz darauf wird die Show beendet und ich laufe schnell hinter die Bühne. »Alles in Ordnung?« Zayn mustert mich leicht besorgt. Ich nicke ihm zu, versuche meine Unruhe zu verbergen. »Ja, alles ist in Ordnung.«, antworte ich ihm knapp und verabschiede mich von Finn, der auch zu uns kommt.

*

Nach einem langen Tag, sitze ich mit Tiara auf dem Sofa und drücke sie fest an mich. Es ist schon dunkel geworden und Zoey ist noch nicht zurück. »Es wird langsam Zeit, dass du ins Bett gehst, junge Dame!« Marie stellt sich vor uns und deutet Tiara an aufzustehen. Doch sie schüttelt mit dem Kopf und drückt sich näher an mich. Ich winke ab und hebe Tiara mit mir zusammen hoch. »Ich mache das schon, Marie. Geh du zu deiner Familie.« Widerwillig nickt sie mir seufzend zu. »Wie Sie wünschen. Gute Nacht.« Schnell legt sich Marie ihre Tasche um und verlässt das Haus. Ich schalte das Licht aus und laufe die Treppen hoch.

»Mama, ich mag unser Haus. Tante Zoey hat versprochen einen Spielplatz bauen zu lassen!« Tiara kichert vor sich hin und ist sichtlich glücklich darüber. Ich schenke ihr ein kurzes Lächeln und lege sie dann in ihr Bett. Ich muss schon sagen, dass mich Zoey etwas verwundert. *Wie viel Geld muss sie bitte haben?* Da stimmt etwas nicht. Bald werde ich das auch ansprechen müssen, sonst habe ich keine Ruhe. Mein Bauchgefühl sagt mir, etwas ist da faul. Doch ich hoffe, dass ich mich irre.

»Schlaf gut, mein Schatz.« Ich gebe ihr einen Kuss auf die Wange und schalte ihre Lampe ein. »Gute Nacht, Mama. Ich habe dich lieb!«, ruft sie mir noch gähnend hinterher. »Ich dich auch!« Auch wenn ich müde bin, werde ich nicht schlafen können. Nachdem dieser gruseliger Mann plötzlich während der Show aufgetaucht ist, ist meine Panik nur noch größer geworden. Wenn sie heute wiederkommen werde, rufe ich die Polizei. Und wenn das nicht hilft, werde ich mir etwas überlegen müssen. Ich werde es nicht daraufankommen lassen, dass zuerst etwas passiert. *Niemals.*

Unten angekommen, setze ich mich an den Esstisch. Es ist still, nur mein eigener Atmen ist hörbar. Schnell hole ich mein Handy heraus und öffne die App. *Noch sind keine Schatten zu erkennen.* Etwas erleichtert seufze ich auf und lehne mich an den Stuhl. *Vielleicht haben sie doch auf mich gehört?* Das würde aber keinen Sinn machen. Sonst wäre dieser Mann nicht bei der Show gewesen. In Gedanken versunken starre ich stur auf mein Handy und analysiere alle Bewegungen genau.

»Wieso sind Sie noch wach?«, höre ich eine tiefe Stimme von hinten fragen. Ein spitzer Schrei entweicht mir. Mit Schwung stehe ich vom Stuhl auf und knalle diesen fest mit meinen Kniekhelen gegen die Person hinter mir. Als ich mich umdrehe, sehe ich Zayn, der leicht nach hinten taumelt. Er steht in einem T-Shirt und lockerer Hose vor mir und starrt auf mein Handy. Seine Augenbrauen ziehen sich leicht zusammen. »Ich kann abends oft nicht schlafen.« *Es ist keine Lüge.* Durch die Angst, dass diese unbekannten Männer etwas machen könnten, fällt mir das schlafen sehr schwer. Mein Herz hämmert immer noch in meiner Brust, als ich Zayn ansehe, der sich aufrecht hinstellt und leicht die Stirn runzelt. Die Dunkelheit im Raum wurde nur von dem schwachen Licht meines Handys durchbrochen, und für einen Moment war alles still. »Entschuldigen Sie, ich wollte Sie nicht erschrecken«, sagte er schließlich, seine Stimme leise, fast sanft.

Er reibt sich die Stelle, an der ich ihn getroffen hatte, und ich spüre, wie sich die Hitze der Scham in meinem Gesicht ausbreitet. »Du solltest dich nicht so anschleichen«, murmelte ich, während ich mich wieder auf den Stuhl setzte und meinen Blick bewusst von ihm abwandte. »Was machst du überhaupt hier?«, frage ich ihn verwudert. »Ich hatte Durst«, erklärte er und deutete mit einem Nicken auf die Küche hinter mir. »Aber ... jetzt mache ich mir eher Sorgen um Sie. Sie sehen aus, als hätten Sie einen Geist gesehen.« Ich zögerte. Wie sollte ich ihm erklären, warum ich mitten in der Nacht wach war und mein Handy wie einen Talisman fest umklammerte? Warum ich fast panisch jede Bewegung auf den Bildern analysierte? »Es ist nichts. Ich kann einfach nur schlecht schlafen« Zayn lässt sich auf den Stuhl mir gegenüber sinken und verschränkt die Arme vor der Brust. Seine dunklen Augen fixieren mich, als wollte er die Wahrheit aus mir herauslesen.

»Sie sind eine schreckliche Lügnerin, wissen Sie das?« Ein schwaches Lächeln huschte über mein Gesicht, obwohl meine Brust sich immer noch schwer anfühlte. »Vielleicht. Aber ich komme damit durch.« Er lehnte sich ein wenig vor, seine Stimme wurde sanfter. »Ich meine es ernst, Frau Laurel. Sie können mit mir reden. Sie wirken ... angespannt.« Es ist komisch, ihn so einfühlsam zu sehen. Bis jetzt war er eher ruhig und distanziert. Seine Worte trafen mich daher unerwartet. Ich schlucke schwer und wende meinen Blick ab. »Manchmal ist es schwer, den Kopf abzuschalten«, gebe ich schließlich zu, meine Stimme kaum mehr als ein Flüstern. »Vor allem, wenn so viel los ist.«

Er nickt langsam, betrachtet mich eine Weile schweigend. »Das verstehe ich. Aber ...« Er hält inne und scheint zu überlegen, was er sagen soll. »Vergessen Sie nicht, auch auf sich selbst aufzupassen.« Seine Nähe war gleichzeitig beruhigend und beunruhigend. *Er hat recht.* Ich muss meinen Schlafrhtymus wieder auf die Reihe bekommen. Ich habe mich geweigert Aufträge anzunehmen, da ich viel zu erschöpft dafür war. Aber ich liebe meine Arbeit, es macht mir unfassbar Spaß.

Kurz blicke ich wieder auf mein Handy. *Keine Schatten.* Vielleicht habe ich zu dramatisiert? Es ist vielleicht doch vorbei. Langsam stehe ich vom Stuhl auf und mustere Zayn kurz. »Gute

Nacht.« Er nickt mir knapp zu. Schnell laufe ich aus dem Raum, bleibe aber kurz an der Tür stehen. »Danke.«, hauche ich noch, bevor ich komplett den Raum verlasse.

*

Als ich am nächsten Morgen aufwache, durchströmt mich ein Gefühl tiefer Erleichterung. Mein Körper fühlt sich ungewöhnlich leicht an, als hätte ich endlich eine schwere Last abgelegt. Ich war sofort eingeschlafen, sobald ich mich hingelegt hatte, und nun scheinen die Stunden der Erholung meine Erschöpfung gelindert zu haben. Automatisch greife ich nach meinem Handy. *Was? Es ist schon Mittag!* Erschrocken richte ich mich auf. Wie konnte ich so lange schlafen? Das passiert mir eigentlic nie.

Mit hastigen Schritten eile ich die Treppe hinunter. Niemand hat mich geweckt, und das macht mich fast noch fassungsloser! Kaum im Wohnzimmer angekommen, bleibt mein Blick auf dem Sofa hängen. Dort sitzen sie alle, Zoey, Tiara und selbst Zayn, der sich locker in die Polster lehnt.

»Hallo!«, rufe ich überrascht und gehe in den Raum. Tiara springt sofort auf, ihre kleinen Füße tippeln eilig über den Boden, bis sie in meinen Armen landet. »Hallo, Mama!« Ich beuge mich zu ihr herunter und drücke ihr einen Kuss auf die Wange. Ihr fröhliches Lächeln erwärmt mein Herz sofort. »Guten Mittag, mein Schatz«, sage ich liebevoll. Zoey bricht in schallendes Gelächter aus. »Vorhin hab ich sogar geschaut, ob du noch lebst! Mädchen, du bist immer die Erste, die wach ist. Was war denn mit dir los? Du hast geschlafen wie ein Stein!« Ich bemerke Zayns Blick, der sich prüfend auf mich richtet. Seine braunen Augen scheinen mich zu analysieren. »Ich weiß nicht«, antworte ich ausweichend. »Mein Körper hat diesen Schlaf wohl gebraucht.« *Und wie er das hatte.* Jede Zelle meines Körpers fühlt sich erfrischt und neu belebt an. Mein Magen scheint dem zuzustimmen, denn er knurrt auf.

»Ich bereite Ihnen etwas zu«, unterbricht Marie die Unterhaltung. Sie erhebt sich und verschwindet in Richtung

Küche, bevor ich etwas erwidern kann. Mit Tiara auf meinem Schoß sinke ich auf das Sofa. Die Wärme ihres kleinen Körpers und ihre spielerische Fröhlichkeit lassen meine Gedanken für einen Moment zur Ruhe kommen. »Wir wollten heute etwas rausgehen«, schlägt Zoey vor. »Einkaufen, ein bisschen die Sonne genießen und uns die Zeit vertreiben. Was denkst du?« Ihr Vorschlag gefällt mir. Etwas frische Luft und Bewegung könnten mir guttun. Ich nicke ihr lächelnd zu.

*

Nach einem schnellen Mittagessen brechen wir auf. Wir sind zum Einkaufscenter von Sinville gefahren. Zayn hat uns hingefahren, und jetzt läuft er in einigem Abstand hinter uns her. Mit Tiara auf meinem Arm trete ich in die klimatisierte Halle ein, während Zoey bereits zielstrebig auf das erste Geschäft zusteuert. »Mama, ich will runter!«, quengelt Tiara. Schmunzelnd lasse ich sie los, und schon flitzt sie hinter Zoey her, die sich durch die Kleiderständer wühlt. Normalerweise würde ich selbst gern stöbern, doch heute verspüre ich keine Lust. Mein Kopf ist zu voll, aber die Freude der beiden reicht mir.

Zayn bleibt hinter uns, seine Haltung aufmerksam, aber unaufdringlich. Ich nutze den Moment, um Zoey am Arm zu greifen und näher zu ziehen. »Zoey«, beginne ich leise und bemühe mich, ruhig zu bleiben. »Warum genau kümmert Zayn sich jetzt auch um meine Sicherheit? Er war doch nur als Fahrer eingestellt. Oder nicht?« Zoey schaut mich überrascht an, als hätte sie diesen Einwand nicht erwartet. Für einen kurzen Moment blitzen ihre Augen schuldbewusst auf, bevor sie schnell die Fassung wiedergewinnt.

»Süße«, beginnt sie betont lässig, »er ist ein Angestellter mit vielfältigen Aufgaben. Natürlich kümmert er sich auch um deine Sicherheit. Besonders bei dem Gehalt, das er bekommt.« Mein Magen zieht sich zusammen. Ihre Worte setzen sich in meinem Kopf fest. »Was bitte geht dich sein Gehalt an?«, frage ich mit scharfer Stimme. »Ich bezahle ihn und Marie. Oder hast du dich wieder nicht an unsere Abmachung gehalten?« Zoeys Blick weicht aus, und ihr Lächeln ist plötzlich nervös. Das genügt mir, um zu wissen, dass ich recht habe. *Sie hat sich wieder eingemischt.* Wir hatten uns darauf geeinigt, dass ich wenigstens diese Kosten übernehmen werden! »Du bist so unvorsichtig mit deinem Geld«, kontere ich schließlich. »Man könnte meinen, du hättest unendliches Geld.« Meine Augen verengen sich. Sie weicht aus, das spüre ich. Und nicht nur das, sie verheimlicht mir etwas. »Zoey«, meine Stimme ist leise, aber eindringlich, »was verheimlichst du mir?« Ihr Schuldblick verrät alles, auch wenn sie versucht, es mit einem nervösen Lachen zu überspielen.

Meine Blick wird schärfer, starr vor unterdrückter Wut, während ich Zoey ansehe. *Sie führt sich auf, als wäre sie die reichste Person der Welt.* Natürlich liebe ich sie, mehr als alles andere, aber ich kenne sie gut. Bei ihrer Geschcihte ist etwas faul. Ich war da wohl zu leichtsinig. Geld fällt nicht einfach so vom Himmel, das weiß ich. Und dass ihre Sockenfirma sie zu einer derart sorglosen Existenz geführt haben soll, bezweifle ich stark.

»Liyana, hör endlich auf, mich mit deinen Fragen zu durchlöchern«, zischt sie und zieht ihren Arm aus meinem Griff. »Ich verdiene genug, um sorglos zu leben. Und ja, verdammt, ich bezahle die beiden. Wieso hast du ein Problem damit? Statt froh zu sein, dass ich dir Arbeit abnehme, benimmst du dich wie ein Kontrollfreak!« Ihr Tonfall ist schneidend, ihre Augen voller Abwehr. Für einen Moment starre ich sie nur an, versuche, die Worte zu finden, die den Knoten in meiner Brust lösen könnten. Schließlich seufze ich schwer und lasse die Luft langsam entweichen, um mich zu beruhigen.

»Gut«, sage ich schließlich, meine Stimme nun leiser, aber nicht minder angespannt. »Gib dein Geld aus, wie du willst. Wenn du pleite gehst, werde ich mich wie immer um uns kümmern.« Es ist ein leiser Vorwurf, der in der Luft hängen bleibt. Es war schon immer so. Egal, was passiert, am Ende bin ich diejenige, die eine

Lösung finden muss.

»Woher hast du Zayn überhaupt gefunden?«, frage ich schließlich, versuche, das Thema zu wechseln, obwohl mein Misstrauen nicht verflogen ist. »Was hat er vorher gemacht?« Zoey wirft mir einen genervten Blick zu, als wollte sie mich endlich zum Schweigen bringen. »Er war beim Militär«, sagt sie knapp. »Danach hat er als Sicherheitsmitarbeiter gearbeitet, und jetzt ist er eben bei uns. Und jetzt hör auf, Liyana. Lass mich einfach mit Tiara in Ruhe einkaufen.« Mit einem entschlossenen Schritt schiebt sie sich an mir vorbei.

Beim Militär? Das erklärt einiges, denke ich, während ich mich an die kühle Wand lehne und warte. Mein Blick wandert zu Zayn, der mit stoischer Miene die Umgebung scannt. Seine Haltung, der scharfe Blick, ja, das passt zu seiner Vergangenheit. Und irgendwie beruhigt es mich zu wissen, dass er für sein Land gedient hat. Es lässt ihn vertrauenswürdiger wirken, auch wenn mein Bauchgefühl noch nicht ganz zufrieden ist.

*

Das Wochenende verging wie im Flug. Wir verbrachten beide Tage draußen, genossen die warme Sonne auf der Haut und die Momente der Leichtigkeit. Keine Schatten um unser Haus, die mich wach hielten. Es tat gut, die Welt auszublenden und einfach Zeit mit der Familie zu verbringen. Diese kostbaren Momente geben mir Kraft, die Energie, die ich brauche, um jeden Tag weiterzumachen.

Doch am Montagmorgen kehrt mein Fokus zurück zur Arbeit. Heute steht ein besonderes Projekt an. Ich bereite mich darauf vor, ein Video für ein Netzwerk aufzunehmen, das sich mit dem sensiblen Thema Scheidungen und Trennungen beschäftigt. Das Ziel des Netzwerks ist es, die Gesellschaft für diese Themen zu sensibilisieren und sie zu ermutigen, offener damit umzugehen. Sie sammeln persönliche Erfahrungen, bieten gegenseitige Unterstützung und teilen Tipps, um anderen zu helfen.

Als ich die Anfrage erhielt, ein Video für ihre Kanäle zu drehen, habe ich sofort zugesagt. *Die Idee ist großartig.* Zu oft werden diese Themen tabuisiert, die Menschen bleiben allein mit ihren Gefühlen, obwohl sie Hilfe bräuchten. Ich fühle mich geehrt, dieses Netzwerk unterstützen zu dürfen, und hoffe, mit meinem Beitrag einen kleinen Unterschied machen zu können.

Vor der Kamera richte ich noch schnell meine Haare. Mein Arbeitszimmer bildet den Hintergrund, ordentlich und schlicht, um den Fokus auf meine Worte zu lenken. Tief durchatmend schalte ich die Kamera ein. *Es ist Zeit, zu sprechen.*

»Guten Tag! Mein Name ist Frau Dr. Liyana Laurel. Es freut mich sehr, einen Teil zur Aufklärung beitragen zu können! Vielen Dank an Sabrina, die mir diese Anfrage geschickt hat!« Sabrina ist die Gründerin von diesem Netzwerk. Vor ungefähr zwei Wochen erhielt ich ihre E-Mail. Sie teilte mir mit, was genau sie von mir wollte. Und nun kann ich das Video abdrehen, damit dieses morgen veröffentlicht werden kann.

»Scheidungen und Trennungen gehören beide zu den einschneidendsten Erfahrungen im Leben. Sie reißen Gewohnheiten aus der Verankerung, stellen alles infrage, was vorher selbstverständlich war. Für die Betroffenen kann das ein emotionales Beben auslösen: Trauer, Wut, Angst, aber auch manchmal Erleichterung oder ein neues Gefühl von Freiheit. Doch diese Prozesse sind selten auf die Paare allein beschränkt. Kinder, Freunde, Familie, das gesamte soziale Gefüge gerät in Bewegung. Beziehungen verschieben sich, Loyalitäten werden neu verhandelt. Wer versteht, welche emotionalen und psychischen Dynamiken in dieser Phase wirken, hat bessere Chancen, den eigenen Weg durch die Krise zu finden, und vielleicht sogar gestärkt aus ihr hervorzugehen.«

Ich drücke meine Brille nach oben und schaue kurz zu meinen Notizen. »Für viele Erwachsene beginnt die Zeit nach einer Trennung mit einem Gefühlssturm, der kaum zu bändigen scheint. Da ist die tiefe Trauer über den Verlust einer Beziehung, die einst

Halt gab, Nähe versprach, vielleicht sogar einen Lebenssinn. Diese Trauer ähnelt dem, was Menschen nach einem Todesfall empfinden: Schock, Verleugnung, Wut, Verzweiflung, und irgendwann, mit viel Zeit, vielleicht auch Akzeptanz. Doch die emotionale Erschütterung endet nicht dort. Häufig mischen sich existenzielle Ängste dazu, vor der finanziellen Zukunft, vor einem sozialen Abstieg, vor der Einsamkeit. Und nicht selten kommen Schamgefühle oder Selbstzweifel ins Spiel. In manchen sozialen oder kulturellen Kontexten wird Scheitern in der Partnerschaft noch immer als persönliches Versagen empfunden. Besonders dann, wenn die Trennung mit schweren Konflikten verbunden war, etwa durch Untreue, Lügen oder einen bitteren Streit um das Sorgerecht, steigen Wut und Groll oft wie aus dem Nichts hoch. Diese heftigen Emotionen zehren am Selbstwertgefühl und hinterlassen bei vielen das Gefühl, die Kontrolle über das eigene Leben verloren zu haben.«, fahre ich fort.

»Scheidungen hinterlassen nicht nur juristische Spuren, sondern tiefe, oft unsichtbare Risse in der seelischen Stabilität. Für viele Betroffene bedeutet das: ein Abrutschen in depressive Zustände. Die Tage verlieren an Farbe, der Antrieb schwindet, der Schlaf wird flüchtig. Und mit dem Gefühl der Sinnlosigkeit breitet sich oft eine lähmende Leere aus. Dazu gesellt sich ein Stresspegel, der kaum auszuhalten scheint. Zwischen Gerichtsverhandlungen, Umstrukturierungen im Alltag und emotionalem Ausnahmezustand entsteht ein Dauerzustand innerer Anspannung. Wird dieser nicht rechtzeitig durchbrochen, kann er chronisch werden, mit Folgen wie Burnout, Angststörungen oder psychosomatischen Beschwerden: Migräne, Magenprobleme oder Herz-Kreislauf-Erkrankungen sind keine Seltenheit. Der Körper reagiert, weil die Seele kaum mehr hinterherkommt.«

»Neben den emotionalen und psychischen Belastungen bringt eine Trennung häufig auch weitreichende soziale Folgen mit sich. Freundeskreise zerbrechen, weil Menschen sich gezwungen sehen, eine Seite zu wählen. Familienmitglieder geraten in

Loyalitätskonflikte, gemeinsame Rituale, wie Geburtstagsfeiern, Feiertage oder Urlaube, verlieren plötzlich ihre Selbstverständlichkeit. Zurück bleibt oft ein Gefühl von Leere. Wer vorher eingebettet war in ein gemeinsames soziales Netz, steht nun isoliert am Rand. Viele ziehen sich zurück, meiden Begegnungen, um schmerzhaften Fragen oder mitleidigen Blicken zu entgehen. Doch genau dieser Rückzug erschwert die Verarbeitung, und macht aus dem emotionalen Schmerz einen stillen, einsamen Kampf.«, erkläre ich.

»Für Kinder bedeutet eine Scheidung oft den Zusammenbruch ihrer vertrauten Welt. Besonders in konfliktreichen Trennungen spüren sie die Spannungen der Erwachsenen, ohne sie einordnen zu können, und reagieren mit tiefgreifender Verunsicherung. Jüngere Kinder glauben nicht selten, sie selbst seien schuld am Zerbrechen der Familie. Ältere geraten in Loyalitätskonflikte, fühlen sich zwischen den Fronten hin- und hergerissen, vor allem, wenn sie von den Eltern unbewusst instrumentalisiert werden. Diese emotionale Zerrissenheit kann Wut, Rückzug oder Verhaltensauffälligkeiten zur Folge haben.

Langfristig leiden oft auch die schulische Leistung und soziale Entwicklung. Das Urvertrauen in Beziehungen wird erschüttert, was spätere Bindungen beeinträchtigen kann. Studien zeigen: Kinder aus Trennungsfamilien haben ein erhöhtes Risiko für psychische Erkrankungen wie Angststörungen oder Depressionen. Gerade weil Kinder oft nicht laut über ihre Gefühle sprechen, dürfen sie nicht übersehen werden. Sie brauchen besondere Aufmerksamkeit, und das Gefühl, dass ihre Welt trotz allem noch ein sicherer Ort sein kann.«

»Nicht alle Menschen erleben eine Trennung auf dieselbe Weise, denn wie stark sie psychisch belastet, hängt von vielen Faktoren ab. Besonders prägend ist die Art der Trennung: Eine einvernehmliche, respektvolle Lösung hinterlässt meist deutlich weniger Narben als ein erbitterter Streit. Auch das soziale Umfeld hat großen Einfluss. Wer sich auf unterstützende Freund:innen,

Familie oder andere Bezugspersonen verlassen kann, fühlt sich weniger allein und findet schneller wieder Halt. Ebenso entscheidend ist die individuelle Resilienz, also die innere Stärke, mit schwierigen Lebensereignissen umzugehen.

Um die psychischen Auswirkungen abzufedern, braucht es gezielte Strategien. Erwachsene profitieren oft von professioneller Begleitung, durch Psychotherapie oder Paarberatung. Dort können sie schmerzhafte Emotionen verarbeiten und neue Perspektiven entwickeln. Selbstfürsorge spielt ebenfalls eine zentrale Rolle. Regelmäßige Bewegung, gesunde Ernährung, ausreichend Schlaf und Momente der Achtsamkeit stärken Körper und Geist. Genauso wichtig ist es, neue Ziele und Interessen zu entdecken, um das eigene Selbstwertgefühl wieder aufzubauen.

Für Kinder ist vor allem eines entscheidend: Sicherheit. Sie müssen spüren, dass sie geliebt werden, und dass sie keine Schuld an der Trennung tragen. Offene, altersgerechte Gespräche helfen dabei, das Geschehen zu verstehen. Feste Tagesstrukturen geben Halt in einer unsicheren Zeit. Wenn die Belastung zu groß wird, kann auch für Kinder eine psychologische Unterstützung sinnvoll sein. Denn ob jung oder alt, jeder Mensch verdient Begleitung in Zeiten des Umbruchs.« Kurz trinke ich ein Schluck Wasser, bevor ich auf den nächsten Punkt eingehe.

»Trotz all der Herausforderungen, die eine Scheidung mit sich bringt, kann sie auch ein Wendepunkt zum Positiven sein. Für viele Menschen, die in einer belastenden, dysfunktionalen oder sogar missbräuchlichen Beziehung gelebt haben, bedeutet die Trennung vor allem eines: Befreiung. Sie gewinnen den Raum, sich selbst neu zu entdecken, alte Muster zu durchbrechen und ein erfüllteres, selbstbestimmteres Leben zu führen. Diese Phase des Umbruchs wird für manche zur Chance für persönliches Wachstum. Neue Interessen entstehen, lang vernachlässigte Träume werden wieder greifbar, und nicht selten entwickeln sich tiefere, ehrlichere Beziehungen zu Freunden oder zur eigenen Familie. Auch Kinder können profitieren, insbesondere dann, wenn die

Eltern nach der Trennung in ein friedlicheres, respektvolleres Miteinander finden. Ein harmonischeres Umfeld fördert ihre emotionale Entwicklung und kann ihnen ein gesünderes Bild von Beziehung und Konfliktlösung vermitteln.

Scheidungen und Trennungen sind ohne Zweifel einschneidende Erlebnisse, die seelische Spuren hinterlassen. Aber sie sind auch eine Gelegenheit für einen Neuanfang. Mit Unterstützung, Geduld und den richtigen Bewältigungsstrategien kann aus der Krise eine Kraftquelle entstehen. Denn wer lernt, aus dem Schmerz neue Stärke zu schöpfen, schreibt nicht nur ein neues Kapitel, sondern ein ganz neues Buch.«

Ich verabschiede mich und beende das Video. Damit ich es nicht vergesse, schicke ich es Sabrina sofort per Mail zu. *Hoffentlich ist sie damit zufrieden.*

Glück ist nicht gerecht. Es ist zufällig.

Kapitel Elf

Nachdem Zayn Tiara abgeholt hat, verlasse ich gemeinsam mit Zoey eilig das Haus. Heute steht ein wichtiger Arzttermin für Tiara an. Ihre Medikamente neigen sich dem Ende zu, und es wird wieder Zeit für einen gründlichen Check-up, um sicherzustellen, dass es ihr gut geht.

Während wir zum Auto gehen, spüre ich eine leichte Anspannung in mir. Arztbesuche sind nie angenehm, nicht für Tiara und auch nicht für mich. *Doch es ist notwendig.* Ich will sicherstellen, dass sie alles bekommt, was sie braucht, damit es ihr an nichts fehlt. Zoey wirft mir einen kurzen Blick zu, als hätte sie meine Gedanken gelesen. »Es wird alles gut«, sagt sie leise, während wir einsteigen. Sie hat recht. Ich sollte mir keine Sorgen machen.

»Sitzt mein Lippenstift?« Zoey blickt mich mit leichtem Unbehagen an, während sie hektisch in ihrem Spiegel nachkorrigiert. Ein Lachen entweicht mir, und ich nicke ihr beruhigend zu. Sie wollte heute unbedingt mitkommen, obwohl sie erst vor Kurzem von einem Termin zurückgekehrt ist und sich in Windeseile fertig machen musste. »Mama! Tante Zoey!« Tiara ruft uns fröhlich zu, während sie im Auto sitzt und das Fenster heruntergekurbelt hat. Ich winke ihr liebevoll zu und gehe mit Zoey schnellen Schrittes zum Wagen.

»Hallo, mein Schatz. Wie war die Schule heute?«, frage ich sie, während wir beide einsteigen. Kaum angeschnallt, beginnt Tiara enthusiastisch von ihrem Tag zu erzählen. In letzter Zeit sind ihre Geschichten aus der Schule durchweg positiv, was mich wirklich erleichtert. Alessia, das Mädchen, das sie früher geärgert hatte, scheint endlich aufgehört zu haben. Anscheinend haben die Lehrer ein ernstes Wort mit ihr gesprochen, was gewirkt haben muss.

»Und dann haben wir heute einen Test geschrieben! Ich habe eine Zwei bekommen!« Stolz hält sie mir das Blatt unter die Nase, dass sie fest in ihren kleinen Händen hält. Lächelnd gebe ich ihr einen Kuss auf die Wange. »Ich bin so stolz auf dich, Kleine!« Zoey schnappt sich das Blatt, betrachtet es gründlich und grinst breit. »Wow, dein Kind ist ein Genie, Liyana!« Mit diesen Worten zwinkert sie Tiara zu und zieht sie in eine herzliche Umarmung.

Während ich die Szene genieße, spüre ich aus dem Augenwinkel Zayns Blick auf mir ruhen. Er beobachtet mich schweigend, distanziert, genau wie in den letzten Tagen. Nach unserem Gespräch in der Nacht hat er sich wieder merklich zurückgezogen. Es stört mich nicht unbedingt, aber es irritiert mich, wie sein Verhalten sich plötzlich verändert hat.

*

Kurze Zeit später kommen wir in der Arztpraxis an. »Guten Tag«, sage ich zur Empfangsdame. »Wir haben einen Termin für Tiara Laurel.« Sie nickt freundlich und tippt etwas in den Computer. »Sie können direkt durchgehen, der Arzt erwartet Sie schon.« Mit einem Nicken bedanke ich mich und mache mich gemeinsam mit Zoey und Tiara auf den Weg ins Behandlungszimmer. Zayn bleibt draußen auf dem Parkplatz und wartet.

»Hallo, Tiara!« Dr. Archer begrüßt sie herzlich und bückt sich, um ihr die Hand zu geben. Mit einem Lächeln erwidert sie seinen Gruß. Doch schon huscht sie zum Maltisch, der wie immer bereitsteht. »Also, wie geht es der Kleinen?« fragt er mich, während wir uns setzen. Ich werfe einen kurzen Blick zu Tiara, die bereits vertieft in ihre Zeichnung ist, und beginne zu erzählen. »Bis jetzt geht es ihr gut. Die Anfälle sind immer noch selten, meistens in der Schule. Wir hatten ja schon besprochen, dass der Stress dort wahrscheinlich der Auslöser ist.« Ich mache eine kurze Pause, erinnere mich an die wenigen Male, als sie zu Hause einen Anfall hatte. Doch die Mehrheit passierte während der Schulzeit.

Dr. Archer seufzt leise und macht sich Notizen. »Ja, das ist nicht ungewöhnlich. Was für andere Kinder nach einem normalen Maß an Stress aussieht, kann für Tiara eine enorme Belastung darstellen und die Anfälle auslösen. Wie läuft es in der Schule sonst? Hat sie Freunde gefunden?« Zoey lehnt sich nach vorne, bevor ich antworten kann. »Tiara ist großartig in der Schule! Ihre Noten sind super, und sie macht ihre Hausaufgaben immer gewissenhaft.« Ihre Stimme ist voller Stolz, und ich nicke zustimmend. »Das stimmt«, füge ich hinzu. »Aber mit Freunden tut sie sich schwer. Die anderen Kinder halten Abstand, weil sie von ihrer Krankheit wissen. Ich glaube, sie haben Angst davor, miterleben zu müssen, wie sie einen Anfall bekommt. Es sind schließlich noch Kinder, und ich verstehe, dass das beängstigend sein kann.« Ein Schatten huscht über mein Gesicht, als ich daran denke, wie isoliert Tiara manchmal wirkt. Doch gleichzeitig schöpfe ich Trost daraus, dass sie selbst nie den Eindruck macht, darunter zu leiden. Sie hat sich nie darüber beschwert oder traurig gewirkt.

Dr. Archer nickt verständnisvoll, während er weiterschreibt. »Das ist leider ein häufiges Problem, aber ich denke, es gibt eine Möglichkeit, ihr zu helfen. In Kürze beginnen die Sommerferien, und mit ihnen startet unser jährliches Camp für Kinder mit ähnlichen Herausforderungen. Vier Wochen voller Freizeitaktivitäten und spezieller Übungen, die ihnen helfen, mit ihrer Situation umzugehen. Hier ist eine Broschüre mit dem Programm.« Er reicht mir das Heft, während er weiter erklärt. »Dieses Camp könnte eine wunderbare Gelegenheit für Tiara sein, neue Freundschaften zu schließen. Sie wäre in einem Umfeld, wo die anderen Kinder dieselben Erfahrungen teilen. Vielleicht fühlt sie sich dort wohler und verstanden.« Zoey, die bereits mit mir zusammen die Broschüre durchblättert, nickt begeistert. »Das klingt fantastisch! Wir sollten es versuchen. Und falls Tiara sich unwohl fühlt, können wir sie jederzeit wieder abholen.« Ich bin misstrauisch. Die Idee ist großartig, und ich wünsche mir nichts mehr, als dass Tiara Freunde findet. Doch die Vorstellung, vier Wochen von ihr getrennt zu sein, ist schwer zu ertragen.

Ich streiche über die glatte Oberfläche der Broschüre und atme tief durch. »Ich werde darüber nachdenken«, sage ich schließlich und sehe zu Tiara hinüber, die unbekümmert malt, als wäre die

Welt vollkommen in Ordnung. »Wenn Tiara dahin möchte, wird sie gehen. Aber ich werde sie zu nichts zwingen«, erkläre ich entschieden. Meine Stimme ist fest, aber sanft. Dr. Archer nickt verständnisvoll. Es scheint, als hätte er meine Haltung erwartet, und er respektiert sie. Er erhebt sich von seinem Stuhl und wendet sich Tiara zu, die immer noch am Maltisch sitzt. »Na, Tiara, bereit? Setz dich bitte auf den Behandlungstisch. Du weißt ja, wie das abläuft.« Ohne zu zögern, lässt sie ihre Buntstifte los und folgt brav seinen Anweisungen. Mit einem kleinen Sprung klettert sie auf den Behandlungstisch und setzt sich aufrecht hin, ihre Beine baumeln spielerisch über die Kante. Ich beobachte sie aus der Nähe, während der Arzt sich konzentriert um sie kümmert. Seine ruhige und geduldige Art sorgt dafür, dass Tiara sich immer sicher und wohl fühlt, auch wenn sie in einer Praxis ist. Zoey sitzt neben mir, und ihre Hand berührt kurz meinen Arm, als wollte sie mir stumm versichern, dass alles in Ordnung ist. Ich löse mich von meiner steifen Haltung und seufze auf.

*

Wenig später stehen wir wieder an der Rezeption. Die Untersuchung ist abgeschlossen. *Zum Glück ist alles in Ordnung.* Tiara ist kerngesund, hatte Dr. Archer uns zuvor mit einem Lächeln mitgeteilt. Nur ihr Vitamin-D-Bedarf ist nicht ganz gedeckt, aber dafür hat sie eine Spritze bekommen. Tiara hält stolz ihren kleinen Pflasteraufkleber in die Luft, den sie nach der Spritze bekommen hat. »Guck mal, Mama! Ich war ganz tapfer!«

»Das warst du, mein Schatz«, sage ich liebevoll und drücke ihr einen Kuss auf die Stirn. Sie strahlt übers ganze Gesicht, als wäre sie gerade für eine große Heldentat gelobt worden. Ich wende mich an die Dame an der Rezeption und reiche ihr das Rezept, das mir Dr. Archer übergeben hat. Sie lächelt freundlich, nimmt den Zettel entgegen und beginnt, die Medikamente zusammenzusuchen. Während wir warten, betrachte ich Tiara. Sie sitzt neben Zoey und schaut auf das Handy von ihr. Es ist ein Moment der Ruhe, und ich kann die Erleichterung in mir spüren, dass sie heute wieder einmal ohne Beschwerden davonkommt.

»Hier sind die Medikamente«, sagt die Dame schließlich und reicht mir eine kleine Papiertüte. »Vielen Dank«, antworte ich höflich, während ich die Tüte entgegennehme. Wir verlassen gemeinsam die Praxis. Draußen wartet Zayn bereits mit dem Auto. Als er uns sieht, öffnet er die Autotür für Tiara. Sie klettert fröhlich hinein, während Zoey und ich einsteigen. Ich lasse den Blick noch einmal über die Tüte in meiner Hand schweifen und spüre einen Hauch von Dankbarkeit. Es sind diese kleinen Momente, diese ruhigen und doch bedeutsamen Augenblicke, die mich daran erinnern, wie kostbar unser Leben ist.

*

Der nächste Tag bricht an, und ich bin auf dem Weg zur Universität. Die Sonne steht bereits hoch am Himmel, doch die Wärme erreicht mich nicht wirklich. Meine Gedanken sind zu schwer. Zoey ist bei der Arbeit, und Tiara ist in der Schule. Alles scheint seinen gewohnten Gang zu gehen, und doch fühle ich mich, als würde ich einen unsichtbaren Stein mit mir herumtragen. Die Nacht hat ihre Spuren hinterlassen. Ich hatte einen Albtraum, der mich tief erschüttert hat. In meinem Traum lebte meine Familie, aber wir wurden bedroht. Die Gefahr war allgegenwärtig, und obwohl ich nicht sehen konnte, wer oder was dahintersteckte, spürte ich diese lähmende Angst in jeder Faser meines Körpers. Es war so real, dass ich beim Erwachen kaum atmen konnte. Mit pochender Migräne bin ich aufgestanden und sofort unter die Dusche gegangen. Das Wasser hat mich beruhigt, wenn auch nur ein wenig. Jetzt, Stunden später, geht es mir etwas besser, aber dieses dumpfe, erdrückende Gefühl weigert sich, mich ganz loszulassen.

Als wir die Universität erreichen, öffnet Zayn mir wie gewohnt die Tür. Ich arbeite nicht mehr an der Universität, wo Joel arbeitet. Alle Aufträge habe ich abgesagt und per Mail geschildert, dass ich nicht mehr dort arbeiten werde. Begründet habe ich es mit meinem Umzug. Nur noch an der Cognitio Universität oder woanders werde ich unterrichten. Ihm zu begegnen, würde mir nur schlechte Laune bereiten und es wäre unangenehm.

Ich steige aus und blicke kurz in den klaren Himmel, um mich zu sammeln. »Danke, Zayn«, sage ich leise. »Du kannst dich jetzt für ein paar Stunden beschäftigen. Ich rufe an, wenn ich fertig bin.« Ich mache einen Schritt nach vorne, doch plötzlich spüre ich, wie Zayn sanft meinen Arm berührt. Seine Berührung ist vorsichtig, fast zögerlich. Ich bleibe stehen und drehe mich fragend zu ihm um. »Wäre es möglich, Sie zu begleiten?« Seine Stimme klingt ruhig, doch in seinem Blick liegt eine Spur von Unsicherheit. »Ich habe heute nichts zu tun und würde gern mitkommen. Natürlich nur, wenn Sie damit einverstanden sind.«

Seine Körperhaltung verrät mir, dass er sich bei seiner Bitte nicht ganz wohlfühlt. Er steht aufrecht, aber seine Schultern wirken ein wenig angespannt, als ob er auf eine Abweisung vorbereitet wäre. Ich überlege kurz. *Es stört mich nicht, wenn er mitkommt, solange er sich ruhig verhält.* Vielleicht gibt mir seine Anwesenheit sogar etwas Sicherheit, auch wenn ich das niemals laut zugeben würde. »Klar«, sage ich schließlich und schenke ihm ein kurzes Lächeln. »Dann komm, wir müssen uns beeilen.« Zayn nickt und folgt mir, und zusammen betreten wir das Gebäude.

Der Saal, in dem meine Vorlesung stattfindet, ist bereits halb gefüllt. Die aufgeregten Stimmen der Studenten hallen durch den Raum, als wir eintreten. Ich werfe Zayn einen Blick zu. Er bleibt etwas im Hintergrund, sucht sich einen Platz abseits und setzt sich mit einer entspannten, aber aufmerksamen Haltung hin. Während ich mich auf meinen eigenen Platz vorbereite, spüre ich, dass seine Augen mir kurz folgen, bevor er sich der Umgebung widmet. Seine Präsenz ist ruhig, fast schützend, und ich kann nicht leugnen, dass es mir ein wenig hilft, diese bleierne Schwere in mir zu ertragen. Vielleicht, denke ich bei mir, ist dieser Tag doch nicht so erdrückend, wie er begonnen hat.

Du funktionierst. Aber du lebst nicht.

Kapitel Zwölf

Die Wolken hingen schwer über der Stadt, als ob sie mich mit ihrer Last erdrücken wollten. Aber selbst das Wetter war nur ein ferner Schatten im Vergleich zu dem, was in mir tobte. Ich sitze in meinem Zimmer, wenn man es überhaupt so nennen konnte. Die Wände waren kahl, die Möbel alt und schäbig. Ein Schrank, dessen Türen nie richtig schlossen, ein Bett mit einer Matratze, die nach Alkohol und abgestandenem Rauch roch. Es war kein Zuhause. Es war ein Käfig.

Ich höre das Geschrei aus dem Wohnzimmer. Zoeys Eltern hatten wieder angefangen zu streiten. Die Stimmen schwankten zwischen brüllender Wut und dem lallenden Kauderwelsch betrunkener Menschen. Es war immer so. Jede Nacht dieselbe Schallplatte, die sich wiederholte, bis die Flaschen leer und die Stimmen heiser waren. Ich presste mir die Hände auf die Ohren, doch es half nicht. Die Worte schnitten sich trotzdem durch die Wände und fanden ihren Weg in meinen Kopf.

»Liyana!« Die Tür flog auf, und Zoey stand da, ihr Gesicht blass und die Augen weit aufgerissen. Sie hatte geweint, das konnte ich sehen. Ihre Wangen waren rot, und ihre Hände zitterten, als sie nach mir griff. »Komm mit. Lass uns einfach verschwinden. Bitte.« Ich sah sie an, wusste, dass sie es ernst meinte. Aber wo sollten wir hin? Ich hatte niemanden. Jetzt war ich hier. Bei Menschen, die mich nicht wollten, außer für das Geld, das sie für meine Anwesenheit bekamen. Ein Preis, den der Staat zahlte, als wäre mein Leben eine Ware. Zoeys Eltern hatten mich adoptiert, aber es war alles nur eine Lüge. Sie waren keine Familie. Nicht für mich und auch nicht für Zoey.

Ich stand auf und sah Zoey in die Augen. Sie war das Einzige, was mich noch hielt. Aber auch sie konnte nicht alles reparieren. »Wohin sollen wir gehen?«, fragte ich leise, meine Stimme so brüchig wie mein Herz. »Wir haben nichts. Niemanden.«

»Wir haben uns!«, sagte sie mit einem Zittern in der Stimme, das mich noch mehr schmerzte. »Wir können weg von hier. Wir finden schon einen Ort, Liyana. Ich schwöre es dir.« Ich schüttelte den Kopf. »Und dann? Was passiert, wenn wir auf der Straße landen? Hast du eine Ahnung, wie es da ist?« Sie sah aus, als wollte sie etwas sagen, doch stattdessen brach sie in Tränen aus.

Ich zog sie in meine Arme und hielt sie fest. Sie war stark für uns beide, meistens jedenfalls. Aber ich wusste, dass auch sie zerbrach. Ich konnte ihre Angst spüren, ihr Zittern. Und ich konnte nichts tun, um sie zu beruhigen, weil ich selbst nicht wusste, wie ich weitermachen sollte. Die Nächte waren am schlimmsten. Ich lag oft wach und starrte die Decke an, mein Körper taub vor Erschöpfung, doch mein Geist hörte nicht auf zu schreien. Die Bilder kamen zurück, immer wieder. Mamas lebloser Körper, die Augen meiner Schwester, kurz bevor sie mich allein ließ. Papas Lächeln, bevor er die Tür hinter sich schloss. Es war, als würde ich alles erneut durchleben, jede Nacht, immer und immer wieder.

Still legen wir uns auf das Bett und schließen die Augen, ignorieren die Stimmen vom Nebenzimmer. Ihre Nähe war tröstlich, aber sie erinnerte mich auch daran, dass sie das Letzte war, was ich hatte. Und ich hatte solche Angst, sie auch noch zu verlieren. »Liyana«, flüsterte sie irgendwann. »Versprich mir, dass du nicht aufgibst.« Ich schloss die Augen und spürte die Tränen, die meine Wangen hinunterliefen. »Ich weiß nicht, ob ich das kann.« »Doch, kannst du. Du bist stärker, als du denkst.«

Ich wünschte, ich könnte ihr glauben. Aber in mir war nur Leere. Und in dieser Leere konnte ich nichts finden, das mich festhielt. Zoey hält meine Hand, ihre Finger fest um meine geschlungen. Und in diesem Moment war sie alles, was mich davon abhielt, endgültig loszulassen.

Ich verdränge die Erinnerungen an die Vergangenheit. Heute geht es um das Thema Depressionen und ihre Formen. Meine schlimmste Phase hatte ich damals, als ich frisch zu Zoey zog. Heute bin ich froh, dass ich diese Zeit überstanden habe. Denn sie hätte schlimm enden können.

»Depressionen gehören zu den häufigsten, und zugleich meist unterschätzten, psychischen Erkrankungen unserer Zeit. Sie können jeden treffen: unabhängig von Alter, Geschlecht, Herkunft oder sozialem Status. Doch eine Depression ist weit mehr als bloße Traurigkeit oder ein schlechter Tag. Sie ist eine ernsthafte, oft still verlaufende Erkrankung, die das Denken, Fühlen und Handeln eines Menschen tiefgreifend verändert. Selbst körperliche Symptome können auftreten, die den Alltag massiv beeinträchtigen. Was Depressionen besonders heimtückisch macht, ist ihre Vielgestaltigkeit: Sie haben viele Gesichter, manche laut, manche leise. Und oft bleiben sie lange unerkannt. Gerade deshalb brauchen sie unsere volle Aufmerksamkeit, und vor allem unser Verständnis.«, steige ich direkt in das Thema ein.

»Ich erinnere mich an eine meiner ersten Patientinnen. Sie war Anfang dreißig, erfolgreiche Projektmanagerin, zwei Kinder, ein Partner, der sie unterstützte. Von außen betrachtet schien ihr Leben vollkommen. Und doch saß sie mir gegenüber, mit leerem Blick, erschöpft, als hätte sie seit Monaten keinen Schlaf gefunden. Ihre Worte waren leise, abgehackt: *Ich weiß nicht mehr, wer ich bin. Ich funktioniere nur noch.* Solche Aussagen sind typisch. Denn Depressionen haben viele Masken. Sie äußern sich nicht immer durch Weinen oder Rückzug. Manchmal wirken Betroffene nach außen hin völlig normal, kämpfen aber im Inneren einen stillen, kräftezehrenden Kampf. Depressionen können sich auch rein körperlich äußern und bleiben daher so lange unentdeckt.«

»Eine Depression ist mehr als nur schlechte Laune oder ein paar trübe Tage. Es ist ein Zustand tiefer Niedergeschlagenheit, der sich über Wochen, Monate oder gar Jahre hinziehen kann. Betroffene fühlen sich wie in einem dunklen Tunnel, aus dem kein Licht dringt, gefangen in einem Kreislauf aus Hoffnungslosigkeit, Antriebslosigkeit und der lähmenden Überzeugung, dass sich nichts mehr ändern wird. Oft wird unterschätzt, dass Depression nicht nur eine psychische Erkrankung ist, sondern auch eine körperliche Erkrankung. Schlafprobleme, chronische Erschöpfung, Appetitlosigkeit, unerklärliche Schmerzen, all das kann zur täglichen Belastung werden. Selbst die einfachsten Aufgaben werden zu unüberwindbaren Hürden. Beziehungen, die früher Halt gaben, fühlen sich plötzlich fremd an. Die Welt verliert an Farbe, an Tiefe, an Bedeutung. Und ja, in ihrer schwersten Form kann eine Depression so weit führen, dass der Gedanke an den Tod als einziger Ausweg erscheint. Deshalb ist es so wichtig, diese Krankheit ernst zu nehmen. Frühzeitig zu erkennen. Und vor allem zu behandeln.« Ich projiziere meine Folien, damit die Studenten eine bessere Übersicht haben.

»Depression ist nicht gleich Depression. Sie kann sich in vielerlei Hinsicht zeigen, aber allen Formen gemeinsam ist das Gefühl der anhaltenden Niedergeschlagenheit, das den Alltag überlagert. Eine der bekanntesten Formen ist die Major Depression. Sie tritt in Episoden auf und bringt die Betroffenen oft an ihre Grenzen. In diesen Phasen fühlen sie sich gefangen in einer Tiefe der Traurigkeit, die mit keinerlei Freude oder Interesse an etwas anderem mehr zu füllen ist. Jede noch so kleine Aufgabe erscheint unüberwindbar, selbst das Aufstehen aus dem Bett. Es ist, als ob das Leben plötzlich seine Farbe verliert und die Welt aus einem grauen Nebel besteht.

Doch nicht alle Depressionen verlaufen gleich. Es gibt auch die Dysthymie, die eine chronische, weniger intensive Form der Depression darstellt. Sie ist nicht so offensichtlich, aber genauso schädlich. Menschen, die unter Dysthymie leiden, fühlen sich oft über Jahre hinweg von einer ständigen Müdigkeit und einem Mangel an Freude begleitet. Sie können nicht aus dem Teufelskreis von Traurigkeit und Erschöpfung ausbrechen, und die Lebensqualität wird kontinuierlich beeinträchtigt.

Dann gibt es auch die bipolare Depression, die sich durch ständige Schwankungen zwischen depressiven und manischen Phasen auszeichnet. In den depressiven Phasen erleben die

Betroffenen Symptome einer Major Depression, doch in den manischen Episoden sind sie von einer übersteigerten Euphorie, Impulsivität und einem Drang zu riskantem Verhalten geprägt. Dieser ständige Wechsel zwischen den extremen Gefühlszuständen ist eine enorme Belastung.

Eine weitere besondere Form ist die postpartale Depression, die viele Frauen nach der Geburt eines Kindes betrifft. Diese Depression ist schwerwiegender und wird oft von Gefühlen der Überforderung und Angst begleitet. Viele betroffene Mütter fühlen sich unfähig, eine Verbindung zu ihrem Kind aufzubauen, und die Belastung kann das Leben in dieser Zeit stark beeinträchtigen.

Es gibt auch die saisonale Depression, die vor allem in den dunklen Wintermonaten auftritt. Weniger Sonnenlicht führt bei vielen Betroffenen zu einem ständigen Gefühl der Müdigkeit, Antriebslosigkeit und Reizbarkeit. Ein starkes Bedürfnis nach Schlaf und Heißhunger auf kohlenhydratreiche Nahrung verstärken das Gefühl der Erschöpfung, doch mit dem Frühling verschwinden die Symptome in der Regel wieder.

Die atypische Depression ist besonders schwierig zu fassen, da sie sich nicht den klassischen Symptomen der Depression anpasst. Betroffene erleben zwar Momente der Freude, wenn positive Ereignisse eintreten, aber gleichzeitig werden sie von extremen Müdigkeitsgefühlen und einer übermäßigen Empfindlichkeit gegenüber Ablehnung geplagt. Diese Form wird oft übersehen, weil sie sich von den typischen Merkmalen unterscheidet.

Und schließlich gibt es noch die psychotische Depression. Diese schwere Form geht mit psychotischen Symptomen wie Wahnvorstellungen und Halluzinationen einher. Betroffene sind von Schuldgefühlen oder der Angst, versagt zu haben, geplagt und erleben die Welt verzerrt. Diese Symptome machen das Leben der Betroffenen nahezu unerträglich und können sehr gefährlich sein.

Obgleich sich all diese Formen in ihren Ausprägungen unterscheiden, haben sie eines gemeinsam: Sie sind überwältigend und beeinträchtigen sowohl das Denken als auch das körperliche

Wohlbefinden der Betroffenen. Depression ist mehr als nur Traurigkeit, sie ist eine ernsthafte Erkrankung, die professionelle Hilfe erfordert.« Ich lege eine kurze Pause ein und trinke ein Schluck aus meiner Wasserflasche.

»Die Ursachen von Depressionen sind vielschichtig und komplex. Sie entstehen nicht durch einen einzigen Faktor, sondern durch das Zusammenspiel biologischer, psychologischer und sozialer Einflüsse. Auf biologischer Ebene spielen genetische Veranlagungen eine große Rolle. Wenn jemand in seiner Familie bereits Depressionen hatte, besteht ein erhöhtes Risiko, selbst zu erkranken. Hormonelle Veränderungen, wie sie beispielsweise während der Schwangerschaft oder im Wechseljahren auftreten, können ebenfalls einen Einfluss haben. Ein weiteres bedeutendes Element sind Ungleichgewichte der Neurotransmitter im Gehirn, insbesondere Serotonin und Noradrenalin, die für unsere Stimmung und unser Wohlbefinden verantwortlich sind.

Auf psychologischer Ebene können tiefgreifende, traumatische Ereignisse eine Depression auslösen. Missbrauch, Vernachlässigung, eine schmerzhafte Trennung oder der Verlust eines geliebten Menschen sind schmerzhafte Erfahrungen, die das psychische Gleichgewicht zerstören können. Solche belastenden Erlebnisse prägen das Denken und die Gefühle und können den Weg zu einer Depression ebnen. Auch Umweltfaktoren spielen eine entscheidende Rolle. Stress, Einsamkeit und schwierige Lebenssituationen wie Arbeitslosigkeit oder finanzielle Sorgen sind häufige Auslöser für Depressionen. Wenn Menschen in belastenden Situationen keine positiven Perspektiven oder Unterstützung sehen, kann das Gefühl von Hoffnungslosigkeit sehr stark werden.

Zudem können körperliche Erkrankungen wie Diabetes, Krebs oder Herz-Kreislauf-Erkrankungen das Risiko für Depressionen erhöhen. Es gibt eine enge Verbindung zwischen der psychischen und körperlichen Gesundheit, und wer an einer chronischen Krankheit leidet, hat eine höhere Wahrscheinlichkeit, an Depressionen zu erkranken. Die gute Nachricht ist jedoch: Depressionen sind behandelbar.

Der erste Schritt ist die Anerkennung der Krankheit und die Bereitschaft, professionelle Hilfe zu suchen. Die Behandlungsmöglichkeiten sind vielfältig und individuell anpassbar. Psychotherapie ist eine der wichtigsten Behandlungsmethoden. Besonders die kognitive Verhaltenstherapie hat sich als äußerst wirksam erwiesen. Sie hilft den Betroffenen, ihre negativen Denkmuster zu erkennen und zu verändern. Oft geht es darum, verzerrte Wahrnehmungen zu hinterfragen und neue, realistischere Denkweisen zu entwickeln. Medikamente, insbesondere Antidepressiva wie SSRIs, können bei mittelschweren bis schweren Depressionen das chemische Gleichgewicht im Gehirn wiederherstellen. Sie wirken, indem sie die Konzentration bestimmter Botenstoffe wie Serotonin erhöhen, die unsere Stimmung beeinflussen.

Zusätzlich können Lebensstiländerungen eine wichtige Rolle spielen. Regelmäßige Bewegung ist eine der effektivsten Methoden, um die Stimmung zu heben, da Sport Endorphine freisetzt, körpereigene Botenstoffe, die uns Glücksgefühle vermitteln. Auch eine gesunde Ernährung und ausreichend Schlaf sind wichtig, um das seelische Gleichgewicht zu stabilisieren. Soziale Unterstützung ist ebenfalls ein entscheidender Faktor bei der Behandlung von Depressionen. Der Kontakt zu Freunden und Familie kann helfen, Isolation zu vermeiden und das emotionale Wohlbefinden zu stärken. Selbsthilfegruppen sind eine weitere wertvolle Unterstützung, da sie den Austausch mit Menschen ermöglichen, die ähnliche Erfahrungen gemacht haben. Besonders bei saisonalen Depressionen hat sich die Lichttherapie bewährt. Spezielle Lampen simulieren das Tageslicht und gleichen den Mangel an natürlichem Licht in den dunklen Wintermonaten aus. Diese Behandlung hat eine stimmungsaufhellende Wirkung und kann helfen, den Winterblues zu überwinden.

In schweren Fällen, insbesondere wenn eine Suizidgefahr besteht oder psychotische Symptome auftreten, ist eine stationäre Behandlung notwendig. In einer Klinik erhalten Betroffene die notwendige intensive Betreuung und Unterstützung, um aus der Krise herauszukommen. Es ist wichtig zu betonen, dass der Weg aus der Depression nicht einfach und nicht schnell ist. Aber mit der richtigen Hilfe und einem umfassenden Behandlungskonzept können Betroffene lernen, ihre Depression zu überwinden und wieder zu einem erfüllten Leben zurückzukehren.« Ich komme zum letzten Teil an.

»Depressionen sind eine ernste, aber behandelbare Erkrankung, die viele Gesichter hat. Sie können das Leben in vielerlei Hinsicht schwer belasten, von emotionalen Tiefs bis hin zu körperlichen Beschwerden. Doch trotz ihrer Schwere besteht immer Hoffnung auf Besserung, wenn man den richtigen Weg zur Behandlung findet. Es ist entscheidend, dass wir einen offenen Umgang mit dieser Krankheit pflegen. Ein besseres Verständnis ihrer unterschiedlichen Formen kann nicht nur dabei helfen, Stigmatisierungen abzubauen, sondern auch den Betroffenen das Gefühl geben, nicht allein zu sein.

Es gibt viele Wege aus der Dunkelheit der Depression, aber der erste Schritt ist, anzuerkennen, dass es sich um eine echte Erkrankung handelt, keine Schwäche, keine Phase, die einfach vorübergeht. Depression ist eine Krankheit, die sich aus vielen unterschiedlichen Faktoren speist, und sie betrifft Millionen von Menschen weltweit. Aber sie muss nicht allein bewältigt werden. Hilfe ist verfügbar, sei es durch Therapie, Medikamente oder die Unterstützung von Freunden und Familie. Niemand muss diesen Weg allein gehen. Mit der richtigen Unterstützung ist es möglich, wieder Licht am Ende des Tunnels zu sehen.«, beende ich das Thema für diesen Kurs.

Kurz schließe ich die Augen und atme tief durch. Ich muss mich sammeln. Dieses Thema, das ich gerade behandelt habe, rüttelt an den Ketten meiner Vergangenheit. Es zieht mich zurück in dieses dunkle Loch, das ich mit so viel Mühe hinter mir gelassen habe. Die depressive Phase meines Lebens war eine der härtesten Prüfungen, die ich je durchstehen musste. Eine Zeit voller

Einsamkeit, Selbstzweifel und einem Gefühl der Hilflosigkeit, das mich beinahe aufgefressen hätte. Ich habe lange gebraucht, um den Mut zu finden, aktiv daran zu arbeiten. Und doch war ich nicht allein. Zoey war mein Licht in dieser Dunkelheit. Ihre Hartnäckigkeit, ihre bedingungslose Liebe und ihre Stärke haben mich aufgefangen, als ich mich selbst nicht mehr tragen konnte.

»Frau Laurel?« Eine bekannte Stimme reißt mich aus meinen Gedanken. *Zayn.* Er steht vor mir, sein Blick eine Mischung aus Besorgnis und leiser Verwirrung. Ich schaue mich um. Der Saal ist leer, die Stimmen und das Lachen der anderen Studenten sind verstummt. Nur wir beide sind noch hier. »Alles in Ordnung?« fragt er sanft. »Sie wirken so, als wären Sie in Gedanken verloren.« Mein Herz schlägt schneller, als ich den Schleier meiner Gedanken abschüttle. Sofort setze ich mein gewohntes Lächeln auf, ein Schutzschild, das ich perfektioniert habe. »Ja, alles gut. Ich war nur kurz abgelenkt.« Mit einer schnellen Handbewegung winke ich ab und zwinge mich, lebhafter zu klingen. »Der nächste Kurs wartet schon auf uns.«

Ohne ihm eine Chance zu geben, weiter nachzufragen, schnappe ich mir meine Unterlagen und stopfe sie hastig in meine Tasche. Meine Bewegungen sind hektisch, als ob ich dadurch die Erinnerungen verscheuchen könnte, die sich eben in mir aufgebäumt haben. Zayn sagt nichts. Sein Blick folgt mir, ruhig und abwartend, aber er stellt keine weiteren Fragen. Gemeinsam verlassen wir den leeren Saal. Während wir den Flur entlanggehen, spüre ich, wie sich mein Atem wieder beruhigt. Ich halte mich an der Gegenwart fest, an den gleichmäßigen Schritten neben mir und dem Licht, das durch die hohen Fenster fällt.

Nun geht es um Verhaltensänderungen und Gewohnheiten. Ich begrüße die Studenten und lege direkt los. Zayn setzt sich wie immer nach hinten und hört ruhig zu.

»Verhaltensänderungen sind eine große Herausforderung für viele Menschen. Ob es darum geht, mehr Sport zu treiben, sich gesünder zu ernähren oder weniger Zeit mit dem Smartphone zu verbringen, das Loslassen alter Gewohnheiten und das Etablieren neuer Verhaltensmuster erfordert Geduld und Disziplin. Der Hauptgrund für die Schwierigkeit, eingefahrene Muster zu durchbrechen, liegt in der Funktionsweise unseres Gehirns. Es speichert regelmäßig wiederholte Handlungen als Gewohnheiten ab, um Energie zu sparen. Dies führt dazu, dass unser Gehirn automatisch zu diesen gewohnten Verhaltensweisen zurückkehrt. Trotz des Wissens um die Notwendigkeit von Veränderungen ist es nicht einfach, diese Gewohnheiten zu überwinden. Der Prozess der Veränderung kann jedoch durch kleine, erreichbare Ziele und die Anpassung unserer Umgebung unterstützt werden. Mit der richtigen Strategie, wie der Schaffung von Belohnungssystemen und kontinuierlichem, schrittweisem Fortschritt, können wir langfristig neue Verhaltensweisen etablieren. Rückschläge sind dabei normal, aber mit Geduld und einer klaren Zielvorstellung können wir erfolgreich in Richtung Veränderung steuern.« Ich stelle mich an die Tafel und notiere wichtige, kurze Stichpunkte.

»Gewohnheiten sind Verhaltensweisen, die wir über längere Zeit hinweg durch Wiederholung erlernt haben. Sie entstehen, weil unser Gehirn ständig nach Effizienz strebt. Sobald eine Gewohnheit etabliert ist, läuft sie oft fast automatisch ab, ohne dass wir viel darüber nachdenken müssen. So sparen wir Energie. Aber warum fällt es uns so schwer, diese Gewohnheiten zu ändern? Nun, es gibt mehrere Gründe, warum das so ist.

Ein wichtiger Grund liegt darin, wie unser Gehirn arbeitet. Gewohnheiten werden im sogenannten Basalganglien gespeichert, einem Teil des Gehirns, der für automatisierte Prozesse zuständig ist. Um eine neue Gewohnheit zu etablieren, müssen wir jedoch bewusst unseren präfrontalen Kortex aktivieren, und dieser Bereich des Gehirns verbraucht deutlich mehr Energie. Unser Gehirn bevorzugt deshalb oft den einfacheren, gewohnten Weg. Ein weiterer Grund ist, dass viele Gewohnheiten mit sofortigen Belohnungen verbunden sind. Denken wir etwa an den Genuss von Zucker oder das angenehme Gefühl, das wir haben, wenn wir durch soziale

Medien scrollen. Diese Belohnungen kommen schnell und machen es schwer, auf kurzfristige Befriedigung zu verzichten, wenn wir langfristige Ziele erreichen wollen. Die Veränderung einer Gewohnheit bedeutet also oft, auf diese sofortige Belohnung zu verzichten und stattdessen langfristige Gewinne zu suchen.

Und schließlich sind viele Gewohnheiten tief in unseren Emotionen und sozialen Kontexten verankert. Vielleicht greifen wir aus Stress zur Zigarette oder essen etwas Süßes, wenn wir uns einsam fühlen. Diese emotionalen Auslöser sind besonders hartnäckig und machen es schwer, gewohnte Verhaltensweisen abzulegen. All diese Faktoren erklären, warum es so herausfordernd sein kann, alte Gewohnheiten zu ändern und neue zu etablieren.« Ich schaue zu den Studenten und frage, ob sie bis jetzt verstanden haben. Sie nicken mir zu, daher fahre ich fort.

»Der Prozess der Verhaltensänderung lässt sich in verschiedene Phasen unterteilen, die in vielen Modellen beschrieben werden. Ein bekanntes Modell ist das Transtheoretische Modell der Verhaltensänderung, das die Veränderung in sechs Phasen unterteilt. Zu Beginn steht die Vorbereitungsphase, in der noch keine Absicht besteht, das Verhalten zu ändern. In der nächsten Phase, der Überlegungsphase, beginnt man, sich des Problems bewusst zu werden und darüber nachzudenken, wie eine Veränderung möglich wäre. Darauf folgt die Vorbereitungsphase, in der konkrete Schritte zur Veränderung geplant werden. Die Handlungsphase ist die Umsetzung, in der das neue Verhalten aktiv in die Tat umgesetzt wird. In der Aufrechterhaltungsphase geht es darum, das neue Verhalten stabil in den Alltag zu integrieren, während Rückfälle in das alte Verhalten eine normale, wenn auch herausfordernde Phase des Prozesses darstellen.

Das Verständnis dieser Phasen zeigt, dass Verhaltensänderung nicht linear verläuft, sondern ein dynamischer Prozess ist. Rückschläge gehören dazu und sind nicht gleichbedeutend mit Misserfolg. Um den Prozess erfolgreicher zu gestalten, ist es wichtig, mit kleinen, realistischen Zielen zu beginnen. Statt sofort große

Veränderungen anzustreben, kann es hilfreich sein, sich konkret messbare Ziele zu setzen, wie etwa dreimal pro Woche dreißig Minuten spazieren zu gehen.

Ein weiterer wichtiger Aspekt ist das Erkennen von Auslösern, die Gewohnheiten anstoßen. Ein Beispiel dafür ist das Smartphone neben dem Bett, das oft dazu führt, dass direkt nach dem Aufwachen die sozialen Medien überprüft werden. Indem man diesen Auslöser ersetzt, zum Beispiel durch das Legen eines Buches oder Notizhefts auf den Nachttisch, kann man das Verhalten ändern. Belohnungen spielen ebenfalls eine große Rolle bei der Verstärkung neuer Verhaltensweisen. Positive Gefühle, die mit der neuen Gewohnheit verbunden werden, helfen dabei, sie langfristig in den Alltag zu integrieren. Wer nach einer erfolgreichen Trainingswoche eine kleine Belohnung in Form eines Geschenks wählt, verknüpft angenehme Gefühle mit der neuen Gewohnheit und erleichtert damit die Etablierung.

Wiederholung und Routine sind ebenfalls wichtig. Studien haben gezeigt, dass es im Durchschnitt etwa sechsundsechzig Tage dauert, bis eine neue Gewohnheit automatisiert wird, wobei der Zeitraum je nach Komplexität variiert. Um eine Gewohnheit zu festigen, ist es hilfreich, sie regelmäßig zur gleichen Zeit oder unter ähnlichen Bedingungen auszuführen. Eine weitere wertvolle Unterstützung auf dem Weg der Veränderung ist soziale Unterstützung. Das Teilen des Vorhabens mit Freunden, Familie oder Kollegen kann helfen, motiviert zu bleiben und Rückhalt zu finden. Auch Selbsthilfegruppen oder ein Coach können zusätzliche Hilfe bieten. Ganz entscheidend ist es, Rückschläge zu akzeptieren. Kein Veränderungsprozess verläuft perfekt, und Rückfälle sind Teil des Lernprozesses. Statt sich selbst zu verurteilen, sollte man die Ursachen des Rückfalls analysieren und überlegen, wie man beim nächsten Mal anders reagieren kann. Geduld mit sich selbst ist der Schlüssel, um langfristig erfolgreich Veränderungen zu erreichen.« Kurz schaue ich über meine Notizen, bevor ich fortfahre.

»Alte Gewohnheiten sind oft besonders hartnäckig, weil sie tief in unserem Gehirn verankert sind. Diese Verhaltensmuster sind über einen längeren Zeitraum immer wiederholt worden und sind daher automatisch ablaufende Prozesse, die nicht einfach gelöscht werden können. Sie sind Teil der neurologischen Strukturen, die für automatisierte Handlungen zuständig sind. Doch auch wenn sie stark verankert sind, ist es möglich, neue Gewohnheiten zu entwickeln, die die alten ersetzen. Der Schlüssel dazu liegt in der Kombination von Verhaltensänderung und der bewussten Steuerung der Auslöser, die diese Gewohnheiten hervorrufen.

Ein Ansatz, der sich als besonders effektiv erwiesen hat, ist eine bestimmte Methode. Dabei formuliert man spezifische Pläne, die genau festlegen, wann und wie eine neue Gewohnheit durchgeführt werden soll. Ein Beispiel dafür könnte sein: *Wenn ich von der Arbeit nach Hause komme, ziehe ich sofort meine Sportschuhe an.* Durch diese klare, handlungsorientierte Planung wird die Umsetzung der neuen Gewohnheit leichter. Es gibt noch eine weitere Methode. Hierbei verbindet man eine neue Gewohnheit mit einer bestehenden, um sie leichter in den Alltag zu integrieren. Ein einfaches Beispiel wäre: *Nach dem Zähneputzen mache ich zehn Kniebeugen.* Diese Technik nutzt bereits etablierte Routinen als Anker für die neue Gewohnheit und macht deren Umsetzung unkomplizierter.

Auch die Selbstüberwachung spielt eine wichtige Rolle im Veränderungsprozess. Indem man ein Tagebuch führt und den eigenen Fortschritt dokumentiert, erhöht man die Selbstverantwortung und erhält eine bessere Kontrolle über die Veränderungen. Dies hilft, Muster zu erkennen und zu verstehen, wann und warum Rückfälle passieren, sodass man gezielt an Lösungen arbeiten kann.« *Nun sind wir fast fertig.*

»Verhaltensänderungen und das Etablieren neuer Gewohnheiten sind zwar herausfordernd, aber keineswegs unmöglich. Es erfordert eine bewusste Entscheidung, Geduld und die richtigen Strategien, die auf Wiederholung und positiver

Verstärkung beruhen. Wenn wir verstehen, wie unser Gehirn funktioniert und warum wir oft an alten Mustern festhalten, können wir die nötigen Grundlagen schaffen, um langfristige Veränderungen in unserem Leben vorzunehmen. Dabei ist es wichtig, sich auf den Prozess zu konzentrieren und nicht sofortige Ergebnisse zu erwarten, jede kleine Veränderung zählt und bringt uns einen Schritt näher an unser Ziel. Ihr könnt nun gehen.«

Misstrauen schützt nicht vor Schmerz.
Es hält ihn nur auf Abstand.

Kapitel Dreizehn

»Kannst du mir mein Glas reichen?«, fragt Zoey, ohne den Blick von ihrem Laptop zu heben. Ihre Finger huschen über die Tastatur, das leise Klicken erfüllt den Raum in monotoner Regelmäßigkeit. Ich greife nach ihrem Glas, das neben einigen zerknitterten Notizen auf dem Tisch steht, und reiche es ihr. Sie nimmt es, trinkt einen kleinen Schluck, ohne auch nur eine Sekunde ihre Arbeit zu unterbrechen.

Währenddessen sitzt Tiara auf dem Boden, umgeben von einem Durcheinander aus bunten Stiften und zerknülltem Papier. Mit gerunzelter Stirn zeichnet sie konzentriert Linien, wischt sie mit der Handfläche wieder weg und beginnt von vorn, ein kleines Zeichen dafür, dass sie mit ihrem Werk noch nicht zufrieden ist.

Ich seufze leise und richte mich wieder auf meinen Laptop. Meine E-Mails sind überfüllt mit neuen Aufträgen, die in einem endlosen Strom hereinkommen. Seit den letzten Auftritten ist die Nachfrage gestiegen, eigentlich ein gutes Zeichen, aber für mich bedeutet es vor allem Stress. Ich komme kaum hinterher, weil mir die Zeit und Energie fehlen. Das liegt nicht nur an der Arbeit selbst. Die letzten Nächte habe ich kaum geschlafen. Diese ständige Unruhe, die nagende Angst, dass jemand mich beobachtet, hält mich wach. Meine Gedanken drehen sich im Kreis. Jedes Geräusch lässt mich aufschrecken. Mein Körper ist erschöpft, doch mein Verstand weigert sich, abzuschalten.

Ich bin froh, dass die Männer nicht mehr aufgetaucht sind, zumindest bis jetzt. Doch die Unsicherheit bleibt. »Liyana, ich werde für zwei Tage verreisen müssen.« Zoeys Stimme reißt mich aus meinen Gedanken. Ich blinzele, schaue zu ihr auf. Sie sieht mich aus besorgten Augen an, und sofort schlägt mein Herz ein wenig schneller. »Alles in Ordnung? Wohin verreist du?« Ich kann nicht genau sagen, warum ihre Worte mich unruhig machen. Vielleicht ist es die Art, wie sie es sagt, als würde sie mir nicht die ganze Wahrheit erzählen. Zoey steht auf, kommt zu mir und umarmt mich kurz. Ihre Berührung ist warm, aber flüchtig.

»Es gibt ein Problem in der Produktion«, erklärt sie hastig. »Ich muss mich darum kümmern, aber ich werde bald wieder da sein. Versprochen! Zayn und Marie sind hier, also seid ihr nicht allein.« Noch bevor ich etwas sagen kann, dreht sie sich um und eilt die Treppe hinauf. Ich runzle die Stirn. *Etwas an ihrem Verhalten kommt mir seltsam vor.* Die Art, wie sie ausgewichen ist, wie ihre Schultern leicht angespannt waren, als würde sie versuchen, nicht zu viel preiszugeben. »Warte doch mal!«, rufe ich ihr hinterher, doch sie ist schon verschwunden. Tiara scheint sich nicht weiter daran zu stören. Sie malt unbeirrt weiter, summt leise vor sich hin, während sie mit einem Stift schattiert. Ich jedoch kann das Gefühl nicht abschütteln, dass mit Zoey etwas nicht stimmt. Also folge ich ihr nach oben.

Als ich ihr Zimmer betrete, sehe ich sie inmitten eines chaotischen Haufens aus Kleidung stehen. Sie wirft wahllos ein paar Teile in ihre Tasche, ihr Blick huscht immer wieder nervös durch den Raum, als hätte sie Angst, etwas zu vergessen. »Was ist denn so dringend passiert?«, frage ich und lehne mich an den Türrahmen. »Du siehst besorgt aus.« Sie zuckt leicht zusammen, als hätte sie meine Anwesenheit erst jetzt bemerkt. Einen Moment lang hält sie inne, dann atmet sie tief durch und dreht sich zu mir um. »Es tut mir leid«, sagt sie leise. »Lass mich diese Sache erledigen, dann erkläre ich dir später alles.« Ihr Blick sagt mehr als ihre Worte. Ich kenne Zoey gut genug, um zu wissen, dass sie mir nicht alles erzählt. *Sie öffnet sich mir gegenüber aber auch nicht!* Ich beobachte, wie sie weiter gehetzt durch den Raum läuft. *Etwas stimmt nicht.*

»Okay«, sage ich schließlich, obwohl mir ihre Antwort nicht reicht. »Lass mich dir helfen.« Ich gehe ins Badezimmer, nehme eine kleine Kosmetiktasche und fülle sie mit den nötigsten Sachen. Als ich zurückkomme, steht sie am Fenster und starrt hinaus, ihre Finger um das Handy gekrallt. »Pass auf dich auf«, sage ich schließlich und reiche ihr die Tasche. Zoey nimmt sie, wirft sie in ihre Reisetasche und schließt diese mit einem hastigen Ruck.

Unten verabschiedet sie sich von Tiara, die nicht besonders glücklich über den Abschied wirkt. »Kann ich nicht mit dir kommen?«, fragt sie mit großen, bittenden Augen. Sie klimpert übertrieben mit den Wimpern, in der Hoffnung, Zoey umzustimmen. Doch Zoey schüttelt langsam den Kopf. »Es wäre zu gefährlich«, sagt sie sanft. »Bleib hier, okay? Und pass auf deine Mama auf.« Tiara schmollt kurz, nickt dann aber widerwillig. Zoey lacht leise, zieht sie in eine liebevolle Umarmung und tritt schließlich an mich heran. Einen Moment lang sehen wir uns einfach nur still an.

Ihre Lippen öffnen sich leicht, als wolle sie etwas sagen, doch dann schließt sie sie wieder. Schließlich streicht sie mir sacht über die Schulter und dreht sich um, verlässt das Haus mit schnellen Schritten. Ich bleibe in der Tür stehen, während das Geräusch der zufallenden Tür durch die Stille hallt. *Zoey hat sich verändert.* Die lange Zeit, in der wir uns nicht gesehen haben, hat ihre Spuren hinterlassen. Ich hätte sie öfter anrufen sollen, besuchen sollen. Doch jetzt scheint es, als gäbe es eine unsichtbare Mauer zwischen uns. Sie verheimlicht mir etwas, das weiß ich mit absoluter Sicherheit. Und das macht mir Angst. Oft bringt sie sich leichtfertig in Schwierigkeiten, ohne über die Konsequenzen nachzudenken. »Ich bin mir sicher, da steckt mehr dahinter, als es den Anschein hat«, murmele ich leise. Seufzend nehme ich Tiaras kleine Hand und kehre mit ihr zurück ins Wohnzimmer.

*

Nachdem ich meine Arbeit endlich beendet hatte, verbrachte ich den Abend mit Tiara. Gemeinsam kuschelten wir uns auf das Sofa und schauten einen Kinderfilm. Sie hatte sich riesig darüber gefreut, Zeit mit mir zu verbringen, und mir selbst wurde erst jetzt bewusst, wie sehr ich diese Momente mit ihr vermisst hatte. Nur wir beide, ohne Ablenkung, ohne Sorgen, einfach zusammen.

Während der Film lief, spürte ich, wie ihr kleiner Körper sich immer mehr an mich schmiegte. Ihr Kopf lag schwer auf meiner Brust, und irgendwann wurde ihr Atem tief und gleichmäßig. Sie war eingeschlafen.

Ich lächelte sanft und strich ihr eine Haarsträhne aus dem Gesicht. »Schläfst du schon, Schatz?« fragte ich leise, obwohl ich die Antwort bereits kannte. Keine Reaktion. Nur ihr ruhiger Atem, der mein Herz erwärmte. Seufzend schloss ich die Augen. *Vielleicht konnte ich auch etwas Schlaf finden.* Doch mit der Zeit wurde ihr Gewicht auf meinen Rippen unangenehm. Ich versuchte, mich nicht zu bewegen, um sie nicht zu wecken, aber mein Körper begann langsam zu protestieren.

Plötzlich spüre ich, wie die Last auf meiner Brust nachgibt. *Hatte sie sich selbst bewegt?* Verwundert öffne ich die Augen, und blicke direkt in die dunklen, warmen Augen von Zayn. Er steht vor mir, Tiara sanft in seinen Armen haltend. Sein weißes T-Shirt und die locker sitzende Hose lassen ihn entspannt wirken, doch sein Blick ist voller Vorsicht, fast so, als wolle er mich nicht erschrecken. »Es tut mir leid«, flüstert er. »Ich wollte sie leise in ihr Zimmer bringen.« Für einen Moment konnte ich nur blinzeln, noch leicht benommen vom Dösen. Dann richte ich mich schnell auf und nicke ihm dankbar zu. »Danke. Du kannst sie gern in ihr Bett legen.« Ohne ein weiteres Wort drehte er sich um und verschwindet mit Tiara aus dem Wohnzimmer. Ich beobachtete, wie er vorsichtig mit ihr ging, so behutsam, als wäre sie das Wertvollste auf der Welt. Ich schloss für einen Moment die Augen, um mich zu sammeln, bevor ich mich erhob. Der Tisch vor uns war immer noch mit Süßigkeiten und leeren Tüten bedeckt. Ich beginne, alles zusammen zu räumen, sammele die Verpackungen ein und lege sie auf die Küchentheke.

Bevor ich mich umdrehen kann, um den Raum zu verlassen, ertönt ein lautes Knallen. Mein Herz setzt einen Schlag aus. Erschrocken wirbele ich herum. *Was war das?* Ein dumpfes Geräusch, hart und scharf, als wäre eine Tür zugeschlagen oder etwas umgefallen. Für einen Moment halte ich den Atem an, mein Blick flog zur Wohnzimmertür. *War es von draußen? Oder kam das Geräusch aus dem Haus?* Mein Körper spannt sich an, ein kalter Schauer läuft mir über den Rücken. Etwas stimmt hier nicht.

Bevor ich überhaupt reagieren kann, spüre ich eine raue, kalte Hand, die sich fest an meinen Nacken drückt. »Wenn du schreist, töte ich dich.« Die Stimme ist bedrohlich, schneidend wie eine Klinge. Ein eiskalter Schauer jagt mir den Rücken hinunter. Mein Herz rast, mein Atem geht stoßweise. *Ein Mann.* Seine Präsenz ist erdrückend, überwältigend. Mein Blick huscht zur Seite zu seinem Messer in seiner Hand. Mein Magen zieht sich schmerzhaft zusammen. Adrenalin rauscht durch meine Adern, während mein Verstand fieberhaft nach einer Möglichkeit sucht, aus dieser Situation herauszukommen. *Doch ich darf keinen Fehler machen.* Ich darf nicht riskieren, dass er mir etwas antut, oder schlimmer noch, Tiara. »Auf die Knie.« Seine Stimme ist eiskalt, ein unnachgiebiger Befehl. Jeder Instinkt in mir schreit danach zu kämpfen, mich zu wehren, mich loszureißen. Doch wenn ich das tue, könnte ich Tiara nicht mehr beschützen.

Diese Erkenntnis lässt mich nachgeben. Widerwillig folge ich seiner Anweisung, meine Beine zittern, während ich mich vorsichtig auf den Boden sinken lasse. Doch das reicht ihm nicht. Er packt mich grob und drückt mich mit unnötiger Härte nach unten. *Was will er von mir?* »Wo ist sie?!« Seine Stimme ist jetzt lauter, schneidend, voller Wut. Ich zucke zusammen, ein unkontrolliertes Schluchzen entweicht mir. Mein Kopf rast, Panik schießt durch meine Adern. Wenn er Tiara meint … Gott, wenn er ihr auch nur ein Haar krümmt, würde ich es nicht überleben. »Ich habe dich etwas gefragt, verdammt noch mal! Wo ist sie?!« Dann ein harter Schlag gegen meinen Kopf.

Schmerz explodiert in meinem Schädel, und mir entfährt ein erstickter Laut. Schwarze Flecken tanzen vor meinen Augen, doch ich presse die Zähne zusammen, zwinge mich, nicht die Kontrolle zu verlieren. »Das sage ich dir nicht!« fauche ich, meine

Stimme bebt vor Angst und Wut. »Ihr pädophilen Schweine seid doch krank! Sie ist nicht hier!« Dann folgt eine Pause. Eine unerwartete, zögernde Stille. Ich blinzele durch die Tränen, mein Blick verschwommen, als ich seinen irritierten Ausdruck erkenne. »Was redest du da?« Seine Stimme ist plötzlich weniger fordernd, sondern … verwundert? »Pädophil? Ich will nicht deine Tochter, sondern deine Freundin.« Wie bitte? *Zoey*. Er ist nicht hinter Tiara her, sondern hinter Zoey. Mein Atem geht flach, mein Kopf hämmert. *Er meint es ernst.*

»Ihr seid hinter Zoey her?« Meine Stimme zittert vor Überraschung, und doch bestätigt sich mein schlimmster Verdacht. Sie wollen nicht mich. Sie wollen nicht Tiara. Sie wollen Zoey. Etwas in mir brennt vor Wut. *Ich wusste es!* Ich wusste, dass Zoey mir etwas verschwiegen hat. Diese ganzen Sicherheitsmaßnahmen, die gehetzte Art, wie sie sich in den letzten Tagen verhalten hat, es ergibt jetzt alles Sinn. Sie steckt in etwas drin, das viel größer ist, als sie mir erzählt hat. Und jetzt bin ich mittendrin.

Plötzlich packt der Mann mich brutal am Hals, seine Finger graben sich in meine Haut. Ein erschrockener Keuchlaut entweicht mir, als er mich mit roher Gewalt hochreißt und gegen den Kühlschrank schleudert. Ein dumpfer Schmerz explodiert in meinem Rücken, als ich hart dagegen pralle. Die Luft wird mir aus den Lungen gepresst, und ich sacke benommen auf den Boden. »Spiel nicht die Dumme!« Seine Stimme ist ein einziges Knurren. »Wo ist deine Freundin?!« Meine Kehle fühlt sich wund an, mein Kopf dröhnt. Zittrig stütze ich mich mit einer Hand auf dem kalten Fliesenboden ab. *Ich will ihn nicht ansehen.* Ich will nicht sehen, wie nah er mir ist, wie dieses Messer in seiner Hand funkelt. Er soll verschwinden. *Sofort!*

Eine eiskalte, gefährliche Stimme schneidet durch die angespannte Luft. »Wenn du noch einmal in ihre Richtung schaust, blase ich dir den Kopf weg.« Ich reiße den Kopf hoch. Zayn! Er steht in der Tür. Sein Haar ist zerzaust, seine Brust hebt und senkt sich schnell. In seinen Augen lodert blanker Zorn. Und in seiner

Hand hält er eine Waffe. Er ist bereit zu schießen. Ein Gefühl der Erleichterung durchströmt mich, doch es mischt sich mit purer Anspannung. Denn jetzt kann alles passieren. Zayns Finger umklammern die Waffe mit einer tödlichen Ruhe. Sein Blick ist gnadenlos auf den Mann gerichtet. Doch ich sehe es, die Spannung in seinen Schultern, die leichte Bewegung seiner Kiefermuskeln, wie er sich innerlich zurückhält, nicht sofort abzudrücken. »Lass. Sie. Los.« Seine Stimme ist leise, aber gefährlich ruhig. Eine Drohung, die kein Spielraum für Verhandlungen lässt. Für einen Moment zögert der Mann, seine Hand noch immer von hinten an meiner Kehle. Dann, als hätte er seine Optionen durchdacht, stößt er mich ruckartig nach vorne. Ich verliere das Gleichgewicht, mein Körper fällt unkontrolliert nach vorn, doch noch bevor ich hart auf den Boden aufpralle, packen mich zwei starke Arme.

Zayn zieht mich an sich, stabilisiert mich mit einer festen, schützenden Bewegung. Ich presse mich instinktiv an ihn, meine Finger krallen sich in den Stoff seines Shirts. Sein Herz schlägt schnell und kräftig, gegen meine Wange. Doch er zögert nicht, keinen einzigen Moment. Seine Arme schieben mich hinter sich, sein Körper eine lebendige Schutzmauer zwischen mir und dem Angreifer. »Du hast drei Sekunden, um aus diesem Haus zu verschwinden.« Zayns Stimme ist nun noch kälter. Der Mann hebt beschwichtigend die Hände, geht rückwärts, seine Augen mustern Zayn mit einem wütenden Funkeln. »Das wird nicht das letzte Mal sein!« Zayn zuckt nicht einmal mit der Wimper. »Eins.« Der Mann wirft mir einen letzten, durchdringenden Blick zu, dann dreht er sich um und verschwindet aus der Terrassentür in die Dunkelheit der Nacht.

Ich höre, wie Zayn die Luft ausstößt, das angestaute Adrenalin langsam aus ihm weicht. Er bleibt noch einen Moment in Abwehrhaltung, sein Blick auf den Ausgang gerichtet, als würde er erwarten, dass der Mann zurückkommt. Dann, endlich, dreht er sich zu mir um. Unsere Blicke treffen sich. Da ist Wut in seinen Augen, aber auch etwas anderes. Etwas Dunkles, Unausgesprochenes. Er mustert mich, als würde er prüfen, ob ich wirklich in Ordnung bin, als würde er sich Vorwürfe machen, dass er nicht früher da war. Meine Kehle ist trocken, mein Körper zittert unkontrolliert. Ich will etwas sagen, doch die Worte bleiben mir im Hals stecken.

Und dann tut er etwas, womit ich nicht gerechnet habe. Zayn hebt langsam eine Hand und berührt vorsichtig meinen Hals, genau dort, wo sich die Fingerabdrücke des Eindringlings in meine Haut gebrannt haben. Seine Berührung ist leicht, sanft, ein völliger Kontrast zu dem Zorn, den ich gerade noch in ihm gesehen habe. »Tut es sehr weh?«, fragt er leise. Seine Stimme hat sich verändert. Keine Bedrohung, kein Hass mehr, nur reine Fürsorge.

Ich schlucke schwer und schüttle kaum merklich den Kopf. *Er glaubt mir nicht.* Sein Blick wandert über mein Gesicht, meine Schultern, meine Arme. Dann, bevor ich überhaupt richtig reagieren kann, zieht er mich einfach in seine Arme. Mein Körper versteift sich für einen Moment. Zayn … umarmt mich? Seine Arme sind warm und schützend. Ich spüre, wie er seine Hand an meinen Hinterkopf legt, wie er mich einfach festhält, nicht zu fest, aber auch nicht so, als würde er mich gleich wieder loslassen.

Genau diese Erkenntnis lässt meine Fassade bröckeln. All die Angst, die Anspannung, die ich die ganze Zeit zurückgehalten habe, bricht über mich herein. Mein Körper bebt unkontrolliert, meine Finger krallen sich in sein Shirt, als könnte ich mich an ihm festhalten, um nicht zu fallen. »Ich dachte … ich dachte, er würde …« Meine Stimme versagt, ein ersticktes Schluchzen drängt sich über meine Lippen. »Alles ist wieder gut.« Zayns Hand fährt beruhigend über meinen Rücken. »Ich habe dich. Du bist sicher.« Und zum ersten Mal seit langer Zeit glaube ich das wirklich. Zayn hält mich noch einen Moment fest, sein Herz schlägt beruhigend gleichmäßig unter meiner Wange.

Dann löst er sich langsam, aber seine Hände bleiben an meinen Oberarmen, als würde er sicherstellen, dass ich nicht wanke. Sein Blick sucht meinen eindringlich. »Was wollte er?« Seine Stimme klingt fest und entschlossen. Kein Zittern oder

Unsicherheit, nur pure Kontrolle. Ich atme tief ein, mein Körper noch immer angespannt. »Er … er hat nach Zoey gefragt.« Mein Magen zieht sich bei der Erinnerung schmerzhaft zusammen. »Er wollte wissen, wo sie ist.« Etwas in Zayns Gesicht verändert sich für den Bruchteil einer Sekunde, ein unmerkliches Zucken seiner Kiefermuskeln, ein Schatten in seinen Augen. Doch es ist so schnell wieder verschwunden, dass ich mir nicht sicher bin, ob ich es mir eingebildet habe. »Zoey?« Seine Stimme ist neutral, vielleicht ein wenig zu neutral. Ich nicke, meine Hände zittern, also verschränke ich sie vor meiner Brust, um es zu verbergen. »Ja. Erst dachte ich, er wäre hinter Tiara her, aber … er meinte, sie wollen Zoey.« Ich schlucke schwer, blicke ihn verzweifelt an.

»Zayn, ich glaube, sie steckt in etwas drin, das viel größer ist, als sie mir erzählt hat.« Zayn sieht mich an, als würde er genau wissen, was los ist. Doch anstatt überrascht zu wirken oder Fragen zu stellen, bleibt sein Gesicht ausdruckslos. »Bist du sicher, dass es um sie ging?« Seine Stimme ist ruhig, fast zu ruhig. Ich blinzele verwirrt. »Ja. Er hat es selbst gesagt. Sie wollten nicht mich, nicht Tiara, nur Zoey.« Zayn schweigt für einen Moment. Dann atmet er tief durch und reibt sich mit einer Hand über den Nacken. »Und du hast keine Ahnung, warum?«, fragt er nachdenklich. »Nein!« Ich höre selbst, wie verzweifelt ich klinge. »Aber das ist nicht alles.« Ich zögere kurz, dann zwinge ich mich, weiterzusprechen. »Seit einiger Zeit … sind Männer um das Grundstück geschlichen.« Seine Haltung verändert sich sofort. Sein Kiefer spannt sich an, seine Schultern versteifen sich. Doch sein Blick bleibt kontrollierend auf mich gerichtet.

»Was meinst du damit?« Seufzend fahre ich fort. »Ich habe sie auf den Kameras gesehen. Immer nachts. Sie haben nichts getan, sie standen nur da und haben herübergestarrt. Aber es war beängstigend.« Ich schüttle den Kopf. »Ich wollte es zuerst für Einbildung halten, aber es passierte immer wieder. Und jetzt das …« Mein Blick sucht seinen, in der Hoffnung, dass er mir irgendeine Antwort geben kann. Dass er mir sagt, dass es nichts bedeutet, dass es nur ein dummer Zufall ist. Doch er tut es nicht. Stattdessen sieht er mich lange an, dann streckt er die Hand aus und berührt sanft meine Schulter. »Du hättest mir das früher sagen sollen. Ich bin da, um euch zu beschützen.« Seine Stimme ist nicht vorwurfsvoll, aber ich spüre, dass er es ernst meint.

»Ich dachte nicht … ich wollte nicht, dass es etwas Schlimmes ist.« Er atmet tief durch, seine Finger verweilen einen Moment auf meiner Schulter, bevor er sich abwendet. »Geh schlafen, Liyana. Ich kümmere mich darum.« Sofort läuten bei mir die Alarmglocken. »Was? Zayn, nein, warte!« Ich trete einen Schritt vor, greife nach seinem Arm. »Du kannst mir nicht einfach sagen, dass du dich darum kümmerst und dann nichts weiter erklären! Diese Leute sind gefährlich!« Für einen Moment sehe ich etwas in seinen Augen, einen Funken, eine Spur von Zweifel. Dann ist es wieder weg. Er hebt eine Hand, streicht eine lose Haarsträhne aus meinem Gesicht und sieht mich eindringlich an. »Mach dir keine Sorgen, okay? Ich lasse nicht zu, dass dir oder Tiara etwas passiert.« Sein Daumen streift leicht über meine Wange. Ich spüre die Wärme seiner Haut, das leise Zittern meiner eigenen.

Mit einem Kloß im Hals sehe ich Zayn nach, wie er sich von mir abwendet. Mein Körper zittert noch immer leicht von dem Adrenalinschub, der Schock sitzt tief in meinen Knochen. Aber ich kann jetzt nicht einfach hier stehen bleiben. *Ich muss zu Tiara.* Ohne ein weiteres Wort drehe ich mich um und eile die Treppe hoch. Mein Herz schlägt so laut, dass ich kaum etwas anderes hören kann. Jeder Schatten in den dunklen Ecken des Hauses lässt mich zusammenzucken. Ich muss mich immer wieder daran erinnern, dass Zayn noch hier ist, dass er sich darum kümmert, doch ein nagendes Gefühl der Unsicherheit bleibt.

Leise öffne ich die Tür zu Tiaras Zimmer. Der sanfte Schein ihres Nachtlichts wirft tanzende Schatten an die Wände. Sie liegt ruhig in ihrem Bett, ihr kleines Gesicht entspannt im Schlaf. Mein Herz zieht sich zusammen. Sie hat von all dem nichts mitbekommen. *Gott sei Dank!* Vorsichtig schlüpfe ich unter ihre Decke und ziehe sie sanft in meine Arme. Ihr warmer Atem kitzelt meine Haut, und ich spüre, wie mein Herzschlag sich langsam beruhigt. Ich lege meine Wange auf ihr weiches Haar und schließe für einen Moment die Augen. Aber ich kann nicht schlafen. Meine Gedanken rasen zu Zoey.

Wo ist sie? Geht es ihr gut? Wieso hat sie mir nichts erzählt? Ich dachte, wir vertrauen uns. Doch anscheinend gibt es eine Seite an ihr, die ich nicht kenne, und die jetzt gefährlich wird. Ich presse die Lippen zusammen, mein Griff um Tiara wird etwas fester. Ich versuche, wach zu bleiben, lausche auf jedes Geräusch im Haus. Die Minuten ziehen sich endlos hin, mein Körper ist erschöpft, doch mein Verstand ist hellwach. Irgendwann höre ich Schritte draußen auf dem Flur. Zayn ist wieder da. Ich atme tief durch und schiebe vorsichtig die Decke beiseite. Tiara rührt sich nicht. So leise wie möglich stehe ich auf und trete zur Tür. Mein Herz pocht wild, als ich die Klinke hinunterdrücke und auf den dunklen Flur trete. Zayn steht dort am Fenster, sein Gesicht erhellt durch den Mondschein.

Ich laufe leise zu ihm und beobachte ihn dabei, wie er nach draußen schaut. Er scheint mich bemerkt zu haben und dreht sich kurz zu mir um. »Ich habe Männer um das Haus postiert. Sie werden es sichern, rund um die Uhr. Außerdem lassen sie den Mann verfolgen, der dich angegriffen hat. Wir finden heraus, wer er ist, und wer hinter ihm steckt.« Langsam lasse ich die Informationen sacken. Ein Teil von mir fühlt sich sicherer, doch ein anderer kann die Unruhe nicht abschütteln. »Also sind wir vorerst sicher?« »Ja.« Seine Stimme ist fest. »Wir überprüfen auch die alten Videoaufnahmen. Falls in den letzten Tagen etwas Auffälliges war, werden wir es sehen.« Ich atme tief aus. Die Lage scheint sich zu beruhigen, doch mein Kopf bleibt voller Sorgen.

Langsam nähere ich mich zu ihm. »Komm mit mir runter.« Seine Augen mustern mich, als wolle er einschätzen, wie es mir nun geht. Doch bevor er etwas sagen kann, greife ich nach seinem Handgelenk und ziehe ihn mit mir den Flur entlang. Er lässt es geschehen, folgt mir ohne Widerstand. Gemeinsam steigen wir die Treppe hinunter, unsere Schritte hallen leise im stillen Haus. Das Licht im Wohnzimmer ist gedimmt, die Schatten an den Wänden wirken länger als sonst. Ich lasse mich auf das Sofa sinken, während Zayn sich in den Sessel gegenübersetzt. Für einen Moment herrscht Stille. Dann atme ich tief durch und sehe ihn an. »Was denkst du, was diese Männer von ihr wollen?«, frage ich ihn nervös. »Ich weiß es nicht genau. Aber es ist offensichtlich, dass sie in etwas verwickelt ist. Meine Aufgabe ist es nicht, das herauszufinden. Meine Aufgabe ist es, dich und Tiara zu beschützen.« Frustriert schnaube ich auf. Also muss ich darauf warten, dass Zoey zurückkehrt, um antworten zu bekommen.

Zayn mustert mich einen Moment lang, dann fragt er leise: »Geht es dir wirklich gut?« Trotz der Anspannung kann ich mir ein kleines Lächeln nicht verkneifen. »Seit wann duzt du mich eigentlich? Ich dachte, ich wäre für dich *Frau Laurel.*« Sein Blick bleibt ruhig, doch ein Hauch von Belustigung blitzt in seinen dunklen Augen auf. »Förmlichkeiten sind überflüssig.« Ich lehne mich in die Kissen zurück und grinse schwach. »Ich wusste doch, dass du irgendwann damit aufhörst.« Für den Bruchteil einer Sekunde hebt er tatsächlich leicht die Mundwinkel, doch es verschwindet genauso schnell wieder, wie es gekommen ist. Trotzdem reicht es, um mir ein wenig Ruhe zu geben. Ich stoße ein leises Lachen aus, nicht, weil mir wirklich danach ist, sondern weil ich es brauche. Weil ich mir einrede, dass das hier nur eine weitere turbulente Nacht ist und nicht etwas, das unser Leben für immer verändern wird. Zayn erhebt sich langsam, sein Blick gleitet noch einmal prüfend durch den Raum, bevor er mich ansieht.

»Du solltest schlafen gehen. Ich bleibe wach. Ihr seid also in Sicherheit.« Ich weiß, dass er es ernst meint. Seine Worte sind bestimmt, als wäre das eine einfache Tatsache und kein Versprechen, das gebrochen werden könnte. Zayn deutet mir an vorzulaufen. Eigentlich würde ich versuchen selbst wachzubleiben, doch meine Energie ist mir komplett geraubt worden. Ich vertraue ihm.

Bis jetzt hat er mich immer wieder beschützt, ohne zu zögern.

Schließlich laufe ich vor, doch halte an den Treppen kurz inne. »Du wirst niemals in der Nähe von Tiara eine Waffe benutzen. Sie wird sowas niemals sehen dürfen. Ich wäre dir auch dankbar, wenn du sie nicht in meiner Nähe benutzen würdest.« Mit diesen Worten laufe ich wieder in das Zimmer von Tiara, gefolgt von Zayn der im Flur bleibt und sich an das Fenster stellt, um alles genaustens analysieren zu können. Er ist wie ein stiller Schatten, der über uns wacht.

Manche Augenblicke sind klein.
Und retten trotzdem den Tag.

Kapitel Vierzehn

Lächelnd beginne ich mit meiner Vorlesung. »Selbstsabotage beschreibt das Phänomen, bei dem Menschen sich, bewusst oder unbewusst, selbst im Weg stehen und verhindern, ihre eigenen Ziele zu erreichen. Dieses Verhalten kann sich in verschiedenen Lebensbereichen zeigen, etwa im Job, in Beziehungen oder im Umgang mit sich selbst. Typisch sind zum Beispiel Aufschieberitis, das Meiden von Herausforderungen oder das Festhalten an selbstkritischen Gedanken. Obwohl Betroffene oft wissen, dass ihr Verhalten ihnen schadet, handeln sie trotzdem dagegen, meist aus tief liegenden, psychologischen Mustern heraus.« Meine Blicke schweifen durch den Saal, bis sie erneut an Tiara und Zayn hängen bleiben.

Sie sitzt auf seinem Schoß, ihre kleinen Finger gleiten über den Bildschirm meines Handys, während ihr Blick konzentriert auf das leuchtende Display gerichtet ist. Zayn hingegen hebt den Kopf und sieht mich an, sein Gesichtsausdruck ist neutral, beinahe undurchdringlich, doch in seinen dunklen Augen liegt etwas, das ich nicht deuten kann. Es ist mittlerweile eine Woche vergangen. Seit Zoey mir geschrieben hat, dass sie in zwei Tagen kommen würde, ist es still geblieben. Keine weiteren Nachrichten, keine Anrufe, nichts. Dieses Schweigen nagt an mir, aber ich versuche, mich nicht davon einnehmen zu lassen. Ich habe Tiara für neun Tage krankgemeldet, damit sie bis Zoeys Ankunft sicher bei mir bleiben kann. Ich will Antworten, will verstehen, was wirklich vor sich geht.

Jeden Tag habe ich Tiara mit zur Arbeit genommen, auch am Freitag, als wieder die Show stattfand. Zum Glück hat Zayn sich sofort bereiterklärt, sich um sie zu kümmern und sie zu beschäftigen. Anfangs war er distanziert, professionell, immer darauf bedacht, seine Fassade der Unnahbarkeit zu wahren. Doch Tiara, mit ihrer kindlichen Unschuld und ihrem offenen Wesen, hat es geschafft, ihn auf eine Weise weich werden zu lassen, die ich nie für möglich gehalten hätte.

Der Mann, der einst so ernst und verschlossen war, scheint nicht mehr derselbe zu sein. Er lacht mit ihr, er spricht sanfter, er erlaubt sich sogar, sie spielerisch zu necken. Ich beobachte, wie er sich verändert hat, oder vielleicht besser gesagt, wie sie ihn verändert hat. Doch trotz dieser Wärme verliert er nie seinen Fokus. Zayn nimmt seine Aufgabe mit einer Ernsthaftigkeit wahr, die mich immer wieder sprachlos macht. Er schläft auf dem Flur, direkt vor unseren Türen, weil er kein Risiko mehr eingehen will. Mehrmals habe ich versucht, ihn davon zu überzeugen, dass er Zoeys Zimmer nehmen soll. Aber jedes Mal hat er abgelehnt. Er will auf Nummer sicher gehen, will nichts dem Zufall überlassen. Seine Männer patrouillieren weiterhin rund um die Uhr um das Grundstück und sorgen dafür, dass keine ungebetenen Gäste auch nur in die Nähe kommen.

Ich bin so unendlich dankbar, dass Zoey ihn eingestellt hat. Und noch dankbarer, dass er seine Aufgabe nicht nur als Pflicht sieht, sondern mit echtem Engagement und einer Hingabe ausführt, die ich nicht erwartet hätte. Zayn ist nicht nur unser Beschützer geworden. Er ist ein fester Bestandteil von etwas Größerem, einer Art Familie, die sich in diesen schwierigen Zeiten um uns herum formt. Und Tiara? Sie scheint das instinktiv zu spüren. Vielleicht, denke ich, während ich die beiden weiter beobachte, ist es genau das, was wir alle brauchen. Sicherheit. Nähe. Und jemanden, der bleibt.

»Die Ursachen von Selbstsabotage liegen oft in tiefsitzenden Überzeugungen über uns selbst, meist geprägt durch frühe Erfahrungen oder belastende Ereignisse im Erwachsenenleben. Wer ein geringes Selbstwertgefühl hat, zweifelt häufig an den eigenen Fähigkeiten und glaubt unbewusst, Erfolg oder Glück nicht zu verdienen. In kritischen Momenten führt das dazu, dass sich Betroffene zurückziehen oder selbst behindern. Ein typisches Beispiel: Ein Student, der vor einer wichtigen Prüfung steht, verbringt seine Zeit mit Ablenkungen wie Social Media, nicht aus Faulheit, sondern weil er insgeheim glaubt, ohnehin zu scheitern. Auch Perfektionismus spielt eine große Rolle. Wer denkt, nur perfekte Leistungen seien gut genug, hat oft so viel Angst vor Fehlern, dass er Aufgaben gar nicht erst beginnt oder sie ewig hinauszögert, aus Angst, nicht zu genügen.« Die Studenten der Cognitio Universität schreiben fleißig mit.

»Ein weniger offensichtlicher, aber bedeutender Auslöser für Selbstsabotage ist die Angst vor dem eigenen Erfolg. Nicht nur Misserfolg kann beängstigend sein, auch Erfolg bringt Veränderungen und Erwartungen mit sich, die manchen Menschen überfordern. Wer aus einem schwierigen sozialen Umfeld stammt, fürchtet vielleicht, den Anschluss an die eigene Herkunft zu verlieren, wenn er plötzlich erfolgreicher ist. Ein Beispiel: Jemand bekommt die Chance auf eine Beförderung, lehnt sie aber ab, weil er fürchtet, den neuen Anforderungen nicht gerecht zu werden oder sich von seinem Team zu entfremden.

Oft liegen die Wurzeln dieser Ängste in frühkindlichen Erfahrungen. Kinder, die wenig Rückhalt oder Anerkennung bekommen, entwickeln leicht ein negatives Selbstbild, ein Bild, das im Erwachsenenalter weiterwirkt und das Gefühl verstärken kann, Erfolg nicht verdient zu haben. Auch wissenschaftlich ist belegt, dass Selbstsabotage häufig als eine Art Schutzmechanismus fungiert. Eine Psychologin stellte in einer Studie fest, dass Menschen mit ausgeprägter Angst vor Ablehnung oder Versagen sich selbst ausbremsen, um sich vor der möglichen Enttäuschung zu schützen. Weitere Forschung zeigt, dass sich Menschen mit geringem Selbstwert und hoher Selbstkritik deutlich häufiger sabotieren. Bei ihnen ist oft ein innerer Konflikt spürbar, der Wunsch nach Erfolg steht im ständigen Widerspruch zur Angst, nicht zu genügen.« Ich setze mich auf den Tisch und überschlage die Beine. Es ist ein schönes Gefühl wieder hier an der Universität zu unterrichten.

»Ein klassisches Beispiel für Selbstsabotage ist das ständige Aufschieben, auch bekannt als Prokrastination. Man weiß, was zu tun ist, aber statt anzufangen, lenkt man sich mit Dingen wie Serien oder Social Media ab. Oft steckt dahinter die Angst zu versagen oder nicht gut genug zu sein. Ein junger Mensch, der ein wichtiges Projekt vor sich hat, trödelt herum, weil der Druck, es perfekt machen zu müssen, ihn blockiert. Oder ein Künstler bringt sein Werk nie zu Ende, weil es für ihn nie gut genug ist. In beiden Fällen steht nicht das Können im Weg, sondern der eigene innere Kritiker. Doch Selbstsabotage lässt sich überwinden. Der erste Schritt ist, sich überhaupt bewusst zu machen, wann und wie man sich selbst im Weg steht. Ein Tagebuch zu führen oder regelmäßig über das eigene Verhalten zu reflektieren, kann helfen, Muster zu erkennen. Wer versteht, warum er bestimmte Dinge tut oder vermeidet, kann beginnen, diese Automatismen zu hinterfragen.

Eine hilfreiche Methode ist die sogenannte kognitive Umstrukturierung, dabei geht es darum, negative Gedankenmuster durch realistischere, freundlichere zu ersetzen. Statt sich innerlich zu sagen: *Ich schaff das sowieso nicht,* kann man sich fragen: *Was wäre denn eigentlich so schlimm, wenn es nicht perfekt wird?* Auch kleine, erreichbare Ziele helfen. Und wer sich für Fortschritte, so klein sie auch sein mögen, bewusst lobt, stärkt die Motivation.

Perfektionismus ist oft ein versteckter Saboteur. Deshalb ist es wichtig, sich selbst mit Geduld und Mitgefühl zu begegnen. Fehler gehören zum Lernen dazu. Sie sind nicht das Ende, sondern ein Teil des Weges. Und manchmal lohnt es sich, professionelle Unterstützung zu holen, ein Coach oder eine Therapeutin kann helfen, die tieferen Ursachen zu verstehen und neue Strategien zu entwickeln.« Ich klicke auf die nächste Folie meiner Präsentation.

»Selbstsabotage hat oft tiefe Wurzeln, in unseren Ängsten, alten Glaubenssätzen oder inneren Zweifeln. Doch das bedeutet nicht, dass man ihr ausgeliefert ist. Wenn wir beginnen, unser Verhalten bewusst zu hinterfragen, uns selbst mit mehr Verständnis begegnen und uns gegebenenfalls Hilfe holen, können wir diese Muster durchbrechen. Der Weg raus aus der Selbstsabotage führt über Selbstkenntnis, kleine Schritte und vor allem, einen freundlicheren Umgang mit uns selbst. Wer sich selbst nicht länger im Weg steht, kann sein Potenzial entfalten, und ein erfüllteres Leben führen.« Damit schließe ich den ersten Kurs für heute ab.

Ein weiteres Kapitel ist geschafft, doch mein Tag ist noch lange nicht vorbei. Zwei weitere Kurse stehen noch auf dem Plan, und erst danach kann ich endlich durchatmen. Während ich meine Unterlagen ordne, spüre ich die Erschöpfung langsam in meinen Gliedern. Die Stunden voller Konzentration und Gespräche fordern ihren Tribut, doch gleichzeitig erfüllt mich ein Gefühl der Zufriedenheit. Jeder Kurs, jede Diskussion, jeder Moment, in dem ich Wissen weitergeben kann, hat seinen eigenen Wert. *Noch zwei Kurse. Dann bin ich für heute fertig.*

*

Nachdem wir nach der Arbeit endlich zu Hause angekommen sind, steigt Tiara als Erste aus dem Auto und rennt lachend ins Haus. Zayn und ich folgen ihr schnell. Sein Blick ist wachsam, sein Gang kontrolliert, selbst in entspannten Momenten trägt er diese Aura eines Mannes, der gelernt hat, stets auf alles vorbereitet zu sein. Kaum treten wir in die warme Küche, steigt uns der köstliche Duft von frisch gekochtem Essen in die Nase. Marie steht bereits mit verschränkten Armen da und schmunzelt, als sie sieht, wie Tiara sich, ohne zu zögern, auf ihren Stuhl setzt. »Habt ihr so einen Hunger? Ein Glück, dass ich so viel gekocht habe«, sagt sie belustigt und stellt die letzten Schüsseln auf den Tisch.

Zayn zieht sich den Stuhl zurück und setzt sich mit der gleichen mühelosen Selbstverständlichkeit, mit der er alles tut. Ohne ein Wort greift er nach der Gabel, in seinen Augen blitzt bemerklich ein unverkennbarer Hunger auf. Er ist ein Mann, der nicht viel redet, aber wenn er etwas tut, dann mit voller Entschlossenheit, selbst beim Essen.

»Du kannst nicht glauben, was für einen Hunger wir haben!«, ruft Tiara mit vollem Mund, während sie sich eifrig den Teller füllt. Marie lacht leise und wirft mir einen Blick zu. »Haben sich beide gut benommen?«, fragt sie schelmisch, während sie erst Tiara, dann Zayn mustert. Ich kichere und nicke. »Natürlich haben sie das. Was anderes hätte ich auch nicht erwartet.« Zayn hebt kurz den Blick, seine dunklen Augen mustern mich für einen Moment, bevor er wortlos weitermacht. Keine Kommentare, kein Widerspruch, nur ein kurzes, kaum wahrnehmbares Zucken in seinen Mundwinkeln, das fast einem Schmunzeln gleicht. Manchmal verfällt er in seine alte Maske und spielt seine kühle Fassade auf. Vielleicht ist es seine Art. Als früherer Soldat erwarte ich eigentlich auch nichts anderes.

Marie schüttelt grinsend den Kopf. »Man könnte fast meinen, ich hätte hier zwei Kinder statt einem«, murmelt sie, bevor sie sich selbst setzt. Zayn reagiert nicht weiter darauf, sondern isst in seinem ruhigen Tempo weiter. Ich schiebe mir ebenfalls die erste Gabel in den Mund und seufze zufrieden. Die Wärme des Essens breitet sich in meinem Körper aus, und für einen Moment gibt es nur uns, den Duft von frisch gekochtem Essen und das leise Klirren von Besteck. Zayn mag ein Ex-Soldat sein, ein Mann, der gewohnt ist, für andere die Kontrolle zu übernehmen, Gefahren abzuschätzen und blitzschnell zu handeln. Doch hier, am Esstisch mit uns, mit Tiara an seiner Seite, scheint selbst er für einen Moment einfach nur da zu sein, als Teil dieser kleinen, ungewöhnlichen Familie.

Ich muss aufhören, so viel über ihn nachzudenken. Immer wieder ertappe ich mich dabei, wie meine Gedanken zu Zayn abschweifen, zu seiner Art, zu seiner Präsenz, zu der Ruhe, die er ausstrahlt. Einmal habe ich mich sogar gefragt, wie es wohl wäre, ihn als Partner zu haben. Der Gedanke war nur ein flüchtiger Moment, doch er hat sich tiefer eingebrannt, als er sollte. Mit ihm wäre alles anders als mit Joel. Dessen bin ich mir sicher. Aber genau deshalb habe ich diesen Gedanken sofort wieder verworfen. Nach der Sache mit Joel ist da eine Angst in mir, die ich nicht einfach abschütteln kann. *Was, wenn es wieder genauso endet? Was, wenn ich mich öffne und alles erneut in einem abrupten, schmerzhaften Chaos versinkt?* Ich war schon immer ein verschlossener Mensch. Vielleicht ist es ein Schutzmechanismus, vielleicht einfach meine Natur. Selbst Joel, der mir so nahestand, hat mir das vorgeworfen. Und er hatte recht. Niemand kennt mich wirklich, nicht in meiner ganzen Tiefe. Ich habe es mir zur Gewohnheit gemacht, nur Teile von mir preiszugeben, niemals das Ganze. Vielleicht ist das auch der Grund, warum ich keine Beziehung eingehen sollte. Nicht jetzt. Nicht in nächster Zeit. Und erst recht nicht mit meinem Mitarbeiter. Es wäre seltsam und unprofessionell. Außerdem gehe ich ohnehin davon aus, dass Zayn nichts für mich empfindet. Bis jetzt gab es keine Zeichen, keine Anzeichen dafür, dass seine Fürsorge mehr ist als seine Pflicht, sein Verantwortungsbewusstsein, das tief in ihm verankert ist.

Ich seufze leise und schiebe den Gedanken endgültig beiseite. Stattdessen konzentriere ich mich auf Tiara, die vergnügt ihr Essen isst, ihr Lächeln hell und sorglos. Sie braucht mich, hier und jetzt, ganz präsent. Also lasse ich mich von ihr ablenken, von ihrer unbeschwerten Energie, und zwinge mich, den Wirbel in meinem Kopf für einen Moment zum Schweigen zu bringen.

»Oh Gott!« Maries Stimme durchbricht die ruhige Atmosphäre im Raum, während sie hastig nach der Fernbedienung greift und die Lautstärke des Fernsehers erhöht. Ihre Augen sind weit aufgerissen, ihr Gesicht angespannt. Auf dem Bildschirm laufen die Nachrichten. »Milland ist ab heute wieder begehbar«, verkündet die Nachrichtensprecherin mit ernster Stimme. »Noch ist es für Außenstehende verboten, doch die Ermittlungen laufen bereits auf Hochtouren. Experten und Forscher untersuchen derzeit die rätselhaften Geschehnisse auf der Insel und versuchen herauszufinden, was genau dort passiert ist. Nun folgen erste Drohnenbilder aus der Luft.« Unsere Blicke haften gebannt auf dem Bildschirm. Die Bilder, die nun eingeblendet werden, zeigen eine unheimliche Szenerie. Verlassene Straßen, eingerissene Gebäude, als hätte eine unsichtbare Kraft sie zerstört. Dichte Nebelschwaden ziehen durch die Gassen, als würde die Insel ihr Geheimnis um jeden Preis bewahren wollen.

Marie hält sich die Hand vor den Mund. »Das sieht ja aus, als wäre die Zeit dort stehen geblieben …«, murmelt sie leise. Ein Schauer läuft mir über den Rücken. Etwas an diesen Bildern ist verstörend, eine Stille, die selbst durch den Bildschirm spürbar ist. Zayn lehnt sich mit verschränkten Armen zurück, sein Blick kühl und analysierend. Er sagt nichts, doch sein angespannter Kiefer verrät, dass er die Szenen genauestens beobachtet. Eine tiefe ist in seinem Blick. Tiara, die bisher fröhlich ihr Essen genossen hat, legt neugierig den Kopf schief. »Was ist mit der Insel passiert?«, fragt sie mit kindlicher Unschuld. Ich öffne den Mund, doch keine Antwort kommt über meine Lippen. Denn die Wahrheit ist: Niemand weiß es. *Noch nicht.* Und das macht es umso beunruhigender. »Das ist nicht relevant, Tiara. Iss du weiter.« Zayns Stimme ist ruhig, fast sanft, aber in seinem Ton schwingt eine Endgültigkeit mit, die keine weiteren Fragen zulässt.

Ich werfe ihm einen fragenden Blick zu, doch er winkt nur knapp ab. Seine Haltung bleibt angespannt, seine Augen haften weiter an den Bildern auf dem Bildschirm. Er weiß mehr, das spüre ich. Doch er sagt nichts. Und ehrlich gesagt, bin ich mir nicht sicher, ob ich es überhaupt wissen will. Milland ist ein Mysterium. Eine Insel, auf der Menschen unermessliches Leid erfahren haben, deren Geschichte nie vollständig aufgeklärt wurde. Seit Jahren kursieren unzählige Verschwörungstheorien, einige davon absurd, andere beunruhigend realistisch. Doch eines steht fest: Der Staat ist entweder direkt in die Geschehnisse verwickelt oder versucht verzweifelt, etwas zu verheimlichen. Irgendwann wird die Wahrheit ans Licht kommen. Die Frage ist nur: *Sind wir bereit, sie zu erfahren?*

Die Wahrheit ist selten kompliziert, nur schwer zu akzeptieren.

Kapitel Fünfzehn

Zusammen mit Zayn und Tiara betrete ich die Hochschule. Die Gänge sind hell erleuchtet, das Stimmengewirr der Studenten hallt in den hohen Fluren wider. Es riecht nach alten Büchern, frischem Papier und dem schwachen Aroma von Kaffee, das aus der kleinen Cafeteria am Ende des Korridors dringt. Wie immer sind wir zu dritt unterwegs. Zayn läuft neben mir, sein Blick ruhig und wachsam.

Als wir den Vorlesungssaal betreten, wird es für einen Moment still. Einige Studenten werfen uns neugierige Blicke zu, andere ignorieren uns einfach. *Ich bin es nun gewohnt.* Zayn und Tiara sind immer an meiner Seite – ein ungewöhnliches Bild für die anderen.

Die Reihen füllen sich langsam, und Zayn und Tiara setzen sich wie gewohnt nach hinten, auf die Plätze, die ihnen mittlerweile vertraut sind. Zayn lehnt sich entspannt zurück, verschränkt die Arme vor der Brust und beobachtet still die Umgebung. Tiara hingegen rutscht auf ihrem Stuhl hin und her, ihre Augen huschen neugierig durch den Raum. Sie liebt es, neue Dinge zu entdecken. Ich atme tief durch und stelle meine Unterlagen zurecht. Dann richte ich meinen Blick nach vorn, dorthin, wo die Tafel und der Beamer auf mich warten. Es ist Zeit, mit dem Unterricht zu beginnen.

»In unserer zunehmend digitalisierten und vernetzten Welt hat sich auch unser soziales Empfinden verändert. Ein besonders verbreitetes Phänomen ist FOMO, die Angst, etwas zu verpassen. Durch soziale Medien wird dieses Gefühl besonders stark ausgelöst, denn ständig sehen wir, was andere erleben: Reisen, Partys, Karriereschritte oder perfekte Beziehungen. Das kann den Eindruck erwecken, als würde man selbst im Vergleich zu kurz kommen. Dabei zeigt sich FOMO nicht nur in der modernen Welt, es ist tief in unserer menschlichen Natur verankert. Schon früher war es wichtig, Teil einer Gemeinschaft zu sein, um Schutz und Zugehörigkeit zu erfahren. Heute bedeutet ein verpasstes Ereignis zwar keine Lebensgefahr mehr, doch unser Gehirn reagiert immer noch sensibel auf das Gefühl von Ausschluss. Verstärkt wird das durch die inszenierte Realität in den sozialen Medien, die oft nur die Glanzmomente zeigt, und nicht die Herausforderungen oder Alltagsprobleme, die genauso dazugehören. So entsteht leicht der Eindruck, das eigene Leben sei weniger spannend oder erfüllend.«

»Die Angst, etwas zu verpassen, kurz FOMO, kann unsere Psyche auf viele Arten belasten. Sie sorgt oft für innere Unruhe und Stress, weil wir ständig das Gefühl haben, nicht genug mitzuerleben. Dadurch fällt es vielen schwer, sich zu entspannen oder den Moment wirklich zu genießen. Der ständige Vergleich mit anderen, vor allem über soziale Medien, kann zudem das Selbstwertgefühl untergraben. Wer permanent sieht, was andere scheinbar alles erleben, fühlt sich schnell weniger erfolgreich oder interessant. Ein weiteres Problem ist der Einfluss auf den Schlaf: Viele Menschen greifen noch spät in der Nacht zum Smartphone, aus Angst, etwas Wichtiges zu verpassen. Das stört den Schlaf und kann langfristig zu Erschöpfung führen. Auch Entscheidungen werden durch FOMO schwieriger, wer Angst hat, sich falsch zu entscheiden, schiebt oft alles auf oder trifft gar keine Wahl mehr.

Ironischerweise kann FOMO sogar zu sozialer Distanz führen. Wer ständig das Leben anderer beobachtet, verliert leicht den Bezug zum eigenen Umfeld. Man ist zwar körperlich präsent, aber geistig oft abwesend, was Beziehungen auf Dauer belasten kann. In schweren Fällen kann das Gefühl, nicht dazuzugehören, sogar zu Ängsten oder depressiven Verstimmungen führen. Typische Alltagssituationen machen das deutlich: Etwa der junge Mann, der eigentlich einen gemütlichen Abend zu Hause genießen wollte, bis er online sieht, wie Freunde feiern. Oder die Studentin, die sich durch perfekt inszenierte Reisevideos minderwertig fühlt, ohne zu bedenken, wie viel Aufwand dahintersteckt. Auch im Berufsleben spielt FOMO eine Rolle, etwa, wenn man sich unter

Druck gesetzt fühlt, nur weil andere beruflich neue Wege gehen. Dabei vergisst man leicht, dass man selbst vielleicht schon auf einem guten Weg ist.« Ich zeige die letzte Folie zu diesem Thema.

»Es gibt viele wirksame Wege, um FOMO zu begegnen und einen gesünderen Umgang mit sich selbst und den sozialen Medien zu entwickeln. Ein zentraler Punkt ist digitale Achtsamkeit, also sich immer wieder bewusst zu machen, dass das, was wir online sehen, meist nur Ausschnitte eines idealisierten Lebens sind. Die perfekte Urlaubsreise, das aufregende Event oder die scheinbar makellose Beziehung, die wir auf Instagram sehen, zeigen oft nicht das ganze Bild, die Zweifel, die Anstrengung, die schlechten Tage bleiben meist verborgen.

Gleichzeitig kann es sehr heilsam sein, Dankbarkeit zu kultivieren. Statt ständig darauf zu schauen, was andere haben oder erleben, lohnt es sich, den Blick auf das eigene Leben zu richten. *Was lief heute gut? Was habe ich erreicht? Welche kleinen Dinge haben mir Freude bereitet?* Diese Perspektive stärkt das Wohlbefinden und hilft, sich selbst wieder mehr wertzuschätzen. Auch die bewusste Nutzung sozialer Medien ist ein wichtiger Schritt. Regelmäßige Pausen vom endlosen Scrollen, sei es am Abend, am Wochenende oder sogar für ein paar Tage, können helfen, wieder mehr im echten Leben anzukommen. Wer gezielt entscheidet, wann und wie lange er online ist, verliert weniger Energie durch ständiges Vergleichen.

Darüber hinaus ist es hilfreich, sich auf das zu konzentrieren, was einem wirklich wichtig ist. Statt überall dabei sein zu wollen, ist es oft erfüllender, sich für Aktivitäten zu entscheiden, die langfristig guttun, wie Zeit mit echten Freunden, ein Spaziergang in der Natur oder das Verfolgen eines eigenen Projekts. Offline-Zeit mit Menschen, die einem nahestehen, wirkt oft viel nährender als das digitale Beobachten des Lebens anderer. Und schließlich: Achtsames Entscheiden. Wer lernt, im Moment zu sein und sich klar für das zu entscheiden, was gut für ihn ist, muss nicht mehr alles gleichzeitig wollen. Es geht nicht darum, jede Option zu nutzen, sondern darum, das zu wählen, was den eigenen Bedürfnissen entspricht. Der Blick nach innen, statt nach außen, ist oft der Schlüssel zu mehr Zufriedenheit.«

Ich beende wenig später den Unterricht. Der Raum ist ruhig, und das Geräusch von Stühlen, die über den Boden scharren, sowie das Klicken von Laptops verebbt allmählich. Ich sammle meine Unterlagen und lege sie ordentlich auf den Tisch, als ich von hinten die vertrauten Schritte höre. Tiara und Zayn kommen zusammen aus der hinteren Reihe des Raumes zu mir. »Mama, dein Handy hat vorhin geklingelt«, sagt Tiara und hält mir mein Handy hin. Ihre Stimme klingt ein wenig neugierig, vielleicht sogar ein wenig amüsiert. Ich nehme es ihr ab, etwas überrascht, dass ich den Anruf nicht bemerkt habe. Das Display zeigt mir die Nachricht an, die Zoey mir geschickt hat. Ein kurzer Blick, und ich kann es kaum fassen. *Zoey hat mir geschrieben!*

*

Die Minuten ziehen sich wie zäher Sirup, jede Sekunde scheint sich in die Länge zu ziehen, als würde die Zeit selbst gegen mich arbeiten. Mein Blick bleibt auf die dunkle Holzoberfläche des Esstisches geheftet, die Maserung zieht sich in verschlungenen Bahnen über das Holz, fast wie ein Labyrinth, in dem ich meine Gedanken verlieren könnte. Die Stille im Raum ist schwer, erdrückend. Nur das leise Ticken der Wanduhr durchbricht sie, ein monotoner Klang, der sich in mein Bewusstsein frisst. Normalerweise würde ich es kaum wahrnehmen, doch heute fühlt es sich an, als würde jeder einzelne Schlag mich tiefer in meine eigene Unruhe treiben. *Gleich ist es so weit.* Zoey ist auf dem Weg!

Sie hat mir heute früh geschrieben. Nur wenige Worte. Keine Erklärung, keine Andeutung, nur die simple Tatsache, dass sie kommt. Seitdem habe ich nichts anderes getan als gewartet. Mein Magen ist ein einziger Knoten, meine Gedanken kreisen in endlosen Schleifen um das, was sie mir gleich erzählen wird. *Was, wenn sie keine Antwort hat? Was, wenn das, was sie sagt, alles nur noch schlimmer macht?* Ich presse meine Lippen aufeinander, versuche, tief durchzuatmen, mich zu beruhigen. Mein Blick wandert zur Treppe. Von oben höre ich Tiara lachen. Es ist ein helles, unbeschwertes Kichern, das mich einen Moment lang aus meiner Anspannung reißt. Marie spielt mit ihr, wahrscheinlich mit den Stofftieren oder dem Puppenhaus. *Wenigstens sie kann sich in diesem Moment in eine sorglose Welt flüchten.*

Hier unten gibt es keine Flucht. Nur das unendliche Warten. Die kühle Ungewissheit. Ich sitze zusammen mit Zayn am Tisch, gemeinsam still wartend. Er hat sich zurückgelehnt, die Arme locker vor der Brust verschränkt, als wäre das hier nichts weiter als ein ruhiger Abend. Sein Gesicht ist ausdruckslos, oder vielmehr kontrolliert. Ein Verhalten, das ich in den letzten Tagen immer wieder beobachtet habe. Er ist ein Mann, der seine Emotionen meisterhaft verbirgt. Eine Fähigkeit, die er sich in seiner Zeit als Soldat angeeignet haben muss. Während ich innerlich zu zerfallen drohe, bleibt er unerschütterlich. *Wie ein Fels in der Brandung.* Dann höre ich seine tiefe Stimme etwas sagen.

»Deine Hände zittern.« Ich blinzele und folge seinem Blick. Er hatte recht. Meine Finger zittern, kaum merklich, aber genug, dass er es bemerkt hat. Schnell verstecke ich sie unter dem Tisch, als könnte ich damit meine Nervosität einfach verschwinden lassen. »Ach«, murmele ich abwehrend. Doch wir wissen beide, dass es nicht einfach ein unbedeutendes Zittern ist. Dass es mehr bedeutet.

Zayn mustert mich abschätzend. Ich spüre seinen Blick aus dem Augenwinkel, aber er drängt mich nicht weiter. Er stellt keine Fragen. Stattdessen spricht er erneut, dieses Mal langsamer, betont. »Es wird alles gut. Egal, was sie gleich sagen wird. Wir finden eine Lösung.« Ein Versprechen. Eine einfache, schlichte Aussage, doch sie trägt mehr Gewicht, als sie sollte. Ich hebe den Blick, treffe seine dunklen Augen. *Er meint es ernst.* Er sagt es nicht nur, um mich zu beruhigen. Er glaubt wirklich daran. Ich wünschte, ich könnte das Gleiche tun.

Ein tiefer Atemzug. Dann noch einer. Ich versuche, mich zu sammeln, um nicht völlig durchzudrehen. Ich bin nicht mehr allein. *Ich habe Zayn. Ich habe Marie. Ich habe Tiara. Ich habe Zoey*. Wir werden einen Weg finden. Irgendwie.

Mein Blick wandert zum Fenster. Die tiefstehende Sonne taucht das Grundstück in warmes, goldenes Licht. Ein friedlicher Anblick, aber die Atmosphäre bleibt angespannt. Draußen stehen mehrere Männer, die aufmerksam das Grundstück umrunden. Sie beobachten jede Bewegung in der Umgebung. Sie sind wachsam. Immer, egal wie viel Uhr wir haben. Etwas daran lässt mich nicht los. »Woher kennst du diese Leute?« Zayn rührt sich nicht. Ein kurzer, fast unmerklicher Wimpernschlag. Als hätte er nicht erwartet, dass ich frage. »Es sind Freunde von mir.« *Freunde?* Ich runzle die Stirn. »Wieso sollten deine Freunde mein Haus beschützen? Tag und Nacht?« Er antwortet nicht sofort. Sein Kiefer spannt sich an, nur für einen Moment, dann glättet sich seine Miene wieder in vollkommene Ausdruckslosigkeit. Keine Antwort. Keine Erklärung. Nur Stille.

Ich merke, dass ich keine Antwort bekommen werde. Und vielleicht sollte ich auch gar keine wollen. Ich lehne mich zurück, presse meine Hände in meinen Schoß, um das Zittern zu unterdrücken. »Es wird schon seine Gründe haben«, murmele ich schließlich. Ein halbherziges Eingeständnis, mehr an mich selbst gerichtet als an ihn. Die Spannung bleibt, schwer wie Blei in der Luft.

Plötzlich höre ich etwas. Ein leises Geräusch, erst kaum wahrnehmbar, doch dann wird es immer lauter. Es hört sich an wie ein Motor. Langsam rollt ein Wagen in die Einfahrt. Mein Herz setzt einen Schlag aus. *Zoey ist da!* Ich springe abrupt auf. Mein Stuhl kratzt laut über den Boden, doch ich beachte es nicht. Plötzlich fühlen sich meine Beine schwer an, als hätte sich all die angestaute Nervosität dort gesammelt. Ich atme tief durch, versuche, meine Fassung zu bewahren, doch mein Puls rast bereits. Ich spüre Zayns Blick auf mir. Seine Augen sind scharf, durchdringend, als würde er jede meiner Bewegungen analysieren. »Bereit?« Ich sollte nein sagen. Ich bin alles andere als bereit. Aber ich nicke trotzdem.

Mit schnellen Schritten eile ich in den Vordergarten, mein Herz rast, mein Atem geht flach. Das Taxi rollt langsam aus, die Reifen knirschen auf dem Kiesweg. Mir ist übel, so sehr, dass ich mich auf der Stelle übergeben könnte. Die Anspannung in meiner Brust ist überwältigend, meine Hände sind eiskalt. Ich habe Angst. Angst vor dem Gespräch, das wir gleich führen werden. Angst vor dem, was Zoey mir sagen wird. Gott, ich hasse dieses Gefühl so sehr. Die Tür des Taxis öffnet sich. Und was ich sehe, raubt mir den Atem.

Zoey taumelt aus dem Wagen, als könnten ihre Beine sie nicht mehr tragen. Mein Blick fällt auf ihr Gesicht, was mich erstarren lässt. »Oh mein Gott! Zoey!« Meine Stimme hallt durch das ganze Grundstück. Ich renne auf sie zu, mein Herz schlägt so heftig, dass es schmerzt. Ihr Gesicht ist ein einziges Bild des Grauens. Blaue Flecken ziehen sich über ihre Wangen und Stirn, ihre Nase ist geschwollen, ihre Lippe aufgeplatzt. Blut hat sich in kleinen dunklen Krusten an den Rändern gesammelt. Ihre Augen, sonst so lebhaft, sind glasig, müde, voller Schmerz.

»Was ist mit dir passiert?!« Meine Stimme zittert, meine Hände ebenso, als ich nach ihr greife. Ich will sie stützen, ihr helfen, doch sie ist so schwach, dass sie kaum auf den Beinen bleiben kann. »Es tut mir so leid«, flüstert sie mit rauer Stimme. Ein erbärmliches Wimmern folgt, und ich spüre, wie sich mein Magen zusammenzieht. Sie versucht, sich an mir festzuhalten, doch ihre Kräfte reichen nicht aus. Ihre Finger rutschen von meinem Arm ab, und ich muss sie stützen, um zu verhindern, dass sie zu Boden sinkt. »Ich wollte dir alles erzählen, aber ich konnte nicht«, krächzt sie mit letzter Kraft. »Ich konnte dir nicht die Wahrheit sagen. Du wirst enttäuscht von mir sein.« Ich kann es nicht ertragen. Wie sie sich versucht zu erklären, während sie in so einem Zustand ist.

»Nein, hör auf«, unterbreche ich sie sofort. »Wir reden später. Erst bringen wir dich ins Krankenhaus.« Meine Stimme ist fester, entschlossener, als ich mich selbst fühle. Plötzlich spüre ich eine warme, feste Hand auf meiner Schulter. »Ich erledige das. Hol du nur die Autoschlüssel.«. Seine Stimme ist ruhig, doch sein Blick ist entschlossen. Ohne zu zögern, hebt er Zoey hoch, als würde sie nichts wiegen. Sie zuckt kaum, gibt nur ein schwaches Wimmern von sich, als ihr Kopf gegen seine Brust sinkt. Ich nicke hastig, drehe mich um und renne zurück ins Haus. Meine Hände zittern so sehr, dass ich den Schlüsselbund erst beim zweiten Versuch greifen kann. Dann sprinte ich zurück, mein Herz hämmert unaufhörlich. Kaum sitze ich mit Zoey auf dem Rücksitz, startet Zayn den Wagen und gibt Gas. Zoey lehnt sich gegen mich, ihre Atmung ist flach, ihr Körper erschlafft. Ich halte ihre Hand, drücke sie fest, als könnte ich sie so vor dem Bewusstseinsverlust bewahren. »Bleib wach, Zoey. Bitte«, flüstere ich, während die Lichter der Straße an uns vorbeiziehen. Zayn sagt nichts. Doch ich sehe es in seinen Augen, in der Art, wie seine Finger sich um das Lenkrad krallen. Er ist angespannt.

Das Krankenhaus taucht vor uns auf, als wir mit quietschenden Reifen vor dem Eingang halten. Die grellen Lichter über den automatischen Schiebetüren flackern leicht, das große rote Notaufnahme-Schild leuchtet bedrohlich über uns. Mein Herz hämmert so heftig in meiner Brust, dass es wehtut. Ich kann kaum atmen. Zayn steigt sofort aus, noch bevor der Motor ganz verstummt ist. Mit wenigen Schritten ist er bei uns, öffnet die Tür und hebt Zoey vorsichtig aus dem Wagen. Sie regt sich kaum noch. Ihr Kopf kippt an seine Schulter, ihre Arme hängen schlaff herunter. Ich schnappe nach Luft, als ich sehe, wie blass sie geworden ist. Ich schlage die Tür hinter mir zu und renne ihm hinterher.

»Hilfe! Wir brauchen Hilfe!« Meine Stimme klingt schrill in meinen eigenen Ohren, voller Panik. Die Schiebetüren öffnen sich mit einem leisen Surren, und das sterile Weiß des Krankenhauses umfängt uns. Der Geruch nach Desinfektionsmittel schlägt mir entgegen, vermischt mit dem schwachen Hauch von Krankenhausessen und dem fernen Piepen von Maschinen. Kaum haben wir die Empfangshalle betreten, stürmt eine Krankenschwester auf uns zu. Sie trägt hellblaue Klamotten, ihr Namensschild baumelt leicht an ihrer Brust. »Was ist passiert?«, fragt sie sofort und mustert Zoey mit scharfem Blick.

»Sie wurde zusammengeschlagen«, presst Zayn hervor, seine Stimme ist ruhig, aber hart. Die Krankenschwester ruft etwas nach hinten, und innerhalb weniger Sekunden kommen zwei weitere Pfleger mit einer Trage angelaufen. Behutsam legt Zayn Zoey auf die Liege. Ich zucke zusammen, als sie leise wimmert. Ihr Gesicht ist verzerrt vor Schmerz, ihre Lippen beben.

»Können Sie mich hören?«, fragt die Krankenschwester und drückt mit zwei Fingern gegen Zoeys Hals, um ihren Puls zu überprüfen. Ein schwaches Nicken. Erleichterung schwappt durch mich, aber sie ist nur von kurzer Dauer. »Bringt sie sofort in den Untersuchungsraum!«, ruft die Schwester, und die Pfleger beginnen, die Trage in Bewegung zu setzen. »Ich komme mit!«, rufe ich sofort und gehe ein paar schnelle Schritte hinterher, doch eine Hand hält mich zurück. *Zayn.* »Lass sie in Ruhe ihre Arbeit erledigen«, sagt er leise, seine dunklen Augen ruhen fest auf mir.

»Aber …« »Liyana«, unterbricht er mich. »Vertrau den Ärzten.« Meine Lippen beben, und ich merke, dass meine Augen brennen. Aber er hat recht. So sehr es mich zerreißt, ich kann nichts tun, außer zu warten. Ich bleibe wie erstarrt stehen, während die Trage um die Ecke verschwindet. Das letzte, was ich sehe, ist Zoeys regungsloser Arm, der über die Kante hängt. Dann sind sie weg. Ein leises Summen liegt in der Luft. Das Krankenhaus ist zwar belebt, aber nicht hektisch. Patienten sitzen auf den Stühlen im Wartebereich, ein kleines Mädchen schluchzt leise, während ihre Mutter ihre Haare streichelt. Irgendwo piepst eine Maschine monoton. Ich presse die Hände gegen mein Gesicht und atme tief durch. *Ich muss mich beruhigen.* Zoey ist in guten Händen. Sie wird behandelt.

Zayn setzt sich auf einen der Stühle. Seine Haltung ist angespannt, aber sein Gesicht ist wie immer ausdruckslos. Ich weiß, dass er nur so tut. In ihm brodelt es, genau wie in mir. »Setz dich«, murmelt er. Ich zögere. Dann lasse ich mich schwer neben ihn sinken. Zayn bemerkt meine Sorge, die mich innerlich zerreißt. Sanft legt er seine Hand auf meinen Rücken und streicht behutsam drüber. »Es wird alles wieder in Ordnung. Mach dir keine Sorgen.« Wimmernd nicke ich mit dem Kopf. Seufzend beobachtet er mich dabei, wie ich weiter in Gedanken schweife und legt dann seine Arme um mich. Seine Wärme beruhigt mich etwas, doch die Tränen fließen weiter. Weinend verweile ich so in seinen Armen, während Zayn mich weiterhin versucht zu beruhigen.

Die Minuten ziehen sich wie Kaugummi. Ich habe das Gefühl, in einem Albtraum festzustecken. Die Sekunden fühlen sich endlos an, und meine Gedanken kreisen unaufhörlich um das Bild von Zoeys verletztem Gesicht. Nach einer Ewigkeit, oder vielleicht nur zehn Minuten, erscheint endlich ein Arzt. Ein Mann mittleren Alters mit ergrautem Haar und ernster Miene. Er trägt einen weißen Kittel, das Stethoskop baumelt um seinen Hals.

»Sind Sie mit der jungen Dame hierhergekommen?« Seine Stimme ist ruhig, aber ernst. Ich springe auf. »Ja! Wie geht es ihr?« Er seufzt leise und sieht mich mit durchdringendem Blick an. »Sie ist stabil, aber sie hat einiges durchgemacht. Ein Nasenbeinbruch, mehrere Brüche an den Rippen und ein schweres Hämatom an der Stirn. Die Lippen mussten wir nähen. Sie hat außerdem eine leichte Gehirnerschütterung, daher wird sie für einige Stunden zur Beobachtung hierbleiben.«

Mein Magen zieht sich zusammen. Ich schlinge meine Arme um meinen Körper, als könnte ich mich selbst zusammenhalten. »Darf ich zu ihr?« Meine Stimme ist kaum mehr als ein Flüstern. Der Arzt nickt. »Aber bitte nur kurz. Sie braucht Ruhe.« Ich verschwende keine Sekunde. Sofort eile ich hinter ihm her, spüre Zayns Schritte dicht hinter mir. Als ich das Zimmer betrete, bleibt mir der Atem weg. Zoey liegt in einem weißen Bett, umgeben von Maschinen. Ein Monitor zeigt ihre Herzfrequenz an, gleichmäßige grüne Linien, die beruhigend piepen. Ihre Augen sind geschlossen, ihr Gesicht wirkt noch blasser unter den grellen Krankenhauslichtern. Ein Verband liegt über ihrer Stirn, ein Pflaster bedeckt einen Teil ihrer Wange. »Zoey ...« Meine Stimme bricht. Ihre Augenlider flattern leicht, dann öffnet sie langsam die Augen. Ein schwaches Lächeln zuckt über ihre Lippen.

»Liyana«, haucht sie, ihre Stimme brüchig. Ich kann nicht mehr. Ich sinke auf den Stuhl neben ihrem Bett und ergreife sanft ihre Hand. »Du bist hier«, flüstert sie. »Natürlich bin ich hier«, flüstere ich zurück und spüre, wie mir Tränen über die Wangen laufen. Plötzlich spüre ich eine Wärme neben mir. Zayn steht da, die Hände in den Taschen, sein Blick auf Zoey gerichtet. »Du hast uns einen verdammten Schrecken eingejagt«, sagt er ruhig, aber ich höre die Schärfe in seiner Stimme. Zoey lacht leise, aber es klingt mehr wie ein Keuchen. Dann wird ihr Blick ernst. »Es ist noch nicht vorbei«, sagt sie leise. Mein Herz setzt einen Schlag aus. »Was meinst du?« Zoey atmet schwer und sieht mich mit schmerzverzerrtem Blick an. »Sie werden mich nicht in Ruhe lassen.« Mir wird eiskalt. Was auch immer hier passiert ist, es war erst der Anfang.

Beschützen heißt nicht immer retten.
Manchmal bedeutet es einfach da zu sein.

Kapitel Sechzehn

Die Nacht ist längst vergangen. Durch das große Fenster des Krankenzimmers sickert das erste fahle Licht des Morgens. Es färbt die weißen Wände in ein sanftes Grau, wirft lange Schatten auf den Boden. Ich sitze auf dem unbequemen Stuhl neben Zoeys Bett und starre in meine Kaffeetasse. Der bittere Geschmack hängt noch an meinem Gaumen, doch die Müdigkeit lässt sich nicht so einfach vertreiben. Die Stunden des Wartens, des Nachdenkens, des Sich-Sorgen-Machens haben sich wie ein Mantel auf meine Schultern gelegt.

Gegenüber lehnt Zayn mit verschränkten Armen an der Wand. Er hat ebenfalls Kaffee getrunken, schwarz, wie immer. Zoey schläft noch. Ihr Atem geht ruhig, gleichmäßig, aber sie sieht immer noch furchtbar aus. Die blauen Flecken auf ihrer Haut sind im sanften Morgenlicht noch deutlicher zu sehen, ihre Lippe ist geschwollen, und der Verband auf ihrer Stirn hebt sich stark von ihrer blassen Haut ab. Ich nehme einen weiteren Schluck Kaffee, doch er ist längst kalt geworden. Ich stelle die Tasse geräuschlos auf den kleinen Beistelltisch und fahre mir mit einer Hand müde durchs Gesicht. »Denkst du, sie wird es uns erzählen?«, durchbricht Zayns tiefe Stimme die morgendliche Stille. Ich zucke leicht zusammen und blicke zu ihm auf.

»Ich weiß es nicht«, gebe ich ehrlich zu. »Ich hoffe es. Ich will nicht, dass sie noch einmal so hier landet.« Zayn mustert mich einen Moment, dann nickt er langsam. »Wir müssen es irgendwie aus ihr herausbekommen.« Ich seufze und lehne mich zurück. »Ich will sie nicht unter Druck setzen. Sie hat schon genug durchgemacht.« Er sagt nichts, aber ich sehe an der Anspannung in seinem Kiefer, dass er es anders sieht. Zayn ist nicht jemand, der einfach abwartet. Er will handeln, sofort, ohne Zögern. Doch diesmal ist es nicht so einfach. Ich werfe einen Blick zur Uhr. Es ist kurz nach sieben. Die Schwestern gehen bereits durch die Gänge, das

Krankenhaus erwacht langsam zum Leben.

Dann höre ich eine Bewegung. Ein leises Rascheln der Decke, ein schwaches Seufzen. Ich drehe mich sofort um. Zoey blinzelt langsam, ihre Augenlider flattern leicht, als würde es ihr schwerfallen, sie zu öffnen. Dann trifft ihr Blick meinen, und ein sanftes, müdes Lächeln huscht über ihr geschwollenes Gesicht.

»Guten Morgen«, murmelt sie heiser. Erleichterung durchströmt mich. »Guten Morgen«, flüstere ich zurück. Zayn kommt näher, sein Blick ruhig, aber wachsam. »Wie fühlst du dich?«, fragt er. Zoey atmet tief durch, verzieht leicht das Gesicht vor Schmerz und schließt kurz die Augen. »Wie von einem Laster überfahren«, murmelt sie schließlich. Ich presse die Lippen zusammen. »Die Ärzte sagen, du kannst heute entlassen werden«, erkläre ich vorsichtig. »Aber du musst dich schonen.« Zoey nickt leicht, wirkt aber abwesend. Dann schließt sie für einen Moment die Augen. »Liyana ...«, beginnt sie leise, ihre Stimme schwach. Ich rücke näher an ihr Bett. »Ja?« Sie öffnet die Augen und sieht mich lange an, als würde sie überlegen, was sie sagen soll. Doch dann schüttelt sie kaum merklich den Kopf. »Nichts«, flüstert sie nur. Ich will etwas sagen, will sie fragen, was sie wirklich sagen wollte, aber ich halte mich zurück. *Sie ist noch nicht bereit.* Ich werde sie nicht drängen.

*

Kurze Zeit später kommt eine Krankenschwester ins Zimmer, mit einem Klemmbrett in der Hand. Sie lächelt sanft. »Frau Vanelle?«, fragt sie und Zoey blickt auf. »Ihre Entlassungspapiere sind fertig. Ich werde Ihnen noch ein paar Schmerzmittel mitgeben. Sie sollten sich in den nächsten Tagen unbedingt schonen und sich bei jedem Schwindel oder jeder Verschlechterung sofort bei uns melden.« Zoey nickt ihr langsam zu. Die Schwester geht wieder, und für einen Moment bleibt nur Stille im Raum. Dann schwingt Zayn wortlos die Jacke über seine Schultern. »Ich fahre das Auto vor den Eingang«, sagt er knapp und verlässt das Zimmer. Ich helfe Zoey, sich langsam aufzusetzen. Sie zuckt leicht zusammen, als der Schmerz durch ihren Körper fährt.

»Ganz langsam«, sage ich sanft und lege eine Hand auf ihren Arm, um sie zu stützen. Sie atmet flach, beißt die Zähne zusammen, aber mit meiner Hilfe schafft sie es, sich langsam aus dem Bett zu schwingen. Ihre nackten Füße berühren den kalten Boden, und sie zittert leicht. »Hier«, sage ich und reiche ihr eine Jacke. Sie zieht sie vorsichtig über, vermeidet jede schnelle Bewegung.

Nach einem langen Moment steht sie endlich, leicht wankend, aber sie steht. »Schaffen wir das?«, frage ich mit einem leichten Lächeln. Zoey gibt ein schwaches Schnauben von sich. »Ich hoffe es.« Ich lege einen Arm um ihre Schultern und helfe ihr langsam durch den Flur. Sie lehnt sich ein wenig an mich, aber ich merke, dass sie es hasst, schwach zu sein. Als wir die große Glastür erreichen, sehe ich, wie Zayn bereits mit dem Auto vorfährt. Der Motor läuft leise, die Sonne ist mittlerweile über den Horizont gestiegen und taucht das Krankenhaus in ein warmes, goldenes Licht. Ich öffne vorsichtig die Beifahrertür und helfe Zoey auf den Sitz. Sie atmet schwer aus, als sie sich anlehnt. Ich schließe die Tür, laufe um das Auto und steige hinten ein. »Fahren wir nach Hause«, sagt sie leise. Zayn gibt Gas, und wir verlassen das Krankenhaus. Ich lehne mich in meinen Sitz zurück, während die Stadt langsam an uns vorbeizieht. Noch immer hängt so vieles unausgesprochen zwischen uns. Aber wir haben Zeit. Zoey ist am Leben. Und das ist im Moment das Einzige, was zählt.

Die Fahrt verläuft in gedämpfter Stille. Nur das sanfte Brummen des Motors begleitet uns, während der dichte Wald an den Fenstern vorbeizieht. Ich spüre Zoeys Müdigkeit und sehe, wie sie sich an die Fensterscheibe lehnt, ihre Finger leicht verkrampft in ihrem Schoß.

Die Haustür öffnet sich, noch bevor der Motor ganz verstummt ist. Marie steht im Eingang, ihre Haltung gerade, ihre Miene ruhig, doch ihre Augen wandern aufmerksam über das Auto. Sie hat die Autogeräusche gehört und war sofort zur Stelle.

Dann taucht eine kleine Gestalt hinter ihr auf. »Tante Zoey!« Tiara schlüpft an Marie vorbei, ihre nackten Füße berühren kaum den Boden, als sie auf das Auto zuläuft. Ich bin noch nicht einmal richtig ausgestiegen, da reißt sie bereits die Tür auf und wirft sich Zoey in die Arme. »Du bist wieder da!«, ruft sie glücklich, ihre Arme klammern sich fest um Zoeys Taille. Zoey zuckt leicht zusammen, wahrscheinlich vor Schmerzen, doch sie lächelt. Ihre Hand streicht sanft über Tiaras Kopf. »Ja, Süße. Ich bin wieder da.« Marie tritt näher, mustert Zoey mit besorgtem Blick. Dann neigt sie knapp den Kopf. »Willkommen zurück, Frau Vanelle. Gute Besserung!« Zoey nickt ihre dankend zu. »Danke, Marie.«

Marie weicht zur Seite, um uns eintreten zu lassen. Ich lege eine Hand auf Zoeys Rücken, führe sie sanft ins Haus. Tiara weicht keinen Schritt von ihrer Seite. Drinnen herrscht eine vertraute Stille, unterbrochen nur von dem leisen Knistern des Kamins. Ich sehe, wie sich Zoeys Schultern langsam entspannen. Marie schließt die Tür hinter uns. »Soll ich Ihnen einen Tee bringen, Frau Vanelle?« Zoey seufzt leise, als würde sie sich das erste Mal seit Stunden erlauben, den Moment zu genießen. Sie wirft mir einen kurzen Blick zu, dann nickt sie. »Ja, das wäre schön. Danke, Marie.« Sie nickt und verschwindet in die Küche. Tiara zieht Zoey zum Sofa. »Setz dich! Ich habe dir so viel zu erzählen!« Ich sehe das sanfte Lächeln auf Zoeys Gesicht und weiß, dass sie endlich wieder zuhause ist.

Zoey liegt auf dem Sofa, ein weiches Kissen in ihrem Rücken. Ihre blassen Hände ruhen auf der Decke, die ich ihr vorsichtig übergelegt habe. Sie sieht erschöpft aus, dunkle Schatten liegen unter ihren Augen, ihre Lippen sind spröde, ihr Körper noch gezeichnet von den Spuren der vergangenen Tage. Doch hier, in diesem Moment, ist sie sicher. »Liyana …«, murmelt sie leise, während ihre Augen sich nur halb öffnen. »Ich bin hier«, antworte ich sanft, setze mich auf die Kante des Sofas und streiche eine lose Haarsträhne aus ihrem Gesicht. »Ruh dich aus.« Sie atmet tief ein und aus, ihre Finger krallen sich kurz in den Stoff der Decke, als würde sie nach Halt suchen. Während ich ihr beruhigend über den Arm streiche, höre ich leise Schritte im Flur. Zayn taucht in der Tür auf, bereits angezogen und bereit für den Tag.

Seine dunklen Augen mustern mich kurz. »Ich bringe Tiara jetzt gleich zur Schule«, sagt er ruhig. Ich nicke knapp. »Danke.« Tiara, die gerade noch auf dem Sofa neben Zoey saß, springt auf. »Zayn hilft mir immer mit meiner Frisur und beim Auswählen meiner Kleidung!«, verkündet sie stolz und greift nach seiner Hand. Er hebt eine Augenbraue und schmunzelt leicht. »Dann sollten wir keine Zeit verlieren, sonst kommst du zu spät.« Lachend läuft Tiara voran, während Zayn ihr mit ruhigen Schritten ins Badezimmer folgt. Ich höre das leise Plätschern von Wasser, dann ihr fröhliches Kichern, als er beginnt, ihr Haar zu bürsten.

Ich wende mich wieder Zoey zu. Ihre Augen sind nun geschlossen, doch ich weiß, dass sie nicht schläft. »Brauchst du noch etwas?«, frage ich leise. Sie schüttelt kaum merklich den Kopf. »Du musst dich nicht um mich kümmern, Liyana«, flüstert sie, doch ihre Stimme klingt matt, als würde sie selbst nicht ganz daran glauben. Ich drücke sanft ihre Hand. »Doch, das muss ich. Und das werde ich.« Zoey öffnet die Augen einen Spalt und sieht mich an. Einen Moment lang liegt etwas in ihrem Blick, Erleichterung, vielleicht auch Dankbarkeit. Dann schließt sie sie wieder und lässt ihren Körper in die Kissen sinken.

Ich stehe auf, hole ein Glas Wasser und stelle es neben ihr auf den Tisch. Dann ziehe ich eine Decke etwas höher, damit sie es wärmer hat. Aus dem Flur höre ich Tiara rufen: »Fertig!« Kurze Zeit später sehe ich Zayn mit ihr an der Tür. Ihr kleiner Schulranzen sitzt fest auf ihren Schultern, und ihre Haare sind ordentlich zu zwei Zöpfen geflochten. *Zayn kann ihre Haare wirklich immer gut stylen.* Dass er so gut mit Kindern umgehen kann, obwohl man das erst gar nicht glauben mag, ist sehr attraktiv. Und ich weiß, dass es ihm auch sehr Spaß macht, obwohl er es niemals zugeben würde.

»Wir sehen uns später, mein Schatz«, sage ich, beuge mich zu ihr und drücke ihr einen Kuss auf die Stirn. Sie grinst.

»Tschüss, Mama! Tschüss, Tante Zoey!« Zoey hebt schwach die Hand. »Tschüss, Tiara.« Zayn legt kurz seine Hand auf meinen Oberarm und schaut mich an. »Ich bin sofort wieder da. Wenn was sein sollte, ruf mich direkt an.« Ich nicke ihm lächelnd zu. Dann verlassen die beiden das Haus, und die Tür fällt leise ins Schloss. Ich atme aus und setze mich wieder zu Zoey. Die Welt draußen erwacht, doch hier drinnen bleibt für einen Moment alles ruhig.

*

Zoey schläft tief auf dem Sofa, ihre Atmung ruhig, aber schwer. Ich sitze nun auf der Treppe im Flur, die Arme locker um meine Knie geschlungen. Mein Blick ruht auf den Holzdielen, aber meine Gedanken kreisen nur um eine Frage: *Wer hat Zoey das angetan?* Die Sorge sitzt tief in meinem Brustkorb, drückt schwer auf meine Schultern. Ich bin erleichtert, dass sie lebt, dass sie hier ist, doch gleichzeitig brennt die Ungewissheit in mir.

Ein leises Geräusch an der Tür holt mich aus meinen Gedanken. Die Tür öffnet sich, und Zayn tritt ein. Als er mich sieht, hält er kurz inne, bevor er die Tür leise schließt und sich seiner Jacke entledigt. Unser Blick begegnet sich. Er sagt nichts, aber er muss es auch nicht. Er sieht es mir an, die Anspannung in meinen Schultern, die Müdigkeit in meinen Augen, die Sorgen, die mich von innen auffressen. Langsam kommt er näher. Sein Gang ist bedacht, seine Augen ruhig, aber aufmerksam. Schließlich setzt er sich neben mich auf die Treppe, ohne ein Wort zu verlieren. Ein Moment vergeht in Stille.

Plötzlich spüre ich, wie sich seine Hand sanft auf meine legt. Wärme strahlt von seiner Haut aus, seine Berührung ist fest, aber nicht aufdringlich. Ich atme langsam aus und schließe für einen Moment die Augen. »Zoey geht es wieder gut«, sagt er aufmunternd. Ich nicke, doch die Beklemmung in meiner Brust bleibt. »Aber was ist, wenn es nicht aufhört?« Meine Stimme ist kaum mehr als ein Flüstern. »Was, wenn das nur der Anfang war?« Zayn schweigt einen Moment, bevor er leise antwortet: »Wenn wir wissen, wer dafür zuständig war, finden wir eine Lösung.« Ich schlucke hart. Seine Worte klingen so einfach, so selbstverständlich, doch ich weiß, dass er sie ernst meint. Als ich wieder zu ihm schaue, treffe ich auf seinen ruhigen, aber entschlossenen Blick. Ich weiß nicht, wann es passiert ist, aber plötzlich erscheint die Welt um mich herum nicht mehr ganz so schwer. Seine Nähe beruhigt mich, seine Hand in meiner verankert mich in der Gegenwart. Ich neige meinen Kopf leicht zur Seite, lehne ihn sanft an seine Schulter. Er bewegt sich nicht, weicht nicht aus. Stattdessen spüre ich, wie er einen Hauch tiefer atmet, als hätte er genau diesen Moment gebraucht, genau wie ich. Draußen krähen Vögel in den Baumwipfeln, die Welt erwacht langsam zum Leben. Doch hier, in diesem stillen Flur, existiert nur dieser Augenblick. Und für einen Moment reicht uns das.

»Deine Familie ist dir sehr wichtig. Ich sehe es jeden Tag, wie du dich um alle kümmerst, wie du versuchst, jedem gerecht zu werden. Doch dabei vergisst du dich selbst. Du musst lernen, dass auch du wichtig bist. Deine Bedürfnisse zählen auch.«, spricht er plötzlich aus. Seine Worte treffen mich unerwartet. Für einen Moment weiß ich nicht, was ich sagen soll. Dann spüre ich, wie sich meine Lippen zu einem sanften Lächeln formen. »Du hast recht«, gebe ich leise zu. »Meine Liebsten bedeuten mir alles. Ich würde ihre Bedürfnisse immer über meine stellen. Wenn ich sie nicht hätte …« Ich atme tief ein. »Dann wäre mein Leben nicht mehr lebenswert.« Langsam hebe ich meinen Kopf von seiner Schulter und suche seinen Blick. Doch anstatt Zustimmung oder Verständnis zu sehen, spiegelt sich in seinen Augen Zweifel, vielleicht sogar Unbehagen. Er sagt nichts, doch sein Blick verrät, dass ihm meine Worte nicht gefallen.

»Ich habe schon zu oft, wichtige Menschen in meinem Leben verloren«, fahre ich schließlich fort. Meine Stimme ist ruhig, aber in meinem Inneren sticht der Schmerz wie eine kalte Klinge. Ich zwinge mich, ein kleines Schmunzeln auf meine Lippen zu legen, um die Schwere meiner Worte zu überspielen.

»Wenn ich auch noch die letzten verliere, dann würde ich wahrscheinlich den Verstand verlieren.« Ich wende den Blick ab, starre auf meine Hände, als könnte ich dort die Antworten finden, die ich nicht aussprechen kann. Für andere mögen meine Worte traurig oder beunruhigend klingen, doch für mich sind sie nichts als die Wahrheit.

Zayn ergreift meine Hand und drückt sie fest. Seine Wärme durchdringt meine Haut, schickt einen leichten Schauer durch meinen Körper. »Liyana« Seine Stimme ist so sanft, dass sie mein Herz auf eine Weise berührt, die ich nicht erwartet habe. Als ich wieder zu ihm aufsehe, ist da diese tiefe Sanftheit in seinem Blick, eine Fürsorge, die mich gleichzeitig tröstet und schmerzt. »Wen hast du alles verloren?« Seine Worte hallen in mir nach, reißen Wunden auf, die ich versuche zu verdrängen. Mein Herz zieht sich zusammen. Ich spüre, wie mein Atem stockt, wie sich ein Kloß in meinem Hals bildet. Doch in diesem Moment kann ich mich nicht von ihm abwenden. Sein Blick hält mich fest, als würde er mich Stück für Stück durchschauen, als würde er all den gesammelten Schmerz sehen, den ich so lange verborgen habe.

Zayn sagt nichts mehr. Er hält weiterhin meine Hand, seine Finger warm und fest um meine geschlossen. Ich spüre seinen Blick auf mir, ruhig und eindringlich, als würde er mich durchschauen, als würde er fühlen, dass die Worte, die ich gleich aussprechen werde, mir alles abverlangen. Ich atme tief ein, sammle mich. Dann lasse ich die Vergangenheit aus mir herausströmen, leise und doch mit einer Schwere, die in mir lastet wie ein Stein.

»Ich hatte eine anstrengende Kindheit«, beginne ich, meine Stimme kaum mehr als ein Flüstern. »Mein Vater hat uns verlassen … für eine andere Frau. Ich erinnere mich noch genau an den Tag, an dem er ging. An die Art und Weise, wie meine Mutter damals in sich zusammensank, als wäre mit ihm auch ein Teil von ihr verschwunden.« Ich halte kurz inne, lasse den Schmerz kurz an die Oberfläche steigen, bevor ich ihn wieder hinunterdrücke. »Sie hat es nicht verkraftet«, fahre ich schließlich fort. »Lange Zeit litt sie still, in sich gekehrt, gefangen in einer Trauer, aus der sie keinen Ausweg mehr sah. Und irgendwann brachte sie sich um.« Meine eigene Stimme klingt mir fremd in den Ohren. Zayns Griff um meine Hand verstärkt sich ein wenig. Er sagt nichts, doch seine Nähe ist spürbar, wie ein stiller Anker, der mich davon abhält, mich in den Erinnerungen zu verlieren.

»Ich hatte eine Schwester«, sage ich nach einer kurzen Pause. »Sie war erst vierzehn, als sie sich auch das Leben nahm. Sie war zerbrochen, genauso wie unsere Mutter. Ich erinnere mich noch daran, wie ich sie gefunden habe. Wie das Zimmer zu still war, wie ich wusste, noch bevor ich es wirklich begriff, dass sie nicht mehr da war.« Ich schlucke, doch der Kloß in meinem Hals bleibt. »Damals kannte ich Zoey schon aus der Schule. Ihre Familie nahm mich auf, aber ihre Familie war auch keine besonders liebevolle. Sie waren nicht grausam, aber kalt. Lieblos. Also waren Zoey und ich oft auf der Straße, trieben uns herum, gerieten auf die falsche Bahn.« Ich lache leise, bitter. »Wir dachten, wir wären frei. Lebten unvorsichtig und dachten uns gehört die Welt. Doch Freiheit war nicht das, was wir draußen fanden.«

Ein tiefer Atemzug. Ich spüre Zayns Blick noch immer auf mir, seine Geduld, sein stilles Zuhören. »Jetzt habe ich nur noch Zoey und Tiara. Sie sind alles, was mir geblieben ist.« Meine Finger krallen sich in seine, als würde ich mich an der Gegenwart festhalten müssen. »Ich werde sie beschützen müssen. Wenigstens die beiden. Das ist die einzige Macht, die ich habe. Damals war ich zu jung, zu schwach, doch jetzt sieht es anders aus.« Eine Träne läuft über meine Wange, als die Worte meine Lippen verlassen. Zayn nickt langsam, seine Augen durchdringend und doch weich. Mit der anderen Hand wischt er meine Träne weg. »Ich kann meine Liebsten schützen. Jetzt schon.« Die Worte hängen in der Luft, schwer und endgültig.

Sein Blick ruht auf mir, tief und unverwandt, als würde er jedes einzelne meiner Worte in sich aufnehmen. In seinen Augen liegt etwas, das mich innehalten lässt, etwas Ernstes, Unerschütterliches. Dann spricht er. »Du bist nicht allein, Liyana.« Seine Stimme ist fest. »Du musst nicht alles allein tragen.« Sein Daumen streicht sanft über meine Finger. Die Wärme seiner Berührung durchdringt meine Haut, schickt eine sanfte Gänsehaut über meinen Arm. »Ich verspreche dir …« Seine Stimme senkt sich, wird noch leiser, fast ein Flüstern. »Ich werde dich unterstützen. Ich werde Zoey und Tiara beschützen. Und dich.« Mein Atem stockt. »Alle drei.«, stellt er klar.

Er rückt näher, langsam, bedacht, als wolle er mir Zeit geben, zurückzuweichen, doch ich tue es nicht. *Ich kann nicht.* Seine Worte, seine Nähe, die Wärme, die von ihm ausgeht, all das zieht mich an, hält mich fest. »Du musst nicht mehr alles allein tragen«, wiederholt er leise. Seine Stirn berührt fast meine. Ich spüre seinen Atem, warm und sanft gegen meine Haut. Mein Herz schlägt schneller, doch ich kann mich nicht rühren. Ich kann nur in seine dunklen Augen sehen, die so viel versprechen, so viel Tiefe zeigen. Dann überbrückt er den letzten Abstand zwischen uns. Seine Lippen treffen auf meine, sanft, warm, vorsichtig, als wolle er mir Zeit geben, mich an die Nähe zu gewöhnen.

Doch ich lehne mich instinktiv in ihn hinein, lasse mich in diesen Moment fallen, in die Sicherheit, die er mir bietet. Seine Hand gleitet an meine Wange, sein Daumen streicht sanft darüber. Ich schließe die Augen, verliere mich in diesem Kuss, in dem stillen Versprechen, das er mir damit gibt. Als wir uns langsam voneinander lösen, bleibt seine Stirn an meiner gelehnt. »Ich werde dich nicht allein lassen«, flüstert er. Mein Herz pocht heftig gegen meine Brust, meine Finger umklammern seine.

Zayn und ich fahren gleichzeitig auseinander, als hätten wir uns an Feuer verbrannt. Mein Herz rast noch immer, meine Lippen kribbeln von seinem Kuss. *Wow.* Mein Blick huscht vorbei an ihm und bemerken Marie. Sie steht da, mit diesem breiten Lächeln, die Hände noch am Küchentuch abtrocknend. Ich blinzele sie an, mein Gesicht wird heiß. Zayn räuspert sich leise, streicht sich durch sein dunkles Haar und setzt seine gewohnte, stoische

Miene auf. Doch das leichte Zucken an seinen Mundwinkeln verrät ihn. Marie strahlt über das ganze Gesicht. »Meine Gebete wurden erhört. Endlich!« Sie schüttelt übertrieben theatralisch den Kopf, als hätte sie ewig auf diesen Moment gewartet. »Ich wusste es! Ich wusste es einfach! Ihr beide passt wundervoll zusammen!« Sie klatscht begeistert in die Hände, als wäre das hier eine romantische Filmszene und nicht mein eigenes, völlig aus den Fugen geratenes Leben. »Marie …« Ich ziehe die Augenbrauen zusammen, versuche, meine Fassung wiederzugewinnen, doch sie winkt nur ab.

»Ach, erspart euch die Ausreden! Ich sehe doch, was zwischen euch ist. Und ehrlich gesagt, wurde es auch langsam mal Zeit!« Sie drückt sich von der Tür ab, kommt näher und deutet vielsagend auf Zayn. »Dieser Mann hier hat dich die ganze Zeit so angesehen, als wärst du sein sicherer Hafen. Und du? Du hast deine eigenen Gefühle für ihn nicht bemerkt. Es war schmerzhaft, euch so mit anzusehen.« Ich öffne den Mund, doch kein einziges Wort kommt heraus. Zayn verschränkt die Arme vor der Brust. Er sagt nichts, doch das kleine, selbstzufriedene Lächeln auf seinen Lippen lässt meine Wangen nur noch heißer werden.

»Marie …«, beginne ich erneut, doch sie hebt nur eine Hand und zwinkert mir zu. »Ach, ich lass euch mal wieder allein. Ich habe genug gesehen.« Sie grinst, dreht sich auf dem Absatz um und verlässt den Flur mit einem leisen Kichern. Hinter ihr fällt die Tür zur Küche sanft ins Schloss. Zurück bleibt eine drückende Stille. Ich starre auf den Boden, mein Herz hämmert noch immer in meiner Brust. Dann spüre ich eine Bewegung neben mir, als ich aufsehe, trifft mein Blick auf Zayns. Er sieht mich an, ruhig, warm, mit diesem unergründlichen Ausdruck, den ich noch nicht ganz deuten kann. Dann hebt er langsam eine Augenbraue.

»Also … endlich?« Ich stöhne genervt und schlage ihm spielerisch gegen den Arm. Er lacht leise. »Ich gehe zu Zoey. Vielleicht ist sie schon wach.« Überfordert von der Situation stehe ich auf und laufe ins Wohnzimmer. Ich höre seine festen Schritte direkt hinter mir, spüre seine Anwesenheit, ohne ihn anzusehen.

Als ich das Wohnzimmer betrete, sehe ich Zoey auf dem Sofa liegen. Ihre Augen sind geöffnet, doch sie wirken leer, als würde sie durch die Decke hindurch in eine Welt blicken, die nur sie sehen kann. Ich versuche, die Spannung in meiner Brust zu ignorieren und setze mich vorsichtig neben sie. Mein Lächeln ist weich, aufmunternd, obwohl meine Gedanken schwer sind. »Gut geschlafen, Schlafmütze?« frage ich sanft. Zoey blinzelt ein paar Mal, bevor sie sich langsam aufsetzt. Ihre Bewegungen sind zögerlich, als würde ihr ganzer Körper gegen sie arbeiten. Ich beobachte sie genau, nehme jede kleine Regung wahr.

Zayn bleibt vor uns stehen, die Arme vor der Brust verschränkt. »Ja, ich konnte gut schlafen.« Ihre Stimme ist heiser, brüchig. »Ich fühle mich besser als vorher.« Ich nicke leicht und greife nach ihrer Hand, drücke sie sanft. Die Wärme ihrer Haut ist tröstlich, aber ich kann die leichte Anspannung in ihren Fingern spüren. Ich atme tief durch, bevor ich das ausspreche, was mir seit gestern auf der Seele brennt. »Zoey, ich muss dich nun leider fragen, wer das war.« Meine Stimme ist ruhig, aber bestimmt. »Langsam gefährdet es uns alle. Was genau geht hier vor sich?« Zoey weicht meinem Blick aus.

Ihre Finger verkrampfen sich leicht in meinen, als würde sie sich an mir festhalten wollen, während sie nach den richtigen Worten sucht. »Ich versuche nicht, dich zu verurteilen«, füge ich sanft hinzu. »Aber ich brauche die Wahrheit. Wir alle.« Ich sehe, wie ihre Kehle sich bewegt, als sie schluckt. Ihr Blick wandert kurz zu Zayn, der weiterhin schweigend dasteht, eine undurchdringliche Miene aufgesetzt hat. Doch auch er wartet. Sekunden verstreichen, doch sie fühlt sich an wie eine Ewigkeit. Dann atmet Zoey tief ein, ihre Schultern heben und senken sich langsam. Und schließlich flüstert sie: »Es gibt Dinge, die ihr nicht wissen solltet, aber ich kann nicht länger schweigen.« *Die Worte gefallen mir gar nicht.*

Zoey atmet tief durch, ihre Schultern sacken leicht nach vorne, als würde die Last der Vergangenheit sie niederdrücken. Ihre Finger zittern leicht, als sie sie ineinander verschränkt.

»Damals ging ich, um mich zu finden. Ich wollte mir etwas aufbauen, mir endlich beweisen, dass ich mehr sein kann als das Mädchen, das nie etwas auf die Reihe bekommt.« Ihre Stimme ist kaum mehr als ein Flüstern, doch jedes Wort trägt so viel Schmerz in sich, dass es sich wie ein Stich in mein Herz anfühlt. Ich sage nichts, lasse ihr die Zeit, die sie braucht.

»Es lief nicht gut.« Sie lacht bitter, aber ihre Augen bleiben leer. »Ich irrte durch die Städte, suchte nach Jobs, doch niemand wollte jemanden wie mich einstellen. Ich schlief auf den Straßen, weil ich mir nichts anderes leisten konnte. Es war kalt, einsam … und ich hatte Hunger. Ständig. Ich wollte so oft aufgeben, aber ich konnte nicht zurück. Ich schämte mich so sehr, Liyana.« Schockiert schlage ich meine Hand vor den Mund. »Du … du hast dich geschämt?«, flüstere ich fassungslos. Zoey hebt ihren Blick und sieht mich an. Ihre Augen spiegeln Reue und Schmerz wider. »Ja. Ich hatte dich allein gelassen. Nichts auf die Reihe bekommen. Ich wollte nicht mit leeren Händen vor dir stehen, als Versagerin zurückkehren. Also kämpfte ich weiter, so gut ich konnte.« Mein Herz zieht sich schmerzhaft zusammen.

»Zoey«, sage ich leise, »ich kann es nicht fassen. Du musst dich doch vor nichts schämen! Ich wäre so froh gewesen, wenn du einfach zurückgekommen wärst. Ich wollte dich einfach nur bei mir haben.« Sie schluckt schwer und blickt zu Boden. »Ich weiß«, murmelt sie. »Ich war jung und dumm. Ich dachte, ich müsste erst etwas erreichen, bevor ich es verdiene, wieder nach Hause zu kommen.« Einen Moment lang herrscht Stille. Dann fährt sie mit rauer Stimme fort: »Irgendwann landete ich in der Stadt Hillgrove, am anderen Ende der Welt. Eine Stadt voller Verzweiflung, voller Dunkelheit. Ich war am Ende, Liyana. Ich driftete ab, begann wieder mit den Drogen …« Mein Atem stockt. Ich spüre, wie sich ein Kloß in meiner Kehle bildet, aber ich unterbreche sie nicht.

»Diese Stadt ist elendiger Abschaum«, fährt sie fort, ihre Stimme zittert leicht. »Überall Gangs, Kriminelle, korrupte Bullen. Ich lernte Leute kennen, die sich in diesen Kreisen bewegten. Ich dachte, es wäre meine Chance, an Geld zu kommen, um mein eigenes Geschäft zu starten. Und genau das tat ich.« Sie hält kurz inne, bevor sie weiterspricht: »Ich verarschte eine Gang, nahm ihr Geld und verschwand.« Meine Augen weiten sich. »Was?«, bringe ich kaum hörbar heraus. Zoey lacht trocken. »Ja. Dumm, oder? Ich floh nach Lightgriffin und fand dort Investoren, die mit mir die Fabrik für die Socken aufbauten. Endlich hatte ich es geschafft. Ich hatte ein Leben, einen Traum, etwas Eigenes. Doch während ich mir alles aufbaute … folgte mir die Gang.« Mein Herz schlägt schneller.

»Zoey!« Sie schüttelt den Kopf. »Sie haben überall Leute, Liyana. Ich habe versucht, ihnen das Geld zurückzugeben. Ich habe ihnen sogar viel mehr angeboten, als ich ihnen genommen hatte. Doch es ging ihnen nicht ums Geld.« Ihre Hände ballen sich zu Fäusten. »Sie wollen Rache. Dafür, dass ich sie ausgetrickst habe. Dafür, dass ich ihnen keinen Respekt gezollt habe.« Mir wird eiskalt. »Zoey … was bedeutet das?« Sie sieht mich an, ihre Augen voller Angst. Zoey senkt den Kopf, ihre Schultern zittern leicht. Ihre Stimme ist rau, als sie weiterspricht: »Es bedeutet, dass sie nicht aufhören werden, bis sie bekommen, was sie wollen. Aber ich weiß nicht, was sie wollen.« Ihre Finger verkrampfen sich ineinander, als würde sie sich selbst an etwas festhalten wollen, das längst nicht mehr da ist. »Wollen sie mich einfach nur töten? Mich quälen und dann umbringen? Oder vielleicht ein Exempel an mir statuieren, damit keiner es wagt, sie je wieder zu hintergehen? Ich habe keine Ahnung. Und genau das macht mir so eine Angst. Seit Jahren spielen sie mit mir!«

Sie holt tief Luft, ihre Brust hebt und senkt sich ruckartig. »Ich habe so viele Sicherheitsmaßnahmen ergriffen, Liyana. Ich habe mich versteckt, Adressen gewechselt, immer mit Wachleuten gearbeitet. Ich dachte, ich hätte es unter Kontrolle. Doch als ich vor kurzem hörte, dass sie eine ganze Gruppe von Männern auf mich gehetzt haben, wusste ich, dass ich gehen musste. Nicht für mich, sondern für euch. Damit ihr nicht in diese Hölle hineingezogen werdet.« Ich schlucke hart, während mein Herz rast. »Drei von ihnen konnten mich abfangen.« Ihre Stimme wird brüchig. »Sie waren brutal. Sie prügelten auf mich ein, traten mich, als wäre ich nichts wert. Ich spürte alles, fühlte, wie mein Gesicht anschwoll, doch sie hörten nicht auf. Erst als meine Leute endlich auftauchten, konnten sie mich retten. Ich habe Glück, dass ich überhaupt noch lebe.« Ein Zittern durchläuft meinen ganzen Körper. Mir wird eiskalt, als ich aufspringe.

»Scheiße, scheiße, scheiße, Zoey!« Ich presse meine Hände gegen meine Schläfen und laufe ein paar Schritte durch den Raum, unfähig, stillzustehen. Zoey sieht mich an, ihre Augen flehend. »Zoey, ich kann es nicht fassen!« Sie öffnet den Mund, will etwas sagen, doch dann beißt sie sich auf die Lippe. Ihre Augen füllen sich mit Tränen, und ein Schluchzen entweicht ihr. »Es tut mir so leid, Liyana. Ich schwöre es dir, ich bereue alles so sehr!« Sie greift nach meiner Hand, aber ich weiche reflexartig zurück. »Entschuldige dich nicht!« Mein Blick bohrt sich in ihren, mein Herz fühlt sich an, als würde es auseinanderbrechen.

»Ich bin nicht wütend, weil du einen Fehler gemacht hast, sondern weil du mir nichts erzählt hast! Du kamst zurück und hast so getan, als wäre alles in Ordnung, als wärst du glücklich. Aber in Wahrheit hast du all das durchgemacht, hast in Angst gelebt, und hast mich komplett ausgeschlossen?!« Meine Stimme zittert, während ich mich schwer atmend auf die Lippen beiße. »Bin ich für dich eine Fremde?« Ich kann die Enttäuschung nicht mehr zurückhalten. »Zoey, du bist wie meine Schwester! Ich hätte dir helfen können! Ich hätte an deiner Seite gestanden, ich hätte für dich gekämpft! Ich hatte Geld, vielleicht nicht viel, aber genug. Ohne einen Moment zu zögern hätte ich es dir damals gegeben, wenn ich nur gewusst hätte, was los ist. Dann hätten wir das alles verhindern können!« Zoey schüttelt vehement den Kopf, Tränen rinnen ihr über die Wangen.

»Du bist nicht sauer?« Ihre Stimme ist heiser, fast ungläubig. »Liyana, ich bin ein widerlicher Mensch. Ich konnte nicht zugeben, was los war. Ich wollte dich nicht enttäuschen, verstehst du? Genau diesen Blick wollte ich vermeiden! Diesen Blick, der mich jetzt so sehr trifft, dass es mir das Herz zerreißt.« Sie schnieft und ballt ihre Hände zu Fäusten. »Ein einziges Mal wollte ich diejenige sein, die uns beschützt. Die sich um uns sorgt! Ich wollte nicht die sein, die immer wieder Fehler macht und auf deine Hilfe angewiesen ist. Sei wütend auf mich, Liyana! Bitte! Ich verdiene es! Ich gefährde euch alle! Ich habe es so sehr vermasselt!«

Ich spüre, wie meine Kehle brennt, mein eigener Schmerz vermischt sich mit ihrem. Doch anstatt mich weiter von ihr zu entfernen, setze ich mich langsam wieder neben sie. Ich strecke vorsichtig die Arme aus, lege sie sanft um ihre Schultern und ziehe sie in eine Umarmung. »Zoey … ich bin nicht wütend auf dich.« Meine Stimme ist kaum mehr als ein Flüstern. »Nur enttäuscht. Nicht über das, was du getan hast, sondern darüber, dass du dachtest, du wärst allein.« Sie krallt sich an mich, vergräbt ihr Gesicht in meiner Schulter. Ihr Körper bebt vor Schluchzen.

»Wir beide sind ein unzertrennliches Team«, flüstere ich weiter und streiche ihr beruhigend über den Rücken. »Ganz egal, was passiert, du wirst mich immer an deiner Seite haben. Gemeinsam hätten wir das alles bewältigen können. Und das können wir immer noch.« Zoey klammert sich fester an mich, als würde sie Angst haben, dass ich verschwinden könnte. »Es tut mir so leid.« Ihre Stimme bricht. »Liyana, bitte vergib mir.« Ich schließe die Augen und halte sie noch fester. »Ich bin hier, Zoey. Ich werde dich nicht im Stich lassen. Niemals.«

Kurz verweilen wir so, eng umschlungen, während unsere Atmung sich langsam beruhigt. Die Verbindung, die wir einst hatten, ist stärker zurück als jemals zuvor. In diesem Moment gibt es keine Lügen, keine Geheimnisse mehr, nur uns. Die Last, die zwischen uns gelegen hatte, scheint sich ein wenig zu lichten. Doch dann wird die Stille durch eine ruhige, aber ernste Stimme unterbrochen. »Eine Sache frage ich mich dennoch.«

Zayns Worte lassen uns beide aufschauen. Er steht mit

verschränkten Armen da, sein Blick ist durchdringend und ernst. »Du wusstest, dass du verfolgt wirst. Wieso kamst du nach mehreren Jahren zurück und gefährdest Liyana und ihre Tochter?« Seine Stimme ist ruhig, aber man spürt die Schärfe darin. »Beide haben nichts mit deiner Sache zu tun und trotzdem werden sie nun mit hineingezogen.« Zoeys Gesichtsausdruck verändert sich schlagartig. Ihre Augen verengen sich vor Verwirrung, als sie ihren Blick zu mir wendet. »Was meint er damit?« Ihre Stimme ist brüchig, besorgt. »Liyana … was ist passiert?« Ich winke hastig ab, spüre, wie sich mein Brustkorb vor Druck anfühlt. »Später. Ich werde dir alles erzählen, versprochen.« Zoey sieht mich noch einen Moment lang an, dann senkt sie den Kopf. Ein schwerer Seufzer entfährt ihr. »Ich weiß, dass das auch ein Fehler war.« Ihre Stimme klingt leise, voller Reue. »Ich wollte niemanden in Gefahr bringen. Ich bin nicht zurückgekommen, um euch ins Visier dieser Leute zu rücken.« Sie atmet tief durch, als würde sie Kraft sammeln, bevor sie die Worte ausspricht, die in ihr brodeln.

Langsam hebt sie ihr Oberteil hoch. Ich schnappe nach Luft. Eine blasse Narbe zieht sich quer über ihren Bauch, eine klaffende Erinnerung an das, was sie durchmachen musste. »Vor einem halben Jahr wurde ich angeschossen.« Ihre Worte hallen in meinen Ohren nach, als hätte jemand einen schweren Stein in meine Magengrube geworfen. Ich kann den Blick nicht von der Narbe abwenden. »Fast hätte ich mein Leben verloren.« Sie senkt ihr Oberteil wieder und fährt mit zitternden Fingern über den Stoff. »Ich hatte Angst zu sterben, bevor ich euch noch einmal sehen konnte. Ich wollte nicht einfach verschwinden, ohne mich verabschiedet zu haben.« Ihre Augen glänzen feucht, doch sie blinzelt die Tränen tapfer weg. »Ich bereue es, gegangen zu sein. Ich bereue, so viel verpasst zu haben. Und das wurde mir bewusst, als ich aufwachte. Als ich am Rande des Todes lag, wusste ich, dass ich euch sehen musste, egal, was es kostet.«

Ihre Stimme bricht am Ende fast, und sie dreht ihren Kopf zur Seite, als würde es ihr wehtun, diese Worte auszusprechen. Ein stechender Schmerz zieht sich durch meine Brust. Ich spüre, wie meine Hände zittern. *Sie ... sie wurde angeschossen!* Sie hätten sie fast getötet. Mein Herz rast. »Das ist krank!« Meine Stimme überschlägt sich vor Wut. »Das sind doch keine Menschen mehr!« Ich presse meine Hände gegen meinen Mund, um das Zittern meiner Lippen zu verbergen. Mein Kopf ist voller Bilder, Zoey, blutend auf dem kalten Boden. Zoey, allein, verzweifelt, kämpfend. »Zoey, oh Gott …« Ich kann es kaum begreifen. »Zum Glück geht es dir gut!« Meine Kehle schnürt sich zu, mein Herz pocht so schmerzhaft, als würde es zerreißen. Sie hat das alles allein durchgemacht. *Und wenn sie gestorben wäre?* Ich hätte es nie erfahren. Nie hätte ich mich verabschieden können. Nie hätte ich ihr gesagt, wie viel sie mir bedeutet. Meine Augen füllen sich mit Tränen, doch ich blinzele sie wütend weg. »Nie wieder.« Ich greife nach ihrer Hand und drücke sie fest. »Nie wieder gehst du allein da durch, hörst du?« Zoey sieht mich mit großen Augen an, bevor sie mit einem müden schmunzeln nickt.

Manchmal ist Zufriedenheit der stille Erfolg,
den du schon längst erreicht hast.

Kapitel Siebzehn

Heute ist wieder Freitag. Allein der Gedanke daran, lässt mich freudig schmunzeln. »Prokrastination ist ein weit verbreitetes Phänomen, das viele von uns betrifft, sei es in der Schule, im Beruf oder im Alltag. Oft geschieht das Aufschieben von Aufgaben nicht aus Faulheit oder mangelndem Willen, sondern ist vielmehr ein komplexes Zusammenspiel psychologischer Mechanismen und kognitiver Verzerrungen. Obwohl es einfach scheint, sich selbst zu sagen, *Jetzt mach einfach!* kann es tiefere Ursachen für das Aufschieben geben.

Ein häufiger Grund ist Angst und Perfektionismus. Menschen, die hohe Anforderungen an sich selbst stellen und die Vorstellung haben, dass ihre Arbeit perfekt sein muss, erleben häufig eine lähmende Angst vor dem Scheitern. Diese Angst kann so stark werden, dass sie dazu führt, dass die Aufgabe gar nicht erst begonnen wird, aus der Furcht, dass das Ergebnis nicht den eigenen Ansprüchen gerecht wird. Perfektionismus kann die Ursache für endlose Planungen und Vorbereitungen sein, die den eigentlichen Arbeitsprozess immer weiter hinauszögern.

Ein weiterer Grund ist Überforderung und Unsicherheit. Wenn eine Aufgabe zu groß, zu komplex oder einfach nicht gut strukturiert ist, kann unser Gehirn die Aufgabe als unüberschaubar wahrnehmen. Diese Unsicherheit kann zu einer Blockade führen, man weiß nicht, wie man anfangen soll, und vermeidet deshalb den Beginn. Das Gefühl der Überforderung wird oft von einem inneren Widerstand begleitet, der das Aufschieben begünstigt.

Mangelnde Motivation und das Belohnungssystem spielen ebenfalls eine große Rolle. Unser Gehirn reagiert stärker auf sofortige Belohnungen als auf langfristige. Das bedeutet, dass wir Tätigkeiten, die kurzfristige Belohnungen bringen, wie das Surfen in sozialen Medien oder das Ansehen von Videos, dem Erledigen unangenehmer oder langwieriger Aufgaben vorziehen. Das

Dopaminsystem im Gehirn ist hier ein wichtiger Faktor: Es wird durch sofortige Belohnungen aktiviert, was das Aufschieben der langfristigen Aufgabe begünstigt.

Ein weiteres psychologisches Phänomen ist emotionale Regulierung. Prokrastination wird oft als eine Strategie verwendet, um unangenehme Emotionen zu vermeiden. Aufgaben, die mit Gefühlen wie Angst, Frustration oder Langeweile verbunden sind, werden gerne aufgeschoben, weil das Gehirn nach einer Möglichkeit sucht, diese negativen Emotionen zu umgehen. Statt sich mit der unangenehmen Aufgabe auseinanderzusetzen, wird die Aufmerksamkeit auf angenehmere, aber weniger produktive Aktivitäten gelenkt. Schließlich spielt die Selbstwahrnehmung und Motivation eine Rolle. Manche Menschen sind von Natur aus stärker auf äußere Anreize angewiesen und benötigen klare Deadlines oder Feedback, um ihre Motivation zu finden. Ohne diese externen Kontrollen fällt es ihnen schwer, sich selbst zu motivieren und ihre eigenen Prioritäten zu setzen, was oft zu Aufschub führt.

Die Erkenntnis, dass Prokrastination nicht einfach ein Zeichen von Faulheit ist, sondern oft tiefere psychologische Ursachen hat, ist der erste Schritt, um dem Teufelskreis des Aufschiebens zu entkommen. Es erfordert sowohl Selbstreflexion als auch gezielte Strategien, um diese Muster zu durchbrechen und wieder produktiver und weniger gestresst zu werden.«

Ich schreibe die wichtigsten Stichpunkte auf die Tafel. »Die gute Nachricht ist, dass Prokrastination kein dauerhaftes Schicksal sein muss. Es gibt viele Strategien, die helfen können, das Aufschieben zu überwinden und produktiver zu werden. Diese Techniken setzen an verschiedenen Punkten an, von der Organisation der Aufgaben bis hin zu Veränderungen im eigenen Mindset. Eine der effektivsten Methoden ist, große Aufgaben in kleine Schritte zu unterteilen. Wenn eine Aufgabe in überschaubare Teilziele gegliedert wird, wirkt sie weniger überwältigend. So ist es einfacher, anzufangen und Fortschritte zu sehen. Diese kleinen Erfolge können die Motivation steigern und den gesamten Prozess angenehmer gestalten. Belohnungssysteme sind ebenfalls hilfreich. Man kann sich für das Erreichen von Zwischenzielen kleine Belohnungen setzen, wie eine kurze Pause, eine Tasse Kaffee oder etwas, das einem persönlich Freude bereitet. Indem man den Arbeitsprozess mit positiven Erlebnissen verknüpft, lässt sich das Gehirn besser motivieren.

Die zwei-Minuten-Regel ist eine besonders einfache, aber sehr effektive Technik: Wenn eine Aufgabe weniger als zwei Minuten dauert, erledigt man sie sofort. Diese Regel kann helfen, den ersten Schritt zu machen und größere Aufgaben in Gang zu setzen. Häufig reicht eine kleine, schnelle Aktion aus, um eine Blockade zu überwinden. Zeitmanagement-Techniken sind ebenfalls sehr nützlich. Sie strukturieren den Tag und helfen dabei, fokussiert zu bleiben, ohne sich überfordert zu fühlen. Die Begrenzung der Arbeitszeit auf kurze Intervalle hilft, das Gefühl der Endlosigkeit einer Aufgabe zu verringern.

Ein weiterer wichtiger Aspekt ist das Üben von Selbstmitgefühl. Negative Selbstgespräche und übermäßige Selbstkritik führen oft dazu, dass man Aufgaben aufschiebt. Wenn man lernt, sich selbst mit mehr Mitgefühl zu behandeln und sich weniger unter Druck zu setzen, wird die Angst vor dem Versagen reduziert. Ein gesunder Umgang mit eigenen Fehlern und Unzulänglichkeiten kann helfen, das Aufschieben zu verringern. Externe Unterstützung kann ebenfalls einen großen Unterschied machen. Indem man jemanden in den Arbeitsprozess einbindet, sei es durch ein Verantwortungspaar oder durch regelmäßige Updates gegenüber einem Freund oder Kollegen, wird eine gewisse Verbindlichkeit geschaffen, die das Aufschieben reduziert.

Man fühlt sich stärker verpflichtet, eine Aufgabe zu erledigen, wenn andere davon wissen. Zudem sollte die eigene Umgebung optimiert werden. Ablenkungen, insbesondere durch das Smartphone oder soziale Medien, sind eine der Hauptursachen für Prokrastination. Ein ablenkungsfreier Arbeitsplatz, etwa durch das Beiseiteschieben des Handys oder das Blockieren von Social-

Media-Apps, kann enorm dazu beitragen, die Konzentration zu steigern und produktiver zu arbeiten.

Zusammenfassend lässt sich sagen, dass Prokrastination zwar eine weit verbreitete Herausforderung ist, aber nicht unüberwindbar. Sie ist oft das Resultat psychologischer und emotionaler Prozesse, die mit Angst, Perfektionismus oder Überforderung zusammenhängen. Mit den richtigen Strategien und einem besseren Verständnis der Ursachen können wir diese Muster überwinden. Prokrastination ist kein Zeichen von Faulheit, sondern ein komplexer Prozess, der mit der richtigen Herangehensweise in produktives Handeln umgewandelt werden kann.«

Mit einem Lächeln verlasse ich kurz darauf den Saal und fahre zum Studio. Heute habe ich Zayn wieder bei Zoey gelassen. *Sie muss geschützt werden, nicht ich.* Zoey erholt sich langsam, ich arbeite und Tiara geht wie gewohnt zur Schule. Es scheint alles normal zu sein. *Doch das ist es nicht.* Innerlich brodelt es in mir. Mein Fokus liegt nur auf einer Sache: eine Lösung zu finden. Diese Kriminellen werden uns in Ruhe lassen. Und dafür werde ich persönlich sorgen. Ich bin fast mit meiner Planung fertig. Ich kann an nichts anderes mehr denken. Aber ich muss geduldig sein. Heute hatte ich meine letzte Unterrichtsstunde, vorerst. Denn für meinen Plan brauche ich mehr Zeit. Die Show an den Freitagen werde ich jedoch versuchen fortzuführen. Dieses Projekt bedeutet mir viel, und ich werde es nicht aufgeben. Wenn alles vorbei ist, wenn wir endlich in Sicherheit sind, werde ich wieder wie gewohnt arbeiten können. Doch bis dahin muss ich mich vorbereiten. Ich brauche noch Zeit.

Plötzlich höre ich mein Telefon klingeln. Mit einer Hand halte ich das Lenkrad fest, während die andere nach dem Handy greift. Ich nehme den Anruf an. »Hallo?« Einen Moment lang bleibt es still. Dann höre ich Zayns Stimme. »Liyana, fährst du gerade zum Studio?«, fragt er mich. »Ja, ich bin gleich da. Ist bei euch alles in Ordnung?« Ein Anflug von Sorge durchzieht mich. *Hoffentlich ist nichts passiert.* »Ja, alles gut. Die Mädels lassen aber nicht locker und wollen auch mitkommen. Wir fahren gleich los.« Er klingt ruhig, doch ich meine eine leichte Unsicherheit in seiner Stimme zu hören. »Lief bei dir alles gut?« Ein Lächeln huscht über meine Lippen. Amüsiert lache ich leise. »Ja, alles lief gut. Dann sehen wir uns gleich. Ich freue mich auf euch.« Ich lege auf und konzentriere mich wieder auf die Straße. Vielleicht ist es gar nicht schlecht, sich unter Leute zu mischen. In einer Menschenmasse könnten sie nicht einfach angreifen. Das wäre dumm. Und Dummheit ist etwas, das diese Kriminellen sich nicht leisten können.

*

Nach einer Weile komme ich endlich an und betrete das Studio mit einem warmen Gefühl im Bauch. Die Atmosphäre hier ist mir vertraut, die leichten Stimmen der Crew, die Energie, die in der Luft liegt. *Ich liebe diesen Ort.* Kaum habe ich den Raum betreten, sehe ich Finn, der mir bereits mit seinem strahlenden Lächeln entgegenkommt. Seine offene Art und seine ansteckende Positivität sind wie ein Anker für mich. Ich setze mich zu ihm, während er mich mit seinem typischen Funkeln in den Augen mustert.

»Es ist schön, dich wiederzusehen. Du strahlst wieder!« Seine Worte sind ehrlich und voller Wärme. Dankbar lächle ich und ziehe ihn in eine feste Umarmung. »Du auch, Finn. Ich freue mich die ganze Woche auf diesen Tag.« *Und das meine ich ernst.* Dieser Moment ist wie eine kleine Auszeit von all dem Chaos, das mich sonst umgibt. Hier kann ich atmen, lachen, abschalten.

Wir plaudern noch eine Weile über Gott und die Welt, über vergangene Sendungen, lustige Erlebnisse und neue Ideen, bis er plötzlich gerufen wird. »Wir sehen uns gleich, Süße!« ruft er mir grinsend zu, bevor er eilig aufsteht und Richtung Bühne verschwindet. Ich atme tief durch und versuche, meine aufsteigende Nervosität zu unterdrücken. Es ist jedes Mal das Gleiche, ein sanftes Kribbeln in meinem Bauch, eine Mischung aus Vorfreude und Aufregung. Ich liebe diese Show, doch der Moment kurz vor dem

Auftritt bringt immer diese vertraute Anspannung mit sich.

Dann geht es los. Finns Stimme erfüllt den Raum, klar und voller Energie. »Ich begrüße Sie, meine Damen und Herren! Mein Name ist Finn Whinston, und ich begleite Sie heute. Lassen Sie uns direkt zur Sache kommen und unseren strahlenden Star willkommen heißen: Frau Dr. Liyana Laurel!« Eine Welle aus Applaus brandet auf, als die Mitarbeiterin mir mit einem Nicken signalisiert, dass es Zeit ist. Ich stehe auf, richte meine Bluse glatt und laufe mit einem Lächeln auf die Bühne. Das warme Licht der Scheinwerfer trifft mein Gesicht, und das tosende Klatschen der Zuschauer umfängt mich wie eine liebevolle Umarmung. Ich winke den Menschen im Publikum zu, mein Herz klopft etwas schneller vor Aufregung.

»Hallo zusammen!«, begrüße ich sie und setze mich elegant auf meinen Platz neben Finn, meine Beine locker übereinandergeschlagen. Als mein Blick über die erste Reihe wandert, bleibt er an einer Gruppe von Menschen hängen, und mein Herz wird mit einem Mal ganz warm. *Dort sitzen sie.* Zoey, Marie, Zayn und Tiara mit ihren Kopfhörern auf seinem Schoß. Sie alle winken mir zu, ihre Augen leuchten voller Stolz und Zuneigung. Ein sanftes Lächeln umspielt meine Lippen. Schnell zwinkere ich ihnen zu, ein stilles Zeichen, dass ich ihre Anwesenheit wahrgenommen habe. Dann reiße ich mich los und richte meine Aufmerksamkeit wieder auf Finn, der bereits den ersten Anruf einleitet. *Die Show beginnt.*

»Hallo? Ich weiß nicht, ob ich hier richtig bin. Ich bin einfach verzweifelt! Es geht um meinen Sohn.« Die Stimme der Frau zittert vor Sorge, und ein kleiner Stich durchfährt mich. »Hallo«, sage ich sanft, um ihr etwas Ruhe zu vermitteln. »Atme tief durch. Ich bin hier, um dir zuzuhören und zu helfen. Erzähl mir, was genau mit deinem Sohn los ist. Wie heißt du?« Am anderen Ende der Leitung höre ich sie tief einatmen, als würde sie Kraft sammeln. »Ich heiße Anastasia«, antwortet sie schließlich mit brüchiger Stimme. »Mein Sohn ist fünfzehn. Und er hat sich völlig verändert. Er redet kaum noch mit mir, schließt sich in seinem Zimmer ein, isst fast nichts mehr. Oft denke ich, es ist nur die Pubertät, aber … ich habe ein ungutes Gefühl.« In ihrer Stimme liegt so viel Verzweiflung. Ich kann mir vorstellen, wie frustrierend und schmerzhaft es sein muss, sein eigenes Kind so verschlossen und unerreichbar zu erleben. »Das muss sehr schwer für dich sein«, sage ich mitfühlend. »Es ist gut, dass du es bemerkt hast. Manchmal sind solche Veränderungen harmlos, aber wenn du das Gefühl hast, dass etwas nicht stimmt, ist es wichtig, genau hinzuschauen. Hast du ihn jemals direkt darauf angesprochen?« *Vielleicht bedrückt ihn etwas, das er nicht aussprechen kann?*

»Er blockt total ab«, seufzt sie niedergeschlagen. »Und dann habe ich eine leere Pillenpackung in seinem Zimmer gefunden. Ich weiß nicht mal, was das war. Vielleicht hat er angefangen, Drogen zu nehmen?« Mein Herz zieht sich zusammen. *Das ist ernster, als ich zunächst dachte.* »Hast du eine Ahnung, ob in letzter Zeit etwas passiert ist? In der Schule? Oder bei dir? Irgendetwas, das sein Leben verändert haben könnte?« Ein Moment lang bleibt es still, dann sagt sie leise: »Ich habe mich vor ein paar Monaten von seinem Vater getrennt. Aber das ist ja schon etwas her. Kann es trotzdem daran liegen?« Sie klingt unsicher, als hätte sie sich diese Frage selbst bereits gestellt, aber sich nie erlaubt, sie laut auszusprechen. »Wann hat er das letzte Mal seinen Vater gesehen? Oder wann habt ihr zuletzt zu dritt etwas unternommen?« Kurz ist es still. »Seit der Trennung habe ich seinen Vater nicht mehr gesehen«, gibt sie zu. »Aber die beiden haben sich ein paar Mal allein getroffen.« Ich nicke in Gedanken.

Die Trennung mag für sie verarbeitet sein, aber für ihren Sohn bedeutet sie vielleicht noch immer einen tiefen Verlust. »Verstanden«, sage ich ruhig. »Es ist völlig in Ordnung, dass du dich getrennt hast. Du hast ein Recht darauf, glücklich zu sein. Aber für deinen Sohn ist das eine große Umstellung. Während du vielleicht erleichtert bist, dass du den Vater losgeworden bist, vermisst er möglicherweise die alten Zeiten. Es ist wichtig, dass er trotzdem das Gefühl hat, eine Familie zu haben, auch wenn ihr nicht mehr zusammen seid.«

Ich lasse ihr einen Moment Zeit, meine Worte sacken zu lassen. Dann fahre ich fort: »Es könnte hilfreich sein, wenn ihr hin und wieder gemeinsame Unternehmungen zu dritt plant, nichts Großes, vielleicht ein gemeinsames Abendessen oder ein Spaziergang. So sieht er, dass ihr beide weiterhin für ihn da seid. Dass ihr als Eltern trotz allem ein Team seid. Und was die Pillen angeht, sprich ihn darauf an. Am besten nicht allein, sondern zusammen mit seinem Vater. Zeigt ihm, dass ihr euch Sorgen macht, nicht aus Kontrolle, sondern aus Liebe. Gerade jetzt, in der Pubertät, braucht er euch beide.« Anastasia schweigt.

Ich höre ihr ruhiges Atmen, als würde sie nachdenken. Schließlich flüstert sie: »Du hast recht. Ich hätte es früher merken müssen. Ich war so mit meinem eigenen Leben beschäftigt, dass ich übersehen habe, wie sehr er vielleicht gelitten hat und immer noch tut.« Ihre Stimme wird entschlossener. »Aber es ist nicht zu spät. Ich werde mit seinem Vater reden. Wir haben uns sowieso nicht mit bösem Blut getrennt. Es sollte möglich sein, gemeinsame Treffen zu organisieren. Vielleicht hilft es ihm wirklich.« Ein warmes Gefühl breitet sich in mir aus.

»Das ist ein wunderbarer erster Schritt, Anastasia«, sage ich sanft. »Und du bist nicht allein. Viele getrennte Eltern haben diese Probleme. Dein Sohn hat Glück, eine Mutter zu haben, die sich so um ihn sorgt und seine Anzeichen erkannt hat.« Sie atmet erleichtert aus, als hätte sie endlich eine Richtung gefunden. Und das ist manchmal der erste und wichtigste Schritt. »Vielen, vielen Dank. Zum Glück habe ich hier angerufen.« Lachend nicke ich in die Kamera. »Ich danke dir für deinen Anruf. Tschüss, Anastasia.«

*

Die Zeit verging wie im Flug. Nach mehreren Anrufen endete der Auftritt, und ich laufe mit den anderen zu den Autos. »Ich finde es immer noch so krass, dass du einfach auf der Bühne stehst und deine eigene Show hast. Ich bin so stolz auf dich!« Lachend nicke ich Zoey zu. »Es ist verrückt, nicht wahr? Ich kann es selbst manchmal nicht glauben.« Alle setzen sich in die Autos, während Zayn und ich stehenbleiben. »Du warst großartig, Liyana.« Bei seinen Worten werde ich rot. »Danke für alles, Zayn.« Ich greife nach seinen Händen. Nach der Sache an der Treppe habe ich mich entschlossen, selbstbewusster zu sein. Zayn spannt sich merklich an, überrascht von meinem Handeln. *Bin ich vielleicht zu weit gegangen?* Gerade als ich seine Hände loslassen will, umgreift er meine fest und zieht mich näher zu sich heran. Ein sanfter Windhauch streift meine Haut, während ich in Zayns dunkle Augen blicke. Mein Herz schlägt schneller, als ich seinen festen Griff spüre. Seine Wärme dringt durch meine Haut, löst ein sanftes Kribbeln in mir aus.

»Hör auf, mir zu danken, Liyana. Ich habe dir versprochen, dich zu unterstützen, und das werde ich auch halten.« Seine Stimme ist rau, voller Ernsthaftigkeit, aber auch … etwas Weicheres schwingt darin mit. Ich kann nicht genau deuten, was es ist, aber es zieht mich noch mehr in seinen Bann. »Zayn …« Mein Atem stockt, als er mich noch näher zu sich zieht. Unser Abstand ist kaum noch vorhanden, und ich kann seinen Herzschlag spüren, oder ist es meiner, der so laut hämmert? Seine Finger wandern langsam an meinen Armen hinauf, während er mich mit diesem intensiven Blick ansieht, der mich jedes Mal gefangen nimmt. Ich kann nicht wegsehen. Ich will es auch gar nicht.

»Du bist so unglaublich stark, Liyana«, murmelt er leise. Seine Finger streifen sanft über meine Wange. Mein Herz macht einen Sprung. »Und du hast keine Ahnung, wie sehr du mich faszinierst.« Meine Lippen öffnen sich leicht, doch ich finde keine Worte. Ich spüre nur die Wärme seiner Berührung, seinen Atem, der meine Haut kitzelt. Es fühlt sich an, als wäre die Welt um uns herum verschwunden. Die Geräusche in der Ferne, die Stimmen, das leise Summen der Autos, alles verblasst. Für einen Moment scheint die Zeit stillzustehen.

Dann überbrückt er den letzten Abstand zwischen uns.

Seine Lippen berühren meine, sanft, vorsichtig, als würde er prüfen, ob ich das hier wirklich will. Doch sobald sich meine Finger in sein Hemd krallen und ich mich noch näher an ihn drücke, spüre ich, wie seine Zurückhaltung schwindet. Sein Griff um meine Taille wird fester, seine Lippen bewegen sich fordernder auf meinen. Mein ganzer Körper kribbelt unter seiner Berührung, als wäre ich plötzlich lebendiger als je zuvor.

Als wir uns langsam voneinander lösen, bleibt unsere Stirn aneinander gelehnt. Unsere Atemzüge vermischen sich, während ein sanftes Lächeln auf seine Lippen huscht. »Ich wollte unseren Kuss schon lange wiederholen«, gibt er leise zu. Ein glückliches Lächeln breitet sich auf meinem Gesicht aus, während meine Finger sanft über seinen Nacken streichen. »Ich störe ungern, aber Tiara muss auf die Toilette. Knutscht zu Hause weiter herum.« Beschämt nicke ich Zoey zu, die ihr Fenster geöffnet hat und uns schmunzelnd anschaut. Schnell steige ich in meinen Wagen, und kurz darauf fahren wir los.

*

Nachdem sich alle in ihre Zimmer zurückgezogen haben, gehe ich zu Tiara, die sich gerade in ihr Bett kuschelt. Ich muss noch mit ihr über etwas Wichtiges sprechen, und jetzt ist der richtige Moment gekommen. »Mama!« Lächelnd trete ich an ihr Bett heran und ziehe sie in eine liebevolle Umarmung. Ihr vertrauter Duft beruhigt mich. »Tiara, darf ich mich ein wenig zu dir legen?« Sie nickt eifrig und rückt zur Seite, um mir Platz zu machen. Ich lege mich neben sie, meine Augen suchen ihre.

»Ab Dienstag beginnen ja die Schulferien«, beginne ich sanft. »Und ich habe von etwas gehört, das dir sicher gefallen wird! Es gibt ein großartiges Camp, das vier Wochen lang geht. Dort sind ganz viele Kinder, die ähnliche Erfahrungen machen wie du. Jeden Tag gibt es spannende Aktivitäten, und es gibt wunderbare Ärzte wie Dr. Archer, die dir helfen, besser mit deinen epileptischen Anfällen umzugehen.«

Tiara hört aufmerksam zu, ihr Gesichtsausdruck zeigt Neugier, aber auch ein wenig Unsicherheit. »Du wirst viel Spaß haben, neue Freunde finden und aufregende Orte entdecken. Würde dir das gefallen?« Sie zögert kurz, dann fragt sie leise: »Du kommst nicht mit, oder?« Ein kleiner Stich trifft mich ins Herz, aber ich lächle sanft und schüttele den Kopf. »Leider nicht, Schatz. Ich muss arbeiten. Aber wenn du möchtest, besuche ich dich! Und wir werden jeden Tag telefonieren, das verspreche ich dir.« Ihre Lippen kräuseln sich zu einem Lächeln, das mir zeigt, dass sie sich mit dem Gedanken anfreunden kann. *Perfekt.*

»Weißt du, wer dich stattdessen begleiten wird?« Sofort ist ihre Neugier geweckt. Sie richtet sich gespannt auf und sieht mich mit großen Augen an. »Marie! Sie wird mit dir gehen und gemeinsam werdet ihr eine wundervolle Zeit haben!« Kaum habe ich die Worte ausgesprochen, springt Tiara aufgeregt aus dem Bett und hüpft auf und ab. »Marie kommt mit mir? Dann will ich unbedingt dahin gehen, Mama!« Ein erleichtertes Seufzen entweicht mir, während ich sie voller Zuneigung beobachte. Ich hatte mit Marie gesprochen, als wir allein waren. Das alles ist Teil meines Plans, und nun habe ich den ersten Schritt getan.

»Marie? Können wir kurz miteinander sprechen?« Sie legt gerade den Schwamm ab, mit dem sie das Geschirr gespült hat, und dreht sich zu mir um. »Natürlich, Frau Laurel.« Ihre Stimme ist warm, und ihr Blick ruht liebevoll auf mir. Ich hole tief Luft, während ich meine Worte sorgfältig wähle. »Du weißt über unsere momentane Situation Bescheid. Es ist gefährlich für meine Familie, daher muss ich schnell eine Lösung finden. Genau dafür brauche ich deine Hilfe. Es ist eine große Bitte, und ich werde es verstehen, wenn du ablehnst. Die Entscheidung liegt ganz bei dir.«

Ihre Miene verändert sich, Besorgnis schleicht sich in ihre sanften Züge. »Wenn ich helfen kann, dann tue ich das natürlich.« Meine Finger spielen nervös miteinander. Es fällt mir schwer, um einen Gefallen zu bitten, es fühlt sich einfach nicht richtig an. »Tiara muss in Sicherheit sein. Ich möchte sie für vier Wochen in ein Camp für Kinder schicken, wo sie gut aufgehoben ist. Aber ich will sie nicht allein dorthin schicken. Ich kann sie leider nicht begleiten, weil ich hier gebraucht werde.« Ich schlucke kurz und sehe ihr in die Augen. »Würdest du mit ihr gehen und auf sie aufpassen? Ich traue diesen Kriminellen alles zu. Tiara darf nichts passieren.« Marie verharrt regungslos, ihr Blick bleibt sanft, doch sie sagt noch nichts. »Natürlich werde ich dein Gehalt dementsprechend anpassen«, füge ich hastig hinzu. »Als Begleitperson hast du eine eigene Unterkunft, und du musst dich um nichts anderes kümmern. Alles wird dort bereitgestellt.« Es ist eine Weile ruhig. Nicht gut.

Plötzlich huscht ein Lächeln über ihr Gesicht. »Natürlich begleite ich Tiara!« Ohne Vorwarnung schließt sie mich in eine feste Umarmung. Verdutzt bleibe ich einen Moment lang stehen, bevor ich sie langsam erwidere. Damit hätte ich nicht gerechnet. »Sie sind wirklich eine tapfere Mutter«, sagt sie leise und voller Bewunderung. »Tiara ist Ihr größter Schatz, und Sie setzen alles daran, sie zu beschützen. Wie eine Löwin.« Sie löst sich von mir und sieht mich stolz an. »Alleinerziehend zu sein, ist nicht einfach, und in dieser schweren Zeit erst recht nicht. Doch Sie bewahren einen kühlen Kopf und handeln mit Verstand. Ihre Familie wäre bestimmt unglaublich stolz auf Sie, wenn sie Sie jetzt so sehen könnte.« Ihre Worte lassen Tränen in meinen Augen aufsteigen. Es ist schwer, immer stark zu sein. Aber zu hören, dass jemand meine Anstrengungen erkennt und wertschätzt, fühlt sich ... gut an. Wunderschön sogar.

Marie legt eine Hand auf meine Schulter. »Ich werde Tiara begleiten und sie beschützen. Und wissen Sie was? Es freut mich, wenn ich Ihnen einen Teil Ihrer Sorgen abnehmen kann. Außerdem ist meine Familie momentan im Ausland, ich habe also genug Zeit.« Dankbarkeit durchströmt mich. Ich atme tief durch und nicke ihr lächelnd zu. »Danke, Marie. Das bedeutet mir mehr, als ich in Worte fassen kann.« Wir reden noch eine Weile und dann lasse ich sie in Ruhe. Mit einem Lächeln laufe ich hoch. Das lief sehr gut.

Ich bleibe einen Moment in Tiaras Zimmer stehen, mein Blick auf ihr friedliches Gesicht gerichtet. Ihr Atem geht ruhig, ihre kleine Hand ruht auf ihrem Kuscheltier. Ich wünschte, ich könnte ihr diese gefährliche Welt ersparen. Doch fürs Erste ist sie sicher, und das ist alles, was zählt. Leise laufe ich aus dem Raum heraus, vorsichtig, um keinen Laut zu machen. Gerade als ich auf den Flur treten will, halte ich abrupt inne. *Zayn.* Er liegt zusammengerollt auf dem Boden, nur mit einer dünnen Decke bedeckt. Sein Atem ist ruhig, sein Gesicht entspannt, aber trotzdem sieht es nicht bequem aus. Ich spüre einen Kloß in meiner Kehle. Seit Tagen schläft er hier, um uns besser beschützen zu können. Und doch habe ich es zugelassen, dass er Nacht für Nacht auf dem harten Boden verbringt. *Das wird sich jetzt ändern.* Ich trete näher und beuge mich leicht über ihn. »Zayn«, flüstere ich leise.

Seine Stirn runzelt sich leicht, dann öffnet er langsam die Augen. Müde blinzelt er mich an, wirkt für einen Moment verwirrt. »Liyana?« Seine Stimme ist rau vom Schlaf. Ich strecke ihm meine Hand hin. »Komm.« Er sieht mich einen Moment lang an, bevor er, ohne zu zögern, nach meiner Hand greift. Seine warme, raue Haut liegt fest in meiner, während ich ihn auf die Beine ziehe. Er steht nun direkt vor mir, und für einen Sekundenbruchteil verliere ich mich in seinem Anblick, sein zerzaustes Haar, seine müden, aber wachsamen Augen, die Art, wie sein Shirt an seinem Körper anliegt. Ich zwinge mich, den Blick abzuwenden, bevor er etwas bemerkt, und beuge mich stattdessen hinunter, um seine Sachen aufzusammeln. »Was machst du da, Liyana?« Seine Stimme klingt noch immer verschlafen, aber ich höre die Verwirrung darin.

Ohne ihn anzusehen, schlage ich den Weg zu meinem Zimmer ein. »Komm einfach mit.« Ich höre, wie er mir folgt, auch wenn ich spüre, dass er sich noch immer fragt, was ich vorhabe. Als wir mein Zimmer erreichen, lege ich seine Sachen auf die Kommode und deute mit einem Nicken auf mein Bett. »Wenn du schon so stur bist und unbedingt oben schlafen willst, dann wirst du das sicher nicht mehr auf dem Boden tun«, sage ich mit ernster

Stimme. »Du wirst hier in meinem Bett schlafen. Auf Dauer bekommst du sonst noch Rückenschmerzen, Zayn.« Er blinzelt mich an, als hätte ich gerade etwas völlig Absurdes gesagt. »Liyana, ich kann doch nicht einfach-«, fängt er an. »Doch, du kannst«, unterbreche ich ihn bestimmt. »Und du wirst. Ich dulde keine Widerrede.« Er sieht mich weiterhin an, als würde er nach einem Gegenargument suchen, aber ich verschränke die Arme und hebe eine Augenbraue. *Ich lasse ihm keine Wahl.*

»Ich habe übrigens auch eine Kamera in Tiaras Zimmer aufgestellt«, füge ich hinzu. »Wenn du etwas hörst, kannst du direkt nachschauen, ohne auf dem harten Flurboden schlafen zu müssen.« Ich sehe, wie sein Widerstand langsam bröckelt. Schließlich seufzt er leise und fährt sich mit einer Hand durch sein Haar. »Du bist unmöglich«, murmelt er, aber ich höre das Lächeln in seiner Stimme. Zufrieden klopfe ich auf die Matratze. »Dann gewöhn dich besser daran.« Innerhalb weniger Sekunden hat Zayn sich neben mich gelegt. Ich spüre, wie die Matratze unter seinem Gewicht leicht nachgibt, wie seine Wärme sich sofort in meiner Nähe ausbreitet. Es ist ein ungewohntes, aber zugleich beruhigendes Gefühl. Ich schalte die Lampe aus, und Dunkelheit umhüllt uns. Nur das sanfte Leuchten des Mondes fällt durch das Fenster und taucht das Zimmer in ein schwaches, silbernes Licht.

Leise atme ich aus und wickele mich in die Decke ein. Sein Atem ist ruhig, fast schon gleichmäßig, als wäre er innerhalb weniger Sekunden vollkommen entspannt. Ich versuche, mich so weit wie möglich an die Seite zu legen, um ihm mehr Platz zu lassen, schließlich ist mein Bett nicht sonderlich groß, und Zayn selbst nimmt schon genug Raum ein. »Gute Nacht, Zayn«, flüstere ich und schließe meine Augen. Ich spüre seine Nähe, die Wärme seines Körpers. Es ist mehr als nur körperliche Präsenz, es ist die Geborgenheit, die Sicherheit, die er ausstrahlt. »Gute Nacht«, murmelt er zurück, seine Stimme tief und verschlafen.

Gerade als ich mich entspannen will, spüre ich plötzlich seine Hand an meiner Taille. Bevor ich realisieren kann, was geschieht, zieht er mich mit einer sanften, aber bestimmten Bewegung näher zu sich. Mein Atem stockt für einen Moment, als ich seine Wärme nun noch intensiver spüre. Mein Rücken lehnt an seiner Brust, sein Arm liegt schwer, aber schützend um mich. Mein Herz beginnt deutlich schneller zu schlagen. »Zayn?«, hauche ich überrascht. Seine Lippen sind ganz nah an meinem Ohr, seine Stimme nur ein heiseres Murmeln. »Ich bekomme erst meine Ruhe, wenn du bei mir liegst, nicht am Rand des Bettes.« Mein Herz hämmert in meiner Brust, aber anstatt mich zu lösen, bleibe ich einfach liegen. Mein Körper entspannt sich in seiner Umarmung, und zum ersten Mal seit langer Zeit schlafe ich mit einem Gefühl von vollkommenem Frieden ein.

Manchmal ist der beste Plan, keinen zu haben.

Kapitel Achtzehn

Das Wochenende verging viel zu schnell. *Fast zu schnell.* Wir haben jede Minute genutzt, waren gemeinsam unterwegs, haben gelacht, uns an kleinen Momenten festgehalten, die sich wie eine flüchtige Illusion von Normalität anfühlten. Doch wir alle wussten, dass diese gemeinsame Zeit bald ein Ende finden würde, zumindest für eine Weile. Ich habe jeden in meine Pläne eingeweiht. Es gab Diskussionen, Sorgen, Einwände, aber letztendlich habe ich es geschafft, sie davon zu überzeugen, dass es der einzige Weg ist. Ein Weg, der riskant ist, aber notwendig.

Tiara hat sich am Morgen von Zoey verabschiedet. Ihr letzter Schultag stand an, und danach würde sie mit Marie zusammen aufbrechen. Sie ist noch so jung, unschuldig, und doch spürt sie, dass etwas nicht stimmt. Ich habe es in ihren Augen gesehen, als sie mich heute Morgen ansah. Sie war misstrauisch über den Abschied. Zoey wird abtauchen, bis alles wieder in Ordnung ist. Sie wird aber nicht allein ins Ausland gehen. Zayn hat seine Leute organisiert, sie werden sie begleiten, auf sie aufpassen, für doppelten Schutz sorgen. Es ist der einzige Weg, um sicherzugehen, dass ihr nichts passiert.

Ich stehe nun vor ihr, mustere sie eindringlich und lege meine Hände auf ihre Schultern. Meine Stimme ist fest, eindringlich, damit sie versteht, dass es keine Diskussion gibt. »Du informierst mich sofort, wenn irgendetwas nicht stimmt. Verstanden? Deine Sicherheit ist das Wichtigste, Zoey. Kein Zögern. Kein Überlegen. Du kontaktierst mich sofort.« Sie beißt sich auf die Lippe, ihre Augen glänzen leicht, dann nickt sie. Wortlos legt sie ihre Arme um mich und drückt mich fest an sich. Ich spüre, wie sie zittert. »Du begibst dich in Gefahr wegen mir«, flüstert sie erstickt. »Es tut mir so leid.« Ich erwidere ihre Umarmung, halte sie ebenso fest. »Mir wird nichts passieren, Zoey. Hab keine Angst.« Sie atmet schwer aus, löst sich schließlich widerwillig von mir und wischt sich unauffällig über die Wange. Ich weiß, dass sie den Plan nicht gutheißt, dass sie am liebsten hierbleiben und kämpfen würde. Aber sie weiß auch, dass es keine andere Lösung gibt. Ich öffne die Tür und trete mit ihren Koffern heraus. Draußen wartet bereits Zayn, der seinen Leuten letzte, strenge Anweisungen gibt. Seine Stimme ist bestimmt, unnachgiebig.

»Bei der kleinsten Gefahr handelt ihr sofort, ohne zu zögern. Ich will tägliche Berichte. Kein Detail wird übersehen.« Er hält inne, als er uns kommen sieht. Seine ernste Miene weicht einem kurzen, wortlosen Blick zu mir, bevor er sich Zoey zuwendet. Sie atmet tief durch. »Danke, Zayn«, sagt sie leise. »Pass auf Liyana auf.« Er nickt knapp und beginnt, ihre Koffer im Wagen zu verstauen. Ich zwinge mich zu einem Lächeln, winke ihr zu. *Sie soll sich keine Sorgen um uns machen.* Sie soll gehen, ohne Angst, ohne Schuldgefühle. Aber innerlich fühlt es sich an, als würde ein Teil von mir mit ihr fortgehen. Ich weiß nicht, wie das alles enden wird. Ich weiß nicht, ob mein Plan aufgehen wird. Doch eines weiß ich: Ich werde alles tun, um uns alle zu schützen.

Sie fahren los und verlassen das Grundstück. Mein Blick folgt den Autos, bis sie in der Ferne verschwinden. Ein seltsames Gefühl breitet sich in mir aus, Erleichterung, aber auch Angst. *Habe ich die richtige Entscheidung getroffen?* Zayn tritt neben mich und zieht mich sanft in seine Arme. Seine Wärme umhüllt mich, seine beruhigende Präsenz dringt durch die dünnen Schichten unserer Kleidung. »Mach dir keine Sorgen. Sie ist in Sicherheit«, sagt er mit ruhiger Stimme. Ich nicke, obwohl die Unruhe in mir nicht ganz weichen will. Doch was anderes kann ich tun, außer ihm zu glauben? »Lass uns unsere Sachen packen. Sobald Marie und Tiara losfahren, müssen auch wir los.« Wir lösen uns voneinander und gehen ins Haus. Ich atme tief durch, versuche mich zu sammeln. Mein Blick wandert durch das vertraute Heim, als wäre es das letzte Mal, dass ich es sehe.

Doch das ist es nicht. An den Wochenenden werden wir hierher zurückkehren. Unter der Woche aber werden wir woanders sein. In Lancaster. Eine Stadt nahe der Grenze. Ein Ort, an dem ich meine neue Arbeit antreten werde. Als Justizpsychologin im Hochsicherheitsgefängnis. Denn dort ist eine ganz bestimmte Person, mit der ich sprechen muss …

»Du meintest zu mir, die Polizei einzuschalten bringt nichts, oder?« Zoey nickt langsam, ihr Blick wirkt angespannt. »Sie haben überall ihre Leute, selbst Polizisten, die für sie arbeiten. Würden wir zur Polizei gehen, wäre das unser Todesurteil. Sie würden uns entweder umbringen oder foltern lassen.« Ich presse die Lippen aufeinander. Genau das hatte ich befürchtet. Also ist dieser Weg ausgeschlossen. Aber was bleibt dann? Während ich unruhig im Raum auf und ab gehe, rattert es in meinem Kopf. Es muss eine Lösung geben! »Weißt du, ob es einen Anführer gibt? Jemanden, der die Fäden in der Hand hält? Der die anderen dazu bringt, dich zu tyrannisieren?« Ich bleibe stehen und sehe Zoey an. Sie zögert sichtlich.

»Ja«, sagt sie schließlich leise. »Er heißt Vincent Winslow. Einer der drei Winslow-Brüder. Sie sind die treibende Macht hinter all dem. Jeder fürchtet sie, weil sie den mächtigsten Clan aus Hillgrove anführen. Ihre Macht reicht weit über diese Stadt hinaus. Sie haben Einfluss auf der ganzen Welt.« Vincent Winslow. Ein Name, der sich sofort in mein Gedächtnis brennt. Er ist der Grund für all das. »Und wo findet man ihn?« Zoey atmet tief durch. »Er sitzt im Hochsicherheitsgefängnis von Lancaster. Seit einiger Zeit schon.« Lancaster ... Die Stadt liegt nicht weit entfernt, direkt an der Grenze. »Gut«, sage ich entschlossen. »Wenn wir ihn dazu bringen können, dich in Ruhe zu lassen, wäre unser Problem gelöst, oder?« Verdutzt schaut sie mich an.

»Das würde niemals funktionieren! Du unterschätzt glaube ich das ganze hier. Diese Leute sind nicht normal, Liyana! Es würde ihm einen Anruf kosten, um unsere ganze Existenz degradieren zu lassen. Wir kommen nicht einmal in seine Nähe! Wie willst du das anstellen?« Sie steht auf und tritt näher an mich heran, ihr Blick bohrt sich in meinen. Ich atme tief durch. »Ich

denke, ich weiß, wie ich das mache.« Zoey verschränkt die Arme vor der Brust, während ich weiterrede. »Ich habe einen alten Freund aus der Universität. Er hat gute Kontakte. Wenn alles klappt, könnte er mich als Justizpsychologin im Hochsicherheitsgefängnis einstellen lassen. Dann hätte ich die Möglichkeit, zu Vincent zu gelangen und ihn dazu zu bringen, dich endlich in Ruhe zu lassen. Eine andere Lösung haben wir nicht.« Zoeys Augen weiten sich. »Das ist ... verrückt. Und gefährlich. Du darfst dich nicht in solch eine Gefahr begeben. Niemals!« Ich bin mir bewusst, dass dieser Plan gewaltig schieflaufen könnte. Doch mir ist nichts anderes eingefallen.

»Du konntest bis jetzt nichts tun, damit sie dich in Ruhe lassen. Das ist die letzte Chance, um uns alle aus dieser Gefahr herauszuholen. Ich werde das schaffen. Vertraue mir bei dieser Sache, Zoey.«, bitte ich sie. Sie hält kurz inne. »Es könnte funktionieren.«, gibt sie nun nach. Perfekt. Das reicht mir. Ein Funken Hoffnung. »Lass mich alles abklären und darüber nachdenken. Dann besprechen wir es noch einmal.«

Und ja, es hat funktioniert. Es war eine Stelle frei, und man stellte mich vorrübergehend ein. Der Rest war einfach. Ich musste nur noch die anderen von meinem Plan überzeugen.

»So sieht der Plan aus: Marie geht mit Tiara in dieses Camp, während Zoey untertaucht. Dann sollte hoffentlich alles in diesen vier Wochen geklärt sein. Vielleicht sogar schon früher. Den Rest habe ich schon erledigt.« Ich blicke in die Runde, während ich meinen Plan erkläre. »Zu riskant.« Zayn presst die Worte mit angespannter Miene hervor. Zoey und Marie nicken ihm zustimmend zu. »Du begibst dich mitten unter diese gefährlichen Kriminellen, für einen Plan, der vielleicht nicht einmal funktioniert? Und wie genau willst du Vincent Winslow davon überzeugen, euch in Ruhe zu lassen, hm?« Unruhig wippt er mit seinem Bein, seine Kiefermuskeln spannen sich an, und die Adern an seinem Hals treten hervor. Ich habe Zayn noch nie so wütend gesehen.

»Hast du eine bessere Idee?« Meine Stimme klingt

erschöpft. »Sie könnten jederzeit hier auftauchen und uns etwas antun. Ich will, dass dieser Albtraum endlich ein Ende hat.« Zayn fährt sich durch die Haare, überlegt einen Moment und stößt dann einen leisen Fluch aus. »Sie wird sich nicht umstimmen lassen. Ich kenne ihren Blick.« Zoey scheint sich auf meine Seite zu stellen, was sehr gut ist. »Ich werde dich begleiten.« Seine Stimme ist fest. »Ich werde dort als Beamter anfangen und dich auf Schritt und Tritt im Auge behalten. Sonst lasse ich dich nicht in die Nähe dieser Leute.« Gerade will ich widersprechen, doch er hebt entschlossen die Hand. »Keine Widerrede, Liyana. Deine Sicherheit ist meine Priorität. Du wirst nicht allein dorthin gehen.« Ich hole tief Luft und sehe ihm in die Augen. Es hat keinen Sinn, mit ihm zu diskutieren. Ich kenne Zayn nun gut genug, um zu wissen, dass er seine Entscheidung bereits getroffen hat. »Okay«, seufze ich schließlich. »Dann machen wir es so.«

*

Die Stunden vergingen wie im Flug. Ich hatte jede einzelne Sache sorgfältig zusammengelegt, Tiaras Kleidung mit Bedacht ausgewählt und sogar ihre liebsten Stofftiere eingepackt, alles, damit sie sich in ihrer neuen Umgebung möglichst wohlfühlen würde. Doch so sehr ich mich bemühte, mich auf das Praktische zu konzentrieren, spürte ich dennoch dieses schwere Ziehen in meiner Brust. Der Gedanke, sie nicht mehr jeden Tag bei mir zu haben, fühlte sich beinahe körperlich schmerzhaft an. Aber es musste sein. Solange es ihr gut ging, würde es auch mir gut gehen.

Mit einem tiefen Atemzug nahm ich die gepackten Koffer und trug sie langsam die Treppe hinunter. Der Klang meiner eigenen Schritte hallte durch das stille Haus, ein Haus, das bald so viel leerer wirken würde. Gerade als ich den letzten Koffer abstellte, kam Marie mit ihren eigenen Sachen ins Wohnzimmer. Sie hatte, wie immer, an alles gedacht. »Alles ist erledigt, Frau Laurel.« Sie strich sich eine Haarsträhne hinters Ohr und lächelte mich beruhigend an. Ich erwiderte ihr Lächeln und versuchte, die Unruhe in meiner Brust zu unterdrücken. »Super, ich danke dir. Dann ist jetzt alles bereit für unsere Abreise.« Kaum hatte ich das gesagt, wurde die Haustür geöffnet, und fröhliches Kinderlachen drang durch den Flur.

»Endlich Ferien!« Tiara rief es aus voller Kehle und rannte auf mich zu. Ihre leuchtenden Augen und ihr strahlendes Lächeln ließen mein Herz vor Liebe überfluten. Sofort kniete ich mich hin und zog sie fest in meine Arme. Ich inhalierte den vertrauten Duft ihrer Haare und wünschte mir insgeheim, diesen Moment für immer festhalten zu können. »Ja, genau! Jetzt hast du frei«, sagte ich sanft und strich ihr über die Wange. »Und du wirst eine wundervolle Zeit mit Marie und den anderen Kindern verbringen. Freust du dich schon?« Sie kicherte und nickte eifrig. »Ja! Ich bin schon so gespannt!« Zayn, der hinter ihr stand, legte eine Hand auf meine Schulter. »Der Fahrer ist da, Liyana«, informierte er mich mit ruhiger Stimme. Und dann wurde mir bewusst, dass der Moment, vor dem ich mich gefürchtet hatte, gekommen war. Ich atme tief durch und nehme Tiaras Hände in meine. Ihre kleinen Finger fühlten sich warm in meinen an.

»Mein Schatz, du fährst jetzt los«, begann ich leise und sah ihr direkt in die Augen. »Ich habe alles für dich eingepackt, auch deine Medikamente. Denk bitte daran, sie immer rechtzeitig zu nehmen. Und wenn irgendetwas ist, kannst du mich immer über Maries Telefon anrufen. Versprich mir das, ja?« Tiara nickt und drückt mir einen Kuss auf die Wange. »Danke, Mama. Ich werde bestimmt ganz viel Spaß haben! Ich rufe dich an, sobald wir angekommen sind.« Mein Herz zog sich schmerzhaft zusammen. Ich lächelte, obwohl es sich anfühlte, als würde mir jemand die Luft zum Atmen nehmen. Sanft legte ich meine Hände auf ihre Schultern, zog sie erneut in eine enge Umarmung und hauchte ihr einen Kuss auf die Stirn. »Ich habe dich lieb, Tiara. Mama wird dich unendlich vermissen.« Ich ließ sie nur schweren Herzens los.

Mein Blick folgte ihr, als sie mit schnellen Schritten zum Auto lief. Zayn folgt ihr und beide unterhalten sich noch zusammen. Ich drehte mich zu Marie, die mich mit sanften, verständnis-vollen Augen ansah. »Danke, Marie. Bitte ruf mich sofort an, wenn irgendetwas sein sollte oder ihr etwas braucht. Egal zu welcher Uhrzeit, ich bin immer erreichbar.« Marie erwiderte mein Lächeln und zog mich kurzerhand in eine feste Umarmung. »Ich passe gut auf Tiara auf.« Dann senkte sie die Stimme ein wenig. »Aber passt bitte auch auf euch auf. Falls es zu gefährlich wird, hört auf und kommt zurück. Kein Plan ist es wert, sein Leben zu riskieren.« Ich nickte, auch wenn wir beide wussten, dass Aufgeben für mich keine Option war.

Zayn hatte in der Zwischenzeit das Gepäck verstaut und kam nun zu mir. Während ich noch immer an der Haustür stand und Tiara ein letztes Mal zuwinkte, legte er beruhigend seine Hand auf meinen Rücken. »Hoffentlich wird sie eine schöne Zeit im Camp haben«, hauche ich, mehr zu mir selbst als zu ihm. »Ich liebe dich, mein Schatz!«, rief ich Tiara noch hinterher, als das Auto langsam vom Grundstück rollte. Sie drückte ihr Gesicht an die Scheibe, winkte mir aufgeregt zu, und dann war sie schon fort. Ich stand einfach nur da, starrte auf die Straße, auf der das Auto verschwunden war. Ein Teil von mir wollte losrennen und sie zurückholen. Doch das konnte ich nicht. *Ich durfte es nicht.* Zayn sah mich einen Moment lang an und nahm dann unser Gepäck. »Ich trage das, Liyana. Setz du dich schon ins Auto«, sagte er leise. Ich nickte, ließ ihn gewähren und stieg langsam in den Wagen ein.

*

Während wir auf der Straße in Richtung Lancaster unterwegs sind, spüre ich die Wärme von Zayns Hand auf meiner. Seine Finger umschließen sanft meine, ein stilles Zeichen seines Trostes. Ich bin traurig über die momentane Situation, darüber, dass Tiara nicht mehr in meiner unmittelbaren Nähe ist, dass unsere Welt von Angst und Gefahr überschattet wird. Ich bemühe mich nicht einmal, es zu verbergen. Zayn merkt es. Seine besorgten Blicke entgehen mir nicht, aber ich ignoriere sie. Draußen ziehen dunkle

Silhouetten von Bäumen an uns vorbei, während wir uns der Grenze der Stadt nähern. Ich versuche, meine Gedanken zu ordnen, doch sie wirbeln durcheinander, wie ein aufgewühltes Meer. Schließlich gebe ich mich der Müdigkeit hin. »Schlaf ein wenig, Liyana«, murmelt Zayn leise, während er sanft mit dem Daumen über meine Hand streicht. Ich nicke schwach und lehne meinen Kopf gegen die kühle Fensterscheibe. Mit der gleichmäßigen Bewegung des Wagens und Zayns beruhigender Präsenz gelingt es mir schließlich, in einen unruhigen Schlaf zu gleiten.

*

Der verführerische Duft von frischem Gebäck dringt in meine Nase und weckt mich langsam aus meiner Traumwelt. Ich recke mich und öffne blinzelnd die Augen. Doch als ich mich aufsetze, erstarrt mein Blick. »Zayn!« Mein Herz setzt für einen Moment aus, als ich ihn vor mir stehen sehe, mit nichts weiter als einem Handtuch um seine Hüften. Seine dunklen Haare sind noch feucht. Wassertropfen gleiten über seine muskulöse Brust. »Oh.« Schnell wende ich meinen Blick ab und versuche, mich wieder zu fassen. Hinter mir höre ich ihn leise lachen.

»Guten Morgen, Liyana.« Seine Stimme klingt amüsiert. »Ich habe uns vom Bäcker nebenan ein paar Kleinigkeiten besorgt.« Ich räuspere mich und zwinge mich, mich auf das Wesentliche zu konzentrieren. »Sind wir schon in Lancaster angekommen? Wieso hast du mich nicht geweckt?« Ich höre seine Schritte, wie sie sich mir nähern. Dann sagt er leichthin: »Du kannst ruhig schauen. Ich habe ja ein Handtuch an.« Langsam drehe ich den Kopf und blicke direkt in seine Augen. Sie funkeln amüsiert, aber auch warm.

»Wir sind letzte Nacht angekommen«, erklärt er. »Du hast so tief geschlafen, dass ich es nicht über mich gebracht habe, dich zu wecken. Also habe ich dich einfach ins Bett getragen.« Ich blinzle überrascht. »Du hast mich getragen?« Er zuckt nur mit den

Schultern, als wäre es das Selbstverständlichste auf der Welt. »Natürlich.« Mein Herz macht einen kleinen Sprung, aber ich schiebe das Gefühl beiseite. Ich stehe auf und sehe zu der Kommode, auf der mehrere Papiertüten liegen. Der Duft von frischen Croissants und Gebäck steigt mir in die Nase. »Komm, iss etwas«, sagt Zayn sanft. Nickend greife ich in eine der Tüten und ziehe ein noch warmes Croissant heraus. Ich reiße mir ein Stück ab und kaue langsam darauf herum, während mein Blick durch das Schlafzimmer wandert. *Es ist ein schönes Haus.* Schlicht, aber gemütlich. Die Wände sind in sanften Beigetönen gestrichen, und große Fenster lassen das Morgenlicht herein.

Als ich an eines der Fenster trete und hinaussehe, bleibe ich für einen Moment sprachlos. *Der Garten ist wunderschön.* Farbenprächtige Blumenbeete erstrecken sich bis zu einer kleinen Holzbank, und ein schmaler Kiesweg schlängelt sich durch das Grün. Die Blätter der Bäume rascheln leise im Wind. »Das Haus gefällt mir«, sage ich nachdenklich. »Mir auch«, antwortet Zayn und tritt neben mich. Wir haben dieses Haus online für einen ganzen Monat gemietet. Es liegt nicht weit von unserer neuen Arbeitsstelle entfernt und bietet uns für die kommenden Wochen ein sicheres Zuhause. Doch trotz der friedlichen Umgebung bleibt die Realität unverändert. *Wir sind nicht hier, um Urlaub zu machen.* Wir sind hier, um einen gefährlichen Mann zu treffen, einen Mann, der unser Schicksal beeinflussen könnte. Aber für diesen einen Moment lasse ich es zu, die Sorgen für einen Augenblick auszublenden. Ich genieße den Geschmack des Croissants, die Wärme der Morgensonne auf meiner Haut.

Schnell habe ich meinen Körper geduscht und mich frisch gemacht. Kaum bin ich fertig, klingelt auch schon mein Telefon. Es ist ein Gruppenanruf, Marie und Zoey sind bereits verbunden. Mit einem leichten Lächeln auf den Lippen nehme ich den Anruf an. »Hallo Mama!« ruft Tiara freudig, ihre Stimme hell und unbeschwert, während sie mir über das Display winkt. Ich erwidere ihren Gruß liebevoll: »Hallo, Schatz!« Neben mir tritt Zayn hervor und winkt ebenfalls in meine Richtung. »Hallo Zayn! Guck mal, Marie ist auch hier.« ruft Tiara, als sie die Kamera schwenkt, sodass wir Marie sehen können, die uns mit einem warmen, beruhigenden Lächeln begrüßt. »Seid ihr gut angekommen?« fragt Marie besorgt, ihre Stimme sanft, während sie den Blick auf unsere Gesichter richtet. »Ja, alles lief gut. Bei euch?« antworte ich, während sie und Zoey zustimmend nicken.

»Ich vermisse euch jetzt schon«, sagt Zoey und schmollt leicht mit dem Mund, ein Ausdruck, der Tiara sofort zum Lachen bringt. Ihr fröhliches schafft einen Moment, der all die Anspannung für einen Augenblick vergessen lässt. Wir plaudern noch eine Weile und beruhigen uns gegenseitig, bis schließlich der Anruf endet und Stille einkehrt. »Lass uns die Stadt ein wenig erkunden, bevor morgen unsere erste Schicht beginnt.«, sagt Zayn und hält mir seine Hand hin.

*

Gemeinsam verlassen wir unser neues Zuhause und begeben uns auf Entdeckungstour durch Lancaster. Die Stadt überrascht mit zahlreichen Parks und weitläufigen Feldern, die in den unterschiedlichsten Blumenfarben erstrahlen, ein wahres Paradies auf dem Land. »Da ist ein Café. Hättest du Lust, dorthin zu gehen?« Zayn zeigt auf ein kleines, charmantes Lokal, das direkt neben einem plätschernden Brunnen liegt. Der Anblick ist traumhaft. Ich nicke ihm zu, und ohne zu zögern machen wir uns auf den Weg dorthin. Angekommen, lassen wir unseren Blick über die Speisekarte wandern. Zayn hebt die Hand und ruft einen Kellner, der augenblicklich zu uns eilt. »Einen Kaffee für mich. Schwarz.« Ich überfliege kurz die Auswahl an Eissorten, mein Blick bleibt an der Zitronensorte hängen. Die Vorstellung des erfrischenden, leicht säuerlichen Geschmacks lässt mir das Wasser im Mund zusammenlaufen. »Für mich ein Zitroneneis, bitte.« Der Kellner nickt höflich und verschwindet so schnell, wie er gekommen ist.

»Es sieht hier so magisch aus. Wäre ich doch nur öfter

hergekommen«, sage ich leise und lasse meinen Blick über die malerische Umgebung schweifen. Die sanfte Beleuchtung, das leise Murmeln der anderen Gäste, es hat etwas Beruhigendes. »Vielleicht können wir irgendwann mit Tiara zusammen ein Wochenende hier verbringen? Es würde ihr gefallen.« Zayn hebt leicht die Mundwinkel, ein Hauch von Wärme in seinem Blick. »Das würde ihr bestimmt gefallen.« Ein sanftes Schmunzeln legt sich auf mein Gesicht, während ich gedankenverloren auf die Tischplatte starre. Doch egal, wie sehr ich es versuche, meine Gedanken wandern trotzdem zu ihr. *Was sie wohl gerade macht? Ob sie an uns denkt?*

»Entschuldigung?« Eine weibliche Stimme reißt mich aus meinen Gedanken. Reflexartig hebe ich den Kopf. Vor mir steht eine junge Frau, die mich mit großen, aufgeregten Augen ansieht. »Ich will Sie ungern bei Ihrem Date stören, aber könnten wir ein Bild zusammen machen? Ich bin so ein großer Fan von Ihnen!« In ihren Augen blitzt eine Mischung aus Bewunderung und Nervosität auf. Bei ihren Worten muss ich mir ein Schmunzeln verkneifen. *Ein Date?* »Natürlich«, sage ich und erhebe mich, während sie bereits ihr Handy griffbereit hält.

Mit flinken Fingern drückt sie mehrmals auf den Auslöser und schießt ein paar Fotos von uns. Ihre Aufregung ist beinahe greifbar, und es ist fast rührend, mit welcher Ehrfurcht sie mich ansieht. »Vielen Dank! Ich werde nicht weiter stören.« Noch bevor ich die Gelegenheit habe, mich richtig zu verabschieden, dreht sie sich um und läuft eilig aus dem Lokal. Mein Blick folgt ihr, wie sie zu einer kleinen Gruppe tritt, vermutlich ihre Familie. Begeistert zeigt sie ihnen die Bilder, ihr Gesicht strahlt vor Freude.

»Ein Date?« Ich setze mich wieder hin und kann mir ein Lachen nicht verkneifen. »Ja, verrückt, oder?« Nervös kaue ich auf meiner Unterlippe, während ich seinen stechenden Blick auf mir spüre. Mein Herz schlägt schneller, als ich es will. »Wieso sollte es verrückt sein?« *Nicht sein Ernst.* Meine Augen weiten sich leicht, und für einen Moment weiß ich nicht, was ich darauf erwidern soll. »Gefällt dir der Gedanke nicht, mit mir auszugehen?« Er lehnt sich nach vorne, sein Blick durchdringend, seine Mundwinkel leicht erhoben, fast herausfordernd. »So etwas habe ich nicht gesagt«, flüstere ich, spüre die Hitze in meinen Wangen.

Plötzlich streckt er seinen Arm aus, seine Finger schließen sich sanft, aber bestimmt um meine Hand. Mein Atem stockt. »Liyana«, sagt er leise, sein Daumen streicht sanft über meine Haut. »Ich habe dich geküsst. Zweimal. Und ich würde es mit Freude wiederholen. Also ja, wir beide gehen aus.« *Endlich!* Eine Welle der Erleichterung durchströmt mich. So lange habe ich mich gefragt, was genau zwischen uns ist. Ich war irgendwie bereit für mehr, aber ich wusste nicht, ob er es auch war. Doch jetzt? Jetzt gibt es keinen Zweifel mehr. »Du bist überrascht, hm?« Seine Stimme ist sanft, fast schon amüsiert. »Ja«, gebe ich ehrlich zu. »Ich meine … ich habe es gehofft, aber ich war mir nicht sicher, ob du es auch so siehst.« Zayn lehnt sich noch ein Stück weiter vor, sein Gesicht nur noch wenige Zentimeter von meinem entfernt. »Liyana, du bist mir wichtig«, sagt er mit einer Intensität, die mich innehalten lässt. »Ich will keine Spielchen. Ich will dich.«

Mein Atem stockt. Sein Blick fängt mich ein, seine Worte lassen mein Herz stolpern. Ich will ihm antworten, doch bevor ich es kann, tritt der Kellner an unseren Tisch und stellt unseren Kaffee und mein Zitroneneis ab. »Guten Appetit«, sagt er freundlich, bevor er sich wieder entfernt. Ich schnappe nach Luft, merke erst jetzt, dass ich den Atem angehalten habe. Zayn lehnt sich zurück, ein zufriedenes Lächeln auf den Lippen. »Iss dein Eis, bevor es schmilzt«, sagt er grinsend, als sei unser Gespräch nicht gerade mein gesamtes Universum ins Wanken gebracht hätte. Ich schüttele den Kopf und lache. Mein Herz schlägt noch immer viel zu schnell, aber eins ist sicher, das ist der Anfang von etwas Echtem.

*

Nach einer Weile sind wir aufgestanden und weiter durch die belebten Straßen der Innenstadt geschlendert. Die warme Abendluft duftet nach frischem Gebäck und würzigen Speisen aus den umliegenden Restaurants. Ich habe mir fest vorgenommen, ein Souvenir für Tiara zu kaufen, eine kleine Erinnerung an diesen besonderen Ort. Die Straßen sind gesäumt von charmanten Läden, deren Schaufenster mit allerlei Kuriositäten gefüllt sind. Handgefertigte Schmuckstücke, kunstvoll bemalte Keramikteller, weiche Schals in leuchtenden Farben, es gibt so vieles, das meine Aufmerksamkeit auf sich zieht. Schließlich entscheide ich mich für einen Magneten mit bunten Blumen darauf. Die kräftigen Farben erinnern mich an Tiara, an ihre Fröhlichkeit und ihre Liebe zu kleinen, bedeutsamen Dingen.

»Zayn?« Er hebt den Blick und schaut mich fragend an. »Mir ist aufgefallen, dass ich eigentlich nichts über dich weiß«, sage ich und drehe mich zu ihm. »Nur, dass du früher Soldat warst und jetzt für mich arbeitest.« Ich mustere ihn. Sein Gesicht bleibt regungslos, doch in seinen Augen flackert für einen Moment etwas auf. »Ich würde gern mehr über dich erfahren«, setze ich nach. Für einen Sekundenbruchteil scheint er mit sich zu ringen. Es ist offensichtlich, dass das Gespräch für ihn nicht angenehm ist. Doch anstatt mir eine Abfuhr zu erteilen, atmet er leise durch und nickt schließlich.

»Was willst du denn wissen?« Seine Stimme ist ruhig, aber vorsichtig. *Was will ich nicht wissen?* »Alles?« sage ich mit einem leichten Lächeln. Er läuft weiter, seine Hände in den Taschen, als müsse er seine Gedanken sortieren. Dann spricht er mit einer Klarheit, die mich überrascht. »Meine Eltern leben in Pila. Ich bin vierunddreißig. In jungen Jahren entschied ich mich, für den Staat zu arbeiten, und wurde Soldat. Ich diente mehrere Jahre, bis ich beschloss aufzuhören.« Er hält inne, als würde er einen unausgesprochenen Gedanken abwägen. Dann fährt er mit einer Stimme fort, die eine Spur von Müdigkeit trägt: »Ich hatte das Töten satt. Ich wollte nicht mehr entscheiden müssen, wer lebt und wer nicht. Also suchte ich mir etwas anderes, eine Arbeit, in der ich Menschen beschützen kann, statt ihnen zu schaden.« Er wirft mir einen kurzen Blick zu, als wolle er sicherstellen, dass ich noch zuhöre. »So wurde ich Personenschützer und landete irgendwann hier, bei dir.«

Dann passiert etwas Unerwartetes. Er hebt seinen Arm und legt ihn ganz selbstverständlich um meine Schultern. Es ist eine Geste, die ebenso schützend wie vertraut wirkt. Sein Blick richtet sich wieder nach vorne, als wäre es das Natürlichste auf der Welt. *Warte mal.* Ich schiele zu ihm hinüber, beobachte sein ruhiges Profil, die angespannte Linie seines Kiefers, als würde er noch immer mit den Schatten seiner Vergangenheit kämpfen.

»Es ist merkwürdig, wenn du über das Töten redest«, sage ich leise. »Es war bestimmt keine schöne Zeit für dich.« Zayn seufzt, sein Blick wandert in die Ferne, als würde er sich in Erinnerungen verlieren, die er lieber vergessen würde. »Das Töten an sich war nicht das Problem«, sagt er schließlich. »Eher das Töten von Unschuldigen. Im Krieg wird dir beigebracht, dass jeder dein Feind ist. Jeder muss eliminiert werden. Auch wenn es unschuldige Frauen und Kinder sind.« Ein kalter Schauer läuft mir über den Rücken. Mein Magen zieht sich zusammen.

»Das ist grausam«, flüstere ich, doch es fühlt sich unzureichend an. Worte können nicht beschreiben, was er erlebt haben muss. Zayn nickt kaum merklich. »Ich habe es immer vermieden, Unschuldige zu töten. Ich habe versucht, einen Weg zu finden, es nicht tun zu müssen. Doch manchmal hatte ich keine Wahl.« Seine Stimme wird rauer, dunkler. »Wenn du dem Staat nicht treu bist und deinen Eid brichst, dann bist du derjenige, der getötet wird. Sie zwingen dich, zu tun, was du nicht tun willst. Und wenn du dich weigerst …« Er hält inne, als müsse er Kraft sammeln, um weiterzusprechen. »Als sie von mir verlangten, ein Baby zu töten, habe ich meine Grenze gezogen.« Mein Atem stockt. Ich starre ihn an, unfähig, mir das vorzustellen. »Ich schoss mir selbst ins Bein«, fährt er leise fort. »Ich wusste, dass es meine einzige Möglichkeit war, da rauszukommen. Sie schickten mich zurück, und einen Tag später kündigte ich.« Seine Worte hängen schwer in der Luft. Ich kann förmlich spüren, wie sehr diese Erinnerungen ihn belasten, wie tief die Narben reichen, die niemand sehen kann.

Ich handle, bevor ich überhaupt darüber nachdenke. Sanft, aber bestimmt lege ich meine Arme um ihn und ziehe ihn in eine feste Umarmung. »Es tut mir so leid, dass du das alles durchmachen musstest«, flüstere ich gegen seine Schulter. »Es ist verdammt grausam.« Meine Hände streichen beruhigend über seinen Rücken, während ich ihn einfach halte. Erst ist er angespannt, als wäre er es nicht gewohnt, Trost zuzulassen. Doch dann, nach einem Moment, spüre ich, wie seine Muskeln nachgeben, wie er sich entspannt. Langsam senkt er seinen Kopf, bis seine Stirn in meiner Halsbeuge ruht. Sein warmer Atem kitzelt meine Haut, doch ich rühre mich nicht. *Ich will, dass er weiß, dass er nicht allein ist.*

Langsam lösen wir uns voneinander. Doch selbst als der Abstand zwischen uns wächst, bleibt die Wärme seiner Berührung auf meiner Haut zurück. Zayn greift nach meiner Hand, ganz selbstverständlich, als wäre es das Normalste der Welt, und wir laufen weiter durch die engen Gassen der Stadt. »Ich komme mit meiner Vergangenheit klar«, sagt er schließlich. »Schließlich habe ich mich freiwillig dazu entschieden, Soldat zu werden.« Ich nicke verständnisvoll. Auch wenn er sagt, dass er damit klarkommt, kann ich spüren, dass es tiefer sitzt, als er zugeben will. Doch ich will ihn nicht weiter in die Dunkelheit seiner Erinnerungen ziehen. Also lenke ich das Gespräch in eine andere Richtung. »Und deine Eltern? Habt ihr ein gutes Verhältnis?«, frage ich mit einem sanften Lächeln, in der Hoffnung, die Stimmung etwas aufzulockern.

Zayn atmet tief durch. »Ja. Heute schon. Damals war es anders.« Er wirft mir einen kurzen Blick zu, bevor er weiterspricht. »Sie wollten, dass ich studiere und ein erfolgreicher Geschäftsmann werde. Das war ihr Traum für mich. Aber es war nie meiner.« Ich kann mir das kaum vorstellen, Zayn hinter einem Schreibtisch, in einem Leben voller endloser Meetings und Geschäftstreffen. *Es passt einfach nicht zu ihm.* »Ich wollte etwas tun, das mich erfüllt«, fährt er fort. »Etwas, das mir das Gefühl gibt, dass es einen Sinn hat. Es hat lange gedauert, bis sie meine

Entscheidung akzeptiert haben, aber mittlerweile tun sie es.« Seine Stimme ist ruhig, doch in seinen Worten schwingt eine Spur von Erleichterung mit. Ich drücke sanft seine Hand. »Das ist das Wichtigste, oder? Dass du den Weg gehst, der sich für dich richtig anfühlt.« Er schaut mich an, und für einen Moment sehe ich in seinen Augen etwas Sanftes, fast Dankbares aufblitzen. »Ja«, murmelt er. »Genau das.« Wir gehen weiter, während die untergehende Sonne die Stadt in warmes, goldenes Licht taucht und sprechen weiter über ihn. Ich frage ihn aus und er antwortet mir ausführlich. *Es fühlt sich großartig an.*

Neue Situationen sind wie leere Seiten.
Du schreibst die Geschichte.

Kapitel Neunzehn

Gestern verbrachten Zayn und ich noch einen wunderschönen Tag zusammen. Doch heute fühlt sich alles anders an. Nicht unangenehm, ganz im Gegenteil. Es ist, als hätte sich etwas zwischen uns verschoben. Unsere Beziehung hat eine neue Ebene erreicht. Seitdem ich Zayn wirklich kennengelernt habe, fühlt es sich echter an, greifbarer. *Und dieses Gefühl ist unbeschreiblich.*

»Guten Morgen, Liyana.« Eine sanfte Berührung, dann spüre ich seine Lippen auf meinen. Der Kuss ist zärtlich, warm, genau das, was ich brauche, um in den Tag zu starten. Langsam öffne ich die Augen und sehe Zayn über mir stehen. Er ist bereits angezogen, sein Blick ruht liebevoll auf mir. »Du bist echt ein Frühaufsteher, kann das sein?«, murmele ich verschlafen und strecke mich. Ein leises Lächeln huscht über seine Lippen. Bevor er gehen kann, ziehe ich ihn schnell zu mir herunter und drücke ihm einen Kuss auf die Lippen, dann schwinge ich mich aus dem Bett. *Ehrlich gesagt bin ich schon etwas aufgeregt auf den Tag.*

Nachdem wir etwas gegessen haben und ich mich angezogen habe, verlassen wir das Haus und fahren los. Ich habe meine Haare schlicht zu einem Zopf gebunden, trage eine beige Anzugshose und ein ärmelloses, weißes Oberteil. Ein schlichter Look, passend für den heutigen Tag. In meiner Tasche befinden sich nur meine Notizblöcke, doch es fühlt sich an, als hätte ich viel zu wenig dabei. Ehrlich gesagt habe ich keine Erfahrung mit der Arbeit in einem Hochsicherheitsgefängnis. Mein Bekannter aus der Universität hat mir lediglich ein paar Kleinigkeiten erklärt, aber das reicht nicht aus, um mich darauf vorzubereiten, was mich erwarten wird.

Ich springe ins kalte Wasser. Doch es gibt etwas, das mich beruhigt. *Zayn.* Mein Bekannter hat es möglich gemacht, dass er ebenfalls eingestellt wurde. Allein die Gewissheit, dass er an meiner Seite ist, gibt mir ein Gefühl von Sicherheit. Denn in diesem

Gefängnis sitzen nicht einfach nur Kriminelle. Hier sind Menschen eingesperrt, die zu den gefährlichsten und grausamsten gehören, die man sich vorstellen kann. Ihre Taten sind unaussprechlich. Und genau dorthin bin ich nun unterwegs.

*

»Wir sind da.« Zayns Stimme klingt ruhig, doch ich spüre die unterschwellige Anspannung darin. Mein Blick folgt seinem Blick auf das Gebäude vor uns. Hohe, graue Mauern erstrecken sich in den Himmel, umwickelt mit Stacheldraht, der in der Morgensonne glitzert. Wachtürme ragen an den Ecken empor, besetzt mit bewaffneten Beamten, deren Blicke unentwegt das Gelände absuchen. Die Fenster des Gefängnisses sind schmal und vergittert, kaum mehr als dunkle Schlitze in den massiven Steinwänden. Ein kalter Schauer läuft mir über den Rücken. »Großartig. Und genau da werden wir arbeiten.« Mein Seufzen vermischt sich mit dem Brummen der Motoren eines Gefängniswagens, der hinter den Toren hält. Ein kurzer Blick durch den Zaun zeigt mir zwei Insassen, in orangefarbene Overalls gekleidet, die von Wärtern aus dem Fahrzeug gezerrt werden. Ihre Hände sind auf dem Rücken gefesselt, ihre Gesichter ausdruckslos.

Ich steige aus dem Auto und spüre sofort den eisigen Wind, der hier, zwischen den hohen Mauern, noch schärfer zu sein scheint. Der Geruch von Beton, Metall und etwas Unbestimmtem liegt in der Luft. Schon nähern sich mehrere Beamte, ihre Uniformen makellos, ihre Blicke wachsam. »Guten Morgen. Wer sind Sie?« Die Stimme des Mannes vor uns ist fest, kontrolliert. Sein Blick wandert kurz zu mir, bleibt aber an Zayn hängen, als würde er sofort instinktiv erkennen, dass er der gefährlichere von uns beiden ist. Zayn tritt vor mich und antwortet ruhig: »Zayn Wilson und Frau Dr. Liyana Laurel. Sie ist die neue Justizpsychologin und ich der neue Justizvollzugsbeamte.«

Einen Moment lang sagt niemand etwas. Dann wirft der Beamte einen Blick über die Schulter zu seinen Kollegen, die ihm wortlos zunicken. Schließlich richtet er seine Augen wieder auf uns. »Willkommen in der Hölle.« Seine Worte hängen schwer in der Luft. Er streckt Zayn die Hand entgegen. Ich beobachte, wie Zayns Blick kurz darauf ruht, als würde er eine Sekunde zu lange überlegen, ob er sie annehmen soll. Schließlich ergreift er sie und schüttelt sie mit festem Griff. »Herr Grayson, der Anstaltsleiter, erwartet euch. Folgt mir.« Ohne eine weitere Erklärung dreht er sich um und läuft los. Zayn und ich tauschen einen kurzen Blick, bevor wir ihm durch das gesicherte Tor folgen.

Sobald wir eintreten, schlägt mir eine unerwartete Kälte entgegen. Nicht nur die Temperatur ist niedriger, sondern auch die gesamte Atmosphäre. Die Wände sind in einem stumpfen Grauton gestrichen, die Neonlichter an der Decke werfen ein unbarmherzig grelles Licht. Der Flur ist lang, jeder Schritt hallt von den kalten Kacheln wider. Schließlich führt man uns in einen Nebenraum. Zwei Beamte sitzen hinter einem Tisch, daneben ein Metalldetektor, der an eine Flughafenkontrolle erinnert. »Taschen werden durchsucht, Handys werden abgegeben und ihr lasst euch scannen. Erst dann dürft ihr rein.« Ich runzle die Stirn. »Handys werden abgegeben?« *Das geht nicht.* »Ja. Persönliche Handys sind hier verboten.« Ein ungutes Gefühl breitet sich in meiner Brust aus. »Ich habe eine Familie. Wenn etwas passiert, könnten sie mich nicht erreichen.«, werfe ich ein.

Der Beamte schnaubt leise, als hätte er diese Diskussion schon unzählige Male geführt. »Ihr bekommt ein Arbeitstelefon. Darüber seid ihr erreichbar, aber alle Anrufe laufen über unser System. Sollte jemand versuchen, unerlaubte Kontakte herzustellen oder Informationen nach draußen zu bringen, wird es gemeldet. Und glaubt mir, dass wollt ihr nicht. Die Häftlinge sind nicht eure Freunde.« Sein Blick ist kalt, abschätzend. Als würde er bereits erwarten, dass wir irgendwann einen Fehler machen. Neben mir versteift sich Zayn. Ich kenne ihn gut genug, um zu wissen, dass ihm dieser Ton nicht gefällt. Sein Kiefer ist angespannt, seine Schultern sind steinhart. Ich lege eine Hand auf seinen Arm und sehe ihn eindringlich an. »Zayn, lass gut sein.« Er atmet tief durch, entspannt sich ein wenig, bleibt aber angespannt. Schweigend lassen wir uns kontrollieren. Meine Tasche wird durchsucht, mein Körper wird gescannt. Schließlich erhalten wir unsere Arbeitstelefone, und die schwere Tür öffnet sich. Mit jedem Schritt, den wir tiefer in das Gebäude setzen, verstärkt sich das beklemmende Gefühl in meiner Brust. Hier drinnen gibt es keine Regeln, die wir gewohnt sind. Hier drinnen herrscht ein anderes Gesetz. Wir haben es gerade erst betreten, trotzdem spürt man es sofort.

Als uns der Beamte vor einer schweren und verschlossenen Tür absetzt, schenkt er uns nur ein kurzes Nicken, bevor er wortlos verschwindet. Sein Schritt hallt auf dem kühlen Boden wider, bis er schließlich hinter der nächsten Ecke verschwindet. Ich atme tief durch. Meine Hände sind feucht vor Nervosität, mein Herzschlag beschleunigt sich ungewollt. Zayn bemerkt es, natürlich bemerkt er es. Sanft legt er eine Hand an meine Wange, drückt mir einen kurzen Kuss darauf und mustert mich eindringlich.

»Alles in Ordnung?« Ich nicke hastig. »Ja. Nur ein bisschen aufgeregt.« Er schmunzelt leicht, bevor er an die Tür klopft und dann ohne zu zögern den Griff hinunterdrückt. Der Raum, den wir betreten, ist groß, aber nicht einladend. Hohe Metallregale mit dicken Ordnern stehen an den Wänden, das Licht der Neonlampen taucht alles in ein blasses, fast steriles Weiß. Ein massiver Schreibtisch aus dunklem Holz dominiert den Raum, dahinter sitzt ein Mann, der sofort aufsteht, als er uns erblickt. Er ist etwas rundlicher, trägt einen makellosen Anzug und wirkt auf den ersten Blick freundlich, ganz anders, als ich es mir vorgestellt habe. »Guten Morgen! Schön, dass Sie da sind!«

Mit einem Lächeln kommt er auf uns zu und schüttelt mir energisch die Hand, dann Zayns. Seine warme, offene Art nimmt mir einen Teil der Anspannung, die sich in meiner Brust festgesetzt hatte. »Setzen Sie sich doch. Möchten Sie etwas trinken?« Zayn und ich schütteln gleichzeitig den Kopf. Mit einem Lächeln setzt sich Herr Grayson wieder auf seinen Platz. »Also, willkommen im

Hochsicherheitsgefängnis von Lancaster! Ich bin der Anstaltsleiter, James Grayson. Seit dreizehn Jahren schon, eine verdammt lange Zeit!« Er lacht leise und lehnt sich in seinem Stuhl zurück. Seine Art überrascht mich. Ich hatte einen kühlen, strengen Mann erwartet, nicht jemanden, der fast schon väterlich wirkt. »Liyana, ich weiß, dass du das Duzen bevorzugst. Wenn das für alle hier in Ordnung ist, würde ich das auch gern so handhaben.« Ich nicke erleichtert. »Sehr gerne.« Zayn scheint ebenfalls etwas entspannter zu sein, obwohl er immer noch in seiner gewohnten Wachsamkeit verharrt.

James faltet die Hände auf dem Tisch und mustert mich mit ehrlichem Interesse. »Ich war überrascht, als ich deine Anfrage gelesen habe. Warum ausgerechnet hier? Mit deinen Qualifikationen könntest du in jeder renommierten Einrichtung arbeiten. Ein Hochsicherheitsgefängnis scheint mir für dich … nun ja, nicht gerade naheliegend.« Ich zucke leicht mit den Schultern. »Ich wollte Erfahrungen sammeln. Und da es nur für eine begrenzte Zeit ist, habe ich die Gelegenheit genutzt. Glücklicherweise wurde ich angenommen.« James nickt verstehend, dann wird sein Blick einen Hauch ernster. »Wir haben hier seit Monaten ein Problem mit dem Personal. Vor allem Psychologen meiden uns.« Er macht eine kurze Pause, bevor er mit gedämpfter Stimme fortfährt. »Der letzte, der hier gearbeitet hat … wurde von einem Insassen ermordet.« Meine Atmung setzt für einen Moment aus.

»Wie bitte?« flüstere ich. James hebt beschwichtigend die Hände. »Keine Sorge. Ich habe Vorkehrungen getroffen.« Sein Blick wandert zu Zayn. »Deine Sicherheit ist unsere oberste Priorität. Zayn wird während deiner gesamten Arbeitszeit bei dir sein. Ich sage das nicht nur, weil du neu bist, sondern auch, weil du eine Frau bist. Hier gibt es nur männliche Insassen, und das macht dich zu einem leichteren Ziel.« Ich schlucke. Die Ernsthaftigkeit in seinen Worten lässt mich frösteln. Zayn hebt leicht das Kinn. »Ich werde dafür sorgen, dass ihr nichts passiert.« Seine Stimme ist ruhig, aber seine Augen funkeln gefährlich. Ich atme langsam aus.

»Perfekt.« Es gibt mir ein Gefühl von Sicherheit, dass er an meiner Seite sein wird. Erst recht, wenn es hier Morde gab.

»Ich hatte dir ja bereits alle wichtigen Informationen schriftlich gegeben.« James lehnt sich in seinem Stuhl zurück und verschränkt die Arme vor der Brust. »Du hast völlige Entscheidungsfreiheit über deine Arbeitszeit und deine Methoden. Ich möchte, dass du so arbeitest, wie es für dich am besten ist. Allerdings wäre es sinnvoll, wenn du deine Zeiten an Zayns Schichtplan anpasst. So kann er immer in deiner Nähe sein.« Ich nicke, während ich mir Notizen mache. Seine Worte klingen vernünftig.

James fährt fort und erklärt mir die internen Regularien, die ich einhalten muss. Seine Stimme bleibt entspannt, aber in seinen Worten schwingt eine gewisse Strenge mit. Er erzählt mir von seinen Erwartungen an meine Arbeit, von den Herausforderungen, die mich erwarten, und den bisherigen Fehlschlägen seiner Psychologen. Ich höre aufmerksam zu, stelle gezielte Fragen und notiere mir jedes noch so kleine Detail.

»Wie ich bereits sagte: Du hast völlige Entscheidungsfreiheit.« James sieht mich ernst an. »Setz deine Methoden ein, tu, was nötig ist, um diese … nun ja, ich nenne sie mal *Patienten*, wieder auf den richtigen Weg zu bringen. Deine Entscheidungen haben hier Gewicht. Das gesamte Personal muss sich an deine Vorgaben halten. Wenn jemand ein Problem damit hat, soll er sich direkt an mich wenden.« Ich blinzele überrascht. So viel Vertrauen hatte ich nicht erwartet von ihm. Diese Freiheiten werden mir die Arbeit erheblich erleichtern.

James richtet seinen Blick nun auf Zayn. Seine Miene wird noch eine Spur ernster. »Deine oberste Priorität ist ihre Sicherheit. Ich will keinen weiteren Todesfall unter meinem Personal. Wenn du irgendetwas Verdächtiges bemerkst, handle sofort. Und ich meine sofort. Ich erteile dir alle notwendigen Befugnisse, um hier für Ordnung zu sorgen. Du hast freie Hand.« Zayn erwidert seinen Blick mit der Ruhe eines Mannes, der bereits genau weiß, was er zu tun hat. »Verstanden.« James nickt zufrieden, steht dann auf und geht zu einem großen Schrank hinter seinem Schreibtisch. Mit einem leichten Knarzen öffnet sich die Tür. Er holt mehrere Gegenstände hervor, die er sorgfältig auf dem Tisch vor uns ausbreitet. »Hier ist deine Ausrüstung.« Seine Stimme ist sachlich, als er die Gegenstände einzeln aufzählt. »Dein Gürtel mit Waffen, Pfefferspray, Schlagstock und Handschellen. Außerdem deine Dienstkleidung und dein Walkie-Talkie für Notfälle.« Zayn steht auf, nimmt jedes Teil mit geübten Bewegungen an sich, überprüft es kurz und verstaut es dann ordentlich. Er strahlt eine gefährliche Gelassenheit aus, die mich irgendwie beruhigt.

James dreht sich erneut um, greift in den Schrank und zieht einen weiteren Stapel Kleidung heraus, diesmal in Weiß. »Das wird deine Arbeitskleidung sein, Liyana.« Er reicht mir den Stoff, und ich streiche mit den Fingern darüber. »In den Taschen findest du dein eigenes Walkie-Talkie für Notfälle sowie einen Elektroschocker.« Sein Blick ist eindringlich, fast besorgt. »Ich hoffe, du wirst ihn nie benutzen müssen, aber wenn du dich einmal allein wiederfindest, solltest du auf alles vorbereitet sein.« Ein kalter Schauer läuft mir über den Rücken. Die Vorstellung, dass ich mich tatsächlich verteidigen muss, ist beängstigend. Doch ich schlucke die Nervosität herunter und nicke. »Danke.« »Alles Medizinische, dass du benötigst, befindet sich in deinem Büro.« James lehnt sich an den Schreibtisch und mustert uns beide.

»Ich hoffe, ihr wisst, worauf ihr euch einlasst.« Zayn und ich tauschen einen kurzen Blick. Wir wissen es nicht, nicht wirklich. Aber es gibt keinen Weg zurück. »Gut, dann bringe ich euch zu eurem Arbeitszimmer. Unter den Insassen bekannt als *der Folterraum.*« Gemeinsam stehen wir auf, und James führt uns durch die verwinkelten Gänge des Gefängnisses. Die Atmosphäre ist bedrückend, überall kaltes Metall, kahle Wände und das Echo unserer Schritte auf dem gefliesten Boden. Schließlich bleiben wir vor einer Tür stehen. »Hier ist dein Raum, Liyana. Wenn ihr Fragen habt oder etwas ist, kommt immer zu mir.« Dankend nicke ich ihm zu. »Vielen Dank, James.« Gerade setzt er an zu gehen, als ihm plötzlich noch etwas einfällt. Er bleibt stehen und dreht sich mit einem zögerlichen Lächeln zu mir um.

»Fast hätte ich es vergessen! Kann ich kurz ein Video von dir machen, wie du meine Tochter grüßt? Sie hatte es sich gewünscht.« Seine Stimme klingt fast ein wenig schüchtern, in seinen Augen liegt eine warme, väterliche Zuneigung. Überrascht blinzle ich ihn an, doch dann huscht ein Lächeln über meine Lippen. »Gern, wie heißt sie?«, frage ich ihn. »Anabelle.« Während er von ihr schwärmt, spüre ich, wie mein Herz weicher wird. *Er scheint ein wunderbarer Vater zu sein.* Seine Augen leuchten vor Stolz, als er sein Handy zückt und die Kamera öffnet. Ich räuspere mich, versuche, mich zu entspannen, und lächle schließlich in die Linse. »Hallo, Anabelle! Ich habe gehört, du wolltest einen kleinen Gruß von mir. Dein Papa hat mir erzählt, wie toll du bist, also schicke ich dir ganz liebe Grüße und hoffe, dass du einen wunderschönen Tag hast!« Ich winke in die Kamera und lächle. James strahlt über das ganze Gesicht. »Perfekt, vielen Dank! Das wird ihr den Tag versüßen.« Als er schließlich geht, atme ich tief durch und drehe mich langsam zur Tür.

Der Folterraum. Das Wort hallt in meinem Kopf wider, und ein kalter Schauer läuft mir über den Rücken. *Was für Geschichten wohl in diesen Wänden stecken?* Ich schlucke schwer und drücke langsam die Tür auf. Der Raum ist … seltsam steril. Alles ist in weiß gehalten, die Wände, die Möbel, sogar die Fensterrahmen. Kein Fleck, keine Makel, nur diese unheimliche, fast klinische Reinheit. Es ist kein großer Raum, aber auch nicht zu klein. Links steht ein Schreibtisch mit zwei Stühlen davor, dahinter hohe Schränke, vermutlich gefüllt mit Akten, Dokumenten und medizinischen Berichten. Auf der rechten Seite befindet sich ein schmales Bett mit weißer Bettwäsche, daneben zwei Sessel. Direkt daneben steht ein Medikamentenschrank, gefüllt mit den verschiedensten Mitteln, Beruhigungsmittel scheinen den Großteil davon auszumachen. Ich lasse den Blick schweifen und atme tief durch. »Das ist also mein neues Büro.« Zayn setzt sich auf einen der Stühle und lässt seinen Blick langsam durch den Raum wandern. Sein Gesichtsausdruck ist neutral, aber seine Augen mustern jedes Detail mit wachsamer Präzision. »Hätte es mir schlimmer vorgestellt.«, spricht er seine Gedanken laut aus.

Seine lässige Bemerkung lockt mir ein Schmunzeln auf die Lippen. »Na, immerhin etwas«, murmle ich, während ich zu den hohen Schränken an der Wand gehe. Als ich die Tür eines davon öffne, springen mir sofort unzählige Akten und Ordner entgegen, akribisch geordnet, aber dennoch einschüchternd in ihrer Menge. Ich greife nach einem Stapel und lasse die dicken Mappen mit einem dumpfen Geräusch auf den Schreibtisch fallen. Ich schlage den ersten Ordner auf und überfliege die ersten Zeilen der Akte. Bereits nach wenigen Sekunden wird mir klar, dass jede dieser Geschichten schwer im Magen liegen wird. »Ich glaube, ich werde Tage brauchen, um all die Insassen zu analysieren. Es gibt über vierhundertfünfzig Häftlinge. Zumindest stand das auf deren Internetseite.« Seufzend lasse ich mich auf den Stuhl hinter dem Schreibtisch sinken und massiere meine Schläfen.

Der Gedanke, mich mit jedem einzelnen Fall auseinanderzusetzen, ist überwältigend. Jeder Name in diesen Akten steht für eine Vergangenheit, für Verbrechen, für einen Abgrund, den ich erst noch erfassen muss. Zayn lehnt sich entspannt zurück, verschränkt die Arme vor der Brust und beobachtet mich. »Wir haben genug Zeit.« Seine Worte klingen fast beruhigend, und für einen Moment halte ich inne, um ihn anzusehen. Seine Gelassenheit gibt mir ein kleines bisschen Sicherheit inmitten dieser neuen, beklemmenden Realität.

*

Es sind mittlerweile mehrere Tage vergangen. In Absprache mit James habe ich alle Dokumente durchgesehen und detaillierte Pläne für die Behandlung meiner Patienten erstellt. Zayn und ich verbrachten die meiste Zeit in meinem Büro, vertieft in Akten, Notizen und Diagnosen. *Nun bin ich offiziell im Dienst.*

Während ich die Ordner durchblätterte, fiel mir etwas auf. Nicht alle Insassen waren erfasst. Jene, die bereits beim Justizpsychologen gewesen waren, hatten eine Akte, fein säuberlich geführt, mit Anmerkungen, Diagnosen und Verlaufsprotokollen. Doch der wichtigste Name fehlte. Vincent Winslow. Sein Name tauchte nirgendwo auf. Keine Dokumentation, keine Aufzeichnungen, nichts. Das bedeutete, dass er noch nie bei einem Justizpsychologen gewesen war. Und das wiederum bedeutete, dass ich keinerlei Anhaltspunkte hatte, keine Einschätzungen, keine Vorgeschichte. Diese Erkenntnis ließ mich innehalten. Es würde schwieriger werden, ihn zu durchdringen, ihn zu verstehen. Ich würde bei null anfangen müssen. Und genau das macht Vincent Winslow für mich so besonders.

»Ein Insasse hat sich in der Cafeteria mit zwei anderen geprügelt. Alarmstufe Gelb. Wir bringen ihn zu Frau Dr. Laurel.« Die kratzige Stimme aus dem Walkie-Talkie hallt durch den Raum, und ich zucke leicht zusammen. *Mein erster Einsatz.* Sofort hebe ich den Blick zu Zayn, der bereits reagiert. Seine Miene ist ernst, seine Körperhaltung angespannt, aber kontrolliert. Ohne ein Wort zu verlieren, schiebt er sich von seinem Stuhl hoch und positioniert sich am Ende des Raums, direkt an der Wand. Seine Hand ruht locker an seinem Gürtel, wo sich seine Ausrüstung befindet, ein klares Zeichen dafür, dass er auf jede mögliche Eskalation vorbereitet ist. Ich atme tief durch, versuche, meine eigene Nervosität zu unterdrücken, und stelle mich aufrecht vor meinen Schreibtisch. Die Akten, die ich gerade noch durchgesehen habe, rücken in den Hintergrund. Jetzt geht es um einen echten Menschen, nicht nur um Daten auf Papier.

Ein scharfes Klopfen ertönt an der Tür, und ehe ich reagieren kann, wird sie aufgestoßen. Zwei Beamte stürmen herein, zwischen sich einen wütenden, sich heftig wehrenden Mann. Seine Arme zucken, seine Beine treten aus, während er verzweifelt gegen ihren Griff ankämpft. »Lasst mich los! Ich war noch nicht fertig!« Seine heisere Stimme donnert durch den Raum, seine Brust hebt und senkt sich hektisch. Seine Augen funkeln vor Wut, oder ist es Verzweiflung? Einer der Beamten verzieht genervt das Gesicht. »Halt deine Fresse, Steve.« Ohne große Mühe zerren sie ihn zum Bett und drücken ihn mit routinierter Härte nach unten. Metall klickt, als die Handschellen zuschnappen und ihn am Bett fixieren. Ich schlucke schwer. Mein erster direkter Kontakt mit einem Insassen, und gleich so.

Die Augen von Steve bleiben plötzlich an mir hängen. Ein schiefes Grinsen breitet sich auf seinen Lippen aus, bevor er ein langgezogenes Pfeifen von sich gibt. »Wen haben wir denn da?« Sein Blick ist eindringlich, fast schon herausfordernd, während er mich von Kopf bis Fuß mustert. Innerlich verdrehe ich die Augen. *Natürlich.* Männer wie er reagieren immer gleich auf eine neue weibliche Präsenz, erst mit Spott, dann mit Provokation.

Aber ich werde mir hier Respekt verschaffen müssen. Wenn ich zulasse, dass sie mich nicht ernst nehmen, werde ich ein leichtes Ziel sein. Und das ist das Letzte, was ich will. Außerdem brauche ich ihre Aufmerksamkeit, vor allem die von Vincent Winslow. Ich kann nicht einfach nach ihm fragen. Das wäre zu auffällig. *Er muss zu mir kommen.* Ich richte mich auf, halte den Blick fest auf Steve gerichtet und spreche mit fester Stimme: »Hast du dich beruhigt?« Mein Tonfall ist klar, bestimmt, keine Spur von Unsicherheit. Doch Steve lehnt sich nur entspannt zurück, seine Handschellen klirren leicht am Bettgestell. Er betrachtet mich weiterhin mit diesem provokanten Funkeln in den Augen. »Seit wann bist du hier? Ich dachte, wir wären diese dämlichen Ärzte losgeworden.« Seine Stimme trieft vor Spott, als wäre meine Anwesenheit ein schlechter Witz für ihn.

Ich lasse mich nicht aus der Ruhe bringen. Das hier ist ein Spiel, und ich muss die Kontrolle behalten. »Erstens, ich bin keine Ärztin. Es gibt eine Bezeichnung für meinen Beruf, ich bin Psychologin.« Ich mache eine kurze Pause, um sicherzugehen, dass er zuhört. »Zweitens, ja, ich bin neu hier. Es freut mich, dich kennenzulernen, Steve.« Meine Stimme bleibt höflich, aber unnachgiebig.

»Und drittens, du wirst mich siezen. Wir sind keine Freunde.« Langsam, ohne Hektik, greife ich nach einem Stuhl und setze mich vor ihn, bewusst mit genügend Abstand zwischen uns. Jede Bewegung ist kontrolliert, selbstbewusst. Ich zeige ihm, dass ich keine Angst habe. Steve schnalzt mit der Zunge, sein Blick gleitet über meine Schulter hinweg zu Zayn, der noch immer mit verschränkten Armen an der Wand steht. Ein spöttisches Lächeln spielt um seine Lippen. »Du bist auch neu. Habt ihr was miteinander?« Seine respektlose Art bringt mein Blut in Wallung, aber ich lasse mir nichts anmerken. Er testet meine Grenzen, will sehen, wie weit er gehen kann. Doch was er anscheinend noch nicht verstanden hat: *Ich habe das Sagen.*

Mir ist in den letzten Tagen aufgefallen, dass die Insassen vor allem eines fürchten, die Wärter. Zayn und ich haben genau besprochen, wie wir in bestimmten Situationen reagieren. Ohne zu zögern, nicke ich ihm kaum merklich zu. In dem Moment setzt sich Zayn in Bewegung. Mit schnellen, zielgerichteten Schritten geht er auf Steve zu, sein Blick kalt, seine Haltung angespannt. Steve reißt überrascht die Augen auf.

Zayn umgreift ihn am Kragen und zieht ihn mit einer erschreckenden Leichtigkeit näher zu sich. Seine Augen funkeln vor unterdrückter Wut, seine Stimme ist eisig und bedrohlich. »Ich kann mit dir machen, was ich will. Noch eine respektlose Antwort und ich breche dir beide Beine.« Sein Tonfall ist so glaubhaft, so gnadenlos, dass selbst ich für einen Moment glaube, er könnte es tatsächlich tun. Die Luft im Raum scheint dicker zu werden, Spannung liegt zwischen uns wie eine unsichtbare Mauer. Steve hält dem Blick nicht stand. Sein ganzer Körper versteift sich, dann senkt er die Augen. »Ist ja gut«, murmelt er, der Trotz in seiner Stimme kaum noch vorhanden. Zayn hält ihn noch einen Moment fest, als wolle er sicherstellen, dass die Botschaft angekommen ist.

Dann lässt er ihn abrupt los und tritt zurück an die Wand. Die Stille danach ist fast greifbar. Ich nehme mir einen Moment, um meine eigene Haltung zu kontrollieren, bevor ich mit ruhiger

Stimme weiterspreche. »Hast du irgendwo Verletzungen von der Schlägerei, die wir nicht sehen können?« Steve schüttelt knapp den Kopf. Keine Worte, keine unnötigen Bewegungen, er weiß, dass Zayn ihn weiterhin im Blick hat. Ich öffne einen der Ordner auf meinem Schreibtisch und suche seinen Namen. »Wie lautet dein Nachname?« Es dauert nicht lange, bis ich fündig werde. Meine Augen weiten sich unwillkürlich, als ich die dicke Akte vor mir sehe. Seite um Seite gefüllt mit Vorfällen, Disziplinarmaßnahmen und Gewaltakten. »Anscheinend machst du so etwas öfter«, bemerke ich sachlich und blättere weiter. »Wieso?« Steve starrt auf einen Punkt an der Wand, als hätte er meine Frage nicht gehört.

Die Stille zieht sich in die Länge. Ich weiß, dass ich ihn brechen muss, auf die eine oder andere Weise. »Steve, so kommen wir nicht voran«, sage ich nachdrücklich. »Entweder du redest, oder ich entziehe dir deinen Freigang für eine Weile. Du bist nämlich eine Gefahr für die anderen.« Er schnaubt genervt, doch dann sehe ich es, ein Zucken in seinem Kiefer, ein Flackern in seinen Augen. *Ich habe einen wunden Punkt getroffen.*

Plötzlich richtet er seinen Blick direkt auf mich. Seine Hände ballen sich zu Fäusten, seine Kiefermuskeln sind angespannt. »Die zwei Wichser haben über meine Tochter gesprochen«, knurrt er. Seine Stimme bebt vor unterdrückter Wut. »Seitdem sie sie während der Besuchszeit gesehen haben, reden sie ekelhaft über sie. Ich kann nicht anders, als ihnen alle Knochen brechen zu wollen.« Seine Brust hebt und senkt sich schwer. Seine Finger graben sich in die Matratze des Bettes, als müsse er sich daran festhalten, um nicht auszurasten. »Keiner redet so über meine Tochter!« Seine Stimme ist jetzt kaum mehr als ein gefährliches Grollen. Ich sehe in seinen Augen, dass er es ernst meint. Und für einen Moment sehe ich nicht nur den brutalen Schläger vor mir, sondern einen Vater, der sein Kind beschützen will.

Steve mustert mich misstrauisch. Seine Augen verengen sich, als versuche er herauszufinden, was ich gerade denke. »Ich verstehe dich«, sage ich ruhig, doch mit Nachdruck. »Aber Gewalt ist keine Lösung. Wir machen einen Deal.« Langsam, betont gelassen, schließe ich seine Akte mit einem leisen Klappern. Mein Blick bleibt fest auf ihm gerichtet. »Du hörst auf, andere zu verletzen. Im Gegenzug werde ich den beiden eine gerechte Strafe erteilen.« Steve hebt skeptisch eine Augenbraue, aber ich fahre unbeirrt fort. »Zwei Wochen Einzelhaft, ohne Besuchsrecht. Nach dieser Zeit werden sie in eine weit entfernte Zelle verlegt. Außerdem bekommen beide einen Eintrag in ihre Akte. Das wird ihnen schaden, falls sie irgendwann auf eine frühere Entlassung hoffen.« Er atmet scharf aus. Ich sehe, wie er nachdenkt, wie er sich die Konsequenzen ausmalt. Doch dann schüttelt er den Kopf. »Das würden Sie niemals tun«, sagt er abfällig. »Wieso auch? Ich habe die beiden doch angegriffen. Also, wenn hier jemand bestraft wird, dann doch wohl ich.« Ein schmales Lächeln schleicht sich auf meine Lippen. »Hier spielen meine Regeln«, erwidere ich ruhig. »Ich will dir einen Gefallen tun. Natürlich könnte ich dich bestrafen. Aber was würde das bringen?«

Ich lehne mich ein Stück nach vorne, meine Stimme wird etwas leiser, eindringlicher. »Dann sitzt du alle paar Tage wieder vor mir. Oder deine Leiche wird irgendwann aus diesem Gefängnis getragen.« Sein Blick flackert. Er weiß, dass ich recht habe. Hier drinnen läuft es immer nach demselben Muster ab: Ein Funke reicht, und das Feuer frisst alles auf. Wenn ich ihn nicht unter Kontrolle bekomme, wird er entweder jemanden töten oder selbst getötet werden. Ich lehne mich wieder zurück und verschränke die Arme. »Ich brauche allerdings einen Beweis«, sage ich schließlich. »Jemanden, der bestätigt, dass diese beiden tatsächlich solche Dinge über deine Tochter gesagt haben.« Steve atmet schwer. Dann lässt er seinen Kopf in den Nacken sinken und lacht bitter. »Sie sind ganz anders als die anderen«, murmelt er.

Ich zucke mit meinen Schultern, meine Miene bleibt dabei unbeeindruckt. »Ich habe nichts anderes behauptet. Ich gebe dir einen Vertrauensvorsprung. Wenn ich dich jedoch wieder vor mir sitzen haben sollte, wird deine Strafe ganz anders aussehen.

Wir sind hier in einem Hochsicherheitsgefängnis und nicht auf einem Schulhof. Du kannst die anderen gern vor mir warnen, aber das wird nichts ändern. Ich werde dieses Gefängnis sauber hinterlassen. Jeder hier wird lernen, sich zu benehmen. Es gibt keinen Platz für Fehler, für Nachsicht. Hier zählt nur, was passiert, wenn man gegen die Regeln verstößt. Ich bin nicht hier, um Freundschaften zu schließen. Ich bin hier, um Ordnung zu schaffen.«

Steve mustert mich, sein Blick so undurchdringlich wie eine Mauer. Doch etwas in seinen Augen, vielleicht Resignation oder doch ein Hauch von Anerkennung, lässt mich wissen, dass er meine Worte nicht einfach abtut. »Danke. Und ja, ich werde definitiv die anderen vor Ihnen warnen«, sagt er mit einem bitteren, aber dennoch ehrlichen Lächeln. Es ist kein echtes Dankeschön, sondern mehr eine Anerkennung meiner unmissverständlichen Position. *Doch es ist genug.* Mit einem zufriedenen Lächeln stehe ich auf. »Ach ja, den Eintrag bekommst du trotzdem in deine Akte«, füge ich noch hinzu, als ich zur Tür gehe. »Jeder hat von deiner Aktion mitbekommen, ich kann also kein Auge zudrücken.«

Bevor er antworten kann, öffne ich die Tür, um die anderen Beamten hereinzulassen. Die beiden kommen in den Raum und beginnen sofort, Steve abzutransportieren. Bevor er jedoch völlig abgeführt wird, drehe ich mich noch einmal zu ihm um. »Nenn mir noch die Namen der beiden, die über deine Tochter gesprochen haben. Ich erledige alles.« Steve zögert einen Moment, dann nennt er mir die Namen. Zwei Insassen, deren Verhalten ich nun ebenfalls im Auge behalten muss. Sobald er von den Beamten abgeführt wird, schließe ich die Tür hinter mir.

Plötzlich spüre ich zwei vertraute Arme, die sich sanft um meine Taille legen. Eine wohlige Wärme breitet sich in mir aus, als ich Zayns Atem an meinem Hals spüre. »Oh mein Gott«, flüstere ich und lehne mich leicht in seine Umarmung. »Ich war so authentisch! Das hätte ich selbst nicht von mir erwartet.« Ein zufriedenes Lächeln schleicht sich auf meine Lippen. Steve hat sich tatsächlich benommen, und mehr noch, er wird den anderen von mir erzählen. Die Insassen werden schnell begreifen, dass ich nicht die naive, leichte Beute bin, für die sie mich vielleicht gehalten haben. Zayn zieht mich noch enger an sich. Sein Brustkorb hebt und senkt sich in einem ruhigen Rhythmus hinter mir, während sein warmer Atem meine Haut streift. »Du warst perfekt«, murmelt er, seine Stimme voller Stolz und Bewunderung. Dann fügt er grinsend hinzu: »Ehrlich gesagt machen mir deine Schauspielkünste ein bisschen Angst.« Ich lache leise, doch das Lachen wird bald durch ein überraschtes Keuchen ersetzt, als Zayn beginnt, sanfte Küsse auf meinen Hals zu verteilen. Seine Lippen sind warm, seine Berührungen federleicht, doch sie hinterlassen eine Gänsehaut auf meiner Haut.

»Zayn«, hauche ich, versuche halbherzig, mich seinem spielerischen Angriff zu entziehen, doch er hält mich fest. Sein Grinsen ist in seiner Stimme hörbar, als er sagt: »Was denn? Ich muss doch meine brillante, furchtlose Psychologin belohnen.« Ein weiteres Lachen entweicht mir, und für einen Moment vergesse ich, wo wir sind, vergesse die kalten Wände, die strengen Regeln, die Dunkelheit, die in den Fluren dieses Gefängnisses lauert. Hier, in Zayns Armen, ist es warm. *Hier bin ich sicher.*

*

Die nächsten Stunden verbrachte ich mit anderen Insassen, die aus den unterschiedlichsten Gründen zu mir kamen. Außerdem musste ich zwei Neuzugänge begutachten, bevor sie in den regulären Zellenblock überführt werden konnten. »Jetzt kommt einer, der in eine Zelle mit mehreren Personen verlegt werden möchte.« Kaum hatte ich diese Information erhalten, öffnete sich die Tür, und ein stämmiger Mann betrat den Raum, gefolgt von zwei Beamten. Wie üblich ketteten sie ihn am Bett fest.

»Guten Tag. Es freut mich, Sie kennenzulernen.« Ein falsches Lächeln schleicht sich auf seine Lippen, eine Maske, die ich sofort erkenne. »Guten Tag«, erwidere ich. »Wie kann ich dir weiterhelfen?« Sein Lächeln verrutscht für einen Moment, bevor er antwortet: »Ich möchte nicht mehr in einer Einzelzelle sein. Ich will zu den anderen.« Ich werfe einen kurzen Blick in seine Akte, was mich nur den Kopf schütteln lässt. Mehrfacher Sexualstraftäter. Seine Opfer? Frauen und Männer gleichermaßen. »Warum glaubst du, dass du in eine Gemeinschaftszelle verlegt werden solltest?« Er lehnt sich leicht nach vorne. »Ich habe mich verändert. Wirklich. Ich habe an allen Therapiesitzungen teilgenommen, reflektiere täglich über mein Verhalten und ich bereue … zutiefst, was ich damals getan habe.«

Innerlich hätte ich am liebsten laut aufgelacht, oder gewürgt. Wie kann jemand, der anderen Menschen so viel Leid zugefügt hat, so dreist lügen? »Interessant«, sage ich kühl. »Erzähl mir von deiner letzten Therapiesitzung. Was hast du über dich gelernt?« Ein Zögern. Sein Blick sinkt zu Boden. »Dass ich Verantwortung für meine Taten übernehmen muss«, murmelt er. »Ich bin nicht das Opfer in dieser Geschichte. Ich habe erkannt, dass meine Taten schrecklich waren und dass ich … das nie wieder tun darf.« Langsam, ohne den Blick von ihm abzuwenden, lege ich seine Akte auf den Schreibtisch. »Das sind schöne Worte«, stelle ich fest. »Sehr lehrbuchhaft.« Sein Selbstbewusstsein wuchs. Ich konnte es in seiner Haltung erkennen. »Nun, ich habe viel nachgedacht«, fährt er fort. »Ich habe Fehler gemacht, aber ich bin kein schlechter Mensch.«

Ich verschränke die Arme. »Du hast viel nachgedacht? Was genau hat dich dazu gebracht, über deine Fehler nachzudenken? Nenn mir ein konkretes Beispiel, in dem es Klick gemacht hat.« Seine Finger verkrampfen sich. Er sucht nach einer Antwort, findet aber keine. *Er hat nichts reflektiert.* Keine Einsicht, keine echte Reue. »Was war das Letzte, was dein Opfer gesagt hat, als du es überfallen hast?« Sein Gesicht verliert jede Farbe. *Die Fassade bröckelt.* »Ich … ich erinnere mich nicht mehr an jedes Detail«, stammelt er. »Es ist lange her.« Ich schnaube leise. »Das glaube ich nicht«, entgegne ich scharf. »Du verdrängst es, weil du dich nicht verändert hast. Du versuchst mich mit deinen Worten zu täuschen, doch wahre Reue sieht anders aus.«

Langsam erhebe ich mich und trete näher an ihn heran. Mein Finger zeigt auf seinen Arm. »Ich habe deine Blicke gesehen. Du hast mit einem Stift Notizen gemacht, kaum sichtbar, aber ich konnte sie lesen.« Sein Gesichtsausdruck verrät alles. Er hat wirklich geglaubt, ich würde es nicht merken. »Das Gespräch ist beendet«, erkläre ich und wende mich zur Tür. »Antrag abgelehnt.« Die Beamten sehen mich fragend an, als ich ihnen einen kurzen Blick zuwerfe. »Er bleibt, wo er ist. Er stellt weiterhin eine Gefahr für andere dar.« Sie nicken mir zu, betreten den Raum und machen sich bereit, den Insassen abzuholen. Als sie ihn losketten, ruft er mir hinterher: »Ich werde es weiter versuchen! Irgendwann müssen Sie mich zu den anderen lassen!« Ich bleibe stehen, drehe mich aber nicht um. »Irgendwann vielleicht«, sage ich ruhig. »Aber nicht heute.«

Zayn ballt Fäuste, seine Kiefermuskeln spannen sich an. Ich spüre seine Wut förmlich in der Luft knistern. Und ich kann es ihm nicht verübeln. Diese Männer hier, sie widern mich an. Ihre Worte, ihr Verhalten, ihre Vergangenheit … Es fällt mir schwer, einfach nur zuzuhören, ohne meine Fassung zu verlieren. *Ich frage mich, wie lange ich das noch aushalten kann.* Plötzlich klopft es an der Tür, und ein Wärter betritt eilig den Raum. »Ein neuer Insasse ist gerade eingetroffen und verlangt eine Therapiesitzung. Er hat seine Ehefrau ermordet. Das ist seine Akte.« Seufzend nehme ich den dicken Ordner entgegen. *Natürlich.*

Ich nicke dem Wärter zu, damit er den Mann hereinbringen lässt. Die Tür öffnet sich erneut und ein Mann mittleren Alters betritt den Raum. Er trägt ein selbstgefälliges Lächeln auf den Lippen, als hätte er nichts zu verbergen. Seine Augen fixieren mich auf eine Art, die mir Unbehagen bereitet. »Guten Morgen, Frau Laurel. Ich habe von Ihrer Anwesenheit gehört.« Er setzt an, sich mir zu nähern, doch kaum macht er einen Schritt nach vorn, wird er abrupt zurückgedrängt. »Keinen Schritt näher. Du wirst den Sicherheitsabstand einhalten.« Zayns Stimme ist schneidend und drohend. Er steht wachsam da, jede seiner Bewegungen zeigt, dass er jederzeit bereit ist, einzugreifen.

Ich atme tief durch, setze mich langsam auf einen der Stühle und schlage die Akte auf. Mein Blick bleibt an den Tatortfotos hängen. Mein Magen dreht sich um. *Müssen sie mir wirklich jedes Detail ungefiltert vorlegen?* Die Bilder sind brutal, grausam, ein Zeugnis seines abartigen Wesens. Unbewusst verzieht sich mein Gesicht vor Ekel. »In echt sind Sie noch schöner als im Fernsehen.« Seine Stimme hat einen schmierigen Unterton, der mir die Kehle zuschnürt. Ich spüre seinen Blick auf mir, spüre, wie er jede meiner Bewegungen beobachtet. Doch ich lasse mir nichts anmerken. Statt zu reagieren, überschlage ich die Beine und widme mich wieder seiner Akte. Ich werde mich von ihm nicht aus der Ruhe bringen lassen.

»Tobias, wie kann ich dir weiterhelfen?« Meine Stimme bleibt ruhig, sachlich. Doch innerlich spüre ich eine Kälte, die mich durchzieht. Ein Lächeln schleicht sich auf seine Lippen, selbstgefällig, als hätte er bereits gewonnen. »So persönlich? Darf ich Sie dann auch duzen und Liyana nennen?« Seine Stimme ist sanft, fast schmeichelnd, doch seine Augen verraten ihn. Sie sind wachsam, berechnend. Ich schüttle entschieden den Kopf. »Nein. Du wirst mich siezen.« Er lehnt er sich leicht nach vorne, seine Lippen verziehen sich zu einem herausfordernden Grinsen. »So ernst? Sie wirken eher liebevoll statt so kalt. Da muss ich mich wohl in Ihnen geirrt haben.« Er lacht, aber nicht auf eine Art, die echte Freude ausdrückt. Es ist ein dunkles, unangenehmes Lachen, das eine Gänsehaut über meinen Körper jagt.

Dann verändert sich sein Ausdruck schlagartig. Seine Stimme wird sanft, fast einladend. »Ich möchte über den Tod meiner Ehefrau sprechen. Und Sie sollen mir zuhören.« Ein Schauder läuft mir über den Rücken, doch ich lasse mir nichts anmerken. »Sie verurteilen mich nicht sofort, wie es die anderen tun.« Sein Blick wandert zu Zayn, der angespannt an der Wand steht, die Arme vor der Brust verschränkt, jede Bewegung von Tobias genaustens im Auge behaltend. Tobias hebt spöttisch die Augenbrauen. »Er schon. Er will mich am liebsten auf der Stelle umbringen, oder?« Ein amüsiertes Lächeln spielt um seine Lippen, als hätte er gerade einen persönlichen Sieg errungen, weil er die Wut in Zayns Augen bemerkt hat. Ich lasse mich nicht auf sein Spiel ein. Mein Blick bleibt unbewegt. »Es geht hier nicht um mich oder ihn. Es geht um dich.« Tobias lehnt sich zurück, schließt die Augen, und ich kann fast sehen, wie er sich in seinen Gedanken in die Vergangenheit versetzt. Sein Gesicht entspannt sich, als würde er sich an etwas Schönes erinnern.

»Es war ein schöner Abend«, beginnt er leise. »Sie kam gerade aus der Dusche, das Haar noch nass, ein Handtuch um den Körper gewickelt. Ich saß auf dem Bett und habe sie beobachtet.« Er macht eine Pause, öffnet die Augen wieder, und sie sind kalt. *Leer.* »Wissen Sie, manchmal gibt es diese Augenblicke, in denen alles stillsteht. In denen man eine Entscheidung trifft.« Ich atme leise aus. »Ich habe mich dazu entschieden, sie umzubringen.« Die Worte treffen mich wie ein Schlag in den Magen. Seine Stimme ist neutral, so, als würde er über das Wetter sprechen. »Ich hatte oft darüber nachgedacht«, fährt er fort.

»Aber an diesem Abend war es … richtig. Wissen Sie, sie war perfekt. Genauso, wie ich sie immer haben wollte. Und ich wusste, dass dieser Moment nie wiederkommt.« Ein Lächeln spielt um seine Lippen, als hätte er soeben von einer schönen Erinnerung erzählt. In mir zieht sich alles zusammen, doch ich halte meinen Blick fest auf ihm.

»Ich stand auf, ging zu ihr. Sie dachte, ich wollte sie küssen.« Seine Stimme ist jetzt sanft, beinahe liebevoll. »Ich legte meine Hände auf ihre Schultern, dann an ihren Hals.« Seine Augen leuchten auf eine verstörende Weise. »Sie hat sich gewehrt. Oh ja. Sie war stark.« Seine Lippen verziehen sich zu einem kleinen Schmunzeln. »Ich habe ihre Nägel in meinem Gesicht gespürt, sie hat getreten, gezappelt.« Er lehnt sich leicht vor, als wolle er mir ein Geheimnis anvertrauen. »Ich wusste, dass ich fest genug zudrücken musste, um …« Plötzlich rollt eine einzelne Träne über seine Wange. »… die Luft aus ihr herauszupressen. Zu fühlen, wie sie nachgibt.« Ein Moment der Stille. Doch es ist nicht die Stille der Reue. Es ist die Stille eines Mannes, der sich an etwas berauscht, das er niemals wieder erleben kann. Sein Atem geht ruhig, kontrolliert. Doch ich sehe, wie er seine eigenen Worte verdauen muss. Ich beobachte ihn genau. Warte einen Moment, bevor ich die nächste Frage stelle.

»Was hast du dabei gefühlt?« Seine Lippen verziehen sich zu einem fast sanften Lächeln. »Absolute Kontrolle.« Seine Stimme ist ruhig, gelassen. Mir läuft es eiskalt den Rücken hinunter. »Und was hast du getan, als sie tot war?« Er senkt den Blick, betrachtet seine Hände, dieselben Hände, die ihr das Leben genommen haben. Dann hebt er sie leicht an, dreht sie, als würde er sich an den Moment erinnern, in dem er den letzten Rest Leben aus ihr gepresst hat. Sein Lächeln wird breiter. »Ich habe sie ins Bett gelegt.« Seine Stimme ist jetzt beinahe liebevoll. »Ich wollte, dass sie aussieht, als würde sie schlafen.« Ein leises Lachen entfährt ihm. »Und dann habe ich mich danebengelegt. Die ganze Nacht.« Seine Augen glänzen. Dann lacht er. Laut und langgezogen. Es ist ein Lachen, das durch den Raum hallt und mir eiskalte Schauer über die Haut jagt.

»Dir ist klar, dass du die Frau, die du liebst, umgebracht hast.« Meine Worte sind ruhig, aber schwer wie Blei. Sein Lachen verstummt abrupt. Die Zufriedenheit in seinen Augen gefriert, seine Gesichtszüge erstarren. »Du wirst sie nie wiedersehen können.« Seine Atmung stockt für einen Moment. Ich lehne mich leicht nach vorne, mein Blick bleibt fest auf ihm gerichtet. »Du hast sie kaltblütig getötet … für einen berauschenden Moment.« Etwas in ihm bricht. Seine Kiefermuskeln spannen sich an, seine Schultern versteifen sich. Dann sehe ich es, kleine Tränen, die sich ihren Weg aus seinen Augenwinkeln bahnen. Seine Hände zittern leicht, als er sie auf seinen Knien ballt.

»Du wirst sie nie wieder lachen hören, nie wieder ihre

Stimme oder sie neben dir spüren.« Er blinzelt, schluckt schwer. »War es dir das wert?« Seine Lippen beben, als hätte er die Antwort auf diese Frage nie in Betracht gezogen. »Bereust du deine Tat, Tobias?« Plötzlich schüttelt er heftig den Kopf. »Nein, ich bereue es nicht. Ich bereue es nicht!« Mehrfach wiederholt er seine Worte, als würde er verzweifelt versuchen, sich selbst davon zu überzeugen. Ich betrachte ihn für einen Moment, lasse seine Reaktion auf mich wirken.

»Nun, es ist zu spät«, sage ich schließlich. »Du kannst nichts mehr daran ändern. Du musst lernen, deine Tat zu akzeptieren und mit ihr umzugehen.« Langsam erhebe ich mich. »Du wirst nun regelmäßige Gespräche führen. Gewöhn dich erst einmal ein, dann arbeiten wir Stück für Stück an dir. Irgendwann wirst du lernen, damit umzugehen.« Er schweigt, sein Blick verharrt auf dem Boden. »Ich werde dich rufen, wenn ich ein Gespräch für nötig halte«, füge ich hinzu. Keine Antwort. Keine Bewegung. Nur dieser leere Blick, der irgendwo zwischen Trotz und Verzweiflung schwebte. Ich seufze leise auf.

»Außerdem wirst du in eine Einzelzelle kommen. Noch kann ich nicht sagen, ob du keine Gefahr mehr für andere darstellst.« Seine Finger verkrampfen sich, doch er sagt nichts. Ich lasse ihn mit seinen Gedanken allein und wende mich zur Tür. Ich bete die Beamten herein, und sie führen ihn hinaus. »Das war verdammt gruselig … und traurig«, murmele ich, während ich ihm nachsehe. »Die arme Ehefrau.« Zayn nickt zustimmend und deutet mit dem Kopf zur Tür. »Lass uns gehen. Das war erst mal genug für heute.«

*

Zusammen verlassen wir kurz darauf das Gelände und machen uns auf den Weg nach Hause. »Ich koche uns schnell etwas, dann lege ich mich direkt schlafen« Erschöpft lehne ich meinen Kopf an Zayns Schulter. Die Arbeit ist wirklich anstrengend, besonders wegen all der Regeln und Vorschriften. »Bald ist es vorbei«, sagt er leise. »Sobald wir Vincent haben, beenden wir das sofort und kehren in unser altes Leben zurück.« Bei seinen Worten breitet sich ein warmes Gefühl in mir aus. »Ja«, flüstere ich und lasse ein Lächeln über meine Lippen gleiten. »Dann kehren wir in unser altes Leben zurück.« *Unser Leben.* Das ist es, was er gesagt hat. Ein sanfter Hauch von Hoffnung schleicht sich in mein Herz. Vielleicht ist Zayn derjenige, der bleibt. Vielleicht ist er der, den ich an meiner Seite haben werde, nicht nur für jetzt, sondern für immer. Zu oft war ich allein. Zu oft haben sich Menschen von mir abgewandt. *Wie Joel.* Seine bloße Erinnerung sorgt für einen bitteren Nachgeschmack. Unsere Beziehung war eine Enttäuschung, und das Ende? Einfach nur absurd. Ich hatte so sehr gehofft, mit ihm sesshaft zu werden, dass ich die Warnsignale übersehen habe. Doch mit Zayn fühlt es sich anders an. Echter.

Plötzlich durchbricht das Klingeln meines Handys die Stille. Hastig hole ich es aus meiner Tasche und sehe auf das Display, Zoey ruft an. »Hallo, Zoey!«, begrüße ich sie, während ich den Anruf annehme. Im nächsten Moment erscheint ihr Gesicht auf meinem Bildschirm. Sie liegt am Strand, das sanfte Rauschen der Wellen im Hintergrund. Ihr sonnengebräunter Körper ist in einen knappen Bikini gehüllt, der Sand klebt leicht an ihrer Haut. Sie sieht vollkommen entspannt aus, ein scharfer Kontrast zu meiner angespannten Lage. »Hallo, Süße. Wie läuft es?«, fragt sie mit einem zufriedenen Lächeln. Ich erzähle ihr von meiner Arbeit, von den Herausforderungen und den Insassen. Sie hört still zu, ihre Sonnenbrille lässig ins Haar geschoben, während sie mit einer Hand durch den Sand streicht. Ich kann nicht leugnen, dass mich ein kleines bisschen Neid überkommt. Ich wäre jetzt auch lieber irgendwo am Meer, weit weg von all dem hier.

Dann hebt sie plötzlich den Kopf, ihre Miene wird ernster. »Ich habe eine Idee, wie du an Vincent kommen könntest.« Sofort werde ich hellhörig. Seit Tagen zerbreche ich mir den Kopf darüber, wie ich es schaffen kann, mit ihm zu sprechen. »Ich habe mitbekommen, dass jemand versuchen wird, ihn umzubringen«, sagt sie leise. Ihre Worte lassen meine Gedanken stocken. »Was?«, frage ich ungläubig. »Noch weiß ich nicht, wann es passieren soll«, fährt sie fort. »Aber vielleicht kannst du das für dich nutzen. Falls er verletzt wird, könntest du ihn dir schnappen. Oder du bietest ihm einen Deal an, du gibst ihm diese Information, und dafür lässt er uns in Ruhe.« Ich lasse ihre Worte auf mich wirken. Das könnte funktionieren. *Das könnte meine Chance sein.*

»Aber wer will ihn denn umbringen?«, frage ich verwundert und runzle die Stirn. Zoey zuckt nur mit den Schultern, während sie mit einer Hand gedankenverloren ein Muster in den Sand zeichnet. »Er ist der Anführer eines Clans«, erklärt sie schließlich. »Und bei so einer Position hat man automatisch Feinde.« Ich lehne mich zurück und lasse ihre Worte auf mich wirken. Zoey seufzt und blickt kurz über ihre Schulter, als würde sie sich vergewissern, dass niemand in ihrer Nähe lauscht. Dann richtet sie ihren Blick wieder auf mich. »Es soll ein Clan sein, der sich von den anderen abgesetzt hat. Realisierend … oder so ähnlich.« Ich runzle die Stirn. »Du meinst radikalisierend?« »Ja, genau«, nickt sie. »Jedenfalls sind sie extrem und haben es wohl auf ihn abgesehen.« Ein unbehagliches Gefühl breitet sich in meiner Brust aus. Wenn das stimmt, dann könnte Vincent in ernster Gefahr sein. »Ist auch egal, wer es versuchen wird«, sage ich schließlich mit einem Seufzen.

»Falls du mehr herausfindest, informiere mich sofort. Damit kann ich bestimmt etwas anfangen.« Ich bekomme das schon hin. »Aber wie werden sie es versuchen?«, frage ich nachdenklich. Mein Blick bleibt an Zoeys Gesicht hängen, während ich versuche, die Informationen zu sortieren. »Hast du irgendeine Ahnung?« Zoey schüttelt langsam den Kopf. »Noch nicht. Aber ich bleibe dran«, versichert sie mir. Ihr Tonfall ist ungewohnt ernst, was zeigt, dass sie selbst begreift, wie brisant diese Information ist. »Pass auf dich auf, ja? Ich weiß, dass du klug bist, aber Vincent ist gefährlich.« Ein Lächeln huscht über meine Lippen, doch es erreicht meine Augen nicht. »Ich weiß. Aber ich habe keine Angst vor ihm.« Ob das die Wahrheit ist, weiß ich selbst nicht genau.

Nachdem wir aufgelegt haben, erreichen wir unser Ziel. Zayn hält das Auto an, steigt aus und öffnet mir die Tür. Sanft umschließt seine warme Hand meine, während er mich nach draußen führt. »Daran könnte ich mich gewöhnen«, sage ich mit einem leichten Kichern und werfe ihm einen spielerischen Blick zu. Zayn schmunzelt, doch in seinen dunklen Augen liegt etwas Ernsthaftes. »Das solltest du auch. Es ist das Mindeste«, erwidert er leise. Seine Fürsorge ist ungewohnt, fast schon überraschend. So distanziert und kühl, wie er früher war, hätte ich nie gedacht, dass er einmal so … anders sein könnte. So aufmerksam. So nah. Seit wir mehr Zeit miteinander verbringen, ist er anhänglicher geworden, fast, als hätte er Angst, mich loszulassen. Und ich? Ich genieße es. Diese Entwicklung, dieses langsam schwindende Eis zwischen uns. Er ist nicht mehr der Mann, der mich auf Abstand hält. Nicht mehr der verschlossene Schatten, der seine Emotionen unter harter Kontrolle hält.

In Gefahr sind wir alle gleich – verletzlich.

Kapitel Zwanzig

Der Funkspruch trifft mich wie ein Schlag. »Code Schwarz in der Cafeteria! Explosion! Mehrere Verletzte! Die Wärter sichern das Gebiet!« Ich springe erschrocken auf, mein Herz hämmert wild gegen meine Rippen. *Explosion?* Mein Blick huscht zum Walkie-Talkie auf meinem Schreibtisch. Zayn springt ebenfalls auf und eilt zu mir, als ich mich aufrichte. Mit zitternden Fingern greife ich nach dem Gerät und drücke den Knopf. »Was ist passiert?« frage ich mit angstvoller, bebender Stimme. Ich habe nichts mitbekommen, in dieser verfluchten, versteckten Höhle!

»Jemand hat einen Feuerwerkskörper gezündet! Wir wissen nicht, ob noch mehr kommen!« *Oh nein!* Ich renne los, ohne eine weitere Sekunde zu verlieren. »Liyana, warte! Du musst in Sicherheit bleiben!«, ruft Zayn hinter mir her, doch der Gedanke an mein eigenes Überleben ist nun das Letzte, was zählt. Die kalten Gänge des Hochsicherheitsgefängnisses hallen unter meinen schnellen, ungeduldigen Schritten wider. In meinen Ohren rauscht es, das Adrenalin pumpt, als würde mein Körper in Flammen stehen.

Als ich die Cafeteria erreiche, schlägt mir der scharfe, metallische Geruch von Rauch und verbranntem Stoff entgegen. Ich halte einen Moment inne, die Szene vor mir wie gelähmt in meiner Wahrnehmung. *Chaos.* Lange Tische liegen umgestürzt, verstreut im ganzen Raum. Plastiktabletts, Essen, und Metallbesteck liegen zerstreut auf dem Boden, als hätten sie keinen Sinn mehr, als wären sie keine alltäglichen Gegenstände mehr, sondern nur noch Splitter eines Albtraums. Mehrere Gefangene liegen regungslos und blutend auf dem Boden, ein Bild der Verzweiflung. Ein Wärter hält sich das Ohr, Blut sickert langsam zwischen seinen Fingern hervor. Und dann, mitten im Raum, steht er. Ein Mann, Anfang bis Mitte dreißig. Dunkle, zerzauste Haare fallen ihm ins Gesicht. Sein Blick ist ruhig, viel zu ruhig für das, was gerade geschehen ist. Ein Ausdruck der Kälte und Berechnung, der sich in seinen Zügen abzeichnet. Seine Hände hängen schlaff an seinen Seiten, doch in beiden hält er ein Messer. Neben ihm liegt eine leere Feuerwerksbatterie, die wie ein stummer Zeuge des Grauens am Boden liegt. Er hat das hier getan. Die Wärter um ihn herum stehen mit erhobenen Schlagstöcken da, bereit, ihn zu überwältigen, doch ich hebe ruhig die Hand. »Lasst mich mit ihm reden.« Ich spüre Zayn dicht hinter mir, seine Präsenz wie ein ständiger Mahnruf. Doch ich halte meinen Blick fest auf den Mann vor mir gerichtet.

Der leitende Wärter sieht mich an, als hätte ich gerade meinen Verstand verloren, als würde er meinen Entschluss nicht verstehen. Ich trete einen Schritt näher. Mit jedem Schritt, den ich mache, höre ich mein eigenes Herz gegen die Wände meiner Brust pochen. Zwei Meter vor ihm bleibe ich stehen. Der Abstand fühlt sich größer an, als er wirklich ist. Mein Herz rast, doch ich zwinge mich, ruhig zu bleiben, die Kontrolle zu wahren. Meine Stimme ist fest, als ich frage: »Warum hast du das getan?« Er hebt eine Augenbraue, mustert mich mit einem seltsamen, beinahe belustigten Blick. »Ah … die Psychologin«, sagt er mit ruhiger, fast amüsiert klingender Stimme. »Ich habe dich schon beobachtet. Viel von dir gehört.« Ich ignoriere seine Worte. Es ist nicht der Moment für solche Spielereien. »Was war dein Ziel? Wie viele Menschen wolltest du verletzen?« Er zuckt mit den Schultern, eine Geste, die seine Gleichgültigkeit widerspiegelt.

»Das hier war nur ein Test. Ein Funke. Ich wollte sehen, was passiert.« Meine Hände sind feucht, und ich ballen sie zu Fäusten, damit er es nicht sieht. »Du wolltest Chaos. Warum?« Er lehnt den Kopf leicht zur Seite und schmunzelt. »Warum brennen Menschen Häuser nieder? Warum springen sie von Klippen? Weil sie wissen wollen, was danach kommt.« Ich bleibe still. Beobachte ihn mit jeder Faser meines Seins. Seine Augen, dunkel und wachsam, verraten nichts von Panik oder Wut. Nur eine scharfe Neugier, die beinahe beängstigend ist. »War das dein erster

Versuch?« frage ich leise. Er lächelt. Ein langsames, kalkuliertes Lächeln. »Wer weiß?« Ein Schauer läuft mir über den Rücken. Mein Magen zieht sich zusammen. »Was kommt als Nächstes?« Er hebt die Hände und hält mir die Messer entgegen. Die Klingen sind rußgeschwärzt, aber nicht verbrannt. Er war vorsichtig. Alles ist wohl genaustens geplant. »Vielleicht gar nichts. Vielleicht etwas viel Größeres.« Seine Stimme ist sanft, fast ein Flüstern. »Was glaubst du, Doc? Was würdest du tun, wenn du wüsstest, dass gleich noch etwas passiert?«

»Liyana, komm sofort hier raus!« Zayn packt mich am Arm, zieht mich zurück, als wäre der Moment des Unheils längst überschritten. Mein Nacken kribbelt. *Verdammt!* Ich schnappe nach Luft, mein Magen ist ein Knoten. Ohne zu zögern, spreche ich in das Walkie-Talkie. »Alle Gefangenen SOFORT rausbringen! Suchen Sie nach weiteren Sprengsätzen!« Und dann höre ich es. Ein leises Zischen. Mein Herz setzt einen Schlag aus. Ich weiß nicht mehr genau, was zuerst passiert, ob ich mich ducke oder ob die Druckwelle mich trifft. Ein gleißender Blitz. Hitze. Ein ohrenbetäubender Knall, der alles andere verschluckt.

Ich fliege nach hinten, der Aufprall gegen einen umgestürzten Tisch reißt mir die Luft aus den Lungen. Mein Kopf dröhnt, als wäre er in tausend Stücke zersplittert. Etwas Warmes läuft meine Wange hinunter. *Blut?* Vielleicht. Vielleicht auch einfach nur Schweiß, vermischt mit dem stinkenden Rauch, der den Raum füllt. Ich blinzele, versuche, den Schleier aus Nebel und Schmerz zu vertreiben. Schreie hallen in meinen Ohren, verzerrt, schmerzlich, doch dazwischen … Gelächter. Ein leises, fast schon amüsiertes Lachen. Langsam drehe ich meinen Kopf, versuche den Fokus zu halten. Und da steht er, immer noch mitten im Chaos, als wäre dies für ihn ein Spiel. Ein Lächeln auf seinen Lippen, als wäre das alles nur ein kurzer Spaß. Ich beiße die Zähne zusammen, versuche, den Schwindel zu vertreiben, und richte mich auf.

Meine Knie zittern, doch ich zwinge mich, auf ihn zuzugehen. Schritt für Schritt, jeder Schritt ein kleiner Sieg über meinen eigenen Körper, der sich weigert, die Kontrolle zurückzugeben. Er sieht mich an. »Du bist noch hier. Beeindruckend.« Ich wische das Blut von meiner Stirn, ohne den Blick von ihm zu nehmen. Um mich herum nehme ich keinen mehr wahr. Ich höre nur die Rufe der verletzten Wärter, die Verstärkung rufen. »Du findest das hier also lustig?«, spotte ich. »Nicht lustig«, sagt er und schüttelt den Kopf, als würde er mit sich selbst ein stilles Gespräch führen. »Interessant.« Mein Herz hämmert in meiner Brust. Er will Kontrolle. Er will, dass ich Angst habe. Ich atme tief durch, versuche, den Druck in meiner Brust zu lösen. »Du denkst, du bist klüger als alle anderen hier, nicht wahr?« Er lächelt, ein leichtes, fast spöttisches Lächeln. »Denkst du, ich bin dumm?«, stellt er mir eine Gegenfrage. »Ich denke, du bist vorhersehbar.« Seine Augen verengen sich, der Funke einer Reaktion blitzt auf. Ich habe ihn getroffen.

»Du willst, dass die Leute Angst haben«, fahre ich fort, »dass sie dich als den Mann mit dem Plan sehen. Aber weißt du, was ich sehe?« Ich mache einen Schritt näher, versuche, in sein Innerstes zu blicken. »Einen Gefangenen. Einen kleinen Jungen, der das einzige kontrollieren will, was er noch kann. Weil er hier drin sonst nichts mehr hat.« Sein Blick bleibt auf mir hängen, doch die Ruhe, die ihn vorher umhüllt hat, ist nicht mehr dieselbe. Es ist, als ob ein Riss in seiner Maske zu sehen ist. »Du weißt nichts über mich.«, keift er mich an. »Nein.« Ich hebe mein Kinn, stelle mich ihm auf Augenhöhe.

»Aber ich weiß, wie Menschen wie du funktionieren. Und ich weiß, dass du dich gerade fragst, warum du mir nicht in die Augen schauen kannst.« Seine Finger zucken. Ein unbewusster, flüchtiger Moment. Und dann, endlich, blinzelt er. Ein Wimpernschlag der Unsicherheit. Der Moment der Schwäche. Doch bevor ich weiter nachdenken kann, stürmen die Wärter auf uns zu. Sie reißen ihn zu Boden. Seine Knie schlagen hart auf die Fliesen, ein schmerzender Klang, der den Raum erfüllt.

Die Handschellen klicken. Ich atme aus, der Druck in meiner Brust lässt nach. Die Anspannung, die mich wie ein unsichtbares Band gefangen gehalten hat, löst sich langsam. Während sie ihn abführen, dreht er noch einmal den Kopf, sieht mich an. Ein letzter Blick, der so viel mehr aussagt, als Worte es je könnten. Und dann, in einem Moment der Stille, sagt er etwas, das mir eine Gänsehaut über den Rücken jagt. »Das war erst der Anfang. Ich werde euch alle umbringen!« Ich bleibe in der Cafeteria stehen, während der Rauch langsam verzieht und die Atmosphäre von Panik und Angst in der Luft hängt. Wärter rennen umher, Sanitäter kümmern sich um die Verletzten, aber mein Blick bleibt an dem Ort hängen, an dem alles begann.

»Liyana, du bist verletzt!« Zayn kommt auf mich zu, leicht humpelnd, doch der Schmerz in seinem Gesicht ist nicht zu übersehen. Mein Herz rutscht mir in den Magen. *Er ist auch verletzt.* »Zayn, geht es dir gut?« Sofort laufe ich zu ihm, greife nach seinen Armen, um ihn genauer zu betrachten. Die Wunde an seiner Seite, die blutige Spur auf seiner Stirn, es ist zu viel, als dass er es unbeschadet überstanden haben könnte.

»Du siehst nicht gut aus«, flüstere ich, während ich ihm in die Augen sehe. Er versucht, seine Hand auf meine Wange zu legen, seine Finger zittern leicht, doch bevor er mich berühren kann, kippt er nach vorne. Sein Körper verliert jede Spannung, und im nächsten Moment fällt er mir in die Arme. »Zayn?« Mein Herz setzt einen Schlag aus. Panik schießt durch meine Adern, als ich seinen schlaffen Körper halte. Seine Wärme ist noch da, doch seine Kraft schwindet. »Zayn, bleib bei mir!« Meine Stimme zittert, als ich ihn sanft auf den Boden sinken lasse.

Seine Augenlider flackern, sein Atem ist flach. Blut sickert durch den Stoff seines Hemdes, eine dunkle, unheilvolle Spur, die sich über seinen Bauch ausbreitet. »Ich brauche Hilfe!« Mein Schrei durchbricht das Chaos um mich herum. »Er ist verletzt!« Sanitäter eilen herbei, doch jede Sekunde fühlt sich wie eine Ewigkeit an. Ich drücke meine Hände gegen seine Wunde, spüre sein warmes Blut an meinen Fingern. »Halte durch«, flüstere ich, meine Stimme kaum hörbar vor Angst. »Bitte, halte durch …«, flehe ich ihn an. *Ihm darf nichts passieren!*

»Lassen Sie mich mal sehen!« Der Sanitäter drängt mich zur Seite und beginnt, Zayn zu versorgen. Ich will ihn nicht loslassen, aber sie brauchen Platz. Zögernd weiche ich zurück, meine Hände zittern, als ich sehe, wie sie sein Hemd aufschneiden, um die Wunde freizulegen. »Er verliert zu viel Blut«, murmelt einer der Sanitäter, während er mit schnellen, geübten Bewegungen einen Druckverband anlegt. Ein anderer greift zum Funkgerät. »Wir brauchen sofort eine Trage und eine Infusion! Der Patient ist instabil!« Meine Kehle fühlt sich wie zugeschnürt an, mein Atem geht flach. Ich sehe, wie Zayns Augenlider schwer werden, wie sein Brustkorb sich nur noch flach hebt und senkt. »Zayn!« Ich mache einen Schritt auf ihn zu, doch eine starke Hand hält mich zurück. Ein Wärter. »Sie sollen ihre Arbeit erledigen«, sagt er leise, aber bestimmt. »Er darf nicht …« Meine Stimme bricht. *Nein.* Er wird nicht sterben.

Endlich kommen zwei weitere Sanitäter mit einer Trage. Vorsichtig heben sie ihn darauf, schließen die Infusion an und befestigen die Gurte. »Wir bringen ihn in die Krankenstation«, sagt einer von ihnen. »Er muss sofort operiert werden.« Ich will mit, doch der Wärter hält mich zurück. »Sie sind auch verletzt. Lassen Sie sich untersuchen.« Ich schüttle heftig den Kopf. »Es geht mir gut! Ich muss zu ihm!« Doch noch bevor ich etwas tun kann, rollen die Sanitäter die Trage aus der Cafeteria. Zayn verschwindet hinter der Tür, und mit ihm mein letzter Rest an Kontrolle. Meine Knie geben nach. Ich muss mich am nächsten Tisch festhalten, um nicht zu fallen. Er darf nicht sterben. *Bitte nicht.*

»Liyana?« Ich hebe meinen Blick und sehe James, der in schnellen Schritten auf mich zukommt. Sein Gesicht ist von Sorge gezeichnet. »Geht es dir gut? Oh Gott, warum warst du hier?« Er bückt sich zu mir herunter, seine Augen suchen meine. Ich spüre seine Besorgnis. »Zayn ist schwer verletzt. Sie operieren ihn gerade«, bringe ich mit schwacher Stimme hervor. James atmet tief ein, als würde er versuchen, seine Erschütterung zu verbergen.

»Hier gibt es wirklich nie einen Moment der Ruhe, meine Güte.« Er greift sanft nach meinem Arm und zieht mich vorsichtig hoch. »Komm, wir müssen dich untersuchen lassen. Danach sehen wir nach Zayn.« Ich folge James mechanisch, doch meine Gedanken kreisen unaufhörlich um Zayn. Die Schuld lastet schwer auf meinen Schultern, zieht mich immer weiter nach unten. Ich hasse es, dass ihm wegen mir etwas passiert ist. Das hätte niemals passieren dürfen!

»Haben Sie irgendwelche Beschwerden?«, fragt mich der Arzt mit ruhiger Stimme. Ich schüttle stumm den Kopf. Ich spüre nichts außer diese lähmende Schuld. Ich will nur zu Zayn. »Sie hat eine Wunde am Kopf und ihr Arm ist ebenfalls verletzt«, mischt sich James ein, seine Stimme fest, aber besorgt. Ich sage nichts, senke nur den Blick und starre auf den Boden. Die Worte prallen an mir ab. Die Bilder des Angriffs laufen in meinem Kopf in Endlosschleife. *Hätte ich es verhindern können? Hätte ich schneller reagieren müssen?* Die Schuld schnürt mir die Kehle zu. Ich ertrinke darin.

Der Arzt versorgt mich schweigend, seine Hände arbeiten routiniert, doch mir kommt es vor, als wäre alles um mich herum gedämpft, weit entfernt. Ich spüre die Berührungen kaum, nehme die Worte nur wie durch einen dichten Nebel wahr. Dann darf ich endlich gehen. »Zayn wird noch operiert«, sagt James, seine Stimme klingt gedämpft, als würde er aus weiter Ferne zu mir sprechen. »Ruh dich etwas aus. Ich muss herausfinden, wie diese Feuerwerkskörper ins Gebäude gelangen konnten. Ruf mich an, wenn etwas sein sollte.« Ich nicke, aber es fühlt sich an, als hätte ich keine Kontrolle mehr über meinen eigenen Körper.

Als James den Gang verlässt, geben meine Beine nach. Ich sinke zu Boden, mein Rücken lehnt an der kalten Wand. Mein Kopf dröhnt, mein Herz rast. Die Stille um mich herum ist erdrückend. Ich spüre, wie mich dieses schwarze Loch wieder verschlingt, wie die Dunkelheit nach mir greift und mich hinabzieht. »Ich weiß nicht einmal, ob du noch lebst!«, wimmere ich leise, meine Stimme bricht. Mein Körper zittert. Meine Hände ballen sich kraftlos in den Stoff meiner Hose.

»Wie konnte das nur passieren?« Mein eigener Atem klingt fremd in meinen Ohren, schwer und zittrig. Wer weiß, wie viele verletzt wurden … oder vielleicht sogar gestorben sind. Mein Magen zieht sich bei diesem Gedanken schmerzhaft zusammen. Die Tatsache, dass jemand es geschafft hat, so etwas in diese Mauern zu schmuggeln, lässt mich erschaudern. Wenn sie Feuerwerkskörper hineinbekommen haben, was hätten sie dann noch einschleusen können? Eine Bombe? Eine Waffe? Es hätte so viel schlimmer kommen können. Ich presse meine Hände gegen meine pochenden Schläfen. Die Personen, die dahinterstecken, müssen gefunden und zur Rechenschaft gezogen werden. Das hier darf nicht ungestraft bleiben! Mein Blick wandert ziellos den Gang entlang. Die sterile Umgebung fühlt sich plötzlich noch kälter, noch erdrückender an. *Zayn* ... Ich schließe die Augen und versuche, meine Gedanken zu ordnen, doch alles verschwimmt in Chaos und Angst.

*

»Frau Laurel?« Eine fremde Stimme dringt durch den Nebel meiner Gedanken. Ich öffne die Augen und blinzele in das Gesicht eines Arztes. »Herr Wilson fragt nach Ihnen. Wir konnten ihn stabilisieren.« Mein Herz setzt einen Schlag aus. *Zayn lebt!* Ohne nachzudenken, springe ich auf, renne an dem Arzt vorbei und stürme in das Krankenzimmer. Der sterile Geruch von Desinfektionsmittel brennt in meiner Nase, doch ich beachte ihn nicht. Meine Augen suchen nur nach ihm. Seine Haut ist blass, seine Lippen trocken, seine Augen nur einen Spalt geöffnet, doch er lebt. »Oh Gott, es geht dir gut!«

Meine Stimme bricht, die Tränen fließen unaufhaltsam, als ich zu ihm eile und seine Hand umgreife. Sie fühlt sich warm an, schwach, aber warm. »Liyana.« Sein Flüstern ist kaum mehr als ein Hauch, doch es reicht, um meine Knie weich werden zu lassen. Ich schluchze und schüttle verzweifelt den Kopf. »Es tut mir so leid! Nur wegen mir warst du in der Cafeteria!« Meine Schuld frisst mich auf. Hätte ich ihn nicht mit hineingezogen, wäre das alles nie passiert. »Dir muss nichts leidtun«, sagt er mit einer tiefen, fast schmerzhaften Stimme, die mir durch Mark und Bein geht. Es ist, als ob er die Last der gesamten Situation auf seinen Schultern spürt. Seine Augenbrauen ziehen sich zusammen, in seinen Augen sehe ich etwas, das mehr ist als nur Reue. Es ist das Gefühl von Verantwortung, von Schuld.

»Es tut mir eher leid, dass ich mein Versprechen nicht halten konnte. Du wurdest verletzt«, fügt er hinzu, und ich kann den inneren Konflikt in seiner Stimme hören, der mir das Herz schwer macht. »Du hast mich beschützt, Zayn!«, antworte ich schnell, um ihm klarzumachen, dass er sich nicht schuldig fühlen soll. Meine Stimme klingt sanft, fast beruhigend, aber auch mit einer gewissen Schärfe, als wollte ich ihn dazu bringen, sich von der Last der Schuld zu befreien. »Wir hätten in dem Moment nicht ahnen können, dass es noch einen Feuerwerkskörper im Raum gab. Es war einfach nicht vorhersehbar.«

Langsam fahre ich mit meiner Hand über sein Gesicht, meine Finger gleiten vorsichtig über die raue Haut, als wollte ich alle seine Sorgen hinwegnehmen, auch wenn ich weiß, dass das nicht möglich ist. Es fühlt sich wie ein letzter Versuch an, ihm zu zeigen, dass ich ihm vertraue, dass er nicht allein ist. »Geht es dir gut?«, frage ich dann leise, und in meinem Blick liegt eine tiefe Sorge. Ich studiere jedes Detail seines Gesichts, suche nach Anzeichen von Schmerz oder Erleichterung, aber die Unsicherheit bleibt. »Ja, es geht mir jetzt besser.«

Ich höre die Schritte vom Arzt, der sich uns nähert. »Herr Wilson wird einige Zeit brauchen, um sich vollständig zu erholen. Doch es besteht keine Lebensgefahr«, erklärt uns der Arzt mit klarer Stimme. Sein Blick ist sachlich, aber nicht ohne Mitgefühl. »Er wird gleich in das örtliche Krankenhaus gebracht und dort für etwa zwei Wochen bleiben. Danach sehen wir weiter.« Seine

Worte klingen beruhigend, doch in mir bleibt ein Rest an Unruhe.

»Zwei Wochen sind zu lange.« Zayn versucht sich aufzusetzen, doch kaum hebt er sich an, rutscht er ab und stößt ein scharfes, schmerzerfülltes Zischen aus. Seine Frustration ist deutlich zu spüren. »Du wirst auf die Ärzte hören, Zayn. Du brauchst Zeit, um dich vollständig zu erholen!« Meine Stimme ist fest, mein Blick ernst. Ich dulde keine Widerrede. Wenn es sein muss, werde ich ihn dazu zwingen, sich auszuruhen. Der Arzt wirft uns einen kurzen, wissenden Blick zu, bevor er sich abwendet. »Gute Besserung.« Mit diesen Worten verlässt er den Raum und lässt uns allein zurück. Kaum ist die Tür ins Schloss gefallen, fährt Zayn mich an: »Liyana, ich lasse dich hier nicht allein!« Seine Stimme ist scharf, beinahe panisch, als würde ihn der bloße Gedanke, mich aus den Augen zu lassen, wahnsinnig machen.

Doch genau in diesem Moment wird mir etwas klar. Die Situation hat sich verändert. Es ist nicht mehr nur seine Sicherheit, um die ich mir Sorgen machen muss, sondern auch seine Nähe zu mir, die ihn gefährdet. Es wäre egoistisch, ihn hierzubehalten, während ich mich weiter in Gefahr begebe. Ich atme tief durch und sehe ihm in die Augen. »Zayn, du wirst diese zwei Wochen im Krankenhaus bleiben. Ich werde einen anderen Beamten bekommen, der auf mich aufpasst. Du weißt, dass ich diese Sache so schnell wie möglich beenden muss, bevor Tiara zurückkehrt. Bitte, sei nicht stur!« Langsam lasse ich meine Hand über seinen Arm gleiten, ein sanfter Versuch, ihn zu beruhigen.

Ich spüre die Spannung in seinen Muskeln, die sich allmählich zu lösen scheint. Er presst die Lippen aufeinander, bevor er schließlich nachgibt. »Du wirst mich über dein Diensttelefon anrufen. Ich will immer wissen, wer bei dir ist. Und der Beamte wird keine Sekunde von deiner Seite weichen.« Ich nicke ihm zu. »Wenn es dich beruhigt, werde ich mich daranhalten.« Sein Blick bleibt auf mir haften, prüfend, schützend, bevor er schließlich seufzt. »Nach der Arbeit hole ich deine Sachen und bringe sie dir.«

Daraufhin betreten die Sanitäter den Raum, ihre Schritte

schnell und routiniert. Ohne zu zögern, treten sie an Zayns Seite, während einer von ihnen mich freundlich, aber bestimmt herausbittet. Widerwillig weiche ich zurück, werfe jedoch noch einen besorgten Blick auf Zayn. Seine Miene ist angespannt, doch in seinen Augen liegt ein unausgesprochener Kampf, zwischen Schmerz und dem Drang, bei mir zu bleiben. Als die Sanitäter ihn vorsichtig auf die Trage heben, spüre ich einen Kloß in meinem Hals. Ich weiß, dass es das Richtige ist, aber es fühlt sich trotzdem falsch an, ihn gehen zu lassen. »Ruf mich an, wenn irgendetwas ist!«, rufe ich ihm hinterher, während sie ihn aus dem Raum bringen. Zayn dreht den Kopf zu mir, sein Blick trifft meinen, und für einen Moment scheint die Zeit stillzustehen. Dann nickt er langsam.

Meine Miene verfinstert sich. Ohne zu zögern, setze ich mich in Bewegung, meine Schritte sind schnell und entschlossen. Mit jeder Sekunde steigt die Wut in mir, bis ich schließlich vor dem Büro von James ankomme und die Tür, ohne anzuklopfen aufstoße. Er sitzt an seinem Schreibtisch, ein Stapel Akten vor sich, doch als er mich sieht, blickt er überrascht auf. »Konntest du herausfinden, wer die Feuerwerkskörper hineingeschmuggelt hat?« Meine Stimme ist schärfer als beabsichtigt, aber ich kann meine Ungeduld kaum zügeln. Sofort verändert sich seine Miene, seine Gesichtszüge verhärten sich. »Ja.« Seine Stimme ist angespannt. »Es wurde von einem Beamten hereingeschmuggelt, den ich auf der Stelle entlassen habe. Außerdem werde ich nun strafrechtlich gegen ihn vorgehen.«

Ich presse die Lippen aufeinander, doch bevor ich etwas sagen kann, fährt James bereits fort. »Der Täter hatte es eigentlich auf einen anderen Insassen abgesehen, doch dieser war zum Zeitpunkt der Explosion nicht in der Cafeteria. Er hatte sich in einer anderen aufgehalten. Es war also die falsche Cafeteria, in der sich der Täter befand. Vollidiot.« Mein Magen zieht sich zusammen. »Und wer sollte sterben?« Sein Blick wird noch ernster, als er die nächsten Worte spricht: »Er wurde beauftragt, einen gewissen Vincent Winslow zu töten.« Mein Körper versteift sich augenblicklich.

Das Blut rauscht in meinen Ohren. *Vincent. Unser Vincent Winslow.* »Weiß Vincent davon?«, frage ich hastig, während sich meine Finger unbewusst zu Fäusten ballen. James schüttelt den Kopf. »Nein. Der Täter war ein Mitglied eines verfeindeten Clans. Wenn Herr Winslow das erfährt, wird es hier brennen. Wortwörtlich.« Ein Zittern läuft mir über den Rücken. Also sollte Vincent ermordet werden? Interessant. Dann stimmen die Worte von Zoey.

Dieser Mann ist wahrlich eine Plage. Egal, wohin er geht, er zieht Chaos und Zerstörung mit sich. Und nun hat es uns getroffen, obwohl eigentlich er das Ziel hätte sein sollen. James lehnt sich leicht nach vorne. »Liyana, du kannst übrigens auch rechtlich gegen den Beamten vorgehen. Zayn selbstverständlich auch. Es hat euch beide stark erwischt.« Ich schüttele nachdenklich den Kopf. Meine Gedanken kreisen nicht um den Täter. Er ist nicht unser wahres Problem. Unser Ziel ist Vincent. Und genau in diesem Moment begreife ich, dass sich mir eine perfekte Gelegenheit bietet, eine Möglichkeit, meine Chancen zu verbessern.

Traumata mögen dich brechen, aber sie geben dir auch die Möglichkeit, stärker aufzustehen.

Kapitel Einundzwanzig

Nachdem ich gestern bei Zayn war und mit den Mädels telefoniert habe, stehe ich nun wieder an meinem Schreibtisch, in Gedanken versunken. Die Ereignisse von gestern lassen mich nicht los. Leider blieb es nicht aus, Zoey zu erzählen, was passiert war, sie hatte die Wunden in meinem Gesicht gesehen. Ihre besorgten Fragen ließen mir keine andere Wahl. Tiara hingegen habe ich angelogen. Ich sagte ihr, ich sei gestürzt. Ich wollte nicht, dass sie sich Sorgen macht. Zoey jedoch reagierte, wie ich es erwartet hatte: panisch. Sie wollte sofort zu mir kommen, mir beistehen, mich mit eigenen Augen sehen. Doch ich habe sie davon abgehalten. Niemand soll meine Pläne durchkreuzen, sonst wird alles noch chaotischer, als es ohnehin schon ist.

Seufzend lasse ich meinen Blick durch den Raum schweifen. Ein fremder Beamter lehnt an der Wand, die Arme locker verschränkt. Sein Blick mustert die Umgebung aufmerksam, doch mir gefällt es nicht, ihn hier zu haben. Es fühlt sich falsch an, unangenehm. Mit Zayn war es anders. Seine Präsenz war beruhigend und vertraut. Aber ich kann es nicht ändern. Zayn und James haben darauf bestanden, dass ich geschützt werde. Auf meinem Schreibtisch liegt mein Diensttelefon. Die Leitung ist offen, am anderen Ende Zayn. Er sagt nichts, doch ich weiß, dass er zuhört. Allein das Wissen, dass er da ist, gibt mir ein kleines bisschen Ruhe.

Ein Klopfen reißt mich aus meinen Gedanken. Sofort schaue ich auf, mein Blick wandert zur Tür. Sie öffnet sich, und zwei Beamte treten ein, mit jemandem, den ich nur allzu gut kenne. *Steve.* Mein Körper spannt sich unbewusst an, doch ich lasse es mir nicht anmerken. Einer der Beamten spricht sachlich: »Er bittet um ein Gespräch.« Ich nicke knapp und deute ihnen an, ihn hereinzubringen. Ohne Widerstand lassen sie ihn eintreten und ketten ihn an das Bett. Seine Bewegungen sind ruhig, kontrolliert, ganz anders als beim letzten Mal.

»Guten Morgen, Frau Laurel.« Seine Stimme ist ruhig, fast schon höflich. Ein schmales Lächeln huscht über mein Gesicht. »Auch dir einen guten Morgen, Steve. Wie geht es dir?« Während ich spreche, greife ich nach einem Stuhl und setze mich ihm gegenüber. Meine Augen mustern ihn genau, er sieht tatsächlich besser aus. »Ich habe mitbekommen, was passiert ist. Gute Besserung.« Seine Worte überraschen mich für einen Moment, aber ich lasse mir nichts anmerken. Ich lehne mich leicht nach vorne und halte seinen Blick fest. »Danke. Aber ich bezweifle, dass du nur deswegen hier bist.«

Doch anstatt einer direkten Antwort schaut Steve mich nur verwundert an. »Eigentlich war das genau der Grund, warum ich hier bin.« Seine Stimme klingt ehrlich, fast überrascht über meine Skepsis. »Sie sind anders als die anderen hier. Sie haben ein Herz, das hat sich gestern gezeigt. Statt sich zu verstecken, sind Sie in die Cafeteria gekommen. Sie haben versucht zu helfen.« Ich mustere ihn, suche in seinen Augen nach einer versteckten Absicht, doch alles, was ich finde, ist Aufrichtigkeit. Diese Worte sind unerwartet, vor allem von jemandem, der hier festsitzt. »Danke.« Ich lasse ein kurzes, ironisches Lachen hören. »Aber wie du unschwer erkennen kannst, lief es nicht gerade wie geplant.«

Steve wirft einen Blick nach rechts, zu dem Beamten, der an der Wand lehnt. »Den Neuen hat es wohl auch erwischt. Zumindest habe ich das gehört. Geht es ihm wenigstens gut?« Mein Herz zieht sich unwillkürlich zusammen, als ich an Zayn denke. Ein leiser Schmerz macht sich in meiner Brust breit. »Es geht ihm besser.« Ich atme tief durch. »Ihn hat es schlimmer getroffen als mich.« Für einen Moment herrscht Stille. Dann bricht Steve sie mit einer ungewöhnlichen Bitte. »Können wir allein reden? Ich traue mich nicht, offen zu sprechen, solange er hier ist.« Verwundert hebe ich eine Augenbraue. *Er will allein reden?* Ich stehe langsam auf und greife nach meinem Stuhl, um ihn ein Stück zurückzuschieben. Mein Blick bleibt wachsam auf Steve gerichtet. Er ist angekettet, im Notfall kann ich mich wehren.

Mein Elektroschocker ist auch griffbereit. Nach kurzem Zögern nicke ich dem Beamten zu. »Wenn irgendetwas ist, rufe ich laut.« Ohne Widerrede verlässt er den Raum. Ich beobachte ihn, wie er ohne Zögern durch dic Tür tritt. *Er scheint sich von Anfang an nicht besonders um meine Sicherheit zu kümmern.* Mit einem genervten Augenrollen lasse ich mich wieder auf meinen Stuhl sinken und richte meinen Blick auf Steve.

»Also?« Steve lehnt sich leicht nach vorn, seine Hände ruhen auf seinen Oberschenkeln, doch ich sehe, dass sie sich leicht verkrampfen. Er wirkt nervös, ganz anders als zuvor. »Danke, dass Sie sich an Ihr Versprechen gehalten haben.« Seine Stimme ist leise, fast als hätte er nicht damit gerechnet. »Ich hätte nicht gedacht, dass Sie das wirklich durchziehen würden.« Ein schmales Schmunzeln legt sich auf meine Lippen, während ich meine Beine überschlage. »Es war ein Deal, Steve. Du hältst dich an deinen Teil der Abmachung, und ich mich an meinen.« Er nickt, doch etwas in seinem Ausdruck verrät mir, dass er nicht wirklich überzeugt ist. »Sie haben hier das Sagen, nicht ich.« Er macht eine vage Geste mit den Händen. »Sie hätten mir sowieso nichts als Gegenleistung anbieten müssen.«

Seine Worte lassen meine Alarmglocken schrillen. Ich ziehe misstrauisch die Augenbrauen zusammen, lehne mich leicht vor und fixiere ihn mit einem durchdringenden Blick. »Steve, worauf willst du hinaus?« Meine Stimme ist ruhig, aber direkt. Ich merke, dass er auf etwas hinauswill, und ich will genau wissen, was es ist. »Ich habe mir vorgenommen, diese Hölle zu verlassen.« Seine Stimme ist voller Entschlossenheit. »Ich will zu meiner Tochter. Ich will sie aufwachsen sehen. Ich werde mich benehmen, regelmäßig zu Ihnen kommen und alles tun, damit Sie mich wegen guter Führung eher herauslassen.«

Seine Worte treffen mich mehr, als ich erwartet hätte. Ich kann die Sehnsucht in seiner Stimme hören, das tiefe Verlangen, für sein Kind da zu sein. Ich lehne mich etwas zurück und betrachte ihn prüfend. »Steve, das ist ein guter Ansatz.« Meine Stimme ist sanft, aber bestimmt. »Aber mein Gutachten wirst du dir nicht erschleimen können. Wenn ich überzeugt bin, dass du dich wirklich geändert hast, werde ich ein positives Gutachten über dich verfassen. Nicht eher.« Er hält meinem Blick stand, und für einen Moment liegt nur Stille zwischen uns. Ich sehe, dass er es ernst meint, aber ich habe auch schon zu oft erlebt, dass Worte nichts als leere Versprechungen sind.

»Das ist mir klar. Ich will Sie nicht beeinflussen.« Seine Stimme klingt fester, fast schon dringlich. »Aber ich will mich revanchieren. Ich werde alles tun, was Sie wollen. Wenn, dann bin ich Ihnen treu, nicht diesen dreckigen Hunden hier, die sich keinen Dreck um mich scheren.« Seine Worte hallen in mir nach. Loyalität, ein großes Versprechen, vor allem an jemanden wie mich. Ich mustere ihn einen Moment lang schweigend, versuche herauszufinden, ob er es wirklich ernst meint oder ob es nur leere Worte sind. »Alles, was ich will?« Ich hebe prüfend eine Augenbraue. Er nickt sofort, ohne auch nur einen Moment zu zögern. »Ja.« Ich lehne mich leicht nach vorne, verschränke die Finger ineinander. »Dann beweise es.«

Das Universum spielt mir die Karten direkt in die Hände. Ein Geschenk, das ich nur anzunehmen brauche. Doch es bleibt die Frage, ob Steve seine Worte mit Taten untermauern wird. Ich kann nur hoffen, dass er die Wahrheit sagt. »Kennst du Vincent Winslow?« Kaum habe ich den Namen ausgesprochen, zuckt Steve merklich zusammen. Er versucht, es zu verbergen, aber ich habe es gesehen. »Ja, aber wieso fragen Sie nach ihm?« Er klingt vorsichtig, sein Blick mustert mich skeptisch. Ich halte seinen Blick fest. »Mir ist zu Ohren gekommen, dass man versucht, ihm wehzutun. Man will ihn umbringen, stimmt das?« Ein kurzer Moment des Zögerns, dann nickt er langsam. »Ja.«

»Warum?« Er seufzt leise, als wäge er ab, ob er mir diese Information wirklich anvertrauen sollte. Doch schließlich spricht er. »Er ist hier mit vielen rivalisierenden Clans. Man versucht, ihn unauffällig aus dem Weg zu schaffen, weil er zu einer mächtigen

Familie gehört.« Perfekt. »Er weiß aber nichts davon?« Ich beobachte genau, wie Steve reagiert. Er schüttelt den Kopf. »Nein. Er kennt die Mitglieder der anderen Clans nicht. Also weiß er auch nichts von den geplanten Versuchen.« *Bingo.*

»Du musst herausfinden, wann sie es erneut versuchen werden. Wann sie wieder planen, ihn umzubringen. Das ist unglaublich wichtig. Sobald du etwas weißt, kommst du direkt zu mir. Verstanden?« Steve zögert einen kurzen Moment, doch dann nickt er entschlossen. »Verstanden. Aber … warum müssen Sie das wissen? Arbeiten Sie für ihn?« Gott, nein! Allein der Gedanke lässt meine Magengegend sich zusammenziehen. Niemals würde ich für dieses Monster arbeiten. »Nein«, sage ich scharf und schaue ihm fest in die Augen. »Es handelt sich um eine private Angelegenheit. Meine Familie ist wegen ihm in Gefahr.«

Steve mustert mich noch einen Moment lang, als wolle er in meinem Gesicht nach versteckten Lügen suchen. Doch schließlich nickt er langsam. Es scheint ihn nicht weiter zu interessieren, und genau das ist mir recht. »Ich komme wieder, wenn ich mehr weiß.« Ein Anflug von Erleichterung durchströmt mich. Dankbar erwidere ich sein Nicken. Doch als ich gerade die Beamten rufen will, halte ich inne. *Wenn er mir wirklich hilft, wird alles nach Plan verlaufen.* Ein Gedanke, der mich mit Hoffnung erfüllt. Vielleicht, nur vielleicht, habe ich hier gerade einen wertvollen Verbündeten gefunden. Ich atme tief durch und eile zu meiner Tasche, wühle darin herum, bis meine Finger auf das Treffen, wonach ich suche. Den Schokoriegel, den ich gestern aus dem Automaten im Krankenhaus gezogen habe.

Ich drehe mich zu Steve um und reiche ihm die kleine Süßigkeit. »Ich weiß, dass das Essen hier schrecklich ist. Hier, iss das.« Steve starrt mich an, sichtlich überrascht. Für einen Moment scheint er nicht zu wissen, wie er reagieren soll. Sein Blick wandert zwischen mir und dem Riegel hin und her, als wäre es eine Art Test, eine Falle. Dann, ganz vorsichtig, nimmt er ihn entgegen. »Danke«, sagt er leise, fast ungläubig. Sein Tonfall bleibt mir im

Ohr hängen. Es ist kein bloßes, automatisches Dankeschön. Nein, es steckt mehr darin. Ehrliche Dankbarkeit. Und das ist ein Gefühl, das in diesem Ort wohl selten zu finden ist.

*

Nachdem Steve den Raum verlassen hat und ich mich kurz zur Toilette zurückgezogen habe, hole ich mein Arbeitstelefon heraus. »Zayn, hast du das gehört?!« Die Worte drängen sich fast unkontrolliert aus mir heraus, doch ich muss mir das Kreischen unterdrücken. Langsam, Schritt für Schritt, fängt mein Plan an, Form anzunehmen. Am anderen Ende der Leitung höre ich, wie Zayn scharf einatmet, seine Stimme überschlägt sich beinahe vor Wut. »Liyana, du willst mich umbringen, oder? Du warst mit dem Insassen allein im Raum!« Ich spüre seine Wut durch den Hörer, seine Besorgnis, die sich fast in Zorn verwandelt. Ich kann ihn förmlich vor mir sehen, wie er sich aufrichtet, die Stirn in Falten gelegt. Seufzend lehne ich meinen Kopf an die Kabine, schließe für einen Moment die Augen, um mich zu sammeln. »Ich musste es tun«, sage ich ruhig, fast sanft, um ihn zu beruhigen. »Er wollte allein mit mir reden. Außerdem war ich sicher in der Ecke mit meinem Elektroschocker. Mach dir keine Sorgen um mich, Zayn.«

Ich höre, wie er tief durchatmet, als wolle er sich von der Wut befreien. Doch in seiner Stimme schwingt immer noch eine unterschwellige Besorgnis mit. »Ich hasse es, nicht bei dir sein zu können«, gesteht er leise, seine Stimme von tiefer Sehnsucht durchzogen. Es klingt fast so, als würde er sich in diesen Worten verlieren. Kurz halte ich inne, während sich ein warmer, schmerzlicher Kloß in meiner Kehle bildet. *Ich auch.* Ihn nicht bei mir zu haben, ist wie eine ständige, unerbittliche Leere. Eine quälende Leere, die ich nicht abschütteln kann.

»Ich auch«, flüstere ich schließlich, der Klang meiner eigenen Worte fühlt sich gleichzeitig wie Trost und Schmerz an. »In ein paar Stunden komme ich zu dir. Brauchst du etwas?« Für einen Moment herrscht Stille, nur das leise Rauschen der Verbindung ist zu hören. Dann hört man in seiner Stimme, wie sich alles in ihm auf diese eine, einfache Antwort konzentriert. »Nein, ich brauche nur dich.« Seine Worte lösen ein warmes Kribbeln in mir aus, das sich langsam durch meinen ganzen Körper ausbreitet. Ein sanftes Lächeln stiehlt sich auf meine Lippen, obwohl ich genau weiß, dass es mich verletzlicher macht, als ich sein sollte. »Ich werde jetzt wieder arbeiten gehen«, sage ich leise, versuche meine Stimme ruhig zu halten, doch ein Hauch von Zuneigung schwingt dennoch mit. »Wir sprechen später wieder.« Ich höre, wie er tief durchatmet, als wolle er noch etwas sagen, doch dann bleibt es still. Vielleicht spürt er, dass ich mich sonst nicht von ihm lösen kann. Ich atme tief durch, öffne die Tür der Kabine und verlasse kurz darauf das Badezimmer.

Plötzlich dringen laute Stimmen an mein Ohr. Sie sind noch zu weit entfernt, um die Worte genau zu verstehen, doch ihre scharfen, angespannten Töne lassen mir eine Gänsehaut über den Rücken laufen. Ein ungutes Gefühl breitet sich in meiner Brust aus, kriecht wie eine kalte Hand meine Wirbelsäule hinauf. Ohne zu zögern, setze ich mich in Bewegung, meine Schritte werden schneller, mein Puls beschleunigt sich. Die Rufe werden lauter, aggressiver, und dann höre ich es. Ein Aufeinandertreffen. Ein drohender Sturm. Ich biege um die nächste Ecke, folge dem Lärm und bleibe schließlich abrupt am Fenster stehen. Draußen, auf dem Hof, stehen sich zwei Gruppen von Insassen gegenüber. Ihre Körper sind angespannt, ihre Blicke voller Hass. Die Luft zwischen ihnen vibriert förmlich vor unausgesprochener Gewalt. Mein Herz hämmert in meiner Brust. *Das hier wird nicht friedlich enden.*

»Du hast hier nichts verloren, Winslow!« Die Stimme eines Mannes durchbricht die angespannte Stille wie ein Dolch, scharf und voller Hass. Mein Körper versteift sich. *Winslow?* Er muss Vincent meinen! Mein Blick schnellt zu der Gruppe. Die Männer stehen sich so nahe, dass sich ihre Schultern fast berühren. Ihre Blicke sind eiskalte Klingen, die sich wortlos duellieren. Keiner weicht zurück. Die Spannung ist förmlich greifbar, ein loderndes Feuer, das nur darauf wartet, entfacht zu werden. Mein Herz hämmert schneller, als ich mich rasch umschaue. *Wo sind die Wärter? Warum greift niemand ein?!* Dann sehe ich sie, an der Seite, nur zuschauend, als wäre das hier ein verdammtes Spektakel. Keine Bewegung, kein Eingreifen. Ihre Gesichter sind neutral, doch ihre Augen verraten alles: Sie trauen sich nicht. Ein ungutes Gefühl kriecht meine Wirbelsäule hinauf. Das hier könnte jeden Moment eskalieren. Ich stehe am Fenster, die Fingerkuppen gegen das kühle Glas gepresst.

Draußen auf dem Hof herrscht angespannte Stille. Ein bedrückender Moment, in dem alle den Atem anhalten, kurz bevor die Gewalt ausbricht. Ich spüre, wie meine Schultern sich verspannen. Plötzlich durchbricht eine tiefe, männliche Stimme die Stille. »Wenn du ein Mann bist, trau dich zu mir zu kommen.« Mir stockt der Atem. Die Worte sind provozierend, herausfordernd, doch es ist nicht ihr Inhalt, der mich trifft, es ist die Stimme selbst. Tief, fest, durchdringend. Ein Klang, der mir in den Knochen widerhallt, als würde er direkt aus meiner Vergangenheit zu mir sprechen. Mein Blick fährt panisch über die Menge, bis er auf einem Mann hängen bleibt. Ich sehe nur seinen Rücken. Groß, um die zwei Meter. Schlank, aber muskulös. Seine dunkelblonden Haare sind kurz geschnitten und nach hinten frisiert, seine Haltung aufrecht, selbstbewusst. Er bewegt sich auf einen anderen Insassen zu, und mit jedem seiner Schritte krampft sich mein Magen ein Stück mehr zusammen.

Dann dreht er sich um. Ein Seitenprofil erscheint. Als ich seinen Körper genauer analysiere, bemerke ich den Leberfleck an seiner Hand. Mein Herz bleibt stehen. Sofort wandert mein Blick höher, trifft auf seine Augen. *Ich kenne diese Augen.* Mir wird eiskalt, als hätte jemand einen Eimer Wasser über mir ausgekippt. Die Kälte schießt von meinem Nacken hinab bis in die Fingerspitzen, meine Haut prickelt, meine Knie werden weich. *Er.* Mein Magen krampft sich so heftig zusammen, dass mir übel wird. Ein plötzlicher Druck in meiner Brust nimmt mir die Luft, als hätte mir jemand die Faust in den Rippenkorb gerammt. Mein Verstand schreit, dass ich diesen Mann noch nie zuvor gesehen habe, doch mein Körper erzählt eine andere Geschichte. Ein Rauschen beginnt in meinen Ohren. Meine Haut wird taub, während mein Herz so heftig schlägt, dass es schmerzt. Etwas in mir zerbricht. *Ich kenne dieses Gesicht. Ich kenne diesen Mann.* Nicht aus Akten. Nicht aus Berichten. Sondern aus der Dunkelheit. Aus einer Nacht, die ich tief in mir begraben hatte, in einer Schublade meines Bewusstseins, die niemals wieder geöffnet werden sollte. Eine Nacht, die nicht existieren durfte. Doch jetzt reißt sie sich mit brutaler Kraft los.

Ich verliere den Boden unter den Füßen. Meine Knie knicken ein, und ich muss mich mit beiden Händen an der Fensterbank festhalten. Kalter Schweiß bricht auf meiner Haut aus. Meine Hände zittern, meine Finger sind taub, mein ganzer Körper will fliehen, aber ich stehe nur da – gelähmt, gefangen in einem Albtraum, der mich niemals losgelassen hat. *Nein. Nein.* Das ist unmöglich. *Er kann es nicht sein!* Doch sein Gesicht sagt etwas anderes. Es ist nicht nur die Ähnlichkeit, es ist das Wissen, das tief in meinen Knochen sitzt, in meinem Fleisch, in meiner Seele.

Plötzlich ist die Luft um mich herum dick und schwer. Meine Hände beginnen zu schwitzen, mein Kopf pocht schmerzhaft. Die Wände, die Fenster, der Hof, alles verschwimmt. Ich bin nicht mehr hier. Ich bin wieder dort. In diesem dunklen Raum. Schwere Atemzüge. Ein eisernes Gewicht auf mir. Mein eigener Körper, gelähmt, wehrlos. Seine Hände gefolgt von seinem Flüstern. Der beißende Geruch von Alkohol und Angst. Mein Brustkorb zieht sich zusammen, meine Kehle ist zugeschnürt. Ich würge, klammere mich verzweifelt am Fensterrahmen fest, als könnte er mich in der Realität halten, während meine Welt ins Wanken gerät. Vincent Winslow. *Der Mann, der mich zerstört hat.*

Ich zwinge mich, zu atmen. *Ein. Aus.* Doch es ist, als hätte jemand meine Lungen mit Beton gefüllt. Die Luft will nicht hinein. Mein Körper weiß nicht mehr, wie man atmet, weil er wieder dort ist. Meine Muskeln spannen sich an. Ich will weglaufen, mich verstecken, mich aus meinem eigenen Körper schälen, weil es unerträglich ist, hier drin zu sein. *In dieser Haut. In diesem Moment.* Er kann es nicht sein. Und doch sehe ich ihn vor mir. Meine Augen bleiben an ihm hängen, als könnte ich ihn mit bloßer Kraft verschwinden lassen. Aber er ist da und verschwindet nicht. Er lacht. Er streckt die Arme aus, ein spielerisches Grinsen auf den Lippen, als ob er nichts in dieser Welt fürchten müsste. Er weiß es nicht. Er weiß nicht, dass ich hier bin. Weiß nicht, dass ich ihn sehe. Dass ich ihn erkenne. Vielleicht hat er die Nacht schon vergessen?

Mir wird übel. Mein Magen zieht sich so heftig zusammen, dass ich mich vorbeugen muss. Kalter Schweiß bricht aus jeder Pore, ich spüre ihn in meinem Nacken, an meinem Rücken, meine Kleidung klebt an mir. Meine Beine zittern heftig. Ich presse eine Hand auf meinen Bauch, als könnte ich so verhindern, dass ich mich übergebe. Keuchend schnappe ich nach Luft und versuche meine Übelkeit zu sänftigen. »Du bist sicher, Liyana. Er kann dir nie wieder wehtun!«, wimmere ich leise vor mich hin. Ich fühle mich dreckig. So beschmutzt wie damals. Die Erinnerungen kommen in Wellen. Ich keuche schwer auf. Ein abgehackter Laut, der mir aus der Kehle bricht, ein würgendes Geräusch. Meine Knie sind weich wie Wachs. Ich kann mich kaum aufrecht halten. Der Boden schwankt. *Oder bin es ich, die schwankt?*

Meine Finger tasten blind nach Halt, treffen das kühle Glas des Fensters. Ich presse meine Handfläche dagegen, versuche mich daran festzuhalten. Versuche hier zu bleiben. Hier, nicht dort. Doch es hilft nichts. Ich bin in zwei Zeiten gleichzeitig gefangen, im Jetzt und im Damals. Ein unkontrolliertes Schluchzen bricht aus meiner Kehle. Ich presse die andere Hand auf meinen Mund, um es zu ersticken. Ich will weglaufen, aber meine Beine sind festgenagelt. Ich will schreien, aber meine Stimme ist fort.

Und dann, als ob mein Körper selbst entscheiden würde, stolpere ich nach hinten. Meine Schulter schlägt gegen die Wand. Die Kälte des Putzes brennt auf meiner verschwitzten Haut. Ich atme keuchend aus, während mein Rücken daran entlangrutscht, bis ich auf den Boden sinke. Ich ziehe meine Knie an die Brust. Versuche, mich so klein wie möglich zu machen. Mein Kopf pocht fürchterlich. Ich presse die Hände gegen meine Schläfen, als könnte ich so die Gedanken herausdrücken, die Bilder, die Geräusche, die Erinnerung an seinen Atem auf meiner Haut. *Ich will nicht hier sein. Ich will nicht hier sein. Ich will nicht hier sein.* Aber ich bin hier. Und er ist es auch.

Die Worte des Insassen hallen in meinem Kopf nach wie ein unheilvolles Echo. »Ich breche dir dein Genick!« Die Realität schlägt mit voller Wucht auf mich ein. Die Enge in meiner Brust schnürt mir die Luft ab, meine Hände zittern unkontrolliert, mein Puls rast. Durch meine tränenden Augen verschwimmt die Welt vor mir. Ein flüchtiger Moment der Schwäche, der mich zu überrollen droht. Doch dann fällt mir etwas ein. Zayn hört mich am Telefon. Wenn ich jetzt nachgebe, wenn ich jetzt zerbreche, wird er es spüren. Ich kann nicht kollabieren. *Nicht jetzt. Nicht hier.*

Ich beiße mir auf die Innenseite der Wange, versuche die Panik wegzudrängen, doch sie krallt sich in mir fest wie eine Bestie. Ich brauche etwas, an das ich mich klammern kann. Etwas, das mich rettet. *Tiara.* Mein Sonnenschein. Mein Licht in dieser Dunkelheit. Ich sehe ihr kleines, strahlendes Gesicht vor mir, höre ihr glockenhelles Lachen, das selbst die düstersten Schatten in meinem Herzen vertreiben konnte. Ein Zittern geht durch meinen Körper, doch mein Atem verlangsamt sich. Die Angst verliert ein wenig ihrer Macht. Nur ein kleines bisschen, aber es reicht. Ich bin nicht mehr dort. Ich bin Liyana. Ich bin Mutter. Ich bin stark. Ich kann nicht zulassen, dass er mich wieder zerstört.

Langsam öffne ich die Augen, blinzele gegen die Tränen an. Ich bin nicht okay, aber ich stehe noch. Und das ist alles, was gerade zählt. *Reiß dich zusammen!* Mechanisch richte ich mich auf. Mein Körper fühlt sich schwer an, meine Beine schwanken, doch ich kämpfe dagegen an. Ich zwinge mich, zu atmen, zwinge mich, nicht zusammenzubrechen. Denn da draußen … eskaliert gerade etwas. Mein Blick kehrt zum Hof zurück. Die Insassen stehen kurz davor, aufeinander loszugehen. Die Luft ist elektrisch geladen, ein Funke, und sie werden explodieren. Und mittendrin steht er. Mein Herz hämmert, diesmal nicht vor Angst, sondern vor einer anderen, brennenden Emotion. Wut. Sie vermischt sich mit meiner Furcht, treibt mich an, reißt mich aus meiner Starre. Ich kann mir nicht leisten, jetzt zu zerbrechen. Ich muss handeln. Ich muss diesen Albtraum überleben.

Mit schnellen Schritten trete ich durch die Tür und laufe auf die Gruppe zu. Mein Herz schlägt schneller, doch ich zwinge mich, ruhig zu bleiben. Ich deute mehreren Wärtern an, mir zu folgen. Ihre Anwesenheit soll nicht nur eine Machtdemonstration sein, sondern auch meine Sicherheit gewährleisten, zumindest hoffe ich das. Meine Haltung ist nun vollkommen verändert. Selbstbewusst, sicher und unantastbar. Ich darf nicht schwach wirken. In dieser Welt bedeutet Schwäche den sicheren Untergang.

»Wie alt seid ihr? Zehn?«, rufe ich den Männern zu, meine Stimme durchbricht die laute, angespannte Stille auf dem Hof. Sofort drehen sich alle zu mir um. Ein Moment des Zögerns, als hätten sie nicht erwartet, dass sich jemand einmischt. Ihre Blicke treffen mich, wütend, misstrauisch und offensichtlich überrascht. Doch ich weiche nicht zurück. Die Gefahr, in der ich mich gerade befinde, ist unermesslich, doch ich darf mir keine Angst anmerken lassen. *Denk an deinen Plan, Liyana.*

»Tretet zurück und beruhigt euch.« Meine Stimme klingt fest, unnachgiebig. Ich nicke den Wärtern zu, die sich sofort in Bewegung setzen. Sie packen die Männer grob an den Armen und reißen die Gruppen auseinander. Der Widerstand ist spürbar, das Knistern der Aggression noch in der Luft, aber sie gehorchen, wenn auch widerwillig. Plötzlich durchbricht eine laute, respektlose Stimme die angespannte Stille. »Was will diese Schlampe hier?!« Meine Finger krallen sich unbewusst in meine Jacke. Mein Kiefer spannt sich an, doch anstatt mich provozieren zu lassen, kann ich mir ein leises, fast amüsiertes Lachen nicht verkneifen.

Dummkopf. »Pass auf, wie du mit ihr redest, Federico!«, ertönt eine vertraute Stimme aus der Menge. Sekunden später drängt sich Steve durch die Insassen und läuft mit entschlossener Miene auf diesen Federico zu. Ich hebe eine Hand, stoppe ihn mit einem kühlen Blick. »Steve, es ist in Ordnung.« Meine Worte sind ruhig, aber bestimmend. Ich will nicht, dass er unseren Deal vergisst. »Er wird schon noch lernen, sich an die Regeln zu halten.« Steve bleibt stehen, wenn auch widerwillig. Sein Kiefer ist angespannt, seine Fäuste geballt. Doch er sagt nichts mehr. *Gut.*

Dann höre ich Vincent sprechen. Eine Stimme, die sich tief in meine Haut brennt. »Wer bist du?« Mein Körper versteift sich. Eiskalte Schauer laufen über meinen Rücken. Langsam, ganz langsam, drehe ich mich zu ihm um. Er mustert mich mit einem scharfen Blick, als würde er versuchen, in meinen Kopf zu sehen. Doch ich lasse ihn nicht. Ich richte mich auf, setze ein unerschütterliches Lächeln auf und begegne seinem Blick mit kalter Gleichgültigkeit. »Das wirst du bald erfahren, Vincent.« Ich mache eine kurze Pause, neige leicht den Kopf. »Aber fürs Erste, halt einfach die Klappe.« Sein Stirnrunzeln zeigt mir, dass er irritiert ist. Er erkennt mich nicht. Das ist sehr gut. Vielleicht sind es die langen Haare. Vielleicht die fehlenden Kontaktlinsen. Oder vielleicht hat er mich einfach aus seiner Erinnerung verdrängt. Egal, was es ist, es ist besser so. Er soll mich nicht erkennen. Er soll mir fernbleiben. Denn, sobald ich diesen Ort verlasse, wird Vincent Winslow nicht mehr existieren. Zumindest nicht für mich.

Federico schnaubt verächtlich, sein Kiefer mahlt vor Wut. Doch ich lasse mich nicht einschüchtern. Langsam, mit selbstbewussten Schritten, trete ich näher an ihn heran. Meine Augen lassen ihn nicht los. »Du hast gerade einen Streit angezettelt, der beinahe eskaliert wäre.« Meine Stimme ist ruhig, aber eiskalt. »Außerdem hast du gedroht, einem anderen Insassen das Genick zu brechen. Und als wäre das nicht genug, hast du mich eine Schlampe genannt.« Federico hält meinem Blick stand, doch ich sehe es, dieses leichte Zucken in seinen Augenwinkeln.

Ein Zeichen von Unsicherheit. Ich neige den Kopf leicht zur Seite, mein Blick bohrt sich in ihn hinein. »Das wird Konsequenzen haben. Merkt euch das alle.« Meine Stimme erhebt sich, durchdringt die angespannte Stille. Ich lasse meinen Blick über die Männer gleiten, nehme mir jeden einzelnen von ihnen vor. »Wer sich nicht an die Regeln hält, wird bestraft. So funktioniert das System.«

Dann wende ich mich wieder Federico zu, der nun seine Fäuste verkrampft. »Du wirst für zwei Wochen in Isolationshaft verbringen. Keine Besuche. Kein Freigang. Kein Kontakt zu den anderen.« Ich mache eine kurze Pause, lasse die Worte wirken. Dann setze ich mit einem schiefen Lächeln nach: »Und du wirst dich bei mir entschuldigen. Denn eines solltest du dir gut merken: Man beleidigt keine Frauen.« Die Luft knistert vor Spannung. Ich kann die Blicke der anderen Insassen spüren, einige belustigt, andere neugierig, manche wütend. Doch keiner sagt ein Wort. Federico bleibt reglos stehen. Sein Stolz ringt mit seinem Verstand.

Er zögert, seine Zähne pressen sich hörbar aufeinander. Bestimmt hasst er jede Sekunde davon, doch das ist mir egal. Ich lasse ihn zappeln, halte ihn genau in diesem Moment gefangen, in dem er realisiert, dass er keine Wahl hat. »Sprich« Meine Stimme ist ruhig, fast sanft, und genau das macht es für ihn noch schlimmer. »Sonst wird sich deine Strafe verlängern. Und glaub mir, dass willst du nicht.« Ich verschränke die Arme vor meiner Brust, meine Haltung lässt keinen Widerspruch zu. Ein Wärter tritt einen Schritt näher und brüllt ihm ins Ohr. »Los! Du hast sie gehört!« Federico knirscht mit den Zähnen. Ich sehe, wie sich seine Kiefermuskeln anspannen, wie der Widerstand in ihm auflodert, doch dann bricht er. »Es tut mir leid.« Seine Stimme ist kaum mehr als ein unwilliges Murmeln.

Ich schüttle den Kopf, schnalze mit der Zunge. »Lauter. Und schau mir in die Augen.« Ich trete einen Schritt näher, meine Augen lassen ihn nicht los. »Es ist unhöflich, sich wegzudrehen, wenn man sich entschuldigt.« Ich sehe, wie es in ihm brodelt. Doch er kann nicht ausweichen. Ich nehme ihm jede Kontrolle, jeden

Funken von Macht. Endlich hebt er den Blick, seine dunklen Augen voller unterdrückter Wut. »Es tut mir leid, Sie beleidigt zu haben. Es wird nicht mehr vorkommen.« Dieses Mal ist seine Stimme fester, gezwungen respektvoll. Ich mustere ihn einen Moment, lasse ihn in seiner eigenen Demütigung schmoren. Dann nicke ich. »Gut.« Mit einer kurzen Handbewegung gebe ich den Befehl. »Nehmt ihn mit.«

Sofort wird Federico gepackt und von einem der Wärter grob aus der Menge gezerrt. Er wehrt sich nicht, aber der Hass in seinen Augen ist nicht zu übersehen. Das ist mir egal. Regeln sind Regeln, und heute hat er gelernt, dass sie auch für ihn gelten. Kaum ist er außer Sicht, ertönt ein lautes Pfeifen aus der Menge. »Man, war das heiß«, ruft einer der Insassen mit einem dreckigen Grinsen durch die Runde. Einige andere lachen zustimmend. Ich rolle genervt mit den Augen. *Männer eben.* Doch anstatt darauf einzugehen, wende ich mich an den Rest der Gruppe, meine Stimme wieder hart und unnachgiebig.

»Ihr glaubt doch nicht, dass ihr einfach davonkommt?« Ich lasse meinen Blick über die Gesichter gleiten, einige abweisend, andere verärgert, ein paar sogar eingeschüchtert. »Ihr habt euch gegenseitig aufgestachelt. Wäre ich nicht gekommen, hättet ihr euch geprügelt. Also werdet ihr auch bestraft.« Einige Männer tauschen nervöse Blicke aus, während andere sich abweisend verschränken. »Heute werdet ihr den gesamten Hof säubern.« Ich verschränke meine Arme und sehe, wie die ersten Gesichter entgleisen. »Jeden verdammten Zentimeter. Ich will keinen Müll mehr sehen, keine Flecken, keine Zigarettenstummel. Und glaubt mir, ich werde es kontrollieren.« Ein Raunen geht durch die Menge. Ein paar fluchen leise. Ich drehe mich zum Wärter neben mir um und nicke ihm zu. »Bringt Müllsäcke, Zangen, Handschuhe, Putzmittel, alles, was ihr habt.« Er schmunzelt kurz, als hätte er sich eine solche Szene schon immer gewünscht, dann nickt er und verschwindet.

Gerade als ich mich umdrehen will, um den Hof zu

verlassen, halte ich inne. Etwas hält mich fest. Ein Blick. *Sein Blick.* Meine Augen treffen auf die lauernden von Vincent Winslow. Mein Atem bleibt für den Bruchteil einer Sekunde stehen, meine Muskeln spannen sich an. Ich habe gehofft, ihm niemals wieder so nah sein zu müssen. Ich habe gehofft, dass ich ihn einfach ignorieren kann. Doch jetzt stehe ich hier, keine zwei Meter von ihm entfernt, und sehe in diese Augen, die mir einst die Hölle bedeutet haben. Meine Stimme ist eiskalt, als ich spreche. »Beim nächsten Ausrutscher, egal wie klein er auch sein sollte, wirst du bestraft.« Ich halte seinen Blick, lasse ihn keinen Moment entkommen. »Da kannst du dich auf etwas gefasst machen.« Einen Moment lang ist es still. Dann drehe ich mich um und verlasse mit schnellen, festen Schritten den Hof.

Sofort laufe ich zurück in mein Büro und schließe die Tür hinter mir, bevor jemand zu mir kommen kann. »Oh mein Gott!« Die Übelkeit kehrt mit voller Wucht zurück. Ich spüre, wie sich mein Magen zusammenzieht, mir wird eiskalt. Ohne nachzudenken, stolpere ich nach vorne, reiße den Mülleimer an mich und übergebe mich heftig. »Das kann nicht wahr sein!« Meine Hände klammern sich an die Kanten des Eimers, meine Knie zittern. Mein Körper bebt, während mir Tränen in die Augen steigen. Ich presse meine Augen fest zusammen, will alles um mich herum ausblenden, die Erinnerung, die Angst, das widerliche Gefühl, das mich überwältigt.

Mein Körper weigert sich, es zu akzeptieren, und bevor ich es verhindern kann, kommt mir erneut alles hoch. Würgend halte ich mich am Eimer fest, versuche irgendwie, meine Atmung unter Kontrolle zu bringen. Doch es funktioniert nicht. *Er ist hier.* Und er ist genau derjenige, mit dem ich sprechen muss. Allein dieser Gedanke schnürt mir die Kehle zu. Ich habe so viel durchgestanden, so viele Dinge ertragen, aber das hier? Das ist zu viel. »Wieso immer ich!«, presse ich mit letzter Kraft hervor, meine Stimme bebt vor Verzweiflung. So viel Pech zu haben ist nicht mehr normal. Es ist fast schon ein schlechter Scherz des

Universums. Ich krümme mich über den Eimer, schließe die Augen und versuche, meine Gedanken zu ordnen. Doch es fällt mir schwer. Zu schwer. Mein ganzer Körper fühlt sich an, als würde er gegen eine unsichtbare Wand kämpfen, als würde etwas in mir zerbrechen. Es tut weh. Alles tut weh. Aber ich darf nicht schwach sein, nicht mehr.

Langsam, mit zittrigen Händen, richte ich mich auf, taste nach einem Taschentuch und wische mir über die Lippen. Meine Beine fühlen sich an wie Blei, doch ich zwinge mich, zu atmen. *Tief ein, tief aus.* Ich kann mir keine Angst leisten. Ich werde ihm gegenübertreten müssen, ob ich will oder nicht. Und ich werde dafür sorgen, dass dieses Mal ich diejenige bin, die das Spiel kontrolliert.

Vorsichtig lasse ich mich auf meinen Stuhl sinken. Meine Beine fühlen sich noch immer wackelig an, mein Magen ist flau, aber ich zwinge mich, ruhig zu bleiben. Zittrig greife ich nach meinem Arbeitstelefon und halte es an mein Ohr. »Liyana?«, höre ich Zayns besorgte Stimme am anderen Ende der Leitung. »Zayn?«, bringe ich leise hervor. Sofort höre ich ihn erleichtert ausatmen. »Ich habe nichts gehört die ganze Zeit außer das Rascheln deiner Kleidung. Es gab Gespräche. Was ist passiert? Geht es dir gut?« Mein Herz zieht sich kurz zusammen. Er macht sich Sorgen. Mehr, als ich ertragen kann. Ich schließe für einen Moment die Augen, versuche mich zu sammeln. Zum Glück hat er nichts mitbekommen. Ich hätte nicht die Kraft, ihm jetzt alles zu erklären. Schnell beruhige ich Zayn und sage ihm, dass ich mit Zoey telefonieren möchte. Mit jemandem muss ich über vorhin sprechen.

Ich spüre seine Zögerlichkeit, als ob er mir noch etwas sagen will, aber er bleibt still. Schließlich legen wir auf, und ohne zu zögern, wähle ich sofort Zoeys Nummer. Jede Sekunde zieht sich endlos, bis endlich ihre vertraute Stimme ertönt. »Süße, geht es dir besser?« Allein ihre warme, besorgte Stimme bringt etwas Ruhe in meinen aufgewühlten Geist. Ein kleiner Lichtblick in diesem endlosen Albtraum. »Ja, es geht mir körperlich besser … aber nicht seelisch«, flüstere ich, während ich meinen Blick auf den Boden richte, als könnte ich dort die richtigen Worte finden. Ich hasse es, mich wieder so schwach zu fühlen. Ich hasse dieses Zittern in meiner Stimme, diese Unfähigkeit, mich gegen die Angst zu wehren. Aber wie soll ich gegen ein Gefühl ankämpfen, das sich tief in mir festgesetzt hat? Zoey zögert keine Sekunde. »Oh nein. Was ist passiert?« Mir fehlen die Worte. Ich öffne den Mund, doch nichts kommt heraus. Wie soll ich es erklären? Wie kann ich das in Worte fassen, was mir heute den Boden unter den Füßen weggezogen hat? Meine Finger umklammern das Telefon fester. Ich muss es sagen. Ich muss es aussprechen, um es real werden zu lassen.

»Heute habe ich … diesen Vincent kennengelernt«, beginne ich leise, meine Stimme kaum mehr als ein Hauch. Ich schließe die Augen, versuche das Zittern in meinem Körper zu ignorieren. »Es gab eine beinahe Auseinandersetzung. Und, Zoey …« Ich schlucke schwer, versuche das Schluchzen in mir zu unterdrücken. »Wir kennen ihn. Scheiße, er ist es! Er …« Meine rechte Hand legt sich auf meinen Mund, als ob ich so verhindern könnte, dass die Erinnerungen mich überfluten. Stille. Am anderen Ende der Leitung bleibt es totenstill. Ich kann förmlich hören, wie Zoeys Verstand arbeitet, wie sie die Möglichkeiten durchgeht, jedes Detail abwägt, bis die Erkenntnis wie ein Schlag trifft. »Liyana …«, beginnt sie vorsichtig, als würde sie sich vor der Wahrheit fürchten.

Ich unterbreche sie sofort. Ich kann es nicht länger unausgesprochen lassen. »Ja«, presse ich hervor. »Es ist genau das, was du denkst. Der, der mich … Oh Gott, ich kann es nicht einmal aussprechen. Der Erzeuger von Tiara ist der, der uns tyrannisieren lässt.« Meine Stimme zittert, bricht fast unter der Last dieser Wahrheit, doch ich kämpfe dagegen an. »Nein, das kann nicht sein!« Zoeys Stimme klingt panisch, als würde sie sich an einen letzten Funken Hoffnung klammern. »Das wäre …« Sie bricht ab, ihr Atem geht nun genauso unregelmäßig wie meiner. Ich schließe die

Augen, zwinge mich, weiterzusprechen. »Ich wünschte, es wäre nicht so. Ich wünschte, es wäre ein schrecklicher Zufall. Aber es ist die Wahrheit, Zoey.« Ein leises Schluchzen entweicht mir, und ich beiße mir auf die Lippe, um nicht völlig die Kontrolle zu verlieren. Die Erinnerungen drohen mich zu überwältigen, doch ich klammere mich an die Gegenwart.

»Scheiße! Fuck!« Zoeys Schrei durchbricht die Stille, gefolgt von einem lauten Knallen. Als hätte sie etwas gegen die Wand geworfen. Mein Herz zieht sich schmerzhaft zusammen. »Liyana, oh Gott!« Ihre Stimme ist ein einziger Ausdruck von Verzweiflung. »Es tut mir so leid! Ich habe dich in diese Lage gebracht! Ich hasse mich so sehr!« Ihre Worte brechen am Ende in einem leisen Wimmern. »Zoey …« Meine Stimme bebt, während ich versuche, ihr Schuldgefühl zu ersticken, doch es gelingt mir nicht einmal ansatzweise. Ich hole tief Luft, zwinge mich, die nächsten Worte auszusprechen. »Er hat immer noch so einen großen Einfluss auf mich. Zoey, als ich ihn erkannt habe …« Ein Schaudern durchfährt mich. »Diese Augen. Die gleichen kühlen, durchdringenden Augen. Es war schrecklich.« Ein Zittern geht durch meinen Körper. Ich presse die Lippen zusammen, versuche, mich nicht erneut in der Angst zu verlieren.

»Ich werde kommen und einen anderen Weg finden!«, faucht Zoey plötzlich mit einer Entschlossenheit, die mir eine Gänsehaut über den Rücken jagt. »Ich werde ihn umbringen, Liyana! Endlich weiß ich, wer er damals war! Ich schwöre, ich werde nicht zulassen, dass er dir noch einmal wehtut!« Meine Kehle zieht sich zusammen. Mein Herz rast. Ich wusste, dass sie so reagieren würde, aber das ist nicht der richtige Weg. *Das kann nur schiefgehen.* »Zoey, nein«, sage ich eindringlich, während ich das Telefon fester umklammere, als könnte ich sie so von ihrem Plan abhalten. »Das wird nicht funktionieren. Du darfst nicht hierherkommen. Du wirst alles nur noch schlimmer machen!« Doch sie hört mir nicht zu. Ich kann es in ihrem unruhigen Atmen hören, in dem wütenden Zittern ihrer Stimme. Sie ist bereit, alles aufs Spiel zu setzen.

»Du gehst sofort zurück nach Sinville!«, befiehlt sie, als hätte sie die Kontrolle über die Situation. Doch das hat sie nicht. Ich schließe die Augen, hole tief Luft. Ich kann das nicht zulassen. Ich muss bei meinem Plan bleiben. Ich kann nicht einfach weglaufen. »Zoey«, sage ich ruhiger, fester. »Ich werde es durchziehen.« Am anderen Ende der Leitung höre ich, wie sie scharf die Luft einsaugt. »Der Plan läuft gut«, fahre ich fort. »Ich habe alles unter Kontrolle. Ich weiß, was ich tue. Und vor allem muss ich diese Gefahr beseitigen.« Ich schlucke schwer. Meine Stimme wird sanfter, aber nicht weniger bestimmt. »Für dich. Für Tiara.« Zoey sagt nichts. Ich weiß, dass sie mit sich ringt. Dass sie mich beschützen will, egal um welchen Preis. Doch ich kann sie nicht in diese Dunkelheit hineinziehen. Ich werde das hier beenden. *Ein für alle Mal!*

*

Die Stunden vergehen. Bevor ich das Gelände verlasse, gehe ich noch einmal über den Hof. Mein Blick wandert über den Boden, der nun sauber und makellos ist. Keine weggeworfenen Zigarettenstummel, keine achtlos hingeworfenen Verpackungen. Alles ist ordentlich. Ein zufriedenes Lächeln legt sich auf meine Lippen. Ein Gefühl von Stolz durchströmt mich. Wer hätte gedacht, dass eine einfache Frau so einen Einfluss auf inhaftierte Männer haben kann? Männer, die sonst keine Befehle befolgen, die sich gegen jede Form von Autorität auflehnen. Und doch haben sie mir gehorcht. Mit einem leichten Schmunzeln drehe ich mich um und laufe zu meinem Auto. Der Gedanke daran, dass ich jetzt zu Zayn fahre, dass es endlich Wochenende ist, beruhigt mich. Die Woche war ein einziger Sturm, doch jetzt, jetzt darf ich durchatmen. Die Show habe ich abgesagt. Natürlich schmerzt es mich, schließlich liebe ich meinen Job. Doch Zayn geht vor, er geht immer vor. Und in diesem Moment gibt es keinen wichtigeren Ort für mich als an seiner Seite.

Der Schmerz der Vergangenheit ist die
Erinnerung an deine Stärke.

Kapitel Zweiundzwanzig

»Du siehst perfekt aus!«, schwärmt Zoey mit strahlender Begeisterung, ihre Stimme voller Anerkennung. Ein leiser Seufzer entweicht mir, während ich mich im Spiegel betrachte. Ich sehe anders aus, viel fremder als gewohnt. Die Kontaktlinsen verbergen meine echte Augenfarbe, lassen mich fast unkenntlich erscheinen. Meine Haare sind frisiert, wie ich sie noch nie getragen habe, glänzend und perfekt gestylt, fast zu perfekt. Die Kleidung? Sie ist auffallend, kürzer, enger, als ich es je gewagt hätte. Es fühlt sich nicht nach mir an, es fühlt sich ... fremd an. »Hier ist es komisch, Zoey. Ich fühle mich nicht wohl.« Höre ich mich selbst sagen, obwohl ich weiß, dass ich ihr nicht wirklich widersprechen will. Sie hat uns in einen luxuriösen Nachtclub gebracht, so luxuriös, dass ich mich frage, wie sie uns hier überhaupt reingebracht hat. Ehrlich gesagt, will ich das auch gar nicht wissen.

»Wir sind hier, um Kontakte zu knüpfen. Wenn es so schlimm ist, gehen wir halt wieder. Aber bitte versuch es wenigstens!« Zoeys Worte dringen in mein Bewusstsein, und ich weiß, dass sie recht hat. Widerwillig gebe ich nach. Gemeinsam verlassen wir das Badezimmer, und wir mischen uns unter die Menge der Gäste. Der Raum ist überwältigend. Es ist deutlich kein normaler Club. Der marmorierte Boden glänzt im gedämpften Licht, die Decke ist mit eleganten, fast schon übertrieben opulenten Kronleuchtern verziert. Alles ist in mattschwarzen Tönen gehalten, was dem Raum eine geheimnisvolle, fast schon düstere Atmosphäre verleiht. »Ich besorge uns ein paar Drinks!« Zoey schlüpft durch die Menge, und ich bleibe kurz allein. Ein Gefühl der Unsicherheit steigt in mir auf, aber ich schüttle es ab, versuche es zu ignorieren.

Wenig später taucht Zoey wieder auf, zwei Gläser in der Hand, ein breites Lächeln auf den Lippen. »Hier, habe ich gratis bekommen.« Sie reicht mir eines der Gläser, und ohne groß zu überlegen, nehme ich es und kippe es in einem Zug herunter. Es ist, als ob der Alkohol mir einen kurzen, aber wohligen Schub gibt. Ich habe lange nichts mehr getrunken. Heute Abend werde ich den Moment ausnutzen. »Das ist meine Freundin!« Zoey grinst, bevor sie mich bei der Hand nimmt und mich mit sich auf die Tanzfläche zieht. »Heute Abend werden wir richtig Spaß haben!« Lachend gebe ich nach, lasse mich von ihr in den Sog der Musik und des Lichts ziehen. Die Musik pulsiert durch den Raum, die Bässe durchdringen meinen Körper, und für einen Moment verliere ich mich im Rhythmus. Ich tanze. Und für den Moment, für diesen einen flimmernden Augenblick, vergesse ich alles andere.

Unruhig wippe ich mit meinen Beinen hin und her, mein Körper voller Nervosität und Frustration. Ich kann mich einfach nicht konzentrieren! Immer wieder habe ich mir die Berichte durchgelesen, doch die Worte verschwimmen vor meinen Augen, und die Informationen dringen nicht in meinen Kopf ein. Es fühlt sich an, als würde mein Verstand gegen die Wände meines eigenen Kopfes schlagen, ohne einen Ausweg zu finden.

»Zoey? Wo bist du?« Leicht schwankend drehe ich ein Mädchen um, das sich jedoch nicht als meine Zoey herausstellt. »Nein, du bist nicht Zoey.« Enttäuscht lasse ich sie los und taumle weiter durch die Gänge, die nun weit entfernt von der ohrenbetäubend lauten Musik liegen. »Ich hätte nicht so viel trinken sollen! Dumme Liyana!« Tief hole ich Luft und versuche, meinen Orientierungssinn zu behalten, doch mein Körper fühlt sich völlig erschöpft an, als ob die ganze Energie aus mir herausgesogen worden wäre. Ein stechendes Schwindelgefühl lässt mir den Magen zusammenkrampfen.

»Guten Abend.« Die männliche Stimme lässt mich innehalten. Ich drehe mich ruckartig um und finde mich vor einem Mann wieder, der mich um ein gutes Stück überragt. Verdammte Scheiße, sieht der gut aus. Ein Lächeln huscht über mein Gesicht, obwohl ich es nicht kontrollieren kann. »Hi!« Meine Stimme klingt irgendwie unpassend piepsig, viel zu hoch für den Moment. Mein

Blick wandert über ihn, den perfekt sitzenden, eleganten Anzug, der ihn noch charismatischer erscheinen lässt. Doch als mein Blick schließlich auf sein Gesicht fällt, bleiben meine Augen an seinen unfassbaren Augen hängen. Er sieht wirklich besonders aus. »Wow«, hauche ich unwillkürlich, als ob ich einen wunderschönen Traum vor mir hätte. Der Fremde vor mir sieht aus wie jemand, der aus einem anderen Universum stammt, einfach perfekt.

»Ich habe dich noch nie hier gesehen. Wer bist du?« Plötzlich kommt er einen Schritt näher auf mich zu, und ohne nachzudenken mache ich einen Schritt zur Seite, um ihm Platz zu machen. Doch er geht weiter auf mich zu, als ob er gar nicht an mir vorbeigehen wollte. Ein kalter Schauer läuft mir über den Rücken. Panik ergreift mich. »Ich bin neu hier!« Mit jedem Schritt, den er tut, wird der Gestank von Drogen und Alkohol intensiver, bis ich ihn fast schmecken kann. Gerade als ich loslaufen möchte, packt er mit einer so erschreckenden Wucht nach meinem Arm, dass ich keine Chance habe, mich zu wehren. Ich werde gegen seinen massigen Körper gedrückt, und ehe ich mich versehe, hebt er mich hoch, als wäre ich nichts weiter als eine Puppe. Mein Herz rast, mein Körper reagiert langsamer, als ich es gerne hätte. Ich strample verzweifelt mit meinen Füßen. »Hilfe! Lass mich los!« So hart ich auch versuche, ihn zu treten, er bewegt sich keinen Millimeter. Unaufhaltsam zieht er mich die Treppe hinunter.

»Was hast du mit mir vor?« Meine Stimme ist gepresst, panisch, doch es kommt nichts als Stille als Antwort. Tränen rinnen über meine Wangen, als er mich mit brutaler Kraft auf ein Bett wirft. Der Alkohol in meinen Adern lähmt meinen Körper, meine Reaktionen sind viel zu langsam, ich fühle mich wie in Zeitlupe. Sein Körper zittert, er muss so high sein, dass ich es fast spüren kann. »Bitte, lass mich in Ruhe!«, flehe ich ihn an, doch auf seinem Gesicht liegt nur ein eiskaltes Grinsen, das mich erschauern lässt. »Du bist sehr schön, weißt du das?« Ohne eine weitere Warnung presst er sich mit seinem gesamten Körper auf mich, was mich keuchen lässt, als wäre mir die Luft genommen worden. Ich fühle seine

Hände überall, in meinen Haaren, an meinem Hals, an meinen Armen. »Nein! Ich möchte das nicht!« Verzweifelt versuche ich, mich zu wehren, indem ich mit meiner Hand aushole, doch er umgreift sie sofort mit einer eisernen Faust und zieht sie kraftvoll nach unten. »Hilfe!«, brülle ich aus voller Kehle, doch meine Stimme versagt, als er erneut ausholt, mich gegen das Bett drückt und mich bewegungsunfähig macht.

Mit aller Kraft schlage ich mit meiner Hand auf den Schreibtisch, die Wut kocht in mir hoch, und ich stehe auf, mein Körper zittrig vor Anspannung. »Geh aus meinem Kopf, verdammt!« Die Worte kommen heraus, gepresst zwischen meinen Zähnen, während ich verzweifelt versuche, die Gedanken zu vertreiben. Ich will nicht daran denken! Der Schmerz, der mich immer wieder überrollt, ist unerträglich, und doch lässt er mich nicht los.

»Hifle!« Immer wieder rufe ich laut, mit der verzweifelten Hoffnung, dass mich jemand hört. Mit aller Kraft presse ich meinen Kopf gegen das Bett, versuche, seinen Atem nicht mehr auf meiner Haut zu spüren, doch es hilft nicht. »Hör auf! Hilft mir!« Meine Tränen fließen, und ich kann nichts anderes tun, als sie hinunterfließen zu lassen, während mein Gesicht von der Erschöpfung und Verzweiflung verschwimmt. Ich fühle mich schmutzig, besudelt. Er hat mich entwürdigt, hat mir alles genommen. Ein brennendes Gefühl von Scham und Wut breitet sich in mir aus, mein Herz schlägt wild. »Wieso tust du mir das an?« Meine Stimme bricht fast unter der Qual, als ich ihn anschreie. Doch er scheint mich nicht zu hören, als wäre er in einer anderen Welt, in einer fernen Realität. Er ignoriert mich, als ob ich gar nicht existiere.

Plötzlich schlägt die Tür auf mit einem ohrenbetäubenden Knall. »Li-« Zoeys Stimme hallt durch den Raum und hält inne. Schnell drehe ich meinen Kopf und sehe, wie sie mit einem Schock in den Augen auf uns schaut. »Hilf mir, bitte!« Meine Stimme klingt so schwach, fast wie ein Flüstern, aber sie hört es. Als sie die Situation begreift, verändert sich ihr Gesichtsausdruck schlagartig. »Ich werde dich umbringen!« Schnell greift sie nach einem

Gegenstand auf dem Tisch, umklammert die Lampe, die sie mit voller Wucht gegen seinen Schädel schmettert. Der Schlag trifft ihn, und sein fester Griff lockert sich sofort. Das ist meine Chance. Ich nutze den Moment und stoße ihn mit aller Kraft von mir. Gleichzeitig stürzt Zoey auf ihn, zerrt ihn zu Boden und fängt an, auf ihn einzuschlagen. »Das wirst du bereuen! Ich breche dir alle Knochen!« Ihre Worte sind wie Schläge, die noch schmerzhafter wirken als ihre physischen. Er liegt benommen am Boden, der Blick leer und verwirrt, während er wie in Trance an die Decke starrt.

Zoey beugt sich über ihn und schlägt mit ihrem Schuh auf sein Gesicht. Es ist ein unbändiger, unaufhaltsamer Ausdruck ihrer Wut. »Oh mein Gott!« Ihr Blick richtet sich sofort auf mich. Sie erkennt die Entfremdung in meinen Augen, die Leere, die mich ergriffen hat. Ich liege auf dem Bett, wie versteinert, und traue mich nicht, mich zu bewegen, als wäre ich in einen Albtraum gefangen, aus dem es kein Entkommen gibt. »Er hat mich …« Mehr kann ich nicht sagen, meine Stimme versagt, der Schmerz ist zu groß, als dass ich ihn in Worte fassen könnte. Alle Dämme brechen, und ich fange an, unaufhörlich zu weinen, die Tränen kommen wie ein Sturm, der alles fortreißt. »Hey!« Zoeys Stimme ist sanft, doch fest, sie klingt voller Fürsorge und Stärke. »Ich bin bei dir, du bist sicher.« Sie läuft auf mich zu, ihre Schritte fest und entschlossen, und reicht mir meine Kleidung, die überall im Raum verstreut liegt. »Wir ziehen dich an und verschwinden von hier.« Zitternd nicke ich ihr zu. Sie hilft mir, mich wieder anzuziehen, ihre Hände sind sanft, aber gleichzeitig voller Dringlichkeit.

»Boss?« Ich spüre, wie sich sofort eine eisige Kälte in meinem Körper ausbreitet, als ein fremder Mann den Raum betritt. Sofort schaue ich weg, um ihn nicht ansehen zu müssen. Meine Muskeln versteifen sich, und mein Zittern wird schlimmer, sodass ich es nicht mehr kontrollieren kann. Zoey sieht ihn und will sofort auf ihn zulaufen, doch bevor sie einen Schritt tun kann, greife ich mit zittriger Hand nach ihrer. »Lass mich nicht allein, bitte.« Meine Worte kommen wie ein leises Flehen, meine Angst ist zu

spüren. Bei meinem panischen Blick wird ihr Gesicht weicher, was sie innehalten lässt. Ich stehe auf, die Schwere in meinen Beinen lässt mich fast taumeln, aber dann klammere ich mich fest an ihren Arm. Es fühlt sich an, als ob ihr Griff die einzige Verbindung zur Realität ist, die mich noch hält. »Wenn ich euch wiederfinde, seid ihr tot.« Mit einer Kraft, die ich ihr nicht zugetraut hätte, schupst sie ihn beim Vorbeigehen mit voller Wucht gegen die Wand. Wir rennen den Gang entlang, und das Gefühl von Sicherheit, das Zoey mir gibt, lässt mich für einen Moment durchatmen.

Ich will nicht daran denken! Mit aller Kraft versuche ich, die Gedanken wegzuschieben, sie aus meinem Kopf zu verbannen, doch es gelingt mir nicht. Der Kampf in mir tobt weiter, lauter, heftiger. Die Migräne pocht stark, lässt mich leicht schwindelig werden. Ich atme tief durch und will gerade aufstehen, um den Raum zu verlassen, als es an der Tür klopft.

Steve tritt ein, begleitet von zwei Wärtern. Sein Blick ist ruhig, doch in seinen Augen liegt etwas Ernstes. »Er bittet um ein Gespräch.« Ich nicke stumm, ohne weitere Worte binden sie ihn an das Bett. Kurz darauf sind wir allein im Raum. Ich habe mich bewusst entschieden, den zuständigen Wärter vor der Tür warten zu lassen, zu viele Augen stören mich bei meiner Arbeit. Konzentrieren kann ich mich nur, wenn ich mich nicht beobachtet fühle. »Ich habe Neuigkeiten«, beginnt Steve. Sofort richtet sich meine ganze Aufmerksamkeit auf ihn. Mein Körper spannt sich an, meine Gedanken schalten in den Arbeitsmodus. Ich setze mich ihm direkt gegenüber, mustere sein Gesicht, jede Regung darin.

»Federico hat einen Wärter bestochen, damit dieser Vincent töten wird. Es soll heute Abend passieren. Wer es machen wird, konnte ich nicht herausfinden.« *Bingo.* Damit kann ich arbeiten. Doch jetzt stehe ich vor einer Entscheidung. Zwei Möglichkeiten liegen vor mir, und beide haben ihre Konsequenzen. Ich könnte Vincent zu mir rufen und ihm diese Information geben. Er würde mir dafür etwas schulden. Oder ich lasse es geschehen. Ich könnte zulassen, dass es passiert. Dann werde ich ihm helfen unter der Bedingung, dass er Zoey in Ruhe lässt. Es wäre ein perfekter Racheakt zugleich. Er hat mich leiden lassen. Er hat mich zerstört. Und jetzt wäre es meine Gelegenheit, es ihm heimzuzahlen. Mein Verstand wählt die erste Möglichkeit. Aber meine Gefühle? Sie schreien nach der zweiten.

Ich presse die Lippen aufeinander, fahre mir durch die Haare. Nein. Das wäre nicht richtig. *Was, wenn ich zu spät komme? Was, wenn er stirbt und ich damit eine Mittäterin wäre?* Ich könnte das Risiko nicht tragen. Ich atme scharf ein. Dann treffe ich meine Entscheidung. »Steve, du musst ihm sagen, er soll zu mir kommen. Sag ihm, es liegt in seinem Interesse.« Ein mulmiges Gefühl breitet sich in mir aus.

Steve fragt nicht weiter nach. Er kennt mich nun gut genug, um zu wissen, wann er nicht bohren sollte. Ich atme tief durch und hole die Beamten zurück in den Raum. Kurz darauf ist der Raum wieder leer. Meine Hände zittern leicht, als ich mein Arbeitstelefon aus der Tasche ziehe. »Zayn? Denkst du, das war richtig?« Meine Stimme ist leise, unsicherer, als ich es gerne hätte. »Das ist deine einzige Möglichkeit«, antwortet er ruhig. »Biete ihm diese Information im Austausch für einen Gefallen an. Aber sei vorsichtig. Du bist nicht allein im Raum, oder? Halte deinen Abstand ein.« Obwohl es sich falsch anfühlt, schwindle ich ihn ein wenig an. »Ich bin nicht allein. Mach dir keine Sorgen.« Ich weiß, dass er mich durchschauen könnte, aber er stellt keine weiteren Fragen.

Das Wochenende habe ich mit ihm im Krankenhaus verbracht. Wir haben versucht, das Beste aus der Zeit zu machen, so gut es eben ging. Für einen Moment hatte ich sogar darüber nachgedacht, ihm alles über Vincent zu erzählen. Ihn in mein Chaos einzuweihen. Aber dann … habe ich es doch nicht getan. Noch bin ich nicht bereit dafür. Der bloße Gedanke, gleich wieder allein mit Vincent in einem Raum zu sein, lässt mein Herz schneller schlagen. Doch heute ist es anders. Heute bin nicht ich diejenige, die sich hilflos fühlen wird. Heute hat er keine Macht über mich. Nun bin ich es, die das Sagen hat. Und genau das wird er zu spüren bekommen.

Tief atme ich durch, versuche, meine Nerven zu beruhigen, und setze mich an meinen Schreibtisch. Die kühle Oberfläche unter meinen Fingern gibt mir einen Anker in der Realität, doch mein Geist schweift immer wieder ab. Während ich mit Zayn rede, versuche ich, mich auf meine Arbeit zu konzentrieren, Berichte durchzusehen, Notizen zu machen, irgendetwas Produktives zu tun. Doch die Worte auf dem Papier verschwimmen vor meinen Augen, und mein Stift bleibt immer wieder in der Luft hängen. Meine Gedanken kreisen nur um eine Frage: *Wann wird er kommen?* Jede Sekunde zieht sich in die Länge, als würde die Zeit mich absichtlich quälen. Ich spüre, wie mein Magen sich verkrampft, wie meine Finger unruhig auf der Tischplatte trommeln. Er wird kommen, das ist sicher. *Aber wie wird es ablaufen?* Ich lehne mich zurück, schließe für einen Moment die Augen. Doch tief in mir weiß ich, die Ruhe wird nicht lange anhalten.

*

Nach mehreren Stunden durchbricht ein Klopfen die Stille. Ein vertrautes Geräusch, doch diesmal lässt es meine Haut prickeln und mein Herz schneller schlagen. Ein kalter Schauer läuft mir über den Rücken, während ich tief durchatme und mich erhebe. Gerade will ich meine Fassung wiederfinden, da öffnet sich die Tür mit einem energischen Schwung. Mein Atem stockt, als meine Augen auf seine treffen. Ein durchdringender Blick, scharf und prüfend. Er mustert mich genau, zu genau. *Hat er mich etwa erkannt?* Seelenruhig schließt er die Tür hinter sich und bewegt sich mit einer Selbstverständlichkeit durch den Raum, als gehöre er hierher. Mein Magen zieht sich zusammen, als er sich setzt, nicht ans Bett gefesselt, nicht umringt von Wärtern. Er ist frei. Ganz ungezwungen nimmt er auf dem Stuhl Platz, lehnt sich leicht zurück und betrachtet mich mit diesem undurchschaubaren Ausdruck.

»Ich war neugierig, als ich herbestellt wurde.« Seine

Stimme ist ruhig, fast belustigt. Ein leichtes Schmunzeln huscht über seine Lippen, als er mein Stirnrunzeln bemerkt. »Es ist das erste Mal, dass ich diesen Raum betrete«, fährt er fort und lässt seinen Blick durch den Raum wandern. Dann neigt er leicht den Kopf zur Seite und lächelt kühl. »*Der Folterraum* scheint mir ein etwas übertriebener Begriff zu sein.«

Ich fasse es nicht! Diese Dreistigkeit, diese Arroganz! Er befindet sich hier in meinem Raum und führt sich so auf, als gehöre es ihm. Ich verschränke die Arme und mustere ihn mit kühler Miene. »Hallo, Vincent.« Meine Stimme ist ruhig, doch ich kann die leichte Schärfe darin nicht ganz verbergen. »Ja, ich fand den Begriff auch etwas übertrieben. Aber es muss wohl einen Grund gegeben haben, warum dieser Raum so bezeichnet wird.« Langsam lasse ich mich auf meinen Stuhl sinken, achte darauf, genügend Abstand zwischen uns zu wahren.

Seine Nähe fühlt sich an wie eine unsichtbare Last, die schwer auf meinen Schultern liegt. Ich will ihn nicht näher an mich heranlassen. Nicht physisch. Nicht emotional. »Weshalb bist du hier inhaftiert?« Ich halte seinen Blick fest, suche nach einer Reaktion. Bisher habe ich keine verwertbaren Informationen über ihn gefunden. Vincent lehnt sich leicht nach vorne, stützt seine Unterarme locker auf seinen Schoß. Die Bewegung lässt seine Muskeln unter dem Stoff seines Hemdes unmerklich zucken. Er ist angespannt, ob aus Ungeduld oder aus Kalkül, kann ich nicht sagen. »Die Liste ist sehr lang und grausam.« In seinen Augen liegt ein Funke, den ich nicht deuten kann. »Wieso ist das überhaupt relevant?« Seine Miene wird ernster, sein Blick schneidend.

»Wieso bin ich hier?« Er misstraut mir. *Gut.* »Du hast viele Feinde.« Ich lehne mich leicht zurück, überschlage die Beine und lasse den Moment wirken. »Ich habe etwas gehört, das für dich von Interesse sein könnte. Doch dafür verlange ich etwas.« Seine Augenbrauen schießen in die Höhe. Dann huscht ein amüsiertes Schmunzeln über sein Gesicht. »Frau Laurel …« Seine Stimme ist ein tiefer, fast sanfter Tonfall, der dennoch etwas Gefährliches an sich hat. »Wissen Sie überhaupt, mit wem Sie sprechen?« Natürlich. Natürlich ist er überheblich. Ich unterdrücke ein spöttisches Lächeln. »Ich weiß ganz genau, wen ich vor mir sitzen habe, Vincent Winslow.«

Unsere Blicke treffen sich, prallen aufeinander wie Klingen in einem tödlichen Duell. Seine Miene bleibt neutral, doch ich spüre, dass sich etwas in ihm regt. Endlich nimmt er mich wirklich wahr. »Was haben Sie mir zu sagen?« Seine Stimme ist gedämpft, abwartend, aber nicht ängstlich. Meine Finger trommeln leise auf der kühlen Holzoberfläche des Schreibtischs. Ich überlege, wie ich meine Worte am besten wähle. Doch eigentlich spielt es keine Rolle, wie ich es sage. Die Bedeutung bleibt dieselbe. Also lasse ich die Bombe platzen. »Man wird versuchen, dich umzubringen. Heute Abend. Einer der Wärter wurde dazu beauftragt.« Stille. Keine Reaktion. Keine Veränderung in seinem Gesicht. Nur dieser durchdringende Blick, während meine Augen über seine Züge huschen. Sein Gesicht ist wie eine Maske, regungslos, perfekt kontrolliert.

Plötzlich bricht er in schallendes Gelächter aus. Was zum Teufel?! Meine Hände formen sich zu Fäusten. »Was ist daran so lustig?! Dein Leben ist in Gefahr!« Vincent steht langsam auf. Die Bewegung ist geschmeidig, doch in ihr liegt eine unterschwellige Bedrohung. Er beugt sich über den Tisch, kommt mir zu nah. *Viel zu nah.* Ich kann seinen Atem spüren, die dunkle Präsenz, die ihn umgibt wie ein unsichtbarer Schatten. Mein Körper erstarrt. »Ich komme aus Hillgrove.« Seine Stimme ist rau, fast ein Flüstern. Doch jede Silbe trägt eine unheilvolle Schwere. »Seit meiner Geburt versucht man, mich umzubringen. Ich nehme Leben, und man versucht, mir das meine zu nehmen. Doch immer ohne Erfolg.« Er genießt seine Macht, die er versucht mir aufzuzwingen.

Dann, ein lauter Knall. Seine Hand kracht mit voller Wucht auf den Tisch, das Echo hallt in meinen Knochen nach. Mein Körper reagiert, bevor mein Verstand es tut. Ich springe auf, weiche hastig zurück, schaffe Distanz zwischen uns. Er sieht es. Er spürt es. *Meine Angst.* Ein spöttisches Lächeln zuckt über seine Lippen. »Rufen Sie mich nie wieder für so etwas Dämliches zu sich.« Dann dreht er sich um, geht zur Tür und schlägt sie mit einem so heftigen Knall zu, dass ich zusammenzucke. Ich bleibe regungslos zurück.

»Scheiße!« Fluchend springe ich auf, laufe rastlos im Raum auf und ab. Mein Herz schlägt wild gegen meine Rippen, meine Gedanken rasen. Das war meine einzige Chance! Wie, verdammt nochmal, soll ich Vincent dazu bringen, Zoey in Ruhe zu lassen? Meine Hände zittern, als ich mein Arbeitstelefon ergreife. »Zayn, was mache ich nur? Es hat nicht funktioniert!« Meine Stimme bricht fast. Die Panik steigt in mir hoch wie eine Welle, die mich zu verschlingen droht. Ich war mit Vincent in einem Raum. Ich habe es durchgezogen. *Für nichts.* Zayn bleibt einen Moment still, dann spricht er mit ruhiger, fester Stimme. »Beruhige dich. Wir werden eine Lösung finden. Das war der erste Versuch.« Seine Worte sollen mich beruhigen, aber sie tun es nicht. Ich presse die Lippen aufeinander, kämpfe gegen die Tränen, die sich in meinen Augenwinkeln sammeln. Alles in mir schreit danach, zu brüllen, zu rennen, einfach nur weg von dieser verdammten Situation.

Ich habe mir das angetan. Ich habe mich diesem Monster ausgesetzt. Und wofür? Für nichts! Mein Atem geht stoßweise. Ich ballte die Hände zu Fäusten. *Ich werde nicht aufgeben.* Aber verdammt, es fühlt sich gerade so an, als würde ich den Kampf verlieren. »Du hast recht. Ich werde das noch hinbekommen.« Seufzend fahre ich mir durch die Haare, mein Blick wandert hinaus zum Fenster. Die Dunkelheit draußen spiegelt das Chaos in mir wider. Ich brauche dringend eine Ablenkung. »Wie geht es dir momentan?« Die Frage verlässt meine Lippen, bevor ich es richtig realisiere. Ich will einfach an etwas anderes denken. Wenigstens für einen Moment. Am anderen Ende der Leitung höre ich Zayn leise atmen. Dann antwortet er sanft: »Die Wunden heilen gut, meinte der Arzt. Ich werde in ein paar Tagen entlassen. Dann kann ich endlich wieder bei dir sein.« Seine Worte wärmen mich mehr, als ich zugeben will. Ein kleines Lächeln huscht über meine Lippen. »Das ist gut. Ich habe deine Nähe auch vermisst.« Wir reden noch eine Weile weiter, tauschen belanglose Worte aus, doch in Wahrheit bedeuten sie mir alles. Seine Stimme hält mich zusammen. Schließlich lege ich auf und setze mich wieder an meine Arbeit. Doch selbst als meine Augen über die Berichte huschen, ist mein Geist woanders. Ich kann die Geschehnisse von vorhin einfach nicht abschütteln. Egal, wie sehr ich es versuche.

*

»Schönen Abend noch.« Mit einem knappen Kopfnicken verabschiede ich mich vom Wärter und mache mich auf den Weg zu Zayn. Die kühlen Wände des Korridors reflektieren das fahle Licht der Deckenlampen, und meine Schritte hallen leise wider. Ich will nur noch weg. Raus aus diesem Gebäude, zu einem Moment der Normalität. Ich stelle mir vor, wie wir gemeinsam essen, reden, vielleicht sogar lachen. Für einen kurzen Augenblick so tun, als wäre alles in Ordnung.

Doch genau in dem Moment, als ich den Gang verlassen will, geschieht es. Eine eiskalte Hand packt meinen Oberarm mit unerwarteter Kraft und zieht mich abrupt zur Seite. Mein Atem stockt. »Keine Angst, Frau Laurel.« Bevor ich schreien kann, legt sich eine raue, kräftige Hand über meinen Mund. Ein Zittern läuft durch meinen Körper. Mein Herzschlag hämmert in meinen Ohren, während ich gegen den Griff ankämpfe. Die Stimme ist ruhig, zu ruhig. Sie gehört einem Mann, den ich schon mehrfach hier gesehen habe. Sein Griff löst sich schließlich, und ich stolpere ein paar Schritte zurück, bis eine sichere Distanz zwischen uns liegt. »Was zum Teufel sollte das?!« Meine Stimme zittert, meine Brust hebt und senkt sich schwer. Ich mustere ihn. Seine blauen Augen beobachten mich mit einer unergründlichen Ruhe. Ich habe ihn schon oft auf dem Hof gesehen, wie er die Insassen beobachtet.

»Genau jetzt wird Herr Winslow tödlich verletzt.« Seine

Worte lassen mir das Blut in den Adern gefrieren. »Gehen Sie zu ihm und helfen Sie ihm. Dann haben Sie etwas gut bei ihm.« Mein Magen zieht sich zusammen. *Woher weiß er das?* Meine Gedanken rasen. *Ist das eine Falle? Ein perfides Spiel? Oder sagt er die Wahrheit?* Ich versuche, seinen Blick zu deuten, doch er bleibt undurchdringlich. »Gehen Sie schnell, bevor es zu spät ist.« Er neigt kaum merklich den Kopf in Richtung des dunklen Gangs, der zu den Zellen führt. Mein Atem geht schneller. Ich sollte weglaufen. Ich sollte es ignorieren. Zayn wird mich umbringen, wenn er davon erfährt. Doch das Adrenalin treibt mich vorwärts. Ich darf keine Zeit verlieren. *Vincent darf noch nicht sterben.*

Ich kenne nicht einmal die Zelle, in der Vincent untergebracht ist! Mein Herz rast, und ein stechender Schmerz zieht sich durch meine Brust. *Gott, das ist eine dumme Idee.* Eine verdammt dumme Idee. Aber es gibt kein Zurück mehr. *Wie soll ich ihn nur finden?* Meine Gedanken überschlagen sich, während ich mit schnellen Schritten durch die düsteren Gänge eile. Die Neonröhren an der Decke flackern gelegentlich, tauchen die Korridore für Sekundenbruchteile in unheilvolles Zwielicht.

Plötzlich stehe ich vor einer massiven Stahltür, hinter der der Hochsicherheitstrakt beginnt. Zwei uniformierte Beamte blicken mich misstrauisch an, ihre Hände locker an ihren Schlagstöcken. »Ich muss schnell durch!« Sie wechseln einen skeptischen Blick. Meine Kehle schnürt sich zu, doch dann zücke ich meinen Dienstausweis und halte ihn mit fester Hand vor ihre Augen. Ein paar angespannte Sekunden vergehen. Dann tritt einer der Männer beiseite und drückt einen Knopf an der Wand. Mit einem metallischen Brummen öffnet sich die Tür langsam. Ich hastete hindurch, mein Atem ungleichmäßig, mein Puls hämmert gegen meine Schläfen. Unzählige Türen. Jede mit einer Nummer versehen. Ich lasse meinen Blick hastig über die Reihen gleiten. *Wo zur Hölle soll ich anfangen?* Ich kenne seine Zellennummer nicht! Doch dann schießt mir ein Geistesblitz durch den Kopf.

Steve. Seine Zellennummer kenne ich. Einhundertsiebenundsiebzig. Mit rasendem Herzen laufe ich den langen Gang entlang. Jeder Schritt hallt laut auf dem kalten Betonboden wider. Endlich! Zelle Einhundertsiebenundsiebzig! Ich reiße das kleine Sichtfenster an der Tür auf und spähe in den Raum. »Steve!« Mein Atem ist schwer, meine Hände zittern vor Anspannung. Auf dem schmalen Bett sitzt eine vertraute Gestalt aufrecht. Er blinzelt mir entgegen, sichtlich verwirrt. »Frau Laurel? Was machen Sie hier?« Seine Stirn legt sich in Falten. Ich verschwende keine Zeit. »Wo ist die Zelle von Vincent Winslow? Es ist dringend!«

»Er ist ganz hinten, am Ende des Gangs.« Die Worte von Steve hallen in meinem Kopf nach, während ich hastig nicke, das Sichtfenster schließe und losrenne. Bitte, lass mich nicht zu spät sein! Meine Schritte hallen auf dem kalten Betonboden wider, mein Atem geht stoßweise. Jeder Meter fühlt sich endlos an, als würde die Zeit sich gegen mich verschwören. Mein Herz hämmert in meiner Brust, während ich auf das Ende des Gangs zu renne. Dann halte ich abrupt inne. Die Tür vor mir ist aufgebrochen. Ein eiskalter Schauer läuft mir über den Rücken. Ich zwinge mich, meine zitternden Hände zu heben und die Tür weiter aufzudrücken.

Oh mein Gott. Das Bild, das sich mir bietet, lässt mir den Atem stocken. Ein Mann liegt reglos auf dem Boden, sein Zellennachbar, schätze ich. Sein Gesicht ist blutverschmiert, sein Körper verrenkt, als hätte man ihn brutal niedergeschlagen. Doch es ist nicht er, der meine Welt in diesem Moment stillstehen lässt. Es ist Vincent. Er hockt am hinteren Ende der Zelle, nahe der Toilette, und ist überströmt von Blut. Seine Kleidung ist zerfetzt, tiefe Schnitte ziehen sich über seine Arme und seinen Hals. Seine Brust hebt und senkt sich schwer, als würde jeder Atemzug ihn unendlich viel Kraft kosten.

»Nein … Nein, du darfst nicht sterben!« Ein panischer Schrei verlässt meine Lippen, während ich zu ihm stürze. Ich falle auf die Knie, hebe vorsichtig seinen Kopf an. Sein Gesicht ist blass, die Augen glasig vor Schmerz, aber er ist noch da. Er sieht mich direkt an. »Du lebst, gottseidank!« Für einen Moment fühle ich fast Erleichterung. Doch seine Augen verengen sich misstrauisch. »Werden Sie mich nun umbringen? War das der Plan?« Seine Stimme ist schwach, doch in ihr liegt unverhohlene Wut. Sein Blick trifft mich wie ein Dolch. Und für einen winzigen Moment schleicht sich der Gedanke in mein Bewusstsein. Was, wenn ich ihn wirklich einfach hier zurücklasse? Ihm die Macht nehme, die er so selbstgefällig genutzt hat, um mich zu zerstören? Ein Zittern durchläuft meinen Körper. Aber ich bin nicht wie er. Ich werde niemals wie er sein.

Ich presse die Lippen zusammen und zwinge mich, ruhig zu bleiben. »Ich habe damit nichts zu tun!« Mein Blick sucht seinen, in der Hoffnung, dass er mir glaubt. Doch in seinen Augen lodert etwas Dunkles, Unberechenbares. Gerade, als ich mir seine Wunden genauer ansehen will, halte ich inne. *Das ist meine Chance.* Ich schlucke meine Nervosität hinunter, während ich mich aufrichte. Mein Herz hämmert in meiner Brust, mein Körper schreit danach, einfach zu handeln, ihm zu helfen, ohne eine Bedingung zu stellen. Doch ich darf diesen Moment nicht ungenutzt lassen. Ich beuge mich leicht vor, meine Stimme bleibt ruhig, aber fest. »Ich werde dir helfen. Ich werde dir dein Leben retten. Aber dafür musst du mir etwas versprechen.« Seine glasigen, vor Schmerz verzerrten Augen weiten sich leicht. »Was wollen Sie, verdammt?!« Seine Stimme ist rau, ein Husten schüttelt ihn, als würde jeder Atemzug ihm die Kraft rauben. Ich spüre, wie sich meine Finger in den Stoff meiner Jacke krallen. *Jetzt oder nie.* »Du wirst Zoey Vanelle in Ruhe lassen.« Meine Worte schneiden durch die angespannte Stille. »Seit Jahren lässt du sie verfolgen. Das hört jetzt auf. Wenn du zustimmst, helfe ich dir.«

Sein Blick bleibt auf mir haften. Sein Atem ist schwer, seine Stirn glänzt vor Schweiß. Ich kann sehen, wie sein Verstand arbeitet, wie er das Risiko abwägt. Seine Hände ballen sich zu schwachen Fäusten, sein Körper zuckt bei jeder Bewegung vor Schmerz. Dann endlich gibt er nach. »Wer sie auch immer ist, ja, ich lasse sie in Ruhe.« Seine Stimme ist gepresst, voller Erschöpfung. »Jetzt helfen Sie mir!« Ein unkontrolliertes Zittern läuft mir über den Rücken. Ich muss mir ein Lächeln verkneifen. *Endlich!* Doch mein Triumph hält nicht lange, denn als ich meinen Blick über seinen Körper gleiten lasse, trifft mich die Realität mit voller Wucht. Messerstiche. Überall. Sein Hemd ist zerfetzt, dunkles Blut sickert aus mehreren Wunden. Und dann sehe ich es, ein Messer steckt noch immer tief in seiner Seite. Mein Magen dreht sich um bei diesem Anblick. Ich unterdrücke mühsam den Würgereiz, zwinge mich, nicht in Panik zu verfallen. *Er wird sterben, wenn ich jetzt nicht handle.* Ich atme tief ein, reibe meine zittrigen Hände an meiner Hose und beuge mich zu ihm hinunter. »Okay, Vincent. Halt durch. Ich krieg dich hier lebend heraus.«

Schnell zücke ich mein Telefon heraus. Meine Finger zittern, als ich die Notfallnummer wähle. »Ich bin in der Zelle von Vincent Winslow. Er ist schwer verletzt. Wir brauchen sofort medizinische Hilfe!« Ohne zu warten, lasse ich das Telefon fallen und reiße hastig die Laken von der Bettwäsche. Meine Atmung geht stoßweise, während ich die Stoffbahnen um seine Wunden wickle und fest zusammenziehe, um die Blutungen zu stoppen. *So viel Blut. Viel zu viel.* Meine Hände sind bereits von der dunklen Flüssigkeit verschmiert, als ich versuche, Druck auf die tiefsten Wunden auszuüben. Mein Blick fällt auf das Messer in seiner Seite. Ein dunkler Fleck breitet sich darum aus, sickert in den Stoff seiner Kleidung. Ich darf es nicht herausziehen. Wenn ich das tue, könnte er innerhalb von Sekunden verbluten.

»Bleib wach, Vincent!« Plötzlich sehe ich, wie sich seine Augen schließen. Nein! Ich packe sein Gesicht mit beiden Händen, meine Finger graben sich in seine Haut. »Vincent! Wach auf! Hörst du mich?« Keine Reaktion. Mein Herz rast, Panik schnürt mir die Kehle zu. Ich schlage ihm auf die Wange, nicht zu fest, aber gerade stark genug, um ihn zurückzuholen. Seine Augen flattern kurz auf, matt, glasig, als würde er mich kaum noch wahrnehmen. Dann fallen sie wieder zu. »Nein, nein, verdammt! Bleib bei mir!« Wenn er jetzt stirbt, war alles umsonst. Sie würden Zoey nicht in Ruhe lassen und ich wüsste nicht, wenn ich dieses Mal ausfindig machen müsste, um Zoey helfen zu können. Mein Blick schießt zur Tür. Wo bleiben die verdammten Sanitäter?! »Hilfe! Beeilt euch!« Mein eigener Schrei hallt durch den kalten Flur. Ich kann nicht zulassen, dass er hier stirbt.

Was einmal getrennt war, findet
immer wieder seinen Weg zurück.

Kapitel Dreiundzwanzig

»Mama, ich habe dich so sehr vermisst. Wärst du hier, hätten wir bestimmt viel Spaß gehabt.« Als ich Tiaras Stimme höre, zieht sich mein Herz zusammen, eine Mischung aus Freude, Sehnsucht und Erleichterung. Ihre kindliche Unschuld und Wärme lassen mich für einen Moment alles andere vergessen. »Ich habe dich auch vermisst, mein Schatz«, sage ich sanft. »Soll ich dich am Wochenende besuchen? Fühlst du dich nicht wohl dort?«

Ich halte kurz den Atem an, während ich auf ihre Antwort warte. Kurz überlegt sie. »Ich fühle mich hier wohl. Kannst du aber trotzdem kommen? Ich habe dich sehr vermisst!« In ihrer Stimme liegt Unsicherheit. »Natürlich, mein Schatz. Am Wochenende komme ich vorbei. Wie läuft es sonst so bei dir?«, frage ich neugierig. Natürlich komme ich sie besuchen. Ich kann gar nicht abwarten, sie endlich wieder in meine Arme nehmen zu können. »Ich habe neue Freunde gefunden. Wir spielen den ganzen Tag draußen. Ich will ab jetzt jedes Jahr hierherkommen! Alle sind total nett.« Ein tiefer Seufzer der Erleichterung entweicht mir. Diese Worte bedeuten mir mehr, als sie ahnt. »Du weißt nicht, wie froh mich das macht, mein Schatz«, flüstere ich. »Genieße die Zeit dort, ja? Wir sehen uns am Wochenende.« Neben mir hebt Zayn eine Augenbraue und macht eine auffordernde Handbewegung, er will das Handy.

Ich lache leise und reiche es ihm. »Hallo, Tiara!« Seine Stimme ist warm und voller Zuneigung. »Wie geht es dir, kleine Abenteurerin? Was hast du heute alles erlebt?« Sofort sprudelt Tiara los, voller Energie und Begeisterung. Sie erzählt von den langen Spaziergängen durch den Wald, dem knisternden Lagerfeuer am Abend und wie sie mit ihren neuen Freunden Blätter gesammelt hat, um daraus kleine Kunstwerke zu basteln. Ich lehne mich zurück, lausche ihrer aufgeregten Stimme und spüre, wie eine tiefe

Ruhe mich erfüllt. Sie ist glücklich. Und das ist alles, was zählt.

Es ist einige Zeit vergangen, seit Vincent angegriffen wurde. Die Ereignisse jener Nacht brennen noch immer in meinen Gedanken, aber die akute Gefahr scheint endlich vorüber zu sein. Ich habe nur noch mitbekommen, dass er für kurze Zeit wirklich Tod war. Sie konnten ihn aber wiederbeleben. Auch hatte ich vor kurzem wieder meinen Auftritt, den ich wahrnehmen konnte. Zayn fühlte sich fit genug und hat mich begleitet. Es fühlt sich nun alles wieder normal an. Nur noch eine Woche. Dann endet meine Zeit hier in Lancaster. Ein Kapitel, das mich geprägt hat, mit all seinen Schatten und Kämpfen. Zoey ist bereits auf dem Weg zu uns. Der Gedanke daran erfüllt mich mit Erleichterung.

Endlich kann sie kommen, ohne Angst haben zu müssen. Ohne sich ständig umzusehen, ob jemand sie verfolgt. Ohne in ständiger Furcht vor Vincent und seinen Handlangern zu leben. Und Zayn konnte das Krankenhaus endlich verlassen. Seine Wunden sind größtenteils verheilt. Trotzdem besteht er darauf, mich in meiner letzten Woche zur Arbeit zu begleiten. Ich hätte protestieren können, doch stattdessen habe ich nur genickt. Vielleicht, weil ich weiß, dass ich seine Nähe genauso brauche, wie er meine.

»Liyana, lass uns losfahren.« Zayns Stimme klingt sanft, aber bestimmt, als er mir mein Handy hinhält. Ich nehme es nicht sofort entgegen. Stattdessen stehe ich auf und lege meine Arme um ihn. Sein Herz schlägt ruhig, beständig, ein Rhythmus, der mich beruhigt. »Ich bin so froh, dass alles gut verlaufen ist.« Meine Stimme ist leise, fast ein Flüstern. Mit meinen Händen fahre ich sanft über seinen Rücken, spüre die Wärme, die er ausstrahlt. Es ist, als könnte ich mich in diesem Moment völlig fallen lassen. »Ich genauso.« Seine Arme ziehen mich noch enger an sich. »Du bist sicher. Dieses Gefühl beruhigt mich.« Dann hebt er sanft mein Kinn an, zwingt mich, ihm in die Augen zu schauen. Sein Blick ist ernst, seine Züge entschlossen. »Aber ich will, dass du mir eines versprichst, Liyana.« Ich schlucke. »Was denn?«

»Du wirst dich nie wieder in solch eine Gefahr begeben.«

Seine Stimme ist tief und ruhig, aber der Nachdruck in seinen Worten lässt keinen Widerspruch zu. »Es hätte eine Falle sein können. Er hätte dich töten können. In seinem Territorium bist du machtlos. Mach so etwas nie wieder ohne mich. Verstanden?« Mein Herz klopft schneller. Er hat recht. Ich habe mein Leben riskiert, ohne darüber nachzudenken, was hätte passieren können. Seine Sorge ist berechtigt, sie ist echt. Ich nicke. »Das wird nie wieder vorkommen, Zayn. Ich verspreche es dir.« Er mustert mich für einen Moment, als wolle er prüfen, ob ich meine Worte auch wirklich ernst meine. Dann beugt er sich langsam vor und seine Lippen berühren meine, sanft, aber eindringlich, als wollte er damit das Versprechen besiegeln. Als er sich wieder von mir löst, funkeln seine Augen. »Sehr gut.« Er greift nach meiner Hand und drückt sie leicht. »Nun lass uns los.«

*

Wenig später kommen wir an und betreten mein Büro. Der Raum ist ruhig, doch in mir breitet sich eine leichte Anspannung aus. Ich hatte darum gebeten, dass Steve zu mir gebracht wird, und nun ist es so weit. Ich bin gespannt auf seine Reaktion. Ein Klopfen ertönt an der Tür. Die Tür öffnet sich, Steve tritt mit seiner Begleitung ein. Die Wärter führen ihn zum Bett und befestigen ihn daran. »Hallo, Steve.« Er nickt Zayn und mir zu. »Guten Morgen.« Seine Stimme klingt noch ein wenig verschlafen, seine Bewegungen träge. Ein leises Lachen entfährt mir. »Gute Neuigkeiten.« Seine Augenbrauen heben sich fragend, während er mich mustert. »Ich bin zu dem Entschluss gekommen, dir ein neues Gutachten zu verfassen.«

Für einen Moment herrscht absolute Stille. Ich sehe, wie sich seine Miene verändert, Hoffnung blitzt in seinen Augen auf, doch er wagt es nicht, sie ganz zuzulassen. »Falls du mit deinem Anwalt einen Antrag auf frühzeitige Entlassung stellst, wird dir dieses Gutachten helfen, eine Bewilligung zu bekommen.« Seine Augen weiten sich augenblicklich. »Wirklich? Sie lügen mich nicht an?« Seine Stimme ist kaum mehr als ein Flüstern, als könne er es nicht fassen. Ein warmes Lächeln breitet sich auf meinem Gesicht aus. »Ich lüge nicht, Steve. Du hast dich seit unserem Deal tadellos verhalten. Ich habe mit den Wärtern gesprochen, sie haben dich beobachtet. Du warst nicht aggressiv, hast dich nie im Ton vergriffen. Stattdessen hast du anderen geholfen, freiwillige Arbeiten übernommen.« Ich reiche ihm das Papier mit seinem Gutachten. Seine Hände zittern leicht, als er danach greift.

»Ich kenne den Grund für deinen Wunsch nach frühzeitiger Entlassung. Er ist selbstlos.« Meine Stimme wird sanfter. »Nutze diese Chance, Steve. Sie ist einmalig. Wenn du wieder hier landest, wirst du lange keine Möglichkeit mehr haben, einen solchen Antrag zu stellen.« Für einen Moment sagt er nichts, nur sein Blick ruht auf dem Blatt in seinen Händen. Dann hebt er den Kopf, seine Augen glänzen vor Dankbarkeit, vielleicht auch ein wenig vor Ungläubigkeit. »Ich bin Ihnen so unendlich dankbar.« Seine Stimme klingt rau, fast ungläubig, als er das Gutachten in seinen Händen betrachtet. Seine Augen huschen über die Zeilen, langsam, als wolle er jedes Wort in sich aufsaugen. Für einen Moment scheint er sprachlos zu sein, dann hebt er den Blick zu mir.

»Das ist das Netteste, was je jemand für mich getan hat. Ich schätze das wirklich sehr, Frau Laurel. Ich weiß nicht, wie ich Ihnen danken soll.« Seine ehrliche, fast rührende Reaktion lässt mich innerlich lächeln. Ich hatte nicht erwartet, dass es ihn so sehr trifft, doch genau das bestätigt mein Gefühl. Ich wusste, bevor ich diesen Ort verlasse, wollte ich noch etwas Gutes tun. Etwas, das vielleicht wirklich einen Unterschied macht. Und in diesem Moment bin ich mir sicher: *Steve verdient diese zweite Chance.* Nicht nur aus menschlicher Sicht, sondern auch aus psychologischer. Er hat sich verändert. Er hat bewiesen, dass er sich ändern kann. Nun liegt es an ihm, diese Chance zu nutzen.

*

Nach einer Weile verlässt Steve den Raum, und noch bevor ich verschnaufen kann, betritt jemand anderes ihn. *Vincent.* Sofort stehe ich auf, mein Herz beginnt schneller zu schlagen. Zayn spürt meine Anspannung und bewegt sich unauffällig hinter mich, seine Präsenz beruhigend, schützend. Doch dieses Mal ist Vincent nicht allein. Sein Zellennachbar stützt ihn, führt ihn langsam zum Bett und hilft ihm, sich hinzusetzen. Dann verschwindet er aus dem Raum, ohne uns eines Blickes zu würdigen. Mein Atem stockt.

Vincent ist komplett bandagiert, sein Gesicht blass, sein Körper wirkt geschwächt. Ich wusste, dass er dem Tod nur knapp entkommen war, sein Herz hatte eine Minute lang stillgestanden. Eine Minute zwischen Leben und Tod. Ich hatte mich nach seinem Zustand erkundigt, nachdem sie ihn ins Krankenhaus gebracht hatten. Er hatte zu viel Blut verloren. Viel zu viel. Zayn verschränkt die Arme vor der Brust, seine Stimme klingt scharf. »Wieso begleiten dich die Wärter nicht?« Doch Vincent schenkt ihm keine Antwort. Seine Augen ruhen nur auf mir. Ein Schauer läuft mir über den Rücken. Dann spricht er. »Erst dachte ich, dass Sie hinter dem Angriff stecken.« Zayn spannt sich sofort an, macht einen Schritt nach vorne, doch ich greife nach seinem Arm.

Mein Blick trifft seinen, und nach einem kurzen Zögern bleibt er stehen. Vincent hebt eine Augenbraue, als hätte er mit einer anderen Reaktion gerechnet, fährt dann aber fort. »Doch ich habe mir mehr Informationen beschaffen lassen. Der Auftrag kam vom Ausland. Wer genau dahintersteckt, ist noch unklar. Sie waren es also nicht.« Er kneift leicht die Augen zusammen, sein Blick durchdringend. Instinktiv drücke ich mich näher an Zayn. Seine Wärme erdet mich, gibt mir Sicherheit in dieser seltsamen Konfrontation. »Besser so.« Seine Stimme ist rau, doch diesmal klingt sie nicht bedrohlich, eher … nachdenklich?

Ein Moment des Schweigens vergeht, dann fügt er hinzu: »Ich werde mein Wort halten. Ohne Sie wäre ich nun unter der Erde. Ich werde Zoey Vanelle in Ruhe lassen und ihre Schuld streichen.« Er hält inne, mustert mich. Als würde er auf eine Reaktion warten. Ich schlucke und nicke. »Danke.« Für einen Moment habe ich das Gefühl, dass er mehr sagen will, eine Frage auf der Zunge liegt. Doch er entscheidet sich dagegen. Und ich bin mir nicht sicher, ob ich erleichtert darüber sein soll.

»Was genau ist passiert, bevor ich kam?« Meine Stimme ist ruhig, doch in mir brodelt es. Ich muss es wissen. Ich muss verstehen, was in dieser Zelle geschehen ist, bevor ich Vincent blutüberströmt auf dem Boden gefunden habe. Er lehnt sich leicht zurück, als würde er überlegen, wo er anfangen soll. Für einen kurzen Moment sehe ich es, die Müdigkeit in seinen Augen, die Spuren von etwas, das sogar ihn erschüttert hat. Er kann noch so stark sein, doch dem Tod so nahe zu sein … das hinterlässt Spuren. »Mehrere Wärter kamen herein.« Seine Stimme ist rau, fast heiser. »Sie prügelten auf Dario ein. Ohne Vorwarnung. Ich wollte helfen, aber bevor ich reagieren konnte, richteten sie die Waffen auf mich. Ich konnte nichts tun. Dann trat einer vor und begann, auf mich einzustechen.« Mein Magen zieht sich zusammen. »Sie gaben mir eine Spritze. Irgendein Zeug, das mich fast vollständig bewegungsunfähig machte. Ich konnte mich nicht wehren. Konnte nur zusehen, wie sie mir eine Botschaft hinterließen.«

Er macht eine kurze Pause, als würde er sich zwingen, die Worte auszusprechen. Dann wiederholt er sie, seine Stimme kühl und tonlos: »Ich hatte dir versprochen, dich zu töten, wenn ich dich wiederfinde.« Ein Schauer läuft mir über den Rücken. Wer auch immer das war, hatte es nicht nur auf Vincents Leben abgesehen, es war eine persönliche Vendetta. Und doch fragt sich ein Teil von mir, was er getan hat, um jemanden so sehr zu erzürnen. Ich beobachte ihn, doch er scheint nicht weiter über die Worte nachdenken zu wollen. Stattdessen richtet er sich langsam auf, humpelt zur Tür.

»Nun gut. Meine Schuld ist hiermit beglichen.« Er hält inne, ein spöttisches Lächeln auf den Lippen. »Hoffentlich kreuzen sich unsere Wege nie wieder, Frau Dr. Liyana Laurel.« Seine Hand ruht bereits auf der Türklinke, als er sich noch einmal umdreht, die

Augen amüsiert zusammengekniffen. »Ihr Auftritt hat mir gefallen. Ich werde ab jetzt öfter den Fernseher einschalten.« Mit einem ironischen Lachen verlässt er den Raum, und hinterlässt ein unangenehmes Echo in meinem Kopf.

»Ich hasse ihn.« Zayns Stimme ist ruhig, aber in ihr schwingt ein unausgesprochener Groll mit. Er drückt mir einen sanften Kuss auf die Stirn, als wollte er das unangenehme Gefühl, das Vincents Anwesenheit hinterlassen hat, wegwischen. »Bald sind wir endlich hier weg.« Seine Worte klingen wie ein Versprechen, ein Lichtstreif am Horizont. Ich hole tief Luft, versuche, mich an dieser Hoffnung festzuhalten, und lehne meinen Kopf auf seine Schulter. Seine Wärme, sein Duft, all das gibt mir Halt, beruhigt das Chaos in meinem Kopf. Doch in mir regt sich etwas. Ein dunkler, nagender Gedanke.

Wenn er wüsste, was Vincent damals getan hat, würde er durchdrehen. Er würde ihn jagen, würde nicht ruhen, bis er sich an ihm gerächt hätte. Ich kenne ihn, ich weiß, wie tief seine Loyalität reicht, und wie schnell sie in blinde Wut umschlagen kann. Es macht keinen Sinn, ihm davon zu erzählen. *Doch warum fühlt es sich dann so an, als würde sich eine unsichtbare Hand um meine Kehle legen?* Ein Teil von mir weiß, dass diese Wahrheit nicht ewig im Dunkeln bleiben kann. Was, wenn Zayn eines Tages nach Tiaras Vater fragt? Wenn er mich ansieht, mit dieser eindringlichen, liebevollen Art, die keine Lügen duldet? Was, wenn er mich dazu drängt, ihm die Wahrheit zu sagen? Ich schlucke schwer. Ich werde standhaft bleiben müssen. Doch ob ich es wirklich kann, das weiß ich nicht.

*

Nach einem langen Tag kommen wir endlich zu Hause an. Die vertraute Umgebung wirkt beruhigend, als würde sie die Last der letzten Wochen von meinen Schultern nehmen. Kaum betrete ich die Küche, fange ich an zu kochen. Zoey wird gleich ankommen, mein Herz schlägt schneller vor Vorfreude. Endlich sehe ich sie wieder! Ich habe sie so sehr vermisst.

Plötzlich spüre ich eine warme Hand, die sich sanft um meine Taille legt. Ein vertrauter Duft steigt mir in die Nase, bevor ich Zayns Körper dicht hinter mir spüre. »Wie kann ich dir helfen?« Überrascht halte ich inne und drehe leicht den Kopf zu ihm. »Du willst helfen?« Ehrlich gesagt bin ich es nicht gewohnt, dass Männer in der Küche mit anpacken. Joel saß meistens am Tisch, spielte mit seinem Handy oder schaute Fernsehen, während ich gekocht habe. »Natürlich. Wieso sollte ich dir nicht helfen?«, sagt er mit einem schiefen Lächeln, als hätte ich ihm gerade eine absurde Frage gestellt. Bevor ich etwas erwidern kann, nimmt er mir das Messer ab und beginnt, die Pilze kleinzuschneiden. Seine Finger bewegen sich geschickt über das Holzbrett, als wäre es das Normalste der Welt. Ich beobachte ihn einen Moment und ein warmes Lächeln breitet sich auf meinen Lippen aus. »Gut, dann bereite ich die Nudeln vor.«

Gerade als ich zum Schrank gehen will, klingelt es an der Tür. Mein Herz macht einen kleinen Sprung. Kaum öffne ich die Tür, sehe ich Zoey, und im nächsten Moment wirft sie ihre Taschen zu Boden und schmeißt sich in meine Arme. »Gott sei Dank geht es dir gut!« Ich spüre, wie tief sie durchatmet, als würde sie all ihre Sorgen mit einem einzigen Atemzug loswerden. Ihre Arme halten mich fest, als könnte ich ihr sonst wieder entrissen werden. »Es tut mir so leid, Liyana. Du musstest das alles wegen mir durchmachen. Das werde ich mir niemals verzeihen.« Ihre Stimme bebt, als würde sie jeden Moment in Tränen ausbrechen. Ich löse mich leicht aus der Umarmung und halte sie sanft an den Schultern. »Das Thema ist beendet, Zoey. Wir schauen nur noch nach vorn. Es ist bald vorbei.« Sie zögert, ihre Augen flackern kurz, als wollte sie widersprechen. Doch dann nickt sie langsam. Ich hebe ihre Taschen auf und deute ihr an, ins Haus zu gehen. Sie bleibt für einen Moment unschlüssig stehen, als würde sie noch etwas sagen wollen, doch dann gibt sie nach und betritt die Wohnung.

Zayn steht in der Küche, als sie den Raum betritt. Sein

Blick trifft ihren, aber statt einer herzlichen Begrüßung hebt er nur leicht das Kinn und nickt ihr knapp zu. »Hallo, Zayn.« Seine Antwort ist kaum mehr als ein kurzes »Hey.« Die Spannung zwischen ihnen liegt spürbar in der Luft. Ich habe das Gefühl, dass Zayn kein großer Fan von Zoey ist, vielleicht wegen allem, was geschehen ist. Vielleicht gibt er ihr insgeheim die Schuld für die Gefahr, in die ich geraten bin. Aber das ist mir egal. Ich werde das hinbiegen. Sie werden sich irgendwann verstehen müssen.

»Setz dich hin. Das Essen ist gleich fertig.« Zoey lässt sich mit einem müden Seufzen auf den Stuhl fallen. Ich werfe einen kurzen Blick zu ihr, während ich ihre Taschen beiseitelege. Sie wirkt erschöpft, aber erleichtert. Endlich kann sie aufatmen, ohne ständig über die Schulter schauen zu müssen. Ich drehe mich um und gehe zurück in die Küche, wo Zayn bereits dabei ist, die Pilze zu schneiden. Ein seltsames Gefühl von Frieden macht sich in mir breit. Nach all den Turbulenzen der letzten Zeit fühlt sich dieser Moment fast surreal an. Gerade als ich beginne, die Nudeln ins kochende Wasser zu geben, höre ich Zoeys Stimme hinter mir.

»Wie genau hast du es geschafft, Liyana?« Ich halte für einen Moment inne. Die Bilder schießen mir sofort durch den Kopf. Das Blut auf dem kalten Betonboden. Die Wunden an Vincents Körper. Sein leises, gebrochenes Atmen. Der metallische Geruch des Todes, der bereits in der Luft lag. Ein eiskalter Schauder läuft mir über den Rücken, und für einen Moment verliere ich mich in der Erinnerung. Ich schlucke und atme tief durch, bevor ich antworte. »Vincent wurde schwer verletzt. Jemand wollte ihn töten.« Ich spüre Zoeys Blick auf mir. »Wer?«, fragt sie neugierig. »Das ist unklar. Wahrscheinlich ein alter Feind.« Ich rühre die Nudeln im Wasser um, während ich weiterspreche. »Die Angreifer hinterließen ihm eine Botschaft, bevor sie ihn dort zum Sterben zurückließen.« Zoey lehnt sich interessiert nach vorne. »Welche Botschaft?« Ich muss mich konzentrieren, um mich an die exakten Worte zu erinnern. Dann fällt es mir wieder ein.

»Ich hatte dir versprochen, dich zu töten, wenn ich dich

wiederfinde. Irgendwie sowas.« Zoeys Augen verengen sich leicht. »Klingt persönlich.« Ich nicke langsam. »Ja, das tut es.« Für einen Moment sagt keiner von uns etwas. Nur das leise Blubbern des kochenden Wassers ist zu hören. Zayn rührt konzentriert in der Soße, als würde er uns bewusst Raum lassen. »Und dann?«, fragt Zoey schließlich. »Dann informierte mich ein Wärter darüber. Bis heute weiß ich nicht, warum er es mir gesagt hat. Vielleicht hat Steve, ein Insasse, ihm davon erzählt? Aber eigentlich wusste Steve nichts von meinem Plan, einen Gefallen einzufordern.« Ich runzele nachdenklich die Stirn. »Vielleicht hat Steve einfach die richtigen Schlüsse gezogen. Er muss dann den Wärter informiert haben, vermute ich zumindest.« Zoey zuckt mit den Schultern. »Egal. Erzähl weiter.« Ich werfe einen kurzen Blick zu Zayn, der ruhig neben mir steht. Er sagt nichts, aber ich spüre, dass er aufmerksam zuhört. »Ich bot Vincent meine Hilfe an, aber nur unter einer Bedingung.« Ich lächle leicht, während ich mich gegen die Küchentheke lehne. »Dass er dich in Ruhe lässt. Für immer.«

»Und?«, fragt sie schließlich. »Er hatte keine andere Wahl. Er war dem Tod näher als dem Leben.« Ich zucke mit den Schultern. »Also hat er zugestimmt.« Zoey lehnt sich in ihrem Stuhl zurück, als müsse sie das erstmal verdauen. Dann schüttelt sie den Kopf. »Unglaublich. Ich bin so stolz auf dich.« Ich rühre die Soße weiter, während ein trockenes Lachen aus meiner Kehle kommt. »Weißt du, was das Beste ist? Erst dachte er, ich hätte ihn angreifen lassen.« Zoey hebt eine Augenbraue. »Ernsthaft?« Kurz spiegelt sich Sorger in ihrer Stimme wider. »Ja. Er war überzeugt, dass ich hinter dem Anschlag stecke. Aber er hat schnell herausgefunden, dass der Auftraggeber aus dem Ausland stammt.«

Ich lasse den Kochlöffel sinken und drehe mich zu ihr um. »Hätte er mich wirklich für schuldig gehalten, hätte ich ihn an der Backe gehabt. Das wäre ein großes Problem.« Zoeys Lächeln verschwindet langsam. Sie versteht genau, was ich meine. Hätte Vincent geglaubt, dass ich hinter dem Angriff stecke, hätte er nicht lockergelassen. Und früher oder später hätte er von Tiara erfahren.

Das ist eine Gefahr, die ich niemals zulassen lassen darf.

»Lass uns das Thema beenden und einfach einen schönen Abend verbringen.« Ich lächle Zoey aufmunternd an. »Es gibt einen Grund zu feiern!« Zusammen setzen wir uns an den Esstisch. Zayn nickt zustimmend und rückt seinen Stuhl näher an den Tisch. »Endlich ist es vorbei.« Zoey schaut von ihrem Teller auf und sieht mich an. Ihre Augen glänzen leicht, als sie tief durchatmet. »Ich danke euch beiden.« Ihre Stimme ist sanft, fast zerbrechlich. »Durch euch ist das jahrelange Verstecken, das ständige Wegrennen endlich vorbei. Es fühlt sich so surreal an. Immer noch kann ich es nicht ganz fassen. Dieses Gefühl …« Sie schüttelt langsam den Kopf, sucht nach Worten. »Es ist unbeschreiblich.«

Ich spüre, wie meine Brust sich warm anfühlt. Ich lege meine Hand auf ihre und drücke sie sanft. »Zoey, wenn jemals wieder irgendetwas sein sollte, wenn du dich jemals wieder bedroht fühlst oder Angst hast, dann erzähl uns davon.« Meine Stimme ist fest, aber sanft. Ich sehe ihr tief in die Augen, damit sie weiß, dass ich jedes Wort ernst meine. »Du bist nicht allein. Nie wieder. Wir sind eine Familie, Zoey. Und das wird sich niemals ändern. Vergiss das nicht.« Zoey schluckt und senkt den Blick, als würde sie gegen ihre Emotionen kämpfen. Dann lächelt sie, ein echtes, warmes Lächeln, das ihr Gesicht erhellt. »Danke, Liyana.« In diesem Moment weiß ich, dass alles, was wir durchgestanden haben, sich gelohnt hat.

*

Die Woche ist nun vorüber. Am Wochenende waren wir bei Tiara und haben Zeit mit ihr verbracht. Sie war überglücklich, uns zu sehen. Kaum waren wir da, führte sie uns stolz herum, zeigte uns ihre Hütte, ihre Lieblingsplätze und stellte uns voller Freude ihre neuen Freunde vor. Ihr Strahlen in diesem Moment hat mein Herz tief berührt. Ich hatte ihr auch den Magneten aus Lancaster mitgebracht, eine kleine Geste, aber sie hat sich so sehr darüber gefreut. Es war ein wunderschöner Augenblick, sie so zufrieden und lebendig zu erleben.

Die Straßen fliegen an uns vorbei, während wir schweigend nach Hause fahren. Der Himmel draußen ist in warme Orangetöne getaucht, ein sanfter Abschied vom Tag. Ich kann kaum stillsitzen. Mein Herz schlägt schneller bei dem Gedanken, Tiara endlich wiederzusehen. Sie und Marie müssten bereits angekommen sein. Es tut mir leid, dass ich auch dieses Mal die Show absagen musste, aber meine Tochter ist mir wichtiger als alles andere auf der Welt. Doch ab nächster Woche beginnt der Alltag wieder. *Keine Absagen mehr. Kein Zögern.* Ich muss wieder Gas geben, mich auf meine Karriere konzentrieren. Diese kurze Pause war notwendig, aber nun ist es Zeit, wieder nach vorne zu blicken.

Ein leiser Seufzer entfährt mir, während ich aus dem Fenster schaue. Ich bin so froh, Lancaster hinter mir zu lassen. So viele Erinnerungen, so viele dunkle Momente, doch jetzt liegt es hinter mir. Wenn ich ehrlich bin, wird mir aber eine Person fehlen: James. Er war nett und hat öfter nach mir geschaut. Vielleicht auch Steve. Unsere Gespräche waren oft tiefgründiger, als ich erwartet hätte. Er war mir eine große Hilfe. Aber so ist das Leben. Manche Menschen begleiten uns nur für eine bestimmte Zeit, und dann gehen die Wege auseinander. Mein Fokus liegt jetzt woanders. Bei Tiara. Bei Zayn. Bei Zoey. Bei dem Leben, das ich mir aufbaue. *Und dieses Mal lasse ich es mir von niemandem mehr nehmen.*

»Wir sind da.« Zayns tiefe Stimme durchbricht die angenehme Stille im Auto. Ich blicke auf und sehe es, unser Zuhause. Ein Gefühl der Erleichterung durchströmt mich. Nach all den Strapazen, den langen Wochen voller Angst und Unsicherheit, bin ich endlich wieder hier. Ohne einen weiteren Gedanken zu verschwenden, schnalle ich mich hastig ab, stoße die Autotür auf und eile zum Eingang. Mein Herz klopft schneller vor Aufregung. Mit zitternden Fingern drücke ich mehrmals die Klingel, ungeduldig, voller Vorfreude. Die Tür öffnet sich fast sofort. Marie steht im Türrahmen, ein warmes, mütterliches Lächeln auf den Lippen. »Wie schön, Sie wiederzusehen.« Ihre sanfte Stimme lässt mich noch mehr ankommen. Sie tritt beiseite und macht mir Platz. »Mama!« Kaum habe ich einen Schritt ins Haus gesetzt, ertönt die glockenhelle Stimme meiner Tochter. Ich hebe den Blick, Tiara steht mitten im Wohnzimmer, ihre großen, leuchtenden Augen auf mich gerichtet. Einen Moment lang bleibt sie wie versteinert stehen, als könnte sie nicht glauben, dass ich wirklich hier bin. Dann jedoch stürmt sie los, ihre Arme weit ausgestreckt.

»Meine Kleine!« Ich sinke instinktiv auf die Knie, breite meine Arme aus und fange sie auf. Ihre kleinen Arme legen sich fest um meinen Hals, ihre Wärme umfängt mich, und für einen kurzen Moment scheint die Welt stehen zu bleiben. *Alles, was zählt, ist sie.* »Ich habe dich so vermisst, mein kleiner Engel.« Ich presse sie fester an mich, als könnte ich all die verpasste Zeit in dieser Umarmung nachholen. Tief atme ich ihren vertrauten, süßen Duft ein. Sie riecht nach Vanille und Sonne, nach unbeschwerter Kindheit. Kichernd löst sie sich leicht von mir, ihr Blick strahlt vor Freude. »Ich habe dir ein Armband gemacht!« Ihre Stimme überschlägt sich fast vor Aufregung. »Und ich habe dir so viel zu erzählen!« Lächelnd streiche ich ihr eine widerspenstige Strähne aus dem Gesicht. »Wir haben alle Zeit der Welt, mein Schatz.« Sanft lege ich eine Hand an ihre Wange, spüre ihre weiche Haut unter meinen Fingerspitzen. »Lass uns erst mal ankommen, dann will ich alles hören. Jedes kleine Detail.«

Tiara nickt eifrig, ihre Augen funkeln vor Freude. Doch dann huscht ihr Blick an mir vorbei zu Zayn, der gerade mit unseren Sachen durch die Tür tritt. Ohne zu zögern, lässt sie mich los, rennt zu ihm und klammert sich an seine Beine. »Hallo, Zayn!« Sie sieht zu ihm auf, ein freches Grinsen auf den Lippen. »Ich habe dir auch ein Armband gemacht. Es ist braun!« Zayn schmunzelt und geht in die Hocke, um sie auf Augenhöhe zu bringen. »Da hast du genau meine Lieblingsfarbe getroffen. Danke, Tiara.« Seine Stimme ist sanft, voller Wärme. Tiara strahlt über das ganze Gesicht. Dann entdeckt sie Zoey, die wenige Schritte entfernt steht und ihr ebenfalls mit offenen Armen entgegenkommt. »Du bist ja riesig geworden, Süße!« Lacht Zoey und zieht sie in eine feste Umarmung. Ich beobachte die Szene mit einem warmen Gefühl in der Brust. Das ist es, was zählt. *Familie. Liebe. Sicherheit.*

Lächelnd wende ich mich schließlich ab und gehe ins Badezimmer, um mich frisch zu machen. Während ich mir kühles Wasser ins Gesicht spritze, nehme ich einen vertrauten Duft wahr, der köstliche Geruch von frisch zubereitetem Essen zieht durch das Haus. Ich weiß nicht, wie Marie es geschafft hat, so schnell zu kochen, aber eines ist sicher: Es fühlt sich endlich wieder wie zuhause an. Und genau dieses Gefühl erinnert mich an etwas. Schnell verlasse ich das Badezimmer und eile die Treppe hinauf in mein Schlafzimmer. Mein Herz schlägt schneller, während ich zielstrebig auf meinen Kleiderschrank zugehe. Mit zitternden Fingern durchwühle ich die Fächer, bis ich endlich spüre, wonach ich suche. *Die Box meiner Vergangenheit.*

Ich halte sie in den Händen und starre sie an. So oft hatte ich das Bedürfnis, sie zu öffnen, mich in die Erinnerungen zu flüchten, mich in all dem zu verlieren, was einmal war. Besonders seitdem Vincent wieder aufgetaucht ist. Sein Anblick hat alles zurückgebracht. Die Ängste, Schmerzen und Zweifel. Doch es ist nun vorbei. Ich habe ein neues Leben, eine neue Familie. Die Vergangenheit hält mich nur gefangen und macht mich schwach. Es ist Zeit, loszulassen. Lange habe ich darüber nachgedacht, doch mein Entschluss steht fest. Mit entschlossener Miene drehe ich mich um und verlasse das Zimmer. Ich spüre, wie mein Herz gegen meine Brust hämmert, doch ich zwinge mich, nicht stehen zu bleiben. Mit der Box in den Händen steige ich die Treppen hinunter und gehe direkt in die Küche.

Mein Blick fällt auf den Mülleimer. Ohne weiter nachzudenken, öffne ich den Deckel und lasse die Box hineingleiten. Ein dumpfes Geräusch ertönt, als sie auf dem Boden des Eimers landet. Für einen kurzen Moment zuckt ein Anflug von Reue in mir auf. Ein letzter Schatten, der sich an meine Gedanken klammert. Doch dann folgt Erleichterung. Ein Gefühl der Befreiung breitet sich in mir aus. Zum ersten Mal seit langer Zeit spüre ich, wie die Last von meinen Schultern fällt. Es ist vorbei. *Wirklich vorbei.*

Ich betrete das Esszimmer und lasse meinen Blick über die Gesichter meiner Liebsten schweifen. Sie sitzen alle am Tisch, das warme Licht der Lampe taucht den Raum in eine gemütliche Atmosphäre. Als sie mich sehen, erhellt sich Zoeys Gesicht sofort. »Da bist du ja!« Lachend rücke ich meinen Stuhl zurecht und setze mich dazu. Kaum habe ich Platz genommen, greifen wir alle zu unseren Gabeln und beginnen zu essen. Die Gespräche fließen mühelos, gefüllt mit Lachen, Erinnerungen und Plänen für die Zukunft. Während ich die Szene um mich herum betrachte, spüre ich, wie sich ein Kloß in meinem Hals bildet. Genau das ist es, wonach ich mich all die Jahre gesehnt habe. Nach Frieden, einer Familie und bedingungslose Liebe.

Mein Blick wandert zu Tiara. Sie reibt sich müde die Augen und kämpft gegen die aufkommende Erschöpfung an. Ein weiches Lächeln schleicht sich auf meine Lippen. »Tiara, geh dich umziehen. Dann putzen wir deine Zähne. Du schläfst mir ja noch am Tisch ein!« Sie gähnt herzhaft, nickt mir dann aber brav zu und rutscht von ihrem Stuhl. »Ich komme gleich zu dir, mein Schatz«, rufe ich ihr hinterher. Mit einem verschlafenen »Gute Nacht!« verabschiedet sie sich von allen und trottet langsam die Treppe hinauf. Ich nutze die Gelegenheit. Langsam lege ich meine Hand auf die von Zayn. Er bemerkt die Geste sofort, seine dunklen Augen suchen meine. Ich atme tief durch, spüre, wie mein Herz schneller schlägt. *Jetzt oder nie, Liyana.*

»Wir müssen euch etwas sagen«, beginne ich schließlich. Zoey und Marie richten ihre Blicke gespannt auf uns, ihre Augen leicht geweitet. »Zayn und ich sind in einer Beziehung«, lasse ich die Bombe platzen. »Schon seit ungefähr zwei Wochen.« Kaum habe ich die Worte ausgesprochen, spüre ich, wie sich Zayns Hand sanft um meine schließt, als würde er mir still seine Unterstützung versichern. Für den Bruchteil einer Sekunde ist es still. Dann springt Marie mit einem lauten Quietschen auf. »Endlich!« Sie klatscht aufgeregt in die Hände und strahlt über das ganze Gesicht. »Meine Gebete wurden erhört!« Ich kann nicht anders, als zu lachen, auch wenn ich spüre, wie meine Wangen sich leicht röten. Zoey mustert mich einen Moment, dann steht sie auf und schließt mich fest in ihre Arme. »Wenn du glücklich bist, dann bin ich es auch«, sagt sie leise, aber bestimmt. Dankbar nicke ich ihr zu. Doch dann wendet sie sich mit ernster Miene an Zayn, verschränkt die Arme vor der Brust und fixiert ihn mit scharfem Blick. »Hör mir gut zu«, beginnt sie eindringlich. »Wenn du ihr jemals schadest, dann haben wir ein verdammt großes Problem.«

Sie streckt ihm die Hand entgegen, ein unausgesprochener Pakt zwischen ihnen. Zayn hebt eine Augenbraue, dann umgreift er ihre Hand fest und schüttelt sie. »Das beruht auf Gegenseitigkeit«, erwidert er ruhig, doch in seinen Worten liegt eine deutliche Bestimmtheit. Für einen Moment ist der Raum erfüllt von gespannter Stille. Dann bricht Marie zum Glück das Schweigen. »Herzlichen Glückwunsch!« Sie lacht und schlingt die Arme um mich. »Danke, Marie«, murmele ich und erwidere die Umarmung. Dann wendet sie sich Zayn zu, der sich sichtlich bemüht, die plötzliche Wärme nicht unbeholfen wirken zu lassen. Als sie ihn fest an sich drückt, hebt er leicht die Arme, ehe er zögerlich ihre Umarmung erwidert. »Ihr passt perfekt zueinander!« Ein Hauch von Verlegenheit huscht über Zayns Gesicht, doch dann schmunzelt er leicht.

Plötzlich durchbricht das schrille Klingeln der Tür die warme, friedliche Atmosphäre des Esszimmers. Zayn, Zoey und Marie verstummen gleichzeitig, während ich überrascht aufblicke. *Wer könnte um diese Uhrzeit noch vorbeikommen?* Marie läuft als Erste los. »Ich öffne schon!« Mit schnellen Schritten verlässt sie den Raum und steuert zur Tür. Einen Moment lang ist es still. Doch dann höre ich, wie sich die Tür öffnet. Maries Tonfall verändert sich schlagartig. »Frau Laurel, können Sie kurz kommen?« Etwas an ihrer Stimme jagt mir eine Gänsehaut über den Rücken. Die fröhliche Leichtigkeit von eben ist verschwunden, stattdessen klingt sie ernst, fast schon besorgt. Mein Magen zieht sich zusammen. Ich eile schnell zu ihr. Kaum erreiche ich den Flur, bemerke ich das bläuliche Flackern, das durch die geöffnete Tür ins Hausinnere dringt. Ein ungutes Gefühl kriecht meine Wirbelsäule hinauf. Ich ziehe die Tür weiter auf, um zu schauen, wer an der Tür ist. Meine Augen weiten sich bei dem Anblick. *Was hat das zu bedeuten?*

Reue ist das Echo von Entscheidungen, die wir nicht mehr rückgängig machen können.

Kapitel Vierundzwanzig

Vincent Winslow

Es war eine dieser Nächte, die sich unaufhaltsam an einem vorbeizog, als wäre die Zeit selbst ebenso abgestumpft wie alles um mich herum. Die Luft war schwer, von der Müdigkeit der Insassen und der drückenden Enge der Zelle. Die Neonröhren an der Decke flackerten leicht, der Flur draußen war von einem dumpfen Summen durchzogen, das sich wie ein nie endender Hintergrundlärm anfühlte. Die Stimmen der anderen, das stetige Murmeln von Gesprächen, das leise Klirren von Ketten, all das war so vertraut, dass es beinahe die Substanz meiner Existenz ausmachte. Ein nie abreißender Strom aus Geräuschen, der den Raum ausfüllte und mich gleichzeitig in eine Art Taubheit hüllte.

Ich saß auf dem schmalen, kargen Bett, meine Arme über der Brust verschränkt, den Blick starr auf den Fernseher gerichtet. Der Bildschirm flimmerte schwach, der Ton der Sendung war kaum mehr als ein Rauschen, ein stetiges Hintergrundgeräusch, das mich nicht wirklich berührte. Nur noch der Fernseher war meine Verbindung zur Welt da draußen, der einzige Ort, der mir noch etwas von der Realität gab. Aber selbst das war bedeutungslos geworden. *Was da draußen passierte, war mir mittlerweile egal.* Es war die gleiche Farce, die gleiche Lüge, die jeden Tag wiederholt wurde. Die Welt drehte sich weiter, und ich war nur ein Schatten, der am Rand stand und zusah.

Die Show, die gerade lief, interessierte mich nicht wirklich. Irgendeine dieser Talkshows, in denen prominente Gesichter ihre glänzenden Zähne zeigten, über das Leben redeten und die Welt mit ihren Phrasen beglückten. So wie immer. Sie redeten und redeten, und keiner hörte wirklich zu. Die Scheinwelt da draußen, in der alles hübsch verpackt und auf Hochglanz poliert war.

Doch dann flimmerte das Bild auf dem Bildschirm und

riss mich aus meiner trüben Gedankenwelt. Zuerst hörte ich nur den Namen: »Dr. Liyana Laurel«. Mein Blick verharrte auf dem Namen, wie ein Magnet, der mich unerbittlich an den Bildschirm zog. Es war ein bekanntes Gesicht. Ihre Anwesenheit war immer unangenehm. Sie hatte einen Blick, der sich fast so anfühlte, als würde sie mich hassen. *Verspotten.* Sie hatte versucht, mich unwohl fühlen zu lassen, was ihr auch gelungen war. Aber so ging sie mit jedem um. Sie hat es sogar geschafft, Steve in einen Teddybären umzuwandeln. Der Steve, der hier andere wie Fleisch am Spieß zugreichtet hat. Federico hat sie auch vor den Augen aller zum Hund gemacht. Bis heute hat sich sein Ruf nicht erholt.

Doch heute war sie anders. Sie war nicht hier, in diesem gottverdammten Ort, sondern draußen. Auf dem Bildschirm stand sie, gekleidet in einen schlichten, aber eleganten Anzug, ihre Haare akkurat frisiert, ihr Lächeln perfekt für die Kameras. Umgeben von mehreren Personen. Wahrscheinlich ihre Freunde oder ihre Familie. Es war das Bild einer perfekten Fassade, die sie in die Welt trug. Die Kameras fütterten sie mit Lob, und sie gab ihnen, was sie wollten. Eine perfekte Maske, die sie mit einem Lächeln trug. Doch ich konnte nicht weggucken, auch, wenn ich es noch so sehr möchte. Es war etwas an ihr, etwas Unbestimmtes, das mich fesselte. Aber dann, dann fiel mein Blick auf das Mädchen.

Das Kind, das neben ihr stand, und sofort spürte ich, wie sich ein kalter Schauer über meinen Rücken legte. Dieses Mädchen stach sofort hervor. Etwas in mir zog sich zusammen. Zuerst versuchte ich, den Gedanken, der sich wie ein Schatten in mein Bewusstsein schlich, zu verdrängen. Ich schüttelte innerlich den Kopf. Doch ihre Augen … sind die gleichen Augen wie meine. Und ihr Leberfleck auf der Hand, was um Liyanas Hand gewickelt ist. *Genau da, wo ich ihn habe.* Ich starrte auf den Bildschirm, als mein Herz einen Schlag aussetzte. Ein Kloß bildete sich in meinem Hals, während mein Blick nicht mehr von diesem Kind loskam. Es war wie ein unheimliches Spiegelbild, das mich ergriff und mir gleichzeitig den Atem raubte.

»Verdammt …«, murmelte ich leise, und ein Hauch von Panik kroch in mir hoch. *Wie konnte das sein?* Diese Ähnlichkeit ist verblüffend. Alles um mich herum verschwand. Der Fernseher, die Stimmen, der Lärm der Zelle, alles war plötzlich weit entfernt. »Du siehst aus, als würdest du sterben«, hörte ich Darios Stimme hinter mir, ruhig, wie immer. Er saß in seiner Ecke, seine Beine übereinandergeschlagen, ein Zahnstocher in seinem Mund, der das monotone Knacken der Zähne begleitete. Aber ich hörte ihn nicht wirklich. Es war, als wäre er weit weg. »Was guckst du da so?« Wieder sprach er, doch seine Worte klangen gedämpft, als würde der Raum sich immer mehr um mich schließen. Ich antwortete nicht sofort.

Mein Blick blieb starr auf dem Bildschirm gerichtet. In meinem Kopf rasten die Gedanken, versuchten, einen Ausweg zu finden, doch es war unmöglich. Der Gedanke, den ich nicht fassen konnte, ließ sich nicht mehr verdrängen. Das Mädchen, die Augen, meine Augen. Und dann Darios Stimme, die mich erneut anrief. »Kennst du die?«, fragte er wieder, deutete auf den Bildschirm. »Das ist doch unsere Psychologin gewesen! Die heiße Frau, die nicht mehr kommt.« Ich riss den Blick von dem Bildschirm und sah kurz zu Dario. Doch es war nicht sie, die mich sprachlos machte. Es war das Mädchen neben ihr. Der Blick dieses Kindes, das mich direkt anzusehen schien, als wüsste es mehr, als es preisgab. Ich konnte nicht mehr anders, als zu fühlen, dass es etwas gab, das mich an diesen Augen festhielt, als wollte ich sie in mir aufnehmen.

»Was?«, fragte er, als er meinen Blick sah, die plötzliche Veränderung in meinem Gesicht. »Was hast du?« Ich spürte, wie sich meine Hände verkrampften. »Weißt du, Boss …« Darios Grinsen verzog sich, als er länger auf den Bildschirm starrt. »Ich schwöre, die Psychologin da …« Er deutete auf den Bildschirm. »Jetzt sehe ich sie erst richtig. Vorher habe ich sie nur von Weitem vorbeilaufen sehen. Ich habe sie schon mal gesehen. Ihre Gesichtszüge. Sie ähnelt der von damals, die im Keller. Weil neben ihr das gleiche Mädchen ist, was sie gerettet hatte. Die heiße brünette!« Seine Worte trafen mich wie ein Schlag. Die Erinnerung kam wieder hoch. Die Puzzleteile sind bis heute nicht richtig zusammengeführt, aber ich kann mich an meine Tat erinnern. Ich schloss für einen Moment die Augen, als das Bild von damals vor meinem inneren Auge auftauchte. *Der Keller. Das Rauschen von Stimmen, das Knarren der Tür.* Die eine, die mich ansah, der Blick, der mich herausforderte, mir zeigte, was für ein schlimmer Mensch ich war. Die andere, die versuchte, ihre Freundin aus meinen Händen zu befreien. *Verdammt, das kann nicht wahr sein!*

»Du erinnerst dich, oder?« Darios Stimme riss mich aus der Erinnerung. Er wusste es und ich wusste es auch. Der Abend war für uns alle unvergessen. »Die beiden Mädels, die damals verschwunden sind. Die eine, die hatte genau denselben Blick.« Die Erinnerung riss mich zurück. Der eine Abend, den ich nie vergessen konnte, trotz meines Drogenkonsums. »Sie ist es …«, murmelte ich, kaum hörbar. »Scheiße.« Sie hatte sich stark verändert seit damals. Mir war die Ähnlichkeit gar nicht bewusst gewesen. Aber wenn ich beide so sehe, flackern die Erinnerungen wieder hoch. Sie war es wirklich gewesen. Wie konnte ich es nicht merken? Sie war direkt vor mir verdammt!

Dario trat einen Schritt näher, seine Haltung wurde ernster. Ich konnte nicht mehr klar denken. Die Erinnerungen drängten sich übereinander, wie ein Sturm aus Bildern, die ich nicht loswerden konnte. Der Abend, das Mädchen, das Verlangen, das mich in die Dunkelheit gezogen hatte. Doch jetzt, mit diesem Bild auf dem Bildschirm vor mir, wusste ich plötzlich, was sich in mir regte. »Glaubst du …?«, flüsterte ich, fast zu mir selbst, während mein Blick immer noch starr auf das Mädchen gerichtet war. »Glaubst du, das ist meine Tochter?« Dario schwieg einen Moment, dann nickte er langsam. »Es könnte sein. Es ist sogar sehr wahrscheinlich.« Ich stand auf, mein Herz hämmerte in meiner Brust. Diese verdammte Vorstellung, die eine Nacht, die niemals Folgen haben sollte, die Möglichkeit, dass dieses Mädchen tatsächlich mein Kind war. Die Erinnerungen flogen wie scharfe Messer durch meinen Kopf. Ich wollte weglaufen, wollte das Bild von diesem Kind aus meinem Geist löschen. Aber es war zu spät. Die Realität hatte mich eingeholt. Das Mädchen war sicher meine Tochter. Und der Gedanke, dass ich sie nie gekannt hatte, sie nie wirklich gesehen hatte, schnürte mir die Kehle zu. Ich drehte mich von Dario weg, da meine Hände zitterten. Ich konnte nicht mehr atmen.

»Boss, alles okay?« Darios Stimme kam aus der Ferne, aber ich hörte sie nicht mehr wirklich. Mein Blick blieb starr auf dem Bildschirm, auf dem Bild des Mädchens, das mittlerweile mit Liyana in ein schwarzes Auto stieg. Die Tür schlug zu und das Bild verschwand. Nur das Rauschen der Nachrichten blieb. Ich habe wirklich eine Tochter. *Mein verdammtes Fleisch und Blut.* »Dario, bereite alles für unseren Ausbruch vor. Meine Brüder holen uns heute noch hier raus!« *Meine Sünden hatten mich eingeholt.*

Ende

Epilog

»Frau Laurel?« Die Stimme klingt gedämpft, wie durch einen Schleier. Ich höre sie, doch ich weigere mich, darauf einzugehen. *Wo ist sie?!* Der Gedanke donnert wie ein Hammerschlag durch meinen Kopf. Meine Finger verkrampfen sich, Nägel graben sich in die Handflächen, bis der Schmerz wie ein Blitz durch meinen Körper fährt. Es ist ein greifbarer Schmerz, real, im Gegensatz zu allem anderen um mich herum. Sie haben sie mir weggenommen. *Man hat sie mir einfach weggenommen.*

»Frau Laurel, hören Sie mich?« Die Stimme wird eindringlicher, fordernder, doch in mir steigt nur Wut hoch, heiß und brodelnd. Ich lasse sie noch keinen Ausweg finden. »Sie sind schuld!« Die Worte brechen aus mir heraus, begleitet von der rasenden Energie, die in meinem Körper vibriert. Mein Blick haftet auf meinen zitternden Händen. Die weißen, halbmöndigen Abdrücke meiner Nägel erscheinen tiefrot auf meiner Haut. Ein makaberes Kunstwerk, das den Sturm in mir widerspiegelt.

»Was genau meinen Sie, Frau Laurel?« Die Stimme bleibt ruhig, kontrolliert – zu kontrolliert. Ich kann den kühlen Unterton kaum ertragen. Langsam hebe ich meinen Blick, und meine Augen treffen die ihren. Kalt und analysierend. Die Frau mir gegenüber mustert mich mit der klinischen Präzision. Ihr strenger Zopf verleiht ihr etwas Abweisendes, und der makellos weiße Kittel macht sie zu einer lebenden Barriere zwischen mir und meiner Freiheit. *Sie sollen mich endlich freilassen!* Der Schrei ist stumm, in meinem Inneren laut, nach außen hin ein tosender Sturm aus unerhörtem Schmerz. Meine Gedanken rasen, suchen verzweifelt einen Ausweg. »Antworten Sie mir, Frau Laurel.«

Ihre Stimme wird schärfer, ein unsichtbares Messer, das sich durch meine Barrieren schneidet. Ein frustrierter Seufzer entweicht meinen Lippen, und ich lasse meinen Kopf nach hinten sinken, wo er schwer auf der Rückenlehne aufschlägt. Der dumpfe

Schmerz ist ein weiterer Anker in dieser unerträglichen Realität. »Wenn Sie mich nicht freilassen, werde ich mir einen Weg suchen müssen.« Meine Stimme ist ruhig, unerschütterlich wie eine Steinmauer. »Das ist keine Drohung, sondern ein Versprechen.« Meine Finger entwirren sich langsam, und ich beobachte, wie die rote Spur meines Zwangsgriffs zurückbleibt. Es ist ein Beweis meiner Entschlossenheit, meiner Unnachgiebigkeit.

Ein Anflug von Spannung flackert in ihrem Gesicht auf. Sie bemerkt die Veränderung in meiner Haltung, aber ihre Maske bleibt nahezu unbewegt. »Wenn Sie nicht kooperieren, werden wir nicht mit unseren Sitzungen vorankommen.« Ihre Stimme schneidet durch die Stille, als wäre sie ein Richter, der ein Urteil verkündet. »So werden Sie Ihre Tochter nie wiedersehen können.« *Lüge.* Das Wort hallt in meinem Kopf wider wie ein Gong, der das Ende eines Kampfes ankündigt. *Sie lügt.* Sie denkt, sie könne mich brechen. Aber sie versteht nicht, dass sie nichts von mir nehmen kann, was bereits ein Teil meines Seins ist. *Ich werde sie wiederbekommen.* Niemand kann mir das nehmen, was mir gehört.

Ich richte mich langsam auf, mein Blick ist ein brennender Dolch, der sich in ihre kühle Fassade bohrt. »Ich habe sie geboren. Ich habe mich um sie gekümmert.« Meine Stimme zittert vor Wut, ein scharfer Kontrast zu ihrer kontrollierten Ruhe. »Kein Mensch auf dieser Welt hat das Recht, mich von meiner Tochter zu trennen.« Mein Atem geht schneller, schwerer, als die Flut aus Worten unaufhaltsam weiterströmt. »Tiara ist meine Tochter. Und sie braucht ihre Mutter.« Meine Stimme wird leiser, gefährlicher, ein dunkler Sturm, der sich auf sie zubewegt. »Ich bin die Mutter von Tiara!« Plötzlich schieße ich auf, meine Bewegungen sind ruckartig, unkontrolliert, wie die eines Tieres in der Falle.

»Keiner!« Mein Handballen knallt mit einem lauten, scharfen Geräusch auf die Tischplatte. Das Echo hallt durch den Raum, während sie unwillkürlich zurückzuckt und ihren Stuhl ein Stück nach hinten rollt. Ihre Augen sind weit geöffnet, aber ihre Miene bleibt gefasst. Fast. Ein winziger Schatten von Unsicherheit huscht über ihr Gesicht, und ich erkenne ihn. Mein Blick bohrt sich in ihren, meine Stimme tropft vor kaltem Zorn. »Keiner wird mich davon abhalten.« Der Raum um uns scheint zu vibrieren, angefüllt mit unausgesprochenem Schrecken und meiner unbezwingbaren Entschlossenheit.

Die Psychologin lehnt sich langsam wieder nach vorne, ihre Bewegungen bedächtig, als würde sie versuchen, ein wildes Tier zu beruhigen. »Frau Laurel, ich verstehe, dass Sie sich in einer schwierigen Lage befinden.« Ihre Stimme ist jetzt sanfter, beinahe beschwichtigend, doch ich erkenne die Manipulation darin. »Aber wenn Sie so reagieren, helfen Sie weder sich noch Ihrer Tochter.« »Sparen Sie sich Ihre Worte!« Meine Stimme schneidet wie ein Messer durch die Luft. »Sie haben keine Ahnung, was ich durchmache. Keiner von Ihnen hat das!« Ich merke, wie meine Fingernägel sich erneut in meine Handflächen bohren, doch der Schmerz ist nichts im Vergleich zu dem Feuer, das in meiner Brust lodert. Sie beobachtet mich genau, ihre Augen wirken abschätzend. Ihre Hände liegen flach auf dem Tisch, als wollte sie zeigen, dass sie keine Bedrohung darstellt. Doch ich sehe durch diese Fassade hindurch. Sie ist genauso wie all die anderen, kalt, berechnend, und völlig überzeugt, dass sie Recht hat.

»Frau Laurel, wir möchten Ihnen helfen. Aber Sie müssen uns auch helfen.« *Mir helfen?* »Helfen?« Ich lache, aber es ist kein Lachen, das Freude ausdrückt. Es klingt bitter, fast hysterisch. »Wissen Sie, was helfen würde? Mich zu meiner Tochter zu lassen! Sie braucht mich, und jede Sekunde, die ich hier eingesperrt bin, könnte ihr schaden!« Ich spüre, wie etwas in mir reißt, wie ein Seil, das zu lange unter Spannung stand. Ich reiße mich vom Stuhl hoch, mein Blick flackert über den Raum, als würde ich nach einer Schwachstelle suchen. Die Wände scheinen näher zu rücken, die Luft wird stickig. *Ich muss hier raus.*

»Frau Laurel, beruhigen Sie sich!« Die Stimme der Psychologin wird lauter, schärfer, doch ich höre sie kaum noch. Meine Welt verengt sich auf den Drang, zu handeln, etwas zu tun.

»Sie können mich nicht einsperren! Ich gehöre nicht hierher!« Mit einem einzigen Ruck reiße ich den Stuhl zur Seite, der laut auf den Boden kracht. Plötzlich höre ich das Summen eines Alarms. Es ist schrill und durchdringend, und kurz darauf öffnen sich die Türen. Zwei Männer in weißen Kitteln und mit ernstem Ausdruck treten ein, gefolgt von einer weiteren Frau mit ruhiger, professioneller Miene. Ihre Schritte sind schnell, zielgerichtet. »Frau Laurel, bitte setzen Sie sich.« Die Psychologin spricht immer noch mit einer unerschütterlichen Ruhe, aber ich sehe, wie ihre Hände sich an die Armlehnen ihres Stuhls klammern. »Ich gehe nicht zurück!« rufe ich, mein Körper angespannt wie eine gespannte Feder.

Einer der Männer tritt näher, die Hände vor sich ausgestreckt, als wollte er mich beruhigen. »Wir wollen Ihnen nicht wehtun, aber Sie müssen kooperieren.«, tadelt sie mich. »Tiara braucht mich!« Meine Stimme überschlägt sich fast vor Verzweiflung. »Sie verstehen das nicht! Sie braucht mich, und ich lasse sie nicht im Stich! Ich bin nicht wie meine Familie, ich lasse sie nicht allein!« Doch sie kommen näher, langsam, methodisch, und ich spüre, wie die Panik mich überrollt. Ohne nachzudenken, stoße ich einen der Männer zur Seite und versuche, zur Tür zu rennen. Ein starker Arm packt mich von hinten und hält mich davon ab. Ich schlage um mich, schreie, bis meine Stimme heiser ist. »Lasst mich los! Ich muss zu ihr!« Die Welt verschwimmt um mich herum. Hände greifen nach mir, halten mich fest, bis ich keine Kraft mehr habe, mich zu wehren. Tränen laufen mir über das Gesicht, heiß und unaufhaltsam.

»Sie braucht mich ...« Meine Stimme bricht, als ich in ihren Armen zusammensacke. »Bitte ... lasst mich zu ihr ...« Ich spüre, wie sie mich heben und aus dem Raum tragen. Die Gänge der Klinik ziehen an mir vorbei, kalt und steril, bis ich wieder in meiner Zelle bin. Die Tür schließt sich mit einem metallischen Klicken hinter mir, und der Raum ist plötzlich wieder still. Ich sinke auf den Boden, der Atem schwer, meine Gedanken ein chaotischer Sturm. In der Ferne höre ich gedämpfte Stimmen, die

Psychologin und die Männer, die mich zurückgebracht haben. Ihre Worte sind unverständlich, aber das spielt auch keine Rolle mehr. Meine Gedanken drehen sich nur noch um Tiara, ihr Lächeln, ihre Stimme, die ich vielleicht nie wieder hören werde.

Die Einsamkeit der Zelle umhüllt mich. Erschöpft presse meine Hände gegen die kühle Wand. »Ich komme zurück, Tiara.« Meine Stimme ist kaum mehr als ein Flüstern, doch es ist ein Versprechen. »Egal, was es kostet. Ich komme zurück.« Eine vertraute Melodie außerhalb des Raumes ertönt. *Die Nachrichten.* Ich schiebe mich vorsichtig nach vorne, trete leise an die Tür und presse mein Ohr dagegen. Die Stimme des Nachrichtensprechers klingt ruhig, fast emotionslos, und doch hallen seine Worte wie ein Donnerschlag durch den Raum. »In Lightgriffin ist ein Verbrecher geflohen, der seine Ehefrau auf brutalste Art und Weise ermordet hat. Als der Mörder selbst im Krankenhaus war, konnte er dem Beamten entwischen und ist nun verschwunden. Falls Sie diesen Mann hier sehen sollten, melden Sie es bitte sofort der Polizei. Es wird vermutet, dass der Mörder schon in andere Länder geflohen ist und nun ein Unterschlupf sucht.«

Mein Herz hämmert. Er ist geflohen. *Geflohen.* Für einen Moment ist es still. Die Informationen sickern langsam in mein Bewusstsein. Dann breitet sich etwas in mir aus, ein tiefes, finsteres Gefühl. Mein übliches Lächeln setzt sich auf mein Gesicht. Langsam lasse ich mich zu Boden sinken, spüre die kalten Fliesen unter meinen Handflächen. »Ich weiß auch schon genau, wie ich hier rauskomme.«, murmele ich leise vor mich hin.

Vielen Dank

AYOEZ ist eine junge Hobbyautorin, die schon früh ihre Leidenschaft für das Schreiben entdeckte. Sie liebt es, Bücher zu lesen und sich von den Gefühlen und Geschichten inspirieren zu lassen, die diese vermitteln. Ihre Kreativität zeigt sich in ihrer Fähigkeit, einfache Ideen in fesselnde Erzählungen umzuwandeln. Besonders wichtig sind ihr in ihren Geschichten starke, tapfere Protagonistinnen, die eine greifbare Entwicklung durchlaufen, sowie überraschende Wendungen, die Leser:innen immer wieder aufs Neue fesseln. Aktuell arbeitet sie an einer Buchreihe, deren Geschichten alle in derselben Spielwelt angesiedelt sind, aber unterschiedliche Genres und Themen abdecken. Ihr großer Traum ist es, ihre Werke eines Tages gedruckt in Buchhandlungen wiederzufinden und Leser:innen mit ihren Geschichten in andere Welten zu entführen.

Kontakt:
ayoez.management@hotmail.com

Soziale Medien:
ayoez_autorin **Instagram**

ayoez_autorin **TikTok**